懐風藻

古代日本漢詩を読む

著 者

辰巳正明

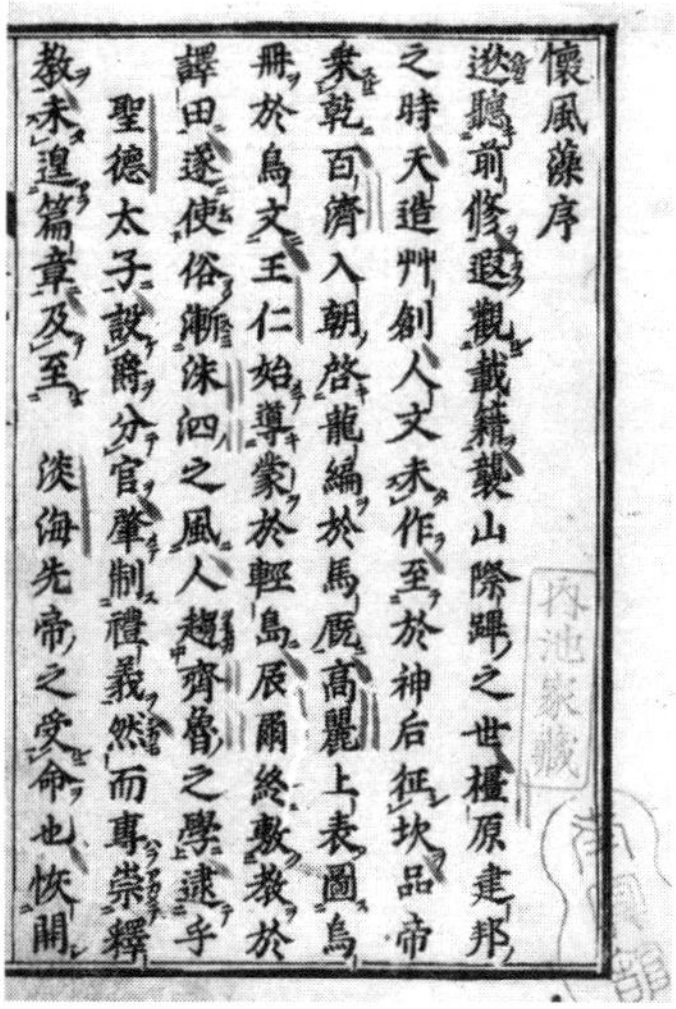
懷風藻序
逖聽前修遐觀載籍襲山降蹕之世橿原建邦
之時天造艸創人文未作至於神后征坎品帝
乘乾百濟入朝啓龍編於馬厩高麗上表圖烏
冊於烏文王仁始導蒙於輕島辰爾終敷教於
譯田遂使俗漸洙泗之風人趨齊魯之學逮乎
聖德太子設爵分官肇制禮義然而專崇釋
教未遑篇章及至淡海先帝之受命也恢開

新典社

Shintensha

懐風藻 —— 目次

懐風藻＊目次

解題

i　成立と背景

『懐風藻』の成立は、本藻序文に「天平勝宝三年冬十一月」とある。西暦七五一年の孝謙天皇の時代のことであり、この時に全体の編纂を終えたと思われる。この年は『万葉集』の歌人である大伴家持が越中から帰京しており、翌年には東大寺の大仏開眼を控えていた。時代は国分寺塔や東大寺大仏の建立に見られるように、天平の仏教文化が花開き、聖武天皇自身も仏弟子勝満と称して仏に帰依する。そのような時代に過去の詩人たちを発掘し、彼らの詩集を編もうとするのである。そこには編者のどのような思いが存在したのか。長く日本では金を探し求めていたが産出しなかったのだが、大仏建立にあたり陸奥の国から黄金の出土があり、聖武天皇は出金詔書をもって言祝いだ。家持自身も黄金の出土を喜ぶ歌を詠むのではあったが、東大寺大仏建立には一言も触れず、遠祖らが天皇に奉仕して来た大伴氏の歴史を歌うのである。仏教文化により彩られた時代に背を向けるかのように過去へと思いを寄せる万葉歌人の家持と、この『懐風藻』の編纂者とには、何らかの呼応する精神性があるように認められる。

このことは『懐風藻』という書名の由来から知られるように思われる。本藻序文によると「余撰此文意者、為将不忘先哲遺風。故以懐風名之。云爾。」とあり、まさに『懐風藻』という名前は、先哲の遺風を忘れないためであるという。先哲というのは過去のすぐれた人材を指すが、ここでは『懐風藻』に詩を詠んだ詩人たちを指す。したがって、〈懐風〉というのは先哲の遺風を忘れないという意味であり、〈藻〉は中国では文藻という意味で、美しい文章を指した。先哲への尊敬、それが『懐風藻』の成立である。

『懐風藻』を編纂した編者の名は記されていないが、序文に「余以薄官餘閒、遊心文囿」とある。この余なる者は誰かいくつかの説があり、淡海三船説が最も有望であるが、他に亡名氏説（本藻末尾に詩を残している）、葛井広成説、石上宅嗣説などがあり、現時点ではいずれも確証は得られない。ただ、東大寺建立・大仏開眼という世紀の一大イベントを控えながら、まったく大仏開眼に興味を示さず、ひたすら過去の詩人の残した漢詩を収集して先哲を懐古するという編者の態度は、現実韜晦の態度である。仏教隆盛の時代に仏教に背を向けて詩歌に関心を示した家持も、過去の歌の歴史をたどり「山柿の門」へと関心を寄せた。過去の文化が消滅することを惜しむ、そのような態度が『懐風藻』の編纂を促したのである。

ⅱ　詩形と詩題

作者と詩数については、やはり本藻序文に作者六十四名、詩数一二〇首と記されている。しかし、現存する詩数は、底本系には作者六十四名、詩数一一八首、非底本系では、作者六十四名、詩数一一六首である。この底本系と非底本系との詩数の異なりは、底本系目録に釈道融の詩を五首と記しながらも三首を欠き、非底本系目録では五首と記しながら四首を欠いていること、また、底本系には後人の作と思われる亡名氏の一首が加わっていることによる。時代を経て幾つかの詩が脱落したようであるが、かなり編者当時の形を残している。

『懐風藻』の漢詩は、中国の六朝から初唐にかけての詩形により詠まれているが、その多くは六朝的形式の中にある。詩体の上から見ると、亡名氏を除けば次のようになる。

句数	五言体詩	七言体詩
四句	一八首	四首

八句	七三首	一首
十句	六首	〇首
十二句	十首	一首
十六句	二首	〇首
十八句	一首	一首
計	一一〇首	七首

これらの漢詩に見える詩題は、侍宴、述懐、山斎、宴集、遊猟、述志、臨終、賞翫、遊覧、詠物、応詔、遊楽、贈与、望郷、七夕、上巳、賀算、不遇、公務、哀傷、釈奠、隠逸、無題、閨情などが見られ、その多くは行幸従駕の詩や侍宴の詩であり、公的な場により詠まれたことが知られる。特に吉野は行幸の場であったことから、詩人たちは多くの吉野詩を残した。また、元日や上巳あるいは七夕などの年中行事にも詩が詠まれたことが知られる。平城京の時代には、長屋王邸では春秋の詩宴のほかに、新羅の使人を迎えての送別の宴が開かれ、その折の詩も多く残されている。また、藤原史を始めとしてその子息ら藤原門流の漢詩も多く残されている。このような『懐風藻』の漢詩は、いずれも集団的な場に詠まれることを特質としている。そのような中から、石上乙麻呂のような「閨情」という個人の情を詠む詩も現れるが、これは男が閨で女性を思うという内容であり、上代の漢詩が獲得した抒情性がこのような恋愛詩にあったことは注目され、そこには『玉台新詠』に見る情詩の世界を知ることが出来る。

iii　対句表現

本藻詩には多くの対句表現が見られる。これは漢詩が対句で成立することを強く認識している結果であろう。対句はイメージの連続性を作り、対照や強調や知的遊びの表現を目的とする。五言絶句の例では、

日辺瞻日本　　日辺＝日本 ― 瞻
雲裡望雲端　　雲裡＝雲端 ― 望
遠遊労遠国　　遠遊＝遠国 ― 労
長恨苦長安　　長恨＝長安 ― 苦

のように、五言句の中に頭韻を踏みながら、同じ性質の事柄や行為が対句として構成されていて、整然とした表現法が見られる。あるいは、

山幽仁趣遠。川浄智懐深。　山（仁）幽＝川（智）浄　仁（山）趣＝智（川）懐 ― 遠＝深
欲訪神仙迹。追従吉野濤。　欲訪＝追従　神仙＝吉野 ― 迹＝濤

はより複雑である。句内に『論語』の句を織り交ぜ、さらに次句と絡ませながら反転させて対応する事物を対句として構成している。神仙と吉野が対となるのは、吉野が神仙の住む異境とされたからである。七言詩では、

天紙風筆画雲鶴。山機霜杼織葉錦。　天紙＝山機　風筆＝霜杼　雲鶴＝葉錦　画＝織

のように、語彙の上では同類の対とはならないが、素材と行為に於いて対となるように配置している。日本古代の詩文は、唐以前の六朝美文の影響を強く持つことから、詩においても美文意識が強く存在したのである。

ⅳ　時代区分

『懐風藻』の漢詩が詠まれた時代は、近江朝から奈良朝末に到る、およそ九十年である。本藻序文によれば、まず近江朝に最初の漢詩が登場し、君臣唱和の詩が多く詠まれたが、壬申の乱により灰燼に帰したという。現存するのは、大友皇子の二首のみである。その大友皇子は、壬申の乱で敗れて自尽した。天武・持統朝には文武に優れた大津皇子が登場する。大津皇子は史書などに「詩の興り」として評価されている。しかし、謀反の罪で死を賜わり、短い一生

を終えた。文武朝には天皇自らが詩を詠んでいる。『懐風藻』の中で詩を残すのは文武天皇のみであり、詩を以て君臣和楽を実現したことが知られるが、病により早世した。奈良朝になると長屋王家の漢詩文化が隆盛し、多くの詩人・文人たちが長屋王漢詩サロンに出入りしていた。しかし、長屋王は謀反の罪で自尽した。それに続いて不比等の息子たちである藤原四子の漢詩文化が隆盛する。長兄の武智麿は本藻に詩を残さないが、「武智麿伝」によれば習宜に文会という漢詩サロンを開いていたことが知られる。この藤原四子は天平九年の疫病により全員が疫死する。『懐風藻』のすぐれた詩人たちは、いずれも夭折や非業の死を遂げた者たちである。

これらを時代と詩人とに注目して、『懐風藻』の時代を次の五期に区分することが出来る。

第一期　近江朝時代（六六二―六七二）
第二期　天武・持統朝時代（六七二―六九七）
第三期　文武朝時代（六九七―七〇七）
第四期　平城京前期時代（七〇七―七二九）
第五期　平城京後期時代（七二九―七五三）

第一期は近江朝時代であるが、漢詩は大友皇子の二首が残るのみで、序文には百余篇の詩は壬申の乱で灰燼に帰したと伝えている。しかし、日本漢詩の濫觴を知る上では貴重である。この時代に『万葉集』には額田王が登場する。宮廷の公宴で詠まれた「天皇、詔内大臣藤原朝臣、競春山萬花之艶秋山千葉之彩時、額田王、以歌判之歌」（巻一）とある作品は、歌題も歌も漢詩の対句仕立てであり、近江朝の文学が歌にも漢詩の表現方法が及んでいるのである。第二期は天武・持統朝の時代であり、文学が詩歌を通して新たな隆盛を迎えた。天武朝には詩賦の興と評された大津皇子が活躍し、持統朝には吉野への行幸が頻りに行われ、吉野詩の基盤を作り上げた。『万葉集』では柿本人麻呂が登場し、専門的な歌人として活躍するが、その歌の背後には漢詩の理解が認められる。第三期は文武朝時代であり、文武天皇自身も本藻に詩を残すように漢詩文化が開花する。侍宴・応詔詩の形式もこの頃に整えられたと思われる。白村江の戦い後、漸く遣唐使の派遣が再開され、奈良朝文学の基礎が築かれる時代である。大宝律令が完成したのもこの時代である。第四期は平城京前期の時代であり、長屋王の活躍が目覚ましい。特に新羅からの使人を迎えて餞宴を開き多くの詩人たちの詩を残した。また邸宅では季節ごとの詩宴を開き、多くの詩人たちが参加している。しかし、長屋王は謀反の罪で自刃し長屋王の漢詩文化は終焉する。この時代は『万葉集』も漢詩・漢文の隆盛を迎え、漢と和の交流の文学が誕生し、大伴旅人や山上憶良らの活躍がある。第五期は平城京後期の時代であり、長屋王以後に藤原不比等の子である藤原四子たちが登場する。長男の武智麻呂の詩は本藻に残されていないが、総前・宇合・万里の詩はこの時代を象徴する。その藤原四子も天平九年の疫病流行により病死する。この時代には大伴家持が大伴池主との文学交流を通して漢詩・漢文と倭歌との同一化を進め、家持文学の完成を迎える。

V　出典語彙の傾向

『懐風藻』の漢語の出典は、多くの漢籍を用いていることが知られる。しかし、その多くは『文選』であることに注目される。それが直接的な出典か否かは検討されるべきであるが、『文選』および李善注からの出典が満遍なく見られる。この『文選』に続いて多いのは、楽府系統の詩である。楽府詩は漢魏六朝詩からの引用が多いことから、この場合の出典としては歌として歌われていたものも存在した可能性がある。楽府は当時の儀礼や宴会で音楽とともに歌われたものと思われ、また流行歌の性格を持つから、個人の口に上ることも多かったと思われる。外来の歌であるから、そのまま歌詞を中国音で歌っていたであろう。また、漢魏六朝詩文も多く読まれていたことが知られ、それらは四書五経や史書からの出典よりも多く認められる。四書五経や史書などに見える故事・逸話などの原典とともに、そこから借用された出典語が『文選』および李善注に多く見られることから、原典が必ずしも直接の出典であるとは限らないことにも注意すべきであろう。

vi　懐風藻の伝来

懐風藻がどのように伝来したのかは、必ずしも明確ではない。天和本奥書に「長久二年冬十一月二十八日燈火書之。古人三餘。今已得三者也。文章生惟宗孝言」とあり、底本および諸本にこの奥書が見える。長久二年は西暦一〇四二年であり、文章生の惟宗孝言は平安後期の漢詩人で、大学頭などを歴任した。この長久二年の冬に燈火のもとにこの詩集を書き写したことが記され、現存する諸本はこの系統のものである。近年、写本調査が進み、現在では次のような諸本が確認されている。

a　写本系統

・大野保氏（『懐風藻の研究』凡例参照）

尾州家本（名古屋蓬左文庫蔵）

脇坂本（静嘉堂文庫蔵）

来歴志本（内閣文庫蔵）

林家本（内閣文庫蔵）

陽春盧本（紀州家本甲。東京大学蔵）

養月齊本（紀州家本乙。東京大学蔵）

・田村謙治氏（「懐風藻の基礎的研究（諸本について）」凡例参照）

尚舎源忠房本（島原公民館図書館蔵）

榊原忠次本（天理図書館蔵）

渋江家本（天理図書館蔵）
慈渓本（宮内庁書陵部蔵）
水戸家本（水府明徳会彰考館蔵）
前田家本（前田育徳会尊経閣文庫蔵）
北山子本（肥前祐徳稲荷神社蔵）
・足立尚計氏（「懐風藻の諸本」凡例参照）
不忍文庫本（川越市立図書館蔵）
飯田本（飯田剛彦氏蔵）
懐徳堂文庫本（大阪大学附属図書館蔵）
徳富本（石川武美記念図書館成簣堂文庫蔵）
・沖光正氏（「懐風藻の写本系統」凡例参照）
村井本（仙台鹽竈神社博物館蔵）
伊達本（宮城県図書館蔵）
狩野本（東北大学附属図書館蔵）
岩瀬本（愛知県立西尾市立図書館蔵）
河野本（今治市河野美術館蔵）
米山本（三重県立図書館蔵）

b 刊本系統
群書類従本（群書類従文筆部収録。奈佐勝皐・屋代弘賢蔵本を校合）

この群書類従本は、不忍文庫本と本文が類似する。不忍文庫本には誤字を訂正した箇所が多く見られるが、群書類従本と共通する「炑」「皈」などの他本に見られない文字使用があり、また最後の「亡名氏」の詩も後の書き込みとして見られ、いずれが元本か検討を要する。

天和刊本（天和四年正月銅駝坊鶏堂刊行）

宝永刊本（宝永二年孟春演古堂刊行）

寛政刊本（寛政五年八月竹苞楼刊行）

vii　懐風藻の基本図書

注釈書以外の懐風藻に関する研究書として以下の書がある。

- 岡田正之『近江奈良朝の漢文学』（養徳社、一九四六年）
- 柿村重松『上代日本漢文学史』（日本書院、一九四七年）
- 小島憲之『上代日本文學と中国文學 下』（塙書房、一九六五年）
- 山岸徳平『日本漢文学研究 山岸徳平著作集Ⅰ』（有精堂、一九七二年）
- 猪口篤志『日本漢文学史』（角川書店、一九八四年）
- 波戸岡旭『上代漢詩文と中国文学』（笠間書院、一九八九年）
- 肖瑞峰『日本漢詩発展史 第一巻』（吉林大学出版社、一九九二年）
- 小島憲之『新日本古典文学大系 本朝一人一首』（岩波書店、一九九四年）
- 辰巳正明編『懐風藻 漢字文化圏の中の日本古代漢詩』（笠間書院、二〇〇〇年）
- 王暁平『亜洲漢文学』（天津人民出版社、二〇〇一年）

・辰巳正明編『懐風藻　日本的自然観はどのように成立したか』（笠間書院、二〇〇八年）
・辰巳正明『懐風藻全注釈』（笠間書院、二〇一二年）

本藻詩の平仄・音韻に関しては、岡田正之『近江奈良朝の漢文学』の「懐風藻詩体韻字攷」、および黄少光「懐風藻と中国の詩律学」（辰巳正明編『懐風藻　漢字文化圏の中の日本古代漢詩』上掲）に詳しい。また、懐風藻の研究文献については「『懐風藻』文献目録」（『懐風藻　漢字文化圏の中の日本古代漢詩』上掲）に、明治以降二〇〇〇年三月までの文献が収録されているので参照されたい。

凡　例

一、本書は、天平勝宝三（七五一）年に成立した日本最初の漢詩集『懐風藻』の注釈書である。

一、本書は、すでに刊行されている辰巳『懐風藻全注釈』（笠間書院、二〇一二年）の簡易版である。笠間書院にお礼を申し上げる。詳しい注釈を理解するために前掲書を参照願いたい。

一、本書の底本は、群書類従第百二十二（続群書類従完成会）の版本『懐風藻』（底①）に基づいた。また、群書類従第百二十二の活字本『懐風藻』（底②）の書き入れを参照して、底本間の校異を行った。

一、『懐風藻』の活字本は群書類従第百二十二の上掲底②の他に、與謝野寛ほか編の日本古典全集本『懐風藻』（昭和五十七年、現代思潮社復刻版、初版大正十五年日本古典全集刊行会）、校註日本文学大系第廿四巻『懐風藻』（昭和二年十一月初版、国民図書株式会社）があり適宜参照した。

一、底本①が示す傍書の書き入れ（屋代弘賢蔵本校合）は、【校異】で漢字本文の右上に示し、底本②が示す校異及び書き入れ（伴直方校本）は、【校異】で当該漢字本文の下に〔　〕で示した。

一、底本に対する基本的校異は、以下の版本を用いた。略号は以下の通り。

天和＝天和四年版本

宝永＝宝永二年版本

寛政A＝寛政五年版本（特に指示が無い場合は、寛政Aである）

寛政B＝寛政五年版本（題に『懐風詩集』とある）

一、天和・宝永・寛政版本は同一の版木から始まると思われるが、底①は異なる。また、天和本には頭注が無く、宝永・寛政版本に頭注が載る。

一、大野保『懐風藻の研究』（三省堂）に諸写本間の詳しい校異がある。校異は基本的に上記の版本によるが、それでも不確かな場合は大野研究を参照した。

一、底本および諸本間の校異を検討して、新たに【校訂本文】を起こした。その場合の本文用字は、必ず諸本に認められるものを原則とし、誤字説は採用しない。
一、校訂本文以外において旧漢字は、新漢字・通用漢字に改めた。ただし「余」と「餘」のような意味を異にする漢字は改めない。
一、異体漢字は、正字に改めた。また本字も通用漢字に改めた。ただし、【校訂本文】では尊重した。
一、校訂本文の本字・旧漢字は底本①に基づく。底本①は必ずしも新旧が統一されていない。それ以外の訓読等の漢字は新漢字に統一した。また、「烋」は「秋」の本字で、混用があるが底本を尊重した。
一、漢字の訓読は、現代仮名遣いに基づいた。その理由は、一に、本藻詩が当時の中国音で音読されたのか、あるいは当時の漢文訓読で訓まれたのか不明であることによる。二に、歴史的仮名遣いで表記する場合は、和語の仮名利用による明確な古典の訓読が基準であるから、奈良朝の漢詩を歴史的仮名遣いで訓読するのは、その根拠の保証がないことによる。三に、歴史的仮名遣いによる訓読というのは、当時の発音記号を想定してあてがうことであり、現在の発音記号ではないことによる。「蝶蝶」は「てふてふ」であるが、diedie の中国音を元にした発音であろう。そうした漢字の歴史的訓読は、多くの場合に不可能である。四に、現代仮名遣いによれば、外国の研究者に至便であることによる。
一、訓読に際しては極力底本①②に従ったが、底本本文では訓読・解釈が不可能な場合、底本①②の書き入れ校異を用い、それでも不可能の場合は、頭注や諸本系統に求めて訓読・解釈を施した。
一、版本に欠字や空字が見られる場合は▒で表した。
一、作品番号の洋数字は、底本に排列された作品を元に、新たに付した通し番号である。
一、参考にした注釈書は以下の通りである。
・鈴木真年『懐風藻箋註』（静嘉堂文庫所蔵、一八六五年、今井舎人序、沖光正氏翻刻私家版）
・釈清潭『懐風藻新釈』（丙午出版社、一九二七年）
・澤田総清『懐風藻註釈』（大岡山書店、初版一九三三年、パルトス社、復刻版一九九〇年）
・国民図書編『校注日本文学大系　第廿四巻　懐風藻』（国民図書株式会社、一九二七年）
・世良亮一『懐風藻詳解』（教育出版社、一九三八年）
・杉本行夫『懐風藻』（弘文堂書房、一九四三年）

・大野保『懐風藻の研究』（三省堂、一九五七年）
・林古渓『懐風藻新註』（明治書院、初版一九五八年、パルトス社、復刻版一九九六年）
・小島憲之『日本古典文学大系　懐風藻　文華秀麗集　本朝文粋』（岩波書店、一九六四年）
・江口孝夫『全訳注　懐風藻』（講談社学術文庫、二〇〇〇年）

一、『懐風藻』の諸本研究は、大野保『懐風藻の研究』（前掲）、田村謙治「懐風藻の基礎的研究（諸本について）」（『城南紀要』第六号）、足立尚計「懐風藻の諸本」（『皇學館史学』創刊号）、沖光正「懐風藻の写本系統」（辰巳正明編『懐風藻　漢字文化圏の中の日本古代漢詩』笠間書院）による。

一、本藻の詩数は、諸本に異なりを見せる。序文にはおよそ一百二十篇とある。この中から大津皇子に和した後人聯句を除き、諸本に欠落する釈道融の「山中」を加えて百十七首である。巻末に載る亡名氏の「五言歎老」は底本により加えて百十八首とし、作者は六十五人となる。ただし、序文に作者は六十四人とあり、この場合、底本の亡名氏とその詩は除かれることになる。

一、各作者の作品末尾に、作者の簡単な略伝を載せた。

一、『万葉集』の引用は、中西進篇『万葉集　全訳注　原文付』（講談社文庫）による。

一、校訂本文に見える旧字・本字・異体字は、校訂本文以外においては新漢字に置き換えた。

懐風藻

古代日本漢詩を読む

太陽は家々の西の壁を赤く照らし、
夕刻の時を告げる太鼓の音は私の短い命をさらに急がせる。
黄泉の路には客人も主人もなく、
この夕方に誰の家に向かうことになるのか。
（「五言。臨終。一絶。」大津皇子）

懐風藻序《かいふうそうじょ》

逖《とお》く前修《ぜんしゅう》を聴《き》き、遐《はるか》に載籍《さいせき》を観《み》る。襲山降蹕《しゅうざんこうひつ》の世《よ》、橿原建邦《きょうげんけんぽう》の時《とき》、天造草創《てんぞうそうそう》にして、人文《じんもん》未《いま》だ作《おこ》らず。

（神后征坎《じんこうせいかん》し品帝乗乾《ほんていじょうけん》に至《いた》りて、百済入朝《くだらにゅうちょう》し龍編《りゅうへん》を馬厩《ばきゅう》に啓《ひら》き、高麗上表《こうらいじょうひょう》し烏冊《うさく》を鳥文《ちょうぶん》に図《えが》く。）王《おう》仁《にん》始《はじ》めて蒙《もう》を軽嶋《かるしま》に導《みちび》き、辰爾《しんじ》終《つい》に教《おしえ》を訳田《おさだ》に敷《し》く。遂《つい》に俗《ぞく》をして洙泗《しゅし》の風《ふう》に漸《すす》めしめ、人《ひと》を斉魯《せいろ》の学《がく》に趨《おもむ》かす。聖徳太子《しょうとくたいし》に逮《およ》びて、爵《しゃく》を設《もう》け官《かん》を分《わ》け、肇《はじ》めて礼義《れいぎ》を制《せい》す。然《しか》し専《もっぱ》ら釈教《しゃっきょう》を崇《たっと》び、未《いま》だ篇章《へんしょう》に遑《いとま》あらず。

淡海《たんかい》の先帝《せんてい》の受命《じゅめい》に至《いた》るに及《およ》び、帝業《ていぎょう》を恢開《かいかい》し、皇猷《こうゆう》を弘闡《こうせん》し、道《みち》は乾坤《けんこん》に格《いた》り、功《こう》は宇宙《うちゅう》に光《て》る。既《すで》にして以為《おも》うに、風《ふう》を調《ととの》え俗《ぞく》を化《か》すは、文《ぶん》に尚《たっと》きは莫《な》く、徳《とく》を潤《うるお》し身《み》を光《て》らすは、孰《いず》れか学《がく》に先《さき》ならん。爰《ここ》に則《すなわ》ち庠序《しょうじょ》を建《た》て、茂才《もさい》を徴《め》し、五礼《ごれい》を定《さだ》め、百度《ひゃくど》を興《おこ》す。憲章法則《けんしょうほうそく》、規摹弘遠《きぼこうえん》にして、夐《けい》古以来《こいらい》、未《いま》だこれあらざるなり。是《ここ》に三階平煥《さんがいへいかん》、四海殷昌《しかいいんしょう》し、旒纊無為《りゅうおうむい》、巌廊《げんろう》暇《いとま》多《おお》し。旋《しばしば》文学《ぶんがく》の士《し》を招《まね》き、時《とき》に置醴《ちれい》の遊《あそ》びを開《ひら》く。此《こ》の際《きわ》に当《あ》たりて、宸翰文《しんかんぶん》を垂《た》らし、賢臣頌《けんしんしょう》を献《たてまつ》る。雕章麗筆《ちょうしょうれいひつ》、唯《ただ》百篇《ひゃっぺん》に非《あら》ず。時《とき》に乱離《らんり》を経《へ》て、悉《ことごと》く煨燼《かいじん》に従《したが》う。言《ここ》に湮滅《いんめつ》を念《おも》い、輒《すなわ》ち傷懐《しょうかい》を悼《いた》む。

茲《こ》れ自《よ》り以降《いこう》、詞人間出《しじんかんしゅつ》す。龍潜《りゅうせん》の王子《おうじ》は雲鶴《うんかく》を風筆《ふうひつ》に翔《かけ》らせ、鳳翥《ほうしょ》の天皇《てんのう》は月舟《げっしゅう》を霧渚《むしょ》に泛《うか》ばす。神納言《しんのなごん》は白鬢《はくびん》を悲《かな》しみ、藤太政《とうのだいじょう》は玄造《げんぞう》を詠《よ》み、茂実《もじつ》を前朝《ぜんちょう》に騰《あ》げ、英声《えいせい》を後代《こうだい》に飛《と》ばす。余《よ》は薄官《はっかん》の餘閑《よかん》を以《もち》て、心《こころ》を文囿《ぶんゆう》に遊《あそ》ばす。古人《こじん》の遺跡《いせき》を閲《み》て、風月《ふうげつ》の旧遊《きゅうゆう》を想《おも》う。音塵《おんじん》は渺焉《びょうえん》と雖《いえど》も、而《しか》して餘翰《よかん》は斯《これ》に在《あ》り。芳題《ほうだい》を撫《ぶ》して遙《はるか》に憶《おも》い、涙《なみだ》の泫然《げんぜん》たるを覚《おぼ》えず。縟藻《じょくそう》を攀《よ》じて遐《とお》く尋《たず》ね、風声《ふうせい》の空《むな》しく墜《お》ちるを惜《お》しむ。遂《つい》に乃《すなわ》ち魯壁《ろへき》の餘蠹《よと》を収《おさ》め、秦灰《しんかい》の逸文《いつぶん》を綜《す》べたり。遠《とお》く淡海《たんかい》自《よ》り、云《ここ》平都《へいと》に曁《およ》ぶまで、凡《およ》そ百二十篇《ひゃくにじゅっぺん》。勒《しる》して一巻《いっかん》と成《な》す。作者《さくしゃ》は六十四人《ろくじゅうよにん》。具《とも》に姓名《せいめい》を題《だい》し、并《あわ》せて爵里《しゃくり》を顕《あら》わし、篇首《へんしゅ》に冠《かん》せり。

余《よ》が此《こ》の文《ぶん》を撰《えら》ぶ意《い》は、将《まさ》に先哲《せんてつ》の遺風《いふう》を忘《わす》れざるが為《ため》なり。故《ゆえ》に懐風《かいふう》を以《もち》てこれに名《な》づく。云爾《しかいう》。時《とき》に天平勝宝三年《てんぴょうしょうほうさんねん》、歳《とし》は辛卯《しんぼう》に在《やど》る、冬十一月《ふゆじゅういちがつ》なり。

遠い時代の聖賢らが学修した事柄を聴き、遙か昔に綴られたこの国の書籍を観ると、そこにはニニギの命が高千穂の峰に天降った世のことや、初代の天皇である神武天皇が奈良の橿原の地に国を建てた時のことが見えるが、この時は国土創世の時代であったので、まだ人文は起こっていなかった。続いて神功皇后が朝鮮に出兵し、その皇子の応神天皇が天位に即くに至って、百済の国が入朝して漢籍をもたらし、厩坂で学問を教授した。また高麗が上表して文字を伝授した。さらに百済の王仁吉師が初めて千字文や論語をもって軽嶋において教授した。王辰爾もその学問をもって訳田で教授した。このようにして日本人に孔子の学問を勧め、人々を儒教の教えに向かわせたのである。聖徳太子に及んで、爵位を設けたり官位を分けたりして、礼義を初めて制度化した。しかし、もっぱら釈迦の教えを尊んだので、この時代はまだ詩文を創作するには至らなかった。

淡海の先帝である天智天皇が天の命を受けて近江に即位するに至って、天皇は成すべき事業を広め、その道を明らかにしたので、政治の道は天地にまで至り、天皇の業績は世界に照り輝くこととなった。このことから考えると、風俗を整え世俗を正しく導くのは、詩文より貴いものはなく、徳を養い身を耀かすものは、学問より先に何があるだろうか。そこで天智天皇は学校を創設し、秀才たちを召し、五つの礼義を定め、いろいろな制度を制定した。憲章法則は規模が弘遠であり、昔よりまだこのようなことは無かった。ここに宮中は平安にして、天下は繁栄し、何もなくとも国は治まり、宮廷の中では餘暇が多くなった。それで、天皇はしばしば文学の士たちを招いて、時々に詩宴の遊びを開いたのである。この遊びに当たって、天皇は文章を臣下に示し、また賢臣たちは天皇への頌詩を献上した。よく練られた文章や美しい詩賦は、百篇程度ではなかった。しかし、この時代に壬申の乱が起きて、詩文はことごとく焼けて灰になってしまった。ここに消滅した詩文を悲しみ、とても心を痛めた。

これ以降の時代は、詩人たちが多く輩出した。龍潜王子の大津皇子は雲の鶴を風の筆に翔らせ、鳳翥の文武天皇は月の舟を霧の渚に浮かばせた。神納言の大三輪高市麻呂は白くなった鬢毛を悲しみ、藤太政の藤原史は天地の創造を詩に詠んだ。これらの詩文の果実は前朝に高く掲げられたものであり、名声を後代へと飛ばすものである。

私は低い身分でありいろいろ暇なこともあり、心を詩文の苑に遊ばせることが多い。それで古人の遺した足跡を見て、古人の風月の旧い遊びを想うのである。遠い世の詩人たちの音沙汰は朦朧としてはいるが、しかし残された詩文は目の前にある。詩の題を口にしては遙に思いを致し、涙がはらはらと溢れるのを留めがたい。美しい詩文を拾い集めるために遠くを尋ねるのは、古人のすぐれた作品が散逸することを惜しむからである。そのようにして遂に魯国の壁に隠された虫食いの書物ではないが、ここに残された詩文を見出し、また秦の始皇帝の焚書の灰の中の逸文のように、焼け残った詩文を集めることが出来た。遠くは近江朝よりこの平城の都に及ぶまで、およそ百二十篇である。整理して一巻とした。作者は六十四人。具体的に姓名を録し、合わせて爵位も録し篇首にそれを冠した。

私がこの詩文を撰ぶ意図は、まさに前代の賢哲の遺風を忘れないためである。それで懐風を以てこれに名づけた。時に天平勝宝三年、歳は辛卯に在るところの冬十一月である。

懐風藻序

逖聴前修、遐観載籍、襲山降蹕之世、橿原建邦之時、天造草創、人文未作。至於神后征坎品帝乗乾、百濟入朝啓龍編於馬厩、高麗上表圖烏冊於鳥文。王仁始導蒙於軽嶋、辰爾終敷教於譯田。遂使俗漸洙泗之風、人趨齊魯之學。逮乎聖徳太子、設爵分官、肇制礼義。然而専崇釈教、未遑篇章。及至淡海先帝之受命也、恢開帝業、弘闡皇猷、道格乾坤、功光宇宙。既而以為、調風化俗。莫尚於文、潤徳光身、孰先於学。爰則建庠序、徴茂才、定五礼、興百度。憲章法則、規摹弘遠、夐古以来、未之有也。於是三階平煥、四海殷昌、旒纊無為、巖廊多暇。旋招文學之士、時開置醴之遊。當此之際、宸翰垂文、賢臣献頌。雕章麗筆、非唯百篇。但時経乱離、悉従煨燼。言念湮滅、輙悼傷懐。自茲以降、詞人間出。龍潜王子翔雲鶴於風筆、鳳翥天皇泛月舟於霧渚。神納言之悲白鬢、藤太政之詠玄造、騰茂実於前朝、飛英声於後代。余以薄官餘閑、遊心文囿。閲古人之遺跡、想風月之舊遊。雖音塵渺焉、而餘翰斯在。撫芳題而遙憶、不覚涙之泫然。攀縟藻而遐尋、惜風声之空墜。遂乃収魯壁之餘蠹、綜秦灰之逸文。遠自淡海、云暨平都、凡百二十篇。勒成一巻。作者六十四人。具題姓名、并顕爵里冠于篇首。余撰此文意者、為将不忘先哲遺風。故以懐風名之。云爾。于時天平勝宝三年、歳在辛卯、冬十一月也。

【校異】○天造艸創（天和・宝永・寛政）。○軽島（天和・宝永・寛政）。○逮乎なし（天和・宝永・寛政）。○逮乎□聖徳太子

（天和・宝永・寛政）。○及至なし（天和・宝永・寛政）。及至□淡海先帝（天和・宝永・寛政）。○規模弘遠（寛政）。○巌廊多暇（天和・宝永・寛政）。本文を「廊」に正す。○文字之士（天和）。○此之際（底）。際なし（天和・宝永・寛政）。○宸翰□（天和・宝永・寛政）。○輙悼傷懐（底・宝永・寛政）。□悼傷懐（天和）。○龍潜王子大津（底①）。○鳳翥□天皇（天和・宝永・寛政）。○神納言高市麿（底①）。○騰茂（大野＝来）。○薄宮餘閒（天和・宝永・寛政）。○餘壷［蠹］（底②）。餘蠹（天和・宝永・寛政）。餘蠹を取る。

【注釈】○逖聴　遠い昔のことを聞くこと。**○前修**　昔の聖賢たちの教え。**○遐観**　遙か昔のことを思い見ること。**○載籍**　文字に書かれた書籍。**○襲山**　天孫が降臨した高千穂の峰。神代紀一書に「日向襲之高千穂添山」とある。**○降蹕之世**　高天の原から神が降臨した時。「古事記」「日本書紀」の神話ではニニギの命が降臨した。**○橿原**　奈良県橿原市。初代神武天皇の宮が置かれた。神武天皇陵がある。**○建邦之時**　初めて国を建てた時。**○天造**　天地創造をいう。**○草創**　物事を始めること。**○人文**　人間の文化をいう。**○神后**　神功皇后。仲哀天皇の皇后。**○征坎**　朝鮮半島への出兵をいう。**○品帝**　応神天皇。神功皇后の皇子。品陀羅和気命と呼ばれた。**○乗乾**　即位すること。**○百済**　古代朝鮮半島三国の一。日本に文字や儒教・仏教を伝えた。六六三年に白村江での新羅との戦いで滅亡した。**○入朝**　大和の王朝に来朝したこと。**○啓**　啓蒙。**○龍編**　儒教の書籍。**○馬厩**　厩坂の地。応神朝に百済王子阿直岐が献じた馬を飼った所。欽明紀に厩坂宮と見える。馬厩は高度な外来の技術者集団がいた学問のセンター。**○高麗**　古代朝鮮半島三国の一。高句麗。**○上表**　国王からの用件の文書を奉ること。**○図**　河図。古代中国で黄河に現れた龍馬の背の文様。優れた王に現れる瑞祥。**○鳥冊**　鳥の羽に書いた文書。下の王辰爾の話に見える。**○鳥文**　文字。下の王辰爾の話に見える。**○王仁**　百済の学者。和邇吉士。「古事記」応神天皇条に百済国主の照古王が阿直吉師をして馬などを貢上した時に、さらに賢人を貢上するように願うと、「名和迩吉師。即論語十巻。千字文一巻。并十一巻。付是人即貢進」とある。**○始導**　初めて教え導いたこと。**○蒙**　啓蒙。**○軽嶋**　奈良県橿原市の軽の地。**○辰爾**　王辰爾。朝鮮半島から来た学者。「日本書紀」によると敏達天皇の時代に、「髙麗上表。書于鳥羽。字随羽黒。既無識者。辰爾乃蒸羽於飯気、以帛印羽。悉写其字。朝庭悉異之。」とある。

高麗の表を読み解く者がいなかったが、それを王辰爾が読み解いた。高麗の表は烏の羽に書いたもので、辰爾は羽を飯の気に蒸して帛に押し文字を写し取ったという。○**終敷教**　ついに教えを敷き延べた。○**訳田**　地名。奈良県磯城郡の巻向の地。外国文化の先進基地で、通訳のセンターが置かれた。○**使俗**　世間の人をして。使は使役。○**漸**　進めること。○**洙泗之風**　孔子の教え。風は風教・風化。洙泗は孔子の故郷の魯の川の名。○**趨**　その方面に向かわせたこと。○**斉魯之学**　春秋時代に孔子が斉国と魯国で説いた教え。○**聖徳太子**　用明天皇の皇子。推古天皇の時に皇太子。摂政。十七条憲法を作る。六二二年没。○**設爵**　官位十二階を作ったこと。「爵」は臣下に与える身分の称号。○**分官**　官僚体制を整理したこと。○**肇**　初めて。○**制礼義**　礼と義を制定したこと。○**釈教**　釈迦の教え。仏教。○**未遑**　余裕が無いこと。○**篇章**　文学的文章のまとまり。○**淡海先帝**　近江の先の天皇。天智天皇を指す。白村江の敗戦により近江大津の宮に遷都した。○**受命**　天の命令を受ける。皇位に就くこと。○**恢開**　大きく広げること。○**帝業**　天皇の業務や業績。○**弘闡**　広めて明らかにすること。○**皇猷**　天皇による計画。○**道格**　天皇の事業は～に至る意。○**乾坤**　天地をいう。○**功光**　功績が輝くこと。○**以為**　思うこと。○**調風**　風俗習慣を正しくすること。○**化俗**　世間の人々に教えること。○**莫尚於文**　文章を尊ぶことが重要である意。○**潤徳**　教養として道徳を学び豊かな人格を形成すること。○**光身**　我が身を輝かすこと。○**孰先**　どのようなものが先行するだろうか。○**学**　学問。○**庠序**　学校。○**徴**　集めること。○**茂才**　優れた才能の者。漢代の官僚コースの名。○**定五礼**　祭祀・葬祭・賓客・軍事・冠婚の礼を定めたこと。○**興**　起こすこと。○**百度**　多くの制度。○**法則**　法律。○**規摹**　規模に同じ。○**弘遠**　広く遠いこと。○**夐古**　昔をいう。○**三階**　宮中の三つの階段で宮廷をいう。天下国家のこと。○**平煥**　平安にして明るい様子。○**四海**　天下国家。○**殷昌**　賑やかで盛んであること。○**旒纊**　天皇をいう。天皇の冠の飾り玉や耳栓。○**無為**　何もしなくとも治まること。○**巌廊**　朝廷。○**旋招**　しばしばに亘って招待すること。○**文学之士**　詩文にすぐれた文人。文学は文章の学。○**時開**　時々に開催したこと。○**置醴之遊**　詩を作る宴会。○**宸翰**　天皇の筆。宸筆。○**垂文**　詩文を下の者に示すこと。○**賢臣**　優れた臣下。○**献頌**　褒め歌を献呈すること。○**雕章**　彫刻のような文章。○**麗筆**　美しい文章。○**百篇**　百の詩文。○**経**　経過。○**乱離**　争乱をいう。○**悉従**　ことごとく～に帰した。○**煨**

燼　焼けて灰になる。○**言**　ここに。○**念**　懸念。○**湮滅**　消滅。○**輙**　すなわち。○**悼**　悼むこと。○**傷懐**　心を痛めること。○**自茲**　これより。○**詞人**　詩人。○**間出**　折々に輩出すること。○**龍潜王子**　身を隠していた皇子。大津皇子のこと。○**翔**　空を飛ぶこと。○**雲鶴**　雲に描かれた鶴。○**風筆**　風が筆となっての意。○**鳳翥天皇**　文武天皇。○**月舟**　月を舟に見立てる。万葉集に「月船」と見える。○**霧渚**　霧の籠める渚。○**神納言**　大三輪高市麻呂。持統朝に天皇の伊勢行幸を諫止したが認められず下野。○**白鬢**　白髪の生じたもみあげ。素鬢。○**藤太政**　藤原不比等。鎌足の子。光明皇后の父。○**玄造**　天地の創造をいう。○**遊**　楽しむこと。○**文囿**　詩文の園。○**閲**　閲覧。○**古人**　過去の詩人。○**遺跡**　残された跡。ここでは詩文。○**想**　想像すること。○**風月之旧遊**　風月を楽しみ友と心を交わした、古い時代の詩人たちの遊び。○**雖**　～ではあるが。○**音塵**　音沙汰。○**渺焉**　遠く遙かをいう。○**餘翰**　残された詩文。○**斯在**　ここに在る。○**芳題**　芳しい作品。○**遙憶**　遙かに思い遣ること。○**不覚**　思わず。○**涙**　昔を懐かしむ感動の涙。○**泫然**　はらはらと流れること。○**攀**　折取ること。○**縟藻**　美しい詩文。縟は柔らかい布団。藻は文藻。○**遐尋**　遠くまで求めること。○**風声**　名声。○**空墜**　空しく消えること。○**収**　収集。○**魯壁**　始皇帝による焚書から免れるために、魯の壁に尚書を隠した故事。○**餘蠹**　残された虫食いの書。○**綜**　集めること。○**秦灰之逸文**　秦の焚書の中から残された書物。壬申の乱により灰燼となった書物の残りの詩文を比喩。○**云曁**　ここに及ぶこと。○**平都**　平城京。七一〇年に藤原から遷都。○**凡百二十篇**　およそ百二十の詩文。○**勒**　記録すること。○**作者**　詩人。○**具題**　具体的に記すこと。○**姓名**　姓と名前。○**爵里**　官爵と出身をいう。○**篇首**　詩文の冒頭。○**撰**　選定。○**意**　意図。○**不忘**　忘れないこと。○**先哲**　昔の賢い人。○**遺風**　昔の風儀。過去の考え。○**懐風**　風儀を懐かしむ意。風はその人の生き方。○**名**　名付ける。○**云爾**　このように言う。文末の定型。○**于時**　時に。「于」は「於いて」の意。○**天平勝宝三年**　西暦七五一年。孝謙天皇の時代。○**歳在**　年は宿る意。○**辛卯**　カノトのウの日。十干十二支で年月日を表す方法。○**冬十一月**　冬の十一月のことである。三余暇の一つである冬の時間を示唆。

懐風藻目録

治部卿正四位下犬上王一首　遊覧山水
正五位下紀朝臣古麻呂二首　望雪　秋宴
大學博士從五位下美努連浄麻呂一首　応詔
判事從七位下紀朝臣末茂一首　臨池觀魚
唐學士辨弁正法師二首　与朝主人　憶本郷
正五位下大學頭調忌寸老人一首　春日從駕
贈正一位太政大臣藤原朝臣史五首　応詔　侍宴　遊吉野二首　七夕
正六位上左大史荊助仁一首　詠美女
大學博士從五位下刀利康嗣一首　侍宴
皇太子學士從五位下伊預部馬甘一首　応詔
從四位下播磨守大石王一首　侍宴
大學博士從六位上田邊史百枝一首　応詔
兵部卿從四位下大神朝臣安麻呂一首　山斎
從三位左大弁石川朝臣石足一首　春日応詔

従四位下刑部卿山前王一首　侍宴
正五位上近江守采女朝臣比良夫　侍宴
正四位下兵部卿安倍朝臣首名一首　春日応詔
大納言従二位大伴宿祢旅人一首　侍宴
従四位下左中辨中臣朝臣人足二首　従駕吉野宮
大伴王二首　従駕吉野宮
正五位下肥後守道公首名一首　秋宴
従四位上治部卿境部王二首　長王宅宴　秋夜宴山池
大學頭従五位下山田史三方三首　宴新羅客　長王　七夕
従五位下息長真人臣足一首　七夕
従五位下出雲介吉智首一首　七夕
主税頭従五位下黄文連備一首　侍宴
刑部少輔従五位下越智直広江一絶　言志
従五位下常陸介春日蔵老一首　述懐

從五位下大學助背奈王行文二首　宴新羅客　上巳宴
皇太子學士正六位上調忌寸古麻呂一首　宴新羅客
正七位上伊預掾刀利宣令二首　賀卌足　長王宅新羅客宴
大學助教本文従五位下下毛野朝臣虫麻呂一首　宴新羅客序
讃岐守外従五位下田中朝臣清足一首　宴長王宅
正二位左大臣長屋王三首　応詔　宴新羅客　初春置酒
従三位中納言安倍朝臣廣庭二首
正四位下大宰大貳紀朝臣雄人三首
正六位上但馬守百齊公和麻呂三首
正五位下大學博士守部連大隅一首
正五位下圖書頭吉田連宜二首
大学頭外從五位下箭集宿祢虫麻呂二首
陰陽頭正五位下大津連首二首
贈正一位左大臣藤原朝臣総前三首　七夕　宴新羅客　侍讌

正三位式部卿藤原朝臣宇合六首　宴南地　贈倭判官序　長王宅宴　悲不遇　遊吉野川　奉節度使
従三位兵部卿藤原朝臣万里五首　園池置酒　過神納言墟　釈奠　遊吉野
従三位中納言丹墀真人廣成三首　遊吉野　吉野作　述懐
従五位下鑄銭長官高向朝臣諸足一首　従駕吉野
律師大唐學生道慈師二首　奉皇太子　初春在竹渓山寺
外従五位下石見守麻田連陽春一首　和藤江守
大學頭外従五位下塩屋連古麻呂一首　宴長王宅
従五位下上総守雪連古麻呂一首　賀五八年
隠士民忌寸黒人二首　幽棲　独坐山中
沙門道融師五首
従三位中納言兼中務卿石上朝臣乙麻呂四首　寓南荒　贈掾公　贈旧識　閨情
正五位下中宮少輔葛井連廣成二首　和藤太政　夜坐河浜

淡海《おうみ》朝《ちょう》大友皇子《おおともおうじ》二首《にしゅ》

皇太子《こうたいし》は、淡海帝《おうみてい》の長子《ちょうし》なり。魁岸奇偉《かいがんきい》、風範弘深《ふうはんこうしん》なり。眼中清耀《がんちゅうせいよう》、顧眄煒燁《こべんいよう》なり。唐使《とうし》の劉徳高《りゅうとくこう》、見《み》て異《あや》しみて曰《いわ》く、此《こ》の皇子《おうじ》は風骨世間《ふうこつせけん》の人《ひと》に似《に》ず。実《じつ》に此《こ》の国《くに》の分《ぶん》に非《あら》ずと。嘗《かつ》て夜《よる》に夢《ゆめ》みる。天中《てんちゅう》洞啓《どうけい》し、朱衣《しゅい》の老翁《ろうおう》日《ひ》を捧《ささ》げて至《いた》り、擎《ささ》げて皇子《おうじ》に授《さず》く。忽《たちま》ち人《ひと》有《あ》り。腋底《えきてい》より出来《しゅつらい》す。便《すなわ》ち奪《うば》いて将《も》ち去《さ》る。覚《さ》めて驚《おどろ》き異《あや》しみ、具《つぶさ》に藤原《ふじわら》の内大臣《ないだいじん》に語《かた》る。歎《たん》じて曰《いわ》く、恐《おそ》らくは聖朝万歳《せいちょうばんざい》の後《のち》、巨猾《きょかつ》の間釁《かんきん》有《あ》らん。然《しか》れども臣平生曰《しんへいぜいいわ》く、豈此《あにこ》の如《ごと》き事有《ことあ》らんや。臣聞《しんき》く、天道《てんどう》は親《しん》無《な》し。惟《こ》れ然《しか》あるは是《これ》れ輔《たす》くと。願《ねが》わくは大王勤《だいおうつと》めて徳《とく》を修《おさ》めよ。災異憂《さいいうれ》うるに足《た》らざるなり。臣《しん》に息女《そくじょ》有《あ》り。願《ねが》わくは後庭《こうてい》に納《い》れ、以《もち》て箕帚《きそう》の妾《しょう》に宛《あ》てよと。遂《つい》に姻戚《いんせき》を結《むす》び、以《もち》てこれを親愛《しんあい》す。年甫《としわか》く弱冠《じゃっかん》にして、太政大臣《だいじょうだいじん》を拝《はい》す。百揆《ひゃくき》を揔《す》べて以《もち》てこれを試《こころ》みる。皇子《おうじ》は博学多通《はくがくたつう》にして、文武《ぶんぶ》の材幹《ざいかん》有《あ》り。始《はじ》めて万機《ばんき》を親《みずか》らにす。群下畏服《ぐんかいふく》し、粛然《しゅくぜん》たらざるは莫《な》し。年廿三《としにじゅうさん》。立《た》ちて皇太子《こうたいし》と為《な》る。広《ひろ》く学士《がくし》、沙宅紹明《さたくしょうめい》、塔本春初《とうほんしゅんしょ》、吉太尚《きちたいしょう》、許率母《こそつも》、木素貴子《もくそきし》等《ら》を延《ひ》きて、以《もち》て賓客《ひんきゃく》と為《な》す。太子《たいし》は天性明悟《てんせいめいご》、雅《つね》に博古《はくこ》を愛《あい》す。筆《ふで》を下《くだ》せば章《しょう》を成《な》し、言《げん》を出《いだ》せば論《ろん》を為《な》す。時《とき》に議《ぎ》する者《もの》は其《そ》の洪学《こうがく》を歎《なげ》く。未《いま》だ幾《いく》ばくもなくして文藻日《ぶんそうひ》に新《あら》たし。壬申《じんしん》の年《とし》の乱《らん》に会《あ》い、天命遂《てんめいと》げず。時《とき》に年廿五《としにじゅうご》。

大友皇太子は、淡海帝（天智天皇）の長男である。頑強な身体つきで、風采はなかなか立派である。眼の輝きは清く澄み、眼を動かす時には耀くようである。唐国の使者の劉徳高は、皇子を見て不思議を感じて「この皇子は風骨が世間の人に似ていない。実に此の国にあるべき分際ではない」と言った。かつて皇子は、夜に夢みることがあった。天の中がたちまち開き、朱色の衣を着た老翁が現れ、日を手に持っていて、それを擎げ皇子に授けた。突然、人が腋の中から出て来た。たちまち日を奪い持ち去った。夢から覚めて驚き異しみ、詳しく藤原の内大臣（鎌足）に語った。大臣は、嘆息しつつ「恐らく聖朝万歳の後、悪賢い者で間隙を狙う者が現れるでしょう。しかし、臣は平生言っていますように『いったい、そんな事があるでしょうか。臣が聞くところでは、天の道というのは取り立てて誰かに親しくすることはなく、それで天は然るべき者を輔ける』ということです。願うことは、大王は勤めて徳を修めなさい。そうすれば災異などは、憂えるに足りません。臣に娘がいます。どうか奥に納れて、身の廻りの世話をする妻に宛ててください」と言う。ついに鎌足と姻戚を結び、大臣家を親愛した。皇子は、年若く弱冠にして太政大臣を授けられた。百官を統括して事務内容を役人に試みた。皇子は博学多通にして、文武の能力がある。初めてすべての仕事を親らのものとした。群臣たちは畏服し、身を正して仕えない者はいなかった。年二十三で立って皇太子となった。広く学士の沙宅紹明、塔本春初、吉太尚、許率母、木素貴子等を招き、帝王学の師とした。太子は天性明悟で、つねに博古を愛した。筆を下すと文章を成し、発言すると論をなした。時に議論する者は、その広い知識に驚嘆した。いまだ幾ばくもなくして文藻は日々新たになった。ただ壬申の年の乱に出会い、天寿を遂げることがなかった。時に年二十五であった。

淡海朝大友皇子二首

皇太子者、淡海帝之長子也。魁岸奇偉、風範弘深。眼中清耀、顧眄煒燁。唐使劉徳高見而異曰、此皇子風骨不似世間人。實非此國之分。嘗夜夢。天中洞啓、朱衣老翁捧日而至、擎授皇子。忽有人。從腋底出來。便奪將去。覺而驚異、具語藤原内大臣。歎曰、恐聖朝万歳之後、有巨猾間釁。然臣平生曰、豈有如此事乎。臣聞、天道無親。惟然是輔。願大王勤修徳。灾異不足憂也。臣有息女。願納後庭、以宛箕帚之妾。遂結姻戚、以親愛之。年甫弱冠、拜太政大臣。摠百揆以試之。皇子博學多通、有文武材幹。始親万機。群下畏服、莫不肅然。年廿三。立為皇太子。廣延學士、沙宅紹明、塔本春初、吉太尚、許率母、木素貴子等、以為賓客。太子天性明悟、雅愛博古。下筆成章、出言為論。時議者歎其洪學。未幾文藻日新。會壬申年之乱、天命不遂。時年廿五。

【校異】○懐風藻（底本②・天和・宝永・寛政）。底本①なし。○眼中精耀（天和・宝永・寛政）。○惟善是輔（天和・宝永・寛政）。○勤修懐（天和）。○以宛〔充〕箕帚之妾（底②）。以克箕帚之妾（天和・宝永・寛政）。○大政大臣（寛政）。○群下畏（天和・宝永・寛政）。○年二十三（天和・宝永・寛政）。○木大ィ素貴子（底①）。○二十五（天和・寛政）。

【注釈】○皇太子　天智天皇の皇子の大友皇子。ただし、この時代に皇太子という称号が存在したかは疑問。**○淡海帝**　近江の帝。即ち天智天皇。琵琶湖湖南の大津に都を置いた。**○長子**　長男。**○魁岸**　秀でた立派な体格。**○奇偉**　すぐれて大きいこと。**○風範**　風采をいう。**○弘深**　広く深いこと。**○清耀**　澄んで輝くこと。**○顧眄**　眼を廻らすこと。**○煒燁**　耀くこと。**○唐使**　唐の国の使者。**○劉徳高**　唐からの使者。「日本書紀」孝徳条に「唐国遣朝散大夫沂州司馬上柱国劉徳高」と見える。**○異**　不思議に思うこと。○**風骨**　風姿。○**世間人**　世間一般の人。○**分**　分際。身の程をいう。○**嘗**　かつて。以前。○**大中**　天をいう。○**洞啓**　入り口が開かれること。○**朱衣老翁**　朱色の服をまとった老人。○**捧日**　太陽を捧げること。○**擎**　奉ること。○**腋底**　腋の下。○**便**　すなわち。○**将去**　行くこと。持ち去る意。○**覚**　目が覚めること。○**藤原内大臣**　藤原鎌足。不比等の父。大化の改新を行う。○**歎**　嘆息。○**聖朝**　天智天皇の御代。○**巨猾**　とても悪賢い者。○**間釁**　隙間を狙うこと。大海人皇子が、天皇の位を狙うことを暗示している。○**平生**　普段。いつも。○**天道無親**　天の正しい道は特別に贔屓にすることが無い意。○**輔**　助けること。○**大王**　皇子を指す。オオキミ。立派な皇子様の意。○**修徳**　正しい徳を身に付けるための学習。○**災異**　災害。君主として怠りがあれば、天が災害を起こすという。○**息女**　娘。○**納**　妻として入れること。○**後庭**　太子の後宮。○**箕帚之妾**　掃除する妻。身の廻りの世話をする妻の意。○**姻戚**　親戚。○**親愛**　親しく交わること。○**年甫**　年が若いこと。○**弱冠**　冠を載せたばかりの頃。成人したばかりをいう。○**拝**　謹んで受けること。○**太政大臣**　内閣の最高地位。○**摠**　総べる。統括する。○**百揆**　すべての事柄を統率する官。百官。○**試**　官吏登用の能力検査。考試。○**博学多通**　知識が豊富で、多くのことに通じていること。○**文武**　文章と武力。○**材幹**　物事をやりこなす能力。資質。○**親**　自らをいう。○**万機**　多くの役所の仕事。○**群下**　役人たち。○**畏服**　恐れて服従すること。○**粛然**　かしこまること。○**皇太子**　次の天皇となることが認められた皇子。○**延**　招くこと。○**学士**　学問を修めた先生。以下の学士の名は、「日本書紀」天智条に見える。○**沙宅紹明**　天智朝の百済亡命渡来人。法律家。○**塔本春初**　天智朝の百済亡命渡来人。兵法家。○**吉太尚**　天智朝の百済亡命渡来人。医師。○**許率母**　天智朝の百済亡命渡来人。五経博士。○**木素貴子**　天智朝の百済亡命渡来人。兵法家。○**賓客**　特別に招かれた客人。ここでは、皇太子に学問を教える先生として賓客とされた。○**太子**　皇太子のこと。○**天性**　天の授けた性質。○**明悟**　明らかで優れていること。○**雅愛**　常に愛でること。○**博古**　古い時代の文物を学ぶこと。○**下筆成章**　筆を下ろすと直ぐに文章が出来ること。○**出言為論**　言葉を発すると勝れた論となること。○**時**　皇子と論議をする時をいう。○**議**　論議。○**歎**　驚嘆すること。○**洪学**　とても広い学識。○**幾**　程度が不明の意を表す。○**文藻**　美しい文章。○**日新**　日々新しくなること。○**壬申年之乱**　六七二年に起きた、近江方の大友皇子と吉野方の大海人皇子による天下を分ける争乱。**○天命**　天が与えた寿命。天寿。**○不遂**　成就することが無かったこと。

1　五言。侍宴。一絶。――大友皇子

五言《ごごん》。宴《うたげ》に侍《はべ》る。一絶《いちぜつ》。
皇明日月《こうめいじつげつ》と光《て》り、帝徳天地《ていとくてんち》と載《の》す。三才並《さんざいなら》びに泰昌《たいしょう》、万国臣義《ばんこくしんぎ》を表《あらわ》す。

五言。宴会に畏まって参加する。一絶。
天の神である我が大王の光明は、日や月と等しく照り輝き、天の帝である我が大王の徳は、天や地と等しく載せる。それゆえに天・地・人の三才は安泰にして繁栄し、万国の使者は我が王に臣下としての礼を尽くすことだ。

五言。侍宴。一絶。
皇明光日月。帝徳載天地。三才並泰昌。万國表臣義。

【注釈】○五言　一句が五字からなる詩体。近体詩の絶句と異なる。**○侍宴**　天皇の宴会に呼ばれて畏まって付き従うこと。この宴は、序文にいう近江朝の「置醴の遊び」にあたる。**○一絶**　一首に同じ。絶は絶句体の四句詩を指す。五言と七言とがある。六朝時代の詩を元にして唐に確立した詩形。**○皇明**　皇帝の輝きは。皇は煌に同じく天に耀くこと。ここでは天智大王を指す。帝徳と対で王の偉大さを言う。**○光**　照り輝くこと。**○日月**　太陽と月。**○帝徳**　皇帝の徳は。帝は天上を支配する至上神だが、秦代

以降は天の命を受けた皇帝をも指す。ここでは天智大王の仁徳のこと。**〇載天地**　天はすべてを覆い地はすべてを載せる意。**〇三才**　天・地・人の働き。三才は、世界分類の基準を示す語。「万国」と対で数の大小を示す。**〇並泰昌**　共に安泰で繁栄している意。**〇万国**　すべての国。国は世界の国をいう。**〇臣義**　臣下として筋道を正しくつけること。

【解説】五言絶句体詩。韻は地・義。天皇の開いた公宴に出席して詠んだ詩。この詩は、現存する日本人最初の漢詩の二首の中の一首。二首はいずれも近江朝の大友皇子の詩である。本藻序文によれば近江朝ではさまざまな制度が整い、余裕が出来たことから文学の士を招き「置醴の遊び」が行われたという。その詩は百余篇あったが、壬申の乱で灰燼に帰したと伝える。その中で現存するのは、大友皇子の二首のみである。ここで注目されるのは、本詩の「皇」と「帝」の語句である。この二つを合わせると「皇帝」となる。皇帝は始皇帝以来中国の王を指し、宇宙の神を意味した。始皇帝は国を統一したことから、自らを天帝と等しい存在とし皇帝号を名乗ったのである。日本の天皇号は、現在遡れる上限が天武朝であり、それ以前の天皇は大王号である。近江朝に皇・帝の概念が現れたのは、「天は覆い地は載せる。もって四時をなす。これが皇でありこれが規則である」（『楽府詩集』）、「天地、陰陽、四時、日月、星辰、山川、人倫に通じ、天地の徳と等しい者は帝と称する」（董仲舒『春秋繁露』）というような理解が及んでいたからであろう。本詩の「載天地」というのは、このことを指している。倭国王の徳に触れて、万国の使者が倭王に信義を表すというのは、諸国が中国皇帝に使いを派遣し、賀正礼に参集して信義を表した様子と酷似する。この詩も正月の賀正礼の後の公宴に詠まれたものと思われる。天皇号が現れる倭国王称号改革へと向かう前夜のことである。その背景には韓半島紛争により百済が滅亡し、多くの百済亡命渡来人が近江朝に仕えたことが考えられる。皇子伝に名の見える大友皇子の教育に当たった沙宅紹明ら五人の賓客（学士）たちも、そうした渡来人である。このことにより古代日本は新羅・中国との国交を絶つ中で、百済の王制度を改革して倭国独自の道を歩むこととなる。近江朝に多くの制度が整えられたというのも、このことを含むのであろう。その独自性とは、中国の皇帝に並ぶ天子を創出することであった。その具体化は皇帝の制度を整えた『礼記』王制を基準として、唐帝国をモデルとした周辺国による皇帝制度の応用である。百済は早くから韓半島にミニ中華思想を構想し、韓半島の天子国を樹立する計画であったが、新羅・中国連合軍により滅亡させられた。この独立天子国の構想は、日本へ逃れて来た百済人により倭国で新たに構想され、やがて天皇王制へと向かったものと思われる。大友皇子の皇・帝への賛美はそうした時代背景の中にあったのである。なお、「入隋侍宴応詔」の陳後主詩に「日月光天徳。山河壮帝居。太平無以報。願上万年春」のように見え、また皇明も帝徳も楽府系統の群臣宴や祭祀歌に見えるものであり、本詩もそのような詩を背景にしていると思われる。

2

五言。述懐。一絶。　――大友皇子

五言《ごごん》。懐《こころ》を述《の》ぶ。一絶《いちぜつ》。

道徳《どうとく》は天訓《てんくん》を承《う》け、塩梅《えんばい》は真宰《しんさい》に寄《よ》る。羞《は》ずらくは監撫《かんぶ》の術《じゅつ》無《な》きことを、安《いずく》んぞ能《よ》く四海《しかい》に臨《のぞ》まん。

五言。懐を述べる。一絶。

政治を行うに当たっての指標は、天の教訓を継承することが大切であり、政治の味加減をする方法は、天の主宰者に頼ることが大切である。しかし、私は羞ずかしいことに、諸国を監察する手だてを知らず、どのようにして天下国家に臨むべきであろうか。

五言。述懐。一絶。

道徳承天訓。鹽梅寄真宰。羞無監撫術。安能臨四海。

【注釈】 **○五言**　一句が五字からなる詩体。**○述懐**　心の思いを述べること。**○一絶**　一首に同じ。「絶」は絶句体の起承転結による四句詩を指す。五言、七言がある。**○道徳**　人が守るべき道しるべ。指標。**○天訓**　天の教え。**○塩梅**　味付け。料理の味付けは塩や梅によった。ここでは、政治のさじ加減を指す。**○寄**　頼りとすること。**○真宰**　宇宙の主宰者。天の神をいう。**○羞**　恥じること。**○監撫術**　監撫は、監察と撫民。諸国を監察し、民を安泰に導くこと。術は手段や方法。**○安能**　どうしたら出来ようか。能は可能を表す。**○臨**　君臨すること。**○四海**　東西南北の海。天下国家を指す。

【解説】 五言絶句体詩。韻は宰・海。述懐の詩は、我が身を省みて思いを述べる詩である。天智天皇の皇子である大友皇子は、近江朝において皇太子となる。一方に天智天皇の弟の大海人皇子は、かねてから皇太子として即位が約束されていた。大友皇子の立太子は、こうした火種を抱えながら行われたのである。この詩は、大友皇子が立太子にあたって詠んだ述懐の詩と思われる。皇太子となれば、諸国の把握や民の撫導に対する知識、あるいは政治的技量が求められる。それが天訓や真宰であり監撫の術である。そうした知識や技量は大化の改新の改新詔や以降の政治改革から見ると、太宗の貞観の治を参考とする儒教的な徳に基づくことが知られる。しかも、そうした天子の徳は天なるものの教訓によるのだというところに、周以降の極めて中国的な天を崇拝する君子観が現れている。それが自らに不足していることを嘆くのは、述懐詩の一つの定型ではあるが、そこには儒教的君子は天の意志を知る謙虚さが求められたという理由がある。いわば天を仰ぎ見て観察し、伏して地を観察する仰観俯察の政治である。こうした帝王の持つ謙虚さは、百済から亡命して来た学士たちにより教育された帝王学によろう。韓半島では早くに天文台が作られ、天文の動きと天子の政治とを一致させていたのである。皇太子の学士たちは賓客と呼ばれるが、彼らは百済の先端の学問を身につけた知識人であり、大友皇子を補佐した五人の賓客と呼ばれた渡来人たちは、後に見られる皇太子学士の前身にあたる。彼らは皇太子に対して帝王学を教授したが、その肝要は天の意志を理解して四海に臨むことにあり、そこに天子としての徳の軽重が問われるということであった。その重責への思いから、このような皇子の述懐詩が成立していることを知るのである。

【大友皇子】大化四（六四五）年―天武元（六七二）年。天智天皇の皇子。天智十（六七一）年若くして太政大臣となる。天智天皇没後に叔父の大海人皇子（天武天皇）と壬申の乱（六七二）で争い敗北して自殺。「日本書紀」に立太子・即位の記事を見ないが、本藻皇子伝に二十歳で太政大臣となり、二十三歳で皇太子となったことが見える。大日本史は大友天皇を立て、明治に入り弘文天皇と追号され、第三十九代天皇とされた。初め天智天皇は弟の大海人皇子を皇太子として次期天皇を約束していたが、大友皇子を寵愛するあまり皇子を皇太子としたことで争いが起きた。皇子は大海人皇子と額田王の娘である十市皇女を妻とし、乱後に皇女は急病で亡くなった。

河嶋《かわしま》皇子《おうじ》一首《いっしゅ》

皇子《おうじ》は、淡海帝《たんかいてい》の第二子《だいにし》なり。志懐《しかい》は温裕《おんゆう》にして、局量《きょくりょう》は弘雅《こうが》なり。始《はじ》め大津《おおつ》皇子《おうじ》と莫逆《ばくぎゃく》の契《ちぎり》を為《な》し、津《つ》の謀逆《ぼうぎゃく》に及《およ》び、嶋《しま》則《すなわ》ち変《へん》を告《つ》ぐ。朝廷《ちょうてい》は其《そ》の忠正《ちゅうせい》を嘉《よみ》するも、朋友《ほうゆう》は其の才情《さいじょう》を薄《うす》しとす。議《ぎ》する者未《ものいま》だ厚薄《こうはく》を詳《つまび》らかにせず。然《しか》れども余《よ》以為《おも》うに、私好《しこう》を忘《わす》れて公《こう》に奉《ほう》ずる者《もの》は、忠臣《ちゅうしん》の雅事《がじ》、君《きみ》に背《そむ》いて親《した》しくして厚《あつ》く交《まじ》わる者《もの》は、悖徳《はいとく》の流《りゅう》のみ。但未《ただいま》だ争友《そうゆう》の益《えき》を尽《つ》くさず、其《そ》を塗炭《とたん》に陥《おとしい》るるは、余亦《よまた》これを疑《うたが》う。位《くらい》は浄大参《じょうだいさん》に終《お》う。時《とき》に年《とし》卅五《さんじゅうご》。

皇子は、近江の帝の次男である。人情は穏やかで、度量は広く大きかった。初め大津皇子と莫逆の契をしたのであったが、大津が謀逆を起こすに及んで、河嶋皇子はただちにそのことを朝廷に密告した。朝廷は皇子が忠正を尽くしたことを褒めたのだが、皇子の友人たちの間では、彼の人柄を薄情だと評した。もちろん、いろいろ論議する者も、その厚薄を明らかにすることがなかなか出来なかった。しかしながら、私が思うには、私好を忘れて公に奉ずるという者は、忠臣としてすばらしい事であり、君に背いてまで親しく友に交わる者は、徳に悖くことだと言わざるを得ない。ただ、十分に友を諫め教えることを尽くさないで、親友を塗炭の苦しみに陥れるのは、私も亦これを疑う。皇子の位は浄大参に終わった。時に年は卅五であった。

河嶋皇子一首

皇子者、淡海帝之第二子也。志懐温裕、局量弘雅。始與大津皇子為莫逆之契、及津謀逆、嶋則告變。朝廷嘉其忠正、朋友薄其才情。議者未詳厚薄、然余以為。忘私好而奉公者、忠臣之雅事、背君親而厚交者、悖徳之流耳。但未尽争友之益、而陥其塗炭者、余亦疑之。位終于浄大参。時年卅五。

【校異】○河島皇子（天和・宝永・寛政）。○島則告変（天和・宝永・寛政）。○時年三十五（天和・宝永・寛政）。

【注釈】○**皇子**　天智天皇の皇子の河嶋皇子。○**淡海帝**　近江の天皇。天智天皇のこと。○**第二子**　次男。○**志懐**　人情。人柄。

○**温裕**　暖かく大らかなこと。○**局量**　度量。○**弘雅**　広く大きいこと。○**与**　〜と。○**大津皇子**　天武天皇の皇子。○**莫逆之契**　生涯裏切ることのない約束。○**津**　大津皇子をいう。○**謀逆**　謀叛。○**嶋**　河嶋皇子をいう。○**告変**　変事を密告する。○**朝廷**　持統天皇の時の朝廷。○**嘉**　良いとすること。○**忠正**　忠義。○**朋友**　友達。○**薄**　薄情なこと。○**才情**　物事の感じ方。○**議者**　論議する者。○**未詳**　いつまでも明確にならないこと。○**厚薄**　人情の厚いことと薄いこと。○**余**　私。伝の作者をいう。○**以為**　思うに。○**忘**　忘却すること。○**私好**　自分好み。○**奉公**　公に奉仕すること。○**忠臣**　忠実な臣下。○**雅事**　とても勝れていること。○**背君**　天皇に背くこと。○**親**　交友をいう。○**厚**　深いこと。○**交**　交流。交わり。○**悖徳**　道徳に背く。○**流**　系統をいう。○**争友之益**　友達が有益になるように諫め教えること。○**陥**　陥れること。○**塗炭**　泥にまみれたり火に焼かれたりするような苦しみ。○**疑**　疑問とすること。○**位**　官位。○**浄大参**　天武朝の官位。大宝令の四位相当。○**時**　亡くなった時。○**年卅五**　年齢は三十五才であった。

3

五言。山斎。一絶。　——　河嶋皇子

五言《ごごん》。山斎《さんさい》。一絶《いちぜつ》。

塵外年光《じんがいねんこう》満《み》ち、林間物候《りんかんぶっこう》明《あき》らかなり。風月遊席《ふうげつゆうせき》に澄《す》み、松桂交情《しょうけいこうじょう》を期《き》す。

五言。山荘での詩。一絶。

世俗を離れた塵の外には春のゆったりとした暖かな風光が満ち、近くの木々の間には季節に沿った風物が美しい。風や月はこの遊びの宴席に澄み渡り、我々も松や桂と同じく堅い信頼や深い友情を約束するのである。

五言。山斎。一絶。

塵外年光満。林間物候明。風月澄遊席。松桂期交情。

【注釈】〇**五言**　一句が五字からなる詩体。〇**山斎**　山水様式の庭園を持つ山荘。和語でシマという。シマは池の中に島を造形した異国趣味の庭園。書斎や別荘をいう。談論や文学の空間。〇**一絶**　一首。絶は絶句体の詩を指す。〇**塵外**　世俗の外。塵は俗世間。外はその外側。〇**年光**　年初の日の光り。春光。〇**林間**　林の中。世俗を逃れた所。〇**物候明**　自然の風光が美しい。「物」は物色。〇**風月**　風と月。また、風月で物色の代表。〇**澄**　清澄な様。〇**遊席**　友人らと楽しむ宴席。〇**松桂**　松と桂。風月と対。松と桂は貞節や香り高いものを意味し、堅い信頼や友情や君子の付き合いの比喩。〇**期**　約束すること。〇**交情**　交友の情。

【解説】五言絶句体詩。韻は明・情。別荘の山斎で、宴会を催した時の詩。山斎はシマと呼ばれる庭園のある別荘。宴会は、世俗を離れた特別な場所で行うことが理想とされた。「庾開府集」の「山斎」と題する詩に「石影横臨水。山雲半繞峰。遙想山中店。懸知春酒濃」とあり、詩酒の場が山斎である。それはまた詩人たちが詩の風景を得るために造形した庭園でもある。古代日本の山斎は蘇我馬子が外来の庭園を学んで造ったのが最初であるらしく、馬子は島大臣と呼ばれた。山斎は池に中島を配した人工の山水庭園であり、シマというのは池の中島を指す。大海に浮かぶ島(神山)のイメージが起源であり、秦の始皇帝が好んだものであり、東海に浮かぶ三神山の様式である。一方、推古天皇の時に韓半島の技術者が池に嶋を立てた庭園を造ったのは、須弥山(蘇命路)庭園であり、仏教的宇宙観を現す。斉明天皇が須弥山石を立て異族などを迎えて宴を開いているのは、宇宙の王という認識からである。この三神山様式・須弥山様式の庭園は、ある段階から二つが混じり合いながら皇子邸や貴族の邸宅に流行する。本詩によると山斎の庭園では風月が澄み、松と桂が友情を結んでいるという。風月は季節の景物を第一義とするが、またそれは深い友情を譬喩する。松桂も同じく友情を表し、松桂の契りは中国文人詩の常套である。いわば、深い友情を結んだ仲間とともにこの宴会が催され、官位・官職などという世俗の塵に煩わされない楽しみを尽くすのである。風月も松桂も世俗に関与せず、無為自然の姿で人に接することから、詩人たちはそれを理想としたのである。山斎は仙境に託された無為にして静雅な山荘であり、交友を深める特別な場所として貴族社会に流行したのである。「庾開府集」の「山斎」が山中の静かな山斎で春の酒を楽しむ詩であるように、山斎での読書と酒とは、知識人たちの楽しみの一つであった。そのようにして友と山斎で親しく酒を交わしたであろう河嶋皇子は、大津皇子と交わした莫逆の契りを裏切り、大津皇子の謀反を朝廷に告げたという。河嶋皇子もまた時代に翻弄された一人であった。

【河嶋皇子】斉明三（六五七）年—持統五（六九一）年九月。川島皇子とも。天智天皇皇子。天武十（六八一）年三月に忍壁皇子らとともに帝紀や上古の諸事の撰定に当った。大津皇子の謀反の計画を知り、天皇に密告したとされる。天武十四年浄大参。「万葉集」の歌人。

大津《おおつ》皇子《おうじ》四首《よんしゅ》

皇子《おうじ》は、浄御原帝《きよみはらてい》の長子《ちょうし》なり。状貌魁悟《じょうぼうかいご》、器宇《きう》峻遠《しゅんえん》なり。幼年《ようねん》にして学《がく》を好《この》み、博覧《はくらん》にして能《よ》く文《ぶん》を属《つづ》る。壮《そう》に及《およ》び武《ぶ》を愛《あい》し、多力《たりき》にして能《よ》く剣《けん》を撃《う》つ。性《せい》頗《すこぶ》る放蕩《ほうとう》にして、法度《ほうど》に拘《かか》わらず。節《せつ》を降《くだ》して士《し》を礼《れい》し、是《こ》れに由《よ》りて人《ひと》多《おお》く付託《ふたく》す。時《とき》に新羅《しらぎ》僧《そう》の行心《こうじん》有《あ》り。天文卜筮《てんもんぼくぜい》を解《かい》す。皇子《おうじ》に詔《つ》げて曰《いわ》く、

「太子《たいし》の骨法《こっぽう》は是れ人臣《じんしん》の相《そう》ならず。此《こ》れ久《ひさ》しく下位《かい》を以《もち》てすれば、恐《おそ》らくは身《み》を全《まった》くせず。」と。因《よ》りて逆謀《ぎゃくぼう》を進《すす》む。此《こ》の詿誤《かいご》に迷《まよ》い、遂《つい》に不軌《ふき》を図《はか》る。嗚呼《ああ》惜《お》しい哉《かな》。彼《か》の良才《りょうさい》を蘊《つつ》み、忠孝《ちゅうこう》を以《もち》て身《み》を保《たも》たず、此《こ》の奸竪《かんじゅ》に近《ちか》づき、卒《つい》に戮辱《りくじょく》を以《もち》て自《みずか》ら終《お》う。古人《こじん》の交遊《こうゆう》を慎《つつし》む意《こころ》、固《もと》より以《もち》て深《ふか》き哉《かな》。時《とき》に年《とし》廿《にじゅう》四《し》なり。

大津皇子は浄御原の天皇の長男である。身体つきは大きく器量もまた優れていた。幼い時から学問を好み、書物を読んで物事を理解し文章を綴ることをよくした。青年になると武術を愛し、力は強力で剣を撃つことに優れていた。性格は頗る自由人で、あまり規則に拘らなかった。しかし礼節を以て人士を礼遇したので、多くの人士は皇子を頼みとした。そのような時に新羅から渡来した行心というお坊さんがいて、天文学や占いに詳しかった。行心が皇子に、「太子様の人相は臣下のものではない。このまま低い身分にいるようですと、おそらく十分な能力を発揮することは難しいでしょう」といった。それで皇子は謀反に走ってしまった。こんな嘘つきに瞞されて、ついに法を犯すようなことを計画してしまったのである。ああ、実に惜しいことである。皇子はその優れた才能を積んで、忠孝をもって身を保つことをせず、こんな悪者に近づいて、ついには辱めを受けて自ら生涯を閉じた。古人が友だち付き合いを慎重にした心は、初めから深い意味があったのだ。皇子はこの時、二十四才であった。

大津皇子四首

皇子者、淨御原帝之長子也。狀貌魁梧、器宇峻遠。幼年好學、博覧而能属文。及壯愛武、多力而能撃劍。性頗放蕩、不拘法度。

降節礼士、由是人多付託。時有新羅僧行心。解天文卜筮。詔皇子曰、太子骨法不是人臣之相。以此久下位、恐不全身。因進逆謀。迷此詿誤、遂圖不軌。嗚呼惜哉。蘊彼良才、不以忠孝保身。近此姧豎、卒以戮辱自終。古人慎交遊之意、固以深哉。時年廿四。

【校異】○能撃劔（天和・寛政）。○此姧豎（天和・宝永・寛政）。○嗚呼惜哉（寛政）。○蘊彼良才（底①・天和・宝永）。○因以深哉（天和・宝永・寛政）。○時年二十四（天和・宝永・寛政）。

【注釈】○**皇子**　大津皇子。天武天皇と大田皇女の子。天武天皇が没した時に、謀反が発覚したとして死を賜った。○**浄御原帝**　飛鳥の浄御原に都を置いた天皇。即ち天武天皇。六七二年の壬申の乱の勝利により近江から飛鳥に遷都した。○**長子**　長男。但し異母兄弟の長男は高市皇子であるから、ここは大田皇女の長男の意。○**状貌魁梧**　身体が大きく逞しい。状貌は身体的様。○**器宇峻遠**　器量が優れている。○**幼年好学**　幼くして学問を好む。秀才を褒める定型句。○**博覧**　知識が豊富であること。○**能**　～が出来る意。可能。○**属文**　文章を綴ること。文章家を褒める定型。○**壮**　壮年。○**愛武**　武術を好んだこと。○**多力**　強い力。○**撃剣**　剣を撃つこと。○**性頗放蕩**　性格がすこぶる自由であること。○**拘**　拘わること。○**法度**　決まり。○**降節**　礼節を以て対応すること。○**礼士**　能力有る男たちを礼遇すること。○**付託**　頼みとする。○**新羅僧**　新羅から渡来した僧侶。○**行心**　人名。新羅僧。天文・卜筮の専門家。大津皇子事件の後に飛騨の寺に流された。○**解**　理解。○**天文**　天文学。政治・暦・哲学などに利用。○**卜筮**　占い。筮は筮竹の占い。○**詔**　告げること。○**太子**　皇太子。大津皇子は太子ではないが、行心の思惑からの使用。○**骨法**　骨組み。骨相。○**人臣**　臣下。○**相**　相貌。人相。人相見により示される相。○**下位**　低い身分。○**全身**　身を保全すること。○**逆謀**　謀反。○**詿誤**　欺き瞞すこと。○**遂図不軌**　ついに規範に沿わないことを意図したこと。○**嗚呼**　ああ。感嘆の語。○**惜哉**　惜しいことだ。哉は感嘆の語。○**蘊**　包むこと。○**良才**　優れた才能。○**忠孝**　忠誠と孝行。○**保身**　身を安全に保つこと。○**姧豎**　悪賢い者。○**卒**　ついにの意。○**戮辱**　屈辱。○**終**　命を絶つこと。○**古人**　古の賢人。○**慎**　慎むこと。○**交遊**

友だち付き合い。**○意**　意義。**○固**　初めから。**○深哉**　深く思慮していたことだの意。**○時**　皇子が死を賜った時。**○年廿四**　年齢は二十四才であった。

4

五言。春苑宴。一首。　――　大津皇子

五言《ごごん》。春苑《しゅんえん》の宴《うたげ》。一首《いっしゅ》。

衿《えり》を開《ひら》きて霊沼《れいしょう》に臨《のぞ》み、目《め》を遊《あそ》ばせて金苑《きんえん》を歩《あゆ》む。澄徹《ちょうてつ》して苔水《たいすい》深く、晻曖《あんあい》として霞峯遠《かほうとお》し。驚波《きょうは》は絃《げん》と共《とも》に響《ひび》き、哢鳥《ろうちょう》は風《かぜ》と与《とも》に聞《き》く。群公倒載《ぐんこうとうさい》して帰《かえ》り、彭沢《ほうたく》の宴誰《うたげたれ》か論《ろん》ぜん。

五言。春の庭園での宴会。一首。

天皇は心を開いて周の文王のように霊沼に臨み、目を遊ばせて宮中の苑を散歩する。池の水は澄み渡って苔の生じた水は深い底まで見え、ぼんやりと霞んだ山の峯は遠くに眺められる。騒ぐ波音は琴の音と共に鳴り響き、喜び歌う鳥は風の音と一緒に聞こえて来る。宴会に集まった人々は酔い痴れ、倒れ伏しては車に載せられて帰るほどであるから、この上にあの陶淵明が催したという彭沢の宴のことなど誰が言い出そうか。

五言。春苑宴。一首。

開衿臨霊沼。遊目歩金苑。澄徹苔水深。晻曖霞峯遠。
驚波共絃響。哢鳥与風聞。羣公倒載歸。彭澤宴誰論。

【校異】○言宴（天和・宝永・寛政）。○題の「一首」なし（天和・寛政）。○澄徹清苔水深（底①）。澄清苔水深（天和・宝永・寛政）。

【注釈】○五言　一句が五字からなる詩体。○春苑　春の季節の苑。和語「ハルのソノ」は春苑の翻訳語。○宴　君臣和楽のための飲酒の会。○首　詩歌を数える単位。○開衿　堅苦しい衣服を解き放ち、心を自由にすること。寛いだ様子。開襟に同じ。○臨　その場に対して顔を向けること。○霊沼　周の文王の時の沼を比喩。宮中の池を指す。○遊目　あちらこちらに目を注ぐこと。○金苑　禁苑。宮中の庭園。○澄徹　澄んでいる様子。○苔水　苔の生えた池水。○晻曖　靄の掛かった状態。○霞峯　霞や雲が掛かっている峰。○驚波　波が打ち寄せてざわめく様子。哢鳥と対で自然の音楽を言う。○絃響　弦楽器の響き。ここでは琴を指す。○哢鳥　楽しみ鳴く鳥。哢は鳥が楽しく囀ること。○与　～と共に。○群公　宴会に参加した人々。○倒載帰　酔って立てない状態で馬車に乗って帰る様子。魏晋時代の山簡という人の故事。○彭沢宴　陶淵明の彭沢での宴楽。○誰論　誰がそのことを話題に出すだろうか、出すことはないの意。

【解説】五言律詩体詩。韻は苑・遠・聞・論。春の苑での宴会の詩。宮廷の庭園を周の霊沼に喩えてその美しさを描き、宴会の楽しさを描く。陶淵明の彭沢の宴も素晴らしいが、それ以上の宴だという。この詩題に春苑が用いられている。春苑というのは庭園の名ではなく、中国詩に詩題として登場する、春の美しい風光に彩られた園を表現する詩語である。「万葉集」では家持の「春の苑紅にほふ桃の花」（巻十九・四一三九）の歌へと繋がる。春苑が宴席の舞台となるのは、春の到来への喜びと塵の外で春の風光を愛でるという趣旨による。本藻において自然の風光への関心は強く、そうした自然と一体になることは、長寿や延命といった養生法でもあったようだ。また、このような自然の中に宴席を設けるのは、天皇にとっては君臣の和楽が目的であり、仲間たちとの宴会であれば交友を深めることにある。公宴は季節毎に行われ、春苑を題とする詩は、本藻に田辺史百枝の春苑応詔や石川石足の春苑応詔がある。大津皇子は皇子という立場を忘れ、文人たちと心を開いて詩を詠み合うのだが、そのためには季節の美しい風光や風物が重要な要件であった。魏の曹丕が詩を詠むための条件として、良辰・美景・賞心・楽事を挙げたという。この四つは併せがたいのだといわれるが、それが揃うことで理想的な詩宴が可能となる。春苑が選ばれたのはそうした春の良辰によるからであり、庭園を散歩すればそこに澄んだ池水や遠く霞の掛かる春の嶺が眺められ、群公たちはその風景を賞美して詩を詠み酒に酔う。主も臣下も衿を開いて寛ぎ、心を一つにして季節を愛でるのが曹丕の理想であった。「羣公倒載帰」というのは、詩人たちが心を一つにして共に美景を賞美して詩を競い、共に君臣の和楽により酔い痴れたことを意味するのであり、その詩の宴が陶淵明の彭沢の宴よりも優れ、曹丕のそれに等しいものであることを言うのである。

5

五言。遊猟。一首。――大津皇子

五言《ごごん》。遊猟《ゆうりょう》。一首《いっしゅ》。

朝《あした》に択《えら》ぶ三能《さんのう》の士《し》、暮《くれ》に開《ひら》く万騎《ばんき》の筵《むしろ》。臠《にく》を喫《きっ》し倶《とも》に笑《わら》い、盞《さかずき》を傾《かたむ》けて共《とも》に陶然《とうぜん》たり。月弓《げっきゅう》は谷裏《こくり》に暉《かがや》き、雲旌《うんしょう》は嶺前《れいぜん》に張《は》る。曦光《ぎこう》已《すで》に山《やま》に隠《かく》るも、壮士《そうし》且《しばら》く留連《りゅうれん》せよ。

五言。狩を楽しむ。一首。

夜明けにすぐれた能力を持つ男たちを選び、猟の遊びを尽くし多くの獲物を得て、夕方に騎馬の者たちに労いの宴会を開く。獲物の肉を食べては一緒に笑い合い、杯を飲み干し酔っては陶然としている。弓の形をした月は谷の向こうに耀き、旗のような形をした雲は峰の前に棚引いている。朝に照っていた太陽は山に隠れる様子だが、勇士たちよまだまだここに留まっていようではないか。

五言。遊猟。一首。

朝擇三能士。暮開万騎筵。喫臠俱豁笑。傾盞共陶然。

月弓暉谷裏。雲旌張嶺前。曦光已隠山。壮士且留連。

【校異】○俱豁笑〔矣〕（底②）。俱豁矣（天和・宝永・寛政）。○暉〔輝〕谷裏（底②）。輝谷裏（天和・宝永・寛政）。○雲旌旗イ張嶺前（底①）。

【注釈】○五言 一句が五字からなる詩体。**○遊猟** スポーツとしての猟をすること。古く猟は占いであったが、遊楽へと変わる。**○首** 詩歌を数える単位。**○朝択** 夜明けに選ぶ。「暮開」と対で、一日の様子を言う。**○三能士** 三つのことに能力を持つ者。馬術、弓、料理であろう。**○暮開** 夕方に開催すること。**○万騎筵** 馬を走らせ猟をした者たちが集う宴会。「筵」は席。**○喫** 食べること。「傾盞」と対で飲食を言う。**○臠** 猟で得た動物の肉。**○俱** 一緒にの意。**○豁笑** 大いに笑い合う。豁はあけすけ。笑う形貌。**○傾** 傾斜。**○盞** 酒杯。**○陶然** 酒に酔った状態。**○月弓** 弓のような月。雲旌と対で空の様子を言う。**○暉** 耀くこと。**○谷裏** 谷の中。裏は内側。**○雲旌** 旗が靡いているような雲。旌は旗。**○張** 張り出すこと。**○嶺前** 峰の前。**○曦光** 朝に照る太陽。**○已** 既に。**○隠山** 山に隠れること。**○壮士** 猟をする立派な勇士。**○且** しばらく。**○留連** いつまでも留まること。

【解説】五言律詩体詩。韻は筵・然・前・連。猟の後の宴会を開いた時の詩。猟はスポーツとして行われたが、それは戦いの模擬的演習も兼ねていた。三能の士が選ばれるのは、そうした能力を試みるためである。雄略天皇の猟の記事によれば、天皇が猟に行き大きな猪が出てきて舎人は驚いて木に登り、天皇は目の前に襲って来た猪を足で踏み殺して難を逃れたという。天皇は大いに怒り舎人を斬り殺そうとしたが、皇后がそれを押し止めて「天皇が舎人を斬ると狼に変わることはない」のだと諫言する。帰りの車の中で雄略天皇は「万歳」と叫びながら、「楽しいことだ。人は禽獣を狩るが、私は猟で善言を得て帰るのだ」と喜ぶ。このエピソードは猟が単なる遊楽ではなく、ある儀礼性を帯びていたことを示唆し、ここでは善言を猟取ったということになる。あるいはまた雄略天皇の伝承には、吉野で猟をして獲物を得たので、「猟の楽しみは料理することにあるが、自分で料理しようと思うがどうか」と臣下に聞いたが誰も応えられず、天皇は怒って馭者を斬り殺したという逸話もある。そのように、猟の楽しみは猟で得た獲物を料理して君臣が和楽することにあった。皇子の詩には肉を食べてみんなで談笑する様子や、酒を飲んで陶然とする様子が描かれ、それが夜にまで続いていることが詠まれている。この猟はそうした描写の中にあるが、さらに大切な意味を持っていたように思われる。それは柿本人麿が長皇子の猟を詠んだ「万葉集」の歌に、「猪鹿じもの　い匍ひ拝め鶉こそ　い匍ひ廻ほり」（巻三・二三九）とあり、猪鹿や鶉は猟取られた獲物たちであり、それらが皇子の前にひれ伏しているように、臣下たちもそのように皇子にひれ伏して奉仕するのだという。本詩には、雄略天皇が猟で善言を得たように、猟を通して臣下たちが皇子に奉仕するという、君臣の和楽が得られたことを喜んでいるように思われる。

6-1　七言。述志。――大津皇子

七言《しちごん》。志《こころざし》を述《の》ぶ。

天紙《てんし》風筆《ふうひつ》雲鶴《うんかく》を画《えが》き、山機《さんき》霜杼《そうちょ》葉錦《ようきん》を織《お》る。

七言。志を述べる。

天の紙に風の筆で雲の鶴を画き、山の織機に霜の糸通しで葉の錦を織る。

七言。述志。

天紙風筆劃雲鶴。山機霜杼織葉錦。

【注釈】**○七言**　一句が七字からなる詩体。**○述志**　自らの思いを述べること。**○天紙**　天を紙として。天を紙に見立てること。**○風筆**　風を筆として。風を筆に見立てること。**○劃雲鶴**　雲の鶴を描くこと。雲を鶴の形にして描いたこと。**○山機**　山の織機を用いて。山を機織りの機械に見立てる。**○霜杼**　霜の梭を用いて。霜を機織りの道具の杼（梭）に見立てる。杼は、横糸を通す道具。**○葉錦**　木の葉で織った錦。紅葉の錦。

【解説】七言二句の無韻による詩。すべて対句仕立て。本詩は特別な方法で詠まれたと思われる。このような詩は、漢の武帝の時の柏梁台で行われた柏梁体の連詩を思わせる。柏梁体は上座の者が七言詩を作り、群臣たちがそれに一句を連ねるもので、柏梁台聯句といわれる。武帝の元封三年の詩では「日月星辰和四時 帝」「驂駕駟馬従梁来 梁王孝武帝」のように続けられている（ただ、これは後世の偽作）。おそらく、皇子が上座となり臣下たちがこの詩に対して継いだものと思われる。その理念は詩を通して君臣が和楽することにあった。唐太宗にも「両儀殿賦柏梁体」があり、そこでは「絶域降付天下平 帝　八表無事悦聖情 淮南王　雲披霧斂天地明 長孫無忌　登封日観禅云亭 房玄齢」のように詠まれており、唐中宗にも「十月誕辰内殿宴群臣效柏梁体聯句」がある。聯句は君臣の和楽のために重要な方法であったと思われ、その形式が「柏梁体」として長く継承されたことが窺える。本詩に見える漢語は、中国漢詩に見られない天紙・風筆・山機・霜杼のように、独自の漢語がいくつも用いられているのが特色である。また、天の紙に風の筆で雲の鶴を描くという気宇壮大な発想を見ても、皇子の「性頗放蕩」という批評と呼応する。特に山の機織り機で霜の杼を以て葉の錦を織るというのも同じであるが、この「葉錦」は色とりどりのモミチを指すものであり、「万葉集」がモミチを黄葉と書くのとは異なる。山を彩るモミチを錦だと捉えるのは漢詩の世界であり、春の花は花の錦とされる。平安時代になると「紅葉の錦」が一般化するが、モミチの錦を最初に詠んだのは、額田王の「春山万花の艶、秋山千葉の彩」を題とする歌であり、これは明らかに春の花の錦と秋のモミチの錦を詠んだもので、その背景には近江朝の漢詩世界がある。なお、大津皇子には「経もなく緯も定めぬ少女らが織れる黄葉に霜な降りそね」（巻八・一五一二）の万葉歌があり、縦糸も横糸も用いずに少女たちが織るモミチに霜よ降るなというのも、まさにこの詩に類似した「性頗放蕩」の批評に相応しく、自由な発想の歌いぶりである。

6-2　後人聯句。——作者未詳

後人《こうじん》の聯句《れんく》。

赤雀書《せきじゃくしょ》を含《ふく》むも時至《ときいた》らず、潜龍用《せんりゅうもち》いらるる勿《な》く未《いま》だ安寝《あんしん》せず。

後人の追和の句。

朱雀は予言の書を銜えているのだが、その好機は至っていない。龍のように淵に潜んでいるばかりで、その能力は用いられることなく、それゆえにいまだ安眠も出来ないことだ。

後人聯句。

赤雀含書時不至。潜龍勿用未安寢。

【校異】○未安寝（底①）。未安寝（底②・天和・宝永・寛政）。本文を「未」に正す。

【注釈】○**後人**　作者以後の時代の人。作者は不明。大津皇子事件で連座し流された、知識人の誰かか。○**聯句**　前人の作を受けて詠む詩の形式。連句。○**赤雀**　朱雀。朱鳥。赤は五行思想で南を指す。雀は鳳凰を意味し、高い位の者の比喩。○**含書**　瑞祥出現の定型句。含は、銜に同じ。口に銜えている様。書は、予言が記されている文。○**時不至**　その時がまだ来ていないこと。○**潜龍**　能力を有する者が、時流に合わず潜伏しているのを淵に潜む龍に喩えた。機会が到来すれば、その力量を発揮するのである。本藻序文に「龍潜皇子」とある。○**勿用**　その時ではないので（力量を）用いられることがない。○**未安寝**　安らかな睡眠が出来ないこと。

【解説】七言二句の無韻の詩。作者不明の詩であるが、おそらく大津皇子の詩に対して柏梁体のように繋いだものと思われる。ここの後人は皇子の死後に、皇子の悲劇的な事件を理解している者が聯句として継いだのであろう。皇子の詠んだ先の詩の段階では、皇子が上座の詩を詠み、それに対して臣下たちが山の彩りに関する詩を詠み継いだものと思われる。後人聯句は、皇子が不幸にして罪を得て死を賜ったことを惜しみ、皇子には予言の書も到らず、潜龍のままでその力を発揮する機会は与えられなかったのだと、不幸な運命を悲しむ。皇子の死に先だって孝徳天皇の皇子である有間皇子も不運な死を遂げた。有間皇子も謀反の罪で紀伊へと護送され、藤代で殺されることとなった。「万葉集」巻二の挽歌には皇子の護送の折の旅の自傷歌に続いて、後人たちが磐代で皇子に追和した歌が載る。歌の世界で過去の事件を回想しながら、それを傷み追憶することが行われていた。歌には追和という方法が存在したことから、このような追憶の歌が成立したと思われるが、本詩の後人聯句という方法は、柏梁体の連詩を理解していた者による追和詩ということとなる。そして、皇子を「潜龍」と述べているのは、「古事記」の序文によると父の天武天皇は「潜龍体元、洊雷応期」だと見え、その父の潜龍と対比させることで皇子の不幸な運命を追懐し、皇子への悲しみが述べられたのだと思われる。皇子への聯句は、非業の死を遂げた者への鎮魂の思いがあるのであろう。皇子の事件の時に連座したとされる者は、持統紀に先の新羅僧行心のほかに、八口音橿、壱伎博徳、中臣臣麻呂、巨勢多益須など三十余人だと記されている。この中の巨勢多益須は本藻に詩を残している。彼は大津皇子文化サロンに出入りし、柏梁体の連詩を詠み継いだ一人であった可能性があろう。なお、柏梁体聯句として梁「任昉集」に「清暑殿聯句栢梁体」があり、宋謝荘に「華林都亭曲水聯句栢梁体」がある。「何遜集」に見える「擬古三首聯句」には、「家本青山下。好上青山上。青山不可上。一上一惆悵　遜　匣中一明鏡。好鑑明鏡光。明鏡不可鑑。一鑑一情傷　范雲　少知雅琴曲。好聴雅琴声。雅琴不可聴。一聴一霑纓　劉孝綽」のようにあり、それぞれが前句を受ける形で詠まれる。本詩は皇子を受けた聯句であるが、語彙の上では関わらない。おそらく作者は皇子の詩の雄大さに龍の資質を見て将来を期待しながらも、事件により潜龍のままに終えた歴史をこのような形で受けたのであろうと思われる。

7

五言。臨終。一絶。　――　大津皇子

五言《ごごん》。臨終《りんじゅう》。一絶《いちぜつ》。

金烏《きんう》西舎《せいしゃ》に臨《のぞ》み、鼓声短命《こせいたんめい》を催《うなが》す。泉路《せんろ》賓主《ひんしゅ》無《な》く、此《こ》の夕《ゆうべ》誰《た》が家《いえ》にか向《むか》う。

五言。刑死に臨む。一絶。

太陽は家々の西の壁を赤く照らし、夕刻の時を告げる太鼓の音は私の短い命をさらに急がせる。黄泉の路には客人も主人もなく、この夕方に誰の家に向かうことになるのか。

五言。臨終。一絶。

金烏臨西舎。皷声催短命。泉路無賓主。此夕誰家向。

【校異】 ○皷声催短命（天和・寛政）。○此夕誰〔離〕家向（底②）。此夕離家向（天和・宝永・寛政）。

【注釈】 ○**五言** 一句が五字からなる詩体。○**臨終** 死を迎えること。ここでは刑死を指す。○**一絶** 一首。絶は絶句体の詩を指す。○**金烏** 太陽。金は夕方の日の輝き。古代中国には太陽の中に三本足の烏が居るという伝説がある。○**西舎** 西側の建物の壁。○**皷声** 太鼓の音。人の気持ちを急がせ、また人の生を急がせる音として捉えられていた。当時、太鼓で時間を知らせていた。○**催** 催促すること。促すこと。○**短命** 若死。刑により若くして死を賜ったのでいう。○**泉路** 黄泉の道。○**無賓主** 黄泉には客も客を迎える宿の主人もいない。箋註は「唐人、黄泉無旅宿語相似」という。○**誰家向** 誰の家に向かうのか。黄泉に宿るべき旅舎の有無を問う。天和などに「離家向」とあり、それによれば我が家を辞して黄泉に向かう意味となる。

【解説】 五言絶句体詩。韻を踏まない無韻の詩。刑死に臨んで詠んだ詩。持統朱鳥元（六八六）年十月に皇子の謀反が発覚し、翌日に死を賜った。「日本書紀」によると「賜死皇子大津於訳田舎。時年二十四。妃皇女山辺、被髪徒跣、奔趣殉焉。見者皆歔」とあり、その悲劇が伝えられている。皇子の能力に関しても「及長弁有才学。尤愛文筆。詩賦之興、自大津始也」という。皇子を詩賦の興りとするのは「古今和歌集」真名序にも、「自大津皇子之初作詩賦、詞人才子慕風継塵」ともあり皇子を詩賦の祖と位置づける。皇子伝にあるように大津皇子は文武ともにすぐれ、かつ「性頗放蕩。不拘法度。降節礼士。由是人多付託」とあることから、多くの者に慕われる資質を持っていたことが知られる。それを畏れた持統天皇は、息子である草壁皇子即位のための障害を除いたのだといわれる。この「臨終」の題は中国の刑死の時に詠まれる辞世の詩に見られ、山岸徳平氏は「江為集」に「臨刑詩」があり、「街鼓侵人急。西傾日欲斜。黄泉無旅舎。今夜宿誰家。」とあることを指摘している（「山岸徳平著作集」Ⅰ）。きわめて近しい詩であることが知られるのだが、もちろん江為は皇子以降の詩人であることから、皇子の詩が中国へ渡ったのか、あるいは皇子以前にこのような詩が日本に渡って来たのか、論議されていて必ずしも決着を見ていない。江為の後の詩人にもこの詩に類した作品があり、山岸徳平氏前掲によれば金聖嘆の「臨刑詩」である「御鼓丁東急。西山日又斜。黄泉無客舎。今夜宿誰家。」もその一つであり、その流れが問題となる。なお、「万葉集」には「大津皇子被死之時、磐余池般流涕作歌」の歌があり、「百伝ふ磐余の池に鳴く鴨を今日のみ見てや雲隠りなむ」（巻三・四一六）と詠まれている。皇子の非業の死を悲しみ悼む人たちが創作し伝えた、史書には載らないもう一つの皇子伝の中の作品であろう。

【大津皇子】 天智二（六六三）年―朱鳥元（六八六）年十月。天武天皇皇子、母は早逝した天智天皇の娘の大田皇女で、姉に大来皇女がいる。大田皇女の妹は後の持統天皇。韓半島で起きた白村江の戦いの救援に向う折に大伯で姉の大来が生まれ、博多の那の大津で弟の大津が生まれた。壬申の乱の後に大来皇女は伊勢斎宮となり、姉弟は分かれることとなる。天武十二（六四八）年二月朝政を聞く。同十四年正月浄大弍。「万葉集」に大津皇子が斎宮の姉の元を密かに訪れたことが見える。天武天皇没後の朱鳥元年十月に、大津皇子に謀反の企てがあるとして捕えられ、翌日に死を賜る。本藻の河嶋皇子伝によると、これを告げたのは、河嶋皇子だという。「万葉集」の歌人。

釈智蔵《しゃくちぞう》二首《にしゅ》

智蔵師《ちぞうし》は、俗姓禾田氏《ぞくせいあわたし》。淡海帝《たんかいてい》の世《よ》に、唐国《とうこく》へ遣学《けんがく》す。時に呉越《ごえつ》の間《かん》に高学《こうがく》の尼《あま》有《あ》り、法師《ほうし》は尼《あま》に就《つ》きて業《ぎょう》を受《う》く。六七年《ろくしちねん》の中《うち》に学業穎秀《がくぎょうえいしゅう》。同伴《どうはん》の僧等《そうら》頗《すこぶ》る忌害《きがい》の心《こころ》有《あ》り。法師《ほうし》これを察《さっ》す。躯《み》を全《まった》くする方《ほう》を計《はか》り、遂《つい》に被髪陽狂《ひはつようきょう》して道路《どうろ》に奔蕩《ほんとう》す。察《さっ》して三蔵《さんぞう》の要義《ようぎ》を写《うつ》し、盛《も》るに木筒《きつつ》を以《もち》て漆《うるし》を着《つ》けて秘封《ひふう》し、負檐遊行《ふたんゆぎょう》す。同伴軽《どうはんかろ》んじ蔑《さげす》み、以《もち》て鬼狂《ききょう》と為《な》す。遂《つい》に害《がい》を為《な》さず。太后天皇《たいこうてんのう》の世《よ》に、師本《しほん》朝《ちょう》に向《む》かう。同伴《どうはん》と陸《おか》に登《のぼ》り、経書《けいしょ》を曝涼《ばくりょう》す。法師《ほうし》襟《えり》を開《ひら》き風《かぜ》に対《たい》して曰《いわ》く、我《わ》れ亦経典《またきょうてん》の奥義《おうぎ》を曝《ばく》涼《りょう》す。衆皆嗤笑《しゅうみなししょう》し以《もち》て妖言《ようげん》と為《な》す。試業《しぎょう》に臨《のぞ》み座《ざ》に昇《のぼ》り敷演《ふえん》す。辞義峻遠《じぎしゅんえん》にして、音詞雅麗《おんしがれい》なり。論蜂起《ろんほうき》すると雖《いえど》も、応対流《おうたいなが》るるが如《ごと》し。皆屈服《みなくっぷく》して驚駭《きょうがい》せざるはなし。帝《てい》これを嘉《よみ》し僧正《そうじょう》を拝《はい》す。時《とき》に年七十三《とししちじゅうさん》。

智蔵師は、俗姓が禾田氏である。近江の帝の世に、唐の国へ留学のために派遣された。時に呉越の間に高学の尼が有り、法師はこの尼に就いて学業を受けた。六・七年の中に学業が特に優れ、同伴の僧たちはどうかして忌害を加えようとする心があった。法師はこれを察知し、躯を全くする方法を計り、遂に髪を振り乱して狂人の真似をして道路に走り出た。法師は詳細に三蔵の要義を写し取り、それを隠し入れるのに木筒を用い漆を塗って秘封し、これを背負って浮かれ歩いた。同伴らは彼を軽んじて蔑り、そこで法師を鬼に憑かれたのだと言った。遂に害を為すことがなかった。太后天皇の世に、師は本朝に向かった。同伴と陸に登り、経書を曝涼した。法師は襟を開き風に向かって「我も亦経典の奥義を曝涼する」と言った。衆の僧は皆嗤笑して彼を妖言の者と言った。試験に臨んで座に昇って敷演すると、辞義は峻遠にして、音詞は雅麗であった。あちこちから論が蜂起しても、その応対は水が流れるようであった。皆屈服して驚駭しないものはいなかった。帝はこれを褒め智蔵は僧正の位を授かった。時に年七十三であった。

釈智蔵二首

智蔵師者、俗姓禾田氏。淡海帝世、遣孝唐國。時呉越之間有高学尼、法師就尼受業。六七年中学業頴秀。同伴僧等頗有忌害之心。法師察之。計全軀之方、遂被髪陽狂奔蕩道路。察写三蔵要義、盛以木筒、着漆秘封、肩檐遊行。同伴軽蔑、以為鬼狂。遂不為害。太后天皇世、師向本朝。同伴登陸、曝涼経書。法師開襟對風曰、我亦曝涼経典之奥義。衆皆嗤笑以為妖言。臨於試業昇座敷演。辞義峻遠、音詞雅麗。論雖蜂起、應對如流。皆屈服莫不驚駭。帝嘉之拜僧正。時年七十三。

【校異】○察〔密〕写三蔵要義（底②）。密写三蔵要義（天和・宝永・寛政）。○肩檐（底①）。負檐（底②・天和・宝永・寛政）。○太后持統天皇世（底①）。○時歳七十三（寛政）。

【注釈】**○釈**　出家者が名に付す姓。**○智蔵二首**　釈智蔵法師の詩の二首。**○智蔵師**　智蔵法師。**○俗姓**　出家前の姓氏。**○禾田氏**　粟田氏。禾は粟。**○淡海帝世**　近江帝の世。近江の大津に都を置いた天智天皇の時代。**○遣学**　外国に遣わされる留学生。○

唐国　中国王朝の唐の国。李淵が建てた。都は長安。六百年初頭から九百年初頭。○**呉越之間**　中国南方の呉と越の国の間。江蘇・浙江省辺り。○**高学**　高い知識。○**尼**　女性の出家者。比丘尼。○**法師**　僧に同じ。○**就**　就くこと。○**受業**　学問を受けること。○**六七年中**　六、七年を経たころ。○**学業**　学問をすること。○**穎秀**　殊のほか秀でていること。○**同伴僧**　一緒に留学した僧たち。○**頗**　すこぶる。○**忌害之心**　危害を加えようとする心。○**察**　察知すること。○**計**　計略。○**全**　完全であること。○**軀**　身体。○**方**　方法。○**遂**　遂に。○**被髪**　髪を振り乱すこと。○**陽狂**　狂人の真似。○**奔蕩**　忙しく走り回ること。○**道路**　通りの路。○**察**　察すること。○**写**　写経。○**三蔵**　経蔵・律蔵・論蔵の三つ。○**要義**　枢要な教義。○**盛**　入れること。○**木筒**　木の容器。○**着**　接着をいう。○**漆**　うるし。○**秘封**　外から分からないように封をすること。○**負檐**　背負うこと。○**遊行**　浮かれ歩くこと。○**同伴**　一緒の者。○**軽蔑**　軽んじ馬鹿にすること。○**鬼狂**　鬼に憑かれて狂うこと。○**遂**　ついに。○**害**　危害を加えること。○**太后天皇世**　持統天皇の時代。夫の天武天皇の亡き後に皇位を継承した。○**師**　智蔵法師。○**本朝**　大和の朝廷。○**登陸**　高台に登ること。○**曝涼**　虫干し。中国では七月七日に行われた。○**経書**　仏教の教典。○**開襟**　襟首を開きむき出しにする。○**対風**　風に向かうこと。○**経典之奥義**　仏教の深奥な教義。○**嗤笑**　あざ笑うこと。○**妖言**　戯れごと。怪しげな言論。○**臨**　その時になること。○**試業**　試験。○**昇座**　席に座すこと。○**敷演**　広く解説すること。○**辞義**　言葉の意味。○**峻遠**　深遠なこと。○**音詞**　声も朗誦の言葉も。○**雅麗**　雅で麗しいこと。○**論**　論議。○**蜂起**　蜂が一斉に襲い掛かる様子を譬喩として、ここでは経文の理解に論議が巻き起こること。○**応対**　相手に対して返答すること。○**如流**　水のように流れること。○**屈服**　服従すること。○**莫**　無い意。○**驚駭**　驚愕。驚くこと。○**帝**　持統天皇をいう。○**嘉**　褒めること。○**拝**　押し頂くこと。○**僧正**　僧官の最上の僧侶。○**時年七十三**　亡くなった時は七十三歳であった。

8

五言。翫花鶯。一首。――釈智蔵

五言《ごごん》。花鶯《かおう》を翫《は》やす。一首《いっしゅ》。

桑門《そうもん》言晤《げんご》寡《すく》なく、杖《つえ》を策《つ》いて迎逢《げいほう》を事《こと》とす。此《こ》の芳春《ほうしゅん》の節《せつ》を以《もち》て、忽《たちま》ち竹林《ちくりん》の風《ふう》に値《あ》う。友《とも》を求《もと》むる鶯《うぐいす》は樹《き》に嫣《な》き、香《こう》を含《ふく》む花《はな》は叢《くさむら》に笑《わら》う。遨遊《ごうゆう》の志《こころざし》を喜《よろこ》ぶと雖《いえど》も、還《かえ》りて雕虫《ちょうちゅう》に乏《とぼ》しきを媿《は》ず。


五言。花と鶯とを愛でる。一首。

僧侶たちの世界では互いに話し合うことも少なく、そこで杖を頼りに、せめて自然の美しさと出逢うことを専らとしている。このような春の素晴らしい季節に出歩いて、たちまち隠遁の人たちの好む竹林の風情に出逢った。友を求める鶯は樹の上に鳴き、香を放つ花は草むらに咲いている。こうした遊び心を楽しむのだが、かえって素晴らしい詩を詠む能力の無いことを、恥ずかしいと思うばかりである。


五言。翫花鷽。一首。

桑門寡言晤。策杖事迎逢。以此芳春節。忽値竹林風。

求友鷽嫣樹。含香花笑叢。雖喜遨遊志。還媿乏雕虫。

【校異】○花鷽〔鶯〕（底②）。花鴬（天和・宝永・寛政）。○桑門梟言晤（底①）。桑門梟〔寡〕言晤（底②）。桑門寡言晤（天和・宝永・寛政）。○鴬嫣樹（天和・宝永・寛政）。○彫虫蟲イ（底①）

【注釈】○五言　一句が五字からなる詩体。**○翫**　楽しむ。もてあそぶ。賞翫。玩におなじ。本藻が自然を愛でる態度。**○花鷽**　花と鶯。春の景物。花鳥詩の最初。**○首**　詩歌を数える単位。**○桑門**　仏門。**○寡**　稀であること。**○言晤**　顔を合わせて話をすること。〇**策杖**　杖をついて歩き回ること。〇**迎逢**　何かに出逢うこと。〇**芳春**　芳しい時の春。〇**節**　季節。〇**忽値**　とつぜん出合うこと。〇**竹林風**　隠逸者のいるような雰囲気の竹林。竹林は七賢ら隠遁者が隠れた場所。風はそれらしい雰囲気。〇**求友鶯**　鶯は友を求めて鳴く。〇**嫣**　可愛い様子。ここでは鶯が美しく鳴く様子。〇**笑**　花の咲いている様子を、人が笑っているように喩える。〇**叢**　草が群がって茂っている様子。〇**遨遊**　楽しみ遊び廻ること。〇**志**　心映え。〇**還**　反って。〇**媿**　羞じ。愧に同じ。〇**乏**　欠乏。貧弱なこと。〇**雕虫**　文章や詩を美しく書き綴ること。

【**解説**】五言律詩体詩。韻は逢・風・叢・虫。花と鶯を愛でる詩。花鳥詩の最初。とくに「花に鶯」を取り合わせる詩の最初である。なぜここに花と鶯の取り合わせが可能となったのか。鶯という春の鳥は日本に古くからいて鳴いていたと思われるが、上代の文献では「万葉集」と本藻詩にしか見られない。近江朝に額田王が春は花と鳥だと詠んだ（万葉集巻一・一六番歌）のは、近江朝の漢文学への理解であったことが知られる。その時の花と鳥は不明であるが、おそらく梅に鶯であったと思われ、花鳥詩への理解が存在したのである。中国には六朝時代になると花と鶯とを組み合わせる詩が見られ、楽府詩の「梅花落」では「朧月正月早驚春。衆花未発梅花新。（中略）梅花密処隠嬌鶯」（江総）のように、早春の花と鶯とを詠む。智蔵の花は具体的ではないが、香を含む花が叢に咲いていることを見ると、梁簡文帝の「晩春詩」に「紫蘭葉初満。黄鶯弄不稀」のように、梅ではなく蘭の花であろう。鶯は必ずしも梅に鳴いていなかったのである。「詩経」に見られる友を求める鶯は花の友を求めるのであり、鶯と同じように、智蔵も友を求めて自然の中へと赴き友を得たのである。そこで得た友とは鶯と蘭であったというのであろう。花が笑うというのも、それを擬人化したからである。蘭は周易に「二人同心其利断金。同心之言其臭如蘭」とあるように、友情を象徴する花である。桑門から出るとそこに春の花を発見し、鶯の声を聞いたというのは、自然の中に真の友を発見する行為であったといえる。

9

五言。秋日言志。一首。――釈智蔵

五言《ごごん》。秋日《しゅうじつ》志《こころざし》を言《い》う。一首《いっしゅ》。

性《せい》を得《う》る所《ところ》を知《し》らんと欲《ほっ》し、来《き》たりて仁智《じんち》の情《じょう》を尋《たず》ぬ。気《き》は爽《さわ》やかにして山川《さんせん》麗《うるわ》しく、風高《かぜたか》くして物《ぶっ》候《こう》芳《かんば》し。燕巣《えんそう》は夏色《かしょく》を辞《じ》し、鴈渚《がんしょ》は秋声《しゅうせい》を聴《き》く。茲《こ》の竹林《ちくりん》の友《とも》に因《よ》り、栄辱《えいじょくあい》相驚《おどろ》くこと莫《な》し。

五言。秋の日に思いを詠む。一首。

性を養うことの出来る場所を知ろうとして、山川の地に仁智の情を求めてやって来た。霊気は爽やかで山川は麗しく、秋の風は空高く吹いて風物は芳しいばかりだ。燕の巣はすでに夏の風情も去り、鴈の渚に秋の声を聴くころとなった。ここでは竹林の友のお陰で、世俗の栄誉や恥辱ともまったく無縁である。

五言。秌日言志。一首。

欲知得性所。來尋仁智情。氣爽山川麗。風高物候芳。

鷰巣辞夏色。鴈渚聴秋声。因茲竹林友。栄辱莫相驚。

【校異】○秋日（天和・宝永・寛政）。○鷰〔燕〕巣辞夏色（底②）。燕巣辞夏色（天和・宝永・寛政）。

【注釈】○**五言**　一句が五字からなる詩体。○**秌日**　秋の日。○**言志**　思いを述べる詩の題。○**首**　詩歌を数える単位。○**欲知**

知ろうと欲すること。○**得性**　性を養うこと。世俗を離れて山川清浄の地を求めること。性は性質。○**来尋**　やって来て求めること。○**仁智情**　山水を楽しむ心。仁智は山水のこと。「論語」に見える。○**気**　山川の霊気。○**爽**　さわやかであること。○**山川**　山と川。○**麗**　美しいこと。○**風高**　秋の風が空高く涼しく吹く様子。○**物候**　季節の風物。物色。○**芳**　芳しいこと。○**燕巣**　ツバメの巣。「鴈渚」と対で季節の交代を言う。○**辞**　去ること。○**夏色**　夏の気配。気配は色で感じられた。○**鴈渚**　雁の留まっている渚。○**秋声**　秋を象徴する声。○**因茲**　これによっての意。○**竹林友**　竹林を価値と認める友人。世俗を去った場所での交友。竹林は竹林七賢を示唆。竹林の友は、俗を越えた真の友を意味する。○**栄辱**　栄誉と恥辱。○**莫相驚**　気に掛かり不安に思われることはないこと。

【解説】　五言八句詩。韻は情・芳・声・驚。秋の日に思いを述べた詩。僧として性を養う処を求め、仁と智の情を得られる処に来たという。仁智とは「山水仁智」のことで、「論語」に「山は仁者が楽しみ、水は智者が楽しむ」とあるのによる。これは儒教の思想として本藻詩に多く詠まれているが、仏教の僧侶がこのように詠むのは、この時代に儒教と仏教とは同じ教えなのだと説かれていたことによるのであろう。かつて中国では儒教と仏教とが激しく対峙したことがあり、六朝時代にはその融合が説かれた。智蔵は中国で仏教を学んだが、儒教と仏教とを一体とする儒仏一致の思想は、当時の中国で流行していたのである。しかも、山川に近づくことは山川の徳である仁智を身につけることだというのであり、それにより悟ったことは、世俗の栄誉も恥辱もここでは関係が無いのだということであった。儒教はこの世の栄誉や出世を求めるのだが、ここで捉えた智蔵の山川は、さらに無為なることを求める老荘への接近にある。その背景には竹林に逃れて清談をした、七賢たちの態度に共感するところにあった。そのような七賢たちの志は、世俗にまみれずに志を大切にすることであり、栄誉も恥辱も超越した生き方は、儒教の山川仁智という清浄観と等質であり、智蔵の志はこのようにして得られたというのである。ここには仏教思想が儒教や老荘的思想をも受け入れて展開した中国の歴史があり、七賢の無為の思想も仏教の虚仮の思想とが等しいとする智蔵の態度として表れていることに注目される。それはまた儒教も道教も仏教も一つとする、いわば三教一致の思想でもあるといえる。

【釈智蔵】生没年未詳。閲歴未詳。天智朝から持統朝ころの僧。俗姓禾田氏。本藻智蔵伝によれば天智朝に遣唐留学僧として唐へ渡り、南方の呉国で尼に師事したと言う。持統朝ころに帰国し、三蔵（経蔵・律蔵・論蔵）を伝えた。

葛《かど》野《の》王《おう》二首

王子《おうじ》は、淡海帝《たんかいてい》の孫《まご》、大友太子《おおともたいし》の長子《ちょうし》なり。母《はは》は浄御原帝《きよみはらてい》の長女十市内親王《ちょうじょとおちないしんのう》。器範宏邈《きはんこうぼう》にして、風鑒《ふうかん》秀遠《しゅうえん》なり。材《ざい》は棟幹《とうかん》を称《しょう》し、地《ち》は帝戚《ていせき》を兼《か》ぬ。少《わか》くして好学《こうがく》、博《ひろ》く経史《けいし》に渉《わた》る。頗《すこぶ》る文《ぶん》を属《つづ》るを愛《あい》し、兼《か》ねて能《よ》く画《え》を書《しょ》す。浄御原帝《きよみはらのみかど》の嫡孫《ちゃくそん》にして浄大肆《じょうだいし》を授《さず》かり、治部卿《じぶきょう》を拝《はい》す。高市皇子《たけちのみこ》の薨後《こうご》、皇《こう》太后王公卿士《たいごうおうこうきょうし》を禁中《きんちゅう》に引《ひ》き、日嗣《ひつぎ》を立《た》つるを謀《はか》る。時《とき》に群臣各《ぐんしんおのおの》私好《しこう》を挟《はさ》み、衆議紛紜《しゅうぎふんうん》たり。王子進《おうじすす》みて奏《そう》して曰《いわ》く、我《わ》が国家《こっか》の法《ほう》為《た》るや、神代以来《じんだいいらい》、子孫相承《しそんそうしょう》し以《もち》て天位《てんい》を襲《おそ》う。若《も》し兄弟《きょうだい》に相及《あいおよ》べば、則《すなわ》ち乱《らん》は此《こ》れにより興《おこ》らん。仰《あお》ぎて天心《てんしん》を論《ろん》ずれば、誰《たれ》か能《よ》く敢《あえ》て測《はか》らん。然《しか》らば人事《じんじ》を以《もち》てこれを推《お》さば、聖嗣自然《せいししぜん》として定《さだ》まれり。此《こ》の外《ほか》に誰《たれ》か敢《あえ》て間然《かんぜん》せんや。弓削皇子《ゆげおうじ》座《ざ》に在《あ》りて言《い》わんと欲《ほっ》す。王《おう》子《じ》これを叱《しか》り乃《すなわ》ち止《とど》む。皇太后《こうたいごう》其《そ》の一言《いちごん》の国《くに》を定《さだ》めたるを嘉《よみ》し、特閲《とくえつ》して正四位《しょうしい》を授《さず》け、式部卿《しきぶきょう》を拝《はい》す。時《とき》に年《とし》は卅七《さんじゅうしち》。

葛野王子は、淡海帝の孫で、大友皇太子の長男である。母は浄御原帝の長女の十市内親王である。器量は広く風采や見極めが特に優れていた。才能は棟木と称すべく、家柄は皇室の血筋を兼ねている。若い時から学問を好み、博く経書や史書に及んでいる。頗る文を綴ることを好み、さらには絵画をよくした。浄御原帝の嫡孫で浄大肆を授かり、治部卿を拝した。高市皇子の薨後、皇太后が王公卿士を禁中に呼び、日嗣を立てる方法を会議に諮った時のことである。時に群臣たちは、各自私好を指し挟んで、衆議が紛糾した。そこに王子が進み出て奏上していうには、「我が国家の法というものは、神代以来、子孫が相承し天位を継いで来た。若し兄弟に相承が及ぶならば、則ち乱は此れより興るだろう。仰いで天の心を論じて見ても、誰が能く推し量ることが出来よう。そうであるので人事を以て考えを廻らせば、聖嗣は自然と決まるのである。此の外に誰か敢て問題とするだろうか。何も無い。」という意見を述べた。そこで弓削皇子が座にいて何かを言おうとしたが、王子がこれを叱ったので、止めた。皇太后はこの一言が国を定めたとして褒め、特別に目を掛けて正四位を授け、また式部卿を授けられた。時に年卅七であった。

葛野王二首

王子者、淡海帝之孫、大友太子之長子也。母浄御原帝之長女十市内親王。器範宏邈、風鑒秀遠。材称棟幹、地兼帝戚。少而好學、博渉経史。頗愛属文、兼能書畫。浄御原帝嫡孫、授浄大肆、拝治部卿。高市皇子薨後、皇太后引王公卿士於禁中、謀立日嗣。時群臣各挟私好、衆議紛紜。王子進奏曰、我国家為法也、神代以来、子孫相承以天位。若兄弟相及、則乱從此興。仰論天心、誰能敢測。然以人事推之、聖嗣自然定矣。此外誰敢間然乎。弓削皇子在坐欲有言。王子叱之乃止。皇太后嘉其一言定國、特閲授正四位。拜式部卿。時年卅七。

【校異】○浄原帝嫡孫（天和・宝永・寛政）。○浄太肆（天和・宝永・寛政）。○「神代以来子孫相承以天位。若兄弟相及則乱従此興。仰論天心。誰能敢測。然以人事推之聖嗣自然定矣」（底①②・大野＝尾脇陽来林）。「神代以此典仰論天心誰能敢測然以人事推之従来子孫相承以襲天位若兄弟相及則乱聖嗣自然定矣」（天和・宝永・寛政）。○在座（底②・天和・宝永・寛政）。○時歳三十七（天和・宝永・寛政）。

【注釈】○**王子**　葛野王。天智天皇孫、大友皇子の子。○**淡海帝**　天智天皇。琵琶湖畔の近江大津に都を置いたことによる名。○**大友太子**　大友皇太子。天智天皇の皇子。壬申の乱で叔父の大海人皇子に滅ぼされた。○**浄御原帝**　天武天皇。六七二年の壬申の乱に勝利し、飛鳥の浄御原に都を置いた。○**十市内親王**　十市皇女。天武天皇の皇女。母は万葉歌人の額田王。○**器範**　器量。○**宏邈**　広く大きいこと。○**風鑒**　風采。○**秀遠**　とても勝れていること。○**材**　人材。○**棟幹**　大黒柱。勝れた人材。○**地**　門地。○**帝戚**　皇帝の血筋。○**少**　若い時。○**好学**　学問を好むこと。秀才を褒める定型句。○**渉**　渡ること。通暁している意。○**経史**　漢籍の経・史・子・集の四部の中の経部と史部。○**属文**　文章を綴ること。秀才を褒める定型句。○**書畫**　書や絵画。○**嫡孫**　嫡子の子。○**浄大肆**　天武朝の官位。養老令の正五位相当。○**治部卿**　八省の一。継嗣・婚姻・喪葬などを管轄した。○**高市皇子**　天武天皇の皇子。壬申の乱に活躍した。長屋王の父。○**皇太后**　持統天皇。○**王公卿士**　官位・官職の上級職の者。○**禁中**　宮中。○**謀**　諮ること。○**日嗣**　天皇位を継ぐこと。○**私好**　自分の好み。○**衆議**　評議。○**紛紜**　乱れること。○**国家**　天皇の支配権の及ぶ政治的な共同体。領土、人民が存在することで成り立つ政治的社会。○**法**　法律。○**神代**　高天の原が開かれた時代。○**子孫相承**　皇位は直系の子どもが継承すること。○**天位**　天皇の位。○**兄弟相及**　兄弟が皇位の継承に与ること。○**興**　起こること。○**天心**　天の神の意志。○**誰能敢測**　誰がよくそれを汲み取ることが出来ようか、出来はしないの意。○**人事**　人が為すこと。人の世の事柄。**○推**　推し測ること。**○聖嗣**　天皇位の継承のこと。**○自然**　自ずからの意。**○間然**　問題とするところが何も無いこと。**○弓削皇子**　天武天皇の皇子。長皇子の弟。**○欲有言**　何か発言しようとした。**○叱**　叱責。**○嘉**　良しとして褒めること。**○定国**　国家の行方を定める。**○特閲**　特別な計らい。**○正四位**　大宝律令の官位。**○式部卿**　八省の一。国の儀礼、選叙などを管轄する。**○時年卅七**　時に年は三十七才であった。没年の年と思われる。

10

五言。春日翫鶯梅。一首。　――　葛野王

五言《ごごん》。春日鶯梅《しゅんじつおうばい》を翫《はや》す。一首《いっしゅ》。

聊《いささ》か休暇《きゅうか》の景《けい》に乗《の》り、苑《その》に入《い》り青陽《せいよう》を望《のぞ》む。素梅《そばい》素靨《そよう》を開《ひら》き、嬌鶯《きょうおう》嬌声《きょうせい》を弄《ろう》す。此《こ》れに対《たい》して懐抱《かいほう》を開《ひら》き、優《ゆう》に是《こ》れ愁情《しゅうじょう》を暢《の》ぶ。老《おい》の将《まさ》に至《いた》らんとするを知《し》らず、但《ただ》春觴《しゅんしょう》を酌《く》むを事《こと》とす。

五言。春の日に鶯と梅とを愛でる。一首。

少しばかりの休暇の時を利用して、宮中の庭園に入って春の太陽を浴びる。庭には白梅が笑窪を開いて、可愛い鶯は美しい声で鳴いている。この春の風光に対して心を開くと、十分に鬱積した思いを解いてくれることだ。今や我が身に老いが迫っていることなどどうでも良く、そんなことよりも春の酒をひたすら飲み干すことに一生懸命である。

五言。春日翫鶯梅。一首。

聊乗休暇景。入苑望青陽。素梅開素靨。嬌鶯弄嬌声。

對此開懐抱。優是暢愁情。不知老将至。但事酌春觴。

【校異】○鶯梅（天和・宝永・寛政）。○優是〔足〕暢愁情（底②）。優足暢愁情（天和・宝永・寛政）。

【注釈】○五言　一句が五字からなる詩体。○春日　春の日。○翫　賞美し楽しむこと。本藻詩が風光などの対象を賞美する態度。玩・賞翫に同じ。○鶯梅　梅と鶯。梅と鶯を詩題とする最初。花鳥詩の系統。○首　詩歌を数える単位。○聊　少しばかり。○乗　利用する。○休暇　役人には、五日に一日の休暇があった。ただし仮寧令は「毎六日並給休仮」とある。○景　良い風光の時。○入苑　宮廷の庭園に入ること。○望　風光を眺めること。古くは山川を眺め祀ること。○青陽　春の太陽。青は五行思想で東方の色。○素梅　白梅。六朝詩は基本的に白梅。「嬌鶯」と対で仲の良い友達を言う。○素靨　白い笑窪。白梅の咲いた容子。美人の靨からの展開。○嬌鶯　可愛い鶯。○嬌声　かわいい鳴き声。○懐抱　ふところ。○優　優れている様。○愁情　鬱積した心。○不知老将至　老いがまさに至ろうとする。○但　それはそれとして。○事　専らとすること。○酌　酒を汲むこと。○春觴　春の宴会に飲む酒。

【解説】五言律詩体詩。韻は陽・声・情・觴。春の日に鶯と梅花を愛でた詩。漢詩において梅が詠まれるのは寒中に咲く花としての評価にあり、六朝時代には楽府詩に梅に鳴く鶯が詠まれるようになる。智蔵の詩では「花鶯」が詩題であったのに対して、ここでは「鶯梅」が詩題である。ここには、「花鳥」という組み合わせによる表現の方法が意識されている。梅に鶯の合わせは中国の楽府詩に見られたが、「鶯梅」（あるいは、「梅鶯」）を題とする詩は管見にして見られない。先行する題がどこかに存在したのかも知れないが、この両者を併せた題は特殊であり、このような組み合わせを容易にしてしまうのが古代日本の詩人の特徴であるように思われる。さらに題には「翫」の字が見られ、これは翫ぶや賞翫するの意味で、対象を賞美することである。「懐風藻」には翫・玩の字を用いて季節の風物などを賞美することを詠む詩が多く、その背後には六朝詩人である謝霊運の「賞心」という自然観賞の態度があるように思われる。賞はもともと与える（賞与）の意であるが、謝霊運は賞美・賞心として用いた。そうした謝霊運の自然観賞を受けて、葛野王は梅と鶯の組み合わせの理解の上で、この両者を一つに組み合わせることで個別の賞美ではなく、梅と鶯が一体となった賞美の方法を詩題として成立させたのである。梅の花は他の花に先駆けて寒中に咲くことから、宋鮑照の詩では信頼の花として愛でられ高い品格の花として賞美された。葛野王における梅の賞美では「素梅開素靨。嬌鶯弄嬌声」と、梅は白い靨を見せ、鶯は美しい声で鳴くという。美景を組み合わせて春の美しさを固定する態度がある。親しい友に出会ったごとく、梅と鶯を最大限に愛でるのである。対象を賞美すること、さらに賞美の心を方法として獲得することで成立した古代漢詩の自然把握である。なお、「万葉集」巻五に大宰府で行われた「梅花の歌」が載るが、これは楽府の「梅花落」を受けたものであり、本藻詩の詠む梅花とは花への意識が幾分異なる。梅は白梅というのが中国詩の一般であるから、白い梅という表現は見られず、六朝詩に紅梅が詠まれるのは稀である。ここで「素梅」が詠まれたのは、まず梅の白が歳寒の色として注目したからであろう。

11

五言。遊龍門山。一首。――葛野王

五言《ごごん》。龍門山《りゅうもんざん》に遊《あそ》ぶ。一首《いっしゅ》。

駕《が》を命《めい》じて山水《さんすい》に遊《あそ》び、長《なが》く忘《わす》る冠冕《かんべん》の情《じょう》。安《いず》くんぞ王喬《おうきょう》の道《みち》を得《え》、鶴《たづ》を控《ひ》きて蓬瀛《ほうえい》に入《い》らん。

五言。龍門山に遊覧する。一首。

車駕を用意して山水自然の間に遊覧すると、しばし役人としての緊張の思いを忘れることだ。どのようにしたら仙人の王子喬の道を会得して、鶴に乗って神仙の住む蓬瀛の山に入ることが出来るだろうか。

五言。遊龍門山。一首。

命駕遊山水。長忘冠冕情。安得王喬道。控鶴入蓬瀛。

【校異】〇入蓬瀛（底①）。入蓬瀛（底②・天和・宝永・寛政）。本文を蓬瀛に改める。

【注釈】〇五言　一句が五字からなる詩体。**〇遊**　遊覧。自然の徳に触れ精神的な養生をするのが目的。**〇龍門山**　吉野にある山。**〇首**　詩歌を数える単位。**〇命駕**　車駕を命じる。**〇遊山水**　山川への遊覧。山川に遊ぶのは、山川の徳を身につけ仙人のように長生き出来ると考えたことによる。「論語」の仁智を表す。**〇長**　しばらくの間。**〇冠冕情**　冠を付けて威儀を正しくしている時の思い。**〇安得**　どのようにすれば得られるのか。**〇王喬道**　王子喬の仙道。王喬は仙人の王子喬のことで、周の霊王の太子。道は仙道。**〇控鶴**　鶴を傍に引き寄せる。控は引き寄せること。王喬は鶴に乗って仙界へ去ったという。**〇蓬瀛**　東海にある不老不死の神山の蓬萊と瀛洲。方丈山を加えて三神山といわれる。

【解説】五言絶句体詩。韻は情・瀛。吉野の龍門山に遊覧した時の詩。龍門という名が付けられたこの山は、仙境への願望からであろう。おそらく、中国の詩文を通じて龍門への憧れが知識人たちの中に醸成されたものと思われる。あるいは登竜門の伝説も広く知られていたであろう。「文選」謝玄暉「拝中軍記室辞隋王箋」に「白雲在天。竜門不見」と詠まれるように、崑崙山に喩えられる仙境とされた。日本古代にも神仙思想が流行し、なかでもその地を吉野に求めることが行われた。吉野は早くから異境の地とされて来た歴史があり、また吉野の宮滝の辺りに水銀も産出されたことから、不老不死の世界とも繋がったのである。吉野には神仙伝説も語られ、仙媛に出会った味稲の話や漆姫の話などがあり、また、そこは崑崙の山にも比定された。この詩は吉野の龍門山に遊覧し、世俗の公務を忘れて王子喬のように仙道を得て、東海の三神山の蓬瀛へ行きたいのだという願望を述べる。公務と遊覧とは対立する関係である。

【葛野王】 天智天皇八（六六九）年―慶雲二（七〇五）年。父は大友皇子、母は十市皇女。天智天皇、天武天皇の孫。淡海三船の祖父。十市皇女の母は万葉歌人の額田王。天武天皇の後継を巡り混乱が生じた時に、王の進言により収束したことから、正四位を賜り式部卿を拝した。本藻目録に「正四位上式部卿」とあり、晩年の位階と思われる。

大納言《だいなごん》直大二《じきだいに》中臣朝臣大嶋《なかとみのあそみおおしま》二首《にしゅ》　茲《こ》れ自《よ》り以降諸人未《いこうしょじんいま》だ伝記《でんき》を得《え》ず

12

五言。詠孤松。一首。　――　中臣朝臣大嶋

五言《ごごん》。孤松《こしょう》を詠《よ》む。一首《いっしゅ》。

隴上《ろうじょう》の孤松《こしょう》翠《みどり》にして、凌雲《りょううん》の心本《こころもと》より明《あき》らかなり。餘根《よこん》は厚地《こうち》に堅《かた》く、貞質《ていしつ》は高天《こうてん》を指《さ》す。弱枝万《じゃくしばん》草《そう》に異《こと》なり、茂葉桂栄《もようけいえい》に同《おな》じくす。孫楚《そんそ》は貞節《ていせつ》を高《たか》くし、隠居《いんきょ》は登軽《とうけい》を悦《よろこ》ぶ。

五言。孤高の松の木を詠む。一首。

丘の上の一本松は葉が青々としていて、雲を凌ぐ心映えはもとより明らかである。張り巡らされた根は、どっしりとした大地に堅く延び、松の優れた性質は高い天を指している。若い枝はほかのいかなる草とも性質を異にし、繁茂す

る葉は桂が栄えるのと同じようである。松を愛したという孫楚は正しい生き方を誇りとし、松風を愛したという隠居は登仙の容易なのを喜んだという。

大納言直大二中臣朝臣大嶋二首　自茲以降諸人未得伝記

五言。詠孤松。一首。

隴上孤松翠。凌雲心本明。餘根堅厚地。貞質指高天。
弱枝異萬草。茂葉同桂榮。孫楚高貞節。隠居悦登輕。

【校異】○中臣朝臣大島（天和・宝永・寛政）。○弱枝異（高）万草（底②）。弱枝異高艸（天和・宝永・寛政）。○茂葉同桂栄諸本「柱栄」。大野研究に脇坂本「桂」の右傍に「本ノマヽ」と注するとする。この「桂栄」を取る。○隠居悦脱登笠軽（底①）。隠居脱笠軽（天和・宝永・寛政）。

【注釈】○**大納言**　太政官の次官で、大臣に次ぐ官。○**直大二**　天武朝の官位。従四位相当。○**五言**　一句が五字からなる詩体。○**詠孤松**　一本の松を題として詠んだ詠題詩。○**首**　詩歌を数える単位。○**隴上**　丘の上。○**孤松**　一本松。孤高を指す。○**翠**　緑色。○**凌雲**　雲の高さをも超える性質。○**心**　精神。○**餘根**　遠くまで延ばした根。○**厚地**　厚く覆う大地。○**貞質**　正しい性質。貞節。○**高天**　高い空。○**弱枝**　若々しい枝。○**万草**　すべての草。○**桂栄**　桂のごとき繁栄。○**孫楚**　六朝晋の人。「隠居」と対で脱俗への憧れを言う。○**貞節**　正しい生き方。○**隠居**　陶隠居（弘景）。中国六朝の知識人。松風を愛した。○**登軽**　仙人として昇天することが容易であること。あるいは山を登るのに身のこなしが軽いの意とも考えられる。

【解説】五言律詩体詩。韻は明・天・栄・軽。一本松を詠んだ詩。丘の上に一本の松が立ち聳え雲をも凌いでいる姿に同感し、自らの生もかくありたいと願う、精神性の高い詩である。作者はこの松の木に孤高の姿を見ているのである。松は歳寒にも色を変えることなく凛としていることから、張充の「与王倹書」に「仲子之節可謂盛徳。維時孤松独秀者也」とあるように、独り貞節のある木として評価されて、そのような人物を比喩することにもなる。いわば、木の品格として松は上品の木なのであり、しかも孤高を守る松は高く称賛された。本藻三番詩には「松桂期交情」のように詠まれ、上品の木がともに信頼の木であることから、人においてもそのような約束を交わすというのである。しかもここに詠まれる松は孤松であり、孤独ながらも松の品格を守り続けている孤高の松への憧憬がある。その様子は雲を凌ぎ根は大地に固く張り、天に向かって真っ直ぐに聳えているという。陶淵明の「四時」の詩では「冬嶺秀孤松」というように、冬の山にあっても他に秀でている品格の高い松を詠み、劉公幹詩では「亭亭山上松。瑟瑟谷中風。風声一何盛。松枝一何勁。風霜正凄凄。終歳恒端正。豈不羅霜雪。松柏有本性」というように愛でられ、そのような松は中国の隠逸者からも愛された。松が風に吹かれて鳴る音は松籟といわれ、天上の音楽に喩えられた。そのような音楽は世俗を超えたものであることから、陶隠居という隠逸者は、「特愛松風。庭院皆植松。聞其響。欣然為楽」（南史）といわれ、松風を特に愛したことで知られる。このようなことから、本詩は遊仙詩の傾向を持つものと思われる。「文選」何敬祖の「遊仙詩」に「青青陵上松。亭亭高山柏。光色冬夏茂。根柢無凋落。吉士懐貞心」のように詠まれている。「万葉集」にも「神さびて巌に生ふる松が根の君が心は忘れかねつも」（十二・三〇四七）、「八千草の花は移ろふ常磐なる松のさ枝を吾は結ばな」のようにも詠まれ、松の根の堅固さが人の心に喩えられ、松を結ぶことで永遠性への祈りが詠まれている。

13　五言。山斎。一首。——中臣朝臣大嶋

五言《ごごん》。山斎《さんさい》。一首《いっしゅ》。

宴飲《えんいん》して山斎《さんさい》に遊《あそ》び、遨遊《ごうゆう》して野池《やち》に臨《のぞ》む。雲岸《うんがん》の寒猿《かんえん》嘯《うそぶ》き、霧浦《むほ》の挹声《ゆうせい》悲《かな》し。葉《は》落《お》ちて山《やま》逾《いよいよ》静《しず》かにして、風涼《かぜすず》しく琴《こと》益《ますます》微《こまか》なり。各《おのおの》朝野《ちょうや》の趣《おもむき》を得《え》たり、攀桂《はんけい》の期《き》を論《ろん》ずること莫《なか》れ。

五言。山荘での詩。一首。

宴会で酒を飲んでは別荘の辺りを散策し、さらに足を延ばして野の池に遊んだ。雲の掛かった岸には、寒気の中で猿が哀しく鳴き、霧の隠った池の畔には舟を漕ぐ梶の音が悲しく聞かれる。木々の葉は散って山はいよいよ静かで、風は涼しく琴の音はますます細かに響いている。ここに集った者たちはそれぞれ朝廷風な雅と神仙風な野の二つの味わいを得たのだから、いまさら桂を折取る約束のことなどを口にする必要はない。

五言。山齋。一首。

宴飲遊山齋。遨遊臨野池。雲岸寒猨嘯。霧浦挹声悲。
葉落山逾静。風涼琴益微。各得朝野趣。莫論攀桂期。

【校異】〇霧浦池ィ挹〔柂或櫓〕声悲（底①②）。霧浦柂声悲（天和・宝永・寛政）。

【注釈】〇**五言**　一句が五字からなる詩体。〇**山斎**　山水を廻らした庭園。山の別荘。読書空間。〇**首**　詩歌を数える単位。〇**宴飲**　宴会。〇**遊**　遊覧。自然の徳に触れ養生するのを目的とする。〇**遨遊**　出かけて行き遊覧すること。〇**臨**　その場に顔を向けること。〇**野池**　野の中にある池。〇**雲岸**　雲の掛かった岸。神仙境を暗示。霧浦と対で世俗を離れた山林幽谷の世界を言う。〇**寒猨**　秋の気の満ちた中に啼く猿。悲秋を意図。〇**嘯**　うそぶくこと。口を細めて息を吐く行為。虎や猿の鳴き声に多く用いられるが、阮籍が嘯を良くしたことで知られる。〇霧浦　霧の掛かった水辺。神仙境を暗示。〇掲声　漕ぐ音。舟を漕ぐ音。〇葉落　木の葉が散ること。「風涼」と対で秋の様を言う。〇山　庭園に築造した山斎。〇逾静　いよいよ静謐な様子。〇風涼　秋風が涼しいこと。〇琴　弦楽器の総称。〇益微　ますます微細であること。〇各　参加した者たちをいう。〇朝野趣　朝廷の趣と野の趣。ただしこの野は神仙境の趣を指す。〇莫論　論ずることはないこと。〇攀桂期　桂の枝を折取り友との固い約束をする時。攀桂は桂をよじ折ること。期は約束。桂は友情を示す植物。

【解説】五言律詩体詩。韻は池・悲・微・期。別荘の山斎で、宴会を催した時の作。山斎は島を配置した異国趣味の庭園で、早くに蘇我馬子が島大臣と呼ばれたのは、この庭園の持ち主であったことによる。天武・持統朝には宮廷に外来風な庭園を築造することが行われた。天武朝の飛鳥浄御原宮廷には立派な王宮の庭園が存在し、島大臣の庭園を継承した草壁皇太子の東宮御所には勾池の配された庭園が存在した。また各皇子や貴族たちも競って庭園の築造を行い、その形式は「山斎」と呼ばれる庭園であった。山斎形式の庭園は、本詩が描くところによると、その庭園には野池が配されていて、その野池をめぐる様子として雲岸・寒猨・霧浦・掲声が詠まれている。これらから想像すると野池の崖に雲がかかり、そこには寒猿が悲しく嘯き、霧が深くかかる浦には梶の音が悲しく聞こえるというのであり、この描写から見ると庭園の規模は壮大であり、あたかも深山幽谷の三峡（揚子江）の風景である。もちろん、これは詩的イメージであるが、単なる詩的イメージではない。当時の山斎はシマ様式によるものであり、それは池と中島により造られた。この池と中島は大海に聳える須弥山（シュメール）の様式であった。また、これが東海の三神山様式とも結びついて、古代日本のシマ（山斎）が成立したのである。須弥山様式の庭園は百済渡来の技術により推古朝宮廷の南庭に築造され、三神山様式の庭園は秦の始皇帝が造った昆明池が始まりである。いずれも仏教的宇宙世界や神仙世界を想像した庭園であるから、イメージとしての庭園の規模は伸縮自在なのである。本詩の詩的イメージは、このような東アジアの庭園の思想により成立しているのである。庾開府集の「山斎」と題する詩に「石影横臨水。山雲半繞峰。遙想山中店。懸知春酒濃」とある。また、梁簡文帝の「山斎」を題とする詩では、「玲瓏繞竹澗。間関通槿蕃。缺岸新成浦。危石久為門。北栄下飛桂。南柯吟夜猿。暮流澄錦磧。晨氷照綵鸞。」などのように、その庭園の風景が詠まれており、本詩の表現に似る。

【中臣朝臣大嶋】生没年未詳。天武・持統朝頃の人。天武十（六八二）年三月に河島皇子、忍壁皇子らと帝紀や上古の諸事を選定した。時に大山上。同十一月小錦下。同十二年十二月判官。同十三年賜姓朝臣。持統四（六九〇）年正月、天皇即位に当たり神祇伯として天神寿詞を読む。本藻に大納言直大弍とあり、晩年のことと思われる。

正三位《しょうさんみ》大納言《だいなごん》紀朝臣麻呂《きのあそみまろ》一首《いっしゅ》　年卅五《としさんじゅうご》

14

五言。春日應詔。一首。――紀朝臣麻呂

五言《ごごん》。春日《しゅんじつ》詔《みことのり》に応《おう》ず。一首《いっしゅ》。

恵気《けいき》四望《しぼう》に浮《うか》び、重光一園《じゅうこういちえん》の春《はる》。式宴仁智《しきえんじんち》に依《よ》り、優遊詩人《ゆうゆうしじん》を催《うなが》す。崑山珠玉《こんざんしゅぎょく》盛《さか》んにして、瑤水花藻《ようすいかそう》陳《の》ぶ。階梅素蝶《かいばいそちょう》闘《きそ》い、塘柳芳塵《とうりゅうほうじん》を掃《は》く。天徳堯舜《てんとくぎょうしゅん》を十《じゅう》にし、皇恩万民《こうおんばんみん》を霑《ぬ》らす。

五言。春の日の詩会に天皇の求めに応じる。一首。

和やかな気色が四方に浮かんでいて、大きな春の風光がこの庭園一面に見られる春となった。天皇が開かれる宴会は山水の仁智に依るものであり、ゆったりとして詩人たちに詩を促すのである。ここの崑崙の山には珠玉が満ちていて、さらに瑶水の池には美しい花の咲いた水藻が連なっている。階段の梅は白い蝶と白さを競いあい、池の堤の柳は良い香りの塵を掃いている。天子の徳はまるで尭帝や舜帝を十倍にもしたようで、天皇の恩恵はすべての人々にまで及んでいることだ。

85　紀朝臣麻呂

正三位大納言紀朝臣麻呂一首　年卅五

五言。春日應詔。一首。

恵氣四望浮。重光一園春。式宴依仁智。優遊催詩人。
崑山珠玉盛。瑶水花藻陳。階梅鬪素蝶。塘柳掃芳塵。
天徳十尭舜。皇恩霑萬民。

【校異】○年四十七（天和・宝永・寛政）。

【注釈】○正三位　大宝令の官位。**○大納言**　大臣の次の官で三位相当。**○五言**　一句が五字からなる詩体。**○春日**　春の日。立春を指す。**○応詔**　天皇の指名を受けたことに答えること。唐代には応制。**○首**　詩歌を数える単位。**○恵気**　春のうららとした天気。**○四望**　東西南北を眺望出来る範囲。元は天子の望祭によるが、自然を観賞する態度へと転換した。**○重光**　大きな春の風光をいう。天子の風采をいう。**○一園春**　庭園すべてが春の様子。**○式宴**　公の宴会を以ての意。式は「以て」に同じ。**○仁智**　山水と同義語。「論語」に見える。**○優遊**　ゆったりとした詩の遊び。天下が太平であることをいう。**○催**　催促すること。**○詩人**　詔に応じる詩人を指す。言語侍従の人をいう。**○崑山**　中国の伝説上の山。崑崙山。仙人の西王母が住む。**○珠玉盛**　崑崙山には珠玉が満ちていること。**○瑶水**　崑崙山にある池。**○花藻陳**　美しい藻が列ぶこと。花藻は華藻に同じ。陳は陳列。詩人を比喩。**○階梅**　階の前の梅の木。宮廷の階段の左右に花木を植えるのが習い。梅・橘・桜などが植えられた。「塘柳」と対で春の景色を言う。**○素蝶**　白い色の蝶々。**○塘柳**　池の堤に植えられた柳。**○掃**　掃除すること。**○芳塵**　香のする塵。塵は土埃だが、宮廷のことであるので芳塵という。**○天徳**　天子の徳。皇恩と対。**○十**　十倍すること。**○尭舜**　尭帝と舜帝。中国古代の五帝である黄帝・顓頊・帝嚳・尭・舜の中の二帝。優れた帝として称賛される。**○皇恩**　天皇の恩恵。恩沢。**○霑**　天子の徳が万民を潤すこと。**○万民**　すべての国民。

【解説】　五言十句古体詩。韻は春・人・陳・塵・民。春の季節の詩宴が開かれた時に、天皇の命を受けて詠んだ応詔詩。唐の時代には応制が多くなるが、それ以前には応詔が用いられた。本藻には春秋の季節、従駕、侍宴などの応詔の詩が多く、詠詩の場が天皇を主人とする公宴にあったことが知られる。そのことにより天皇称賛の詩形式が取られ、この詩も①良い季節の中での詩宴の開催、②崑崙山のような宮廷の庭園、③春の風物への賞美、④天皇の徳への賛美、という流れを持つのを特徴とする。この形式は謝霊運が魏の曹丕宮殿の詩宴の条件として示した、良辰・美景・賞心・楽事に基づくものと思われる。①は春の淑気の立ちこめる良辰を、②は宮廷の庭園を「崑山珠玉盛。瑶水花藻陳」のように崑崙山の春の美景として詠み、天皇を崑崙山の神仙と等しく考える。本藻詩にも「遊息瑶池浜」（十一番詩）のように見られる。③はそうした神仙世界の美景に等しい禁園の階梅や塘柳が賞美され、④では天皇賛徳の方法として中国古代の五帝である尭や舜の徳を十倍にもしたほどであり、その徳をもって万民を潤すのだと称え、詩人たちは天子賛徳の詩を捧げるのである。応詔詩は優れた天子がこの世に現れたことで天下が太平となり、それを慶賀して詠まれるものであり、そこに登場するのが言語侍従の臣である。応詔詩の意義はそこにあり、「天徳十尭舜」というのは尭舜を超越して有徳の天子の出現を頌するものであり、それゆえに皇恩は万民を潤すのだというのである。本藻に見られる応詔詩は、このような形式や理念および内容をもって詠まれるのを基本とする。

【紀朝臣麻呂】慶雲二（七〇五）年七月没。本藻詩人の紀男人の父、同じく古麻呂の兄。持統七（六九三）年六月に直広肆、大宝元（七〇一）年三月に正三位大納言。本藻に正三位大納言とあり、大宝元年以降のことである。

文武天皇《もんむてんのう》三首《さんしゅ》　年《とし》廿五《にじゅうご》

15

五言。詠月。一首。――文武天皇

五言《ごごん》。月《つき》を詠《よ》む。一首《いっしゅ》。

月舟《げっしゅう》霧渚《むしょ》に移《うつ》り、楓檝《ふうしゅう》霞浜《かひん》に泛《うか》ぶ。台上《だいじょう》流耀《りゅうよう》澄《す》み、酒中《しゅちゅう》去輪《きょりん》沈《しず》む。水下《すいか》斜陰《しゃいん》砕《くだ》け、樹除《じゅじょ》秋光《しゅうこう》新《あら》たし。

独《ひと》り星間《せいかん》の鏡《かがみ》を以《もち》て、還《かえ》りて雲漢《うんかん》の津《つ》に浮《う》かぶ。

五言。月を詠む。一首。

月の舟は霧の渚に移り行き、楓の梶は霞の浜辺に泛かんでいる。宴席のテーブルの上には月光が耀き、酒の注がれた酒杯には移り行く月が沈んでいる。水の流れに月影は砕け、樹の隙間からは秋の光が差し始めた。月は自ら星々の間に浮かぶ鏡のように照りつつ、一巡りした舟は雲の立ちこめた天漢の岸辺に浮かんだ。

文武天皇三首　年廿五

五言。詠月。一首。

月舟移霧渚。楓檝泛霞濱。臺上澄流耀。酒中沈去輪。
水下斜陰砕。樹除秌光新。独以星間鏡。還浮雲漢津。

【校異】○年二十五（天和・宝永・寛政）。○樹除〔落〕秋光新（底②）。樹□秋光新（天和）。樹落秋光新（宝永・寛政）。○秋日（天和・宝永・寛政）。

【注釈】○五言　一句が五字からなる詩体。**○詠月**　月を詠む。詠物詩の方法。**○首**　詩歌を数える単位。**○月舟**　月の舟。ここでは七日の月を舟に喩える。観月会の風景か、または七夕の夜の風景か。「楓檝」と対で双関語。**○移**　移動。**○霧渚**　霧の立ちこめた渚。**○楓檝**　楓の木で作った梶。「月舟」の対。楓と桂を同じと認識し月の縁語としている。月に楓（桂）の木があるというのは中国の伝説。**○泛**　浮かぶこと。**○霞浜**　霞の掛かった浜辺。**○台上**　宴会で酒やご馳走が載せられた台の上。ここは地上の観月または七夕の宴を指す。**○澄**　清らかな様子。**○流耀**　月の光が空から流れ来て輝く様子。**○酒中**　酒の充たされた杯の中。**○沈去輪**　移り行く月が酒杯に浮かんでいること。月を「月輪」と表現することによる。**○水下**　水が流れ下ること。**○斜陰**　斜めに照らす光。**○砕**　波の動きに砕ける様子。**○樹除**　未詳の語。文脈から木々の隙間と考えられる。**○秌光新**　「秌」は秋。秋の光を初めて感じ取ったこと。**○独以**　ただ一つ。月を指す。**○星間鏡**　星々の間に照る月を鏡に喩えた。**○還**　廻り帰ること。
○雲漢　天雲の棚引く天の河。天漢のこと。**○津**　船着き場。

【解説】五言八句詩。韻は浜・輪・新・津。月を詠んだ詠物詩。その月は舟に、桂は楫に喩えられる。月に桂が生えているという中国の伝説から、月と桂は双関語。地上では宴会が開かれているのであろう。台上に月光が照り、酒杯には月輪が浮かぶという。酒杯に月影を浮かべるというのは、風流な遊びの一つ。「万葉集」でも「春日在三笠乃山二月船出／遊士之飲酒杯尓陰尓所見菅」（巻七・一二九五）がある。そうした地上の楽しみに対して、天上では月舟が星々の間を鏡のように輝きながら移り行き、雲漢（天漢）の津へと還るのだという。この詩の月舟は漢語には未見であり、どのような出典を持つか不明。ただ、「万葉集」には「月船」の語が柿本人麿歌集に見られ、「天海丹雲之波立月船星之林丹榜隠所見」（巻七・一〇六八）のように詠まれていて、「詠月」に分類された歌であるが、これは七夕に関係する歌と思われる。人麿は軽皇子（文武天皇）の文化圏に所属していたことが知られるから、その軽皇子文化圏に月船の語が醸成されたものと思われ、一方は歌へ一方は詩へ展開したのである。それを媒介したのは、天武朝ころから始まる七夕の場であったと思われる。おそらく月舟の語は、中国の〈桂と月〉という故事から、〈桂の梶と舟〉という関係が「万葉集」では「天海月船浮桂梶懸而滂所見月人壮士」（十・二二二三）のように生まれ、そこから〈桂の舟〉という認識が出来て、その〈桂舟〉が〈月舟〉を導いたものと考えられる。この詩が七夕に関係すると思われるのは、雲漢が雲の掛かる天漢のことで、天漢は七夕歌で詠まれる天の川のことであり、この月舟は天漢を渡る舟であり、七夕の夜には牽牛を織女のもとに送り、そして夜明けには牽牛を乗せてもとの漢津へと還るのだと理解することが出来るからである。酒杯に月を浮かべるのも、軽皇子文化の中に醸成された風雅な表現であったと思われる。

16

五言。述懐。一首。 ―― 文武天皇

五言《ごごん》。懐《こころ》を述《の》ぶ。一首《いっしゅ》。

年《とし》は載冕《たいかん》に足《た》ると雖《いえど》も、智《ち》は敢《あえ》て裳《も》を垂《た》れず。朕常《ちんつね》に夙夜《しゅくや》念《おも》うに、何《なに》を以《もち》てか拙心《せっしん》を匡《ただ》さんと。猶往《なおおう》古《こ》を師《し》とせずは、何《なん》ぞ元首《げんしゅ》の望《のぞみ》を救《すく》わんと。然《しか》も三絶《さんぜつ》の務《つとめ》毋《な》く、且《しばら》く短章《たんしょう》に臨《のぞま》んと欲《ほっ》す。

五言。懐を述べる。一首。

年齢は冠を頂くのに十分ではあるが、知識の上では無理を押して天下を治めるほどのものではない。私がいつも朝から夜まで思うことは、何を以てこの拙い心を正したら良いかということである。やはり昔の教えを先生としなければ、どうして国家の元首としての希望を叶えることが出来ようか。そうではあるが読書の努力も無く、ともかく短い詩文にでも向かい慣れようと思うのである。

五言。述懐。一首。

年雖足載冕。智不敢垂裳。朕常夙夜念。何以拙心匡。

猶不師往古。何救元首望。然毋三絶務。且欲臨短章。

【注釈】〇**五言**　一句が五字からなる詩体。〇**述懐**　心に思うところを述べること。漢詩に詩題として見える。〇**首**　詩歌を数える単位。〇**年**　年齢。〇**雖**　～であると言っても。〇**足**　充足する。〇**載冕**　冠を頂く年齢。〇**智**　知識。〇**敢**　無理して。〇**垂裳**　天下を治めること。〇**朕**　天皇の自称。〇**夙夜**　早朝から夜まで。〇**念**　心に思うこと。〇**何以**　どうして～か。〇**拙心**　拙い心。〇**匡**　質すこと。〇**猶**　やはり。〇**不師往古**　昔の聖人を先生としないとの意。〇**救**　救済。〇**元首**　国の王。〇**望**　希望。〇**然**　そうであるのに。〇**毋**　無しの意。〇**三絶**　韋編三絶をいう。何度も繰り返し書物を読むこと。孔子が易を読んで綴じ紐が三度も切れた故事を指す。〇**務**　務めること。〇**且欲**　しばらく～しようと思う。〇**臨**　対象に向かうこと。〇**短章**　短い詩文。

【解説】五言律詩体詩。韻は裳・匡・望・章。我が身を反省することを詠んだ詩。本藻中で天皇の詩は文武天皇の三首のみ。ここでの述懐は、帝王（元首）としての基本となる才能の無いことを畏れ、そのために朝早くから夜遅くまで政務に務めることを述べたもの。帝王になるには帝王学が必要であり、それは皇太子の時から学士（賓客）により教授される。文武天皇は草壁皇太子の早世により皇太子の期間が短く、若くして即位したのでこのような述懐の詩が詠まれたようにも思われるが、この詩の内容は大友皇子にも見たように、帝王の心構えの一つとして謙虚な態度が求められることを示している。その謙虚さとは帝王の徳の姿であり、政治を執り行うにあたり謙虚さが臣下の諫言を聞く余裕を持たせることとなる。強権政治の持統天皇とは異なる、新たな元首の登場であり、これは奈良時代の天皇の政治姿勢として定着する。中国古代においては天を畏れ、民を慈しむということのために、天の意志を詳細に汲み取り政治を執り行うという天子の態度（仰観俯察）があり、そこには漢の時代に流行した讖緯説も見受けられる。そうした政治姿勢は、古代の聖典である「尚書」以来の民を邦の本とする思想に根ざすものであり、天はそのことを天子となる者に教えたのである。「古事記」や「日本書紀」の仁徳天皇の記録にこのような天皇像が描かれるが、こうした理念的な天皇像は、大化改新後の孝徳天皇紀事に具体的に見える。いわば、大化改新以後に優れた天子や徳のある天子が求められ、それは従来の天皇の権能とは大きく異なる、聖帝像の成立である。この文武天皇の時に正月儀礼の制度が揃い、大宝律令が完成して施行され、遣唐使派遣が再開されていて、倭国が日本国へと大きく変容する時代を迎えるのであるが、そのような大きな変容する時代に文武天皇は即位することとなる。中国唐や韓半島に示すことの出来る日本という国の姿や天子の態度を考えるならば、重責を一身に背負う文武天皇の姿が思われるのであり、そこにこの述懐詩の成立があったのである。

17　五言。詠雪。一首。――文武天皇

五言《ごごん》。雪《ゆき》を詠《よ》む。一首《いっしゅ》。

雲羅《うんら》珠《たま》を嚢《つつ》んで起《おこ》り、雪花《せっか》彩《あや》を含《ふく》んで新《あら》たし。林中《りんちゅう》柳絮《りゅうじょ》の若《ごと》く、梁上《りょうじょう》歌塵《かじん》に似《に》たり。火《ひ》に代《か》わりて霄篆《しょうてん》を暉《かがや》かせ、風《かぜ》を逐《お》いて洛浜《らくひん》を廻《めぐ》る。園裏《えんり》の花李《かり》を看《み》るに、冬条《とうじょう》尚《なお》春《はる》を帯《お》ぶ。

五言。雪を詠む。一首。

薄絹のような雲は珠を包んで昇り、花のような雪は彩りを含んで鮮やかである。林の中の雪は柳の花のように飛び、梁の上の歌塵に似ている。灯火に代わって瑞気の雲を輝かせ、風を追いかけて洛水の浜辺を廻る。庭園の李の木を見ると、冬ではあるがやはり白い花が春を帯びている。

五言。詠雪。一首。

雲羅嚢珠起。雪花含彩新。林中若柳絮。梁上似歌塵。

代火暉霄篆。逐風廻洛濱。園裏看花李。冬條尚帯春。

【校異】○暉〔輝〕霄篆（底②）。○霄篆（底②）。輝霄篆（天和・宝永）。輝霄象（寛政）。

【注釈】○**五言**　一句が五字からなる詩体。○**詠雪**　雪を詠む。詠題の詩。○**首**　詩歌を数える単位。○**雲羅**　雲が薄絹のようであること。○**嚢**　包むこと。○**珠**　珠玉。○**起**　立ち上ること。○**雪花**　白い花のような雪。○**含**　包み持つこと。○**彩**　彩り。あや。○**新**　新鮮であること。○**林中**　林の中。○**若**　～のようだ。○**柳絮**　柳の花の綿毛。○**梁上歌塵**　梁の上の塵が美しい歌声に舞うこと。○**代火**　灯火に代わるもの。○**暉霄篆**　瑞気により現れた空の雲の輝く様子か。暉は輝き。霄は雲。篆は廻らす。緯書による表現か。○**逐**　追う。○**廻**　廻る。○**洛浜**　洛陽を流れる川の岸辺。洛水の浜。○**園裏**　庭園の中。裏は内側。○**看**

見ること。〇**花李**　花の咲いた李の木。〇**冬条**　冬の木の枝。条は枝。〇**尚**　やはり。〇**帯春**　春を萌していること。

【解説】　五言律詩体詩。韻は新・塵・浜・春。雪を詠んだ詠物詩。雪が詩題として選ばれたのは、ここでは春への思いからである。まだ冬の装いの庭園に雪が柳の花（柳絮）のように降り、雪は花と見紛われ、あたかも梁の上の歌塵のようだという。歌塵は歌舞台の梁に溜まる塵を歌声が舞わせることをいう詩語であり、梁塵ともいう。しかも、それは洛浜に舞う雪であり、まるで神仙の世界を思わせる。そうした庭園の景色の中に、李の花がほころび始め、冬の中に春の到来を発見するのである。しかし、これは雪と梨花とを重ねた表現であり、二つが紛うことを詠んだものであろう。「万葉集」に見える大伴旅人の「わが園に梅の花散るひさかたの天より雪の流れ来るかも」（巻五・八二二）や、大伴家持の「わが園の李の花か庭に降るはだれのいまだ残りたるかも」（巻十九・四一四〇）という、雪と花との紛いの表現はこのような漢詩の表現と呼応する。「古今集」にも「梅が枝に来ゐる鶯春かけて鳴けどもいまだ雪は降りつつ」があり、一方では冬、一方では春という間（あわい）の表現への関心である。それは同時に移ろいを描くものであり、楽府詩漢横吹曲漢横吹曲「梅花落」に「梅嶺花初発。天山雪未開。雪処疑花満。花辺似雪回」（盧照鄰）があり、雪か花かの紛う様子が詠まれている。このような表現が以後の日本文学の「うつろひ」や「まがひ」、あるいは「あはひ」の美学を形成することとなるのである。なお、呉均の「詠雪」の詩に「微風揺庭樹。細雪下簾隙。栄空如霧転。凝階似花積。不見楊柳春。徒看桂枝白。零涙無人道。相思空何益」とある。

【文武天皇】　天武十一（六八三）年―慶雲四（七〇七）年六月。天武天皇・持統天皇の孫、草壁皇子の子。母は元明天皇。姉は元正天皇。妻は藤原不比等の娘の宮子。聖武天皇の父。皇子名は軽皇子。持統十一（六九七）年八月に即位し、文武天皇となる。大宝元（七〇一）年に大宝律令を施行し、第七次遣唐使を派遣した。「万葉集」の歌人。

従《じゅ》三《うさん》位《み》中《ちゅう》納《な》言《ごん》大《おお》神《みわの》朝《あそ》臣《み》高《たけ》市《ち》麻《ま》呂《ろ》一《いっ》首《しゅ》　年《とし》五《ご》十《じゅう》

18

五言。従駕応詔。一首。――大神朝臣高市麻呂

五言《ごごん》。従駕《じゅうが》し詔《みことのり》に応《おう》ず。

病《やまい》に臥《ふ》して已《すで》に白鬢《はくびん》、意《こころ》に謂《おも》うことは黄塵《こうじん》に入《い》らんと。期《き》せずして恩詔《おんしょう》を遂《と》げ、駕《が》に従《したが》う上林《じょうりん》の春《はる》。

松巌鳴泉落《しょうがんめいせんお》ち、竹浦《ちくほ》笑花《しょうか》新《あら》たし。臣《しん》は是《こ》れ先進《せんしん》の輩《はい》、濫《みだり》に陪《ばい》す後車《こうしゃ》の賓《ひん》。


五言。行幸に従って天皇の求めに応じる。

病に臥してすでに白鬢となり、もうじき黄泉に行くだろうと思われる。ところが予期もしない恩詔を遂げることとなり、天皇の駕に従い上林の春に出会った。松の聳える巌からは囂々と音を鳴らして滝の水が落ち、竹の生えた川岸には咲いたばかりの花が美しい。臣下はもとより先進の輩でありながら、みだりがわしく天皇に陪従する、後車の賓客である。


従三位中納言大神朝臣高市麻呂一首。年五十。

五言。従駕応詔。一首。

臥病已白鬢。意謂入黄塵。不期遂恩詔。従駕上林春。
松巖鳴泉落。竹浦笑花新。臣是先進輩。濫陪後車賓。

【校異】○題の「一首」なし（天和・宝永・寛政）。○已白鬢〔髪〕（底②）。已白髪（天和・宝永・寛政）。○不期遂（底①・天和・宝永・寛政）。不期遂〔逐〕（底②）。

【注釈】 **○従三位**　大宝律令の官位。**○中納言**　太政官の次官。大納言に次ぐ三位相当職。中納言職は、持統朝に設けられた官職と思われ、その最初に任じられたのが大神高市麻呂であり、大宝律令の施行まで設けられた。**○大神朝臣高市麻呂**　三輪高市麻呂。持統天皇の伊勢行幸の中止を諫言したが聞き入れられずに下野。**○五言**　一句が五字からなる詩体。**○従駕**　天皇の行幸の車駕に従うこと。**○応詔**　天皇の指名に答えること。**○臥病**　病の床に臥すこと。**○已**　すでに。**○白鬢**　白髪と成った鬢毛。**○意謂**　心に思うこと。**○入黄塵**　黄泉の世界に行くこと。即ち死ぬこと。**○不期**　予期せぬこと。**○遂**　成し遂げること。**○恩詔**　天皇の恩恵。**○上林春**　上林苑の春。上林苑は宮廷の北側に造られる庭園。中国の宮殿に模す。**○松巖**　松の生えている巌。**○鳴泉**　囂々と音を立てて流れ落ちる瀑布。**○落**　水が落下する様子。**○竹浦**　竹の生えている池のほとり。**○笑花**　咲いている花。笑うは花の咲いている様子。**○新**　新鮮であること。**○臣**　臣下。**○先進輩**　年齢が他の者より多いところの我が輩。後車の対。**○濫陪**　みだりにつき従うこと。**○賓**　賓客。

【解説】五言律詩体詩。韻は塵・春・新・賓。天皇の行幸に従い、詔を受けて詠んだ詩。病がちで老齢となった高市麻呂が、予期もしなかった天皇からの呼び出しを受け、行幸に従う栄誉を得て喜びの気持ちを述べたのである。高市麻呂は忠臣として知られ、「日本書紀」に持統天皇への諫言の記事があり、「日本霊異記」には忠臣物語も残されている。「日本書紀」によれば、持統天皇が春に伊勢行幸へ出かけようとした時に、高市麻呂は今回の行幸は農事の妨げになるとして諫言するが聞き入れられず、ついに冠を棄てて野に下ったという。そうした逸話を持つ高市麻呂が、天皇から賓客の待遇を受けて駕に従ったのである。そこは漢の時代の上林苑のような庭園で、松の辺の巌の滝や竹の生えた岸辺に咲き乱れる花が心を楽しませ、まさに我が身は先進の輩だという。先進の輩は「論語」の「先進於礼楽野人也、後進於礼楽君子也」によるもので、先進は礼楽には野人だが具体的な実践者を指し、後進は礼楽を重んじる君子のごときものであり、孔子は礼楽には粗野ではあるが政治的実践に対応する先進を良しとしたのである。ここで高市麻呂のいう「先進」とは、天皇に諫止する実践者としての誇りがあろう。その上で高市麻呂の先進には、年齢が誰よりも上であるという意味でもあり、すぐれた高位の臣下よりも前の車に乗り、先に進んでいるという洒落である。それゆえに、このような身でありながらも、濫りがわしく天皇の車駕の後ろに賓客として陪従しているのだと謙虚な態度を詠んで、この行幸に呼ばれたことへの感謝と天皇への賛美を詠んでいるのである。後車の輩だというところにも、野人でありながらも賢人なのだという洒落がある。「論語」の先進・後進を我が身に託けて洒落を楽しんでいるのである。天皇の行幸に冠を棄てて野に下ってまで諫言・諫止した高市麻呂にしてみれば、宮廷に返り咲いて行幸へのお召しが掛かったことは大きな喜びであったに違いない。なお、中納言は中国では諫議大夫に相当し、皇帝に対して諫言する役割を持つ。初唐の太宗の時に魏徴がその職にあった。持統・文武朝の中納言は文武四年まで高市麻呂が独占し、大宝元年の律令施行により中納言が廃止されるまで高市麻呂はその職にあった。いわばこの職は高市麻呂のために置かれた特別職であり、高市麻呂の賢臣としての評価に因るのであろう。高市麻呂が天皇に諫言して野に下ったという逸話には、こうした背景がある。本藻序文が高市麻呂の詩を取り上げるのも、「日本霊異記」などの説話に高市麻呂の忠信が語られるのも、新たなタイプの政治家の登場への称賛にある。なお、「宋詩」沈慶之の「侍宴詩」に「微生遇多幸。得逢時運昌。朽老筋力尽。徒歩還南岡。辞栄此聖世。」とあるのは、高市麻呂の心境に近い。

【大神朝臣高市麻呂】 斉明三（六五七）年—慶雲三（七〇六）年二月。大三輪。三輪とも。壬申の乱の功臣。天武十二

（六八四）年に大神賜姓。朱鳥元（六八六）年九月、天武天皇喪葬に理官の誄を述べる。時に直大肆。持統六（六九二）年三月に伊勢行幸を諫止したが聞き入れられず、官を辞して野に下った。時に中納言直大弐。大宝二（七〇二）年正月従四位上長門守。同三年六月左京大夫。慶雲三（七〇六）年二月没。死後に壬申の乱の功臣により従三位追贈。「日本霊異記」に忠臣としての話が載る。本藻の中納言就任は不明。「万葉集」の歌人。

大宰大弐《だざいだいに》従四位上《じゅしいのじょう》巨勢朝臣多益須《こせのあそみたやす》二首《にしゅ》　年卅八《としさんじゅうはち》

19

五言。春日応詔。二首。――巨勢朝臣多益須

五言《ごごん》。春日《しゅんじつ》詔《みことのり》に応《おう》ず。二首《にしゅ》。

玉管陽気《ぎょっかんようき》を吐《は》き、春色禁園《しゅんしょくきんえん》に啓《ひら》く。山《やま》を望《のぞ》めば智趣広《ちしゅひろ》く、水《みず》に臨《のぞ》めば仁狎敦《じんこうあつ》し。松風雅曲《しょうふうがきょく》を催《もよお》し、
鶯哢談論《おうろうだんろん》を添《そ》う。今日良《こんにちまこと》に徳《とく》に酔《よ》い、誰《たれ》か湛露《たんろ》の恩《おん》を言《い》わん。

五言。春の日の詩会に天皇の求めに応じる。二首。

玉管から春の陽気が吐き出され、春の色が宮中に啓かれた。山を望むと智の味わいが広がり、水に臨むと仁の味わいに馴れ親しまれる。松風は雅な曲を促して、鶯の鳴き声はみんなの話に加わっている。今日はまことに天皇の徳に酔

い、誰が湛露の恩を口に出して言うことなどしようか。

大宰大弐従四位上巨勢朝臣多益須二首　年卅八

五言。春日應詔。二首。

玉管吐陽氣。春色啓禁園。望山智趣廣。臨水仁狎敦。

松風催雅曲。鶯哢添談論。今日良酔徳。誰言湛露恩。

【校異】○四十八（天和・宝永・寛政）。○題の「二首」なし（天和・宝永・寛政）。○啓禁圍（底①②）。啓禁園（天和・宝永・寛政）。本文を「園」に正す。○仁懐敦（寛政）。○令今イ日良酔徳（底①）。○今日良酔徳（天和・宝永・寛政）。本文を「今」に正す。○難誰イ言湛露恩（底①）。誰言湛露恩（天和・宝永・寛政）。

【注釈】○大宰大弐　九州大宰府の帥に次ぐ役職。四位相当。**○五言**　一句が五字からなる詩体。**○春日**　春の日。立春のこと。中国詩に詩題として見える。**○応詔**　天皇の指名に答えること。**○玉管**　玉で作られた管。これに灰を入れて吹く。**○吐**　吐き出す。**○陽気**　春の気。**○春色**　春めいた雰囲気。**○啓**　開くこと。**○禁園**　宮中の庭。**○望山**　山を眺める。臨水と対で山水仁智を言う。**○智趣**　川に関わる趣。山は仁だが、「山智」とするのは次の「水仁」と襷がけにした表現技巧による。**○広**　広大であること。**○臨水**　川に臨むこと。**○仁狎**　山に親しむこと。仁は山、狎は馴れ親しむ。「論語」の山水仁智による。**○敦**　厚い。**○松風**　松を吹く風。松籟をいう。**○催**　催す。**○雅曲**　美しい音楽。**○鶯哢**　鶯が鳴く。哢は鳥が鳴くこと。**○添**　添うこと。**○談論**　論議。**○今日**　この宴会の行われる今日。**○良酔**　本当に酔った意。**○徳**　天皇の寛大な心。**○誰言**　誰が口に出して言うだろうか。反語。**○湛露恩**　天皇の皇恩に浴することの恩をいう。

【解説】五言律詩体詩。韻は園・敦・論・恩。春の禁苑で行われた詩宴に招かれて詔に応えた詩。玉管は楽府琴曲歌辞「周宗廟歌」に「寧思玉管笛。空見霊衣舞」とあり、笛を指すが、新註は「玉琯とも書く。西王母の楽器、笛の如くにして長二尺三寸、廿六孔あり。これを吹くと、天風が和ぎ、春の景色が漲ると『西京雑記』にある。また、むかし天象地気を観察するに用ゐた笛といふ如きもので、竹でも玉でも作る。その玉琯から、春の陽気を吹き出すと逆説するのである。梁の簡文帝の句に、観斗弁気。玉琯移春とある」と述べている。玉琯を吹くことにより、季節が到来するのである。「望山智趣広。臨水仁狎敦」は天皇の徳を表すもので、出典は「論語」の仁者は山を楽しみ、智者は水を楽しむにある。天皇はそうした仁と智の徳を身に付けているというのである。ただ、ここでは山智・仁水と用いていることから、用法上の誤りがあると指摘されている。本来は智水・仁山であるからである。しかし、これは誤りではなく、山（仁）を望めば水（智）の趣が得られ、水（智）に臨めば山（仁）の趣が得られるという意味であり、山＝仁・水＝智ではなく、山は智と、水は仁とクロスして向き合っていることを技巧的に表現しているのである。一方、湛露恩は「詩経」の「湛湛露斯在彼豊草」によるが、「文選」張華の「離情詩」に「願垂湛露恵。信我皎日期」のように、それは相手に願うものであった。あるいは「梁詩」沈約の「楽未央」に「億舜日。万尭年。詠湛露」のように、目出度いことを褒め称える言葉であった。しかし、本詩ではすぐれた徳を持った天皇の詩宴において十分な栄誉や恩恵に与り、もう湛露の恩について誰も口にしないのだという、天子賛徳を詠む応詔詩の基本的型式を踏み、言語侍従の臣の役割を果たしている。

20

五言。春日応詔。二首。――巨勢朝臣多益須

姑射《こや》に太賓《たいひん》遁《のが》れ、崆巌《こうがん》に神仙《しんせん》を索《さが》す。豈《あに》聴覧《ちょうらん》の隙《ひま》に、仁智《じんち》は山川《さんせん》に寓《よ》すにしかん。神衿《しんきん》春色《しゅんしょく》を弄《ろう》し、

清蹕林泉《せいひつりんせん》を歴《へ》る。登《のぼ》りて望《のぞ》む繍翼《しゅうよく》の径《みち》、降《くだ》りて臨《のぞ》む錦鱗《きんりん》の淵《ふち》。糸竹時《しちくとき》に盤桓《ばんかん》として、文酒乍《ぶんしゅたちまち》に留連《りゅうれん》す。薫風琴台《くんぷうきんだい》に入《い》り、蓂日《めいじつ》歌筵《かえん》を照《て》らす。岫室明鏡《しゅうしつめいきょう》開《ひら》き、松殿翠烟《しょうでんすいえん》浮《う》かぶ。幸《さいわい》に陪《ばい》す瀛洲《えいしゅう》の趣《おもむき》、誰《たれ》か論《ろん》ぜん上林《じょうりん》の篇《へん》。

藐姑射の山にはすぐれた賓客が遁れていて、そそり立つ巌に神仙を探そうとするという。しかし、それは天皇が政務を執る暇に、その徳を山川仁智に寄せることに及ぶだろうか。天皇の心は春の色を賞美し、清らかな先払いの音は林泉を経歴する。高い処に登って美しく彩られた鳥の行く手を望み、降っては錦の魚の泳ぐ淵に臨む。糸竹の楽器の音はあちらこちらに聞こえ、詩文を披露する酒席に行きつ戻りつしてはしばし思考する。薫風は琴台に入り、めでたい光は歌筵を照らしている。この山荘には月が明鏡のように上がり、松殿には翠烟が浮かんでいる。幸運にも神山の風情に付き従うこととなり、誰があの上林の詩篇を話題にするだろうか。

姑射遁太賓。　峌巖索神仙。　豈若聴覧隙。　仁智寓山川。
神衿弄春色。　清蹕歴林泉。　登望繍翼径。　降臨錦鱗淵。
糸竹時盤桓。　文酒乍留連。　薫風入琴臺。　蓂日照歌筵。
岫室開明鏡。　松殿浮翠烟。　幸陪瀛洲趣。　誰論上林篇。

【校異】○豈若聴覧▒（天和）。聴覧隟（宝永・寛政）。○瀛洲趣（底①）。瀛洲趣（底②・天和・宝永・寛政）。本文を「瀛洲趣」に正す。

【注釈】○姑射　神仙の住むという藐姑射の山。**○遁**　隠遁。**○太賓**　尊貴な客人。優れた知識人。**○崆巌**　そそり立つ岩山。仙人の住処。**○索**　探す。探索すること。**○神仙**　不老不死の術を持つ超人。**○豈若**　それよりも〜だろうか。**○聴覧**　政務を執り行うこと。**○隙**　暇。余裕のある時間。**○仁智**　山と水を指す。「論語」に智者は水を楽しみ、仁者は山を楽しむという。天皇の徳を比喩。**○寓**　寄せること。**○山川**　山水。「論語」の山水仁智を指す。**○神衿**　神の心。即ち天皇の心。**○弄**　賞翫すること。**○春色**　春の気色。**○清蹕**　蹕は警蹕。天皇が行幸する道を先払いして清め戒める。**○歴**　経巡ること。**○林泉**　山林泉流の清浄な処。山水自然の地。**○登望**　高きに登り眺望すること。**○繍翼**　彩りのある鳥。下句の錦鱗と対。**○径**　鳥の行き交う道。**○降臨**　降ってその場に面すること。**○錦鱗**　彩りある魚。魚の詩的表現。**○淵**　川の深まった処。**○糸竹**　楽器の総称。**○時**　時々の意。**○盤桓**　あちらこちら。**○文酒**　詩文を披露し酒を飲む会。君臣の和楽をいう。**○乍**　たちまち。**○留連**　その場に留まること。**○薫風**　薫り良い風。**○琴台**　琴が奏でられる机。**○蓂日**　美しく耀く光。**○照**　照らすこと。**○歌筵**　宮廷所属の歌人が歌う席。**○岫室**　山の洞穴。仙人が住む処。**○開**　開かれること。**○明鏡**　美しく磨かれた鏡。ここでは月の比喩。**○松殿**　松の木の生えている処の殿舎。**○翠烟**　緑がかった煙。仙人の居る処。**○幸陪**　幸運にも付き従うこと。**○瀛洲**　東海にあるという三神山の一。本藻に蓬瀛とも見える。神仙が住む山。亀が背負っているという。**○趣**　そっくりな様子。**○誰論**　いずれが優れているかを論議する必要があろうか。反語。**○上林篇**　宮廷庭園である上林園での賦詩。

【解説】五言十六句古体詩。韻は仙・川・泉・淵・連・筵・烟・春。「春日応詔」の詩の二首目。応詔に応える詩人は、天皇に言語を以て奉仕する臣下として、大変な名誉であった。おそらく中国では藐姑射の山には賢人たちが世俗を逃れて神仙として隠遁しているので、朝廷ではその賢人を探し求めて皇帝に仕えることを求めたのであろう。しかし、わが日本では天皇は政務の合間に春の山川仁智に心を寄せ、林泉に行幸をされるのであり、その地はあたかも仙郷であり、めでたい風光があたり一面に輝き、まるで瀛洲の趣であるのだから、何も藐姑射の山などに逃れなくとも十分に仙境を楽しめるのだという。ここでの詩の型式は、①藐姑射に仙人を探し求める必要はないこと、②天皇は儒教的徳を表す山川仁智の聖帝であること、③詩宴の席では文と酒とが一対となり、優れた詩が献呈されていること、④周囲の春の風光は、仙人たちの住む仙郷さながらであり、東海の神山である瀛洲の趣を満喫させ他国の上林の春の宴を言う必要はないこと、にある。応詔詩の型式がよく整えられている詩であり、儒教思想と神仙思想とを重ねることで天皇のすぐれた徳を賞賛し、当時の天皇観がよく窺われる詩である。特に、文酒の語は本藻詩において重要な言葉である。この語は「塩梅道尚故。文酒事猶新。隠逸去幽藪。没賢陪紫宸」（三十番詩）とも見られ、天皇の正しい政治が長く行われ、一方に文酒のことは常に新しいことであるから、隠者たちは山を下り、賢者たちも宮廷に仕えることとなったという。その趣旨は本詩と等しいであろう。文酒の事というのは、詩の宴会を通して君臣が和楽することであり、そのことに心を向ける天皇への賞賛がある。その背後にも魏の曹丕の鄴宮詩宴が示唆されていると思われる。

【巨勢朝臣多益須】天智二（六六三）年—和銅三（七一〇）年六月。朱鳥元（六八六）年十月の大津皇子謀反事件に連座。持統三（六八九）年二月に判事、務大肆。同年六月、撰善言司、務大参。同七年六月、直広肆。慶雲三（七〇六）年七月、従四位上、式部卿。和銅元（七〇八）年三月、大宰大弐。本藻の大宰大弐従四位上は、和銅元年以後。

正四位下《しょうしいのげ》治部卿《じぶきょう》犬上王《いぬかみおう》一首《いっしゅ》

21

五言。遊覧山水。一首。——犬上王

五言《ごごん》。山水《さんすい》に遊覧《ゆうらん》す。一首《いっしゅ》。

暫《しば》し三餘《さんよ》の暇《ひま》を以《もち》て、瑶池《ようち》の浜《はま》に遊息《ゆうそく》す。吹台哢鶯始《すいだいろうおうはじ》め、挂庭舞蝶新《けいていぶちょうあら》たし。沐鳧双《もくふなら》びて岸《きし》を廻《めぐ》り、窺鷺《きろ》独《ひと》り鱗《りん》を銜《は》む。雲罍烟霞《うんらいえんか》を酌《く》み、花藻英俊《かそうえいしゅん》を誦《しょう》す。留連《りゅうれん》するは仁智《じんち》の間《かん》、縦賞《じゅうしょう》するは談論《だんろん》の如《ごと》し。林池楽《りんちたの》しみを尽《つ》くすと雖《いえど》も、未《いま》だ此《こ》の芳春《ほうしゅん》を翫《はや》さず。

五言。山水の地に遊覧する。一首。

少しの間であるが余暇の時を利用して、崑崙の瑶池の浜に遊息した。吹台ではもう鶯が鳴き始め、足を留める庭では蝶が舞い始めている。水を浴びる鳧の番がいて岸を泳ぎ廻り、辺りを窺う鷺が一羽魚を啄んでいる。我々は雲罍の杯に烟霞を酌み、花の咲いた川藻のような美しい文章は英俊を褒め称えている。足を留めるのは山水仁智の間であり、自由闊達にして楽しむ会話は立派な論議のようである。このようにして山水の地での楽しみを尽くすとは言っても、このすばらしい春を賞美し尽くせないほどである。

正四位下治部卿犬上王一首

五言。遊覧山水。一首。

暫以三餘暇。遊息瑶池浜。吹臺哢鶯始。挂庭舞蝶新。
沐鳧双廻岸。窺鷺独銜鱗。雲罍酌烟霞。花藻誦英俊。
留連仁智間。縦賞如談論。雖盡林池樂。未翫此芳春。

【校異】○題の「一首」なし（天和・宝永・寛政）。○花藻誦英▒（天和）。○如談倫（天和・宝永・寛政）。

【注釈】○正四位下　大宝律令の官位。○治部卿　治部省の長官。○犬上王　和銅二（七〇九）年六月没。○五言　一句が五字からなる詩体。○遊覧　自然の美しい風光に触れ、自然の徳を身に付けるのを目的とする遊楽。○山水　自然の風物。仁と智を比喩。「論語」による。○首　詩歌を数える単位。○暫　暫しの間。○三餘暇　三つの余暇。冬・夜・雨の時。読書をするための余暇を指す。○遊息　遊び憩うこと。○瑶池浜　西王母の住む崑崙の山にある池の岸。○吹台　歌舞の舞台。○哢　鳥が鳴くこと。○鶯　春が来ると鳴き始める鳥。スズメ目ヒタキ科の鳥。冬から春に山から里に来て鳴く。春告げ鳥として愛でられる。○挂庭　未詳の語。吹台の対から、足を留める庭の意か。「挂」は掛けること。箋註は「桂」に作る。○舞蝶　舞う蝶。○新　初めての意。○沐鳧　水浴びする鴨。「窺鷺」と対で池の様子を言う。○双　つがい。○廻岸　岸辺を廻る。○窺鷺　漁りをする鷺をいう。○独銜　一つが口に銜えていること。○鱗　魚の詩的表現。○雲罍　雲の形を描いた酒樽。○酌　酒を酌むこと。○烟霞　靄をいう。○花藻　美しい詩文。藻は文藻。○誦　朗誦。○英俊　優れた詩人。○留連　いつまでも留まること。○仁智　山水仁智。「論語」に見える。○縦賞　ほしいままに鑑賞すること。○如　〜のようだ。○談論　議論。○雖尽　〜を尽くすとはいってもの意。○林池　庭園の池。○芳春　すばらしい春。

【解説】五言十二句古体詩。韻は浜・新・鱗・俊・論・春。山水遊覧の詩。遊覧は美しい風光を求めて、遊楽することであるが、本藻詩の遊覧は「荘子」の逍遙游のように、神仙的世界に遊楽し、自由な精神を得ることにある。ここで遊覧した場所が、瑶池の浜だというのはそのことを指す。普段の朝廷の公務は世俗のことであり、世俗の塵から逃れて仙郷に遊楽することが、文人たちの詩想を形成する重要な要因であった。もちろん、瑶池の浜は宮中の禁苑のことであり、そこを崑崙にある池に譬喩したのである。彼らが遊覧をして自由な精神を獲得することは、仙郷の季節の風物や風景を楽しむことであり、その風光の中で酒を飲み仲間と美景を愛で談笑することである。その仙郷も山水仁智の地であり、仙郷にありながらも儒教的徳を身に付けたというのである。公務の雑事を離れ山水へ遊覧することは、すでにこの時代に宮廷人たちのステータスシンボルとなっていた。「文選」孫興公「游天台山賦」には「于是遊覧既周体静心」と詠まれ、同「文選」謝僕射の「遊覧詩」では、「眷然惜良辰。徘徊践落景。巻舒雖万緒。動複帰有静」と詠まれる。世俗を離れて心を静かに落ち着かせることが遊覧の大きな目的であり、そこは儒教的な山水の地であったり、老荘的な仙境であったりする。

【犬上王】 和銅二（七〇九）年六月没。大宝二（七〇二）年十二月の持統葬儀に殯宮を造る司、従四位上。慶雲四（七〇七）年六月の文武葬儀に殯宮に奉仕し、装束司。和銅元（七〇八）年三月宮内卿、同十月伊勢神宮奉幣使。本藻から晩年に正四位下治部卿であったことが知られる。

正五位上《しょうごいじょう》紀朝臣古麻呂《きのあそみこまろ》二首《にしゅ》　年五十九《としごじゅうきゅう》

22

七言。望雪。一首。　――　紀朝臣古麻呂

七言《しちごん》。雪《ゆき》を望《のぞ》む。一首《いっしゅ》。

無為《むい》の聖徳寸陰《せいとくすんいん》を重《おも》んじ、有道《ゆうどう》の神功《しんこう》は球琳《きゅうりん》を軽《かろ》んず。垂拱端坐《すいきょうたんざ》して歳暮《さいぼ》を惜《お》しみ、軒《のき》を披《ひら》き簾《すだれ》を褰《かか》げて遙《はるか》に岑《みね》を望《のぞ》む。浮雲靉靆《ふうんあいたい》として巌岫《がんしゅう》を縈《めぐ》り、驚飈蕭瑟《きょうひょうしょうしつ》として庭林《ていりん》に響《ひび》く。落雪霏々《らくせつひひ》として一嶺《いちれい》白《しろ》く、斜日黯々《しゃじつあんあん》として半山金《はんざんこがね》なり。柳絮未《りゅうじょいま》だ飛《と》ばず蝶《ちょう》先《ま》ず舞《ま》い、梅芳猶遅《ばいほうなおおそ》く花早《はなはや》くも臨《のぞ》めり。夢裡《むり》の鈞天《きんてん》尚《なお》涌《わ》き易《やす》く、松下《しょうか》の清風《せいふう》信《まこと》に斟《く》み難《かた》し。

七言。雪を望み見る。一首。

無為の聖人は寸陰を重んじるといい、有道の神人は宝玉を軽んじるのだという。そこで私も垂拱端坐して歳の暮れるのを惜しみ、軒の窓を開いて簾を褰げ遙に遠い岑を望むことにする。浮雲は棚引いて高い岩山を廻り、疾風はショウショウと音を立てて庭林に響いている。雪は静かに降り続いて山上の一面を白くし、夕日は薄暗い様子ではあるが山の半ばを金色に染めている。柳の花はまだ飛ばないが蝶が先ず舞い、梅の芳はまだ薫らないが花が咲き始めた。夢の中では天上の音楽が涌き出して、松下の清風の音は実に斟み難いことである。

正五位上紀朝臣古麻呂二首　年五十九

七言。望雪。一首。

無為聖徳重寸陰。有道神功軽球琳。垂拱端坐惜歳暮。披軒褰簾望遙岑。
浮雲靉靆縈巖岫。驚飈蕭瑟響庭林。落雪霏々一嶺白。斜日黯々半山金。
柳絮未飛蝶先舞。梅芳猶遅花早臨。夢裡鈞天尚易涌。松下清風信難斟。

【校異】○夢裏鈞天（天和・宝永・寛政）。

【注釈】○**正五位上**　大宝律令の官位。○**紀朝臣古麻呂**　生没年未詳。紀大人の子。兄は本藻詩人の麻呂。○**七言**　一句が七字から成る詩体。○**望雪**　雪を見て詠む、題詠の詩。○**首**　詩歌を数える単位。○**無為**　何もしないこと。自然のまま。天子は何もしないことが勝れた政治と考える。「有道」と対。○**聖徳**　優れた徳を持つ者。「神功」の対。○**重寸陰**　少しの時間も大切にしたこと。**○有道**　天下を治める道を理解すること。**○神功**　神のような能力を持つ者。「聖人」の対。**○軽球琳**　宝玉を軽んじたこと。**○垂拱端坐**　手を拱いて正座すること。聖人の優れた政治を指す。**○惜歳暮**　歳の暮れを惜しむこと。**○披軒**　軒を押し開くこと。**○褰簾望**　簾を上げて眺めること。**○遙岑**　遠くの嶺。**○浮雲**　空に浮いた雲。**○靉靆**　霞などが棚引くこと。**○縈**　廻ること。**○巌岫**　高い岩山。岫は高い嶺。山の穴の意もある。**○驚飈**　疾風。**○蕭瑟**　風の音。**○響**　鳴りとよむこと。**○庭林**　庭の木々。**○霏々**　雪、雨、霜などの降る形容。**○一嶺**　向こうの山の嶺。**○白**　雪の白色。**○斜日**　落日。**○黯々**　薄暗い様。**○半山**　山の半分。**○金**　金色。夕焼け色。**○柳絮**　柳の花の綿毛。「梅芳」と対で早春の様を言う。**○飛**　飛び舞うこと。**○蝶先舞**　蝶々がその前に舞うこと。**○梅芳**　梅の香り。**○猶遅**　まだ遅い様子であること。**○花早臨**　梅花が早くも咲こうとしていること。臨はその状態に向かうこと。**○夢裡**　夢の中。裡は裏に同じ。**○鈞天**　鈞天広楽をいう。天上の音楽。**○尚易**　さらに容易であること。**○涌**　湧き出ること。**○松下**　松の木の下。**○清風**　松に吹く清らかな風。松籟。**○信**　本当に。**○難斟**　汲み取ることが困難であること。

【解説】七言十二句古体詩。韻は琳・岑・林・金・臨・斟。雪を望むというのは、歳暮となり雪を通して一年の反省をする意味がある。無為の聖徳や有道の神功は見本とする聖人君子たちであり、その見本に照らして我が身はどのようであったのかを反省するのである。日々、公務の雑用に追われて正しい政務が出来たか否かの反省をする暇も無かったが、この歳暮に垂拱端座し、心を静かにして冬の景色を眺めると、巌にかかる雲や風の様子、雪が山に降り続く様子が目に映るのである。しかも、夢の中に天上の音楽が湧き起こり、松の木の下で聞く松籟は汲んでも尽きないのだと喜ぶ。「松下清風」への思いは、年の暮れに当たり我が身を反省し、自然の中に心を委ねることで無為自然の我が身を得ることとなることへの願いであろう。雪を通して無為自然の発見が得られたのである。臣下としていかに政道の助けとなるかを、真面目に考えた詩である。なお、「丘遅集」の「望雪」に「氛氳発紫漢。雑踏被朱城。忽銀台搆。俄傾玉樹生。綿々九軌合。昭昭四区明」と詠まれている。また、歳暮の感懐は江文通の「效阮公詩」に「歳暮懐感傷。

中夕弄清琴。戻戻曙風急。団団名月陰。孤雲出北山。宿鳥驚東林。誰謂人道広。憂慨自相尋。寧知霜雪後。独見松竹心」と詠まれ、歳暮を迎えて目に入る風景を通して自らの存在を顧みるのである。

23

五言。秋宴。得声清驚情四字。一首。——紀朝臣古麻呂

五言《ごごん》。秋宴《しゅうえん》。声清驚情《せいせいきょうじょう》の四字《よじ》を得《え》る。一首《いっしゅ》。

明離昊天《めいりこうてん》を照《て》らし、重震秋声《じゅうしんしゅうせい》を啓《ひら》く。気《き》爽《さわやか》にして烟霧発《えんむはっ》し、時泰《ときやす》らかにして風雲清《ふううんきよ》し。玄燕翔《げんえんかけ》りて已《すで》に皈《かえ》り、寒蟬嘯《かんせんうそぶ》きて且《か》つ驚《おどろ》く。忽《たちまち》ち逢《あ》う文雅《ぶんが》の席《せき》、還《かえ》りて愧《は》ず七歩《しちほ》の情《じょう》。

五言。秋の宴。韻の声・清・驚・情の四字を得た詩。

明るい太陽は秋の空を照らし、頻りに轟く雷は秋の到来を告げている。空気は爽やかにして烟霧が発ち昇り、天皇の御代は泰平にして風雲も清らかだ。燕は飛び翔りすでに故郷へと帰り、蟬は鳴いて秋が来たことに驚いている。そうした折にとつぜん文雅の席に出会ったのだが、還って詩も作れずにあの七歩の情を思い恥じ入るばかりだ。

五言。秋宴。得声清驚情四字。一首。

明離照昊天。重震啓秋声。氣爽烟霧発。時泰風雲清。

玄燕翔已皈。寒蟬嘯且驚。忽逢文雅席。還愧七歩情。

【校異】○五言。秋宴 目録（底①）。○重農啓秋声（天和）。○玄燕翔已帰（天和・宝永・寛政）。

【注釈】**○五言**　一句が五字からなる詩体。**○秋宴**　秋の季節に開かれた宴会。**○得**　得たこと。**○声清驚情四字**　韻字の声清驚情の四字。勒韻・探韻などで韻を得て詩を詠む方法。即興性が高い。**○首**　詩歌を数える単位。**○明離**　明るい日の光。**○昊天**　大空。**○震**　雷による震動。季節を変える様。**○啓**　開く。**○秋声**　風などによる秋を知らせる音。**○気爽**　空気が爽快である。**○烟霧**　靄。**○発**　立ち上ること。**○時泰**　時は泰平である。**○風雲**　秋の風と秋の雲。**○清**　清らかなこと。**○玄燕**　ツバメ。玄鳥。「寒蟬」と対で季節の交代を言う。**○翔**　飛びかけること。**○已皈**　すでに帰ること。**○寒蟬**　秋を迎えた蟬。**○嘯且**　鳴きその上にの意。**○驚**　吃驚すること。**○忽逢**　にわかに出会うこと。**○文雅**　詩歌。**○席**　宴席。**○還愧**　却って恥じること。愧は慚に同じ。**○七歩情**　曹植が七歩を歩く間に詩を作った時の思い。曹植に「七歩詩」がある。

【解説】五言律詩体詩。韻は声・清・驚・情。題が失われているが、目録に「秋宴」とあり、内容から秋の季節に開かれた公宴であったことが知られ、また「時泰風雲清」から天皇の御世の太平が詠まれ、公宴詩であったと思われる。「得声清驚情四字」は、詩題のようになっているが、これは普通には詩題の下に書かれるもので、探韻により得た韻字のことである。探韻という方法により得た韻を踏んで詩を作る時に、作者はこの四字の韻を得たのである。探韻の方法は韻字のテキストがあり、その中から韻を得る方法であり、それぞれ指名されて詩作に入る時に、韻字テキストから韻を得るのである。そのことから前もって詩を用意して来たものを詠むのではなく、詩宴の直前に韻字が与えられることから、一首の詩を詠むのにそれなりの時間を要したものと思われる。むしろ、それが詩酒の宴として楽しまれたのであり、長屋王邸詩宴の詩に多く見られ、後の時代にも継承されている。作者が「還愧七歩情」というのは、この探韻によって詩を詠むのに直ちに詠むことが叶わず、それで曹子建の七歩詩を引き合いに出して、自らの拙さを羞じたのである。ちなみに、曹子建の七歩詩は「煮豆持作羹。漉鼓以為汁。箕向釜下然。豆在釜中泣。本是同根生。相煎何大急」という内容である。なお、斉魏収「月下秋宴」に「此夕甘言宴。月照露方塗。使星疑向蜀。剣気不関呉。

良交契金水。上客慰萓蘇。何必応劉輩。還来遊鄴都」と詠まれている。

【紀朝臣古麻呂】生没年未詳。紀大人の子。兄は本藻詩人の麻呂。慶雲二（七〇五）年十一月、新羅使を迎える騎兵大将軍、正五位上。但し、本藻目録には正五位下とあり、位階に問題がある。

大学博士《だいがくのはかせ》従五位下《じゅごいのげ》美努連浄麻呂《みののむらじきよまろ》一首《いっしゅ》

24

五言。春日応詔。一首。　——　美努連浄麻呂

五言《ごごん》。春日《しゅんじつ》詔《みことのり》に応《おう》ず。一首《いっしゅ》。

玉燭紫宮《ぎょくしょくしきゅう》に凝《こ》り、淑気芳春《しゅくきほうしゅん》に潤《うるお》う。曲浦嬌鴛《きょくほきょうえん》戯《たわむ》れ、瑶池潜鱗《ようちせんりん》躍《おど》る。階前桃花《かいぜんとうか》映《は》え、塘上柳条《とうじょうりゅうじょう》新《あら》たし。軽烟松心《けいえんしょうしん》に入《い》り、囀鳥葉裡《てんちょうようり》に陳《の》ぶ。糸竹広楽《しちくこうがく》を遏《とど》め、率舞往塵《そつぶおうじん》に洽《あまね》し。此《こ》の時誰《ときたれ》か楽《たの》しまず、普天厚仁《ふてんこうじん》を蒙《こうむ》る。

五言。春の日の詩会に天皇の求めに応じる。一首。

春の調和した陽気は玉の輝きのように御所に留まり、和やかな雰囲気は芳しい春に潤んでいる。曲がりの池には美し

い鴛鴦が鳴いて戯れ、崑崙の瑶池には水中の魚が飛び跳ねている。宮殿の階段の前の桃の花は美しく映え、池の堤の柳の枝は新しい芽を出した。棚引く烟は松の中心に入り、囀る鳥は葉の中で盛んに鳴いている。糸竹の天上の音楽を留めて、統率された一群の歌舞は往古の伝統にまして優雅である。この時に誰か楽しまない者などがあろうか、広大な天の如き天皇の厚い恵みを蒙ることだ。

大学博士従五位下美努連浄麻呂一首

五言。春日応詔。一首。

玉燭凝紫宮。淑氣潤芳春。曲浦戯嬌鴛。瑶池躍潜鱗。
階前桃花映。塘上柳條新。軽烟松心入。囀鳥葉裡陳。
絲竹遏廣楽。率舞洽往塵。此時誰不樂。普天蒙厚仁。

【校異】○題の「一首」なし（天和・宝永・寛政）。○瑶池躍潜鮮〔鱗〕（底②）。瑶池躍潜鱗（天和・宝永・寛政）。○軽煙松心入（天和・宝永・寛政）。○率〔卒〕舞（底②）。卒舞（天和・宝永）。率舞（寛政）。

【注釈】○**大学博士**　式部省に属する官吏養成所の専門家。○**従五位下**　大宝律令の官位。○**美努連浄麻呂**　生没年未詳。遣新羅大使。○**五言**　一句が五字からなる詩体。○**春日**　春の日。漢詩に詩題として見える。○**応詔**　天子の指名に答えること。唐には応制。○**首**　詩歌を数える単位。○**玉燭**　季節の状態が整うこと。宝玉の輝きを理念とした。○**凝**　留まること。○**紫宮**　天上の宮廷。転じて天皇の御所。○**淑気**　良い季候。○**潤**　潤うこと。○**芳春**　芳しい春の季節。○**曲浦**　池の曲がりくねった岸辺。曲池をいう。○**戯**　戯れること。○**嬌鴛**　美しい鴛鴦鳥。夫婦仲の良い鳥とされる。比喩としても用いられる。○**瑶池**　西王母の住む崑崙山にある池。○**躍**　飛び跳ねること。○**潜鱗**　鱗は魚の詩語。水の中の魚。○**階前**　宮中の階段の前。「塘上」と対で禁園の様子を言う。○**桃花**　桃の花。宮廷を不老不死の桃源郷とする。○**映**　映えること。○**塘上**　池の堤の上。○**柳条**　柳の木の枝。○**新**　新芽をいう。○**軽烟**　棚引く煙。○**松心**　松の中心。○**囀鳥**　囀る鳥をいう。○**葉裡**　葉の茂みの中。○**陳**　鳥が歌うこと。○**糸竹**　楽器の総称。○**遏**　その場に引き留める意。○**廣楽**　鈞天広楽。天上の音楽。○**率舞**　率いて舞うこと。○**洽**　あまねく。○**往塵**　過去の伝統。塵は積み重なった伝統。芳塵もその一。○**此時**　今をいう。○**誰不楽**　誰が楽しまないだろうか。反語。○**普天**　広大な天をいう。○**蒙厚仁**　厚い恵みを蒙ること。天皇の恩。

【**解説**】五言十二句古体詩。韻は春・鱗・新・陳・塵・仁。御所の禁苑の春景であるが、その禁苑は崑崙や三神山を模した秦の始皇帝や漢の武帝の造った池が想像されているように思われる。また、曲浦は曲池のことで王仲宣の雑詩に、「日暮遊西園。冀写憂思情。曲池揚素波。列樹敷丹栄」とある、魏武帝の西園の池がモデルであろう。瑶池は崑崙にある仙境の池である。始皇帝も武帝もそうした池を好んで造った。そのように倭国の天皇も仙郷を庭園に造ったのである。したがって、その庭園の春の風景には階前の桃花の輝きや、堤の辺の柳の芽吹きが見られ、霞は松の木に懸かり、囀る鳥は葉の裡に鳴いているというように描かれる。桃は崑崙山のものであり、桃の花は仙郷を象徴する花である。このような仙郷の春景色は、天皇を不老不死の仙郷の仙人として描くことに目的があった。曲浦が詠まれるのは、瑶池も桃の花も崑崙山に寄せた春景であるが、さらに三月上巳の曲水の宴が示唆されているものと思われる。謝宣城の「三日侍華光殿曲水代人応詔」には、「文教已粛。武節既馳。栄光可照。合璧如規。載懐姑射。尚想瑶池。濯龍乃飾。天淵在斯」のように瑶池が詠まれ、あるいは王子淵の「詠春近餘雪応詔」では、「送寒開小苑。迎春入上林。糸条変柳色。香気動蘭心。待花留対酒。留雪擬弾琴。陪遊媿並作。空見奉恩深」のように皇恩が詠まれる。本詩も「普天蒙厚仁」と詠まれるところに、言語侍従の臣としての役割を果たしている。

【**美努連浄麻呂**】生没年未詳。慶雲二（七〇五）年十二月、従五位下、同三年八月遣新羅大使、同四年五月学問僧義法らと帰国。和銅元（七〇八）年三月に遠江守。本藻の大学博士従五位下は、いつか不明。

判事《はんじ》紀末茂《きのすえしげ》一首《いっしゅ》　年《とし》は卅一《さんじゅういち》

25

五言。臨水観魚。一首。――紀末茂

五言《ごごん》。水《みず》に臨《のぞ》み魚《うお》を観《み》る。一首《いっしゅ》。

宇《いえ》を結《むす》ぶ南林《なんりん》の側《がわ》、釣《いと》を垂《た》らす北池《ほくち》の涛《なみ》。人来《ひときた》れば戯鳥《ぎちょう》没《ぼっ》し、船渡《ふねわた》れば緑《りょく》萍《ひょう》沈《しず》む。苔揺《こけゆ》れて魚《うお》の有《あ》るを識《し》り、緡尽《いとつ》きて潭《ふち》の深《ふか》きを覚《し》る。空《むな》しく嗟《なげ》く芳餌《ほうじ》の下《もと》、独《ひと》り見《み》る貪心《どんしん》の有《あ》るを。

五言。池に臨んで魚を観る。一首。

南の林の側に庵を結んで、北の池の岸辺に釣り糸を垂らす。人が来ると戯れていた鳥は水に没し、船が渡ると緑の川藻が水に沈む。苔が揺れて魚のいることが識られ、釣り糸が尽きて潭の深さが知られる。我が身は空しく美味しい餌の下に在ることを嗟き、独り卑しい心の有ることを知ることだ。

判事紀末茂一首　年卅一

五言。臨水観魚。一首。

結宇南林側。垂釣北池濤。人来戯鳥没。舩渡緑萍沈。
苔揺識魚有。緡盡覺潭深。空嗟芳餌下。独見有貪心。

【校異】○年卅一ニィ（底①）。年三十一（天和・宝永・寛政）。○題の「一首」なし（天和・宝永・寛政）。○船渡（天和・宝永・寛政）。○魚在（天和・宝永・寛政）。底①の舩は船の異体字。

【注釈】○**判事**　刑部省に属した裁判官。○**紀末茂**　閲歴未詳。○**五言**　一句が五字からなる詩体。○**臨水**　水に臨むこと。○**観魚**　魚を見ること。○**首**　詩歌を数える単位。○**結宇**　家屋を建てること。宇は家。○**南林側**　南向きの林の傍。長江側の置き換え。○**垂釣**　釣り糸を垂らす。○**北池涛**　北側の池の波。○**人来**　人の往来。○**戯鳥**　戯れている鳥。○**没**　水中に潜ること。○**舩渡**　船の往来。○**緑萍**　緑の藻。○**苔**　地衣類などの植物。○**揺**　揺曳。○**識**　知ること。○**魚**　さかな。○**緡**　釣り糸。○**尽**　尽きること。○**覚**　知ること。○**潭**　水が淀んで深い処。○**空**　空虚。空しいこと。○**嗟**　恥じ入ること。○**芳餌下**　美味しい餌のある水底。○**独見**　一人知ること。○**有貪心**　賤しい心があること。

【解説】五言律詩体詩。韻は涛・沈・深・心。水の中の魚を通して我が身を省みる詩。臨水観魚は、水に臨み魚を観察すること。そうした題意とは異なり、この詩は張正見の「釣竿篇」に類似することが大系本により指摘されている。「釣竿篇」では、「結宇長江側。垂釣広川涛。竹竿横翡翠。桂髄擲黄金。人来水鳥没。楫渡岸花沈。蓮揺見魚近。綸尽覚潭深。渭水終須卜。滄浪徒自吟。空嗟芳餌下。独見有貪心」と詠まれる。異なるのは「釣竿篇」の方に「竹竿横翡翠。桂髄擲黄金」と「渭水終須卜。滄浪徒自吟」の句が多いことである。しかし、その省略が見られるとしても基本の表現に変化は無く、このことから本詩は盗作という評価になる。それでありながらも、本詩が詠まれた理由はどこにあったのか。「釣竿篇」は六朝詩にいくつか見られ、面白い詩題であったのだろう。魏文帝の楽府にも「釣竿行」として「東越河済水。遙望大海涯。釣竿何珊珊。魚尾何簁簁。行路之好者。芳餌欲何為」とあり、楽府詩その他で著名な歌であった。にもかかわらず臆面もなく盗作をすれば、直ぐに露見して笑いものになるはずである。にもかかわらずこの詩が成立したのは、この句を除いても詩が成立することの見本を示したのが本詩だと思われる。いわば、この詩は詩作の時のモデルを示したもので、五言古詩体を五言律詩として詠む方法が示されたこと、また「空嗟芳餌下。独見有貪心」という詩意がより簡潔に表現されたのが末茂の詩であろう。そうした技を見本として見せたのであり、そのような詩作の場が背景にあったものと思われる。また、題に「臨水観魚」としたのは「荘子」の観魚の話を示唆するものと思われるが、それが「釣竿篇」へと向かったのは、「空嗟芳餌下。独見有貪心」に強い関心があったからであろう。詩の作り方の方法と詩が表現する志の内容とを、この詩を通して解説したのであろう。

【紀朝臣末茂】 生没年、閲歴未詳。本藻に判事とあり、同じく目録には判事従七位下とある。

釈《しゃく》弁正《べんしょう》二《に》首《しゅ》

弁正法師《べんしょうほうし》は、俗姓《ぞくせい》は秦氏《はたうじ》。性《せい》は滑稽《こっけい》にして、談論《だんろん》を善《よ》くす。少年《しょうねん》にして出家《しゅっけ》し、頗《すこぶ》る玄学《げんがく》に洪《ひろ》し。大《たい》宝年中《ほうねんちゅう》に、唐国《とうこく》に遣学《けんがく》す。時《とき》に李隆基《りりゅうき》〔元《げん》〕龍潜《せんりゅう》の日《ひ》に遇《あ》い、囲碁《いご》を善《よ》くするを以《もち》て屢《しばしば》賞遇《しょうぐう》せらる。子《こ》に朝慶《ちょうけい》・朝元《ちょうげん》有《あ》り。法師《ほうし》及《およ》び慶《けい》は唐《とう》に在《あ》りて死《し》す。元《げん》は本朝《ほんちょう》に帰《かえ》り、仕《つか》えて大夫《たいふ》に至《いた》る。天平年《てんぴょうねん》中《ちゅう》に、入唐判官《にっとうはんがん》を拝《はい》し、大唐《だいとう》に到《いた》り天子《てんし》に見《まみ》ゆ。天子《てんし》は其《そ》の父《ちち》の故《ゆえ》を以《もち》て特《とく》に優詔《ゆうしょう》し、厚《あつ》く賞賜《しょうし》す。

還《かえ》りて本朝《ほんちょう》に至《いた》り、尋《つい》で卒《しゅっ》す。

弁正法師は俗姓が秦氏である。性格は滑稽を旨として論議を良くした。少年時代に出家して、頗る老荘の学に通じていた。大宝年中に、唐の国に学問僧として派遣された。この時に李隆基〔元〕がまだ天子となる前の龍潜の日に出遇い、弁正が囲碁を善くすることを以て、しばしば優遇された。弁正の子どもに朝慶と朝元の二人がいた。弁正法師及び朝慶は唐に在って没した。朝元は本朝に帰り、朝廷に仕えて大夫に至った。天平年中に朝元は入唐判官を命じられて、大唐に到り天子に見えた。天子は其の父の弁正の縁故を以て特に優遇し、手厚くもてなした。朝元は本朝に帰り着いて、次いで亡くなった。

釈弁正二首

弁正法師者、俗姓秦氏。性滑稽、善談論。少年出家、頗洪玄学。大宝年中、遣學唐国。時遇李隆基〔元〕龍潜之日、以善囲碁屢見賞遇。有子朝慶朝元。法師及慶在唐死。元帰本朝、仕至大夫。天平年中、拜入唐判官、到大唐見天子。天子以其父故特優詔、厚賞賜。還至本朝、尋卒。

【校異】○太宝年中（天和・宝永・寛政）。○李隆基〔元〕（底②）。○以善囲碁（天和・宝永・寛政）。○以其文故（天和・宝永・寛政）。

【注釈】**○釈**　出家者が名に付す姓。**○弁正**　弁正法師。大宝元（七〇一）年の第七次遣唐使船に乗り、帰国せずに唐で没した。朝慶、朝元は中国人妻との間に産まれた子。**○俗姓**　出家前の世俗の姓氏。**○秦氏**　秦氏は渡来系の氏族。**○性**　性格や性質。**○滑稽**　是非善悪を一つにして論じるような論議の技巧。**○善**　優れていること。**○談論**　論議。**○少年**　幼年。**○出家**　僧侶となること。○**頗**　大いに。○**洪**　広いこと。○**玄学**　魏晋時代の哲学。老荘の哲学で儒教を解釈した。無為にして治まることを理念とする何晏・王弼らがいる。また阮籍・嵆康らは自然を重視した。○**大宝年中**　大宝二（七〇二）年に粟田真人を大使として第七次の遣唐使が派遣された。○**遣学**　学問をするために他国へ派遣されること。○**唐国**　唐の国。都は長安。今の中国西安。○**時**　この時。○**遇**　出会う。○**李隆基〔元〕**　後の盛唐の玄宗皇帝。楊貴妃を寵愛した。○**龍潜之日**　天子として即位する前の日々。○**囲碁**　碁を打つこと。○**屢**　しばしば。○**見**　～された。受身。○**賞遇**　愛でられて優遇されること。○**子**　子ども。○**朝慶朝元**　弁正と中国人妻との間に生まれた朝慶と朝元の二人の子。朝元は帰国して役人となった。○**法師**　弁正法師。○**慶**　弁正法師の子の朝慶。○**在唐死**　唐の国で死んだ。○**元**　弁正法師の子の朝元。○**帰本朝**　日本の国に帰る。○**仕**　天皇に奉仕すること。○**至**　到達すること。○**大夫**　五位クラスの役人。○**天平年中**　七二九年から七六七年の間。○**拝**　拝命。○**入唐判官**　遣唐使判官。○**到**　到着。○**大唐**　偉大な唐の国。○**見**　まみえること。謁見。○**天子**　中国の皇帝。天神の子どもの意で、天の祀りをする時の皇帝の称。○**其父**　釈弁正をいう。○**故**　縁故。○**特**　特別に。○**優詔**　優遇。○**賞賜**　皇帝からの贈り物。○**還**　帰りをいう。○**至本朝**　日本国に到着したこと。○**尋卒**　次いで没したこと。

26

五言。与朝主人。――釈弁正

五言《ごごん》。朝主人《ちょうしゅじん》に与《あた》う。

鐘鼓《しょうこ》城闉《じょういん》に沸《わ》き、戎蕃国親《じゅうばんこくしん》に預《あずか》る。神明今《しんめいいま》の漢主《かんしゅ》、柔遠胡塵《じゅうえんこじん》を静《しず》む。琴歌馬上《きんかばじょう》の怨《えん》、楊柳曲中《ようりゅうきょくちゅう》の春《はる》。唯有《ただあ》り関山《かんざん》の月《つき》、偏《ひとえ》に迎《むか》う北塞《ほくさい》の人《ひと》。

五言。朝主人に与える。

鐘鼓の音が城門の辺りに沸き起こり、西の国の蕃族が唐室と婚姻の関係を結ぶのだという。神の如き明主というべきは今の漢主であり、柔遠の胡塵を鎮めた。しかし琴歌馬上の怨の曲が聞こえ、楊柳曲中の春の歌が聞こえている。ただ胡地には関山の月ばかりが懸かり、戎の国では偏に北塞の人を迎える。

五言。與朝主人。

鐘鼓沸城闉。戎蕃予國親。神明今漢主。柔遠静胡塵。
琴歌馬上怨。楊柳曲中春。唯有関山月。偏迎北塞人。

【校異】〇開山月（底①）。関山月（底②・天和・宝永・寛政）。本文を「関」に正す。

【注釈】〇**釈**　仏教へ帰依した者の姓。〇**五言**　一句が五字からなる詩体。〇**与**　与える。贈る。〇**朝主人**　宿舎の朝主人とも、知人の朝氏とも。〇**鐘鼓**　鐘や太鼓の楽。〇**沸**　湧き起こること。〇**城闉**　長安城の門。〇**戎蕃**　西の国の蕃族。〇**予**　預かること。〇**国親**　国同士の結婚。〇**神明**　神のように明らかな性格。〇**今**　現在。〇**漢主**　漢土の王。〇**柔遠**　遠い蛮族を懐柔すること。〇**静**　温和しくすること。〇**胡塵**　西域民族の住む土地。〇**琴歌馬上怨**　「馬上の怨み」という琴曲。「楊柳曲」と対。〇**楊柳曲中春**　「楊柳曲」は別離の歌。春の芽の出た柳の枝を折りかざして歌う。〇**唯**　もっぱら。〇**関山月**　関山に照る月。曲名「関山月」の横吹曲をも意味する。「関山月」は楽府横吹曲。〇**偏迎**　一途に歓迎すること。〇**北塞人**　北方の長安から来た人。胡国から見れば長安は北方になる。

【解説】五言律詩体詩。韻は親・塵・春・人。唐に渡った留学僧の弁正は、日本人として初めて外国で漢詩を二首詠んだ。この詩は唐に留学していた時に、異民族へ嫁入りする皇女の行く末を詠み、朝主人なる者に与えた詩である。

皇女が異民族へ嫁入りすることは古くからあり、漢時代の王昭君が有名であり、楽府詩や「玉台新詠」には王昭君に関する詩が多く見られる。石崇の「応昭君辞一首并序」や王嬙の「昭君怨」に昭君の悲話が詳細に詠まれ、また施栄泰の「詠王昭君」には「垂羅下椒閣。挙袖払胡塵。即即撫心歎。蛾眉誤殺人」といい、范静婦の「王昭君嘆」では「早信丹青巧。重貨洛陽師。千金買蟬鬢。百万写蛾眉。今朝猶漢地。明旦入胡関。高堂歌吹送。遊子夢中還」などと詠まれている。そのような悲話をこの皇女へも重ねたのであろう。馬上怨や折楊柳、あるいは関山月も楽府詩題であり、故郷を離れる者の怨みと悲しみの曲であり、おそらく、当時良く知られていた楽府詩を織り交ぜながら、この皇女の悲しい別離を詠んだのであろう。特に関山月という詩は、楽府解題に「傷離別也」とあるように、別離の時の悲しみを歌う歌謡である。梁元帝の「関山月」では「朝望清波道。夜上白登台。月中含桂樹。流影自徘徊。寒沙逐風起。春花犯雪開。夜長無与晤。衣単誰為裁」と詠まれ、あるいは徐陵の「関山月」では「関山三五月。客子憶秦川。思婦高楼上。当牕応未眠。星旗映疎勒。雲陣上祁連。戦気今如此。従軍復幾年」と詠まれている。弁正もまたそれらに倣って、わが身の別離を思い「関山月」を詠んだのであろう。

27

五言。在唐憶本郷。一絶。　――　釈弁正

五言《ごごん》。唐《とう》に在《あ》りて本郷《ほんきょう》を憶《おも》う。一絶《いちぜつ》。

日辺日本《にっぺんにっぽん》を瞻《み》、雲裡雲端《うんりうんたん》を望《のぞ》む。遠遊遠国《えんゆうえんごく》に労《ろう》し、長恨長安《ちょうごんちょうあん》に苦《くる》しむ。

五言。唐の国で日本を思う。一絶。

日の昇る方の日本を眺めるも、雲の中の雲の端を望むばかり。遠く遊学して遠い唐の国に苦労し、長い恨みを抱いてこの長安に苦しむことだ。

五言。在唐憶本郷。一絶。
日邊瞻日本。雲裡望雲端。遠遊労遠國。長恨苦長安。

【校異】〇雲裏望雲端（天和・宝永・寛政）。

【注釈】〇五言　一句が五字からなる詩体。**〇在唐**　唐の国に在って。**〇憶**　思い出す。**〇本郷**　故郷。**〇絶**　絶句体の詩を指す。**〇日辺**　太陽の昇る方向。**〇瞻**　眺めること。**〇日本**　日本の国をいう。この遣唐使派遣の頃に「日本」という漢字表記が用いられた。外国向けと思われる。**〇雲裡**　雲の中。裡は裏に同じ。**〇望**　遙望すること。**〇雲端**　雲の端。**〇遠遊**　遠い国への遊学。**〇労**　苦労すること。**〇遠国**　外国。**〇長恨**　長い間の悲しみ。**〇苦**　苦しむこと。**〇長安**　唐の都。今の西安。

【解説】五言四句詩。韻は端・安。すべて対句で詠まれている。外国で詠まれた日本漢詩の最初の詩の二首目。弁正は七〇二年に出発した第七次遣唐使の留学僧と思われる。唐で結婚し、没した。混血児の朝慶と朝元の子がいる。この時の大使は粟田真人で、唐に倭国が日本へと改名したことを伝えたと思われる。この詩は七〇二年に出発した遣唐使が帰国にあたり、送別の宴で詠まれたものであろう。遣唐使の一行は順次帰国するのであるが、留学生や留学僧たちは今後も唐に残ることとなる。弁正も唐に残り学問を継続することになる。唐に残る者たちは帰国する一行を見送るに当たり、「雲の果ての懐かしい日本を思い、この遠国の長安で苦労することだ」と詠む。この弁正の詩と一対をなすのが、同じく第七次遣唐使の少録として渡唐した山上憶良の歌であろう。「万葉集」の題詞に「山上臣憶良在大唐時、憶本郷作歌」とあり、「去来子等早日本辺大伴乃御津乃浜松待恋奴良武」（巻一・六三）と詠む。「在唐」、「憶本郷」「日本」の語を呼応させて残る者と帰る者の思いを詩と歌で詠んでいる。残る方は長安に残る苦労と懐かしい日本への思いを、帰国する方は帰国の喜びと懐かしい御津の浜松を詠む。弁正の側から見ると、憶良の帰国の喜びの歌に対して、残る者は懐かしい日本を思い苦労するのだとやり返しているのであろう。なぜなら、弁正の詩は同音畳語により表現されていて、軽快なリズムを取っている。必ずしも沈痛な思いや悲しみが主ではなく、楽府の歌いものとして詠んでいるからである。

【釈弁正】生没年未詳。秦氏。渡来系人。大宝二（七〇二）年の第七次遣唐使船に乗ったと思われる留学僧。唐の女性と結婚して、朝慶・朝元の子がある。朝元は日本に帰国する。弁正と朝慶は唐で没した。

正五位下《しょうごいのげ》大学頭《だいがくのかみ》調忌寸《つきのいみき》老人《おゆひと》一首《いっしゅ》

28

五言。三月三日応詔。一首。――調忌寸老人

五言《ごごん》。三月三日《さんがつみっか》詔《みことのり》に応《おう》ず。一首《いっしゅ》。

玄覧春節《げんらんしゅんせつ》に動《うご》き、宸駕離宮《しんがりきゅう》に出《い》ず。勝境既《しょうきょうすで》に寂絶《せきぜつ》、雅趣亦無窮《がしゅまたむきゅう》。花《はな》を折《お》る梅苑《ばいえん》の側《かたわら》、醴《こざけ》を酌《く》む碧《へき》瀾《らん》の中《なか》。神仙存意《しんせんそんい》に非《あら》ず、広済是《こうさいこ》れ同《おな》じくする攸《ところ》。皷腹太平《こふくたいへい》の日《ひ》、共《とも》に詠《うた》う太平《たいへい》の風《ふり》。

五言。三月三日の詩会に天皇の求めに応じる。一首。

天皇の遊覧は春の良い時節に行われ、車駕は離宮へと出発された。勝境の地はどこも静寂であり、風雅な趣もまた窮まることが無い。花を梅苑の側に折り、美酒を青波の中に酌んでは上巳の詩を詠んで楽しむことだ。だから神仙のことなどを意に掛ける必要はなく、天皇が人々を広く救済することはこれを同じくする処である。腹を打って平安な日を喜び、共に太平の歌を唱うことだ。

正五位下大學頭調忌寸老人一首

五言。三月三日應詔。一首。

玄覧動春節。宸駕出離宮。勝境既寂絶。雅趣亦無窮。
折花梅苑側。酌醴碧瀾中。神仙非存意。廣濟是攸同。
皷腹太平日。共詠太平風。

【校異】○題の「一首」なし（天和・宝永・寛政）。○鼓腹（天和・宝永・寛政）。

【注釈】○**正五位下**　大宝律令の官位。○**大学頭**　式部省に属する大学寮の長官。○**調忌寸老人**　生没年未詳。渡来系人。○**五言**　一句が五字からなる詩体。○**三月三日**　上巳の節日。もとは三月の上巳に行われたが、後に三日に定着した。曲水の詩宴が開かれた。○**応詔**　天皇の指名に答えること。○**首**　詩歌を数える単位。○**玄覧**　優れた者が行う遊覧。○**動**　行動をいう。○**春節**　新春の良い時節。○**宸駕**　天皇の乗り物。車駕。○**出**　出発すること。○**離宮**　皇居以外に設けられた天皇の仮御所。○**勝境**　風景の優れた処。山水自然の地。○**既**　あまねく。○**寂絶**　静寂なこと。○**雅趣**　雅と趣。雅は風雅、趣は上品な風情。○**亦**　その上に。○**無窮**　窮まりが無いこと。○**折花**　花を折ること。○**梅苑**　梅の植えられた庭園。○**側**　傍ら。○**酌醴**　一夜で醸した酒を酌み交わす。醴は甘酒。〇**碧瀾**　青波。〇**中**　川の中。曲水の遊びの風景。〇**神仙**　不老長生の術を得た超人。〇**非**　～ではない意。〇**存意**　心に思うこと。〇**広済**　多くの者を救済すること。〇**攸同**　処を同じくする。〇**皷腹**　腹を太鼓として打つこと。太平を喜ぶ中国の故事。〇**太平日**　平安な日々。〇**共詠**　一緒に歌うこと。〇**太平風**　天下太平を喜ぶ歌をいう。

【解説】五言十句古体詩。韻は宮・窮・中・同・風。四節日の一つの上巳の節の詩。上巳は三月最初の巳の日の行事であったが、六朝時代に三月三日に固定した。「荊楚歳時記」に「士民並出江渚池沼間。流杯曲水之飲」とあり、また「三月桃花水下。以招魂続魄。祓除歳穢」のようにあり、古代中国では三月の初めに邪気を払うために庶民が川で禊ぎを行い、桃の花の酒を飲み歌舞飲酒の遊楽する日となり、川辺では「詩経」に見るように男女が恋歌を歌う歌会が行われていた。このような行事が中国宮廷の節日となり、川での禊祓と曲池で詩を作るという曲水の風流な行事として成立し、それは東アジアの行事ともなったのである。日本古代に上巳の行事が入ったのは「日本書紀」顕宗天皇条の記録に「幸後苑曲水宴」とあるが、これは必ずしも歴史的な事実ではなく、上巳の禊祓と曲水の宴とが一つに行われたのは後のことである。持統朝に三月三日の行幸記事を見る程度で、本詩のように三月三日に天皇が風光明媚な川辺に行幸して飲酒し、天皇頌詩が献呈されたのを見ると、持統朝から文武朝のころに曲水の宴が宮廷行事として成立したことを物語る。謝宣城の「三日侍宴曲水代人応詔」には「上巳惟昔。于彼禊流。祓穢河滸。張楽春疇。既停龍駕。亦泛鳧舟。霊宮備矣。無待茲遊」のように詠まれている。

【調忌寸老人】生没年未詳。渡来系人。伊美吉とも。持統三（六八九）年六月に撰善言司、勤広肆。大宝元（七〇一）年八月、律令撰定の功績により正五位上。同三年に子が田十町、封百戸を賜っている。本藻の正五位下大学頭とあるのは、晩年のことと思われる。

贈《ぞう》正《しょう》一《いち》位《い》太《だ》政《じょう》大《だい》臣《じん》藤原《ふじわらの》朝臣《あそみ》史《ふひと》五首《ごしゅ》　年六十三《としろくじゅうさん》

29

五言。元日応詔。一首。　――藤原朝臣史

五言《ごごん》。元日《がんじつ》　詔《みことのり》　に応《おう》ず。一首《いっしゅ》。

正朝万国《せいちょうばんこく》を観《み》、元日兆民《がんじつちょうみん》に臨《のぞ》む。有政玄造《ゆうせいげんぞう》を敷《し》き、撫機紫宸《ぶきししん》に御《ぎょ》す。年花《ねんか》巳《すで》に故《ふるき》に非《あら》ず、淑気《しゅくき》亦《また》惟《こ》れ新《あら》たし。鮮雲五彩《せんうんごさい》に秀《ひい》で、麗景三春《れいけいさんしゅん》に耀《かがや》く。済々《せいせい》たる周行《しゅうこう》の士《し》、穆々《ぼくぼく》たる我《わ》が朝《ちょう》の人《ひと》。威徳《いとく》ありて天《てん》沢《たく》に遊《あそ》び、飲和《いんわ》して聖塵《せいじん》を惟《おも》う。

五言。元日の詩会に天皇の求めに応じる。一首。

天皇は正月元旦に万国の使者を観閲し、元日にすべての民の前に臨御する。天皇の政事は天地自然のままに行われ、日月星辰の動きに沿って紫宸殿に出御される。年はすでに改まり古いものは一つとしてなく、天地に満ちている穏やかな気配もまたこのように新しい。慶雲は五色に彩られて輝き、麗しい風景もこの春の三ヶ月に耀くことだ。威儀を正した朝臣たちは周の朝廷のそれに等しく、我が朝廷の人たちも麗しく整っている。天皇には仁徳があり我々はその恩恵に預かって遊び、美酒をいただいて和やかに楽しみ大いなる仁愛を思うことである。

125　藤原朝臣史

贈正一位太政大臣藤原朝臣史五首　年六十三

五言。元日應詔。一首。

正朝観万国。元日臨兆民。有政敷玄造。撫機御紫宸。
年花已非故。淑氣亦惟新。鮮雲秀五彩。麗景耀三春。
済々周行士。穆々我朝人。威徳遊天澤。飲和惟聖塵。

【校異】○年花　年華（天和・宝永・寛政）。○威徳　感徳（天和・宝永・寛政）。有或作斉（宝永）。

【注釈】**○贈**　官位の授与。ここは死後の授与。追贈。**○正一位**　大宝律令の官位制で最上級。**○太政大臣**　太政官の大臣。**○藤原朝臣史**　斉明四（六五八）年—養老四（七二〇）年八月。鎌足の子。**○五言**　一句が五字からなる詩体。**○元日**　正月元日。**○応詔**　天皇の指名に答えること。唐には応制。**○首**　詩歌を数える単位。**○正朝**　正月元旦。賀正の儀が行われる。**○観**　観閲。賀正の礼。**○万国**　世界のすべての国。**○臨**　臨御。お出まし。**○兆民**　すべての国民。**○有政**　政事を調えること。**○敷**　行き渡らせること。敷衍。**○玄造**　天地が万物を生み育てること。造化。**○撫機**　日月星辰の動きに従うこと。**○御**　お出まし。出御。**○紫宸**　紫宸殿。天帝の宮廷を写した、紫微宮。公儀を行う建物。**○年花**　年華。歳月をいう。**○已**　すでに。**○非故**　古いものは無いこと。**○淑気**　和やかな気配。**○亦**　等しいこと。**○惟新**　このように新しいこと。惟は発語。**○鮮雲**　鮮やかな雲。瑞雲。慶雲。「麗景」と対でめでたい風光を言う。**○秀**　秀でること。輝くこと。**○五彩**　赤・青・黄・白・黒の彩り。五行の色。**○耀**　三春　初春、仲春、季春に耀くこと。**○済々**　整然として威儀があること。「穆々」と対で優れていることを言う。**○周行士**　周の文王・武王の朝廷の臣下。**○穆々**　美しいこと。**○我朝人**　日本の朝廷の臣下。**○威徳**　威儀のある勢い。**○遊**　遊宴をいう。

○**天沢**　天皇の恩恵。沢は恩沢により人々が潤うこと。○**飲和**　宴会の和楽。慈しみを与えること。○**惟**　思うこと。○**聖塵**　天皇の仁愛。芳塵に同じ。

【解説】五言十二句古体詩。韻は民・宸・新・春・人・塵。元日宴の詩。古代日本の元日や元日宴はどのように出発したのか。元日という考えは中国の暦を基準とするものであるから、その出発は百済からの暦博士たちの働きによろう。古代日本で最初に元日の儀礼宴が記されるのは景行紀であるが、推古朝に蘇我馬子が献呈した寿歌あたりからであり、具体的には孝徳朝に賀正礼が行われ、天武朝に正月宴の記録が多くなり、文武朝に文物ともに賀正礼が整ったことが見えるように、推古朝あたりから段階的に元日という考えが定着し始めたといえる。その段階では元日を慶賀するというよりも、元日に臣下たちが天子に忠誠を誓う儀礼として成立したと思われる。いわゆる、朝賀の儀である。古代日本の正月記事は、「日本書紀」によると主に天皇の即位や崩御、あるいは立后や立太子記事が中心であり、賀正礼と元日宴が定着するのは天武朝と考えられる。そうした中で詩宴が開かれたのは、この史の詩から見ると持統朝以降と推測される。近江朝において天智天皇は文人を集めて置醴の遊びを行ったというから、元日詩宴も開かれていた可能性はある。この史の元日詩は、天皇を中華の王として褒め讃える内容である。本朝には万国の使者が集まり、優れた人士たちが天皇の恩沢を得ているのだと詠まれる。このような頌詩が詠まれるのは、中国詩の模倣によるものではなく、大和の国を中華思想で象り、天皇を中国の皇帝と並ぶものとして意図したからである。唐の含元殿で行われる賀正礼には、各国の使者が参列し皇帝の前にひれ伏すのであるが、そうしたイメージがこの詩の背後にある。「全晋文」の傅玄の「元日朝会賦」に「仰二皇之文象。詠帝徳乎上系。攷夏后之遺訓。綜殷周之典制。采秦漢之旧儀。定元正之嘉会。于是先期戒事。衆官允敕万国。（中略）是時天子盛服。晨興坐武帳憑。玉機正南面以。聴朝平権衡乎。砥矢群司百闢。進阼納觴皇恩。云々」と詠まれている。倭国の王も、賀正の礼を通してミニ中華としての装いを整えつつあったのである。

30

五言。春日侍宴応詔。一首。――藤原朝臣史

五言《ごごん》。春日《しゅんじつ》宴《うたげ》に侍《じ》し詔《みことのり》に応《おう》ず。一首《いっしゅ》。
淑気《しゅくき》天下《てんか》に光《て》り、薫風《くんぷう》海浜《かいひん》に扇《あお》ぐ。春日《しゅんじつ》春《はる》を歓《よろこ》ぶ鳥《とり》、蘭生《らんせい》蘭《らん》を折《お》る人《ひと》。塩梅《えんばい》の道《みち》は尚《なお》故《ふ》り、文酒《ぶんしゅ》の事《こと》は猶《なお》新《あら》たし。隠逸《いんいつ》幽藪《ゆうそう》を去《さ》り、没賢《ぼっけん》紫宸《ししん》に陪《ばい》す。

五言。春の日の詩宴に畏まって参加し天皇の求めに応じる。一首。
春の穏やかな気配は天下に光り輝き、薫り良い風は海浜を扇いでいる。春の日に春を歓ぶ鳥、蘭の生えている苑に蘭を折る友人。政治の味付けの方法は今も昔のままだが、文酒の事はやはり今風である。この太平の世にあって山に逃れた隠逸の者たちは山林を出て来て朝廷に仕え、身を隠した賢人たちもまた朝廷にお仕えすることだ。

五言。春日侍宴應詔。一首。
淑気光天下。薫風扇海濵。春日歓春鳥。蘭生折蘭人。
塩梅道尚故。文酒事猶新。隠逸去幽藪。没賢陪紫宸。

【校異】○蘭生折蘭〔座敷〕人（底②）。

【注釈】○**五言**　一句が五字からなる詩体。○**春日**　春の日。良辰・美景の時。○**侍宴**　天皇の主催する宴会に参列すること。○

応詔　天皇の指名に答えること。**○淑気**　和やかな気配。**○光**　輝き。**○天下**　天の下。**○薫風**　香り良い風。**○扇**　扇ぐこと。**○海浜**　海の浜辺。**○春鳥**　春の時節に来て鳴く鳥。**○蘭生**　蘭の生えている処。**○折蘭**　蘭を手折ること。**○人**　宴に侍した友情で繫がっている人たち。**○塩梅**　塩や梅で味を付けること。政治の味加減の比喩。**○道**　政道をいう。**○尚故**　元の通りであること。**○文酒事**　文雅の宴。詩文と酒による君臣の和楽。また交友の理念。**○猶新**　何と言っても今風である。**○隠逸**　山林へ隠れた隠者。**○去**　出てくること。**○幽藪**　山林や竹藪。隠者の隠れる処。**○没賢**　野に下った賢者。**○陪**　お仕えすること。陪従。**○紫宸**　紫宸殿。天帝のいる処。ここでは宮廷。

【解説】　五言律詩体詩。韻は浜・人・新・宸。春の日の公宴に詠んだ応詔詩。春の良い日に天皇の宴が開かれ、春の風光とともに、天皇の政治の道と文酒のことが称えられる。冬から春への順調な季節の推移は、天皇の徳がもたらすものである。それゆえに世を逃れた隠逸の賢人たちも、野に下った賢人たちも聖天子が現れたことで、宮廷に出てきて奉仕するというのである。ここにいう文酒というのは、文章と酒宴のことであり、これで礼と楽とを表現し、礼楽思想を公宴の中に求めたのである。公宴は文酒を通して君臣の和楽や君臣の秩序が成立するからであり、公宴以外では、身分差を超えた交友を可能とする。いわば文酒は君臣関係や交友関係における理念であった。ここには、魏の曹丕の文章理念があり、その理念は良辰・美景・賞心・楽事にある。天皇は春の一番良い時季に、美しい風景を求めて行幸を行い、春の鳥の囀りや蘭の香りを賞し、ここに野に隠れた賢人たちも出てきて文酒の席に集い、それを詩に詠むのだというのである。「春日歓春鳥。蘭生折蘭人」のような表現は、梁元帝の「春日」に「春還春節美。春日春風過。春心日日異」のようにある。侍宴応詔の詩は陳後主に「入隋侍宴応詔」があり「日月光天徳。山河壮帝居。太平無以報。願上万年書。」とある。公宴の席にはこのような文人や詩人たちが召されて詩を献上するのであるが、それはひとえに勝れた天子の出現を言祝ぐためであり、彼らは言語侍従の臣としての役割を果たしていたのである。

31

五言。遊吉野。二首。　――藤原朝臣史

五言《ごごん》。吉野《よしの》に遊《あそ》ぶ。二首《にしゅ》。

文《ふみ》を飛《と》ばす山水《さんすい》の地《ち》、爵《さかずき》を命《めい》ず薜羅《へきら》の中《なか》。漆姫《しっき》鶴《たづ》を控《ひ》きて挙《あ》がり、柘媛《しゃえん》接《せつ》して通《つう》ずるということ莫《な》し。煙光巌《えんこういわお》の上《うえ》に翠《みどり》にして、日影浪《にちえいなみ》の前《まえ》に紅《くれない》なり。飜《ひるがえ》りて玄圃《げんぽ》の近《ちか》きを知《し》り、対《むか》いて松《まつ》に入《い》る風《かぜ》を翫《もてあそ》ぶ。

五言。吉野に遊覧する。二首。

詩文を詠みあう山水の地、酒杯を命ずる薜羅の中。もう今は仙女の漆姫が鶴に乗って空に挙がり、仙女の柘媛が接触して来て人間に通ずるということは無い。だが煙光は巌の上に翠に輝き、日影は波の上に紅色を染めて仙境のようだ。よくよく様子を観察するとここは仙人の住むという崑崙の玄圃に近いことが知られ、我々は静かに佇んで松に入る風の音を賞美することだ。

五言。遊吉野。二首。

飛文山水地。命爵薜蘿中。漆姫控鶴擧。柘媛接莫通。
煙光巖上翠。日影浪前紅。飜知玄圃近。對翫入松風。

【校異】○坧〔洛・柘〕媛（底①②）。〓媛（天和）。拓媛（宝永・寛政）。○滑前紅（天和・宝永・寛政）。○翻知（天和・宝永・寛政）。

【注釈】○**五言**　一句が五字からなる詩体。○**遊**　遊覧。自然の徳に触れ、精神的な養生するのを目的とする。またそこは異境でもあることから、作詩の環境ともなる。○**吉野**　奈良県吉野。神仙的世界として形成された。詩人たちが詩の風景を得るために求めた異境。○**首**　詩歌を数える単位。○**飛文**　詩文を作りあうこと。○**山水**　山川自然の勝地。「論語」の思想による。○**命**　命ずること。○**爵**　杯。中国古代の酒器。○**薜蘿**　蔦系統の植物。○**中**　内部。○**漆姫**　漆職の集団が信仰する神仙の女神か。「柘媛」と対で仙女を言う。○**控鶴**　鶴に乗ること。王子喬を指す。○**挙**　空に舞い上がること。○**柘媛**　山繭を取る職人集団の信仰する神仙の女神か。「柘」は山桑の木。○**接**　接触。○**通**　通ずること。○**煙光**　靄。○**巌上**　巌の上。○**翠**　緑色。○**日影**　日の光。○**浪前**　川波の立つ処。○**紅**　赤い色。○**飜知**　翻って知ること。○**玄圃**　崑崙の山にある仙人の居処。○**近**　すぐそこ。○**対翫**　対象を賞翫すること。○**松風**　松籟。仙人の聞く天然の音楽。

【解説】五言律詩体詩。韻は中・通・紅・風。吉野へ遊覧した時の詩。持統天皇または文武天皇の時の行幸従駕の折の詩であろう。吉野は神武天皇の時代から倭の重要な地とされて来たが、おそらく水銀などが取れることから異民族が開発し、仙境とされるに至ったのだろう。役行者の修行の地でもある。斉明天皇は明日香の多務の嶺に天宮という道教的施設を作り、二槻の宮と呼び、また天宮とも呼んだ。いわば崑崙山の西王母の如き存在となり、さらには吉野にも宮を造営した。また、吉野は天武天皇が近江から逃れたところであることから、持統天皇も吉野に足繁く通い、不老不死の仙術の修行に励んだと思われる。このころから吉野は神仙郷としての色彩を強める。吉野を南岳というのは、世界の果ての意であり、そこは仙境を意味した。本詩は吉野に遊覧しての作であるが、吉野に遊覧する意味は、吉野の仙境に触れることにある。それゆえに漆姫や柘媛という吉野の仙女が詠まれ、玄圃が詠まれる。玄圃は崑崙の山に住む仙人である西王母の居所であり、そのような雰囲気の地に近づくことが吉野遊覧の大きな目的であった。神仙が何時出て来ても不思議では無い秘境なのである。そのことにより吉野は詩作の重要な場所となり、吉野遊覧の詩が詠まれるのであり、その傾向は遊仙詩にある。「万葉集」（巻一）では持統天皇の吉野行幸に従駕した柿本人麿が、吉野の山水と天皇の徳が等しいことを詠んでいる。

32

五言。遊吉野。二首。——藤原朝臣史

夏身夏色古《かしんかしょくふ》り、秋津秋気《しゅうしんしゅうき》新《あら》たし。昔汾后《むかしふんこう》に同《おな》じく、今吉賓《いまきっぴん》を見《み》る。霊仙鶴《れいせんたず》を駕《が》して去《さ》り、星客査《せいきゃくいかだ》に乗《の》りて逡《めぐ》る。渚性流水《しょせいりゅうすい》に臨《のぞ》み、素心静仁《そしんせいじん》に開《ひら》く。

夏身の地では夏の気色も遠のき、秋津の地では秋の雰囲気が新鮮である。昔の汾后の遊びに同じく、今もこの地では立派な賓客を見ることだ。仙人は鶴に乗って天に去り、天の川へと至った星客は筏に乗って廻る。水の性質を楽しむ知者は流水に臨み、常の心は山のような静かな仁徳に開くことである。

夏身夏色古。秌津秋氣新。昔者同汾后。今之見吉賓。
霊仙駕鶴去。星客乗査逡。渚性臨流水。素心開静仁。

【校異】○秋津（天和・宝永・寛政）。○昔者同汾皇紛后（底①）。昔者同□后（天和）。昔者同汾后（宝永・寛政）。○渚性拉臨イ流水（底①）。渚性■流水（天和）。渚性抙流水（宝永・寛政）。

【注釈】○夏身　夏の状態である夏身の地を、吉野の地名である菜摘の地に掛ける。「秋津」と対で双関語。**○夏色**　夏の風情。色は物色。**○古**　古びる。遠のくこと。**○秌津**　「秌」は秋に同じ。秋色の濃い川津を吉野の地名である秋津に掛ける。双関語。**○秋気**　秋の気配。**○新**　新しくなること。**○昔者**　昔のこと。「今之」と対。**○汾后**　尭帝の汾水の遊び。**○今之見**　今もまた見ること。**○吉賓**　優れた客人。**○霊仙**　仙人。「星客」と対で天上へ行った者を言う。**○駕鶴**　鶴を乗り物とすること。ここでは仙人の乗り物。王喬の故事。**○星客**　星の世界を旅する人。**○乗査**　筏に乗ること。査は浮木。**○逡**　廻る意。**○渚性**　水の性質。智の徳を指す。**○臨**　対象に面すること。**○流水**　流れゆく水。**○素心**　もともとの心。**○開**　開放すること。**○静仁**　山の静謐な徳。「論語」にいう山の持つ仁の徳。

【解説】五言律詩体詩。韻は新・賓・逡・仁。吉野遊覧詩の二首目。これも、行幸従駕の時の詩であろう。吉野川の上流に菜摘や秋津の地があり、ここが昔の汾后と同じだという。この詩は、謝霊運の「従游京口北固応詔詩」に見える「昔聞汾水之游。今見塵外鑣」を踏まえることから、汾后は尭帝の汾水之游であることが知られる。これは帝尭が昔天下の民や政治を正し、藐姑射や汾水で四人の賢者を見て天下のことを忘れたという汾水の遊びの故事（荘子）による。汾水之游は天下のことを忘れるほどの、仙境での遊びを指す。その故事を受けて、今はこの吉野川の遊びを吉賓である天皇が天下を忘れて楽しんでいるというのである。これが天皇の遊びであることは、「流水」が智を、「静仁」が山を詠んでいることから知られる。吉野における山水仁智の徳は、天皇の徳を現すものだからである。なお、吉野で天武天皇が詠んだという「万葉集」の「淑人乃良跡吉見而好常言師芳野吉見与良人四来三」（巻一・二七）は、本詩の「今之見吉賓」と対応する内容であろうし、また柿本人麿歌集に載る「古之賢人之遊兼吉野川原雖見不飽鴨」（巻九・一七二五）という古の賢人の遊びも、汾水之游の故事を背景とするのであろう。このような夏身や秋津での遊びは「万葉集」にも見られ、「山高み白木綿花に落ち激つ夏身の川門見れど飽かぬかも」（巻九・一七三六）、「滝の上の三船の山ゆ秋津辺に来鳴きわたるは誰呼子鳥」（巻九・一七一三）のように詠まれる。特に吉野は詩人たちが詩を詠むための風景を求めた奇岩・奇石の異境であり、吉野に身を置くことで詩想が膨らんだ。本詩も「夏身夏色古。秋津秋氣新」のように双擬対を用いて軽やかに詠み、しかも夏身や秋津の地名から季節へと双関語として表現するのも、先の天武天皇の歌と呼応する表現であり、作者の高揚する気持ちが十分に反映している。

33

五言。七夕。一首。　――　藤原朝臣史

五言《ごごん》。七夕《しちせき》。一首《いっしゅ》。

雲衣両観《うんいりょうかん》の夕《ゆうべ》、月鏡一逢《げっきょういっぽう》の秋《あき》。機下《きか》は曽《かつて》の故《ふる》きに非《あら》ず、援息《えんそく》は是《こ》れ威猷《いゆう》。鳳蓋風《ほうがいかぜ》に随《したが》いて転《てん》じ、鵲《じゃく》
影波《えいなみ》を逐《お》いて浮《うか》ぶ。面前《めんぜん》に短楽《たんらく》を開《ひら》くも、別後《べつご》の長愁《ちょうしゅう》を悲《かな》しむ。

五言。七夕の夜に。一首。

雲の如き薄い衣が棚引く二星の再会する今宵、鏡の如き清らかな月が照る年に一度の逢会の秋。織機の辺りはもう今までとは違い、織女は息を大きく吸いまさに急いで出発の用意をする。織女星の鳳の乗り物は風のままに向きを変え、鵲の影は波を追って天の川に浮かび橋となる。面前には今夜限りの雅やかな音楽が奏でられているが、ただ二星が別れた後に続く長い愁いを悲しむことだ。

五言。七夕。一首。

雲衣両観夕。月鏡一逢秋。機下非曽故。援息是威猷。
鳳蓋随風転。鵲影逐波浮。面前開短楽。別後悲長愁。

【注釈】〇**五言**　一句が五字からなる詩体。〇**七夕**　七月七日の夜。牽牛星と織女星とが出会うという中国渡来の七夕伝説に基づいた詩宴の夕べ。中国の元日、上巳などの五節日の一。〇**首**　詩歌を数える単位。〇**雲衣**　雲の衣。神仙の着る衣。雲と衣は縁語。「月鏡」と対。〇**両観夕**　二星が出会う七夕の夜をいう。〇**月鏡**　鏡のような月。月と鏡は縁語。〇**一逢**　年に一度のみ逢うこと。〇**秋**　七夕を迎えた初秋をいう。〇**機下**　織女が機を織る織機の付近。〇**非**　～ではない。〇**曽故**　普段の生活をいう。〇**援息**　不明。息を大きく吸う様か。〇**是**　まさに。〇**威猷**　勢いを整えること。織女が身を整えて準備する様子。〇**鳳蓋**　織女星の乗り物。鳳凰の飾りの蓋。「鵲影」と対。〇**随**　～のままに。〇**風転**　風のままに向きを変えること。〇**鵲影**　かささぎの影。織女星が天漢を渡る折に橋になるという。鵲は烏科の鳥で東アジアでは中国・韓半島に分布し、日本では九州の一部に住む。鵲の知識は中国の七夕伝説に基づくもので、古代では実際に目にしたものではない。〇**逐**　追いかけること。〇**波浮**　波に浮かぶこと。〇**面前**　二星の目の前。〇**開**　展開すること。〇**短楽**　今夜限りの音楽。〇**別後**　二星の別れた後をいう。〇**悲長愁**　別後の長い愁いを悲しむこと。

【解説】五言律詩体詩。韻は秋・猷・浮・愁。中国の星合伝説である七夕行事が、古代日本に入ったのは不明である。七夕伝説は天漢という河（天の川）を挟んだ牽牛・織女が、七月七日の夜にのみ逢うことが出来るという悲恋の物語であり、七夕はそれを背景とした行事である。おそらく外来の機織り技術とともに、七夕伝説も入って来たのであろう。七夕は上巳・端午・七夕・重陽の四節日の一つ。この日は男女が我が身の悲恋を二星に託し、恋歌を歌うという習慣が出来た。その早い段階が、「万葉集」に載る柿本人麿歌集の七夕歌であり、天武天皇の庚申の年（六八〇）頃には歌われていた。七夕詩が宮廷で詠まれた初出は、天平六（七三四）年七月七日に文人が召されて南苑で詠まれた七夕詩宴にあるが、本詩はそれよりも早く、貴族のサロンでは七日の日に七夕詩が詠まれていたことが知られる。漢詩では恋愛を対象とすることは珍しいから、詩人たちはその力量を示した。七夕歌は牽牛の渡河が歌われ、漢詩では織女の渡河が詠まれる。七夕歌は古代日本の妻問いという婚姻習俗を反映し、漢詩では女性が嫁入りするという習俗を反映している。鳳の車は織女の乗り物であり、多くの女官たちが織女の乗る鳳車に従い、美しい楽が奏される中を織女の渡河が始まるのである。鵲の影が詠まれるのは、中国には織女が鵲の架けた橋を渡るという伝説があるからである。ただ、本詩には「援息是威猷」のような意味不明の漢語があり、今後の課題として残る。なお、林新註は六朝、晋あたりまでは二星会合だけでいずれが通うか明確でなかったが、梁あたりから男が出かけ、織女渡河は唐以後のことで、晋の謝恵連の七夕詩や梁何遜の詠七夕は男星が来て立ち去るものだという。しかし、「梁詩」劉孝儀「詠織女詩」の「金鈿已照曜。白日未蹉跎。欲待黄昏後。含嬌渡浅河。」や、「北周詩」庾信の「七夕詩」「牽牛遙映水。織女正登車。」などから見れば、六朝期にも織女の渡河が詠まれている。

【藤原朝臣史】 斉明四（六五八）年―養老四（七二〇）年八月。鎌足の子にして武智麻呂、房前、宇合、麻呂の父。不比等とも書く。壬申の乱の折に田辺史家に預けられて育つ。田辺家は史姓を与えられているように、史（文筆）の家であり、史の名はこれによる。持統朝に判事として登場し、持統十（六九六）年十月、資人五十人を賜わる。時に直広弐。文武四（七〇〇）年六月、大宝律令の撰定を行う。大宝元（七〇一）年三月、正三位。慶雲元（七〇四）年正月、封八百戸を賜わる。時に大納言従二位。和銅元（七〇八）年正月、正二位、三月右大臣。養老四年八月没。本藻の正一位太政大臣は追贈である。

正《しょう》五位下《ごいのげ》左大史《さだいし》荊助仁《けいじょじん》一首《いっしゅ》　年《とし》は卅七《さんじゅうしち》

34

五言。詠美人。一首。——荊助仁

五言《ごごん》。美人《びじん》を詠《よ》む。一首《いっしゅ》。
巫山行雨下《ふざんこううくだ》り、洛浦廻雪霏《らくほかいせつふ》る。月《つき》は泛《うか》ぶ眉間《みけん》の魄《ひか》り、雲《くも》は開《ひら》く鬌上《けいじょう》の暉《かがや》き。腰《こし》は楚王《そおう》を逐《お》いて細《ほそ》く、
体《からだ》は漢帝《かんてい》に随《したが》いて飛《と》ぶ。誰《たれ》か知《し》る交甫《こうほ》の珮《はい》、客《きゃく》を留《とど》め帰《かえ》るを忘《わす》れしむるを。

五言。美人を詠む。一首。
巫山には雨が降り頻り、洛浦には降る雪が絶え間ない。美人の眉間には月が浮かんでいるかのように光り、鬌の上には雲が靡いているかのように耀いている。その腰の様子は楚王が愛した美人の腰のように細く、その体の様子は漢の成帝が愛した趙飛燕のように軽やかだ。誰が鄭交甫の帯玉のことを知ろうか、それが美しいために旅人を留めて帰るのを忘れさせてしまうことを。

正五位下左大史荊助仁一首　年卅七

137　荊助仁

五言。詠美人。一首。

巫山行雨下。洛浦廻雪霏。月泛眉間魄。雲開髻上暉。
腰逐楚王細。體随漢帝飛。誰知交甫珮。留客令忘帰。

【校異】○正五〔六〕位下（底②）。正六位上（天和・宝永・寛政）。○左史（天和・宝永・寛政）。○年三十七（天和・宝永・寛政）。○題の「一首」なし（天和・宝永・寛政）。

【注釈】○**正五位下**　大宝律令の官位。○**左大史**　太政官の役人で六位相当。左右がある。○**荊助仁**　閲歴不明。○**五言**　一句が五字からなる詩体。○**詠**　詠物詩の方法。○**美人**　美しい女性。○**首**　詩歌を数える単位。○**巫山**　中国四川省と湖北省との境界にある山。長江の三峡の地。仙郷と見られた。「洛浦」と対。○**洛浦**　洛水の川のほとり。○**廻雪**　降り頻る雪。○**霏**　絶え間なく雪や雨が続くこと。霏々。○**月泛**　月が空に浮かんでいる様。雲開と対で仙女の姿を言う。○**眉間魄**　眉と眉の間の輝き。「魄」は輝き。○**雲開**　雲が広がっている様。○**髻上**　髪を束ねた髻の上。○**暉**　耀くこと。○**腰**　身体の中間部位。「体随」と対。○**逐**　～と同様に追いかける意。○**楚王細**　楚王の愛した腰細の美人。楚王は春秋時代の楚の国の王。長江中流域を支配。○**体**　体つき。○**随**　追随。○**漢帝飛**　漢の成帝が愛した趙飛燕。○**誰知**　誰が知ろうか。○**交甫珮**　鄭交甫が漢水で長江と漢水の神女に出会い、情を交わして貰った帯玉。珮は帯玉。○**留客**　旅人を留めること。○**令**　～しむ。使役。○**忘帰**　帰ることを忘れること。

【解説】五言律詩体詩。韻は霏・暉・飛・帰。ここでの美人は、巫山や洛浦が詠まれているように、そこで出会った仙女である。巫山や洛浦は仙郷として考えられており、宋玉に「高唐賦」「神女賦」があり、夢に巫山の仙女や洛浦の神女が現れたことが詠まれていて、以後に巫山や洛浦の仙女が有名になる。その雲夢の故事を引きながら、美人の姿を具体的に描いたのである。女性の姿を描くのは本藻では珍しく、「月泛眉間魄。雲開髻上暉」といい、「腰逐楚王細。体随漢帝飛」という。こうした描写は、神女賦によれば「皎若名月舒其光」と耀く容姿をいい、「穠不短、繊不長」と体つきは太からず細からず、「貌豊盈以荘姝」と、顔は豊満で引き締まり美しいという。そうした仙女に相当する美人として楚王の愛した細腰の美人、漢王の愛した趙飛燕を挙げるのである。美人はそうした仙女や帝王の愛した女性たちであり、鄭交甫が漢水で出逢ったのも仙女であった。こうした美女を本詩が描くのは、文献的な知識であるよりも、絵画を通して描いているように思われる。「玉台新詠」の庾肩吾の「詠美人自看画応令」に「欲知画能巧。喚取真来映。並出似分身。分看如対鏡。安釵等疎密。着領倶周正。不鮮平城囲。誰与丹后競」と見える。また、初唐の駱賓王の「詠美人在天津橋」では、「美女出東隣。容与在天津。動衣香満路。移歩襪生塵。水下看粧影。眉頭昼月新。寄言曹子建。箇是洛川神。」とある。駱賓王の描いた美人は、本詩と等しく曹子建の出会った巫山の神女である。

【荊助仁】生没年未詳。渡来系人。大宝年間に大宰少典。本藻に正六位上左大史とあり、大宰府大典以後のことであろう。

大学博士《だいがくのはかせ》従五位下《じゅごいのげ》刀利康嗣《とりのやすつぐ》一首《いっしゅ》　年《とし》は八十一《はちじゅういち》

35

五言。侍宴。一首。――刀利康嗣

五言《ごごん》。宴《うたげ》に侍《はべ》る。一首《いっしゅ》。

嘉辰光華《かしんこうか》の節《せつ》、淑気《しゅくき》風《かぜ》自《おのずか》らの春《はる》。金堤《きんてい》弱柳《じゃくりゅう》を払《はら》い、玉沼《ぎょくしょう》軽鱗《けいりん》を泛《うか》ぶ。爰《ここ》に豊宮《ほうきゅう》の宴《えん》に降《くだ》り、広《ひろ》く栢梁《はくりょう》の仁《じん》を垂《た》る。八音寥亮《はちいんりょうりょう》と奏《かな》でられ、百味声香陳《ひゃくみせいこうなら》ぶ。日《ひ》は落《お》ちて松影開《しょうえいひら》き、風《かぜ》は和《な》ぎて花気新《かきあら》たし。俯仰《ふぎょう》す一人《いちにん》の徳《とく》、唯寿《ただほ》ぐ万歳《ばんざい》の真《しん》。

五言。公宴に畏まって参加する。一首。
心地良い季節が来て花が美しく咲き誇る時、快い気分に風は自然と春を感じさせる。宮廷の堤では若芽の柳を風が払い、美しい沼では軽やかに魚を泛べている。この豊宮の宴に招かれて、広く栢梁の仁を下されることだ。八音は寥亮として奏でられていて、百味は声香と共に並べられている。日は落ち松影が浮き出て、風は和いで花の気は新鮮である。天皇の深い徳を仰ぎ見て、ひたすら万歳の真を寿ぐのである。

大學博士従五位下刀利康嗣一首　年八十一

五言。侍宴。一首。

嘉辰光華節。淑氣風自春。金堤払弱柳。玉沼泛輕鱗。
爰降豊宮宴。廣垂栢梁仁。八音寥亮奏。百味声香陳。
日落松影開。風和花氣新。俯仰一人徳。唯壽万歳真。

【校異】○「位」なし（底①②）。従五位下（天和・宝永・寛政）。本文を「従五位下」に正す。○題の「一首」なし（天和・宝永・寛政）。○淑気風自〔日〕春（底②）。淑景風日春（天和・宝永・寛政）。○松影闇（天和・宝永・寛政）。○風気新（天和・宝永・寛政）。

【注釈】○**大学頭**　式部省に属する大学寮の長官。○**従五位下**　大宝律令の官位。貴族階級の最下位。○**刀利康嗣**　生没年未詳。渡来系人。○**五言**　一句が五字からなる詩体。○**侍宴**　天皇の主催する宴会に畏まり参列すること。漢詩に「侍宴」の詩がある。○**首**　詩歌を数える単位。○**嘉辰**　季節の最も麗しい時。良辰。○**光華**　太陽の柔らかな光。○**節**　時節。また節日。○**淑気**　春の良い雰囲気。○**風**　立春から吹く春風。○**自**　自然と。○**春**　陽春をいう。○**金堤**　皇居の池の堅牢な堤。「玉沼」の対。○**払**　掃くこと。○**弱柳**　若芽を出した柳の木。○**玉沼**　皇居の美しい池。○**泛**　浮かべること。○**軽鱗**　軽やかに泳ぐ魚。鱗は魚の詩的表現。○**爰**　ここに。○**降**　招かれて参加すること。○**豊宮宴**　天皇が主催する宮廷の宴。「豊」は美称。○**広垂**　広く恵みを垂れる。○**栢梁仁**　漢の武帝の築いた栢梁台で詩宴が行われ、群臣に恵みが与えられたという故事。栢梁台で聯詩が行われたとされる。○**八音**　八種類の楽器。金・石・糸・竹・匏・土・革・木の八音。○**寥亮**　爽やかな楽器の音色。○**奏**　奏でること。○**百味**　多くのご馳走。○**声香**　良い声や香り高い味。色声香味。○**陳**　陳列。並ぶこと。○**日落**　太陽が山に沈む。○**松影開**　松に影が出来て浮き上がる様子。○**風和**　風が和むこと。○**花気新**　花の色が新鮮に見える。○**俯仰**　俯いたり仰いだりすること。○**一人徳**　天皇独りから与えられる恩恵。一人は元首。○**唯寿**　ひたすら目出度くあることを陳べる。○**万歳真**　万年に奉仕することが真実であること。万歳は天皇を言祝ぐ定型句。

【解説】五言十二句古体詩。韻は春・鱗・仁・陳・新・真。春の季節に行われた公宴の詩。「嘉辰光華節」から見ると、立春の宴であろう。侍宴詩の基本的型式を踏んだ詩であるだけに、評価は低い。しかし、公宴の主人公をいかなる漢語を用いて表現するかは、詩人において重要であった。当時の詩人にとって詩を詠むという営為は、個人的なものではない。主たる詩の場は、天皇を主人公とする公宴であり、宴に招かれて詔を受けて詠む応詔詩は大変な栄誉であった。高級貴族の長屋王や藤原門流の詩宴に参加出来る文人においても、大きな名誉であったのである。この詩は詔により詠まれたものではないが、侍宴の詩であることからも、詔に準じる詩である。その中で天皇賛美の方法は、①宮廷庭園の春景、②中国の故事、③周囲の風光、④天皇の徳への称賛のように詠まれる。詩人たちの公宴での作詩は、言語侍従の臣という役割を持つことから、詩宴の基本的表現の形式を踏むように努めるのであり、それは集団的理解の中から得られる共通の方法であった。このような詩の詠み方は、季節の良辰・美景が詠まれ、続いて宴の楽しさを賞賛し、最後に主人の徳を詩によって称賛するところにある。良辰・美景・賞心・楽事という詩作の基本を踏んで詠まれているのである。

【刀利康嗣】 生没年未詳。渡来系人。和銅三（七一〇）年に従五位下。「経国集」に慶雲二（七〇五）年の藤原武智麻呂による釈奠復興に際しての釈奠文が載る。本藻に大学頭とある。

皇太子《こうたいし》学士《がくし》従五位下《じゅごいのげ》伊預部馬養《いよべのうまかい》一首《いっしゅ》　年《とし》は卌五《しじゅうご》

36

五言。従駕応詔。一首。　――伊預部馬養

五言《ごごん》。従駕《じゅうが》し詔《みことのり》に応《おう》ず。一首《いっしゅ》。

帝尭仁智《ていぎょうじんち》に叶《かな》い、仙蹕山川《せんひつさんせん》を玩《もてあそ》ぶ。畳嶺杳《じょうれいよう》として極《きわ》まらず、驚波《きょうは》断《た》ち復《ま》た連《つら》なる。雨《あめ》晴《は》れて雲《くも》は羅《うすもの》を巻《ま》き、霧尽《きりつ》きて峯《みね》は蓮《はす》を舒《ひら》く。舞庭夏槿《ぶていかきん》落《ち》り、歌林秋蟬《かりんしゅうぜん》を驚《おどろ》かす。仙槎栄光《せんさえいこうか》泛べ、風笙祥烟《ふうしょうしょうえん》帯《お》ぶ。豈《あ》に独《ひと》り瑶池《ようち》の上《うえ》、方《まさ》に唱《うた》う白雲《はくうん》の天《てん》。

五言。行幸に従って天皇の求めに応じる。一首。

古の世の堯帝のように山川仁智の徳に叶い、天皇はこの山水の地に行幸されて楽しまれる。山々は高く聳えて奥は知られないほどで、さざめく川波は時に静まりまた波を連ねる。雨が霽れて雲は薄絹のように棚引き、霧は去って山の峰は蓮が開いたようだ。舞姫の舞う台上には夏の木槿の花が散り落ち、美しい歌の繰り広げられる舞台では秋の蟬を驚かせている。仙人の乗る筏には美しい光が差し込み、風に流れる笙の楽は目出度い靄を帯びている。このようであるからどうして崑崙の瑶池のほとりだけを独特なものといえようか、この地でもまさに穆天子の話のように白雲天の歌を唱うのだ。

皇太子學士從五位下伊預部馬養一首。年卌五

五言。從駕應詔。一首。

帝堯叶仁智。仙蹕玩山川。疊嶺杳不極。驚波断復連。
雨晴雲巻羅。霧尽峯舒蓮。舞庭落夏槿。歌林驚秋蟬。
仙槎泛栄光。風笙帯祥烟。豈獨瑶池上。方唱白雲天。

【校異】○伊与部馬養（天和・宝永・寛政）。○年四十五（天和・宝永・寛政）。○題の「一首」なし（天和・宝永・寛政）。○杏不極（大野＝陽）。○雲巻蘿（天和・宝永・寛政）。○鳳笙（天和・宝永・寛政）。○白雲篇（天和・宝永・寛政）。

【注釈】○**皇太子学士**　皇太子の教育を担当した教授。○**従五位下**　大宝律令の官位。貴族階級の最下位。○**伊預部馬養**　生没年未詳。○**五言**　一句が五字からなる詩体。○**従駕**　天皇の行幸の車駕に従うこと。○**応詔**　天皇の指名に答えること。唐には応制。

〇**首**　詩歌を数える単位。〇**帝尭**　古代中国の五帝の一人。すぐれた政治を行った。〇**叶**　叶っていること。〇**仁智**　山水自然の徳。「論語」に見える思想。〇**仙蹕**　高貴な者が通る道を清めること。「蹕」は先払い。警蹕。ここでは天皇を仙人と表現している。〇**玩**　賞美すること。翫に同じ。〇**山川**　山水仁智の徳をいう。「論語」の山川仁智を示唆。〇**畳嶺**　幾重にも重なる山々。重嶺におなじ。〇**杳**　奥深いこと。〇**不極**　見通すことが出来ない様。〇**驚波**　激しく寄せる川波。〇**断復連**　断続が繰り返されること。〇**雨晴**　雨が上がる。〇**雲巻**　雲が山々に掛かること。〇**巻羅**　薄絹を巻く如くの意。〇**霧尽**　霧が消えること。〇**峯**　山の嶺。〇**舒**　開くこと。〇**蓮**　蓮の花。〇**舞庭**　舞姫が舞う舞台。歌林と対。〇**落**　散ること。〇**夏槿**　夏の季節に咲く木槿の花。〇**歌林**　歌姫が歌う歌。〇**驚**　驚かすこと。〇**秋蟬**　秋になっても鳴いている蟬。〇**仙槎**　仙人の乗る筏。〇**泛**　浮かぶこと。〇**栄光**　美しい輝き。〇**風笙**　風に流れて聞こえてくる笙の音。〇**帯**　帯びる。〇**祥烟**　目出度い煙。瑞煙。〇**豈独**　このようにして独り。〇**瑶池**　崑崙の山にある池の名。〇**上**　ほとり。〇**方**　まさに。〇**唱**　唱歌。白雲謡を指す。〇**白雲天**　崑崙の山で西王母が穆天子に歌った「白雲謡」。

【解説】　五言十二句古体詩。韻は川・連・蓮・蟬・烟・天。この行幸は何処に出かけたか不明であるが、従駕応詔詩の基本形式により詠まれている。①古代中国の帝と等しく、天皇も仁智の徳を求めて山川に行幸されること。②行幸先の地は、深山幽谷の山川の地であること。③周囲の景色は山に霧が掛かり蓮の花の如く開き蟬が歌うこと。④仙人は筏に乗り、笙の音楽が聞こえてくること。⑤このような地は崑崙の山のみではなく、ここも崑崙の山に匹敵するので、我々も白雲謡を歌おうということにある。このような型式を踏むことが公宴詩の基本であり、この詩は従駕応詔詩の典型といえる。こうした天皇の徳を賞賛する型式は、天皇を古代中国の王と等しくすること、山川仁智の徳を有する王とすること、仙郷に遊ぶ神仙の王とすること、の三点にあるが、これは天皇を中国の皇帝と等しく讃美するものであり、六朝・初唐の応詔詩や応制詩に見られる皇帝讃美と等しく詠む態度のあることが知られる。なお、「三国史記」百済本紀武王条に「三月。王率左右臣寮。遊燕於泗沘河北。両岸奇巌怪石錯立。間以奇花異草。如書画。王飲酒極歓。鼓琴自歌。従者屢舞。時人謂其地為大王浦」というのは、武王が泗沘河の北に行幸した時の宴会の記録であり、そこは奇巌怪石や奇花異草が見られ、書画のようであったという。本詩の風景もそのような奇巌怪石、奇花異草の中に描かれている。

【伊与部馬養】生没年未詳。伊預部、伊余部とも。持統三（六八九）年六月に撰善言司、勤広肆。文武四（七〇〇）年六月に、律令の撰定に関わり禄を賜わる。時に直広肆。大宝元（七〇一）年八月に律令撰定の功績により従五位下。大宝三年律令撰定の功績によりその子が封戸を賜わる。「丹後国風土記」の水江浦嶋子説話の作者。本藻の皇太子学士はおそらく馬養晩年のことと思われる。

従《じゅ》四《し》位下《いのげ》播磨守《はりまのかみ》大石王《おおいしおう》一首《いっしゅ》　年《とし》は五十七《ごじゅうしち》

37

五言。侍宴応詔。一首。　――　大石王

五言《ごごん》。宴《うたげ》に侍《はべ》り　詔《みことのり》に応《おう》ず。一首《いっしゅ》。

淑気高閣《しゅくきこうかく》に浮《う》かび、梅花景春《ばいかけいしゅん》に灼《かがや》く。叡睠金堤《えいけんきんてい》に留《とど》め、神沢群臣《しんたくぐんしん》に施《ほどこ》す。琴瑟仙籞《きんしつせんぎょ》を設《もう》け、文酒水浜《ぶんしゅすいひん》に啓《ひら》く。叨《みだ》りに無限《むげん》の寿《じゅ》を奉《たてまつ》り、倶《とも》に皇恩《こうおん》の均《ひと》しきを頌《しょう》す。

五言。詩宴に畏まって参列し天皇の求めに応じる。一首。

春のめでたい雰囲気は高殿に浮かび、梅の花は麗しい春に輝いている。天皇は目を美しい堤に留められ、神のような恩恵を群臣に施される。仙人の住む垣の中に設けられた琴瑟は相和して響き、詩文の宴会を川の辺に開かれる。我らは畏れ多くも天皇の無限の寿命をお祈りし、群臣は一緒になって皇恩の平等であることを褒めあうことである。

従四位下播磨守大石王一首　年五十七

五言。侍宴應詔。一首。

淑氣浮高閣。梅花灼景春。叡睠留金堤。神澤施羣臣。

琴瑟設仙御。文酒啓水濵。叨奉無限壽。倶頌皇恩均。

【校異】○題の「一首」なし（天和・宝永・寛政）。○籞（寛政）。

【注釈】○従四位下　大宝律令の官位。○播磨守　播磨（兵庫県）の国守。○大石王　生没年未詳。○五言　一句が五字からなる詩体。○侍宴　宴会に畏まり参加すること。漢詩に「侍宴」の詩がある。○應詔　天皇の指名に答える。唐では応制。○淑気　春の良い気分。○浮　浮かぶこと。○高閣　高殿。○梅花　梅の花。初めは梅の実を取るために韓国または中国から入ったが、六朝に花を愛でるようになった。○灼　輝くこと。○景春　美しい風景の春。美景をいう。○叡睠　叡智ある天皇が目を向けること。○金堤　宮廷の池の堅牢な堤。○神沢　神のような心の天皇の恩恵。○群臣　朝廷のすべての臣下。○琴瑟　琴と瑟。琴瑟相和すという。呼吸が合うことの譬喩。○設　用意すること。○仙御　仙人のいる場所。天子の苑。御は籞に同じ。○文酒　詩酒の宴。君臣相和の基本理念。○啓　開く。○水浜　水辺。○叨　みだりに。畏れ多くも。○奉　奏上すること。○無限寿　限りない命を願う言葉。寿は寿命。○倶頌　一緒に褒めること。○皇恩　天皇の恩恵。○均　等しいこと。

【解説】五言律詩体詩。韻は春・臣・浜・均。天皇の開いた春の公宴に侍して詔を得て詠んだ詩で、「仙蓹」とあるから宮廷の禁苑に開かれた宴であろう。禁苑には春の気が漂い梅の花が咲き、天皇の広い心は群臣たちにも施され、それゆえに天皇に無限の寿を奉り、皇恩を頌するのだという。有徳の天皇が開いたこの文酒の宴が、君臣和楽にあることを頌しているのである。文酒は詩と宴とを一致させることで、君臣の和楽を目指すものであり、良い季節の美しい風景の中でそれらを愛でて詩を詠むという形式は、応詔詩の基本である。梅花が詠まれることから見ると、正月の宴での詩と思われる。天皇が春の堤の風光を「見る」ことにより春の到来があるのであり、それは天皇の徳がそのようにさせたのである。それゆえに神沢（神のごとき天皇の恩恵）が群臣に施されることとなる。季節というのは、天皇が立てるものだからである。君臣が和楽し、天皇が徳を示すと季節は順調に推移するという考えがあり、今そのようにして春の到来があったのであり、その理解の上に、侍宴応詔詩の成立がある。この詩の形式は淑気、梅花、文酒などから、良辰・美景・賞心・楽事を基本に踏むことで皇恩への賛美を詠んでいることが知られる。なお、「全唐詩」の鮑氏君徽の「奉和麟徳殿宴百僚応制」に「睿沢先寰海、功成展武韶。戈鋋清外壘、文物盛中朝。聖祚山河固、宸章日月昭。玉筵鸞鵠集、仙管鳳皇調。御柳新低緑、宮鶯乍囀嬌。願将億兆慶、千祀奉神尭。」と詠まれている。

【大石王】生没年未詳。文武天皇三年に弓削皇子山陵修造使、浄広肆。大宝三（七〇三）年七月、河内守、従五位上。和銅元（七〇八）年三月、正五位下、弾正尹。同六年四月、従四位下。同八月、摂政大夫。養老七（七一三）年正月、従四位下。天平十一（七三九）年正月に正四位下。本藻に従四位下、播磨守とあり、晩年のことと思われる。

大学博士《だいがくのはかせ》田辺史《たなべのふひと》百枝《ももえ》一首《いっしゅ》

38

五言。春苑応詔。一首。——田辺史百枝

五言《ごごん》。春苑《しゅんえん》詔《みことのり》に応《おう》ず。一首《いっしゅ》。

聖情汎愛敦《せいじょうはんあいあつ》く、神功《しんこう》も亦垠《またかぎ》り難《かた》し。唐鳳台下《とうほうだいか》に翔《かけ》り、周魚水浜《しゅうぎょすいひん》に躍《おど》る。松風《しょうふう》の韻《いん》は詠《うた》を添《そ》え、梅花《ばいか》の薫《かおり》は身《み》に帯《お》ぶ。琴酒《きんしゅ》は芳苑《ほうえん》に開《ひら》き、丹墨《たんぼく》は英人《えいじん》に点《てん》ず。適《たまたま》上林《じょうりん》の会《かい》に遇《あ》い、忝《かたじけ》なくも寿《ほ》ぐ万年《まんねん》の春《はる》。

五言。春の庭園での詩会に天皇の求めに応じる。一首。

天皇の心は広く愛情は人々に行き渡り、また神のような功績も区切りを付けることなどは困難である。それは尭帝の時に鳳凰が楼台の下に羽ばたき、周の文王の時に魚にも徳が及んで水浜に飛び跳ねたというのに類する。松風の音は目出度い歌を添えて、梅の花は香りを紛々とさせている。音楽と宴会の楽しみは芳りの良い苑に漂い、朱や黒の墨による詩文の創作は、優れた文人たちによって推敲が繰り返されている。このような上林の会に偶然にも出会うこととなり、忝なくも万年にまで続く天皇の御代の春を奏上するのである。

大學博士田辺史百枝一首

五言。春苑應詔。一首。

聖情敦汎愛。神功亦難垠。唐鳳翔臺下。周魚躍水濵。

松風韻添詠。梅花薫帶身。琴酒開芳苑。丹墨点英人。

適遇上林會。忝壽万年春。

【校異】○題の「一首」なし（天和・宝永・寛政）。○難陳（天和・宝永・寛政）。

【注釈】○**大学博士**　式部省に属する大学寮の専門家。○**田辺史百枝**　生没年未詳。渡来系人。○**五言**　一句が五字からなる詩体。○**春苑**　春の宮廷の庭園。○**聖情**　天子の深い情愛。「神功」と対で優れた王を言う。○**敦**　厚いこと。○**汎愛**　広い愛情。○**神功**　神のような功績。○**垠**　限り。果て。○**唐鳳**　唐陶氏の尭帝の時の鳳凰。○**翔**　飛びかけること。○**台下**　楼閣の下。○**周魚**　周の文王の時の魚。天命により殷の紂王を討った武王を褒め讃えて、魚も喜び飛び跳ねて舟に入ったという故事。○**躍**　楽しみ躍ること。○**水浜**　水辺。○**松風**　松を吹く風。松籟。梅花と対で目出度さを言う。○**韻**　響き。○**添**　添えること。○**詠**　歌うこと。○**梅花**　梅の花。六朝詩に梅花の詩が増える。○**薫**　梅の香。○**帯身**　身体に付けること。○**琴酒**　琴と酒。宴会。琴酒に詩が加わることで、琴詩酒の三友が揃う。○**開**　開催。○**芳苑**　梅の香りの良い庭園。○**丹墨**　赤と黒の墨。○**点**　推敲すること。○**英人**　優れた詩人。○**適遇**　偶然に出会うこと。○**上林会**　宮廷の庭園の宴会。○**忝寿**　恐れ多くも永遠を言祝ぐこと。○**万年春**　万年に続く春。

【解説】五言十句古体詩。韻は垠・浜・身・人・春。春の宮廷詩宴に詔に応じた詩で、天皇賞賛を本旨とする。正しい春は天皇の徳である聖情がもたらしたものであるから、天皇の徳がまず述べられた。春の季節は天皇の聖情により順調に推移し、いま君臣が和楽するめでたい宴が開かれたことを喜ぶ。そうした天皇の徳を保証するものは、過去の聖人・賢者らの故事である。ここでは唐鳳と周魚が挙げられていて、その徳と等しいことを以て天皇の聖情を説明している。松籟も梅花も天皇の徳を説明するものであり、唐鳳と周魚の置き換えである。そのような前提のもとに琴と酒に詩を加えるのが詩人たちである。この三つが揃うことで、琴詩酒という宴の理念が揃う。それで詩人たちは詩想を練り詩を詠むのであり、それ自体があたかも漢の武帝の上林の会のようだと称賛する。それも天皇の徳や業績を称える型である。応詔詩はすぐれた天子を称賛する儀礼性を強く持ち、詩人たちは聖天子の出現を喜び言語侍従の臣としての役割を果たすのである。本詩も「忝寿万年春」というように、その役割を十分に果たしている。なお、「全唐詩」明皇后の「春日出苑遊矚」に「三陽麗景早芳辰、四序佳園物候新。梅花白樹障去路、垂柳千条暗回津。鳥飛直為驚風葉、魚没都由怯岸人。惟願聖主南山寿、何愁不賞万年春。」と詠まれている。

【田辺史百枝】生没年未詳。渡来系人。文武天皇四（七〇〇）年六月に律令撰定に参加、追大壱。本藻目録に大学博士従六位上とあるが、時期は不明。

従《じゅ》四《し》位《いの》下《げ》兵《ひょう》部《ぶ》卿《きょう》大《おお》神《みわの》朝《あ》臣《そみ》安《や》麻《す》呂《まろ》一《いっ》首《しゅ》　年《とし》は五十二《ごじゅうに》

39

五言。山齋言志。一首。――大神朝臣安麻呂

五言《ごごん》。山斎《さんさい》志《こころざし》を言《い》う。一首《いっしゅ》。

閑居《かんきょ》の趣《おもむき》を知《し》らんと欲《ほっ》し、来《きた》り尋《たず》ぬ山水《さんすい》の幽《ゆう》。浮沈《ふちん》す烟雲《えんうん》の外《そと》、攀翫《はんがん》す野花《やか》の秋《あき》。稲葉《とうよう》は霜《しも》を負《お》いて落《ち》り、蟬声《ぜんせい》は吹《かぜ》を逐《お》いて流《なが》る。祇《ただ》に仁智《じんち》の賞《しょう》を為《な》すのみ、何《なん》ぞ論《ろん》ぜん朝市《ちょうし》の遊《あそ》び。

五言。山荘で思いを詠む。一首。

公務を離れた余暇の楽しみを知ろうとして、山水の静寂な処に尋ねて来た。浮かんだり流れたりする雲の眺められる塵の外では、野の花が盛んに咲く秋を賞美し満喫することが出来る。稲の葉は霜によって萎れ散り、蟬の鳴き声は風により流れてくる。今はひたすら山水仁智の遊びを楽しむのみであり、どうして都会の賑やかな遊びなどを話題にする必要があろうか。

従四位下兵部卿大神朝臣安麻呂一首　年五十二

五言。山齋言志。一首。

欲知閑居趣。来尋山水幽。浮沈烟雲外。攀翫野花秌。
稲葉負霜落。蟬声逐吹流。祇為仁智賞。何論朝市遊。

【校異】○題の「一首」なし（天和・宝永・寛政）。○閒居（寛政）。○野花秋（天和・宝永・寛政）。○祇為（天和・宝永・寛政）。

【注釈】○従四位下　大宝律令の官位。○兵部卿　兵部省の長官。○大神朝臣安麻呂　天智二（六六三）年―和銅七（七一四）年の人。○五言　一句が五字からなる詩体。○山斎　山水の廻らされた山荘。池の中に奇岩の嶋が立てられた様式の庭。詩人たちが詩の風景を得ることを可能とした。○言志　志を陳べること。○首　詩歌を数える単位。○欲知　理解しようとすること。○閑居趣　世俗を離れて住まう静寂の様子。○来尋　尋ねて来たこと。○山水　山川仁智の徳。「論語」に見える思想。○幽　静寂な様子。塵外に求められる。○浮沈　浮かび留まる様子。○烟雲　霞や靄。○外　人間の居る外側。方外。○攀翫　手に折り取って楽しむ。攀は折り取る、翫は賞美。○野花秌　「秌」は秋に同じ。野の花が咲き乱れる秋の季節。○稲葉　稲の葉。蟬声と対で秋の風情を言う。○負　背負うこと。○霜落　霜が降ること。○蟬声　蟬の鳴き声。○逐　追いかけること。○吹　風が吹く。○流　流れること。○祇為　ただに。ひたすら。○仁智賞　山水自然に触れて仁智の徳を満喫すること。賞は賞翫。賞は賜う意だが、六朝期から愛でる意にも用いられた。「仁智」は「論語」の語。**〇何論**　どうして論じる必要があろうか。**〇朝市遊**　都会人の遊び。都は朝廷と東西の市場から出来ているので朝市という。

【解説】五言律詩体詩。韻は幽・秋・流・遊。山斎は別荘。読書人が世俗を離れて思索する環境である。当時、池と島が配された神仙的庭園が流行した。そこは趣と幽の世界であり、烟雲の外であり野の花を楽しむ処である。このような山斎は知識人たちの思索や詩作の場として形成され、そこには魏の曹丕の良辰・美景・賞心・楽事という詩を詠むためのスローガンが存在した。本詩も山斎の中で思索することにより、そこに発見された風景について、秋の気配が濃くなり、稲葉には霜が降り、秋蟬の声も微かに聞こえる処であることを詠む。この楽しみは仁と智の楽しみであり、騒々しい朝廷や民間の遊びなどは考える必要など無いのだという。ここには閑居や山水を楽しむ当時の知識人の精神生活が見られ、そのことを通して儒教的な自然の徳に触れる道筋が知られる。山斎は、このような精神世界を可能としたのである。なお、庾開府集の「山斎」と題する詩に「石影横臨水。山雲半繞峰。遙想山中店。懸知春酒濃。」とみえている。山斎は自然の幽谷を写し取ったのであり、それは詩のイメージの中にある。

【大神安麻呂】天智二（六六三）年―和銅七（七一四）年。大三輪、三輪とも。高市麻呂の弟。持統三（六八九）年二月判事、務大肆。慶雲四（七〇七）年九月、氏上、正五位下。和銅元（七〇八）年九月、摂津大夫正五位上。同二年正月従四位下。同七年正月没、時に従四位上、兵部卿。本藻には従四位下とある。

従三位《じゅさんみ》左大弁《さだいべん》石川朝臣石足《いしかわのあそみいわたり》一首《いっしゅ》　年《とし》は六十三《ろくじゅうさん》

40

五言。春苑応詔。一首。——石川朝臣石足

五言《ごごん》。春苑《しゅんえん》詔《みことのり》に応《おう》ず。一首《いっしゅ》。
聖衿良節《せいきんりょうせつ》を愛《あい》し、仁趣芳春《じんしゅほうしゅん》に動《うご》く。素庭英才《そていえいさい》満《み》ち、紫閣雅文《しかくがぶん》を引《ひ》く。水清《みずきよ》く瑶池《ようち》深《ふか》く、花開《はなひら》き禁苑《きんえん》新《あら》たし。戯鳥《ぎちょう》波《なみ》に随《したが》いて散《さん》じ、仙舟石《せんしゅういし》を逐《お》いて廻《めぐ》る。舞袖《ぶしゅう》翔鶴《しょうかく》を留《とど》め、歌声《かせい》梁塵《りょうじん》を落《お》とす。今日徳《こんにちとく》を忘《わす》るに足《た》るも、忘《わす》る勿《なか》れ唐帝《とうてい》の民《たみ》。

五言。春の庭園での詩会に天皇の求めに応じる。一首。
天皇の優れた心は良い時節を愛でられ、大きな徳の心はこの芳しい春に動かれた。清らかな庭には英才たちが満ちて、宮廷の楼閣では雅な詩文を詠み上げている。水は清く崑崙の瑶池は深く澄み渡り、花は開いて禁苑は春の気分が新しい。戯れる鳥たちは波に随ってあちこちと飛び渡り、仙人の乗る舟は清らかな石を追いかけて廻っている。舞姫の翻る袖は空飛ぶ鶴をも留め、歌姫の歌声は歌台の梁の塵をも落とすほどだ。今日の宴会は天皇の広い心によってその徳を忘れてしまうのに十分であるが、これは昔の堯帝の時の民の幸せと等しいことを忘れてはならない。

従三位左大弁石川朝臣石足一首　年六十三
五言。春苑應詔。一首。

聖衿愛良節。仁趣動芳春。素庭満英才。紫閣引雅文。
水清瑶池深。花開禁苑新。戯鳥随波散。仙舟逐石廻。
舞袖留翔鶴。歌声落梁塵。今日足忘徳。勿忘唐帝民。

【校異】○題の「一首」なし（天和・宝永・寛政）。○以下底本①に混乱あり。「紫閣引〔雅文。水清瑶池深。花開禁苑新。戯鳥随波散。仙〕」舟逐石廻（底②）。「鴛閣引雅文水清瑶池深花開禁苑新戯鳥随波散仁舟逐石巡」（天和・宝永）。「紫閣引雅文。水清瑶池深。花開禁苑新。戯鳥随波散。仙舟逐石廻」（寛政）。本文を天和・宝永・寛政により正す。○今日足忘〔言〕徳（底②）。○勿言唐帝民（天和・宝永・寛政）。

【注釈】○**従三位**　大宝律令の官位。○**左大弁**　太政官の役人。左右がある。○**石川朝臣石足**　天智六（六六七）年―天平元（七二九）年八月の人。○**五言**　一句が五字からなる詩体。○**春苑**　春の宮廷の庭園。○**応詔**　天皇の指名に答えること。唐には応制。○**首**　詩歌を数える単位。○**聖衿**　天皇のすぐれた心。「仁趣」と対で優れた王を言う。聖襟に同じ。○**愛良節**　良い時節を愛でること。○**仁趣**　優しい心を示す態度。○**動芳春**　芳しい春に行動すること。○**素庭**　飾りのない質素な庭園。神仙の庭。「紫閣」と対。○**満**　満ちていること。○**英才**　秀才。○**紫閣**　宮廷の楼閣。紫は紫宮で天帝の宮廷を指す。○**引**　声を長く延ばすこと。○**雅文**　美しく詠まれた詩。「詩」の大雅・小雅の文を指す。○**水清**　清らかな水。○**瑶池**　西王母の住む崑崙山にある池。○**花開**　花が開くこと。○**禁苑**　宮中の林園。○**新**　新たな気分。○**戯鳥**　戯れている鳥。○**随**　従うこと。○**散**　あちこちと動くこと。○**仙舟**　仙人の乗る舟。○**舞袖**　舞姫が舞って振る袖。「歌声」と対。○**留**　休める。○**翔鶴**　空を飛びかける鶴。○**歌声**　歌姫の歌う声。○**落梁塵**　歌台の建物の梁に積もる塵を歌声で舞わせ落とすこと。○**今日**　今日は。○**足**　不足は無いこと。○**忘徳**　昔、尭帝の世が正しく治まり、民は帝の徳を忘れるほどに幸福であったという故事。○**勿忘**　忘れるなの意。○**唐帝民**　唐陶氏である尭帝が治めていた時代の民。

【解説】五言十二句古体詩。韻は春・文・新・廻（巡か）・塵・民。天皇が仙郷の庭園である禁苑に出御して宴を開いた時の応詔詩。天皇が自然を愛でるのは、山川仁智とも詠まれるように自然の徳と天皇の徳とは一体であり、また季節が天皇の心と一つとなり正しく運行するからである。それゆえに天皇の仁や趣という徳は、この春の季節と共に行動するのである。そうした天皇の徳は庭園に召された文人・詩人たちにより詩文により頌される。彼ら文人たちは言語侍従の臣たちであり、聖天子が現れると天子のために頌詩を献上するのである。聖天子が現れても頌詩を詠まないのは臣下の怠惰だといわれる。ここに現れた天皇が聖天子であるゆえに、清らかな庭園には花咲き鳥歌い仙人の船も現れ、また鶴も舞い、歌姫の歌う声は梁の塵を落とすのだというのである。それは尭帝の時に天下太平を迎え、帝の徳を忘れるほどであったという故事を引いて、今日もまたそれと同じであり、民が歌った「日出而作、日入而息、耕田而食、鑿井而飲。帝力何有於我哉。」を元に、唐帝の民と等しい幸運を忘れてはならないというのである。大げさなほどの天子賛美だという批判もあるが、これが聖天子が出現したことによる言語侍従の臣の表現の役割なのである。

【石川朝臣石足】天智六（六六七）年―天平元（七二九）年八月。安麻呂の子。和銅元（七〇八）年三月河内守、正五位下、同四年四月正五位上。同七年正月従四位下。養老三（七一九）年正月、従四位上。同四年十月右大弁。同五年六月大宰大弐。同七年正月、正四位下。神亀五（七二八）年五月、正四位上。天平元（七二九）年二月、長屋王の変に際して権参議、左大弁。同年三月従三位。同年八月没。時に左大弁従三位。

従四位下《じゅしいのげ》刑部卿《ぎょうぶのきょう》山前王《やまくまおう》一首《いっしゅ》

41

五言。侍宴。一首。　――山前王

五言《ごごん》。宴《うたげ》に侍《はべ》る。一首《いっしゅ》。

至徳乾坤《しとくけんこん》に洽《あまね》く、清化嘉辰《せいかかしん》に朗《ろう》たり。四海既《しかいすで》に無為《むい》、九域正《きゅういきまさ》に清淳《せいじゅん》。元首千歳《げんしゅせんざい》を寿《じゅ》し、股肱三春《ここうさんしゅん》を頌《しょう》す。優々《ゆうゆう》として恩《おん》に沐《もく》する者《もの》、誰《たれ》か芳塵《ほうじん》を仰《あお》がざらん。

五言。公宴に畏まって参加する。一首。

この上も無い天皇の徳は天地四方に普く行き渡り、清らかに澄んだ天皇の教化はこの良い時節に明朗である。天下国家はすでに何もしなくとも無事に治まり、日本全国は実に清らかにあることだ。我々は国の元首が千歳にあることを言祝ぎ、天皇に奉仕する臣下たちは天皇のこの春を誉め称えている。ゆったりとした気持ちで天皇の恩恵に預かる者で、誰がその広い心に感謝しない者があるだろうか。

従四位下刑部卿山前王一首

五言。侍宴。一首。

至徳洽乾坤。清化朗嘉辰。四海既無為。九域正清淳。

元首壽千歳。股肱頌三春。優々沐恩者。誰不仰芳塵。

【校異】○題の「一首」なし（天和・宝永・寛政）。

【注釈】○従四位下　大宝律令の官位。○刑部卿　刑部省の長官。○山前王　養老七（七二三）年没。○五言　一句が五字からなる詩体。○侍宴　天皇主催の宴会に畏まり参列すること。○首　詩歌を数える単位。○至徳　大きな徳。○洽　普くあること。○乾坤　天地。○清化　清らかな状態。○朗　明らかなこと。明朗。○嘉辰　とても良い時節。良辰。○四海　天下国家。「九域」と対で世界を示す。○既　すでにして。○無為　何もないこと。○九域　国のすべてを指す。九州に同じ。○清淳　清らかであること。○元首　国王。○寿千歳　長生きを言祝ぐこと。○股肱　足や手。転じて手足となる者。群臣たち。「股肱」と対で君臣を言う。○頌三春　春の三ヶ月を愛でること。○優々　ゆったりとしていること。○沐恩　天皇の恩恵に預かること。○誰仰　誰が仰ぎ見ようか。反語。○芳塵　天皇の徳。

【解説】五言律詩体詩。韻は辰・淳・春・塵。言語侍従の臣として公宴に侍して詠んだ詩。天皇の徳は天地に遍く行き渡っているという。また、四海は東西南北の海を指し、さらに「文選」「東都賦」の「四海」の注に「爾雅曰、九夷八蛮六戎五狄謂之四海」というように、すべての民族の所在する区域であり、中華を取り巻くすべての世界を表す。古代の列島を囲む海が、「日本書紀」によると東海（太平洋）、南海（東シナ海）、西海（日本海）、北海（日本海）と名付けられていたのも四海の観念からで、日本を以て天下と考えたからである。また、九域も九州の意で中国では全土を九州といった。いわば日本列島を中国の中華の領域に合わせることで、天皇を東アジアのミニ中華の天子と位置づけたのである。このような表現が言葉の上での装飾として現れたものではなく、これが中華の周辺国の日本に成立したことは、日本の天皇観念が中華の皇帝に並んだことを指すものであろう。古代倭国が韓半島の国を配下に収めようとしたことから、このような発想が生まれているものと思われる。「日本書紀」には、国内の上で南蛮・西戎などの語がみられ、そのようなことを前提とすることで、天皇の万国支配やその偉大さを称賛するのであり、その恩恵は広大であると讃えるのである。四海といい九域といい、その世界観は中華のそれに並べることで広大なものとなる。その規模に於いて天皇の統治や支配の天下概念を詩は形成しているのである。

【山前王】養老七（七二三）年没。天武天皇の孫、忍壁皇子の子。慶雲二（七〇五）年十二月、従四位下。養老七（七二三）年十二月没、散位従四位下。「万葉集」の歌人。

正《しょう》五《ご》位《い》上《のじょう》近江守《おうみのかみ》采女《うねめ》朝臣《のあそみ》比良夫《ひらふ》一首《いっしゅ》　年《とし》は五十《ごじゅう》

42

五言。春日侍宴応詔。一首。　――采女朝臣比良夫

五言《ごごん》。春日《しゅんじつ》宴《うたげ》に侍《はべ》り詔《みことのり》に応《おう》ず。一首《いっしゅ》。

道《みち》を論《ろん》ずれば唐《とう》と儕《ひと》しく、徳《とく》を語《かた》れば共《とも》に虞《ぐ》を隣《となり》とす。冠《かん》とするは周《しゅう》が尸《しかばね》を埋《う》めし愛《あい》、賀《が》とするは殷《いん》が網《あみ》を解《と》きし仁《じん》。淑景蒼天麗《しゅくけいそうてんうるわ》しく、嘉気碧空《かきへきくう》に陳《なら》ぶ。葉《は》は緑《みどり》なり園柳《えんりゅう》の月《つき》、花《はな》は紅《くれない》なり山桜《さんおう》の春《はる》。雲間皇沢《うんかんこうたく》を頌《しょう》し、日下芳塵《じっかほうじん》に沐《もく》す。宜《よろ》しく南山《なんざん》の寿《じゅ》を献《たてまつ》り、千秋北辰《せんしゅうほくしん》を衛《まも》るべし。

五言。春の日の詩宴に畏まって参加し天皇の求めに応じる。一首。

治世の方法を論じるならばあの唐陶氏の尭帝と等しく、深い徳を語るならば共にあの有虞氏の舜帝を隣にすることで

ある。まず冠とすることはあたかも周の文王が屍を拾い埋めた愛情のようであり、また賀とすることは殷の湯王が魚網の三面を解いた仁愛のようである。この良い景色は蒼い空に麗しく照り、目出度い雰囲気は碧い空に並んでいる。葉は緑色にして園の柳に懸かる月の美しさ、花は紅色にして山の桜の盛んな春の日である。雲の間には天皇の恩恵を頌歌する声が響き、日の下には天皇の深い徳を浴びる人たちがいる。我々は宜しく南山の寿を献り、千秋に亘って御所を衛ることを決意することだ。

正五位上近江守采女朝臣比良夫一首　年五十

五言。春日侍宴應詔。一首。

論道与唐儕。語徳共虞隣。冠周埋尸愛。賀殷解網仁。
淑景蒼天麗。嘉氣碧空陳。葉緑園柳月。花紅山櫻春。
雲間頌皇澤。日下沐芳塵。宜献南山壽。千秋衛北辰。

【校異】○題の「一首」なし（天和・宝永・寛政）。○解納仁（底①）。○賀〔駕〕殷解網仁（底②）。駕殷解網仁（天和・宝永・寛政）。

【注釈】**○正五位上**　大宝律令の官位。**○近江守**　近江（滋賀県）の国守。**○采女朝臣比良夫**　生没年未詳。**○五言**　一句が五字からなる詩体。**○春日**　春の日。漢詩に「春日」の詩題がある。**○侍宴**　天皇主催の宴会に畏まって参列すること。**○応詔**　天皇の指名に答えること。唐では応制。**○首**　詩歌を数える単位。**○論道**　天皇の平等な政治の手腕。「語徳」と対。**○与**　～と。**○唐**　唐陶氏。五帝の一人の尭帝のこと。**○儕**　等しいこと。**○語徳**　徳の深さを言えばの意。**○虞**　有虞氏。五帝の一人の舜帝のこと。**○隣**　隣接していること。**○冠周**　最初とすべきは周の文王のことの意。「賀殷」と対で聖王の故事を言う。**○埋尸愛**　周の文王は放置されている屍を拾い埋めたという故事。**〇賀**　歓びとすべきこと。**〇殷**　五帝の一人の殷の湯王のこと。**〇解網仁**　殷の湯王が魚網の三方を解いたという故事。**〇淑景**　春の良い景色。**〇蒼天**　青空。**〇麗**　美しいこと。**〇嘉気**　良い気分。**〇碧空**　青空。**〇陳**　列ぶこと。**〇葉緑**　若葉。「花紅」と対で春の美景を言う。**〇園柳月**　庭園の柳に懸かる月。**〇花紅**　花が紅に染まること。**〇山桜春**　山桜の咲き誇る春。**〇雲間**　雲の間。「日下」と対。**〇頌**　褒めること。**〇皇沢**　天皇の恩恵。**〇日下**　太陽の下。**〇沐**　浴びること。**〇芳塵**　天皇の徳。**〇宜**　よろしく。**〇献南山寿**　不老不死の南山の寿詞を奉ること。**〇千秋**　永遠。**〇衛**　守衛。**〇北辰**　天上にある天皇の居処。天子の譬喩。

【解説】五言十二句古体詩。韻は隣・仁・陳・春・塵・辰。言語侍従の臣として天皇を称賛する役割の詩。中国古代の聖帝である尭・舜あるいは周文王・殷湯王に並べられる天皇は、宴を開き春の風光を愛でるのである。天皇が公宴を開く意味は、天下が無為にして太平であることを示すことにある。天子の理想的姿は、手を拱いて何もしないという垂拱端座にあり、それは天下太平を意味する。大切なことは君臣が心を一つにする置醴の遊びにあり、これは近江朝以来の詩の理念であった。その理念の条件は、良辰・美景・賞心・楽事にあり、詩宴はこの四つのスローガンのもとに行われた。本詩の「淑景蒼天麗」は春の良辰を、「葉緑園柳月。花紅山桜春」は春の美景をいい、そのような遊宴を開く天皇を頌するのが「雲間頌皇沢」であり、それで詩人たちは心を一つにして頌詩を詠むのである。「葉緑園柳月。花紅山桜春」は、熟考して得られた春の美景であり、そのようにして詩宴の理念である良辰・美景の風光を獲得して行くのである。注目されるのは歌に好まれる山桜への関心であるが、この山桜は六朝詩に見られる山桜と呼応していると思われ、前句の園柳月と対を作ることから、その風景は春の良辰・美景を理念として捉えたものであるといえる。

【采女朝臣比良夫】生没年未詳。慶雲元（七〇四）年正月に従五位下。同四年十月、文武天皇葬儀に御装司、従五位上。和銅三（七〇九）年四月、近江守、正五位下。本藻には正五位上近江守とあり、晩年のことと思われる。

正《しょう》四位下《しいのげ》兵部卿《ひょうぶきょう》安倍朝臣首名《あべのあそみおびとな》一首《いっしゅ》　年《とし》は六十四《ろくじゅうし》

43

五言。春日応詔。一首。 —— 安倍朝臣首名

五言《ごごん》。春日《しゅんじつ》詔《みことのり》に応《おう》ず。一首《いっしゅ》。

世《よ》は隆平《りゅうへい》の徳《とく》を頌《しょう》し、時《とき》は交泰《こうたい》の春《はる》を謡《うた》う。舞衣《ぶい》は樹影《じゅえい》に揺《ゆ》れ、歌扇《かせん》は梁塵《りょうじん》を動《うご》かす。湛露仁智《たんろじんち》に重《おも》く、流霞松筠《りゅうかしょういん》に軽《かる》し。凝麾《ぎょうき》賞《しょう》して倦《う》むこと無《な》く、花《はな》は将《まさ》に月《つき》と共《とも》に新《あら》たし。

五言。春の日の詩会に天皇の求めに応じる。一首。

世間では繁栄して太平の世を作った天皇の徳を褒め称え、この時に人々は天地が感応して平穏な春を迎えた喜びを歌っている。舞姫の衣は木陰に揺れ、歌姫の扇は歌台の梁を揺り動かしている。天が与えた甘露は山川仁智の徳として降り重なり、棚引く霞は松や竹の上に軽やかだ。天皇が心を凝らして采配する春の風景は実に飽きることがなく、美しい花はまさに月と共に春の装いを新たにしている。

正四位下兵部卿安倍朝臣首名一首　年六十四

五言。春日應詔。一首。

世頌隆平徳。時謡交泰春。舞衣揺樹影。歌扇動梁塵。
湛露重仁智。流霞軽松筠。凝麾実無倦。花将月共新。

【校異】○春日応詔（天和・宝永・寛政）。○交恭春（天和・宝永）。ただし、「恭」と「泰」の中間の文字。

【注釈】○**正四位下**　大宝律令の官位。○**兵部卿**　兵部省の長官。○**安倍朝臣首名**　天智三（六六四）年―神亀四（七二七）年二月の人。○**五言**　一句が五字からなる詩体。○**春日**　春の日。漢詩に「春日」の詩題がある。○**応詔**　天皇の指名に応えること。唐では応制。○**首**　詩歌を数える単位。○**世頌**　世間では褒め称えること。「時謡」と対。○**隆平徳**　豊かで太平な世を作った天皇の徳をいう。○**時謡**　時に歌うこと。○**交泰春**　天地交合による安らかな春の日をいう。○**舞衣**　舞姫の衣服。「歌扇」と対。○**揺**　揺れて靡くこと。○**樹影**　木陰。○**歌扇**　歌姫の持つ扇。○**動梁塵**　歌台の梁の塵が美声により振動すること。○**湛露**　天の降らす目出度い露。○**重仁智**　深い徳を持つ者に良いことが重なること。仁智は山水をいう。「論語」の思想による。○**流霞**　天の棚引く霞。○**軽**　軽やかなこと。○**松筠**　松と竹。貞節の比喩。○**凝麾**　難語だが、凝は一心に集中すること、麾は采配すること。主語は天皇か。○**賞**　賞美すること。賞翫。○**無倦**　飽きない意。倦は倦み飽きること。○**花将月共新**　花は月と一緒になって新しく春の装いをすること。

【解説】五言律詩体詩。韻は春・塵・筠・新。春の禁苑での公宴の詩。天下太平の世を作り上げた天子の元で、安らかな春を迎え、公宴が開かれた。公宴には舞姫が美しく舞い衣の袖は木陰に揺れ、歌姫は美しい声で歌い扇は梁の塵を動かすのだという。公宴は礼と楽が揃うことであり、君臣の秩序を保つものである。宴に音楽や舞を伴うのは、そうした礼楽思想がある。凝麾は難解語であるが、天皇による勝れた采配の意であろう。見飽きることがないのは「流霞軽松筠」のような春の風光であるから、それを采配するのは自然であり、その自然と一体なのは儒教の徳に身を置く天皇の仁智（山水）の徳である。そのことから見ると見飽きることのない風光を采配するのは、天皇の徳に違いない。それゆえに、花と月が春の装いを新たにするというのである。美しい春の風光を花と月で喩えるのは、「花前月下」という言葉が理解されていたことを示している。花前月下は、詩人たちが詩心を動かす風景の典型をいう。

【安倍朝臣首名】天智三（六六四）年—神亀四（七二七）年二月。阿倍とも。慶雲元（七〇四）年正月に従五位下、同三年二月に大宰少弐。和銅四（七一一）年四月、正五位下。霊亀元（七一五）年五月、兵部卿。養老三（七一九）年正月、従四位上。同五年三月、衛士の任を三年交代とする奏上をして許可された。同七年正四位下。

従《じゅ》二《に》位《い》大納言《だいなごん》大伴宿祢《おおとものすくね》旅人《たびと》一首《いっしゅ》　年《とし》は六十七《ろくじゅうしち》

44

五言。初春侍宴。一首。　——　大伴宿祢旅人

五言《ごごん》。初春《しょしゅん》宴《うたげ》に侍《はべ》る。一首《いっしゅ》。

寛政《かんせい》の情《じょう》は既《すで》に遠《とお》く、迪古《てきこ》の道《みち》は惟《こ》れ新《あら》たし。穆々《ぼくぼく》たる四門《しもん》の客《きゃく》、済々《せいせい》たる三徳《さんとく》の人《ひと》。梅雪残岸《ばいせつざんがん》に乱《みだ》れ、烟霞早春《えんかそうしゅん》に接《せっ》す。共《とも》に遊《あそ》ぶ聖主《せいしゅ》の沢《たく》、同《おな》じく賀《が》す撃壌《げきじょう》の仁《じん》。

五言。初春の公宴に畏まって参加する。一首。

政治の法律や刑罰を寛大にされた天皇の恵みの情はすでに遠い昔から続き、古い仕来りを踏襲する政治の方法はかえって新しい。四方の門から入ってくる美しく立派な姿の賓客、威儀を整えた智・仁・勇の三徳の人たちが春の宴会に参列する。梅花が雪のように散って池の岸辺に乱れ、木々に掛かる靄は早春に連なっている。これらの客人たちは共に天皇の素晴らしい恩恵に預かり、我々は一緒になって尭帝の時の老人のように楽器を撃って天皇の政治を言祝ぐことである。

従二位大納言大伴宿祢旅人一首　年六十七

五言。初春侍宴。一首。

寛政情既遠。迪古道惟新。穆々四門客。済々三徳人。
梅雪乱残岸。烟霞接早春。共遊聖主澤。同賀撃壌仁。

【校異】○題の「一首」なし（天和・宝永・寛政）。○廸古道惟新（天和・宝永・寛政）。

【注釈】○従二位　大宝律令の官位。○大納言　太政官の左右大臣に次ぐ官職。○大伴宿祢旅人　天智四（六六五）年―天平三（七三一）年の人。○五言　一句が五字からなる詩体。○初春　春の初め。漢詩に「初春」の詩題がある。○侍宴　天皇の宴会に畏まって参列すること。応詔でないのは、詩人が順に詩を奏上したのであろう。○首　詩歌を数える単位。○寛政　寛大な政治。厳しい決まりや刑罰を緩やかにすること。「迪古」と対。○情　慈愛の情。○既遠　すでに遠くから続くこと。○迪古　古を踏襲すること。○惟新　世が改まったこと。維新と同じ。惟は発語。○穆々　うやうやしいこと。済々と対で優れていることを言う。○四門客　四方から来た客人。四門は東西南北の門。優れた王の噂を聞いて、諸国から使いが来るのである。○三徳人　正直、剛毅、柔軟などの徳を備えた人。○梅雪　白梅を雪に喩えた。「烟霞」と対で早春の風光を言う。○乱残岸　池の崩れた岸辺に散っている。「残岸」は崩れた岸で、「缺岸」と同じか。○**烟霞**　靄。○**接**　接続すること。○**早春**　春の初め。○**共遊**　賓客たちと一緒に宴遊すること。○**聖主**　優れた主人。ここでは天皇。○**沢**　恩沢。天皇の恩恵をいう。○**同賀**　同じく言祝ぐこと。○**撃壌仁**　尭帝の時に老人が楽器の壌を打って平和を喜んだ故事がある。

【解説】五言律詩体詩。韻は新・人・春・仁。初春の公宴の詩。聖天子が行う政治は遠い昔から続き、それを踏襲する今の天子の政治も新たなものだと称賛し、それゆえに天子のもとに四方から優秀な人材が慕い集まり、勝れた徳を備えた賢人たちも天子のもとに集まるのだという。四門客・三徳人は、聖天子を慕い称賛するためにやって来た詩人・文人たち。「惟新」は「尚書」に見える語で、「これ新たなり」の意であり、周の文王・武王の革命を讃える語である。殷周革命により世が改まったことを指す。ただ、天皇の制度の上では易姓革命を取らないので、天皇は古くからの天皇の道を受け継ぐのだとする。それで人々は聖主の恩恵に遊び、尭帝の民と等しく太平を喜ぶのである。「梅雪乱残岸」は、白梅と白雪との重ねを楽しむ表現であり、「万葉集」の旅人の歌には「わが園に梅の花散るひさかたの天より雪の流れ来るかも」（巻五・八二二）と詠まれていて、趣旨は同様である。白梅と白雪とが重なる紛いの表現が、詩歌においてモダンな表現として流行する。また、旅人には吉野行幸の時の歌があり、「見吉野之　芳野乃宮者　山可良志　貴有師　水可良思　清有師　天地与　長久　万代尓　不改将有　行幸之宮」（巻三・三一五）とあり、吉野の宮は山は貴く水は清く、天地と共に長く久しく、万代に変わらずにあるのだという。そこには本藻の吉野詩と共有する世界がある。

【大伴宿祢旅人】天智四（六六五）年―天平三（七三一）年。安麻呂の子、家持の父。多比等、談等とも。和銅三（七一〇）年正月、左将軍、正五年上。同四年四月、従四位下。同七年十一月、左将軍。霊亀元（七一五）年正月、従四位上。同五月、中務卿。養老二（七一八）年三月、中納言。同三年正月、正四位上下。同四年三月、征隼人持節大将軍。同五年正月、従三位。神亀元（七二四）年二月、正三位。同五年ころ大宰帥。赴任直後に妻を亡くす。天平二

（七三〇）年大納言として帰京。同七月没。「万葉集」の歌人。大宰府において山上憶良と交流をする。

従四位下《じゅしいのげ》左中弁《さちゅうべん》兼神祇伯《けんじんぎはく》中臣朝臣人足《なかとみのあそみひとたり》二首《にしゅ》　年《とし》は五十《ごじゅう》

45

五言。遊吉野宮。二首。　――中臣朝臣人足

五言《ごごん》。吉野宮《よしののみや》に遊《あそ》ぶ。二首《にしゅ》。

惟《こ》れ山《やま》且《また》惟《こ》れ水《みず》、能《よ》く智《ち》亦《また》能《よ》く仁《じん》。万代《ばんだい》埃《ちり》無《な》き坌《ところ》、一朝《いっちょう》拓民《たくみん》に逢《あ》う。風波《ふうは》転《てん》じて曲《きょく》に入《い》り、魚鳥《ぎょちょう》共《とも》に倫《りん》を成《な》す。此《こ》の地《ち》は即《すなわ》ち方丈《ほうじょう》、誰《たれ》か説《と》く桃源《とうげん》の賓《ひん》。

五言。吉野の宮に遊覧する。二首。

この山は高くまたこの川は清く、実に智がありまた実に仁がある。万代に亙って塵埃の無い清浄な処であり、朝には仙郷を開いた民に逢う処でもある。風波の音は転じて曲の中に入り込み、魚と鳥とは一緒になって友となるほどだ。この土地はただちに三神山の方丈であり、誰が桃源郷を訪れたという賓客のことなどを話題にするだろうか。

従四位下左中弁兼神祇伯中臣朝臣人足二首　年五十

五言。遊吉野宮。二首。

惟山且惟水。能智亦能仁。万代無埃坌。一朝逢拓民。

風波轉入曲。魚鳥共成倫。此地即方丈。誰説桃源賓。

【校異】○左中将（天和）。○題の「二首」なし（天和・宝永・寛政）。○万代無埃■（天和）。万代無埃所（宝永・寛政）。○一朝逢招異ィ民（底①）。一朝逢■民（天和）。一朝逢拓民（宝永）。一朝逢招民（寛政）。

【注釈】○**従四位下**　大宝律令の官位。○**左中弁兼神祇伯**　左中弁は太政官の役人。神祇伯は神祇官の役人。いずれも四位相当で二つを兼ねた。○**中臣朝臣人足**　生没年未詳。○**五言**　一句が五字からなる詩体。○**遊**　遊覧。自然の徳に触れ養生するのを目的とする。○**吉野宮**　奈良県吉野に置かれた離宮。宮滝のあたり。詩人たちが詩の風景を得るために求めた異境。○**首**　詩歌を数える単位。○**惟山**　この山。惟は発語。○**且**　また。さらには。○**惟水**　この川。川は吉野川。水は川のこと。○**能智**　儒教の智の能力を備えていること。能は能力。智は儒教的徳。水を指す。「論語」の山水仁智に基づく。次句の「能智亦能仁」と対。○**亦**　さらには。○**能仁**　儒教の仁という徳を備えている。能は能力。仁は山を指す。「論語」の山水仁智に基づく。○**万代**　過去・現在・未来の永劫。○**埃**　塵埃。○**坌**　処。○**一朝**　ある朝。○**逢**　出会うこと。○**拓民**　仙郷の地を開いた民。○**風波**　風と波の音。○**転**　翻っての意。○**入曲**　楽人が奏する曲の中に混入すること。○**魚鳥**　魚とそれを狙う鳥。○**共**　一緒に。○**成倫**　友達となること。○**此地**　この土地。○**即**　直接に。○**方丈**　東海にあるという仙人の住む三神山の一つ。○**誰説**　誰が問題とするだろうか。反語。○**桃源**　桃源郷。陶淵明の「桃花源記」や張文成の「遊仙窟」などに、桃源は不老不死の楽土と見える。○**賓**　客人。

【解説】五言律詩体詩。韻は仁・民・倫・賓。吉野に遊覧した時の詩。遊覧は仙郷へ遊び、不老不死を願うことであるが、それは詩歌を詠むための異境の風景への接近でもあった。詩心はそうした異境に得られたのである。吉野は早くから深山幽谷・奇巌奇花の仙郷としてあり、さらには仙女たちに会えるかも知れないという噂もある、都人の憧れの地であった。一方では、山水仁智の儒教的自然に触れることも出来る土地である。本詩は吉野が仁智の溢れる儒教的自然の土地であることを詠み、続いて仙女の柘媛にあった民を話題として、この地が仙郷であることに触れる。それゆえに仲間としては関係の最も遠い魚と鳥がここでは友達であり、東海の方丈山に匹敵するのだという。だから中国の話に出てくる桃源郷の仙人は話題にするに足りないというのである。吉野詩の大きな特徴は、こうした儒教的自然と老荘的自然とを一致させることにある。いわゆる儒老一致という、当時の思想を詩に反映させるのである。従駕詩ではないが、儒老一致の自然は天皇の徳により成立するものであるから、そのような自然に触れたことの喜びがある。

46

五言。遊吉野宮。二首。——中臣朝臣人足

仁山鳳閣《じんざんほうかく》に狎《ちかづ》き、智水龍楼《ちすいりゅうろう》に啓《ひら》く。花鳥沈翫《かちょうちんがん》するに堪《た》え、何人《なにびと》か淹留《えんりゅう》せざる。

仁者の楽しみとする吉野の山は鳳が止まる高殿に近く、智者の楽しみとする吉野の川は龍の留まる楼閣に開かれている。咲き乱れる花や飛びかける美しい鳥の様子は、静かに賞美するのに十分であり、誰がこの処に留まらないということがあろうか。

仁山狎鳳閣。智水啓龍楼。花鳥堪沈翫。何人不淹留。

【校異】 なし。

【注釈】 **○仁山** 儒教的な徳を備えた山。「論語」雍也に仁者は山を楽しむとある。「智水」と対で山水仁智を言う。**○狎** 近づくこと。馴れ親しむことをいう。○鳳閣　鳳凰の留まる高殿。天皇の譬喩。○智水　儒教的な徳を備えた川。「論語」に智者は水を楽しむとある。○啓　開くこと。○龍楼　龍の留まる楼閣。天皇の譬喩。○花鳥　美しい花と鳥。○堪　価値があること。満足出来ることをいう。○沈翫　静かに賞美すること。沈は沈静、翫は玩に同じく賞翫。○何人　誰が〜だろうか。反語。○不淹留　留まることをしないこと。

【解説】五言絶句体詩。韻は楼・留。吉野遊覧の二首目。吉野が仁の山、智の川であるゆえに、そこに鳳や龍が現れるのである。鳳閣も龍楼も天皇の離宮に付けられる名であるから、背後に天皇の行幸があったことを示唆している。さらには花も鳥も特別であり、賞翫するのに十分であるといい、何時までも留まりたいといい、世俗を離れた仙郷で逍遙しつつ自然を賛美する。「何人不淹留」は、この地に何時までも留まりたいの意であり、それは天皇の徳に感じて何時までも留まりたいという意味である。吉野に従駕した柿本人麿が「見れど飽かぬ吉野の河の常滑の絶ゆることなくまた還り見む」（巻一・三七）と詠むのも同じ心情の表現である。何度も還り来て見たいというのは、吉野の自然であると同時に、それは天皇の徳（恩沢）に触れることを意味した。なお、この絶句は前の律詩に追和した形式の詩ではないかと思われる。「万葉集」に見える長歌に対する反歌の形式と同じと思われる。この律詩と絶句を一対として詠む傾向は吉野に見られ、あたかも「反辞」の印象を受ける。反辞は「荀子」に「願聞反辞〔注〕反辞、反復叙説之辞」とある。本詩はまず律詩を詠んで、続いて反辞が求められて絶句を詠んだということが考えられる。

【中臣朝臣人足】生没年未詳。慶雲四（七〇七）年正月、従五位下。和銅元（七〇八）年九月、造平城京司次官。同四年四月、従五位上。霊亀二（七一五）年正月、正五位下。同二年二月、神祇大副の時に、出雲神賀詩を奏上した。養老元（七一七）年正月、正五位上。本藻には従四位下左中弁兼神祇伯とあり、養老元年以後のことである。

大伴王《おおともおう》二首《にしゅ》

47

五言。従駕吉野宮応詔。二首。――大伴王

五言《ごごん》。吉野宮《よしののみや》に従駕《じゅうが》し詔《みことのり》に応《おう》ず。二首《にしゅ》。

張騫《ちょうけん》の跡《あと》を尋《たず》ねんと欲《ほっ》し、幸《さいわい》に逐《お》う河源《かげん》の風《かぜ》。朝雲《ちょううん》は南北《なんぼく》を指《さ》し、夕霧《せきむ》は西東《せいとう》を正《ただ》す。嶺《みね》は峻《しゅん》にして糸《し》響《きょう》急《はや》く、谿《たに》は曠《ひろ》くして竹鳴《ちくめい》融《とお》る。将《まさ》に造化《ぞうか》の趣《おもむき》を歌《うた》わんとするも、素《そ》を握《にぎ》りて不工《ふこう》を愧《は》ず。

五言。吉野の宮の行幸に従って天皇の求めに応じる。二首。

黄河の源を探り天の川へ至った張騫の跡を尋ねようと思い、幸にして天皇の行幸の後を追い河源の風に出会った。朝の雲は南北を指し示し、夕べの霧は西東を正している。吉野の嶺は急峻にして糸響の音は早く、谿谷は広々として竹鳴の音が融り抜ける。まさに天地創造の雰囲気を歌おうとするのだが、真っ白な筆を握ったまま詩賦も作れない我が才能を羞じるばかりである。

五言。従駕吉野宮応詔。二首。

欲尋張騫跡。幸逐河源風。朝雲指南北。夕霧正西東。
嶺峻糸響急。谿曠竹鳴融。將歌造化趣。握素愧不工。

【校異】○題の「一首」なし（天和・宝永・寛政）。○将欲（大野＝陽）。

【注釈】○**大伴王**　生没年未詳。閲歴未詳。○**五言**　一句が五字からなる詩体。○**従駕**　天皇の行幸に従うこと。○**吉野宮**　奈良県吉野に置かれた離宮。宮滝のあたり。吉野は南山に充てられ、古くから神仙郷と考えられている。ここで天皇は神仙となる。また詩人たちが詩の風景を得るために求めた異境。○**応詔**　天皇の指名に応えること。○**首**　詩歌を数える単位。○**欲尋**　訪問しようと思うこと。○**張騫**　漢の時代の冒険家。黄河の源流を求め、天の川に至った。○**跡**　足跡。○**幸逐**　幸せにも後を追いかけることが出来ること。○**河源風**　黄河の源流の雰囲気。張騫伝の「賛曰」による。西域に使わされた漢の張騫の故事。○**朝雲**　朝の雲。「夕霧」と対で一日の動きを言う。○**指南北**　天皇が治める地域と方角である南北を指し示していること。○**夕霧**　夕方の霧。○**正西東**　天皇の治める地域と方角である西東を正していること。○**嶺峻**　吉野の山は急峻であること。「谿曠」と対で山岳の深さを言う。○**糸響**　弦楽器の糸の響き。糸は弦楽器。○**急**　早いテンポ。○**谿曠**　吉野の渓谷は広大であること。○**竹鳴**　打楽器の音。○**融**　融け合うこと。○**将歌**　まさに歌おうとすること。○**造化**　天地創造の様子。老荘の語。○**趣**　奥深い雰囲気。風情。○**握素**　墨が含まれていない白い紙や布を執ること。○**愧**　恥ずかしい思い。○**不工**　篆刻する才能がないこと。

【解説】五言律詩体詩。韻は風・東・融・工。吉野に従駕して詔に応じた詩。この吉野の川は漢の張騫が黄河の源流を求めて天の河へと至り、神仙に出会ったという逸話と同じく、ここは天に続く河源なのだという。その吉野の地は、「朝雲指南北。夕霧正西東」のように表現される。吉野の朝に立つ雲は南北を指し、吉野の夕方に立つ霧は西東を正すのだというのは、分かり難い表現である。これはおそらく天皇の宮（地軸）を中心として配された方位であり、天子南面の思想から天子は南山である吉野山に向かい、夕方の太陽は河に沿うように西東を指すのだということであろう。この方位観は風水の思想によるものと想われ、藤原京や平城京の都城の構造と等しいものであり、その中心軸に天皇が存在することとなる。『万葉集』の巻一に載る「藤原宮御井歌」には「青香具山＝日の経の大御門」「畝傍＝日の緯の大御門」「耳成＝背面の大御門」と詠まれ、都の造営の観念的構造が詠まれているが、その背後に風水の思想がある。特に吉野は「影友乃　大御門従　雲居尓曽　遠久有家留」と詠まれ、そうした思想を吉野の離宮に当てはめたのである。それゆえに吉野の地は自然の音楽が鳴り響くのであり、それは天地創造の時の趣を持つのだという。そこから見ると、天皇は吉野の河源で天地創造の神として讃えられているのである。

48

五言。従駕吉野宮応詔。二首。――大伴王

山《やま》は幽《はる》かにして仁趣遠《じんしゅとお》く、川《かわ》は浄《きよ》くして智懐深《ちかいふか》し。神仙《しんせん》の迹《あと》を訪《たず》ねんと欲《ほっ》し、追従《ついじゅう》す吉野《よしの》の濤《なみ》。

吉野の山は幽寂にして仁者の雰囲気が遠い昔からあり、吉野の川は清くして智者の心が奥深いことである。私は神仙の場所を訪ねようとして、天皇の行幸に追随し吉野の水が滾る宮滝へと来たことである。

山幽仁趣遠。川浄智懐深。欲訪神仙迹。追従吉野濤。

【校異】 なし。

【注釈】 **○山幽**　吉野の山がひっそりとして静寂であること。「川浄」と対。『論語』の山水仁智による。「幽」は静謐な美しさ。

○仁趣　山の持つ広い徳の風情。「論語」の山水仁智による。**○遠**　遠い過去。**○川浄**　吉野の川が清らかであること。智者が楽しみとする。**○智懐深**　水の持つ柔軟で深い心。「論語」の山水仁智による。**○欲訪**　訪問しようとすること。**○神仙**　仙人をいう。天皇を譬喩。**○迹**　古人のあとをいう。事跡。**○追従**　追随すること。**○吉野涛**　吉野川の波涛の処。宮滝を指す。詩人たちが詩の風景を得るために求めた、奇岩・怪石の聳える異境でもある。

【解説】　五言絶句体詩。韻は深・濤。吉野応詔詩の二首目。山水仁智を詠み、吉野に行幸をした神仙である天皇の跡を追い、この吉野の河源へと来たのだという。吉野は仙境であり、詩人たちの憧れの異郷である。この吉野では、奇岩や怪石や激しい滝の水が詩人たちの詩心を動かしたのである。この詩では先の「欲尋張騫跡。幸逐河源風」と等しいものであるが、この繰り返しは前詩と一揃いであることを伺わせ、前詩のエッセンスを繰り返し述べたように思われる。先の律詩に対して、あたかもこの絶句で先の律詩に追和しているようであり、二首で一対として成立しているように思われる。それは「万葉集」の長歌と反歌の形式に匹敵するものである。それであれば、「荀子」に「願聞反辞〔注〕反辞、反復叙説之辞」とあるように、先に律詩を詠み、反辞として同じ内容で絶句が詠まれた可能性がある。これは先の中臣人足の詩にも窺えた。

【大伴王】　生没年未詳。閲歴未詳。和銅七（七一四）年正月に無位より従五位下となったことのみが見える。

正五位下《しょうごいのげ》肥後守《ひごのかみ》道公首名《みちのきみのおびとな》一首《いっしゅ》　年《とし》は五十六《ごじゅうろく》

49

五言。秋宴。一首。──道公首名

五言《ごごん》。秋宴《しゅうえん》。一首《いっしゅ》。

望苑《ぼうえん》の商気《しょうき》は艶《えん》にして、鳳池《ほうち》の秋水《しゅうすい》は清《きよ》らかなり。晩鷰風《ばんえんかぜ》に吟《ぎん》じて還《かえ》り、新鴈露《しんがんつゆ》を払《はら》いて驚《おどろ》く。昔聞《むかしき》く濠梁《ごうりょう》の論《ろん》、今弁《いまべん》ず遊魚《ゆうぎょ》の情《じょう》。芳筵此《ほうえんこ》れ俺友《えんゆう》、節《せつ》を追《お》い雅声《がせい》を結《むす》ぶ。

五言。秋の宴会で詠む。一首。

宮廷の庭を眺めると秋の雰囲気が色濃く、鳳の棲む池には秋の水が清らかに澄んでいる。こんな遅い時季にまで鷰の声が風の音の中に廻り、初めて飛来したばかりの鴈は秋の露を振り払うほどなのに驚いている。昔濠梁で荘子と恵子とが魚の楽しみを論じた話を聞いたが、今鳳の池に遊ぶ魚の情を理解することが出来た。天皇の開かれた素晴らしい宴会には大いなる友が列なり、秋の季節を追いかけて美しい声を連ねることである。

正五位下肥後守道公首名一首　年五十六

五言。秋宴。一首。

望苑商氣艶。鳳池秌水清。晩鷰吟風還。新鴈払露驚。

昔聞濠梁論。今辨遊魚情。芳筵此俺友。追節結雅声。

【校異】○「五言。秋宴一首。」なし（天和・宝永・寛政）。○秋水清（天和・宝永・寛政）。○晩鷰〔燕〕吟風還（底②）。晩燕吟風還（天和・宝永・寛政）。○芳筵此俺〔僚〕友（底②）。芳筵此僚友（天和・宝永・寛政）。

【注釈】**○正五位下**　大宝律令の官位。**○肥後守**　今の佐賀県と長崎県の一部の国守。**○道公首名**　養老二（七一八）年没。**○五言**　一句が五字からなる詩体。**○秋宴**　秋に開かれた天皇主催の公の宴会。**○首**　詩歌を数える単位。**○望苑**　宮中の庭園。漢の武帝の太子の「博望苑」に重ねる。**○商気**　秋の気配。商は秋の音階。五行思想では金、方位では西、季節では秋を表す。**○艶彩り**。**○鳳池**　鳳の飛来する目出度い宮中の池。禁苑の池を褒める。**○秌水清**　「秌」は秋に同じ。秋の池の水が清らかである。**○晩鷰**　季節はずれに鳴く燕。「新鴈」と対で秋の風物を言う。**○吟風**　風の音の中に鳴くこと。**○新鴈**　秋になり飛来した鴈。**○払露**　露を払うこと。露は秋の景物。**○驚**　びっくりすること。**○昔聞**　昔聞いたこと。**○還**　廻ること。「今弁」と対で古今を言う。**○濠梁論**　荘子と恵子が濠川の橋で魚の楽しみを論じたこと。**○今弁**　今理解した。弁は弁別。**○遊魚情**　川に泳いでいる魚。**○芳筵**　天皇の開いた立派な宴会。**○俺友**　大いなる仲間たち。「俺」は説文に「俺、大也」とある。**○追節**　秋の季節を追うこと。**○結**　結合。**○雅声**　美しい歌声。

【解説】五言律詩体詩。韻は清・驚・情・声。宮廷で行われた秋の公宴。その宮廷の庭園は博望苑であり、そこに秋の気配が彩りを見せ、苑池にも秋の深まりを見せる水が清らかであるという。その秋の風情とともに、「荘子」の秋水に見える濠梁論を取り上げる。これは荘子が恵子と濠梁の辺に遊んだ時に、荘子が川の中の魚を見て、「さぞ楽しいのだろう」というと、恵子は「魚でもないのに、どうして楽しいと分かるのか」と聞く。荘子は「あなたは私ではないのだから、私に魚が楽しんでいるのが分からないということは、あなたには分からない筈だ」という。そこで恵子は「私はあなたではないので、あなたの気持ちは分からない。あなたは魚ではないので、魚が楽しんでいるか否かは分からない筈だ」という。このような論議がなされたという故事を引いて、しかし、今この宮廷の苑池に遊ぶ魚を見ると、魚の気持ちが分かったという。これは天皇の勝れた徳に感じた魚たちが、楽しく池に遊んでいるという理解である。天皇の徳は三皇五帝の時のように、禽獣をも感動させるという考えによる。「唐鳳台下に翔り、周魚水浜に躍る。」（詩番三八）という詩がみえた。周の文王の徳に感じて魚が飛び跳ねたという故事である。それと同じように、この宴に招かれた仲間たちも、歌姫の歌声を聞きながら、魚のような楽しみに喜んでいるというのである。

【道公首名】養老二（七一八）年没。文武四（七〇〇）年六月、律令の撰定に参加。時に追大壱。和銅四（七一一）年四月、従五位下。同五年、新羅大使。筑後守兼肥後守の時に善政を称賛される。霊亀元（七一五）年正月、従五位上。養老二（七一八）年正月、正五位下。同四年四月没。貞観七（八六五）年十一月、従四位下追贈。

従《じゅ》四《し》位《い》上《のじょう》治《じ》部《ぶ》卿《きょう》境《さかい》部《べ》王《おう》二《に》首《しゅ》　年《とし》は廿《にじゅう》五《ご》

50

五言。宴長王宅。一首。——境部王

五言《ごごん》。長王宅《ちょうおうたく》に宴《うたげ》す。一首《いっしゅ》。

新年寒気尽《しんねんかんきつ》き、上月済光軽《じょうげつさいこうかる》し。雪《ゆき》を送《おく》り梅花笑《ばいかわら》い、霞《かすみ》を含《ふく》み竹葉清《ちくようきよ》し。歌《うた》は是《こ》れ飛塵《ひちん》の曲《きょく》、絃《げん》は即《すなわ》ち激流《げきりゅう》の声《こえ》。今日《こんにち》の賞《しょう》を知《し》らんと欲《ほっ》して、咸《ことごと》く不皈《ふき》の情《じょう》あり。

五言。長屋王宅での宴会で詠む。一首。

新年を迎えて冬の寒さが終わり、最初の月に降りそそぐ光は軽やかである。雪の季節を送った梅の花は微笑むように咲き、霞を含んだ竹の葉は何とも清々しい。舞台で歌われている歌姫の歌は飛塵の曲で、箏の絃は激しく激流の声のようだ。今日のこの楽しみを尽くそうと思い、参加者には家に帰らずここにいようという気持が現れている。

従四位上治部卿境部王二首　年廿五

五言。宴長王宅。一首。

新年寒氣尽。上月濟光軽。送雪梅花笑。含霞竹葉清。
歌是飛塵曲。絃即激流声。欲知今日賞。咸有不皈情。

【校異】○年二十五（天和・宝永・寛政）。○「五言。宴長王宅一首。」なし（天和・宝永・寛政）。○上月済〔淑〕光軽（底②）。○上月淑光軽（天和・宝永・寛政）。○咸有不帰情（天和・宝永・寛政）。

【注釈】○**従四位上**　大宝律令の官位。○**治部卿**　治部省の長官。○**境部王**　生没年未詳。○**五言**　一句が五字からなる詩体。○**宴**　宴会。○**長王**　長屋王のペンネーム。天武天皇孫、高市皇子の子。左大臣。神亀六（七二九）年に謀叛の罪で自尽。長王は詩人としての唐風の号。邸宅跡から「長屋親王宮」の木簡が出土した。○**宅**　長屋王の邸宅。平城京二条大路にあった。○**首**　詩歌を数える単位。○**新年**　新しい年。○**寒気**　冬の寒さ。○**尽**　終わること。○**上月**　一月。暦の上の最初の月。○**済光軽**　新春の降り注ぐ光りが軽やかだの意。済は盛んな様子。○**送雪**　雪の季節を送ること。○**梅花**　梅の花。当時は白梅。○**笑**　微笑むこと。花が咲くこと。○**含霞**　霞が籠もっている。○**竹葉清**　竹の葉が清らかだの意。○**歌是**　歌姫の歌は～である。絃即と対で音楽の楽しみを言う。○**飛塵曲**　梁の塵を飛ばすほどの歌。○**絃即**　弦楽器はすなわちの意。○**激流声**　激しいリズムの音。○**欲知**　知ろうと思うこと。○**今日賞**　今日のこの楽しみをいう。「賞」は「賞賜」の意から六朝には「賞美」の意に用いられる。○**咸**　みんなをいう。〇**不皈情**　家に帰りたくないという心。皈の音はキで帰に同じ。

【解説】五言律詩体詩。韻は軽・清・声・情。長屋王邸宅の正月宴の詩。当時、長屋王邸には長屋王文化サロンが形成されていた。また、佐保の地（平城京の北側）の別荘を作宝楼と呼んで、詩を詠むための施設を持っていた。ここに詩人・文人たちが参加して、季節の詩や外国使節を迎えての詩が詠まれていた。長屋王文化サロンとは、この時代の文化をリードする国際性を帯びたサロンであった。ここには詩人のみではなく、「万葉集」の歌人も参加していて、この長王サロンに参加することは文人たちの憧れであり、王家から招待されることは大変な名誉であったと思われる。このサロンに集った文人たちは、遊仙の世界を楽しんだのである。本詩は正月を迎えての新年宴の詩であり、雪の季節も過ぎて梅花が綻び始め、竹の葉に掛かる霞も春のもので清らかだという。「送雪梅花笑」は、白雪から白梅への移ろいを表現している。また、舞台で歌われる歌は飛塵の曲で、楽器の音は激流の響きのようだという。飛塵の曲は、特定の楽曲ではなく歌殿の梁の塵を飛ばすほどの勝れた歌の意味で、梁塵の歌のこと。楽府相和歌清調曲「相逢狭路間」に「流水琴前韻、飛塵歌後軽」とあり、飛塵といえば梁塵の歌を指す。そうした長屋王邸の詩の宴を賞でる人たちは、誰も帰ろうとしないという。賞は賞心のことで、対象を賞美し楽しむこと。不皈情は宴会が勝れたものであることを褒める定型句。ここでは誰もが心を一つにしてこの宴を楽しむ意であり、王邸の楽しい詩宴を讃えている。

51

五言。秋夜山池。一首。　――　境部王

五言《ごごん》。秋夜山池《しゅうやさんち》。一首《いっしゅ》。

峯《みね》に対《たい》して菊酒《きくしゅ》を傾《かたむ》け、水《みず》に臨《のぞ》んで桐琴《とうきん》を拍《う》つ。皈《かえ》りを忘《わす》れて明月《めいげつ》を待《ま》ち、何《なん》ぞ夜漏《やろう》の深《ふか》きを憂《うれ》う。

五言。秋の夜に山の池で詠む。一首。

山に向かっては菊酒を傾け、池の水に臨んでは桐琴を弾く。気持ちの良さに帰ることを忘れて明月の出るのを待つのであるが、どうして夜が更けたことなどを気にすることがあろうか。

五言。秋夜山池。一首。

對峯傾菊酒。臨水拍桐琴。忘皈待明月。何憂夜漏深。

【校異】○忘帰待明月（天和・宝永・寛政）。

【注釈】○**五言**　一句が五字からなる詩体。○**秋夜**　秋の夜。○**山池**　シマ（山斎）。異国趣味による庭園の池。池中に嶋を立てた形式。山斎は貴族たちの宴楽や読書空間とされた。○**首**　詩歌を数える単位。○**対峯**　山に向かうこと。臨水と対で、山の徳を表す。○**傾**　傾けること。○**菊酒**　菊の花を浮かべた薬酒。九月九日の重陽の節に飲む。菊は「周処風土記」に「日精」という。○**臨水**　山池の水に向き合うこと。「対峰」の対で水の徳を表す。○**拍**　弾くこと。○**桐琴**　桐を材料として作った琴。○**忘皈**　帰るのを忘れさせること。皈は帰に同じ。○**待明月**　満月の上るのを待つこと。○**何憂**　どうして憂えようか。反語。○**夜漏**　夜の時間。漏は水時計の漏刻。○**深**　夜更け。宴楽の楽しみへの称賛。

【解説】五言絶句体詩。韻は琴・深。峰に対しては仁、水に臨んでは智であるが、ここではそれを酒と琴としたのは、酒と琴の徳を表しているのであろう。琴酒詩が揃うことは、最も勝れた宴を指す。菊がここで詠まれているが、これが重陽の日であったか否かは不明である。天武天皇の忌日が九月九日であったことから、古代には表立って重陽の宴が開かれた記録を見ない。しかし、ここで菊酒を飲むのは重陽の日の菊酒を意識していることは明らかである。中国では重陽の日に邪気を払う習俗があり、また山に登り詩を詠む習慣があった。境部王が山池へと出かけたのは、山に登り重陽の日を楽しむ意図があったからである。しかし、それを重陽の遊びとして詠むことが出来ないことから、個人の遊びとして山池に出かけ、重陽の菊酒を飲むのである。そのことにより、詩は詩人の静かな心持ちを描くことが出来た。詩人たちは年中行事を詩の素材として詩心を動かしたのである。菊酒は菊の花を酒に浸したもので、中国では菊が邪気を払うという信仰から重陽の日に飲まれたことが「荊楚歳時記」などに見える。なお、長屋王邸宅から発見された木簡に「山東欠南落葉錦。巌上巌下白雲深。独坐他郷菊花酒。破涙漸失侶心」とある。

【境部王】生没年未詳。天武天皇の孫、穂積皇子の子。養老元（七一七）年正月、従四位下。同五年六月、治部卿。本藻に従四位上とあり、晩年のことと思われる。「万葉集」の歌人。

大学頭《だいがくのかみ》従五位下《じゅごいのげ》山田史三方《やまだのふひとみかた》三首《さんしゅ》

五言《ごごん》。秋日《しゅうじつ》長王宅《ちょうおうたく》に新羅《しらぎ》の客《きゃく》をして宴《うたげ》す。一首《いっしゅ》。并《あわ》せて序《じょ》。

君王敬愛《くんのうけいあい》の沖衿《ちゅうきん》を以《もち》て、広《ひろ》く琴罇《きんそん》の賞《しょう》を闢《ひら》く。使人敦厚《しじんとんこう》の栄命《えいめい》を承《う》け、鳳鸞《ほうらん》の儀《ぎ》を欽戴《きんたい》す。是《ここ》に琳瑯《りんろう》目《め》に満《み》ち、蘿薜《らへい》筵《むしろ》に充《み》つ。玉俎《ぎょくそ》華《はな》を雕《ほ》り、星光烟幕《せいこうえんまく》に列《つらな》る。珍羞《ちんしゅう》味《あじ》を錯《まじ》え、綺色《きしょく》霞帷《かい》に分《わ》かつ。羽《う》爵騰飛《しゃくとうひ》し、賓主浮蟻《ひんしゅふぎ》に混《ま》じる。清談振発《せいだんしんぱつ》し、貴賤窓雞《きせんそうけい》に忘《わす》る。歌台《かだい》塵《ちり》を落《お》とし、郢曲《えいきょく》と巴音《はいん》と雑《まじ》り響《ひび》く。咲林靨《しょうりんえくぼ》を開《ひら》き、珠暉霞影《しゅきかえい》と共《とも》に相依《あいよ》る。時《とき》に露《つゆ》は旻序《びんじょ》に凝《こ》り、風《かぜ》は商郊《しょうこう》に転《てん》ず。寒蟬唱《かんせんうた》いて柳葉《りゅうよう》飄《ひるが》えり、霜雁度《そうがんわた》りて蘆花落《ろかお》つ。小山《しょうざん》の丹桂《たんけい》、彩《いろどり》を別愁《べっしゅう》の篇《へん》に流《なが》す。長坂《ちょうはん》の紫蘭《しらん》、馥《かおり》を同心《どうしん》の翼《つばさ》に散《ち》らす。日《ひ》は云《ここ》に暮《く》れたり。月《つき》は将《まさ》に継《つ》がんとす。我《われ》を酔《よ》わすに五千《ごせん》の文《ぶん》を以《もち》てし、既《すで》に飽徳《ほうとく》の地《ち》に舞踏《ぶとう》す。我《われ》を博《ひろ》くするに三百《さんびゃく》の什《じゅう》を以《もち》てし、且《か》つ叙志《じょし》の場《ば》に狂簡《きょうかん》す。清《きよ》らかに西園《せいえん》の遊《あそび》を写《うつ》し、兼《か》ねて南《なん》浦《ぽ》の送《おくり》を陳《の》ぶ。毫《ふで》を含《ふく》み藻《そう》を振《ふ》るい、式《も》ちて高風《こうふう》を賛《さん》す。云々《うんぬん》。

五言。秋の日に長屋王宅で新羅の客の餞の宴で詠む。一首。序文を併せた。

長屋王は君主の如き柔らかい思いやりの心で、隅々の者にまで行き渡る琴・詩・酒を愛でる宴を開かれる。遠く新羅の国の使人らは厚く光栄ある王の命令を受けて来朝し、いま長屋王の君主の如き容姿を仰ぎ見ることとなった。ここには美玉に等しい秀才たちが満ち、山人の服を着た隠者たちも筵に充ちている。ご馳走を盛る立派な台の俎には花が彫刻され、まるで星の輝きが靄の中に列なるようであり、山海の珍味がさまざまに混じり合い、それらの彩りは霞の掛かる帷の美しさと分かち合うことだ。雀の形をした酒盃を互いに酌み交わし、主人も客人も盃に浮いた脂の如くに混じり合う。隠逸者のような論議があちこちから湧き起こり、身分の上下が交じり、窓辺の鶏との談論などはこの清らかな論議の中に忘れることだ。歌姫の美しい歌声は梁の塵を落とし、外国の郢の人の歌や巴の人の歌が混じり合って響いている。花の林では花が靨を見せて咲き誇り、咲き乱れる花の美しさは霞が光るのと一つになっている。この時、露は秋の季節の中に降り、風は秋の郊外に吹き始めた。時節遅れの秋の蟬が鳴いて柳の葉は風に翻り、霜の夜に雁が渡り蘆の花がはらはらと散る。庭園の小さい山に植えられた木犀の花は、彩りを客人との別れに添えている。坂道の辺の紫蘭の花は、友情の香りを同じ思いの者たちに薫らせる。日はここに暮れた。月はまさに上ろうとしている。我を酔わすのは五千の美しい詩文であり、すでに徳に飽きるほどのこの地に舞い踊る。我を博くするのは三百の詩編であり、且つ志を叙べるこの場に身の程も知らずに詩を詠み上げる。清らかに西園の遊びに匹敵する宴の詩を写し取り、兼ねて南浦の送別の悲しみを陳べる。筆に墨を含み詩文の腕を振るい、もって新羅の客人の高い風格を褒め称えるのである。このように申す。

大學頭從五位下山田史三方四首

五言。秋日於長王宅宴新羅客一首。并序。

君王以敬愛之冲衿、廣闢琴罇之賞。使人承敦厚之榮命、欽戴鳳鸞儀。於是琳瑯満目、蘿薜充筵。玉俎雕華、列星光於烟幕。珍羞錯味、分綺色於霞帷。羽爵騰飛、混賓主於浮蟻。清談振発、忘貴賤於窓雞。歌臺落塵、郢曲与巴音雜響。咲林間靨、珠暉共霞影相依。于時露凝旻序、風轉商郊。寒蟬唱而柳葉飄、霜雁度而蘆花落。小山丹桂、流彩別愁之篇。長坂紫蘭、散馥同心之翼。日云暮矣。月將継焉。酔我以五千之文、既舞踏於飽徳之地。博我以三百之什、且狂簡於叙志之場。清写西園之遊、兼陳南浦之送。含毫振藻、式賛高風。云々。

【校異】○山田史三方三首（天和・宝永・寛政）。○沖衿（天和・宝永・寛政）。○琴罇〔樽〕之賞（底②）。琴樽之賞（天和・宝永・寛政）。○列星光於煙幕（天和・宝永・寛政）。○珠輝共霞影相依（天和・宝永・寛政）。○霜鴈度而蘆花落（天和・宝永・寛政）。○月将〔除〕継焉（底②）。月将除焉（天和・宝永・寛政）。○酔我以五十之文（底①）。酔我以五十〔千〕之文（底②）。酔我以五千之文（天和・宝永・寛政）。本文を「千」に正す。○且狂簡於劔志之場（天和・宝永・寛政）。○清写西園遊（底①）。清写西園〔之〕遊（底②）。清写西園之遊（天和・宝永・寛政）。本文に「之」を加える。○云々〔云爾〕（底②）。云々（天和）。云尓（天和・寛政）。

【注釈】 ○**大学頭**　式部省に属する大学寮の長官。○**従五位下**　大宝律令の官位。貴族階級の最下位。○**山田史三方**　生没年未詳。三方沙弥。○**五言**　一句が五字からなる詩体。○**秋日**　秋の日。漢詩に「秋日」を題とする詩がある。○**長王宅**　左大臣長屋王の邸宅。平城京二条大路にあった。邸宅跡地から「長屋親王宮」の木簡が出土した。長王は唐風の号。高市皇子の子。左大臣。神亀六（七二九）年に謀反の罪で自尽。○**宴**　宴会。○**新羅客**　朝鮮半島の新羅の国から来た使人。○**首**　詩歌を数える単位。○**并序**　序を合わせること。○**君王**　君主。ここでは長屋王のこと。○**敬愛**　深い思いやり。○**冲衿**　柔らかな心。冲は柔らかい。衿は襟と同じく胸元の意味で心を表す。○**広**　隅々まで至ること。○**闢**　開くこと。○**琴罇**　音楽と酒。琴樽に同じ。琴詩酒の宴。○**賞**　賞美。自然を愛でる方法。「賞」は「賞賜」の意であるが、六朝ころから「賞美」の意に用いた。○**使人**　新羅からの使いの者。○**承**　承ること。○**敦厚**　厚いこと。○**栄命**　栄誉ある命令。○**欽戴**　仰ぎ戴くこと。○**鳳鸞儀**　天子の姿。ここでは長屋王を指す。儀は容儀。○**於是**　ここに於いて。○**琳瑯**　美しく輝く玉。秀才の比喩。○**満目**　目前に満ち満ちていること。○**蘿薜**　蔦を織って縫った衣服。山人や隠者の着物。三一番詩に「薜蘿」があり、蔦を表す。○**充筵**　席に充満している。「筵」は宴席。○**玉俎**　美しい俎。俎は生け贄を神に捧げる足つきの台。○**雕華**　花を彫刻していること。○**列**　陳列。○**星光**　星の輝き。○**烟幕**　靄の掛かる垂れ幕。○**珍羞**　山海の珍味。○**錯味**　多くの味わい。○**分**　区分をいう。○**綺色**　美しい彩り。○**霞帷**　霞の帳。○**羽爵**　酒杯。○**騰飛**　飛び廻ること。○**混**　混成。○**賓主**　賓客と主人。○**浮蟻**　酒に浮かぶ油。○**清談**　竹林の七賢たちの楽しんだという論議。○**振発**　方々から立ち起こること。○**忘**　忘却。○**貴賤**　身分の高い者や低い者。○**窓雞**　書斎の窓辺に飼われた鶏。晋の宋処宗が鶏を書斎の窓辺に愛育し、ついに鶏が人の言葉を話し、共に談論したという故事により、書斎の窓や書斎の意味となった。○**歌台**　歌舞の舞台。○**落塵**　舞台の梁の塵が美しい歌声に散り落ちること。梁塵。○**郢曲与巴音**　「郢曲」は中国楚の国の都の俗謡。「巴音」は中国巴の人の歌う俗曲。○**雑響**　混じりあって響くこと。○**咲林**　花の咲く林。咲は花の咲く様を、人の笑うのに喩える。○**開靨**　えくぼを開くこと。○**珠暉**　美しい輝き。○**共**　一緒にの意。○**霞影**　霞の光る様子。○

相依　互いに寄り添うこと。○**于時**　時に。○**露凝**　露が草木に降りると。○**旻序**　秋の空。○**風転**　風が向きを変えること。○**商郊**　秋の郊外。商は秋の音階。五行思想では、秋は金、方位では西、季節では白を指す。○**寒蟬**　季節遅れの蟬。○**唱**　鳴くこと。○**柳葉**　柳の葉。○**飄**　飜ること。○**霜雁**　霜が降る中に渡ってくる雁をいう。○**度**　飛来をいう。○**蘆花**　蘆の花。蘆は葦・葭と同じ。イネ科の植物で、水辺に自生する。○**落**　散ること。○**小山**　漢の淮南王小山。○**丹桂**　香木。隠士の集いを比喩。○**別愁之篇**　別離を悲しむ詩編。○**長坂**　長く続く坂。○**紫蘭**　ラン科の植物。高貴な植物として尊ばれ、また友情を象徴する植物ともされた。○**散馥**　薫りを撒くこと。○**同心之翼**　同じ思いを持った鳥。人に比喩。○**日云暮矣**　日はここに暮れたこと。○**月将継焉**　月は続いて空に昇ること。○**酔我**　我を酔わすものの意。○**五千之文**　老子の五千余の言。○**舞踏**　舞い踊り。○**飽徳**　偉大な徳に満足すること。○**地**　処。○**博我**　我を博くするもの。○**三百之什**　孔子の集めた詩三百。○**狂簡**　恥をも恐れない思い。○**叙志之場**　志を述べる場所。○**清**　清らかな夜。○**西園之遊**　西園での清夜の遊び。下の「南浦之送」と対。○**写**　写し取ること。○**陳**　陳述。○**南浦之送**　南浦での送別。○**含毫**　墨を含んだ筆。○**振藻**　美しく練った詩文の腕を振るうこと。藻は詩文。○**式**　以て。○**賛**　賛美。○**高風**　気品の高い様子。○**云々**　文章を閉じる定型句。このように申し上げる。云爾に同じ。

52

五言。秋日於長王宅宴新羅客一首。并序。——山田史三方

白露《はくろ》珠《たま》を懸《か》くる日《ひ》、黄葉風《こうようかぜ》に散《ち》る朝《あさ》。三朝《さんちょう》の使《つかい》に対揖《たいしゅう》して、言《ここ》に九秋《きゅうしゅう》の詔《しょう》を尽《つ》くす。牙水《がすい》は調《しらべ》を含《ふく》みて激《げき》し、虞葵《ぐき》は扇《おうぎ》に落《お》ちて飄《ひるがえ》る。已《すで》に謝《しゃ》す霊台《れいだい》の下《もと》、徒《いたずら》に瓊瑤《けいよう》に報《むく》いんと欲《ほっ》す。

白露が真珠となって草木に懸かる秋の日、黄葉が風に散り落ちる秋の朝。しばしば来朝する新羅の使人に向かい、こ

こに秋の三ヶ月の音楽を尽くすことである。水は伯牙の流水の曲の調べのように激しく、虞葵は団扇に落ちて風に舞う。すでに、霊台の下を辞去するにあたり、粗末な詩を献呈して長屋王の宴に報いようと思う。


白露懸珠日。黄葉散風朝。對揖三朝使。言盡九秋韶。

牙水含調激。虞葵落扇飄。已謝靈臺下。徒欲報瓊瑤。


【校異】○已謝霊台□（天和）。已謝霊台敏（宝永・寛政）。○徒□□瓊瑶（天和・宝永・寛政）。

【注釈】○白露　秋に降りた露。黄葉と対で秋の風情を言う。また「白」は秋の色。○懸珠　白玉を懸ける。露を真珠に喩える。○日　白露の降りた日。美しい景色の一日をいう。○黄葉　黄色く色づいた葉。もみじ。○散風　秋風に散る。○朝　秋風の吹く朝。○対揖　迎えること。○三朝使　歳の朝に来朝する使人。しばしば来朝する使者の意。○言　ここに。○尽　尽くすこと。○九秋　秋の九十日。○韶　音楽。○牙水　琴の名手の伯牙の流水の曲。虞葵と対で中国の故事を言う。伯牙は春秋時代楚の国の琴の名手で、鍾子期という樵と知り合い、鍾子期は伯牙の高山流水の曲を聞いて曲の素晴らしさを理解したという。○含調　調べを含んでいること。○激　水の流れが激しいこと。○虞葵　聖帝虞舜に関わる故事があるか。葵はアオイ。○落　落下。○扇　団扇。○飄　風に飜ること。○已謝　すでに去ること。「謝」は去ること。○霊台下　霊台のほとり。周の文王の台の名。ここでは長屋王邸。○徒欲　粗略ではあるが〜と願う。○報　報いること。詩文を以て恩恵に報いること。○瓊瑶　美玉。長屋王邸の宴会を比喩。

【解説】五言律詩体詩。韻は朝・韶・飄・瑶。長屋王邸に新羅の使人を招いた時の詩。長屋王邸宅跡から出土した木簡には、渤海使や交易などと記された断片があり、木簡に見える使いは神亀四年に出羽に漂着し五年に拝朝した渤海使の可能性もある。外国使を招いて長屋王邸で開かれた詩宴の詩は新羅使に対するものであるが、この新羅使は奈良朝の初頭では養老四年八月と神亀三年五月に来朝しているので、これらの使いが招かれたのであろう。長屋王が外国使を招いて詩宴を開くのは、国際交流の意味を十分に理解していたからであろう。この詩は秋の内容であるから、養老四年秋に来朝した新羅使と思われる。三朝使とは文字通りであれば歳の朝に来朝する使であるが、ここではしばしば訪れる外国使を指し、新羅からの客を指す。その新羅使がこの秋に迎えられて音楽を楽しみ、使者が日本を去るにあたり、詩を以て報いるのだという。ただ、詩の内容を追うと、「已謝霊臺下。徒欲報瓊瑶」のように、日本側の送別の詩でありながら、新羅の使人の立場で詠んでいるように思われる。新羅の客を迎えた王邸での詩宴に、新羅客の詩は詠まれていないことと関係するのかも知れない。三方には新羅で学んだ留学僧としての経験があるので、帰国する使人らの思いを代弁したものと思われる。

53

五言。七夕。一首。――山田史三方

五言《ごごん》。七夕《しちせき》。一首《いっしゅ》。

金漢星楡《きんかんせいゆ》冷《ひ》え、銀河月桂《ぎんがげっけい》の秋《あき》。霊姿雲鬢《れいしうんびん》を理《おさ》め、仙駕潢流《せんがこうりゅう》を渡《わた》る。窈窕《ようちょう》として衣玉《いぎょく》を鳴《な》らし、玲瓏《れいろう》として彩舟《さいしゅう》に映《えい》ず。悲《かな》しむ所《ところ》は明日《あくるひ》の夜《よる》、誰《たれ》か慰《なぐさ》む別離《べつり》の憂《うれ》い。

五言。七夕の夜に。一首。

初秋の夜空の天の川では星々が冴え返り、天の川を渡る月の桂が匂う秋を迎えた。霊妙な姿の織女は雲のような髪を美しく整え、仙人の乗る車はいよいよ清らかな天の川を渡る。しとやかな織女は衣服の飾り玉をさらさらと鳴り響かせ、麗しい玉の音を響かせて美しく彩られた舟に映る。ただ悲しむべきことは明日の夜明けのことであり、誰が二人の別離の嘆きを慰められようか。

五言。七夕。一首。

金漢星楡冷。銀河月桂秋。霊姿理雲鬟。仙駕度潢流。
窈窕鳴衣玉。玲瓏映彩舟。所悲明日夜。誰慰別離憂。

【校異】○所悲明月夜（大野＝尾）。○誰慰列離憂（大野＝尾）。

【注釈】○五言　一句が五字からなる詩体。**○七夕**　七月七日の夜の行事。牽牛と織女が年に一度この夜に逢うという、中国渡来の伝説に基づく。「荊楚歳時記」に「七月七日為牽牛織女聚会之夜」といい「是夕人家婦女結綵縷穿七孔鍼。或金銀鍮石為鍼。陳瓜果於庭中以乞巧」とある。織女が機織りに長けていたことから、裁縫の技術が向上することを祈願する行事ともなった。**○首**　詩歌を数える単位。**○金漢**　秋空の天の川。金は五行で秋を指す。「漢」は天上の漢水。「銀河」と対で天の川を言う。**○星楡冷**　星が冴えている様子。星の中には楡の木が生えているという。**○銀河**　天の川。天漢。**○月桂秋**　月が美しく照る初秋。月の中に桂が生えているという。**○霊姿**　織女の美しい姿。仙駕と対で織女のことを言う。**○理**　綺麗に整えること。**○雲鬟**　雲が丸まったような鬢髪。**○仙駕**　仙人が乗る車。**○度**　天の川を渡ること。**○潢流**　天の川の清らかな流れ。潢は天漢。**○窈窕**　しとやかなこと。美貌の様。「玲瓏」と対で織女の様を言う。**○鳴**　鳴ること。**○衣玉**　衣服に飾られた玉。**○玲瓏**　涼やかな感じの玉、またその音。織女の様子。**○映**　映すこと。**○彩舟**　彩られた舟。**○所悲**　悲しいと思う所。**○明日夜**　明日の夜明け。夜がまだ明けやらぬ時。**○誰慰**　誰が慰められようか。反語。**○別離憂**　別れることの嘆き。

【解説】五言律詩体詩。韻は秋・流・舟・憂。七夕伝説は機織り技術とともに伝来したと思われ、「万葉集」には天武朝から持統朝にかけて詠まれたと思われる柿本人麻呂歌集の七夕歌がある。日本漢詩が七夕詩を詠むのは持統朝以降のことと思われる。七夕詩は漢詩でかろうじて詠むことが可能な恋愛物語である。「玉台新詠」のような特殊な恋愛詩を除けば、漢詩では男女の恋愛を詠むことは一般に忌避されたからであるが、中国詩に七夕詩が多く詠まれるのは、年中行事の一齣としてである。中国の詩人たちは、五節日（元日・上巳・端午・七夕・重陽）の行事に詩心を動かされた。七夕は男女の出会いと別離とが一夜のうちに展開する物語であり、特に恋愛詩を好む玉台世界に楽しまれたのである。初秋の風景とともに、織女は彩られた舟に乗り美しい玉を揺らせながら天漢を渡り、牽牛に逢いに行くのであるが、悲しむべきことは、明日の夜明けには別離が待っていることであり、それは誰にも慰められないのだというように、牽牛・織女の出会いの喜びに視点があるのではなく、むしろ二人の別離を悲しむのであり、そこにこそ漢詩の立場があった。そのような別離の悲しみは、「全唐詩」高宗皇帝「七夕宴懸圃二首」には「促歓今夕促、長離別後長。軽梭聊駐織、掩涙独悲傷。」と詠まれ、同じく何仲宣「七夕賦詠成篇」には「通宵道意終無尽、向暁離愁已復多。」と詠まれている。詩人たちは、二星の逢会を喜びながらも、その別離の悲しみを共有するのである。

54

五言。三月三日曲水宴。一首。 —— 山田史三方

五言《ごごん》。三月三日《さんがつみっか》曲水《きょくすい》の宴《うたげ》。一首《いっしゅ》。

錦巌《きんがん》飛瀑激《ひばくげき》し、春岫曄桃開《しゅんしゅうようとうひら》く。流水《りゅうすい》の急《はやき》を憚《はばか》らず、唯恨《ただうら》む盞《さかずき》の遅《おそ》く来《きた》るを。

五言。三月三日の曲水の宴で。一首。

花の錦が彩る岩の上には滝の水が激しく降り注ぎ、春を迎えた仙人の住む山の洞穴には桃の花が咲いている。曲水の

流れの早いことは構わないが、ただ酒杯の流れて来るのが遅いのを残念に思うのである。

五言。三月三日曲水宴。一首。

錦巖飛瀑激。春岫曄桃開。不憚流水急。唯恨盞遅来。

【校異】○飛曝激（底①）。飛瀑激（天和・宝永・寛政）。本文を「瀑」に正す。

【注釈】○**五言**　一句が五字からなる詩体。○**三月三日**　上巳の行事。古代中国では三月最初の巳の日に、人々は河や池に行き禊ぎが行われた。六朝時代に三月三日に固定し、文人らが詩を詠んだ。五節の一。○**曲水**　曲がりくねった川。詩を詠むために作られた人工の小川。酒杯が流れ来るまでに詩を詠むという遊びが行われた。「荊楚歳時記」に「為流杯曲水之飲」とある。○**宴**　上巳の宴会。○**首**　詩歌を数える単位。○**錦巌**　色とりどりの花が咲く巌。仙人の居るところ。「春岫」と対で仙人の居所を言う。○**飛瀑**　水が激しく飛び散る滝。激は水の逆る様。○**激**　激しいこと。○**春岫**　春の季節を迎えた山の洞穴。岫は仙人が住む洞窟。○**曄桃**　照り輝く桃の花。○**開**　花が咲くこと。○**不憚**　恐れないこと。○**流水**　流れる川の水。○**急**　早いこと。○**唯恨**　専ら残念に思うこと。○**盞**　酒杯。○**遅来**　ゆっくりとやって来ること。

【解説】五言絶句体詩。韻は開・来。三月三日の上巳に行われた曲水宴の詩。中国では上巳の日は村人たちが川に集まり、邪気を払う禊ぎをする日で、この時に川を挟んで男女が歌の掛け合いを行った。そうした習俗の伝統が、曲水という水辺で詩を詠むという習慣が出来た。書の天才といわれる王羲之が、蘭亭で曲水宴を開いて有名になった。古代の日本に上巳の行事が入り、曲水の庭園が造られ、そこで詩を詠むことが行われるようになったのは、奈良朝前後のことであろう。本詩では花が咲き乱れる巌から激しく水が流れ落ち、春の山に桃の花が咲き乱れているという。滝は仙郷から曲水に流れ、桃は仙界の実で邪気を払うということから人々は桃花水を飲むのである。またそれで桃酒を造り飲むことも行われた。上巳と桃の花は、そのようにして結合した。その曲水の宴がどのように行われていたかを詠んでいるのが、「唯恨盞遅来」である。盞は酒杯で、それが遅く来るというのは、その酒杯の流れ来るのが遅いのである。曲水の宴では酒杯が水に浮かべられて、それが上から流れて来るまでに詩を詠む遊戯であることが知られる。酒杯の流れ来るのが遅いというのは、作者はすでに詩が出来ていて、それを自慢しているのである。

【山田史三方】生没年未詳。三方沙弥。還俗して山田三方と称した。御方、御形とも。渡来系人。持統六（六九二）年十月、務大肆。慶雲四（七〇七）年四月、学術に優れて褒賞を得る。時に正六位下。和銅三（七一〇）年正月、正五位下。同四年四月、周防守。養老四（七二〇）年正月、従五位上。同五年正月、東宮に侍す。学業に優れ褒賞を得る。時に文章博士。同六年四月、周防守。この時、物を盗んだ罪で免官されたが、学問の功績により許された。本藻に大学頭従五位下とあり、養老年間のことと思われる。「万葉集」の歌人。

従《じゅ》五《ご》位《い》下《のげ》息長《おきながの》真《ま》人《ひと》臣足《おみたり》一首《いっしゅ》　年《とし》は卌四《しじゅうし》

55

五言。春日侍宴。――息長真人臣足

五言《ごごん》。春日《しゅんじつ》の宴《うたげ》に侍《はべ》る。

物候韶景《ぶっこうしょうけい》を開《ひら》き、淑気《しゅくき》地《ち》に満《み》ちて新《あら》たし。聖衿暄節《せいきんけんせつ》に属《ぞく》し、置酒搢紳《ちしゅしんしん》を引《ひ》く。帝徳千古《ていとくせんこ》に被《こうむ》り、皇恩《こうおん》万民《ばんみん》に洽《あまね》し。多幸広宴《たこうこうえん》を憶《おも》い、還《かえ》りて悦《よろこ》ぶ湛露《たんろ》の仁《じん》。

　五言。春の日の公宴に畏まって参加する。一首。

木々が芽吹き鳥が歌う声は春ののどかな景色を導き、心地良い春の恵みは大地に満ちて新鮮である。天皇はこの良い時節に当たり、紳士たちを招いて酒宴を開かれる。帝王の徳は千年に及んで被り、天皇の恩恵は万民に遍く行き渡っている。多くの幸せを得たこの宴会を憶うのだが、その上に露のような慈愛を湛えた天皇の恩恵を喜ぶのである。

従五位下息長真人臣足一首　年卌四

五言。春日侍宴。

物候開韶景。淑氣滿地新。聖衿属暄節。置酒引搢紳。
帝徳被千古。皇恩洽万民。多幸憶廣宴。還悦湛露仁。

【校異】○年四十四（天和・宝永・寛政）。

【注釈】○従五位下　大宝律令の官位。貴族の最下位。**○息長真人臣足**　生没年未詳。**○五言**　一句が五字からなる詩体。**○春日**　春の日。漢詩に「春日」の題がある。**○侍宴**　宴会に畏まって参加すること。**○物候**　季節ごとの景物。**○開**　開始すること。**○韶景**　美しい風景。**○淑気**　春の雰囲気。「淑気」と対で春の季節を言う。**○満地新**　大地に満ち満ちて新鮮であること。**○聖衿**　天皇の心。聖人の心の大きさを言う。聖襟に同じ。**○属**　接続すること。**○暄節**　暖かな時節。「暄」は暖か。**○置酒**　詩酒の宴。**○引**　招くこと。**○搢紳**　紳士。文人。**○帝徳**　帝王の徳。恩沢。「皇恩」と対で優れた王の恵みを言う。**○被**　被ること。**○千古**　千年もの長い時間。**○皇恩**　天皇の恩恵。**○洽**　普く。天子の徳が普洽すること。**○万民**　すべての国民。**○多幸**　多くの幸せ。○**憶**　つくづくと思うこと。○**広宴**　恵み深い宴会。○**還悦**　その上に喜ぶこと。○**湛露仁**　露を湛えるような慈愛。天子の徳の大きさをいう。

【解説】五言律詩体詩。韻は新・紳・民・仁。春の公宴に侍して詠んだ詩。聖天子の徳により季節は春へと巡り、聖主の心はこの良い季節と結びあい、そのような春の陽気の中で文人たちが招かれ宴会が開かれたのである。「文選」丘希範の「侍宴楽游苑送張徐州応詔詩」では、「詰旦閶闔開。馳道聞鳳吹。軽荑承玉輦。細草藉龍騎。風遅山尚響。雨息雲猶積。巣空初鳥飛。荇乱新魚戯。実惟北門重。匪親孰為寄。参差別念挙。粛穆恩波被。小臣信多幸。投生豈酬義。」というように、本詩も聖主の恩恵は千年にも渡り続いていて、それは万民を潤して多幸なることを喜ぶというのである。皇恩の語は本藻詩にしばしば見られ、そのこと自体は天皇の恩恵の意味であるが、これは天皇という語と一体のものであることを考えると、「文選」左太沖の「魏都賦」に「算祀有紀。天禄有終。伝業禅祚。高謝万邦。皇恩綽矣。帝徳沖矣」と見えるように、天皇が中国の皇帝と等しいところに位置づけられて賛美される方法だと思われる。その皇恩は「洽万民」というように、すべての民を潤すのであるという。このような発想は、皇帝の政治の基本を指すものであり、常に皇帝は万民と一対なのである。そうした政治思想が詩において詠まれるのは、詩人たちが天皇という存在を皇帝と等しいところに位置づけているからである。公宴の詩がそのような型を持つのは、天武朝ころに用いられた「天皇」という称号の持つ概念形成の問題にある。なお、本詩が応詔ではなく侍宴であるのは、詩人たちが順次詠み継いだことによるものと思われる。

【息長真人臣足】生没年未詳。和銅七（七一四）年正月、従五位下。養老三（七一九）年七月、出雲守。伯耆、石見を管轄。神亀元（七二四）年十月、出雲按察使となり、狼藉を働くという不祥事を起こし位禄を奪われた。

従《じゅ》五《ご》位《いの》下《げ》出雲介《いずものすけ》吉智首《きちのおびと》一首《いっしゅ》　年《とし》は六十八《ろくじゅうはち》

56

五言。七夕。一首。　――　吉智首

五言《ごごん》。七夕《しちせき》。一首《いっしゅ》。

冉々《ぜんぜん》と逝《ゆ》きて留《とど》まらず、時節《じせつ》忽《たちま》ち秋《あき》に驚《おどろ》く。菊風夕霧《きくふうせきむ》を抜《ひら》き、桂月蘭洲《けいげつらんしゅう》を照《て》らす。仙車鵲橋《せんしゃじゃっきょう》を渡《わた》り、神駕清流《しんがせいりゅう》を越《こ》す。天庭相嘉《てんていそうか》を陳《の》べ、華閣離愁《かかくりしゅう》を釈《と》く。河横《かわよこ》たわり天曙《てんあ》けんと欲《ほっ》し、更《さら》に歎《なげ》く後期《こうき》の悠《はる》かなるを。


五言。七夕の夜に。一首。

時は移り流れて留まることがなく、時節はたちまちに秋を迎えたことに驚くばかりだ。菊の花に吹く風は夕方の霧を抜き、桂の香る月は蘭の香る河の洲に照っている。仙人の乗る車は鵲が渡した橋を渡り、神仙の乗る車は清らかな天の川を越える。天上の宮庭では再び逢うことの出来た喜びを語り合い、華やかな高殿では二星が長く別れていた悲しみの思いを解いている。天の川は斜めになり空は明けようとし、逢えた喜び以上にまた逢うまでの長い遥かな時間を嘆き悲しむのである。

従五位下出雲介吉智首一首　年六十八

五言。七夕。一首。

冉々逝不留。時節忽驚秋。菊風披夕霧。桂月照蘭洲。
仙車渡鵲橋。神駕越清流。天庭陳相嘉。華閣釋離愁。
河横天欲曙。更歎後期悠。

【校異】○題の「一首」なし（天和・宝永・寛政）。○陳相嘉〔喜〕（底②）。陳相喜（天和・宝永・寛政）。

【注釈】○従五位下　大宝律令の官位。貴族階級の最下位。**○出雲**　国名。今の島根県。**○介**　国守に次ぐ官職。次官。**○吉智首**　生没年未詳。渡来系人。**○五言**　一句が五字からなる詩体。**○七夕**　七月七日の夜の行事。牽牛と織女が年に一度この夜に逢うという、中国渡来の伝説に基づく。「荊楚歳時記」に「七月七日為牽牛織女聚会之夜」といい「是夕人家婦女結綵縷穿七孔鍼。或金銀鍮石為鍼。陳瓜果於庭中以乞巧」とある。織女が機織りに長けていたことから、裁縫の技術が向上することを祈願する行事ともなった。漢詩にも多く詠まれている。**○首**　詩歌を数える単位。**○冉々**　伸びること。ここでは時間。**○逝**　行くこと。**○不留**　留まることがないこと。**○時節**　時候。**○忽**　たちまち。**○驚秋**　秋の到来にびっくりすること。**○菊風**　菊の花に吹く風。「桂月」の対で秋の風物を言う。**○披**　開くこと。**○夕霧**　夕方の霧。秋の季節の霧を言う。**○桂月**　桂の香る月。月中に桂が生えているという伝説から、桂は月の縁語。「酉陽雑俎」に「旧言。月中有桂。有蟾蜍。故異書言。月桂高五百丈。下有一人常斫之」とある伝説による。**○蘭洲**　蘭の香る河の中洲。**○仙車**　仙人の乗る車。「神駕」と対で織女の乗り物を言う。**○渡**　渡すこと。**○鵲橋**　鵲の渡した橋。鵲は烏科の鳥。東アジアでは中国・韓半島に分布し、日本では九州の一部に住む。鵲の知識は中国の七夕伝説に基づくもので、古代では実際に目にしたものではない。七夕の夜に鵲が天の川に群がり橋となって織女を渡すという。○**神駕**　神仙の乗る車。ここは織女。仙駕・龍駕に同じ。○**越**　川を渡ること。○**清流**　天の川の清らかな流れ。○**天庭**　天帝の宮廷。天帝の居処。華閣と対で二星がこの夜に留まる所を言う。○**陳**　陳べること。○**相嘉**　互いの喜び。○**華閣**　華やかな高殿。天庭にある織女と牽牛が逢う華麗な楼閣。○**釈**　解放。解き放つこと。○**離愁**　長く別れていたことの悲しみ。○**河横**　天の川が長く横たわる様子。時間の経過を表す。○**天欲曙**　夜が明けようとしていること。○**更**　またさらにの意。○**歎**　別離の悲嘆。○**後期悠**　来年の七夕に逢うまでの時間が長く遥かであること。

【解説】五言十句古体詩。韻は秋・洲・流・愁・悠。中国の七夕伝説を素材として詠んだ七夕詩。秋の到来により菊に吹く風は夕方の霧を払い、月光は蘭の洲を照らしている中に、織女の乗る車は鵲の橋を渡り、天の川の清流を越えて行くという。織女の乗る車には多くの女官たちが付き従って守り、楽の音とともに賑やかに渡河が行われる。「万葉集」の七夕歌では牽牛の渡河が歌われるが、漢詩では織女の渡河が伝統であり、それを本詩も受けている。詩も歌も最も関心を示して詠むのは、織女や牽牛の渡河の場面である。七夕歌では天の川を渡った牽牛が、どこで織女と夜を過ごすのか必ずしも明確ではないが、本詩には「天庭」とあり「華閣」だとある。天庭は天の宮廷であり、天帝の住む居処のある処である。華閣は二人が夜を過ごす御殿である。こうした天庭・華閣が詠まれるのは、あるていど天上の世界が理解されているからである。古代の二十八宿図には、天帝の居処とそれらを取り巻く皇子・皇后・臣下らの星、および天河が描かれ、その河を挟んで牽牛・織女の星が描かれている。中国の七夕伝説は、この天官を背景として語られているのであり、また漢詩もそのように詠まれるのである。梁「武帝集」の「七夕」には「白露月下団。秋風枝上鮮。瑶台生碧霧。瓊幕亙紫煙。綺会非妙節。佳期乃良年。玉壺承夜急。蘭油依暁煎。昔時悲難越。今傷何易旋。怨咽双念断。凄切両情懸」とあるように、白露が降り秋風の吹き始めた初秋の到来から詠まれ、天庭の瑶台での二星の出会いと別離が詠まれる。その別離に当たり「昔時悲難越。今傷何易旋」と嘆くのは、本詩の「更歎後期悠」

と等しく、七夕詩が男女の再会の喜びよりも、たちまちの内に分かれる運命にある、二星の別離とその嘆きにテーマのあったことが知られる。

【吉智首】生没年未詳。渡来系人。養老三（七一九）年正月、従五位下。神亀元（七二四）年、賜姓吉田連。医術をもって宮廷に仕えた。本藻の出雲介の時期は不明。

主税頭《しゅぜいのかみ》従五位下《じゅごいのげ》黄文連備《きぶみのむらじそなう》一首《いっしゅ》　年《とし》は五十六《ごじゅうろく》

57

五言。春日侍宴。一首。――黄文連備

五言《ごごん》。春日《しゅんじつ》の宴《うたげ》に侍《はべ》る。一首《いっしゅ》。

玉殿風光《ぎょくでんふうこう》暮《く》れ、金墀《きんち》春色《しゅんしょく》深《ふか》し。雕雲《ちょううん》歌響《かきょう》に遏《とど》まり、流水《りゅうすい》鳴琴《めいきん》に散《ち》る。燭花《しょくか》粉壁《ふんへき》の外《そと》、星燦《せいさん》翠烟《すいえん》の心《うち》。欽逢《きんぼう》は則《すなわ》ち聖日《せいじつ》、束帯《そくたい》して韶音《しょういん》を仰《あお》ぐ。

五言。春の日の公宴に畏まって参加する。一首。

美しい御殿の景色も夕暮れが迫り、夕日に照る階段には春の気色が深まった。彩りのある雲は庭に奏でられる音楽に耳を傾けて留まり、流れの水は鳴り響く琴の音と一緒に飛び散る。辺りを照らす灯は壁の外にも輝き、天上の星は翠の靄の中に燦めいている。天皇の主催する宴に逢うのはこの聖徳の日であり、正装して威儀を正し厳粛な音楽を敬い仰ぐことである。

主税頭従五位下黄文連備一首　年五十六

五言。春日侍宴。一首。

玉殿風光暮。金墀春色深。雕雲遏歌響。流水散鳴琴。
燭花粉壁外。星燦翠烟心。欽逢則聖日。束帯仰韶音。

【校異】○題の「一首」なし（天和・宝永・寛政）。○欣逢則聖日（天和・宝永・寛政）。

【注釈】○**主税頭**　民部省に属する主税寮の長官。○**従五位下**　大宝律令の官位。貴族階級の最下位。○**黄文連備**　生没年未詳。渡来系人。○**五言**　一句が五字からなる詩体。○**春日**　春の日。漢詩に「春日」を題とする詩がある。○**侍宴**　天皇主催の宴会に畏まり参加すること。○**首**　詩歌を数える単位。○**玉殿**　皇居の立派な建物。金墀の対で禁園の様子を言う。○**風光**　気色や自然の風物。物色。○**暮**　夕暮れ。○**金墀**　夕日に輝く階段。金は黄金色。墀は宮殿の階段。○**春色深**　春の気色が深まったこと。○**雕雲**　彫刻のような美しい雲。瑞雲を指す。○**遏**　留まること。○**歌響**　歌声や音楽が響くこと。○**流水**　流れる水。○**散**　飛散すること。○**鳴琴**　鳴り響く琴の音。○**燭花**　宴会のために灯された灯火。○**粉壁外**　彩られた壁の外。粉は飾。○**星燦**　星が燦めくこと。○**翠烟**　緑色した靄。○**心**　中心。○**欽逢**　天皇の開く宴に出逢う。欽は天皇を指す。○**聖日**　天皇の政治が正しく行われてすべてが平安な日。○**束帯**　正装して威儀を正すこと。○**仰韶音**　舜の作った音楽を聞いて古の聖人を敬うこと。

【解説】五言律詩体詩。韻は深・琴・心・音。天皇の開いた春の公宴に侍して詠んだ詩。春の宮殿や夕方の庭園の風光を描き、続いて「雕雲遏歌響」と詠まれる。雕雲は彩られた雲で、瑞雲や慶雲あるいは景雲を表す。この雲が出るのは、天皇の政治が正しいことを祝福するためである。緯書の「孫氏瑞応図」では「景雲者太平之応也」という。いわば聖天子の出現により天下太平の世を天は喜んでいるのである。天皇はそのことと呼応するように、公宴を開くのである。公宴は無為の天子が、君臣の和楽のために開くものであり、それゆえに瑞雲は天皇の宴の音楽に聴き入り、その場に留まるのである。音楽は礼と楽が揃う重要な秩序の基準であり、今の治世が正しい音階を奏でているか否か、それを天が聞くのである。いわば、天人感応の楽である。公宴の楽にはそのような意味がある。「礼記」の楽記には「大楽与天地同和。大礼与天地同節。」という。常に楽は天地と感応しているのである。「文選」王吉甫の「晋武帝華林園集詩一首」に「悠々太上。民之厥初。皇極肇建。彝倫攸敷。五徳更運。膺籙受符。陶唐既謝。天暦在虞。于時上帝。乃顧惟眷。光我晋祚。応期納禅。位以龍飛。文以虎変。玄沢傍流。仁風潜扇。区内宅心。方隅回面。天垂其象。地曜其文。鳳鳴朝陽。龍翔景雲。」というのを見れば、雕雲により愛でられる天人感応の具体的表現が理解される。

【黄文連備】 生没年未詳。渡来系人。文武四（七〇〇）年六月、大宝律令撰定の功績により褒賞を得る。時に追大壱。和銅四（七一一）年四月、従五位下。本藻に主税頭従五位下とあるのは、時期不明。

従五位下《じゅごいのげ》刑部少輔《ぎょうぶのしょうふ》兼大学博士《けんだいがくのはかせ》越智直広江《おちのあたいひろえ》一絶《いちぜつ》

58

五言。述懐。　――　越智直広江

五言《ごごん》。懐《こころ》を述《の》ぶ。

文藻《ぶんそう》は我《わ》が難《かた》しとする所《ところ》、荘老《そうろう》は我《わ》が好《この》みとする所《ところ》。行年已《こうねんすで》に半《なかば》を過《す》ぎ、今更何《いまさらなに》の為《ため》にか労《ろう》せん。

　　五言。懐を述べる。

文章は私の不得手とするところであり、老荘は私の好みとするところである。生まれてこのかた既に半ばを過ぎて、今さら何のために苦労などするのか。

　　従五位下刑部少輔兼大學博士越智直廣江一絶

　　五言。述懷。

文藻我所難。庄老我所好。行年已過半。今更為何勞。

【校異】　○大博士（天和・宝永・寛政）。○荘老我所好（天和・宝永・寛政）。

【注釈】　**○従五位下**　大宝律令の官位。**○刑部少輔兼大学博士**　刑部少輔は刑部省の官職。大学博士は式部省に属する大学寮の学術の専門家。**○越智直広江**　生没年未詳。**○一絶**　絶は絶句。四句からなり一句が五言または七言の形式。**○五言**　一句が五字からなる詩体。**○述懐**　懐いを述べる詩。漢詩に「述懐」の題がある。**○文藻**　藻は文章のあや。「庄老」と対で儒教と老荘を対比させる。**○我所難**　私が不得手とするところ。**○庄老**　荘子と老子の学問。中国で荘子を庄子と書く。中国春秋戦国時代の思想家の荘子と老子。無為自然などを説いた道家の祖。**○我所好**　私の好みとするところ。**○行年**　生まれてこの方。**○已過半**　既に人生の半分を過ぎたこと。**○今更**　いまさらに。**○為何労**　何のために苦労などをするのか。反語。

【解説】　五言絶句体詩。韻は好・労。「述懐」は、ここでは我が心の思いを述べること。本藻には自己の力量不足を顧みる述懐詩を見るが、本詩は今の生活から逃避し老荘的な生き方への願望を述べるものである。ここには明法第一博士として褒賞を得た作者にありながらも、儒教的な学問に対する反省がある。儒教は政治の学問でもあるから、日々文章を練り飾り立てる必要もある。しかし、それは虚飾であり世俗のことでしかないとするのである。それよりも本来の願いは荘子や老子の世界だという。いわば無為自然の虚飾のない世界への憧れであったという。「養老令」の学令には、老荘学が教科課程に入っていない。それは、おそらく大宝律令段階からであったと思われる。なぜ老荘学が学生の教科から除かれたのか不明であるが、これは唐の学令と異なるところである。日本に道教が希薄なのは、このようなところにあるのかも知れない。しかし、漢詩世界では無為自然の老荘や三神山などの神仙世界に憧れる詩が多く、それは儒教思想とバランスを取っていた。本詩の作者はこの儒教的生き方よりも、老荘的なものを望んでいたのである。それゆえ人生も半ばになり、いまさら何のために苦労をするのかという。いわば世俗の生き方に飽きて、隠逸の思いを述べたものであり、無為自然の中にあることが人間の真の生き方であることを理解したのである。

【越智直広江】　生没年未詳。養老五（七二一）年正月、東宮に侍す。時に正六位上。明法第一博士として褒賞を得る。同七年正月、従五位下。本藻に従五位下刑部少輔兼大学博士とあるのは、時期不明。

従《じゅ》五《ご》位《いの》下《げ》常陸介《ひたちのすけ》春日蔵老《かすがのくらのおゆ》一絶《いちぜつ》　年《とし》は五十二《ごじゅうに》

59

五言。述懐。　――　春日蔵老

五言《ごごん》。懐《こころ》を述《の》ぶ。

花《か》色《しょく》花《か》枝《し》を染《そ》め、鶯《おう》吟《ぎん》鶯《おう》谷《こく》に新《あら》たし。水《みず》に臨《のぞ》みて良《りょう》宴《えん》を開《ひら》き、爵《さかずき》を泛《うか》べて芳《ほう》春《しゅん》を賞《しょう》す。

五言。懐を述べる。

花の色は花の枝を美しく彩り、鶯の声は鶯の谷に初音を上げる。川に臨んで素晴らしい上巳の宴会を開き、流れに酒杯を浮かべてこの心地良い春を十分に愛でることだ。

従五位下常陸介春日藏老一絶　年五十二

五言。述懐。

花色花枝染。鶯吟鶯谷新。臨水開良宴。泛爵賞芳春。

【注釈】○**従五位下**　大宝律令の官位。貴族階級の最下位。○**常陸介**　今の茨城県の役人。国守に次ぐ官職。次官。○**春日藏老**　生没年未詳。僧名は弁基。○**一絶**　絶は絶句。四句からなり一句が五言または七言の形式。○**五言**　一句が五字からなる詩体。○**述懐**　心を述べる。自らの立場を反省することを詠む詠法の一つ。漢詩に「述懐」の題が見られる。○**花色**　咲き誇る花の色。「鶯吟」の対で春の風景を言う。○**花枝**　花の咲いている木々の枝。「鶯吟」の対で花鳥を言う。○**染**　染める。花の色が木々の枝を染めている様。○**鶯吟**　鶯が鳴いていること。○**鶯谷**　鶯の住んでいる谷。鶯は冬に藪や谷に住み、春に里に下りる。○**新**　新しいこと。○**臨水**　川に臨むこと。○**開**　開催。○**良宴**　春の快い季節の宴会。○**泛爵**　酒杯を水に浮かべること。爵は酒杯。曲水の宴を示唆。○**賞**　賞美すること。もとは「賞賜」の意。六朝ころに「賞美」に用いる。自然を対象として愛でる態度。○**芳春**　芳しい春の時節。

【解説】五言絶句体詩。韻は新・春。ここでの「述懐」は、楽しい宴に出会いその喜びを述べたもので、本藻詩の他の述懐詩とは趣を異にする。述懐詩は多く自己の反省の上に立った思いが述べられるからであるが、本詩はそのような述懐詩ではない。春が来たので花木は色を染め始め、鶯も谷に鳴き始めたのである。そのような時に池の辺で宴会が開かれ、酒杯を水に浮かべてこの春を愛でるのだという。「臨水開良宴」や「泛爵賞芳春」の語から見ると、本詩は曲水の宴での詩と思われるが、それが題に示されずに述懐とされた。おそらく曲水の宴詩は別にあったものと思われ、本詩を述懐として詠んだのは、この宴会の楽しさが宴会の後にも思い出されたのであろう。内容は曲水の詩のようでありながら、「述懐」と題したのはそこに理由があろう。おそらく、他の文人仲間たちも同じ思いで、柏梁台聯句のように詠んだのではないか。本詩は、それに「述懐」と題したのであろう。それも春の一つの賞美の方法であった。「花色花枝染。鶯吟鶯谷新」は双擬対による表現で、春の景色により心が浮かれる様子を描いている。このような自然を楽しむ述懐は、万葉後期の大伴家持の歌にも「述懐」と題されて、「ぬばたまの月に向ひて霍公鳥鳴く音遙けし里遠みかも」（巻十七・三九八八）のように詠まれ、必ずしも述懐は自己反省とは限らない。

【春日蔵老】生没年未詳。僧名は弁基。大宝元（七〇一）年三月、還俗して春日蔵首老を賜わる。時に追大壱。和銅七（七一四）年正月、従五位下。本藻に従五位下常陸介とあるのは、時期不明。「万葉集」の歌人。

従《じゅ》五《ご》位下《いのげ》大学助《だいがくのすけ》背奈王行文《せなのおうこうぶん》二首《にしゅ》　年《とし》は六十二《ろくじゅうに》

60

五言。秋日於長王宅宴新羅客一首。——背奈王行文

五言《ごごん》。秋日長王宅《しゅうじつちょうおうたく》に新羅《しらぎ》の客《きゃく》をして宴《うたげ》す。一首《いっしゅ》。賦《ふ》して風《ふう》の字《じ》を得《え》たり。
賓《ひん》を嘉《よみ》して小雅《しょうが》を韵《うた》い、席《せき》を設《もう》けて大同《だいどう》を嘉《よみ》す。流《なが》れを鑒《み》て筆海《ひっかい》を開《ひら》き、桂《かつら》を攀《よ》じて談叢《だんそう》に登《のぼ》る。盃《しゅ》酒皆《はいみ》な月有《つきあ》り、歌声共《かせいとも》に風《かぜ》を逐《お》う。何《なん》ぞ専対《せんたい》の士《し》を事《こと》とす、幸《さいわい》に李陵《りりょう》の弓《ゆみ》を用《もち》いん。

五言。秋の日に長屋王宅で新羅の客を迎えた餞宴で詠む。一首。賦して風の字を得た。
長王は賓客を大切に思い詩の小雅を奏し、秋宴の席を用意してみんなが心を一つにされるのを愛でるのである。水の流れを見て作詩の場を開き、桂の木を折取って文人らの論議に参加される。各自の酒杯にはみんな月が浮かび、歌姫の歌声は一つになって風を追いかける。どうして公務が忙しいなどと言っていられようか、幸いにも李陵の弓の故事があるようにこの愁いを忘れようではないか。

従五位下大學助背奈王行文二首　年六十二
五言。秋日於長王宅宴新羅客。一首。賦得風字。
嘉賓韵小雅。設席嘉大同。鑒流開筆海。攀桂登談叢。
盃酒皆有月。歌聲共逐風。何事専對士。幸用李陵弓。

【校異】○嘉賓韵少雅（底①）。嘉賓韻小雅（天和・宝永・寛政）。少雅を小雅に正す。
【注釈】○従五位下　大宝律令の官位。**○大学助**　式部省に属する大学寮の次官。**○背奈王行文**　生没年未詳。渡来系人。**○五言**　一句が五字からなる詩体。**○秋日**　秋の日。漢詩に「秋日」を詩題とする詩がある。**○於**　～で。場所を指す。**○長王宅**　左大臣長屋王の邸宅。平城京二条大路にあった。邸宅跡地から「長屋親王宮」の木簡が出土した。長王は詩人としての唐風の号。天武天皇孫、高市皇子の子。左大臣。神亀六（七二九）年に謀反の罪で自尽。**○宴**　宴会。**○新羅客**　韓半島の新羅から使いとして来た客。**○首**　詩歌を数える単位。**○賦**　詩を詠むこと。**○得風字**　韻字の風の字を得たこと。探韻という方法で得た韻となる字。**○嘉賓**　賓客として大切にすること。**○韵**　歌曲。もとは聖帝舜の作った音楽。**○小雅**　「詩経」の「小雅」を指す。賓客を迎える詩が見える。**○設席**　席を用意すること。**○嘉**　良いとすること。**○大同**　心が一つになること。**○鑒**　見ること。**○流**　川の流れ。**○開**　開催。**○筆海**　大いに詩文を作ること。**○攀桂**　桂を折取ること。信頼の出来る仲間の集まりを比喩。**○登**　参加すること。**○談叢**　楽しい論議が盛んな様子。**○盃酒**　杯。「歌声」と対で宴会の様を言う。**○皆有月**　すべてに月がある。酒杯に映る月影をいう。**○歌声**　歌姫の美しい歌声。**○共**　一緒。**○逐風**　風を追いかけること。**○何事**　どうしてかの意。**○専対士**　任務を専らとして成し遂げる男子。**○幸用**　ちょうど良く用いること。**○李陵弓**　李陵の弓の故事をもっての意。前漢の武帝の時に匈土に捕らえられ、単于の娘を妻としてその地で没した。李陵の弓は、李陵が弓を良くしたこと、弓を作って蘇武に与えたことが「史記」及び郭璞の注に見え、何らかの故事が窺える。

【解説】五言律詩体詩。韻は同・叢・風・弓。長屋王邸に新羅の客を招いて開かれた餞宴の詩。「賦得風字」は詩人たちに割り当てられた韻の一つで、この同韻を用いて即興で詩を詠む方法で、探韻などという。即興の詩がどの程度の時間の中で作詩されるか不明であるが、詩宴であるのでゆったりと酒を飲みながら時間をかけて作られたものと思われる。新羅から客を迎えたので、「詩経」小雅の鹿鳴が奏されたものと思われ、「我有嘉賓。鼓瑟吹笙」のように歌われる。客を迎える定番の詩である。長屋王邸では、そのようにして新羅の客を迎えたのである。その上で文人たちは心を一つにして作詩に入るのであり、詠まれた詩の議論を行うのである。しかも、各自の酒杯には月が浮かんでいるという。酒杯に花を浮かべるという風流もあるが、月を浮かべるのも風流の遊びである。文武天皇の詩にも「酒中沈去輪」とあった。こうした遊びであるから、公務を忘れようというのが、「何事専対士」であろう。新羅からの使者は、まさに国の責務を果たすべき専対の士なのである。遠く海を渡り来た新羅の使者たちは、これからまた荒海を越えて帰国し、任務の報告をしなければならない。そのことを考えると、宴会も楽しいものにはならないだろうから、それを慰めるのがこの句であろう。最後の「幸用李陵弓」は意味不明の句であるが、李陵が異国で捕らえられた時に、李陵の持つ弓が慰めとなった故事があったのであろう。それを譬喩として、異国にある新羅の客の愁いを慰めているのだと思われる。

61

五言。上巳禊飲応詔。——背奈王行文

五言《ごごん》。上巳《じょうし》の禊飲《けいいん》に詔《みことのり》に応《おう》ず。

皇慈《こうじ》万国《ばんこく》に被《こうむ》り、帝道群生《ていどうぐんせい》を沾《うるお》す。竹葉禊庭《ちくようけいてい》に満《み》ち、桃花曲浦《とうかきょくほ》に軽《かる》し。雲《くも》は天裏《てんり》に浮《う》かびて麗《うるわ》しく、樹《き》は苑中《えんちゅう》に茂《しげ》りて栄《さか》ゆ。自《みずか》ら顧《かえり》みて庸短《ようたん》を試《こころ》みるも、何《なん》ぞ能《よ》く叡情《えいじょう》を継《つ》がん。

五言。上巳の禊ぎの詩宴で天皇の求めに応じる。

天皇の慈愛はすべての国に行き渡り、帝王の政治はすべての人々に恵みを垂れる。竹の葉は禊ぎの庭に満ちて、桃の花は池の岸辺に軽やかに咲いている。めでたい雲は皇居に浮かんで麗しく、木々は茂って禁苑の中に繁茂している。そこで天皇の命を受けて非才を顧みず詩を賦すのだが、どうして天皇の深い心を継ぐような詩が作れようか。

五言。上巳禊飲應詔。

皇慈被万国。帝道沾羣生。竹葉禊庭滿。桃花曲浦軽。
雲浮天裏麗。樹茂苑中栄。自顧試庸短。何能継叡情。

【注釈】〇**五言**　一句が五字からなる詩体。〇**上巳**　三月三日の行事。六朝以前は三月最初の巳の日に行われたので上巳という。古代中国では水辺で禊ぎや歌垣が行われた。「荊楚歳時記」に「三月三日士民並出江渚池沼間、為流杯曲水之飲」とある。〇**禊飲**　上巳の禊ぎの折の宴会。〇**応詔**　天皇の指名に答えること。唐には応制という。〇**皇慈**　天皇の深い慈愛。〇**被**　被ること。〇**万国**　すべての国。〇**帝道**　帝王の政治の方法。〇**沾**　潤すこと。天皇の徳が普く行き渡ること。露のごとく濡らすのをいう。〇**群生**　すべての民。〇**竹葉**　竹の葉。「桃花」と対で池の様子を言う。〇**禊庭満**　禊ぎの行われる庭園に満ちていること。〇**桃花**　桃の花。桃は邪気を払う。〇**曲浦軽**　曲水の河辺に軽やかであること。〇**天裏**　天皇の住まい。裏は内裏。〇**麗**　麗しいこと。〇**樹茂**　木々が茂っていること。〇**苑中**　皇居の庭園の中。〇**栄**　繁栄。〇**自顧**　自己を省みること。〇**試**　試みること。〇**庸短**　凡庸にして短才。〇**何能**　どうして出来ようか。反語。〇**継**　継承。〇**叡情**　大きく広い心。睿情に同じ。

【解説】五言律詩体詩。韻は生・軽・栄・情。三月三日の上巳の日に禊ぎの宴が開かれ、献呈した詩。上巳は中国五節日の一つ。古くは上巳といい、三月最初の巳の日に行われていたが、六朝時代ころに三月三日に定着した。中国古代では邪気を払う行事として川や沼で禊ぎを行い、また遊楽する日でもあり、男女が河辺で恋歌を歌いあう習慣があった。「詩経」に見える「秦洧」の詩は、男女が戯れながら禊ぎに行くことを誘い合う内容であり、古代の禊ぎと遊楽の世界が展開している。後の六朝期になると曲水の宴などが行われる。上巳禊飲は禊ぎの日の宴を指し、これは天皇の開いた公宴であるから、宮廷でも禊祓が行われていたのである。そのような節日の公宴が開かれるのも、天皇の深い恵みからであり、天皇の政治の道はすべての民を潤しているという。公宴は君臣が和楽することが前提となるから、君臣の和楽は公宴に実現されるのである。奈良朝に至ると、中国の歳時に合わせて宮廷行事が行われるようになり、詩人たちも詩の場をそこに求めたのである。庭の竹葉は禊ぎに用い、曲水の桃花は邪気を払うのである。しかも、それを愛でる瑞雲が宮殿に立ちのぼり、その中で詩が披露されることとなるのである。しかし、自分は凡庸なので天皇の広い心に沿うような、立派な詩は詠めないのだと謙遜する。詩文が立派でないことを謙遜するのが、文人の一つの態度である。

【背奈王行文】生没年未詳。渡来系人。高麗氏。背奈福徳の子。福徳は武蔵国高麗に住んだ。養老五（七二一）年正月、明経第二博士。学業優秀により褒賞を得る。時に正七位上。神亀四（七二七）年十二月、従五位下。本藻に従五位下大学助とあるのは、神亀年間であろう。「万葉集」の歌人。

皇太子《こうたいし》学士《がくし》正六位上《しょうろくいのじょう》調忌寸古麻呂《つきのいみきこまろ》一首《いっしゅ》

62

五言。初秋於長王宅宴新羅客。――調忌寸古麻呂

五言《ごごん》。初秋《しょしゅう》長王宅《ちょうおうたく》に新羅《しらぎ》の客《きゃく》をして宴《うたげ》す。

一面金蘭《いちめんきんらん》の席《せき》、三秋風月《さんしゅうふうげつ》の時《とき》。琴樽幽賞《きんそんゆうしょう》に叶《かな》い、文華離思《ぶんかりし》を叙《じょ》す。人《ひと》は大王《だいおう》の徳《とく》を含《ふく》み、地《ち》は小山《しょうざん》の基《もと》の若《ごと》し。江海波潮《こうかいはちょう》静《しず》かにして、霧《きり》を披《ひら》くこと豈《あ》に期《き》し難《かた》からんや。

五言。初秋に長屋王宅で新羅の客を迎え餞宴を開いた時に詠む。

ここはすべて金のように堅く結ばれた仲間の席であり、いまは秋の三ヶ月におよぶ堅い友情を示す風月の美しい季節である。琴の音も美酒も十分な賞翫に叶い、みんなの作る詩文は別れの辛い思いを述べている。宴を主催する人は大王のような仁徳を身につけていて、この地はあたかも淮南王の小山の麓のようである。これから越える河海も波潮も静かであるから、また霧を披いてやって来て再会することは期待し難いことはないのだ。

皇太子學士正六位上調忌寸古麻呂一首

五言。初秋於長王宅宴新羅客。

一面金蘭席。三秋風月時。琴樽叶幽賞。文華叙離思。
人含大王徳。地若小山基。江海波潮静。披霧豈難期。

【注釈】〇**皇太子学士**　東宮職員寮の皇太子教育に携わった教員。東宮学士。〇**正六位上**　大宝律令の官位。〇**調忌寸古麻呂**　生没年未詳。渡来系人。〇**五言**　一句が五字からなる詩体。〇**初秋**　秋の初め。漢詩に「初秋」の詩題がある。〇**於**　～で。場所を指す。〇**長王宅**　左大臣長屋王の邸宅。平城京二条大路にあった。邸宅跡地から「長屋親王宮」の木簡が出土した。長王は詩人としての唐風の号。天武天皇孫、高市皇子の子。左大臣。神亀六（七二九）年に謀反の罪で自尽。〇**宴**　送別の詩宴。〇**新羅客**　韓半島の新羅から使いとして来た客。〇**一面**　この場所すべて。「三秋」と対で数の遊び。〇**金蘭**　金のように堅い蘭。金のように堅い友情の比喩。蘭はラン科の植物で、君子の花。〇**席**　宴席。〇**三秋**　秋の三ヶ月。初秋・仲秋・晩秋。〇**風月時**　秋の風や月の美しい時。友情を示す比喩。〇**琴樽**　音楽と酒。宴会を楽しむ方法。〇**叶**　適うこと。〇**幽賞**　自然の静寂が素晴らしいことへの賞美。〇**文華**　優れた詩文。〇**叙**　叙述。〇**離思**　別離の思い。〇**人**　宴会を主催する人。長屋王のこと。〇**含**　身に帯びていること。○**大王徳**　大王の持つ仁徳。○**地若**　この地は～のごとし。長屋王邸の宴席をいう。○**小山基**　淮南王の小山の麓。さまざまな人士が集った。○**江海**　川や海。新羅使人らが帰国に越える海や川。○**波潮静**　波浪が穏やかである。○**披霧**　霧を払うこと。○**豈**　どうして～だろうか。反語。○**難期**　期待することが困難であること。

【**解説**】五言律詩体詩。韻は時・思・基・期。長屋王邸に新羅の客を迎えて開かれた、送別の宴の詩。「離思」は中国詩人たちの詩に多く見える。「文選」潘安仁の「金穀集作詩」に友との別離を「何以叙離思。携手游郊畿。朝発晋京陽。夕次金穀湄」と詠んでいる。金蘭は固い友情を示す語。風月も同じく友情を示す語。それらを通してこの詩宴では、新羅の客人を親しい友人として迎えるのである。日本と新羅は白村江の戦い以来長く国交を断絶していたが、新羅との交往が可能となり、長屋王は彼らを大切な客人であるよりも、大切な友人として迎えたのである。琴と酒は音楽を表し、その美しさは類なく、それに文華の詩が加わって琴・詩・酒の三友が揃うことになる。そうした場を催したのは、ひとえに大王のような徳を持つ長屋王であり、ここはまさに淮南王の小山の麓の如きであり、王の徳によりこれから越える海も河も波静かであり、また逢うことも可能なのだという。この宴会の時ばかりは海を越える辛苦を忘れ、楽しみましょうという慰めである。そうした楽しい宴席を設けたのは、まさに長屋王なのだという称賛も忘れない。王邸を淮南王の小山に譬喩するのは、ここに集う文化人が淮南王のサロンの如く多様であったことによろう。唐からの帰国者や学者たちが集まり、当時の先端の文化を披露する場が長屋王文化サロンであった。

【**調忌寸古麻呂**】生没年未詳。渡来系人。養老五（七二一）年正月、学業の師範として褒賞を得る。時に正七位上、明経第二博士。本藻に皇太子学士正六位上とあるのは、晩年のことと思われる。

正六位上《しょうろくいのじょう》刀利宣令《とりのせんりょう》二首《にしゅ》　年《とし》は五十九《ごじゅうく》

63

五言。秋日於長王宅宴新羅客。一首。——刀利宣令

五言《ごごん》。秋日《しゅうじつ》長王宅《ちょうおうたく》に新羅《しらぎ》の客《きゃく》をして宴《うたげ》す。一首《いっしゅ》。賦《ふ》して稀字《きじ》を得《え》たり。

玉燭《ぎょくしょく》秋序《しゅうじょ》を調《ととの》え、金風《きんぷう》月幃《げつい》を扇《あお》ぐ。新知《しんち》は未《いま》だ幾日《いくにち》もあらず、送別《そうべつ》何《なん》ぞ依々《いい》たり。山際《さんさい》愁雲《しゅううん》断《た》え、
人前《じんぜん》楽緒《らくしょ》稀《まれ》なり。相顧《あいかえり》みる鳴鹿《めいろく》の爵《しゃく》、相送《あいおく》る使人《しじん》の帰《かえ》るを。

五言。秋の日に長屋王宅で新羅の客を迎え餞宴を開いた時に詠む。一首。賦して「稀」の字を得た。季節の巡りは秋の初めの景色に変え、それにつれて秋風は月の光を扇いでいる。新羅の客とは知人となって、いまだ幾日も経ていないのに、もう別離の思いが込み上げて堪えがたい。山際の寂しげな雲はきれいに晴れたのだが、私たちのこの宴会では心から楽しむ人は少ないことである。お互いに見つめ合っては賓客を迎えた鹿鳴の詩を詠み盃に酒を満たすのだが、それと共に新羅の客人が帰るのを見送る悲しみには耐え難いことである。

正六位上刀利宣令二首　年五十九

五言。秋日於長王宅宴新羅客。一首。賦得稀字。

玉燭調秋序。金風扇月幃。新知未幾日。送別何依々。

山際愁雲断。人前楽緒稀。相顧鳴鹿爵。相送使人帰。

【校異】○年五十九（底①・寛政）。○年五十九〔或七〕（底②）。天和なし。

【注釈】○**正六位上**　大宝律令の官位。○**刀利宣令**　生没年未詳。渡来系人。○**五言**　一句が五字からなる詩体。○**秋日**　秋の日。漢詩に「秋日」の詩題がある。○**於**　～で。場所を指す。○**長王宅**　左大臣長屋王の邸宅。平城京二条大路にあった。邸宅跡地から「長屋親王宮」の木簡が出土した。長屋王は天武天皇孫、高市皇子の子。左大臣。神亀六（七二九）年に謀叛の罪で自尽。○**宴**　詩宴。○**新羅客**　韓半島新羅の国からの客。○**首**　詩歌を数える単位。○**賦**　詩歌を詠むこと。○**得稀字**　探韻の方法によって稀という韻字を得たこと。○**玉燭**　四季の調和。玉の輝きを理念とした。○**調**　調和すること。○**秋序**　秋の始まり。○**金風**　秋風。金は五行思想で秋を指す。○**扇**　扇ぐこと。○**月幃**　月の光を帷に見立てる。○**新知**　出会って間もない関係。新羅の客との関係をいう。○**未幾日**　まだ何日も経ていないこと。○**送別**　別れる人を見送ること。○**何依々**　どうしてこんなにも堪えがたいのかの意。○**山際**　山の際。○**愁雲**　暗く沈んだ雲。人の気持ちの比喩。○**断**　消えること。○**人前**　参会者の前。○**楽緒**　楽しむ心をいう。○**稀**　少ないこと。○**相顧**　互いに思い合うこと。○**鳴鹿**　鹿鳴に同じ。「詩経」小雅に「呦呦鹿鳴。食野之苹。我有嘉賓。」とあり、賓客を迎える時に歌うという。○**爵**　鳳の形の酒杯。羽爵。○**相送**　互いに見送ること。○**使人帰**　新羅の使人たちが帰国すること。

【解説】五言律詩体詩。韻は幃・依・稀・帰。新羅の客を迎えて行われた送別の宴の詩。詩を賦すに当たり、稀という韻字を得たという、即興の詩である。長屋王がこのような新羅使人を迎えて餞宴の詩宴を開いたのは、王の権力という面のみではなく、かかる詩宴が国際的な儀礼であることを理解していたからに違いない。政治的な外交とは別に、外国の使者を〈友〉として迎える態度が見られる。そのようにして迎えられた使者にとって、日本から新羅に使いが行くと、彼らは〈老朋友〉の知人としての待遇をもって迎えられるのである。王家の詩宴の基本的な姿勢が〈友〉にあることにより、本詩もそれが基本となっている。詩の内容は、秋の季節が正しく巡り来て、秋風も月の光を扇ぐようになり、そうした良節に新羅の客人を迎え、お互いに知り合ったばかりであるのに、それなのにもう送別の宴が開かれていることに戸惑うというのである。山に暗く掛かっていた雲も消え、人々がこれから楽しむことも短いのであり、ともかくも鹿鳴の歌を歌い、みなさんが無事に帰国することを見送るのだという。客人を親しい仲間として帰国の愁いの心を思いやり、細やかな気遣いの詠まれている詩である。魏武帝の「短歌行」には、「青青子衿。悠悠我心。但為君故。沈吟至今。呦呦鹿鳴。食野之蘋。我有嘉賓。鼓瑟吹笙。」とあり、これも「詩経」の「鹿鳴」によるもので、賓客を招いた主人側の挨拶歌として展開を示すことになる。この「詩経」の「鹿鳴」の詩は、その意味では東アジアに共有する迎客の歌であることが知られる。なお、この詩宴が秋日を題とすることから、神亀三年五月来朝の新羅使であろうと思われる。

64

五言。賀五八年。――刀利宣令

五言《ごごん》。五八《ごはち》の年《とし》を賀《が》す。

縦賞《じゅうしょう》す青春《せいしゅん》の日《ひ》、相期《あいき》す白髪《はくはつ》の年《とし》。清生百万《せいせいひゃくまん》の聖《せい》。岳土半千《がくどはんせん》の賢《けん》。宴《うたげ》を下《くだ》す当時《とうじ》の宅《たく》、雲《くも》を披《ひら》く広《こう》楽《がく》の天《てん》。茲《こ》の時《とき》尽《ことごと》く清素《せいそ》、何《なん》ぞ用《もち》いん子雲《しうん》の玄《げん》。

五言。四十の年を祝賀する。

思い切り楽しんだ青春時代、その時に白髪の年まで長生きしようと約束した。清水は百万年に一人の聖人を生み、岳士は五百年に一人の賢人を生むというが、主人はその一人だ。また主人は盛大な宴会を催したあの漢の鄭当時や、雲を払って晴天にした晋の楽広のようである。ここに参会した人たちはみんな清廉潔白を旨としているのだから、どうしてあの楊子雲の書いた太玄経などを必要としようか。

五言。賀五八年。

縦賞青春日。相期白髪年。清生百万聖。岳士半千賢。
下宴當時宅。披雲廣樂天。茲時盡清素。何用子雲玄。

【校異】○岳士半千賢（底①）。岳士〔士〕半千賢（底②）。岳士半千賢（天和・宝永・寛政）。岳士を取る。○卜宴当時宅（底①）。卜〔下〕宴当時宅（底②）。下宴当時宅（天和・宝永・寛政）。下宴を取る。

【注釈】○**五言**　一句が五字からなる詩体。○**賀**　算賀の祝い。賀は慶賀。長寿を祝うこと。○**五八年**　四十歳。不惑の歳。中国の習慣としては見えない。おそらく算賀の祝いは「論語」為政に見える孔子の十五才志学、三十才而立、四十才不惑、五十才天命、六十才耳順、七十才不踰矩を参考として行われたものと思われる。○**縦賞**　十分に楽しんだこと。○**青春日**　青春時代の日々。○**相期**　互いに約束をすること。○**白髪年**　頭髪が白くなる年。○**清生**　語義未詳。清水が何かを生むことか。○**百万聖**　百万人に一人の聖人。○**岳士**　山岳の士。○**半千賢**　千の半分の五百人に一人の賢人。○**下宴**　宴会を開くこと。校異の卜宴は下の「当時宅」から導かれたのであろう。○**当時宅**　漢の鄭当時の邸宅。盛大な宴会を開いたという。○**披雲**　雲を晴らすこと。○**広楽天**　広楽は晋の人で雲を晴らしたという故事がある。○**茲時**　この祝賀の宴席。○**尽**　ことごとく。○**清素**　清楚。○**何用**　どうして必要としようか。反語。**〇子雲**　漢の楊子雲（楊雄）。「法言」などの著書がある哲学者。

【解説】五言律詩体詩。韻は年・賢・天・玄。四十歳を慶賀する算賀の詩。長屋王への算賀詩と思われる。青春時代を共にした友人と思われる作者が、主人の不惑の年を賀した。かつて、二人は白髪まで一緒に長生きをしようと約束したという。当時、二毛の嘆きは四十二歳であったから、四十歳は互いに約束を守った年齢である。その友人は百万人に一人、あるいは五百人に一人の傑物であったと褒める。それから見ると、作者よりも出世した友人なのであろう。その友人がこの祝いのために盛大な宴会を開き、空を覆っていた雲を払い、その偉大さを示したのである。しかも、ここで「尽清素」というのは、清廉潔白な生き方をして来たことをいう。だから、我々には楊雄の説く吉兆盛衰の理屈は必要ないというのである。つまり、どこにもやましいことなどはなく、正しく政務を行って来たというのであろう。主人の栄華は清廉のなかにあったということで、四十歳に至るまで長生きして、栄華を極めたことを称賛したのである。その意味では何事にも迷わずに生きて来たことを称える内容であり、四十才の不惑を示唆している。なお、この詩と同題に伊与連古麻呂の詩（一〇七番詩）があり、韻字の年・賢・天・玄と同韻であり、かつ楊雄の太玄経を引くのも同じであり、同時の作なのであろう。

【刀利宣令】生没年未詳。渡来系人。土理とも。養老五（七二一）年正月、東宮に侍す。時に従七位下。「万葉集」の歌人。「経国集」に対策文が載る。本藻に正六位上とあり、目録に正六位上伊予守とあるが、時期は不明。

大学助教《だいがくのじょきょう》従五位下《じゅごいのげ》下毛野朝臣虫麻呂《しもつけののあそみむしまろ》一首《いっしゅ》　年《とし》は卌六《さんじゅうろく》

五言《ごごん》。秋日長王宅《しゅうじつちょうおうのたく》に新羅《しらぎ》の客《きゃく》をして宴《うたげ》す。一首《いっしゅ》。并《あわ》せて序《じょ》。賦《ふ》して前字《ぜんじ》を得《え》たり。

夫《そ》れ秋風已《しゅうふうすで》に発《はっ》し、張歩兵《ちょうほへい》の皈《かえ》るを思《おも》う所以《ゆえん》なり。秋気《しゅうき》は悲《かな》しむべし。宋大夫《そうたいふ》は焉《ここ》に志《こころざし》を傷《いた》めたり。然《しか》れば則《すなわ》ち歳光《さいこう》の時物《じぶつ》、好事《こうず》の者《もの》は賞《しょう》して憐《あわれ》むべし。勝地《しょうち》の良遊《りょうゆう》、相遇《あいあ》う者《もの》は懐《おも》いて返《かえ》るを忘《わす》る。況《いわん》や皇明《こうめい》の撫運《ぶうん》、時《とき》は無為《むい》に属《ぞく》す。文軌《ぶんき》通《かよ》いて華夷《かい》欣戴《きんたい》の心《こころ》を翕《あつ》め、礼楽《れいがく》備《そな》わりて朝野《ちょうや》歓娯《かんご》の致《いた》りを得《え》る。長王《ちょうおう》五日《いっか》の休暇《きゅうか》を以《もち》て、鳳閣《ほうかく》を抜《ひら》きて芳筵《ほうえん》を命《めい》ず。使人《しじん》千里《せんり》の羈遊《きゆう》を以《もち》て、雁池《がんち》に俯《うつむ》いて恩眄《おんべん》に沐《もく》す。是《ここ》に雕俎《ちょうそ》煥《かが》やきて繁《しげ》く陳《なら》び、羅薦《らせん》紛《まぎ》れて交《こもごも》に映《えい》ず。芝蘭《しらん》四座《しざ》、三尺《さんじゃく》去《さ》りて君子《くんし》の風《ふう》を引《ひ》き、祖餞《そせん》百壺《ひゃっこ》、一寸《いっすん》を敷《し》きて賢人《けんじん》の酎《さけ》を酌《く》む。琴書《きんしょ》左右《さゆう》、言笑《げんしょう》縦横《じゅうおう》す。物我《ぶつが》両《ふた》つながら忘《わす》れ、自《おのずか》ら宇宙《うちゅう》の表《おもて》を抜《ぬ》く。枯栄《こえい》双《ふた》つながら遣《や》り、何《なん》ぞ必《かなら》ず竹林《ちくりん》の間《かん》のみならんや。此《こ》の日《ひ》溽暑《じょくしょ》の方《まさ》に間《あいだ》、長皐晩《ちょうこうばん》に向《む》かう。寒雲千嶺《かんうんせんれい》、涼風四域《りょうふうしいき》。白露《はくろ》下《くだ》りて南亭《なんてい》粛《しゅく》とし、蒼烟《そうえん》生《しょう》じて北林《ほくりん》藹《あい》たり。草《くさ》たり樹《き》たり。揺落《ようらく》の興緒《きょうちょ》は窮《きわ》め難《かた》し。觴《しょう》たり詠《えい》たり。登臨《とうりん》の送帰《そうき》は遠《とお》のくこと易《やす》し。加以《しかのみならず》、物色《ぶっしょく》相召《あいめ》し、煙霞《えんか》奔命《ほんめい》の場有《ばあ》り。山水仁《さんすいじん》を助《たす》け、風月息肩《ふうげつそっけん》の地無《ちな》し。請《こ》う翰《ふで》を染《そ》め紙《かみ》を操《と》り、即事《そくじ》に言《げん》を形《あらわ》し、西傷《せいしょう》の華篇《かへん》を飛《と》ばし、北梁《ほくりょう》の芳韵《ほういん》を継《つ》がん。人一字《ひといちじ》を操《と》れ。成《な》る者《もの》は先《ま》ず出《いだ》せ五言。秋の日に長屋王宅に新羅の客をして宴す。一首。并せて序。賦して「前」の字を得た。

いよいよ秋の風が吹き始めたが、それは張季鷹が故郷へ帰りたいと思った理由でもある。秋の気色は哀しいものであるが、宋玉はそのことで志を痛めたのである。そのようであるので歳時のすぐれた風物は、ものの哀れを知る者がよく賞美して愛でるべきである。景勝の地の楽しい遊びにおいて、互いに出会った者は感動して家に帰るのも忘れるほどだ。まして天皇の大きな恩恵により、今は何もしなくても世の中が治まっている。文章と車の轍とが交じって中華も蕃夷も天皇を戴く心を一にし、礼楽の秩序が備わり朝廷も在野も歓楽の極致を得た。長屋王は五日の休暇の間、鳳の高殿を開放して芳しい宴会を開くことを命じた。新羅からの使者は千里の道のりを経て、王邸の池辺の宴に伏してその恩恵に浴した。ここに彫刻の施された俎の台は輝いてたくさんのご馳走が陳び、絹の美しい敷物に紛れるほどに交じり映えている。香草のような君子たちの交じわる四方の座の者は、三尺下がって君子の風格を示し、客人を送るためのたくさんの酒壺があり、一寸ほどの間隔で行き渡らせて賢人の飲む酒を酌み交わしている。琴は右に書は左にあり、言葉の合間に笑い声は絶えることがない。仕事も我が事も二つともにすっかり忘れて、自然と心は天上の世界へと駆け抜ける。栄華や盛衰のことは他へ放逐してしまい、この楽しみはどうして竹林の間に限られようか。この日は暑さもまさに和らぎ始め、なだらかな丘に夕暮れが訪れた。涼しげな雲の掛かる山々、涼しい風が吹き始めた四方の地。白露が降り南亭は静謐で、青い烟霞が生じて北の林には靄が立ちこめた。草も樹も、紅葉して散る風情は窮まりが無い。酒杯を傾け詩を詠じ、高きに登り詩を賦すこともすぐに別離を迎えてしまう。それればかりではなく、秋の美しい風物が我々を呼び寄せるのであり、霞や霧の風情に詩を詠むために走り回るべき場所が多い。山水は仁智と助け合い、風月の美しさには息を休めるような暇など無い。どうか筆を染めて紙をとり、ただちに秋の風物を詩に詠み、西傷のような立派な詩編を詠じ、北梁のような美しい響きを継ごうではないか。そこでそれぞれ韻字の一字を探れ。成れる者は先ず出せ。

大学助教従五位下下毛野朝臣虫麻呂一首　年卅六

五言。秋日於長王宅宴新羅客。一首。并序。賦得前字。

夫秋風已発、張歩兵所以思皈。秋氣可悲。宋大夫於焉傷志。然則歳光時物、好事者賞而可憐。勝地良遊、相遇者懐而忘返。況乎皇明撫運、時属無為。文軌通而。華夷翕欣戴之心、礼樂備而朝野得歓娯之致。長王以五日休暇、披鳳閣而命芳筵。使人以千里羈遊、俯雁池而沐恩眄。於是雕爼煥而繁陳、羅薦紛而交映。芝蘭四座、去三尺而引君子之風、祖餞百壺、敷一寸而酌賢人之酎。琴書左右、言笑縦横。物我両忘、自抜宇宙之表。枯栄双遣、何必竹林之間。此日也溽暑方間、長皐向晩。寒雲千嶺、涼風四域、白露下而南亭粛、蒼烟生以北林藹。草也樹也。揺落之興緒難窮。觴兮詠兮。登臨之送帰易遠。加以、物色相召、煙霞有奔命之場。山水助仁、風月無息肩之地。請染翰操紙、即事形言、飛西傷之華篇、継北梁之芳韵。人操一字。成者先出

【校異】○下毛野朝臣蟲麻呂（天和・宝永・寛政）。○年三十六（天和・宝永・寛政）。○題の「一首」なし。（天和・宝永・寛政）。○張歩兵所以思帰（天和・宝永・寛政）。○華夷翕欣載〔戴〕之心（底②）。華夷■欣戴之心（天和・宝永・寛政）。○俯鴈池而沐恩眄（天和・宝永・寛政）。○枯栄双遣〔遺敷〕（底）。○涼〔淳〕風四域（底）。淳風四域（天和・宝永・寛政）。○烟霞有奔命之場（天和・宝永・寛政）。○此〔北〕梁之芳韵（底②）。北梁之芳韵（天和・宝永・寛政）。○人操一字。〔成者先出〕（底本②）。

【注釈】○**大学助教**　式部省に属する大学寮の教員。○**従五位下**　大宝律令の官位。○**下毛野朝臣虫麻呂**　生没年未詳。○**五言**　一句が五字からなる詩体。○**秋日**　秋の日。漢詩に「秋日」の詩題がある。○**於**　～で。場所を指す。○**長王宅**　左大臣長屋王の邸宅。平城京二条大路にあった。邸宅跡地から「長屋親王宮」の木簡が出土した。長王は詩人としての唐風号。天武天皇孫、高市皇子の子。左大臣。神亀六（七二九）年に謀反の罪で自尽。○**宴**　送別の詩宴。○**新羅客**　韓半島の新羅から来朝した使人。○**并序**　前書きを併せること。○**賦**　詩歌を詠むこと。○**得前字**　探韻という方法で「前」という韻字を得たこと。○**夫**　それ。発語。

○**秋風**　秋の風。○**已発**　すでに発ったこと。○**張歩兵**　歩兵の張季鷹。漢の時代に異国に使いした。○**所以**　理由。○**思皈**　帰りたいと思ったこと。○**秋気**　秋の雰囲気。○**可悲**　悲しく思うことだの意。○**宋大夫**　中国戦国時代の詩人宋玉。屈原の弟子。九弁・神女賦などの作品がある。○**於焉**　ここにの意。○**傷志**　志を痛めた。○**然則**　そのようであるから。○**歳光**　歳の風物や風光。○**時物**　季節の風物。○**好事者**　風流を好む者。○**可憐**　愛でるべきだの意。○**勝地**　景色の優れた土地。○**相遇者**　出会う者をいう。○**懐**　心から感じて思うこと。○**忘返**　家に帰るのを忘れること。○**況乎**　ましての意。○**皇明**　天皇の偉大な慈愛。○**撫運**　正しい政治をいう。○**時属**　この時に属すること。○**無為**　何もしなくても良く治まる政治。聖天子の政治を指す。垂拱端座をいう。○**文軌**　文章と車の轍。○**通**　一つとなって通い合うこと。○**華夷**　中華と蕃夷。○**翕**　集まること。翕合。○**欣戴之心**　天皇の大きな心。○**礼楽**　礼儀と音楽。政治を行う基本。○**備**　備わっていること。○**朝野**　朝廷も在野も。○**得**　獲得。○**歓娯之致**　喜びの極致。○**長王**　長屋王。詩人としての唐風の号。天武天皇孫、高市皇子の子。左大臣。神亀六（七二九）年に謀反の罪で自尽。○**五日休暇**　官人の五日に一日の休暇。○**披**　開くこと。○**鳳閣**　鳳凰の留まる楼閣。高殿の名。○**命**　命令。○**芳筵**　麗しい宴席。筵は席。○**使人**　新羅から来た客。○**千里**　一千里。○**羈遊**　旅をいう。○**俯**　伏すこと。○**雁池**　雁の住む池。○**沐**　預かること。○**恩眄**　まみえる事の恩恵。○**於是**　ここに。○**雕俎**　料理を載せる彫刻された台。○**煥**　輝くこと。文彩。○**繁陳**　たくさん列んでいること。○**羅薦**　絹織りの敷物。○**紛**　交じること。○**交映**　それぞれが照り映えること。○**芝蘭**　芝と蘭。いずれも香草。高貴な様を表す。○**四座**　四方の座。○**去三尺**　三尺下がること。目上を尊重する態度。○**引**　引き寄せること。○**君子之風**　君子の風采。○**祖餞**　送別のための餞の宴。○**百壺**　たくさんの酒壺。○**敷一寸**　敷き詰める間隔が少ないこと。○**酌**　酒を酌み交わすこと。○**賢人之酎**　賢人の飲むという美酒。○**琴書左右**　左に琴を右に書物を置く。左琴右書に同じ。○**言笑**　談笑すること。○**縦横**　縦にも横にも混じり合うこと。○**物我**　飲食と我の心と。○**両忘**　二つのことを忘れること。○**自**　自然と。○**抜**　突き抜けること。○**宇宙之表**　大空の上。○**枯栄**　衰退と繁栄と。○**双遣**　両方を放擲すること。○**何必**　どうして必要とするのか。反語。○**竹林之間**　隠者の住むという竹林の処。○**此日**　この宴会の日。○**也**　まさに～である。

強め。○**溽暑**　蒸し暑いこと。○**方間**　その方面の間。○**長皐**　長く続く丘。○**向晩**　暮れ方に向かうこと。○**寒雲**　涼しげな雲。○**千嶺**　連なる山々。○**涼風**　秋風。○**四域**　四方の地。この世界をいう。○**白露下**　真珠のような露が降りること。○**南亭**　南に面した四阿。○**粛**　静謐なこと。○**蒼烟**　青い彩りの烟。○**生**　生じること。○**北林**　北の林。○**藹**　霞んでいる様。○**草也樹也**　草も木も。也は強め。○**揺落**　紅葉が散ること。○**興緒**　興奮する心。○**難窮**　満足することが出来ない意。○**觴兮詠兮**　酒よ歌よ。兮は語調を整える置き字。○**登臨**　高台に登ること。詩を詠むスタイル。○**送帰**　帰るのを見送ること。○**易遠**　容易に遠くへと去ってしまうこと。○**加以**　それに加えて。○**物色相召**　季節の風物それぞれが招くこと。○**煙霞**　美しい煙や霞。○**奔命之場**　走り廻り賞すべき勝景の場所。○**山水助仁**　山や川は仁や智と共に助け合うこと。「論語」「雍也」の「子曰。知者楽水。仁者楽山。知者動。仁者静。知者楽。仁者寿。」を示唆している。○**風月**　秋の風と月。深い友情を比喩。○**無息肩之地**　一息つくべき場所も無いこと。○**請**　お願いする意。○**染翰**　筆に墨をつけること。○**操紙**　紙を用意して詩を書くこと。○**即事**　ただちに。○**形言**　言葉に現すこと。○**飛**　詩を詠み合うこと。○**西傷之華篇**　西にあって心を痛めたことを詠んだ詩篇。○**継**　継承すること。○**北梁之芳韵**　北にあって詠んだ詩篇。○**人**　人々よ。呼び掛け。○**操一字**　韻字の一字を取れ。詩の韻となる文字を選び取ること。

65

五言。秋日於長王宅宴新羅客。一首。并序。——下毛野朝臣虫麻呂

聖時《せいじ》七百《ななひゃく》に逢《あ》い、祚運一千《そうんいっせん》に啓《ひら》く。況《いわ》んや乃《すなわ》ち梯山《ていざん》の客《きゃく》、垂毛亦肩《すいもうまたかた》を比《なら》ぶ。寒蟬葉後《かんせんようご》に鳴《な》き、朔雁雲《さくがんうん》前《ぜん》を渡《わた》る。独《ひと》り有《あ》り飛鸞《ひらん》の曲《きょく》、並《とも》に入《い》る別離《べつり》の絃《げん》。

聖帝文王の世は七百年の長い時代に渡ったというが、天皇のめでたい世は一千年に及んで人びとを正しく啓蒙された。その上に山に梯子を掛けるようにして遠い新羅から来た客人は、白髪を垂らしてここに肩を並べるのである。時節はずれの蟬は葉の陰に鳴いており、北方から来た雁は雲の前を飛び渡って行く。特別に飛鸞の曲があり、それと並んで別離の音と混じり合うことだ。

聖時逢七百。祚運啓一千。況乃梯山客。垂毛亦比肩。
寒蟬鳴葉後。朔雁度雲前。独有飛鸞曲。並入別離絃。

【校異】 ○聖〔出〕時逢七百（底②）。出時逢七百（天和・宝永・寛政）。○朔鴈度雲前（天和・宝永・寛政）。

【注釈】 **○聖時** 聖天子の現れた時代。周の文王を指す。「祚運」と対。**○逢** 出逢うこと。**○七百** 七百年の周の文王の世。**○祚運** めでたい世。**○啓** 啓蒙。**○一千** 一千年の天皇の世。**○況乃** ましてや、そこにの意。**○梯山客** 梯子を掛けて高い山にも登るように苦労して来た外国の客人。**○垂毛** 髪を垂らして。異国人の容姿か。**○亦** ひとしくの意。**○比肩** 仲間として肩を並べること。**○寒蟬** 秋になっても鳴いている蟬。「朔雁」の対で秋の風光を言う。**○鳴** 鳴くこと。**○葉後** 葉の裏。**○朔雁** 北方から渡って来た雁。朔は朔北。**○度** 飛ぶこと。**○雲前** 雲の前。**○独** 孤立。特別にの意。**○有** 存在。**○飛鸞曲** 曲名。**○並入** 一緒に入ること。**○別離絃** 別れの音楽。絃は絃楽器。

【解説】 五言律詩体詩。韻は千・肩・前・絃。長屋王邸に新羅の客を迎えて送別の宴を開いた時に、前という韻字を得て詠んだ詩。長王というのは、中国の詩人に似せた長屋王のペンネーム。昔、周に聖王が現れ世を治めたが、その年数は七百年であった。しかし、我が国の天皇の世は千年であるという。このようなことを言うのは、中華よりも日本が聖帝により治められている世が長いことをいう。この時代に東アジアに帝が二人登場した。一人は中国の皇帝であり、一人は日本の天皇である。この皇帝と天皇とに諸国は使者を派遣して礼を尽くすのであるが、今、新羅は日本の天皇に礼を尽くすために来たのだということである。ここには、日本が中華の国であることを標榜する態度が見られる。それゆえに、新羅の使者は高い山に梯子を架けるようにして来朝し、天皇の前に白髪を垂らして肩を並べているということになる。それに対して長屋王が労い、送別の宴を開いたというのであろう。その別れに当たり、それぞれ詩を詠み合い、秋の美しい風物を愛でようというのが序文の趣旨であった。しかし、新羅使の漢詩は残されていない。

【下毛野朝臣虫麻呂】生没年未詳。養老四（七二〇）年正月、従五位下。学業に優れ褒賞を得る。時に文章博士。学業の師範。同五年六月、式部員外少輔。「経国集」に対策文が載る。本藻の大学助教従五位下は、養老年間のことであろう。

従五位下《じゅごいのげ》備前守《びぜんのかみ》田中朝臣浄足《たなかのあそみきよたり》一首《いっしゅ》

66

五言。晩秋於長王宅宴。一首。――田中朝臣浄足

五言《ごごん》。晩秋《ばんしゅう》長王宅《ちょうおうたく》に宴《うたげ》す。一首《いっしゅ》。

苒々《ぜんぜん》として秋云《あきここ》に暮《く》れ、飄々《ひょうひょう》として葉《は》已《すで》に涼《すず》し。西園曲席《せいえんきょくせき》を開《ひら》き、東閣珪璋《とうかくけいしょう》を引《ひ》く。水庭《すいてい》には遊鱗《ゆうりん》戯《たわ》むれ、巌前《がんぜん》には菊気《きくき》芳《かんば》し。君侯《くんこう》客《きゃく》を愛《あい》する日《ひ》、霞色鸞觴《かしょくらんしょう》に泛《う》かぶ。

五言。晩秋の長屋王宅での宴の詩。一首。

時は流れて秋もここに暮れようとし、風はヒュウヒュウと吹いて木々はすっかり葉を落としている。長屋王邸の西の庭園では音楽会の席が用意され、東の高殿には美玉のような詩人たちが集まっている。庭の池には魚たちが楽しそうに飛び跳ねて、水の流れる巌の辺には菊の花の香りが芳しい。宴会の主人である長屋王が客を大切にされる今日、霞の色が王の用意した酒杯に浮かんでいることだ。

従五位下備前守田中朝臣浄足一首

五言。晩秋於長王宅宴。一首。

苒々秋云暮。飄々葉已涼。西園開曲席。東閣引珪璋。

水庭遊鱗戯。巖前菊氣芳。君侯愛客日。霞色泛鸞觴。

【校異】○題の「一首」なし（天和・宝永・寛政）。○君侯愛客日（底①）。君侯〔侯〕愛客日（底②）。君侯愛客日（天和・宝永・寛政）。

【注釈】○**従五位下**　大宝律令の官位。貴族階級の最下位。○**備前守**　今の岡山県の国守。○**田中朝臣浄足**　生没年未詳。○**五言**　一句が五字からなる詩体。○**晩秋**　秋三ヶ月の最後。九月。漢詩に「晩秋」の詩題がある。○**於**　～で。場所を示す。○**長王宅**　左大臣長屋王の邸宅。平城京二条大路にあった。邸宅跡地から「長屋親王宮」の木簡が出土した。長王は唐風の号。天武天皇孫、高市皇子の子。左大臣。神亀六（七二九）年に謀叛の罪で自尽。○**宴**　詩宴。○**首**　詩歌を数える単位。○**苒々**　時の流れ。○**秋云暮**　秋の季節がここに暮れること。○**飄々**　風が吹く様子。○**葉已涼**　木の葉がすでに寒々としていること。○**西園**　魏の曹丕・曹植の庭園を示唆。「東閣」と対で方角の遊び。○**開曲席**　音楽会の席。○**東閣**　東の高殿。詩を詠む施設。○**引珪璋**　美しい玉を集めること。すぐれた詩人を示唆。○**水庭**　庭の池。山水により造営された庭。○**遊鱗**　楽しそうに遊ぶ魚。鱗は魚の詩的表現。○**戯**　遊び興じること。○**巌前**　滝を配置した庭園の巌の辺。山斎様式の庭。○**菊気芳**　菊の花の香りが芳しいこと。○**君侯**　主人。○**愛客日**　客人を大切にされる日。○**霞色**　美しく彩る霞。○**泛**　浮かべること。○**鸞觴**　高貴な者の用いる酒杯。鸞は天皇に多く用いる。

【解説】五言律詩体詩。韻は涼・璋・芳・觴。長屋王家で、晩秋に開かれた詩宴に参加して詠んだ詩。晩秋の風光の中で開かれた宴庭の西では音楽会の席が用意され、東の建物には詩人たちが集まり詩作の準備をしている。この庭園の様子は、平城京の北側の佐保に造営した別荘の作宝楼を想定させる。楼も閣も高い建物を意味する。その庭には池があり魚が戯れ、巌の前には菊の香りが芳しいという。この庭園は山斎様式で作られていて、その基準は池と大きな奇巌を立てることにある。長屋王家出土の木簡に、楼閣山水図があり、池と巌が描かれ、そこに花が咲いている図である。この様式は神山様式だと思われ、それは仙人の住む東海の三神山をイメージしたもので、仙郷の楽土を意味した。七世紀から八世紀にかけて、このような山斎様式の庭園が流行したのである。そのような庭園を描きながら、菊の花がひっそりと詠まれているのは、この詩宴が重陽の頃であったからであろう。『荊楚歳時記』に重陽には「佩茱萸食餌飲菊花酒。云令人長寿」とある。ただ、九月九日は天武天皇の忌日であったから、重陽の宴は憚られていた。古代に重陽の節が行われないのは、ここに理由がある。したがって、これが「晩秋」を題とするのは、このような事情がある。しかし、詩人たちにとって五節日の年中行事は詩を詠む大切な動機であったので、形を変えながらも重陽の宴は開かれていたのであろう。

【田中朝臣浄足】生没年未詳。天平六（七三四）年正月、従五位下。本藻に従五位下備前守とあり、目録には讃岐守外従五位下、田中朝臣清足とあり、確認は取れない。

左大臣正二位長屋王三首《さだいじんしょうにいながやおうさんしゅ》　年《とし》は五十四《ごじゅうし》

67

五言。元日宴応詔。――長屋王

五言《ごごん》。元日《がんじつ》の宴《うたげ》に詔《みことのり》に応《おう》ず。

年光仙籞《ねんこうせんぎょ》に泛《うか》び、月色上春《げっしょくじょうしゅん》に照《て》る。玄圃《げんぽ》の梅已《うめすで》に故《ふ》り、紫庭《してい》の桃新《ももあら》たならんと欲《ほっ》す。柳糸歌曲《りゅうしかきょく》に入《い》り、蘭香舞巾《らんこうぶきん》を染《そ》む。焉《ここ》に三元《さんげん》の節《せつ》、共《とも》に悦《よろこ》ぶ望雲《ぼううん》の仁《じん》。

五言。元日の詩宴に天皇からの求めに応じる。

年初の日の光は仙境に輝き、正月の光は新春に照り輝いている。天皇の住まう崑崙の庭の梅はもう色を失い、禁苑の桃はいまにも咲きだそうとしている。柔らかな柳の枝は歌台から聞こえる歌に混じり、蘭の香りは舞い人の頭巾に染み入る。ここに年月日が揃った目出度い三元の日を迎え、ともに尭帝が雲を望むごとき天皇の仁徳を悦ぶのである。

左大臣正二位長屋王三首　年五十四

五言。元日宴應詔。

年光泛仙蘌。月色照上春。玄圃梅已故。紫庭桃欲新。
柳絲入歌曲。蘭香染舞巾。於焉三元節。共悦望雲仁。

【校異】○年光泛仙蘌〔籞〕（底②）。年光泛仙蘌（天和・宝永・寛政）。○玄圃梅已故〔放〕（底②）。玄圃梅已放（天和・宝永・寛政）。

【注釈】○**左大臣**　太政官の大臣に次ぐ官職。○**正二位**　大宝律令の官位。○**長屋王**　天武天皇の孫、高市皇子の子。神亀元（七二四）年二月、正二位左大臣。神亀六（天平元）年二月に謀反の讒言により妻子らと自尽。平城京から「長屋親王宮」の木簡が出土。「日本霊異記」にも説話が載る。○**五言**　一句が五字からなる詩体。○**元日宴**　正月元日に行われる宮廷の公宴。「荊楚歳時記」に「正月一日是三元之日也」とある。○**応詔**　天皇の指名に答えること。○**年光**　年初の太陽の光。○**泛**　際だって浮かんで見えること。○**仙蘌**　仙人の住む居所。ここでは御所。○**月色**　正月の風物の輝き。ここでは空に照る月の輝きではない。「月」は諸本「日」に作る。○**照**　照り輝くこと。○**上春**　春の初め。○**玄圃**　崑崙山の庭園。「紫庭」の対で仙界の庭を言う。○**梅**　梅の花。実を薬種とするのに輸入。六朝ころから花を観賞する。○**已故**　すでに色を失い始めた。○**紫庭**　宮中の庭園。禁苑。紫は天帝の居る紫微宮だが、地上の宮廷に写す。○**桃**　桃の花。上巳の花。○**欲新**　花を咲かそうとしていること。○**柳糸**　柳の細い枝。「蘭芳」と対で宴会の様子を言う。○**入**　混じり入ること。○**歌曲**　歌台から聞こえる歌や音楽。○**蘭香**　蘭の香り。蘭は香り草。君子を示唆。○**染**　染みいること。○**舞巾**　舞い人が被る頭巾。○**於焉**　ここにおいての意。○**三元節**　年月日の三つの元が揃った節日。正月元旦の祝い。○**共悦**　臣下が一緒になって悦ぶこと。○**望雲仁**　尭帝が雲を望むような偉大な徳を示したという故事に基づく。

【解説】五言律詩体詩。韻は春・新・巾・仁。元日の宴に、詔に答えた詩。元日は賀正の儀が行われて、天皇にすべての臣が平伏する。文武天皇の時に、賀正礼の儀式化が進み、左右の旗のもとに臣下・蛮夷が並び天皇に奉仕する誓約をするようになった。この賀正礼は中国皇帝が諸藩や外国使を含元殿に集めて、皇帝に服従することを誓わせる儀礼と同じである。そうした賀正礼の後に行われるのが、宮廷の正月宴である。宮廷の正月宴は推古天皇ころに定着したものと思われるが、そこが詩宴の場となったのはもう少し後の、持統朝以後であろう。元日宴に詩を献上したのは、他に藤原史がいる。史の詩は万国が天皇のもとに来て服従することを詠んでいるが、長屋王は正月の風光と宴の様子を詠み天皇を讃えている。年月日の揃ったこの立春は天皇が立てたものであるから、その日の光は聖天子のために宮殿を照らし、神仙の庭では梅から桃へと季節が移ろうとしており、歌姫や舞姫がこの宴に花を添える。季節は天皇の徳により正しく移るものであり、この季節の変化は天皇の徳がもたらしているのだという意識である。それゆえに、尭帝の時の民と等しく、人々は天皇の仁徳を喜ぶのである。隋「煬帝集」の「元日献歳宴宮臣」に「三元建上京。六佾宴呉城。朱庭容衛粛。青天春気明。朝光動剣采。長階分珮声。酒闌鐘磬息。欣歓礼楽成。」と詠まれ、元日の宴会と威儀が見られるが、このような三元や礼楽を本詩も詠みながら、「玄圃梅已故。紫庭桃欲新」のように元日の風物を取り込むところに特質がある。

68

五言。於宝宅宴新羅客。一首。――長屋王

五言《ごごん》。宝宅《ほうたく》に新羅《しらぎ》の客《きゃく》をして宴《うたげ》す。一首《いっしゅ》。賦《ふ》して烟字《えんじ》を得《え》る。

高旻遠照開《こうびんえんしょうひら》き、遙嶺浮煙靄《ようれいふえんあい》たり。金蘭《きんらん》の賞《しょう》を愛《あい》すること有《あ》るも、風月《ふうげつ》の筵《むしろ》に疲《つか》るること無《な》し。桂山餘《けいざんよ》景下《けいくだ》り、菊浦落霞鮮《きくほらっかあざや》かなり。謂《い》う莫《な》かれ滄波《そうは》の隔《へだ》つると、長《なが》く為《な》さん壮士《そうし》の篇《へん》。

五言。作宝の長屋王宅で新羅の客を迎えた餞宴の時に詠む。一首。賦して「烟」の字を得た。

高い秋の空には遠くまで太陽の光が照り輝き、遙かな山並みには霞が掛かってぼんやりとしている。今日の宴会では金蘭のように固い友情を約束することにあり、風月を愛でて友情を語り合うこの席に疲れることなどない。桂の香る山には夕焼けが差して、菊の花の盛りの池辺には霞の色が鮮やかである。どうか海を隔てているなどと謂わないで、いま暫くこの席で友情の詩を詠もうではないか。

五言。於寶宅宴新羅客。一首。賦得烟字。

高旻開遠照。遙嶺靄浮煙。有愛金蘭賞。無疲風月筵。

桂山餘景下。菊浦落霞鮮。莫謂滄波隔。長為壮士篇。

【校異】○長為壮士篇〔筵〕（底②）。長為壮士延（天和・宝永・寛政）。

【注釈】○**五言**　一句が五字からなる詩体。○**於**　～で。場所を指す。○**宝宅**　左大臣長屋王別邸の作宝楼。平城京北側の佐保に造営したと思われる別荘。現在は所在不明。作宝楼は佐保の好字。詩を詠む施設で、ここで詩会が開かれた。○**宴**　詩宴。○**新羅客**　韓半島の新羅国から訪れた使人。○**首**　詩歌を数える単位。○**賦**　詩歌を作ること。○**得烟字**　探韻の方法により韻字の烟の字を得たこと。○**高旻**　高い秋の空。○**開**　開放。○**遠照**　遠くまで照り輝くこと。○**遙嶺**　遙か彼方の山並み。遙峰に同じ。○**浮煙**　霞が掛かること。○**靄**　もや。ぼんやりとしている様。○**有愛**　対象となるものを愛でる。○**金蘭**　金の如く固くて断ち切れない友情の比喩。同時に美しい蘭の花をも指す。○**賞**　賞美すること。賞心。○**無疲**　疲れないこと。○**風月**　秋の澄み切った風や月。友情の比喩。○**筵**　宴席。○**桂山**　桂の香る山。信頼の比喩。桂酒を暗示。「菊浦」の対で秋の風情を言う。○**餘景下**　日が沈んでまだかすかに景色が見て取れる様子。○**菊浦**　菊の花の咲く池辺。重陽の宴の菊酒を暗示。「荊楚歳時記」に「佩茱萸食餌飲菊花酒。云令人長寿」とある。〇**落霞**　霞が掛かっている様子。〇**鮮**　色が鮮やかな様子。〇**莫謂**　言う必要はない。〇**滄波**　海の波浪。〇**隔**　関係を遠くにすること。〇**長為**　長く〜しようの意。〇**壮士篇**　男同士の友情を暖める詩編。

【解説】　五言律詩体詩。韻は煙・筵・鮮・篇。長屋王の作宝楼で行われた、新羅の客を送る詩宴の詩。烟という韻字を得て詠んだ。これは探韻という方法で詩を詠むゲームで、宴会が始まると詩人たちに韻書から探して与えられる。王の詩は宴の主人の詩であるから、主人を褒めることは詠まず、季節を中心として客人の心を慰める内容としている。今は秋となり空が高くまで澄み渡る様子が詠まれ、金蘭のような友情で結ばれた仲間たちは、この風月の宴会に疲れることはないという。長屋王邸の詩の特質は、異国の者たちでもここに参加した者たちを友人として処遇するところにある。この風月も友情を譬喩する。桂の山には桂が香り、菊の咲く池の岸辺に美しい霞が掛かっているという。桂は信頼を譬喩し、菊は仙郷や長寿を譬喩する。そのように秋の美景は愁いを忘れさせ、金蘭や風月や桂は固い友情を結ばせ、菊は客人たちの無事と長寿を祈るのである。ここには長屋王が詩を通して見せる、心遣いの深さが読み取れる。それは結句にあるように、ふたたび日本海の荒波を越えて帰国する客人たちへの気遣いであり、この短い時間の中で、互いに友情を深めようというのである。「壮士篇」は晋「張華集」に「壮士篇」を見るが、「楽府雑曲歌辞渡易水注」に燕の荊軻の歌としてあるのを始まりとする。この荊軻の歌は「文選」に「歌一首」とある別離の詩であり、「燕太子丹使荊軻秦王丹祖送于易水上。荊軻歌宋如意和之曰」とあり、「風蕭々兮。易水寒壮士。一去兮不復還」と詠まれている。

69

五言。初春於作宝樓置酒。――長屋王

五言《ごごん》。初春《しょしゅん》作宝楼《さほろう》に置酒《ちしゅ》す。

景《かげ》は麗《うるわ》し金谷《きんこく》の室《しつ》、年《とし》は開《ひら》く積草《せきそう》の春《はる》。松烟《しょうえん》双《なら》びて翠《みどり》を吐《は》き、桜柳《おうりゅう》分《わ》かれて新《あら》たなるを含《ふく》む。嶽《やま》は高《たか》し闇雲《あんうん》の路《みち》、魚《さかな》は驚《おどろ》く乱藻《らんそう》の浜《はま》。激泉《げきせん》に舞袖《ぶしゅう》移《うつ》せば、流声《りゅうせい》松筠《しょういん》に韵《ひび》く。

五言。初春に作宝楼に詩酒の宴を開く。
景色は金谷の別荘の如く麗しく、新年は金谷の積草池の春のように明けた。松に掛かる靄は二つともに翠の色を濃くし、桜と柳はそれぞれ鮮やかな色を見せる。山は暗い雲の漂う道の上に聳え、魚は波が寄せて乱れる藻の浜辺に騒いでいる。滝の流れ落ちる飛沫の辺に舞姫の袖が移り行くと、流れ落ちる水音は松籟のように響くことだ。

五言。初春於作宝樓置酒。
景麗金谷室。年開積草春。松烟双吐翠。櫻柳分含新。
嶽高闇雲路。魚驚乱藻濵。激泉移舞袖。流声韵松筠。

【校異】○嶺高闇雲路（天和・宝永・寛政）。
【注釈】○五言　一句が五字からなる詩体。**○初春**　立春の日をいう。漢詩に「初春」の詩題がある。**○於**　～で。場所を指す。**○作宝楼**　長屋王邸の別荘。平城京北側の佐保の地。佐保の好字。詩を詠むために造営された施設。**○置酒**　詩酒の宴。置醴の遊び。本藻序に「置醴之遊」とある。**○景麗**　春の麗しい景色。「万葉集」巻十七に「杪春餘日媚景麗」とある。**○金谷室**　晋の石崇という金持ちの別荘。豪華な宴会が催された。**○年開**　年が明けたこと。**○積草**　金谷庭園の池の名か。**○春**　新春をいう。**○松烟**　松と松に掛かる靄。「桜柳」の対。春の美景。**○双**　双方。**○吐翠**　緑色に染めること。**○桜柳**　桜と柳。春の美景。**○分**

区別すること。〇含新　新たな装いとなること。〇嶽高　山が高く聳えていること。〇闇雲路　薄暗く遙か遠く雲の続く道。仙人の棲む場所を示す。〇魚驚　魚が乱れ泳ぐ様子。〇乱藻浜　強い波が寄せて藻を揺らしている浜辺。〇激泉　滝の水が激しく流れ落ちる泉。流声と対で庭園の滝の様子を言う。〇移　移動すること。〇舞袖　舞姫の舞う袖。〇流声　水が流れ落ちる時の音。〇韵　響き。自然の音楽。〇松筠　松の音。松籟。文人が好んだ貞節の音。

【解説】五言律詩体詩。韻は春・新・浜・筠。初春に長屋王別荘の作宝楼で、置醴の遊びをした時の詩。初春は立春の日であろう。庭園の風景を晋の時代に豪奢な宴を開いた富豪の石崇の金谷園の風景に喩え、その庭園のように緑靄が松に掛かり、桜と柳が綻び芽吹いていているという。一方に目を遣ると高い山には暗い雲の路が続き、池に目を遣ると魚たちが綺麗な藻と戯れているという。そして岩山から流れ落ちる水に舞姫の袖が移り、滝の音は松風の音と響きあっているという。ただ、「嶽高闇雲路」の句は分かり難い。嶽は相当な高い山を指し、そこは暗くして雲の中に道が続いているというのである。この嶽は仙人の住む岩穴のある岫のことと思われ、それは庭園に造られた池の中の島をいい、作宝楼の庭園の風景であろう。それがこのように表現されるのは、この嶽が仙人の住むという東海の神山に見立てられていることにある。そうであれば、王邸からは仙界が眺められるのであり、その神山へと続く道は暗く雲に覆われているということになる。長屋王邸宅跡から出土した木簡の山水楼閣図は、そのような規模の嶽が描かれているから、この詩は木簡の庭園の仙郷の絵と等しく発想されて詠まれた可能性があろう。古代の庭園の造営は、こうした仙境を写し取ったものだからである。

【長屋王】天武四（六七五）年頃―天平元（七二九）年。天武天皇の孫、高市皇子の子。慶雲元（七〇四）年正月、正四位上。和銅二（七〇九）年十一月、宮内卿。同三年四月、式部卿。霊亀二（七一六）年正月、正三位。養老二（七一八）年三月、大納言。同五年正月、従二位右大臣。神亀元（七二四）年二月、正二位左大臣。神亀六（天平元）年に謀反の讒言により妻子らと自尽。本藻には、五十四歳とある。年齢に異説がある。佐保に作宝楼を造り、当時の文人たちや、外国使節を招いて詩会を開いていた。また、千の袈裟を作り、袈裟の縁に「山川異域、風月同天。寄諸仏子、共結来縁。」と記し遣唐使に託した。それを見た鑑真和尚は日本に行くことを決意したという。「万葉集」の歌人。

従三位《じゅさんみ》中納言《ちゅうなごん》兼《けん》権造長官《ごんぞうのちょうかん》安倍朝臣広庭《あべのあそみひろにわ》二首《にしゅ》　年《とし》は七十四《しちじゅうよん》

70

五言。春日侍宴。——安倍朝臣広庭

五言《ごごん》。春日《しゅんじつ》に宴《うたげ》に侍《はべ》る。

聖衿《せいきん》淑気《しゅくき》に感《かん》じ、高会《こうかい》芳春《ほうしゅん》に啓《ひら》く。罇《たる》は五《ご》にして斉濁《せいだく》盈《み》ち、楽《がく》は万《まん》にして国風《こくふう》陳《の》ぶ。花《はな》は舒《ひら》きて桃苑《とうえん》香《かお》り、草《くさ》は秀《ひい》でて蘭筵《らんえん》新《あら》たし。堤上《ていじょう》糸柳《しりゅう》飄《ひるが》えり、波中《はちゅう》錦鱗《きんりん》浮《う》かぶ。濫叨《らんとう》して恩席《おんせき》に陪《ばい》し、毫《ふで》を含《ふく》むも才貧《さいひん》を愧《は》ず。

五言。春の日の公宴に畏まり参加する。

天皇の心は春の麗らかな気候に感じて、盛大な宴会を香しい春の日に催された。酒の罇は五つ用意されて斉酒と濁酒とが満ち溢れ、音楽はいろいろ奏されて諸国の歌謡が歌われている。花は開き桃苑の桃の香りが満ち、草は伸びて蘭の香る席に集う友の顔も晴れがましい。池の堤の柳の枝は風に飄り、池の波には錦の魚が喜び躍る。濫りがわしくこのような立派な席に参列し、筆に墨を含むも才能が無いのを恥じ入るばかりである。

従三位中納言兼権造長官安倍朝臣広庭二首　年七十四

五言。春日侍宴。

聖衿感淑氣。高會啓芳春。罇五齊濁盈。樂万國風陳。
花舒桃苑香。草秀蘭筵新。堤上飄絲柳。波中浮錦鱗。
濫叨陪恩席。含毫愧才貧。

【校異】○催造長官（天和・宝永・寛政）。○安倍朝臣広庭（底・宝永・寛政）。安倍朝王広庭（天和）。○罇〔樽〕五斉濁盈（底②）。樽五斉濁盈（天和・宝永・寛政）。○濫叨〔吹〕陪恩席（底①②）。濫吹陪恩席（天和・宝永・寛政）。

【注釈】**○従三位**　大宝律令の官位。**○中納言兼権造長官安倍朝臣広庭**　中納言は太政官の官職。権造長官は特別に設けられた任務の長官か。二つを兼ねた。なお、「続日本紀」神亀元（七二四）年三月に「壬午始置催造司」とあり、天和本などの「催造」が正しいか。「続日本紀」天平四（七三二）年二月に「乙未中納言従三位兼催造宮長官知河内和泉等国事阿倍朝臣広庭薨。右大臣従二位御主人之子也。」とあり、安倍朝臣広庭が催造宮長官であったことが知られる。「権造」は「旧唐書」文苑列伝の「使権造物之柄」などとある「権造」が頭にあったか。**○五言**　一句が五字からなる詩体。**○春日侍宴**　春の日に天皇の開く宴会に畏まって参加する。侍宴詩は漢詩に多く見える。**○聖衿**　天皇の心。衿は胸の内を指す。聖襟に同じ。**○感**　感じ取ること。**○淑気**　春の良い気候。**○高会**　盛大な宴会。**○啓**　開くこと。**○芳春**　芳しい春の時。**○罇**　酒を入れる容器。樽と同じ。**○五斉**　周時代の祭礼の時の酒の酒材の五種類。祭祀・賓客の用とされた。「斉」は整える。**○濁**　濁り酒。**○盈**　満ちていること。**○楽万**　大いなる楽と長寿を祝うことか。〇**国風**　各国の歌謡。「詩経」の「国風」による。〇**陳**　陳べること。〇**花舒**　花が咲くこと。草秀の対で春の風光を言う。〇**桃苑香**　桃の植えてある庭園に桃の香りが漂うこと。〇**草秀**　美しい草が伸びていること。〇**蘭筵**　蘭の咲く席。蘭のような友情を温める宴席をいう。蘭は友情の譬喩。〇**新**　晴れがましい様子。〇**堤上**　池の堤のほとり。〇**飄**　風に飜ること。〇**糸柳**　糸のように細い柳の枝。〇**錦鱗**　彩りのある魚。鱗は魚の詩語。〇**濫叨**　みだりがわしいこと。濫も叨もみだりがわしい意。才能が無いのに何かを行うこと。また、その栄誉。〇**陪**　陪席すること。〇**恩席**　天皇の開いた宴席。〇**含毫**　筆に墨を含ませる。〇**愧**　恥ずかしい意。

【**解説**】五言十句古体詩。韻は春・陳・新・鱗・貧。春日に公宴が開かれ、侍して詠んだ詩。新春の公宴の詩であろう。天皇は春の良い季候に感じて、この宴会を開いたのである。酒樽が五つ用意されたのは、周の儀礼の時のようであり、斉酒も濁酒も周の儀礼の時の酒のように多く取り揃えられて、すべてが周の勝れた国の作法のようだと褒める。周は文王・武王により革命がなされ、周公旦により理想的な国が造られた。孔子は儒教の基本を周に見倣った。古代日本も天皇の政治は周や孔子の思想を理想とした。また、音楽が諸国の国風であるというのは、天皇が諸国の民を思うことの譬喩である。国風は諸国の民謡であり、漢代には楽府が設けられて国風を集め政治の得失を糺したのである。いわゆる、「採詩之官」である。天子はまさにそのような聖主であり、それで桃園の桃は美しい花を咲かせ、蘭の香る席には詩人たちが晴れがましい顔で集っているという。蘭の象徴は聖君子であり友情であり、天皇の宴に集まる者たちは、聖天子のもとに固い友情で結ばれているというのである。堤には柳が細い糸を風に揺らせ、池の錦の魚は水面に浮かんでいる。これらはみな聖主の恩徳に感じたからであるのだが、自分一人は妄りにこの席に陪席しているばかりで、詩才の無いのが恥ずかしいという。そのように我が身を謙遜するのも、公宴詩の一つのスタイルであった。

71

五言。秋日於長王宅宴新羅客。——安倍朝臣広庭

五言《ごごん》。秋日《しゅうじつ》長王宅《ちょうおうたく》に新羅《しらぎ》の客《きゃく》を宴《うたげ》す。賦《ふ》して流《りゅう》の字《じ》を得《え》る。

山牖幽谷《さんゆうゆうこく》に臨《のぞ》み、松林晩流《しょうりんばんりゅう》に対《たい》す。宴庭遠使《えんていえんし》を招《まね》き、離席文遊《りせきぶんゆう》を開《ひら》く。蟬《せみ》は息《いこ》う涼風《りょうふう》の暮《くれ》、雁《かり》は飛《と》ぶ明月《めいげつ》の秋《あき》。斯《こ》の浮菊《ふきく》の酒《さけ》を傾《かたむ》け、願《ねが》わくは転蓬《てんぽう》の憂《うれい》を慰《なぐさ》めん。

五言。秋の日に長屋王宅で新羅の客を迎えた餞宴の時に詠む。賦して「流」の字を得た。

山際の窓は深い谷に臨み、松の林は夕暮れの川の流れに沿っている。宴会の開かれている庭には遠い新羅からの使いが招かれて、別離を思う席では詩文を作りあう。蟬の鳴き声は涼しい秋の風に暮れ行き、雁の飛び行く空は明月の輝く秋である。この菊の花を浮かべた盃を傾けて、願うことはこれから長い旅を続ける憂いを慰めることである。

五言。秋日於長王宅宴新羅客。賦得流字。

山牖臨幽谷。松林對晩流。宴庭招遠使。離席開文遊。

蟬息涼風暮。雁飛明月秋。傾斯浮菊酒。願慰轉蓬憂。

【注釈】○五言　一句が五字からなる詩体。○秋日　秋の日。漢詩に「秋日」の詩題がある。○於　～で。場所を指す。○長王宅　左大臣長屋王の邸宅。平城京二条大路にあった。邸宅跡地から「長屋親王宮」の木簡が出土した。長王は詩人としての唐風号。

天武天皇孫、高市皇子の子。神亀六（七二九）年に謀反の罪で自尽。○宴　詩宴をいう。「文選」に公宴詩が載る。○新羅客　朝鮮半島の新羅からの使人。○賦　詩歌を作ること。○得流字　探韻で流の韻字を得たこと。詩の場で韻字を分けて即興で詠む方法による。○山牖　山際に向いた山荘の窓。○臨　対象に向き合うこと。○幽谷　静かな谷。○松林　松の林。○対晩流　夕暮れの川の流れに向かい合う。晩流は夕流と同じ。○宴　送別の詩宴。○庭　庭園。長屋王の庭園。○招　招待すること。○遠使　遠くからの使い。新羅の客を指す。○離席　この宴席を離れて帰国すること。○開　催すこと。○文遊　文雅の遊び。○蟬息　蟬の鳴き声。蟬息は蟬が長く鳴いている様子を嘯くことと聞いた。息嘯。「雁飛」の対。○涼風　涼しい秋の風。○暮　夕暮れ。○雁飛　雁が空を飛ぶこと。○明月秋　月が輝く秋。月が最も美しくなる秋の季節。○傾　盃を傾けること。○斯　この。○浮菊酒　菊の花を浮かべた酒。重陽の節に飲む長寿の薬酒。菊花酒。○転蓬憂　旅人の悲しみ。転蓬は蓬が丸まり風に吹かれて転がること。旅人の身の比喩。

【解説】五言律詩体詩。韻は流・遊・秋・憂。長屋王邸で開かれた、新羅使人送別の宴での詩。この詩宴に当たり作者は「流」という韻字を得た。最初に長屋王邸の様子が詠まれ、山に向かう窓から幽谷が眺められ、松林は夕暮れの川の流れに沿っているという。この表現から見ると、平城京北側の佐保に設けられた別荘の作宝楼であろう。楼は二階建ての高殿であり、当時は貴族邸に楼閣を築くことは禁止されていたが、長屋王は詩を詠むための文化施設として楼を築造したのである。そこに遠くからの客人を招き、帰国する人たちを送るために、文遊の席が設けられたことが詠まれる。初秋の涼風が吹き雁が渡り月が明るく照る中で、菊を酒杯に浮かべて飲みながら、旅人の憂いを慰めるのであるという。菊は九月九日の重陽の日に係わる花であり、この日は天武天皇の忌日と重なり重陽の宴は憚られていた。しかし、新羅使を送る王邸の宴に菊花が詠まれるのは、新羅でも重陽の節を楽しむ習慣があり、「東国歳時記」には「採黄菊花為糯米餻」「都俗登南北山飲食」などと見える。都の習俗では、重陽には山に登り飲食をするというのである。これは九月九日は高い処に登り、故郷や友人を思い詩を詠むという中国古来の習慣があり、新羅でも同じであった。少し後になるが新羅の詩人である崔致遠は、「庚寅重九」という題で「白酒泛黄花」と詠んでいる。作宝楼という高殿での詩宴も、そうした配慮をしたのであろう。「続斉諧記」には「今世人毎至九日、登山飲菊酒」という。おそらく長屋王は新羅の使者たちの心を思いやり、高殿に菊酒を用意したものと思われる。なお、王邸木簡の中に「山東[欠]南落葉錦。巌上巌下白雲深。独対他郷菊花酒。破涙漸慰失侶心」とあり、誰かが練習した漢詩と思われるが、この詩の通り使人たちの気持ちを慰めるのが、長屋王の用意した菊花の酒であったに違いない。

【安倍朝臣広庭】 斉明五（六五九）年―天平四（七三二）年。阿部・阿倍とも。御主人の子。慶雲元（七〇四）年七月、従五位上。和銅二（七〇九）年十一月、伊勢守、正五位下。同四年四月、正五位上。同六年正月、従四位下。霊亀元（七一五）年五月、宮内卿。養老二（七一八）年正月、従四位上。同五年正月正四位下。同六年六月、左大弁。同年参議。同年三月、兼知河内和泉事。同七年正月、正四位上。神亀四（七二七）年十一月、中納言。天平四年二月没。中納言従三位兼催造宮長官知河内和泉等国事阿倍朝臣広庭薨とある。「万葉集」の歌人。

大宰大弐《だざいだいに》正四位下《しょうしいのげ》紀朝臣男人《きのあそみおひと》三首《さんしゅ》　年《とし》は五十七《ごじゅうしち》

72

七言。遊吉野川。――紀朝臣男人

七言《しちごん》。吉野川《よしのがわ》に遊《あそ》ぶ。

万丈《ばんじょう》の崇巌削成《すうがんさくせい》して秀《ひい》で、千尋《せんじん》の素濤逆折《そとうぎゃくせつ》して流《なが》る。鐘池越潭《しょうちえったん》の跡《あと》を訪《と》わんと欲《ほっ》して、美稲《うましね》が槎《いかだ》に逢《あ》いし洲《す》に留連《りゅうれん》す。　美稲《うましね》は一《いっ》に茅渟《ちぬ》に作《つく》る。

七言。吉野川に遊覧する。

万丈の高く切り立った巌は削り成して際だち、千尋の深い谷の激しい白波は逆流して下る。呉の鐘池や越の潭のような吉野の地を訪ねようと思い、美稲という男が仙人に出逢ったという筏を休めた中洲に留まることだ。美稲は一に茅渟に作る。

大宰大貳正四位下紀朝臣男人三首　年五十七

七言。遊吉野川。

万丈崇巖削成秀。千尋素濤逆折流。

欲訪鐘池越潭跡。留連美稲逢槎洲。　美稲一作茅渟

【校異】○年五十七（底）。年五十七なし（天和）。○千尋素濤逆折〔析〕流（底②）。千尋素濤逆析流（天和・宝永・寛政）。○鍾池越潭（天和・宝永・寛政）。○留連美稲逢槎洲。美稲一作茅渟（底①）。

【注釈】○**大宰大弐**　九州大宰府の帥に次ぐ官職。○**正四位下**　大宝律令の官位。○**紀朝臣男人**　天武十（六八一）年―天平十（七三八）年。○**七言**　一句が七字からなる詩体。○**遊**　遊覧。自然の徳に触れ養生することを目的とする。○**吉野川**　奈良県吉野郡にある川。詩人たちが詩の風景を得るために求めた異境。宮滝のある付近への遊覧。○**万丈**　極めて高いこと。「千尋」と対

で数の遊び。○**崇巌**　聳え立つ巌。吉野の宮滝付近の風景。○**削成**　削られて出来ていること。○**秀**　際だつこと。○**千尋**　極めて深いこと。尋は長さを表す。○**素濤**　白波が立つ激流。○**逆折流**　水が逆流して流れ下ること。○**鐘池**　中国呉の国の池の名。古跡不明。○**越潭**　中国越の国の川の名。古跡不明。○**跡**　名跡をいう。○**留連**　いつまでも留まること。○**美稲**　吉野川で流れて来た桑の枝を拾ったら仙女になったという神仙伝の漁師。味稲とも書く。「万葉集」巻三にも見える。○**逢**　出逢う。○**槎洲**　筏を休めた中洲。○**美稲一作茅渟**　美稲は一に茅渟に作る。この理由は不明。

【解説】七言絶句体詩。韻は流・洲。吉野遊覧の詩。遊覧は、仙郷世界に逍遙し養生することを目的とする。また、吉野は詩人たちが詩を詠む異境の地でもあった。吉野は古代を代表する遊覧の地で、天皇行幸もしばしば行われ、役行者の修験の道場でもあった。詩人たちはこの吉野で詩を詠むことを憧れとしていて、吉野の地を実際に見るまでは、吉野がいかに素晴らしいか、さまざまな噂を聞いていたのである。その噂は中国の仙郷のようだという話であり、その代表は崑崙山であり、あるいは東海の三神山であると噂されていた。吉野詩はそれらのイメージの風景を譬喩として描くのである。ここに登場する鐘池・越潭はどのような場所か不明であるが、その跡を訪いたいというのは、吉野に類似する仙郷として伝えられていたのであり、目前にしている吉野の仙郷を、噂に聞いた万丈崇巌や千尋素濤の逆巻く様子以上の世界だとイメージしているのである。当然のこと鐘池・越潭には、仙人がいるのである。だから、吉野においても同じく美稲という男が仙女に出会ったということが導かれる。「万葉集」には「仙柘枝歌」が載り「この夕柘のさ枝の流れ来ば梁は打たずて取らずかもあらむ」(巻三・三八六)、「古に梁打つ人のなかりせば此処もあらまし柘の枝はも」(同・三八七)とあり、吉野の仙柘枝の仙女のことは広く伝承されていたことが知られる。

73

五言。扈従吉野宮。――紀朝臣男人

五言《ごごん》。吉野《よしの》の宮《みや》に扈従《こしょう》す。

鳳蓋南岳《ほうがいなんがく》に停《とど》まり、追《お》いて智《ち》と仁《じん》とを尋《たず》ぬ。谷《たに》に嘯《うそぶ》いて将《まさ》に孫《そん》と語《かた》り、藤《ふじ》を攀《よ》じて許《きょ》と共《とも》に親《した》しむ。峯《ほう》巌夏景変《がんかけいへん》じ、泉石秋光新《せんせきしゅうこうあら》たし。此《こ》の地《ち》は仙霊《せんれい》の宅《たく》、何《なん》ぞ須《もち》いん姑射《こや》の倫《とも》。

五言。吉野の宮への行幸に付き従う。

天皇の車は南岳の吉野山に留まり、吉野の山水仁智の徳を尋ねられた。幽谷に嘯いては仙人の孫楚と語り合い、藤の花を折り取っては山に逃れた許由と親しみあう。高い峰の巌は夏の景色が移ろい、泉の辺りの石は秋の輝きが増している。この土地は仙人の山家のようで、どうしてあの藐姑射に住むという仙人の友を求める必要があろうか。

五言。扈従吉野宮。

鳳蓋停南岳。追尋智与仁。嘯谷將孫語。攀藤共許親。

峯巖夏景變。泉石秋光新。此地仙霊宅。何須姑射倫。

【校異】○追尋智寺仁（天和・宝永・寛政）。○嘯谷将猻語（天和・宝永・寛政）。

【注釈】○五言　一句が五字からなる詩体。**○扈従**　天皇の行幸にお供をする。「扈従」の詩題は唐に見られる。宋之問「扈従登封途中作」などがある。**○吉野宮**　奈良県吉野に設けられた離宮。宮滝付近。ここで天皇は神仙へと変身する。また詩人たちが詩の風景を得るために求めた異境。**○鳳蓋**　天皇など高貴な者の乗る車駕。**○停**　留まること。**○南岳**　吉野山は南の果ての山。南山。仙人が住むと考えられた。**○追尋**　後を追いかけて尋ねること。**○智与仁**　吉野の川と山。「論語」の「智者楽水、仁者楽山」

による。**○嘯谷**　谷に向かって嘯く。嘯は口をすぼめて強く息を出すこと。一般に虎や猿の声に用いるが、七賢の阮籍が好んだので「阮嘯」といわれる。**○将**　～しようとすること。**○孫**　六朝晋の孫楚か。仙人を望んだ。石に漱ぎ流れに枕するの故事で知られる。**○語**　語りあうこと。**○攀藤**　藤の花を折り取ること。**○共**　一緒に。**○許**　許由か。「高士伝」に尭帝が天下を譲ろうとした時に断り、耳を洗い山に籠もったという。**○親**　親しむこと。**○峯巖**　高い峰の巖。「泉石」と対で、山水を言う。**○夏景変**　夏の景色が秋へと移ること。**○秋光新**　秋の日差しが新鮮である。**○此地**　この吉野の土地をいう。**○仙霊宅**　仙人の住まいをいう。**○何須**　どうして必要とするか。反語。**○姑射**　仙人の住む山。「荘子」に見える仙人の山の藐姑射。**○倫**　友だち。仲間。輩。

【解説】五言律詩体詩。韻は仁・親・新・倫。吉野の宮行幸に従駕した時の詩。扈従は、主君のお供をすること。従駕の詩であるから「鳳蓋停南岳」を頭に置いた。天皇の車駕は吉野の宮に到着したというのであるが、その吉野を「南岳」とする。南岳は南山のことであり、中国では都城造営において天子が南面し、その極に南山が配置されるように造られる。それは終南山と呼ばれ、そうした都城の構造は始皇帝の時に思想化され、終南山は皇帝の支配する世界の果てを示した。これは古代中国の「天子は南面す」という思想から来ていて、日本では最初の藤原京も次の平城京も、天子は南面するように造営されている。それで藤原京も平城京も、南には世界の果ての吉野山が眺められるように出来ているのである。この都城の思想は、藤原京を詠んだ「万葉集」巻一に「大和の　青香具山は　日の経の　大御門に　春山と　繁さび立てり」「畝傍の　この瑞山は　日の緯の　大御門に　瑞山と　山さびいます」「耳成の　青菅山は　背面の　大御門に　宜しなへ　神さび立てり」と、都を守護する三山が詠まれ、続いて「名くはし　吉野の山は　影面の　大御門ゆ　雲居にそ　遠くありける」と詠まれ、影面の大御門が南山の吉野山であった。ここには都が現実的存在であるよりも、天帝の支配する理想の都である天宮の写しとしてのそれであることが知られる。韓国ソウルにも南山がある。その南山は天皇の支配領域の果てを意味し、そこには仙人が住むと考えられた。吉野がそのような山とされることで、そこは仙霊の宅となる。もちろん仙霊は、天皇へと移される。それゆえに、あの「荘子」に見える有名な藐姑射の山の仙人などは、求める必要が無いのだというのである。

74

五言。七夕。——紀朝臣男人

五言《ごごん》。七夕《しちせき》。

犢鼻竿《とくびさお》に標《かか》げる日《ひ》、隆腹書《りゅうふくしょ》を曬《さら》す秋《あき》。風亭仙会《ふうていせんかい》を悦《よろこ》び、針閣神遊《しんかくしんゆう》を賞《しょう》す。月《つき》は斜《ななめ》なり孫岳《そんがく》の嶺《みね》、波《なみ》は激《げき》す子池《しち》の流《なが》れ。懽情未《かんじょういま》だ半《なかば》に充《み》たず、天漢暁光浮《てんかんぎょうこううか》ぶ。

五言。七夕の夜に。

七月七日は七賢の阮咸が犢鼻褌を竿に掲げて虫干しをした日だといい、また、郝隆が腹を日に晒して腹の中の書物を虫干ししたという秋である。風亭では牽牛・織女の出会いを喜び合い、縫い物をする建物では神仙が楽しい夜を過ごすのを愛でている。しかし、月はもう孫岳の嶺に傾き、川波は子池の流れを激しくしている。牽牛・織女の逢会の歓びはまだ半ばにも至らないのに、天の川には夜明けの光が映り始めた。

五言。七夕。

犢鼻標竿日。隆腹曬書秋。風亭悦仙會。針閣賞神遊。
月斜孫岳嶺。波激子池流。懽情未充半。天漢暁光浮。

【校異】○隆腹曬書秌（底①）。隆腹曬書秋（天和・宝永・寛政）。○懽〔歓〕情未充半（底②）。歓情未克半（天和・宝永・寛政）。

【注釈】○**五言**　一句が五字からなる詩体。○**七夕**　七月七日の夜。中国から伝来した五節の一。年に一度、この夜に織女が天の河を渡って牽牛と逢うという悲恋伝説に基づく。「荊楚歳時記」に「七月七日為牽牛織女聚会之夜」といい「是夕人家婦女結綵縷穿七孔鍼。或金銀鍮石為鍼。陳瓜果於庭中以乞巧」とある。織女が機織りに長けていたことから、裁縫の技術が向上することを祈願する乞巧奠の行事でもある。○**犢鼻**　褌。褌をすると子牛の鼻先のように見えるから犢鼻褌と書く。「隆腹」と対で、七月七日の故事を言う。この日は曝涼の日。○**標竿日**　竿に掲げた日。七賢人の阮咸が犢鼻褌を竿に掲げて虫干しをしたという奇行が「世説新語」などに見える。○**隆腹**　衣類を晒すこの日に郝隆という男が、腹を日に乾して虫干しをしたという奇行が「世説新語」排調に見える。○**曬書秋**　虫干しのために書籍を晒す季節の秋。本藻「釈智蔵伝」にも見える。○**風亭**　風を楽しむ四阿。池亭などもある。「針閣」と対で、二星の留まる所をいう。○**悦仙会**　牽牛・織女の出会いを喜ぶこと。○**針閣**　裁縫をする建物。織女にちなんで裁縫が上達することを願う女性たちの集まる建物。針楼ともいう。○**賞**　賞美すること。愛で楽しむこと。○**神遊**　神仙である牽牛・織女の逢会をいう。○**月斜**　月が傾いたこと。七日の月は夜の十時頃に没する。○**孫岳嶺**　孫岳の山。所在不明。○**波激**　川波が激しいこと。○**子池流**　子池の川の流れ。子池は所在不明。○**懽情**　歓びの心。懽も歓も同意。○**未充半**　まだ半分にも満たないこと。○**天漢**　天の川。地上の漢水に対していう。○**暁光浮**　夜明けの光が川波に映る様子。

【解説】五言律詩体詩。韻は秋・遊・流・浮。中国の五節日の一つである「七夕」の行事を詠んだ詩。この七夕の日は古代日本の天平期には昼に相撲の節会が行われ、夜に七夕の詩宴が開かれたことが知られる。中国では七夕の日に曝涼が行われる日でもあった。曝涼のことは本藻の釈智蔵伝にも、「曝涼経書」と見えている。「芸文類聚」が引く崔寔の「四民月令」に「七月七日曝経書。設酒脯時果」と見え、曝書の後に七夕の行事が行われている。その七夕の宴席には、酒脯（酒と干し肉）や時果（瓜などの果物）が供えられたことが知られる。前二句の「犢鼻標竿」や「隆腹曬書」は曝涼の日に奇行をした、七賢の阮咸と郝隆の故事である。「竹林七賢論」に阮咸は「乃竪長竿。摽大布犢鼻於庭中。」といい、「世説新語」に郝隆は「人皆曝曬衣物。隆乃仰臥出腹。云晒書」という。つまり、七夕といえば決まって牽牛・織女の悲恋物語を詠むのを常道とするのに対して、このような曝涼の奇行を示すことで、詩会に面白味を加えたのである。おそらく古代日本でも七日に曝涼が行われていて、これを枕に風亭で二星が出会い、機屋で二人は楽しい夜を過ごすのであると、本旨の星合伝説を引き出したのであろう。だが、時は速やかに過ぎて山に月が懸かり、川の流れも激しさを増し、夜も明け始めて情も尽くしていないのに、二星の別離が近づいたということで、二星への思いを詠む。この詩から見ると七日の夜には天の川の水が浅くなり、徒渉が可能になるが、夜明けが近づくと増水するのだということが知られる。普段に二星が川を越えられないのは、天の川が深く激しているからだと理解されているのである。二星の出会う七日の夜のみは、天帝の配慮で水が少なくなるのである。それ故に来年の七夕までは逢うことが物理的に困難であり、別離の時の悲しみが強く表現されるのだといえる。

【紀朝臣男人】 天武十（六八一）年―天平十（七三八）年。雄人にも。麻呂の子。慶雲二（七〇五）年、従五位下。和銅四（七一一）年九月、平城京役民取締将軍。同五年正月、従五位上。養老元（七一七）年正五位下。同二年正月、正五位上。同五年正月、東宮に侍す。同七年正月、従四位下。天平三（七三一）年正月、従四位上。同八年正月正四位下。同九年七月、右大弁。同十年十月没。本藻の大宰大弐の経歴から、「万葉集」の大宰府梅花の宴に見える紀卿と思われる。

正六位上《しょうろくいのじょう》但馬守《たじまのかみ》百済公《くだらのきみ》和《やまと》麻呂《まろ》三首《さんしゅ》　年《とし》は五十六《ごじゅうろく》

75

五言。初春於左僕射長王宅讌。――百済公和麻呂

五言《ごごん》。初春《しょしゅん》左僕射《さぼくや》長王宅《ちょうおうたく》に讌《うたげ》す。

帝里《ていり》春色《しゅんしょく》を浮《う》かべ、上林景華《じょうりんけいか》を開《ひら》く。芳梅雪《ほうばいゆき》を含《ふく》みて散《ち》り、嫩柳風《どんりゅうかぜ》を帯《お》びて斜《ななめ》なり。庭燠《にわあたた》かくして将《まさ》に草《くさ》を滋《しげ》らさんとし、林寒《はやしさむ》くして未《いま》だ花《はな》を笑《わら》わさず。鶉衣野坐《じゅんいやざ》を追《お》い、鶴蓋山家《かくがいさんか》に入《い》る。芳舎塵思《ほうしゃじんし》寂《じゃく》として、拙場風響《せつじょうふうきょう》曄《さかん》なり。琴罇《きんそん》の興《きょう》未《いま》だ已《や》まず、誰《たれ》か載《の》す習池《しゅうち》の車《くるま》。

五言。初春に左僕射の長屋王宅で宴会が催された時に作る。

天皇の治める奈良の都は春の気色が一面に浮かび、皇居の上林の庭園は美しい春景色である。香りの良い梅は雪に交じりながら散り、若芽の柳は風に吹かれて揺れている。王邸の庭園では春の暖かさが草を萌え出させようとするが、林の方は寒々としていてまだ花を咲かすのには早い。鶉のような衣服を着た者は野を求めて出かけ、鶴のような車駕に乗る者は山荘へと出かける。香しい王邸は塵の外の静けさであるが、拙い者たちが集まった場所であるが風雅の話で騒がしい。音楽や美酒の楽しみはまだ尽きることが無く、誰が山簡のように酒に酔い潰れて車に逆さまに乗って帰る者があろうか。

正六位上但馬守百濟公和麻呂三首　年五十六

五言。初春於左僕射長王宅讌。
帝里浮春色。上林開景華。芳梅含雪散。嫩柳帯風斜。
庭燠将滋草。林寒未笑花。鶉衣追野坐。鶴蓋入山家。
芳舎塵思寂。拙場風響譁。琴罇興未已。誰載習池車。

【校異】○拙惕風響譁（底①）。拙惕〔場〕風響譁（底②）。拙場風響譁（天和・宝永・寛政）。

【注釈】○**正六位上**　大宝律令の官位。○**但馬守**　但馬（兵庫県北部）の国守。○**百済公和麻呂**　生没年未詳。渡来系人。○**五言**　一句が五字からなる詩体。○**初春**　立春の日。漢詩に「初春」の詩がある。○**於**　～で。場所を指す。○**左僕射**　左大臣の唐名。○**長王宅**　左大臣長屋王の邸宅。平城京二条大路にあった。邸宅跡地から「長屋親王宮」の木簡が出土した。長王は長屋王の唐風号。天武天皇孫、高市皇子の子。神亀六（七二九）年に謀反の罪で自尽。○**讌**　詩宴。○**帝里**　天皇の住んでいる処。ここは奈良の都の平城京。○**春色**　春の雰囲気。色は気色。○**上林**　皇居の北側に作られた庭園。漢に上林苑がある。○**開**　展開していること。○**景華**　美しい春の景色。華景に同じ。○**芳梅**　香しく薫る梅の花。「嫩柳」と対で、初春の美景を言う。○**含雪散**　雪を交えて散る。白梅と白雪とが紛う美をいう。○**嫩柳**　若い芽の出た柳。○**帯風斜**　風に揺られていること。○**庭燠**　庭園は春の陽気で暖かいこと。林寒と対で、春と冬の交じりを言う。○**将**　まさに～しようとする意。○**滋草**　草を繁茂させること。○**林寒**　遠くの林は寒々としていること。○**未笑花**　まだ花を咲かせないこと。「笑」は花が咲くと笑うように見えることによる。○**鶉衣**　鶉のような粗末な衣服。世俗を捨てる隠逸者の服。「鶴蓋」と対で、神仙世界を言う。○**追野坐**　野に下ること。○**鶴蓋**　高貴な者の乗る車。○**入山家**　山荘に入ること。○**芳舎**　立派な建物。○**塵思寂**　塵も静まりひっそりとしていること。仙境の趣をいう。○**拙場**　詩会に拙い者の集まった場。○**風響譁**　風雅な話題で賑やかなことを風の音に比喩。譁は盛んな様子。○**琴罇**　音楽・飲酒・詩文の楽しみ。○**未已**　まだ終わらないこと。○**誰**　誰が～だろうか。反語。○**載**　乗せること。○**習池車**　晋の習氏に佳園池があり、習池という。晋の山簡がこの園で泥酔したという故事による。

【解説】五言十二句古体詩。韻は華・斜・花・家・曄・車。初春に開かれた、長屋王邸の詩宴の詩。天皇の治める国に春が到来したことから詠み始め、皇居の上林園の春景色を述べる。春の季節は宮廷から始まるという意識があるのは、立春が天子の立てた暦に基づくことによるからである。梅が咲き柳が若芽を出し始めたが、まだ雪が降っているのは、立春まもなくのことであったからであろう。それのみではなく、早々に咲いた梅に雪が降るという表現は、当時の文人たちに流行した紛れを楽しむ好ましい風景であった。春の景色として梅と柳を併せて詠むことは、外来の風雅によるものであり、しかも、雪の中に梅が咲くことを詠むのは、中国では梅は寒さも厭わずに正月に咲く貞節の花とされるからである。梅は上品の植物なのである。もう一方に、梅に雪が降る風景は、季節の移ろいを表す表現として成立する。「万葉集」に「梅の花散らくは何処しかすがにこの城の山に雪は降りつつ」（巻五・八二三）と詠まれるのは、季節の移ろいが行きつ戻りつしている様子である。そのような季節の移ろいとともに、隠逸の者は野にくだり、高貴な者は山荘へと出かけるのだが、この長屋王邸は世俗を離れた処であるから、わざわざ野や山荘へ出かけなくとも良いというのである。なぜなら、長屋王邸ではいかなる者をも拒まずに招き入れ、楽しい宴が開かれるのであり、詩に未熟な者たちも風雅な話で盛り上がり、琴・詩・酒の三友が揃っているのだとする。それゆえにこの詩宴には、習池で泥酔した山簡のような者はいないのだと誇る。

76

五言。七夕。――百済公和麻呂

五言《ごごん》。七夕《しちせき》。

仙期《せんき》星織《せいしょく》の室《しつ》、神駕河辺《しんがかへん》を逐《お》う。咲瞼飛花《しょうけんひか》に映《は》え、愁心燭処《しゅうしんしょくしょ》に煎《い》る。昔《むかし》は河《かわ》の越《こ》え難《がた》きを惜《お》しみ、今《いま》は漢《かわ》の旋《めぐ》り易《やす》きを傷《いた》む。誰《たれ》か能《よ》く玉機《ぎょくき》の上《うえ》に、怨《うらみ》を留《とど》めて明年《みょうねん》を待《ま》たん。

五言。七夕の夜に。

牽牛との出会いを約束して時を待つ機織りの部屋、今夜織女星は神仙の車に乗り天の河の川辺へと向かう。微笑んだ笑顔には麗しく舞い飛ぶ花の影が映り、今まで逢えなかった悲しみの思いは篝火のように熱い。昔は河の越え難いことを悲しんだが、今は天の河が移り時が忽ちに過ぎて行くことを悲しむ。いったい誰が機織りの上に、この悲しみを留めて明年まで待つことなど出来る者があろうか。

五言。七夕。

仙期星織室。神駕逐河辺。咲瞼飛花映。愁心燭處煎。
昔惜河難越。今傷漢易旋。誰能玉機上。留怨待明年。

【校異】○仙期呈織室（天和・宝永・寛政）。○愁心烛處煎（底①）。然心燭処煎（天和・宝永・寛政）。

【注釈】○**五言**　一句が五字からなる詩体。○**七夕**　七月七日の夜。中国から伝来した五節日の行事の一。「万葉集」には七夕歌が多く載る。年に一度、この夜に織女が天の河を渡って牽牛と出逢うという中国渡来の伝説に基づく。○**仙期**　仙人である牽牛・織女が年に一度会うという約束の時。中国では牽牛・織女は神仙とされた。○**星織室**　織女星の機織りの部屋。○**神駕**　神仙の乗る車。仙駕、龍車とも。○**逐**　向かうこと。○**河辺**　天の川の岸辺。○**咲瞼**　笑顔をいう。瞼は顔。笑うと花が咲いたように見えることによる語。〇**飛花映**　辺りに舞い飛ぶ花が輝く。〇**愁心**　悲しみの心。〇**燭処**　篝火の燃える辺りをいう。〇**煎**　火で煎られるように熱い。〇**昔惜**　昔は惜しいと思ったこと。「今傷」と対で、七夕の夜の前後を言う。〇**河**　天の川。天漢。〇**難越**　越えがたいこと。〇**今傷**　七日の夜明けに心を痛める。〇**漢**　天の川。天漢。〇**易旋**　移り易いこと。〇**誰能**　誰が出来ようか。能は可能。〇**玉機上**　美しい織機の上。〇**留怨**　悲しみを堪える。〇**待明年**　来年の七夕での再会を待つこと。

【**解説**】五言律詩体詩。韻は辺・煎・旋・年。七月七日の七夕に詠んだ詩。「万葉集」の柿本人麻呂歌集には、この星合伝説を自らの恋に寄せて詠む多くの七夕歌が見えている。漢詩においても天平期に宮廷の行事として七夕の詩宴が開かれているが、七夕詩はそれ以前から詠まれていた。漢詩に見える七夕詩は織女の渡河と別離の悲しみを詠むのが中心である。本詩も織女は牽牛と約束の七日の夜を機織りの部屋で待ち、その時となって織女の乗る車駕は天の川を越え、二星は夜を楽しむのであるが、すぐに別れとなり来年の再会を待つことなど出来ないのだと怨む。このような内容の七夕詩が基本となるものであったらしく、六朝時代に詠まれた何遜の七夕詩にも「仙車駐七襄。鳳駕出天潢」から詠まれ、「来歓暫巧笑。還涙已啼妝。」のように、再会を喜びながらもまた還らなければならないことを思うと涙が流れ、そして「別離不得見。河漢漸湯湯。」と悲しむ。そのような類型は漢詩を良く読み込んでいるからだと思われ、「昔惜河難越。今傷漢易旋」の句は、梁武帝の七夕詩に「昔時悲難越。今傷何易旋」と見える。この武帝の表現を避けるために、内容が少し分かり難くなっているが、むしろ、このように重ねることで武帝の詩を想起させることを意図しているのだと思われる。なお、梁武帝の「七夕」は「白露月下団。秋風枝上鮮。瑶台生碧霧。瓊幕歛紫煙。綺会非妙節。佳期乃良年。玉壺承夜急。蘭油依暁煎。昔時悲難越。今傷何易旋。怨咽双念断。凄切両情懸」とある。

77

五言。秋日於長王宅宴新羅客。――百済公和麻呂

五言《ごごん》。秋日長王宅《しゅうじつちょうおうたく》に新羅《しらぎ》の客《きゃく》をして宴《うたげ》す。賦《ふ》して時《じ》の字《じ》を得《え》たり。
勝地山園《しょうちさんえん》の宅《たく》、秋天風月《しゅうてんふうげつ》の時《とき》。置酒《ちしゅ》して桂賞《けいしょう》を開《ひら》き、屣《くつ》を倒《たお》して蘭期《らんき》を逐《お》う。人《ひと》は是《こ》れ鶏林《けいりん》の客《きゃく》、曲《きょく》は即《すなわ》ち鳳楼《ほうろう》の詞《し》。青海千里《せいかいせんり》の外《そと》、白雲一《はくうんひと》つに相思《そうし》せん。

五言。秋の日に長屋王の宅で新羅の客を迎えて宴会する。賦して「時」の字を得た。
景勝の地に作られた庭園のある山荘、この秋の日の清らかな風月の時。文人たちが集まり香り良い桂を賞美する宴会が開催され、慌てて沓を逆さまに履きながらも蘭の時節を愛で友情を契るこの好機に走り回る。ここに集った人々は新羅の客人、奏でられる音楽は鳳楼の曲である。新羅は青波の隔てる海の千里の外ではあるが、穆天子のように白雲を眺めて互いに思い合おう。

五言。秋日於長王宅宴新羅客。賦得時字。
勝地山園宅。秋天風月時。置酒開桂賞。倒屣逐蘭期。
人是鶏林客。曲即鳳楼詞。青海千里外。白雲一相思。

【校異】○曲即鳳楼〔棲〕詞（底②）。

【注釈】○五言　一句が五字からなる詩体。**○秋日**　秋の日。漢詩に「秋日」の詩題がある。**○於**　～で。場所を指す。**○長王宅**　左大臣長屋王邸。平城京二条大路にあった。邸宅跡地から「長屋親王宮」の木簡が出土した。天武天皇孫、高市皇子の子。左大臣。神亀六（七二九）年に謀反の罪で自尽。**○宴**　送別の詩宴。**○新羅客**　朝鮮半島の新羅から来た使人。**○賦**　詩歌を作る。

○得時字　探韻の方法により時という韻字を得たこと。韻字を分けて即興で詩を詠む方法としてある。**○勝地**　景勝の地。**○山園宅**　山際に設けられた別荘の庭園。長屋王別荘の作宝楼であろう。**○秋天**　秋の日をいう。**○風月時**　風も月も清らかな時候をいう。友情の比喩。**○置酒**　宴会。**○開桂賞**　香り良い桂を愛でる会が催された。桂は友情の比喩。桂酒の用意された宴席。**○倒屣**　愛でることに忙しく慌てて沓を逆さまに履くこと。定型の表現。**○蘭期**　蘭の花が美しい時節。友情の比喩。**○人**　新羅の客人。**○是**　ほかならないこと。対象を取り立てていう。**○鶏林客**　新羅の客人。鶏林は新羅の別称。**○曲**　音楽をいう。**○鳳楼詞**　鳳の棲む楼閣を愛でる歌詞。**○青海**　青々とした海。「白雲」と対で、別離を言う。**○千里外**　ここから千里も離れた域外。**○白雲**　日本と新羅を隔てる雲。穆天子が西王母との別れに「白雲謡」が歌われる。別離の時に眺められる雲。**○一相思**　こころを一つにして互いに思い合うこと。別離の時に多い表現。

【解説】五言律詩体詩。韻は時・期・詞・思。長屋王邸で新羅の客を招いて行われた、送別の宴の詩。おそらく作宝楼での送別の宴であろう。この詩宴で「時」という韻字を得たというように、探韻という方法で詠む即興の詩である。長屋王邸の初秋の風景が描かれ、その景物の中心は風月にある。風と月が秋を象徴するからであるが、この風月は友情を表す。序文に「想風月之旧遊」とあるのは、風月の中に友情を温めたことを指す。河嶋皇子の「風月澄遊席。松桂期交情」の「風月」も「松桂」も深い友情を表し、さらに風と松・月と桂は対となる語で、松に吹く風、月に生える桂による繋がりであるとともに親しい関係を示した。そうした関係の強いものを取り出して、この場での友情を示唆している。月中の桂は「俗伝月中仙人桂樹」（虞喜安天論）といわれ、桂を愛でることは仙人の集まりであることを意味している。また、新羅を「鶏林」と呼んだのは相手の国の歴史を理解し、その関係を深めるためでもある。そのことを通して日本と新羅との国は青海千里を隔てるが、白雲を眺め互いに思い合おうという、全体として深い友情がテーマとされて詠まれた詩であり、心のこもった内容である。その背後には、和麻呂もかつては百済人であり新羅と敵対もしたが、今はこのように友情を深めるのだという意図があろう。

【百済公和麻呂】 生没年未詳。閲歴不明。渡来系人。本藻から正六位上但馬守であったことが知られる。「経国集」に対策文が載る。

正五位上《しょうごいのじょう》大学博士《だいがくのはかせ》守部連大隅《もりべのむらじおおすみ》一首《いっしゅ》　年《とし》は七十三《しちじゅうさん》

78

五言。侍宴。——守部連大隅

五言《ごごん》。宴《うたげ》に侍《はべ》る。

聖衿《せいきん》韶景《しょうけい》を愛《め》で、山水《さんすい》芳春《ほうしゅん》を翫《もてあそ》ぶ。椒花《しゅくか》風《かぜ》を帯《お》びて散《ち》り、柏葉《はくよう》月《つき》を含《ふく》みて新《あら》たし。冬花《とうか》雪嶺《せつれい》に消《き》え、
寒鏡《かんきょう》氷津《ひょうしん》に泮《と》く。幸《さいわい》に濫吹《らんすい》の席《せき》に陪《ばい》し、還《かえ》りて笑《わら》う撃壌《げきじょう》の民《たみ》。

五言。公宴に畏まって参加する。

天皇の心は春の良い風光を愛でられて、山水の地で芳しい春を賞美される。香りの良い山椒の花は風を受けて散り、柏の葉は月の光を含んで照り輝いている。冬の花である雪も山々から消えて、寒々としていた鏡のような氷も渡し場の辺りで溶け始めた。幸運にも身のほども弁えずにこのような立派な席にお呼ばれしたことは、却ってあの尭帝の時に大地を叩いて太平を喜んだという民のことを笑うほどである。

正五位上大學博士守部連大隅一首　年七十三

五言。侍宴。

聖衿愛韶景。山水翫芳春。椒花帯風散。柏葉含月新。

冬花消雪嶺。寒鏡泮氷津。幸陪濫吹席。還笑撃壌民。

【校異】○正五位上下（寛政）。○椒〔樹〕花帯風散（底②）。樹花帯風散（天和・宝永・寛政）。○寒鏡泮水津（天和）。

【注釈】○五言　一句が五字からなる詩体。○正五位上　大宝律令の官位。○大学博士　式部省に属す大学寮の教授。○守部連大隅　生没年未詳。○侍宴　天皇の宴会に畏まって参加する。漢詩の題としてある。○聖衿　天皇の心持ち。襟は内側、つまり心をいう。聖襟に同じ。○愛　愛でること。ここは自然物を賞美すること。○韶景　素晴らしい風景。○山水　山や川の自然の徳。「論語」雍也の山水仁智を示唆し、天皇の徳を言外に示す。○翫　賞翫。玩に同じ。楽しみ愛でること。○芳春　麗しい春。○椒花　山椒の花。香がある。春に黄緑色の小花が咲く。葉を酒に浮かべて飲んだ。「柏葉」と対で、椒酒・柏酒を言う。○帯風散　風を受けて散ること。○柏葉　ブナ科の落葉木の柏の葉。○含月新　月光を受けて照り輝くこと。○冬花　冬の花。雪花。雪を花に見立てた。「寒鏡」と対で雪と氷を言う。○消雪嶺　山に残っていた雪が溶けること。○寒鏡　寒々とした鏡の表面をいう。氷を指す。○泮　溶けること。○氷津　氷の張った川の渡し場。○幸陪　幸いにもお呼ばれに預かったこと。○濫吹席　身の程も知らずに立派な席にいること。栄誉をいう。濫吹は濫りがわしく楽器を吹くこと。そこから才能が無いのに何かを行うことの譬喩。詩宴の席の類型表現か。○還　かえって。○笑　ここでは自分以下であることに対して嘲笑する笑い。○撃壌民　尭帝の時に天下太平を喜び大地を叩いて歌った民。

【解説】五言律詩体詩。韻は春・新・津・民。初春の公宴に侍して詠んだ詩。天皇は春の良い風光を愛で、山水の春を賞美するという。春はすべての始まりであり、その春の始まりを告げるのは天子の徳である。「聖衿愛留景」というのは、天皇が春の季節を愛でられるという以上に、天子の心と春の風光とが一体であることにより、山水は仁智と重なり天皇の徳がそこに示されるのである。山椒の花が散り、柏の葉は月光に輝き、雪も氷も溶けて春を迎えたのであり、まさに世は天下太平である。それゆえに、尭帝の民が天下太平の世に地を叩いて喜んだということ以上に、わが聖天子の御代は安寧であるというのである。尭帝の民が地を叩いて歌ったという撃壌の歌は、「日出而作。日入而息。鑿井而飲。耕田而食。帝力于我何有哉」のように歌われている。民は自らの力で生きていると考え、尭の力は及んでいないと思ったのである。いわばそれほどまでに何の苦労も不安な思いもなく、安らかに暮らす世を尭帝は作ったのである。「還笑撃壌民」というところには、尭帝の民は聖主のことを忘れているが、我々はこの太平の世を作った聖主のことは忘れていないという意味が込められ、天皇への賛美が詠まれている。

【守部連大隅】　生没年未詳。文武四（七〇〇）年に律令の撰定に加わる。時に追大壱。養老四（七二〇）年、従五位上。同十月、刑部少輔。正月、学業の師範として褒賞を得る。時に明経第一博士従五位上。神亀三（七二六）年正月、正五位下。同五年二月、鍛冶造から賜姓守部。同年骸骨を乞うが許されず、品物を賜わる。本藻に正五位上大学博士とあるのは、晩年のことと思われる。

正五位下《しょうごいのげ》図書頭《としょのかみ》吉田連宜《よしだのむらじよろし》二首《にしゅ》　年《とし》は七十《しちじゅう》

79

五言。秋日於長王宅宴新羅客。——吉田連宜

五言《ごごん》。秋日長王宅《しゅうじつちょうおうたく》に新羅《しらぎ》の客《きゃく》をして宴《うたげ》す。賦《ふ》して秋《しゅう》の字《じ》を得《え》る。
西使《せいし》言《ここ》に皈《かえ》る日《ひ》、南登《なんと》餞送《せんそう》の秋《あき》。人《ひと》は蜀星《しょくせい》の遠《とお》きに随《したが》い、驂《そえうま》は断雲《だんうん》の浮《う》かぶを帯《お》ぶ。一《ひと》たび去《さ》れば郷国《きょうこく》を殊《こと》にし、万里《ばんり》風牛《ふうぎゅう》を絶《た》つ。未《いま》だ尽《つ》くさず新知《しんち》の趣《おもむき》、還《かえ》りて作《つく》る飛乖《ひかい》の愁《うれい》。

五言。秋の日に長屋王宅で新羅の客人を迎えて送別の宴をする。賦して「秋」の字を得た。西方から使者として来た新羅の客人が帰る日、南の高殿に登って送別の宴会をする秋。使いの客は蜀星の出る遠くへと帰り、使いの乗る馬はちぎれ雲の掛かる彼方へと目指す。使者らが一旦ここを去ると私たちとは国を異にして、万里の遠きに雌雄の牛を近づける風が絶たれるようなものだ。まだお互いに初めて知り合い友情を温めていないのに、もう早々と別離の悲しみを歌うことである。

正五位下圖書頭吉田連宜二首　年七十
五言。秋日於長王宅宴新羅客。賦得秋字。
西使言皈日。南登餞送秋。人随蜀星遠。驂帯断雲浮。
一去殊郷國。万里絶風牛。未尽新知趣。還作飛乖愁。

【校異】○西使言帰日（天和・宝永・寛政）。

【注釈】○正五位下　大宝律令の官位。○図書頭　中務省に属す図書寮の長官。○吉田連宜　生没年未詳。任那出身の渡来系人。○五言　一句が五字からなる詩体。○秋日　秋の日。漢詩に「秋日」の詩題がある。○於　〜で。場所を指す。○長王宅　左大臣長屋王宅。平城京二条大路にあった。邸宅跡地から「長屋親王宮」の木簡が出土した。長王は唐風の号。天武天皇孫、高市皇子の子。左大臣。神亀六（七二九）年に謀反の罪で自尽。詩の詠まれた場は作宝楼が考えられる。○宴　送別の詩宴。○新羅客　朝鮮半島の新羅から来た使人。○賦　詩歌を詠むこと。○得秋字　探韻の方法で秋という韻字を得たこと。韻字を分けて即興で詩を詠む方法による。○西使　西方からの使者。新羅の使いを指す。「南登」と対で方角の遊び。○言　ここに。語調を調える助詞。○帰日　帰国する日。皈は帰に同じ。○南登　南の高殿。○餞送秋　送別の宴会を催す秋の時節をいう。餞は馬の鼻を旅人が去って行く方向に向けること。○人　新羅の客人。○蜀星遠　蜀星の彼方。蜀星は不明。遠い蜀の地に出る星か。○驂　三頭立ての馬。その前後に添える馬のこととも。○帯　身に付けること。○断雲浮　ちぎれ雲が浮かんでいる。○一去　一度別れると。「万里」と対で出会いの困難を言う。○殊郷国　国や故郷を異にすること。郷も国の意。○万里　はるか遠い距離。○絶風牛　雌雄の牛は風の臭いで相手を求めるが、その風すら届かない遠地。風馬牛ともいう。○未尽　まだ尽くしていないこと。○新知　初対面をいう。○趣　顔を向け合って思いを語ること。○還作　改めてなすこと。○飛乖愁　鳥が飛び立つように離れて行く悲しみ。乖は乖離で背き離れること。

【解説】五言律詩体詩。韻は秋・浮・牛・愁。初秋に長屋王邸で新羅の客を招き、送別の宴が開かれた時の詩。秋字を韻字に得て詠んだ。新羅からの使者たちが帰国する日、長屋王の別荘である作宝楼に登り、餞宴が開かれた。これから使者たちは遠い西方の蜀の星の出るような彼方へと帰り、使者の乗る馬は千切れ雲の遥か彼方へと帰り、一旦ここに別れると相手を思う風の便りも絶たれてしまうのだ。お互いに出会ったばかりなのに、友情を温める暇もなく別離の時を迎え悲しみの歌を歌うことになったことだと別れを惜しむ。風牛の譬喩は、風馬牛あるいは風馬ともいわれ、

「春秋左氏伝」の「君処北海。寡人処南海。唯是風馬牛不相及也」に基づき、牡と牝が互いに遠く離れていて、相手を知らせる風すらも届かないところにいることをいう。いわばこの譬喩を通して、日本側は新羅使たちをあたかも恋人のように思い、ここに別離すると容易に会うことは出来ないのだという心遣いを示しているのである。作者も韓半島出身の者であるから、新羅の使者に寄せる思いは深く、風馬の譬喩を用いたのも、これから海を隔てる立場を実感として感じたからであろう。

80

五言。従駕吉野宮。――吉田連宜

五言《ごごん》。吉野《よしの》の宮《みや》に従駕《じゅうが》す。

神居深《しんきょしん》にして亦静《またせい》、勝地寂《しょうちせき》にして復幽《またゆう》。雲《くも》は巻《ま》く三舟《さんしゅう》の谿《たに》、霞《かすみ》は開《ひら》く八石《はっこく》の洲《す》。葉黄初《もみじはじ》めて夏《なつ》を送《おく》り、桂白《かつらしろ》くして早《はや》くも秋《あき》を迎《むか》う。今日《きょう》夢淵《いめのわだ》の淵《ふち》、遺響千年《いきょうせんねん》に流《なが》る。

五言。吉野の宮への行幸に従う。

神仙の住む家は山深くにありまた静寂であり、景勝の地もまた静謐にして奥深い。雲が巻き上がる三舟の渓谷、棚引いていた霞が次第に消えて行く八石の中洲。葉は色づき始めてようやく夏を送り、桂の木は白色を増して早くも秋を迎えている。今日こうして吉野の夢淵の淵に来ると、昔の聖王の伝統が千年にも及んで響いていることだ。

五言。従駕吉野宮。

神居深亦静。勝地寂復幽。雲巻三舟谿。霞開八石洲。
葉黄初送夏。桂白早迎秋。今日夢渕々。遺響千年流。

【校異】〇三舟谿〔谷〕（底②）。三舟谷（天和・宝永・寛政）。

【注釈】〇**五言**　一句が五字からなる詩体。〇**従駕**　天皇の行幸につき従うこと。〇**吉野宮**　奈良県吉野の宮滝の近辺に造られた離宮。天皇はここで神仙となる。また吉野は詩人たちが詩の風景を得るために求めた異境。〇**神居**　神仙の住む家。〇**深亦静**　山深くその上に静寂であること。〇**勝地**　景勝地。〇**寂復幽**　ひっそりとしてまた物音一つしないこと。幽は、自然の静謐な美。〇**雲巻**　雲が巻上がること。「霞開」と対で自然の動きを言う。〇**三舟**　吉野宮滝の東にある三船山。〇**谿**　渓谷。〇**霞開**　霞が消えてゆく様子。〇**八石**　吉野川の地。八石は八石薬の取れる地か。〇**洲**　中洲。〇**葉黄**　黄色く色づいた木の葉。「桂白」と対で秋の様子を言う。〇**初送夏**　初めて夏を送ること。〇**桂白**　桂が白色となる。桂の樹皮は灰色。〇**迎秋**　秋の季節を迎えること。〇**夢淵々**　夢淵の淵。夢淵は吉野の宮滝付近の淵の名。夢のわだ。「万葉集」に吉野の「夢のわだ」が見える。〇**遺響**　今に残るすぐれた伝統。〇**千年流**　千年も伝えられていること。

【解説】五言律詩体詩。韻は幽・洲・秋・流。吉野に行幸があった時に従い詠んだ詩。神居は神仙の居処であるが、そこは天皇の留まるところである。勝地は特にすぐれた景勝の土地で、仙人の愛する地である。その地は雲が巻き起こる三舟の渓であり、霞が掛かる八石の洲であるという。吉野は深山渓谷の地であり、三舟山は特に愛でられた。「万葉集」には弓削皇子の「滝の上の三船の山に居る雲の常にあらむとわが思はなくに」（巻三・二四二）があり、宮滝の上が三船山で、そこには常に雲が掛かるという風景は、本詩と趣を同じくする。三船山は神仙の留まる山なのである。また木々の葉が黄色となり夏を送る風情だといい、桂は白を増して早くも秋を迎える様子だという。「葉黄」はモミチとなることを指し、「万葉集」ではモミチを黄葉と書くのが普通である。そのような秋を迎えた趣の夢淵には、千年にも流れる伝統が見られるのだという。夢淵は宮滝の水が流れ落ちる淵を指し、「万葉集」には大伴旅人の「わが行きは久にはあらじ夢のわだ瀬にはならずて淵にあらぬかも」（巻三・三三二）があり、「夢のわだ」と呼ばれていたことが知られる。その旅人には吉野行幸に従い詠んだ長歌があり、吉野の宮は山ゆえに貴く水ゆえに清く、天地長久で万代不変の宮だと褒めている。漢詩の対句法と、老子の思想を取り入れて詠んだ歌である。旅人と吉田宜とは友人関係であるから、夢の淵を通して歌と詩とがこのように交流していた可能性があろう。

【吉田連宜】 生没年未詳。任那出身の渡来系人。文武四（七〇〇）年に僧恵俊から還俗して姓を吉、名を宜とした時に務大肆を受けた。医術を専門とする。和銅七（七一四）年正月、従五位下。養老五（七二一）年正月、医術の師範として褒賞を受ける。神亀元（七二四）年五月、吉田賜姓。天平二（七三〇）年三月、医術を弟子に伝授。同五年十二月、図書頭。天平九年九月、正五位下。同十年閏七月、典薬頭。本藻に正五位下図書頭とあり、目録には正五位下内薬頭とある。万葉集に大宰府帥の大伴旅人と書状の交往が見える。

外従五位下《げじゅごいのげ》大学頭《だいがくのかみ》箭集宿祢虫麻呂《やずめのすくねむしまろ》二首《にしゅ》

81

五言。侍讌。——箭集宿祢虫麻呂

五言《ごごん》。讌《うたげ》に侍《はべ》る。

聖予《せいよ》芳序《ほうじょ》に開《ひら》き、皇恩品生《こうおんひんせい》に施《ほどこ》す。流霞酒処《りゅうかしゅしょ》に泛《うか》び、薫吹曲中《くんすいきょくちゅう》に軽《かる》し。紫殿連珠《しでんれんじゅ》絡《から》み、丹墀蓂草《たんちめいそう》栄《さか》ゆ。
即《すなわ》ち此《こ》れ槎《いかだ》に乗《の》る客《きゃく》、倶《とも》に欣《よろこ》ぶ天上《てんじょう》の情《じょう》。

五言。公宴に畏まり参加する。

聖天子は喜びの心でこの芳しい時節を開かれて、その恩徳はすべての人々に施されたのである。美しく棚引く霞は宴会のこの酒席にまで流れ来て、薫る春の風は音楽の曲に合わせて軽やかに吹いている。皇居には美しい玉が絡まり、丹塗りの階段の庭にはあの堯帝の時に生えたという蓂草が繁茂している。いわばここに集った人たちはかつて筏に乗って天上へと到ったという客人と等しく、一緒に天上にあることの恩を喜ぶのである。

外從五位下大學頭箭集宿祢虫麻呂二首

五言。侍讌。

聖豫開芳序。皇恩施品生。流霞酒處泛。薫吹曲中軽。
紫殿連珠絡。丹墀蓂草榮。即此乘槎客。倶欣天上情。

【注釈】 **○外従五位下**　外位は特別扱いの官位。従五位下は大宝律令の官位。**○大学頭**　式部省に属する大学寮の長官。**○箭集宿禰虫麻呂**　生没年未詳。**○五言**　一句が五字からなる詩体。**○侍讌**　宴会に畏まって参加する。讌は宴・燕に同じ。「文選」に「公讌」の分類がある。漢詩に「侍宴」の題がある。**○聖**　聖天子をいう。**○予**　喜ぶこと。悦予。**○開**　開催。**○芳序**　麗しい時節の初め。**○皇恩**　天皇の御恩。**○施**　与える。恵み施すこと。**○品生**　生き物。万物。**○流霞**　棚引く霞。瑞霞。目出度いことの表現。〇**酒処**　宴会の酒席。〇**泛**　浮かぶこと。〇**薫吹**　香りの良い風。薫風に同じ。〇**曲中**　音楽の奏でられている中。〇**軽**　軽やかなこと。〇**紫殿**　皇居の建物。紫は天帝の居る紫微宮。天帝の皇居の紫微宮に擬す。「丹墀」と対で禁園の様子を言う。〇**連珠**　珠が連なっていること。文体を指す。〇**絡**　絡まること。〇**丹墀**　宮廷階段傍の赤く塗られた土。〇**蓂草**　尭帝の時に生えた目出度い草。冥莢。半年で葉を出し、半年で葉を落とすことから暦が作られたという。〇**栄**　繁茂をいう。〇**即此**　すなわちこれは。〇**乗槎客**　筏に乗った旅人。〇**天上情**　天上の宮廷に招かれた喜びの心。直接的には地上の宮殿であるが、譬喩としては天上の紫微宮である。

【解説】五言律詩体詩。韻は生・軽・栄・情。この韻は、背奈王行文の新羅使送別の詩にも用いられている。天皇の開いた春の公宴に侍して詠んだ詩。聖天子はこの春を立てられ、すべての生き物に至るまで恩恵を施しているという。季節の順調な到来は、聖天子の徳に基づくと考えているので、今ここに春の季節が到来したのである。皇恩は公宴の詩に用いられる天子頌徳の基本語であり、皇沢や恩沢と同じ。その聖天子による公宴であるために、この酒席に霞が懸かるのである。このような霞は丹霞と等しく、めでたい霞であり、仙人の住む処に懸かる瑞祥としての霞である。しかも、宮殿が紫殿と現されるのは、単なる皇居の意味ではない。これは紫微宮のことで、天上にある天帝の居処（北斗星の北側にある）の天庭である。本藻に見える紫宮・紫閣・紫宸などもそれで、この天上の紫微宮を地上に写し取ったのが、秦の始皇帝である。始皇帝は天上の宮廷を地上に写し取り、その宮殿を紫微宮と呼んだ。それで始皇帝となったのである。そのことから見ると本詩の紫殿は、天帝の宮廷の居処である紫微宮をいうのであり、それは天皇を天の皇帝と見ていたということになる。それゆえにこの紫微宮の庭には蓂草が繁茂しているのであり、ここに集った者たちも、漢の張騫のように筏に乗り、天上へと招かれ歓待されたことで、その喜びを「天上の情」と詠むのである。

82

五言。春於左僕射長王宅宴。――箭集宿祢虫麻呂

五言《ごごん》。春《はる》左《さ》僕射《ぼくや》長王宅《ちょうおうたく》に宴《うたげ》す。

霊台広宴《れいだいこうえん》を披《ひら》き、宝斉琴書《ほうさいきんしょ》を歓《よろこ》ぶ。趙《ちょう》は青鸞《せいらん》の舞《まい》を発《おこ》し、夏《か》は赤鱗《せきりん》の魚《うお》を躍《おど》らす。柳条《りゅうじょう》未《いま》だ緑《みどり》を吐《は》かず、梅蘂《ばいずい》已《すで》に裾《すそ》に芳《かんば》し。即《すなわ》ち是《こ》れ帰《かえ》るを忘《わす》るる地《ち》、芳辰《ほうしん》の賞《しょう》は舒《の》ぶるに叵《かた》し。


五言。春の左大臣長屋王邸での宴会。

周の霊台の如き作宝楼で盛大な宴会が開かれ、立派な書斎での音楽や詩書を楽しむことである。趙の国ではめでたい青鸞の舞を起こし、夏の国ではめずらしい赤い鱗の魚を躍らせたという。王邸の庭の柳はまだ緑の芽を出していないが、梅の花はもう木々の辺に芳しい。まさにここは帰ることを忘れさせる処であり、この芳しい春の美景は言い尽くすことが難しい。


五言。春於左僕射長王宅宴。

霊臺披廣宴。宝齊歓琴書。趙発青鸞舞。夏踊赤鱗魚。

柳條未吐緑。梅蘂已芳裾。即是忘帰地。芳辰賞叵舒。

【校異】〇宝尋歓琴書（天和・宝永・寛政）。〇梅蘂已芳蹉（底①）。梅蘂已芳蹉〔裾〕（底②）。梅蘂已芳裾（天和・宝永・寛政）。

○芳辰賞叵舒（寛政）。芳辰賞▒舒（天和・宝永）。

【注釈】○五言　一句が五字からなる詩体。○春　春の季節。春の良辰をいう。○於　〜で。場所を指す。○左僕射　左大臣の唐名。○長王宅　左大臣長屋王邸。平城京二条大路にあった。邸宅跡地から「長屋親王宮」の木簡が出土した。長王は詩人としての号。天武天皇孫、高市皇子の子。左大臣。神亀六（七二九）年に謀反の罪で自尽。○宴　詩宴。交友の宴をいう。○霊台　周の文王が作った物見台。王の徳を示す台。○披　開くこと。○広宴　盛大な宴会。○宝斉　立派な書斎。宝斝であれば玉杯。○歓　喜ぶ。○琴書　音楽と詩文。左琴右書の略。○趙発　趙国から始まる意。戦国時代に趙氏に立てられ、始皇帝に滅ぼされた。「夏踊」と対で古代中国の故事を言う。○青鸞舞　青い鳳凰の舞。聖天子の世に現れた瑞祥。○踊　飛び跳ねること。○赤鱗魚　赤い鱗の魚。聖天子の世に現れた瑞祥。○柳条　柳の枝。○未吐緑　まだ緑の若芽を出していないこと。○梅蘂　梅の花をいう。○芳裾　梅の木の下に芳しい意。○即是　まさにここは。○忘帰地　帰ることを忘れさせる処。○芳辰　麗しい時節。良辰。○賞　賞美。自然観賞の態度。これは謝霊運が山水を描く時の観賞態度である。○叵　難しい意。○舒　思いを述べること。

【解説】五言律詩体詩。韻は書・魚・裾・舒。早春に、長屋王邸宅で行われた宴に詠んだ詩。王が左大臣となったのは、神亀元（七二四）年の聖武天皇即位の年。以後、宮廷での最高権力者となった。そのような長屋王邸を霊台だと褒める。霊台とは周の文王の建てた物見台であるが、ここでは立派な建物を指す。別荘の作宝楼を示唆している。そこの書斎で詩宴が開かれたのであるが、書斎で行われる宴会は、「万葉集」巻五に大伴旅人が大宰府帥辞任に当たって送別の宴が開かれ、「書殿餞酒」とあり、これは大宰府の図書館である。文人たちの宴を盛り上げるのは中国渡来の漢籍であり、それらの書籍を話題として談論（清談）し詩を作ることが宴の楽しみであった。もとより別荘は山斎様式の庭園が造られ、そこは読書空間として機能したから、読書人たちは別荘に多くの図書を蔵していたのである。さらに左大臣長屋王邸宅では、趙の飛燕の如き青鸞の舞が舞われ、池では夏の赤鱗の魚が太平の世を愛でて飛び跳ねたように、ここでも魚が飛び跳ねているという。この頌詞は新しく左大臣となった長屋王を祝福するものであろう。

しかも、その頌詞の内容は天皇讃美に匹敵することを思えば、長屋王が長屋親王と呼ばれていたことと深く関わる賞賛であると思われる。

【箭集宿祢虫麻呂】 生没年未詳。養老五（七二一）年正月、学業の師範として褒賞を受ける。時に明法博士正六位上。同六年二月、律令撰定に加わり田を賜わる。天平三（七三一）年正月、外従五位下。同四年九月、大判事。同十月、大学頭。「万葉集」の歌人。

従《じゅ》五《ご》位《い》下《のげ》陰陽頭《いんようのかみ》兼皇后宮亮《けんこうごうきゅうのすけ》大津連首《おおつのむらじおびと》二首《にしゅ》　年《とし》は六十六《ろくじゅうろく》

83

五言。和藤原太政遊吉野川之作。――大津連首

五言《ごごん》。藤原太政《ふじわらだいじょう》の吉野川《よしのがわ》に遊《あそ》ぶの作《さく》に和《わ》す。乃《すなわ》ち前韵《ぜんいん》を用《もち》う。
地《ち》は是《こ》れ幽居《ゆうきょ》の宅《たく》、山《やま》は惟《こ》れ帝者《ていじゃ》の仁《じん》。潺湲《せんかん》して石《いし》を浸《おか》す浪《なみ》、雑沓《ざっとう》して琴《こと》に応《おう》ずる鱗《うお》。霊懐《れいかい》林野《りんや》に対《たい》し、
陶性風煙《とうせいふうえん》に在《あ》り。歓宴《かんえん》の曲《きょく》を知《し》らんと欲《ほっ》して、満酌《まんしゃく》すれば自《おのずか》ら塵《ちり》を忘《わす》る。

五言。藤原太政の「吉野川に遊ぶ」の作に追和する。すなわち前韻を用いた。
吉野の土地は神仙の住む静寂な家であり、吉野の山はこれは帝王の仁徳を示すものである。滔々と流れて石を浸食す

る波、たくさん集まって来ては琴の音に聞き入る魚たち。精神は大いなる林野に向かい立ち、正しく人を導くことは自然の中にこそある。そこでこの楽しい酒宴での音楽をさらに楽しもうと思い、杯に酒を満たして飲めば自然と世間の煩わしさを忘れることだ。

従五位下陰陽頭兼皇后宮亮大津連首二首　年六十六

五言。和藤原太政遊吉野川之作。乃用前韵。

地是幽居宅。山惟帝者仁。潺湲浸石浪。雑沓應琴鱗。

霊懐対林野。陶性在風煙。欲知歓宴曲。満酌自忘塵。

【校異】○藤原大政（天和・宝永・寛政）。○乃用前韻（天和・宝永・寛政）。○陶性在風壄（底①）。陶性在風壄〔煙〕（底②）。陶性在風煙（天和・宝永・寛政）。

【注釈】○従五位下　大宝律令の官位。貴族階級の最下位。**○陰陽頭兼皇后宮亮**　陰陽頭は中務省に属する陰陽寮の長官。皇后宮亮は七省中宮職の次官。二つを兼ねた。**○大津連首**　生没年未詳。**○五言**　一句が五字からなる詩体。**○和**　答えること。追和すること。**○藤原太政**　太政大臣の藤原不比等。本藻では史。鎌足の子。光明皇后の父。藤原四子の父。養老律令の制定。右大臣。養老四（七二〇）年没。**○遊吉野川之作**　不比等の「遊吉野川」という作を指す。詩番三一・三二に見える。**○乃**　すなわち。**○用前韵**　不比等の詩の韻字を用いたこと。**○地是**　この土地はまさに。「是」は対象指示語。**○幽居宅**　静寂な仙人の住み家をいう。幽山幽谷の宅。吉野山をいう。**○山**　吉野の山。奈良県吉野の山。宮滝がある。仙境とされた。**○惟**　これ。発語。**○帝者**　帝王。**○仁**　仁という儒教の徳。恵み。「論語」「雍也」の「子曰。知者楽水。仁者楽山。知者動。仁者静。知者楽。仁者寿。」を意識している。**○潺湲**　川が滔々と流れる様。**○浸石浪**　石を浸食する波。**○雑沓**　たくさん集まって賑やかな様子。**○応琴**　琴の音に対応すること。**○鱗**　魚の詩語。**○霊懐**　霊的心性。精神。**○対**　向かうこと。**○林野**　森林や原野。**○陶性**　身を養う養生。陶は人を導くこと。薫陶。**○在**　存在すること。**○風煙**　自然そのものの姿。**○欲知**　知ろうと思うこと。**○歓宴曲**　楽しい酒宴での音楽。**○満酌**　杯に酒を満たすこと。**○自忘塵**　俗世間のことは自然と忘れること。塵は俗世間。

【解説】　五言律詩体詩。韻は仁・鱗・煙・塵。藤原史の「遊吉野川」詩に追和した詩。前韻を用いるのは技巧的のみではなく、聯句的意識もあるのであろう。吉野が幽居の宅であるのは、仙人の住み家を意味し、山が帝者の仁徳を現すのは孔子の教えによるものである。これらの表現は吉野詩に見られた表現であり、その背後に天皇を神仙とみなし、山水仁智の徳を有する聖天子とする思想が窺えた。本詩の基本もそこに置かれているが、史（不比等）が強く仙郷を意識し、「霊仙駕鶴去。星客乗査逡」（三一番詩）「漆姫控鶴擧。柘媛接莫通」（三二番詩）と詠んだのに対して、本詩は取り立てて仙郷を描こうとしてはいない。むしろ、「渚性臨流水。素心開静仁」という史の願いを受けているように思われる。これは水の性質を理解し、静かに仁の心を開くことにより、吉野での養生を願うことであり、そこに追和したのが本詩の、「陶性在風煙」にあろう。陶性は性を養うことであり、吉野は仙郷であるとともに、養生の地でもあったからである。養生は不老不死や長命を願うための手段であり、それは神仙の気に触れるのみではなく、山水仁智の徳にも触れることで養生を得られたのである。六朝には養生が流行し仙道への憧れを示すが、本藻詩の養生は心を塵外の風煙の中に遊ばせ、酒を飲み楽しむことであり、遊覧を意味した。

84

五言。春日於左僕射長王宅宴。――大津連首

五言《ごごん》。春日《しゅんじつ》左僕射《さぼくや》長王宅《ちょうおうたく》に宴《うたげ》す。

日華《にっか》は水《みず》に臨《のぞ》みて動《うご》き、風景《ふうけい》は春《はる》の墀《にわ》に麗《うるわ》し。庭梅《ていばい》已《すで》に笑《わらい》を含《ふく》み、門柳《もんりゅう》未《いま》だ眉《まゆ》を成《な》さず。琴罇《きんそん》此《こ》の処《ところ》に宜《よろ》しく、賓客《ひんきゃく》相追《あいお》う有《あ》り。徳《とく》に飽《あ》きて良《まこと》に酔《よい》を為《な》すも、盞《さん》を伝《つた》うるに遅々《ちち》たること莫《な》かれ。

五言。春の日に左大臣の長屋王宅で宴会をする。
春のうららとした日の光は水に映って動き、風景は春の庭に麗らかである。庭園の梅の花はもう咲き始めているが、門前の柳はまだ眉を成していない。琴の曲も美酒もこの処にまさに相応しく、賓客たちは次々と集まってくる。長屋王の深い徳に飽きて十分に酔っぱらうほどではあっても、酒盃を回すのにのんびりしないでくれないか。

五言。春日於左僕射長王宅宴。
日華臨水動。風景麗春墀。庭梅已含笑。門柳未成眉。
琴罇宜此処。賓客有相追。飽徳良為酔。傳盞莫遅々。

【校異】○琴樽宜此処（天和・宝永・寛政）。

【注釈】○**五言**　一句が五字からなる詩体。○**春日**　春の日。漢詩に「春日」の詩題がある。○**於**　～で。場所を指す。○**左僕射**　左大臣の唐名。○**長王宅**　左大臣長屋王の宅。平城京二条大路にあった。王邸宅跡地から「長屋親王宮」の木簡が出土した。長王は唐風の号。佐保に作宝楼を造営し詩作の施設とした。左大臣。神亀六（七二九）年に謀反の罪を得て自尽。○**宴**　詩宴。交遊を目的とした春の宴会をいう。○**日華**　太陽の光。○**臨水動**　水に映じて動くこと。○**風景**　景色。「万葉集」巻十七漢文序に「暮春風景」と見える。○**麗**　うららかであること。○**春墀**　春の庭。春苑。墀は庭。○**庭梅**　庭に植えた梅の木。「門柳」と対で早春の美景を言う。〇**含笑**　花を咲かせていること。花が咲くと笑うように見えることによる。〇**門柳**　門前の柳。〇**未**　まだ～していない。〇**成眉**　眉のような柳の葉となること。柳眉といい、女性の今風な眉の形の譬喩ともなる。〇**琴罇**　琴の曲と酒。音楽と酒をいう。これに詩を詠むことで琴・詩・酒の三友が揃う。「万葉集」巻十七に「琴罇無用空過令節」とある。〇**宜**　宜しい。〇**此処**　この処。〇**賓客**　大切な客人。〇**有相追**　次々と後を追って来ること。〇**飽徳**　人徳に満足したこと。〇**良為酔**　まことに酒にも酔っぱらったの意。〇**伝**　伝達すること。〇**盞**　酒杯。〇**莫**　～をするな。禁止。〇**遅々**　ゆったりとして遅い様。

【**解説**】五言律詩体詩。韻は墀・眉・追・遅。早春に開かれた、左大臣である長屋王邸宅の詩宴に詠んだ詩。王邸の庭の池には燦々と春の日が輝き、春の景色が麗しいばかりで、すでに庭の梅は咲き始めたが、門前の柳はまだ葉を出すには早いという。そのような中で詩酒の宴が開かれて賓客たちも次々と集まり、みんなは遠慮することなく自由に飲み楽しみ、すっかり王の徳に飽きるほど酔ってしまったが、そうではあっても酒杯を廻すのに時間が掛かってはいけないのだという。「伝盞莫遅々」という表現は、酒杯が個人個人に分かち与えられているのではなく、一つの酒杯をみんなで廻し飲みしていることを示している。その酒杯が遅れないようにせよというのは、何処かで何らかの事情があり滞っていることを意味している。一つに考えられるのは、この場で聯句が行われていたことである。しかし、作者は滞ることがないので、早く酒杯を廻せというのである。これが聯句であれば、前に続けるのに時間が掛かっているのであろう。あるいはもう一つに考えられるのは、酒宴につきものの酒令という遊びが行われ、その罰ゲームと関係するようにも思われる。罰の中には、詩を詠むというのもある。詩作に苦労して酒杯を廻すのに時間がかかっているのである。作者にはすでに理解されていて余裕があるのに、酒杯が廻って来ないのが残念だというのである。それは残念ではあるが、自慢を披露していることでもある。宴席の現場を伝えるような、即興性の強い作品である。

【**大津連首**】生没年未詳。僧義法として新羅へ行き、慶雲四（七〇七）年に帰国。和銅七（七一四）年に還俗、従五位下、賜姓大津、名は首を賜る。養老五（七二一）年正月、医卜方術の功績により褒賞を受ける。時に従五位上。天平二（七三〇）年三月、弟子に陰陽の術を伝授。本藻に見える従五位下陰陽頭兼皇后宮亮は、目録に陰陽頭正五位下とある。

贈正一位左大臣《ぞうしょういちいさだいじん》藤原朝臣《ふじわらのあそみ》総前《ふささき》三首《さんしゅ》　年《とし》は五十七《ごじゅうしち》

85

五言。七夕。――藤原朝臣総前

五言《ごごん》。七夕《しちせき》。

帝里《ていり》初涼《しょりょう》至《いた》り、神衿《しんきん》千秋《せんしゅう》を翫《もてあそ》ぶ。瓊筵《けいえん》雅藻《がそう》を振《ふ》り、金閣《きんかく》良遊《りょうゆう》を啓《ひら》く。鳳駕《ほうが》雲路《うんろ》に飛《と》び、龍車《りゅうしゃ》漢流《かんりゅう》を越《こ》ゆ。神仙《しんせん》の会《かい》を知《し》らんと欲《ほっ》して、青鳥《せいちょう》瓊楼《けいろう》に入《い》る。

五言。七夕の夜に。

天皇の都には初めて秋風が吹いて、天皇はこの千秋万歳の秋を楽しまれる。玉の筵では雅びやかな詩文があちこちから詠み上げられ、美しい楼閣では七夕の遊びが催される。織女の乗る鳳の車は雲の通い路を飛び行き、龍の車は天の河を越える。牽牛・織女の神仙の出逢いを見ようとして、西王母の使者である青鳥は二星の留まる玉の楼閣に飛び入ることだ。

贈正一位左大臣藤原朝臣総前三首　年五十七

五言。七夕。

帝里初涼至。神衿翫千秋。瓊筵振雅藻。金閣啓良遊。
鳳駕飛雲路。龍車越漢流。欲知神仙會。青鳥入瓊楼。

【校異】なし。

【注釈】○贈　官位の贈与。ここでは死後贈与。○正一位　大宝律令の官位の最大。○左大臣　太政官の大臣に次ぐ官職。左右ある。○藤原朝臣総前　天武九（六八一）年―天平九（七三七）年。○五言　一句が五字からなる詩体。○七夕　中国伝来の五節日の一つの七夕の節。七月七日の夜の行事。年に一度、この夜に織女が天の河を渡って牽牛と逢うという悲恋伝説に基づく。「荊楚歳時記」に「七月七日為牽牛織女聚会之夜」といい「是夕人家婦女結綵縷穿七孔鍼。或金銀鍮石為鍼。陳瓜果於庭中以乞巧」とある。織女が機織りに長けていたことから、裁縫の技術が向上することを祈願する行事ともなった。「万葉集」に「七夕歌」が多く載る。日本の宮廷では天平六（七三四）年に七夕の宴を開き、七夕詩を詠ませている。総前は天平九年に没したので、この詩は天平六・七・八年の何れかの七夕宴の詩であろう。○帝里　天皇の都。○初涼至　初めて秋風が吹いたこと。○神衿　天皇の心持ち。衿は内側を指す。○翫　賞翫し楽しむこと。玩に同じ。自然を愛でる態度。○千秋　千歳。○瓊筵　玉の敷かれた席。「金閣」と対で二星の出会いの場所を言う。○振　生き生きと動くこと。○雅藻　美しい詩文。藻は詩文。○金閣　立派な楼閣。○啓　開く。開催すること。○良遊　すぐれた詩宴。○鳳駕　織女の乗り物。駕は車駕。龍車と対で織女の乗り物を言う。○飛雲路　雲間の通い路を飛び去ること。○龍車　織女の乗り物。「鳳駕」と対。○越　越えること。○漢流　天漢の流れ。天の川の流れをいう。○欲知　見ようとしての意。○神仙会　牽牛・織女の出逢う機会。○青鳥　青い鳥。西王母の使者。○瓊楼　玉で造られた楼閣。

【解説】五言律詩体詩。韻は秋・遊・流・楼。天皇主催の、七夕の宴が行われた時の詩であろう。史書に見える最初の宮廷七夕宴は、天平六（七三四）年七月である。昼に相撲の節会が行われ、夜に七夕の宴が開かれており、この時に詠まれた詩か。帝の都には涼しい風が吹き始め、天子はこの早秋の季節を賞美されるのだという。天子の立てた立秋により、秋が順調に進んで初秋の気が周囲に満ち、天皇はそれを愛でているのである。その喜びを皇沢として臣下たちに賜うのが季節ごとの宴である。中国から新たな年中行事が受け入れられることで、古代日本の宮廷行事もそれに合わせて行われるようになった。五節日の元日宴は当然のことであるが、四節日と言われる上巳・端午・七夕・重陽の宴は、中国の重要な節日であったから、詩人たちはこの節日のために競って詩を詠んだ。日本の宮廷行事もこの節日に合わせて行われるようになり、節日が季節の宴の中心となったのである。しかも、このような詩宴は君臣の和楽を意図するものであり、君臣の和楽は魏の曹丕の理念とした良辰・美景・賞心・楽事にあったから、季節の詩宴は美しい風物を君臣が心を一つにして愛でることにあった。七夕宴はそうした意味での宮廷宴なのである。総前の詩はそのことを前提として詠まれているのであり、続いて織女の渡河が詠まれる。鳳駕を織女の車、龍車を牽牛の車と解釈するものもあるが、それでは両者の出会いが不明となる。中国の七夕伝説では、織女が牽牛の元へと河を渡るのであるから、二星が互に河を渡るのではない。ここに対句を置くことの関係から、織女の渡河の様子を鳳駕と龍車とで揃えたと考えるべきである。鳳駕は織女の乗る車の鳳が飾られた輿の部分であり、龍車は龍で象られた台車の部分を指すと考えられる。

86

五言。秋日於長王宅宴新羅客。――藤原朝臣総前

五言《ごごん》。秋日長王宅《しゅうじつちょうおうたく》に新羅《しらぎ》の客《きゃく》をして宴《うたげ》す。賦《ふ》して難《なん》の字《じ》を得《え》たり。

職貢梯航《しょっこうていこう》の使《つかい》、此従《ここよ》り三韓《さんかん》に及《およ》ぶ。岐路《きろ》衿《えり》を分《わ》かつこと易《やす》く、琴罇《きんそん》膝《ひざ》を促《うなが》すこと難《かた》し。山中猿吟《さんちゅうえんぎん》断《た》え、
葉裏《ようり》蟬音《せんいん》寒《さむ》し。贈別言語《そうべつげんご》無《な》く、愁情幾万端《しゅうじょういくばんたん》。

五言。秋の日に長屋王宅で新羅の客を迎え送別の宴会をする。賦して「難」の韻字を得た。
日本への貢ぎ物を持ち海山を越えて使者が来たが、これから三韓の新羅へと帰る。別れ道で袂を分かつのは容易であるが、今後は音楽を楽しみ酒を飲んで親しむのは困難である。山の中では猿が鳴いて断腸の思いをし、木の葉の裏では時を過ぎた蟬の鳴き声がもの悲しい。送るに言葉を失い、この愁いの心はどれほどのものか言いようもない。

五言。秋日於長王宅宴新羅客。賦得難字。
職貢梯航使。従此及三韓。岐路分衿易。琴罇促膝難。
山中猿吟断。葉裏蟬音寒。贈別無言語。愁情幾万端。

【校異】○琴罇〔樽〕促膝難（底②）。琴樽促膝難（天和・宝永・寛政）。

【注釈】○五言　一句が五字からなる詩体。**○秋日**　秋の日。漢詩に「秋日」の詩題がある。**○於**　〜で。場所を指す。**○長王宅**　左大臣長屋王宅。平城京二条大路にあった。邸宅跡地から「長屋親王宮」の木簡が出土した。長王は唐風の号。佐保に作宝楼を造営し詩作の施設とした。左大臣。神亀六（七二九）年に謀反の罪を得て自尽。**○宴**　送別の詩宴。**○新羅客**　朝鮮半島の新羅から来た使者。**○賦**　詩歌を詠むこと。**○得難字**　探韻の方法によって難という韻字を得たこと。韻字を分けて即興で詩を詠む方法による。**○職貢**　貢ぎ物。**○梯航使**　山に梯子を掛け海に船を出して渡って来る使者。**○従此**　この日本からの意。**○及**　帰国

すること。**○三韓**　朝鮮半島の旧称である馬韓・辰韓・弁韓の三国。ここは辰韓の新羅を指す。**○岐路**　別れ道。**○分袂**　袂を別にすること。袂を分かつと同意。**○易**　容易であること。**○琴罇**　琴の音楽や飲酒。**○促膝**　帰国を促すこと。**○難**　困難。**○山中**　山の中。**○猿吟断**　悲鳴する猿の声が腸を断つこと。中国詩人の悲しみ表現の類型。**○葉裏**　葉の裏。**○蟬音寒**　時節外れの蟬の声が寒々と聞こえること。**○贈別**　別れに当たっての贈り物。**○言語**　別れの言葉をいう。愁情　悲しみの心。**○幾**　どのくらいの意。**○万端**　数えることが出来ないほど多いこと。

【解説】五言律詩体詩。韻は韓・難・寒・端。初秋に長屋王の邸宅で開かれた、新羅使送別の宴に詠んだ詩。まず、新羅から貢物を持って山を越え海を越えて使いが大和に来たことが詠まれ、そして早くも別離の時を迎えたことをいう。六六三年の白村江の敗戦で日本の支援した百済が滅び、以後に新羅との国交は断絶したと思われるが、七〇二年の遣唐使派遣により唐との国交回復があり、それとともに新羅との関係も改善されたのであろう。しかし、ここに問題となるのは新羅の使いが「貢」を日本の天子に持参するために危険な旅を冒して来朝したということにある。職貢の職は職務のことであるから、貢を日本に届けるのを任務として使者が来朝したとも受け取れるが、これは新羅の王が日本に対する自国の職務として貢物を届ける意味（朝貢・来貢）であり、その使者が梯航の使いである。このことを考えるならば、白村江以後に日本は新羅から貢物を受ける国となったということになる。それは倭国が遣唐使を派遣して中国に貢物を献上する図式と一致するのであり、そのことの意味するところは、相手国の臣下或いは藩国となることを意味した。いわば、新羅は日本に朝貢をする国として位置づけられているのであり、総前の詩は日本が中華の国であることを標榜していることとなる。もちろん、それはあくまでも日本側がそのように理解したということに過ぎないのであり、「万葉集」には日本も天平八年に新羅へ使いを派遣していることが見える。また、この時の使者が新羅王に会えずに帰国したと史書は記し怒っている。そのこととは別に、本詩は使者たちの帰国の辛苦を気遣い、そのことを思うと言葉を絶するのだという配慮を示している。そこには、この王邸の詩宴のキーワードである友情が強く意識されていることが知られる。

87

五言。侍宴。一首。――藤原朝臣総前

五言《ごごん》。宴《うたげ》に侍《はべ》る。一首《いっしゅ》。

聖教千禩《せいきょうせんし》を越《こ》え、英声九垠《えいせいきゅうぎん》に満《み》つ。無為《むい》にして無事《ぶじ》に息《いこ》い、垂拱《すいきょう》して労塵《ろうじん》すること勿《な》し。斜暉蘭《しゃきらん》を照《て》らして麗《うるわ》しく、和風物《わふうもの》を扇《あお》いで新《あら》たし。花樹一嶺《かじゅいちれい》に開《ひら》き、糸柳三春《しりゅうさんしゅん》に飄《ひるがえ》る。錯謬殷湯《さくびゅういんとう》の網《あみ》、繽紛《ひんぷん》周池《しゅうち》の蘋《ひん》。枻《ふなばた》を鼓《う》ちて南浦《なんぽ》に遊《あそ》び、筵《むしろ》を肆《し》きて東浜《とうひん》に楽《たの》しむ。

五言。公宴に畏まって参加する。一首。

天皇の立派な教えは千年にも及び、優れた誉れは天地の限りまで満ち満ちている。何もしなくても無事であることに安息し、手を拱いていても俗世間の煩いも無い。夕暮れの光は蘭を照らして麗しく、和やかな風はそよそよと若葉を揺らして気持ちが良い。花を付けた木々は山一面に咲きほこり、糸のような柳はこの春の三ヶ月に飜っている。誤った狩りを正した殷の湯王の網のような恵み、入り乱れる池の草を取って祭りを行った周王のような徳。我らは船ばたを叩いて歌いながら南の浦に遊楽し、宴席の筵を敷いて東の浜辺で楽しむことである。

五言。侍宴。一首。

聖教越千禩。英声満九垠。無為息無事。垂拱勿労塵。
斜暉照蘭麗。和風扇物新。花樹開一嶺。絲柳飄三春。
錯謬殷湯網。繽紛周池蘋。皷枻遊南浦。肆筵樂東濵。

【校異】○聖教越千礼（底①）。聖教越千礼〔禩〕（底②）。聖教越千禩（天和・宝永・寛政）。○糸柳飄三春（底・寛政）糸柳飄三華（天和・宝永）。○鼓枻遊南浦（天和・宝永・寛政）。○肆筵楽東浜（底・宝永・寛政）。肆筵■東浜（天和）。

【注釈】○**五言**　一句が五字からなる詩体。○**侍宴**　天皇の宴会に畏まり参加する。漢詩に「侍宴詩」がある。○**首**　詩歌を数える単位。○**聖教**　聖人の教え。○**越**　越える。続くこと。○**千禩**　「禩」は年の意。千年。○**英声**　優れた評判。○**満**　充満すること。○**九垠**　天地の極み。九は世界のすべて。○**無為**　何もしないこと。無為自然。自然を基本とする思想。「垂拱」と対で優れた政治を言う。○**息**　安息。○**無事**　何事も起こらないこと。○**垂拱**　手を拱いていること。「尚書」の思想。垂拱端座。○**勿**　無いこと。○**労塵**　世俗の煩い。○**斜暉**　日が斜めになって輝いている様子。夕日。○**照**　日が照り輝くこと。○**蘭麗**　蘭の花が美しいこと。○**和風**　和やかなそよ風。「万葉集」巻十七に「初巳和風払自軽」とある。○**扇物新**　物を揺り動かして気持ちが良いこと。○**花樹**　花をつけた木々。○**開**　花が咲くこと。○**一嶺**　一山。○**糸柳**　糸のような春の柳の枝。○**飄**　飄ること。○**錯謬**　誤り。「繽紛」と対で古代中国の故事を示す。○**殷湯網**　殷の湯王が動物を捕獲する網を取り除いた故事。○**繽紛**　入り乱れる様子。○**皷枻**　船ばたを太鼓として叩くこと。楽器の代わりとして歌を歌うのである。○**遊**　遊楽。ここでは宴楽。○**南浦**　宮廷の南の池。○**肆筵**　宴席の筵を敷くこと。○**楽**　遊楽。楽しむこと。○**東浜**　宮廷の東の池辺。平城京東院庭園の池。

【解説】五言十二句古体詩。韻は垠・塵・新・春・蘋・浜。早春に開かれた公宴に侍り詠んだ詩。この大和における聖天子の教えは既に千年に及び、その勝れた名声は天地に満ちているという。このような表現を可能としているのは、天皇という概念が成立したからである。天皇概念は皇帝と並ぶものであり、その皇帝はもともと天の主宰神である天帝を意味したが、「史記」によれば秦王が天下を統一するという偉業を果たし、王号の改称に当たり天皇・地皇・泰皇の三皇の中から泰皇を選び、泰を除き天帝の意味の帝を加えて皇帝と称したことに始まる。この始皇帝の称号改革を受けて成立したのが天皇号である。天皇の号は、先の三皇の一つの天皇によろう。それは皇帝と等しい意味であった。そのような称号改革は、今日の理解では天武朝であろうという。それを証明するように、奈良県の飛鳥池遺跡から天武朝と判断される天皇木簡が出土したことから裏付けられている。天皇号への改称は秦の皇帝と等しくあることであるから、天皇の祭祀・儀礼が皇帝に並ぶように整備されることを意味した。特に詩人たちは言語侍従の臣という立場を以て詩を詠むことから、天子に対する賛美は唐の皇帝のそれに並ぶことを必然としたのである。総前の本詩が聖天子の教えが千年に及び、名声が天地に満ちているというのは、秦の皇帝に対する賛美と等しくあることを意図したからである。そのように詠むことが言語侍従の臣の役割であり、しかも、言語侍従の臣は聖天子が現れると、天子称賛の詩を詠むのだという伝統も中国の古くからの思想であり、その理解の中に本詩はある。それゆえに、続いて天子の垂拱端座が詠まれるのである。この語は「尚書」に基づくものであり、世が太平であることから、天子は垂拱し何もしなくとも治まっていることを意味する。そのことにより宴が開かれるのであり、必然的に春の風光は天子の徳を喜び、和やかな風が吹き花が咲くのである。それは古代中国の五帝たちも及ばなかったというのも、天に耀く偉大なる天皇という理解から生まれた意識であったのである。

【藤原朝臣総前】天武九（六八一）年—天平九（七三七）年。房前とも。鎌足の孫、不比等の二男。北家の祖。大宝三（七〇三）年、東海道巡察使。霊亀元（七一五）年正月、従四位下。養老元（七一七）年十月、朝政に参加。同五年正月、従三位。同十月元明太上天皇危篤の折に、長屋王とともに後事を託された。神亀元（七二四）年二月、正三位。同三年授刀長官兼近江若狭按察使。天平元（七二九）年九月、兼同二年中衛大将。同四年八月、東海東山道節度使。中務卿。同九年四月に疫病の流行により没した。時に参議民部卿正三位。同十月、正一位左大臣追贈。天平宝字四

（七六〇）年八月、太政大臣追贈。

正三位《しょうさんみ》式部卿《しきぶきょう》藤原朝臣宇合《ふじわらのあそみうまかい》六首《ろくしゅ》　年《とし》は卌四《しじゅうし》

五言《ごごん》。暮春南池《ぼしゅんなんち》に曲宴《きょくえん》す。并《あわ》せて序《じょ》。

夫《そ》れ王畿千里《おうきせんり》の間《かん》、誰《たれ》か勝地《しょうち》を得《え》ん。帝京三春《ていきょうさんしゅん》の内《うち》、幾《いくばく》か行楽《こうらく》を知《し》らん。則《すなわ》ち沈鏡《ちんきょう》の小池《しょうち》、勢《いきお》いは金谷《きんこく》に劣《おと》ること無《な》く、翰《ふで》を染《そ》むる良友《りょうゆう》、数《かず》は竹林《ちくりん》に過《す》ぎず有《あ》り。弟《おと》と為《な》り兄《せ》と為《な》り、花《はな》に酔《よ》い月《つき》に酔《よ》い、心中《しんちゅう》の四海《しかい》を包《つつ》み、善《ぜん》を尽《つ》くし美《び》を尽《つ》くし、曲裏《きょくり》の長流《ちょうりゅう》に対《たい》す。是《こ》の日《ひ》や、人《ひと》は芳夜《ほうや》に乗《の》り、時《とき》は暮春《ぼしゅん》に属《ぞく》す。映浦《えいほ》の紅桃《こうとう》は、半《なか》ば軽錦《けいきん》を落《お》とし、低岸《ていがん》の翠柳《すいりゅう》は、初《はじ》めて長糸《ちょうし》を払《はら》う。是《ここ》に林亭《りんてい》に我《われ》を問《と》う客《きゃく》、花辺《かへん》に去来《きょらい》し、池台《ちだい》に我《われ》を慰《なぐさ》むる賓《ひん》、琴罇《きんそん》を左右《さゆう》にす。月下《げっか》の芬芳《ふんぽう》、歌処《かしょ》を歴《へ》て扇《おうぎ》を催《うなが》し、風前《ふうぜん》の意気《いき》、舞場《ぶじょう》に歩《あゆ》みて衿《えり》を開《ひら》く。歓娯《かんご》未《いま》だ尽《つ》きずと雖《いえど》も、能《よ》く紀筆《きひつ》を事《こと》とす。盍《けだ》し各《おのおの》志《こころざし》を言《い》い、字《じ》を探《さぐ》り篇《へん》を成《な》すべし。云爾《うんじ》。

五言。春の暮れの南池で曲水の宴会をする。序文を併せた。

およそ王城千里の地にあって、誰がここ以外に景勝の地を得ている者があろうか。天皇の住まうこの都の春三ヶ月の内で、幾人がこの暮春の行楽を知り得ようか。まさにここには鏡を沈めたような清らかな池があり、それはあの金谷の別荘の景色に劣るものではない。さらに詩を詠み交わす優れた友がいて、その数は竹林の七賢ほどはいる。良友たちは仲の良い弟であり兄であり、花の美しさに酔いしれ月の輝きに酔いしれ、心の中は四海を包み込むほどに広く、互いに善言を尽くし美言を尽くし、曲水の長い流れに向き合うのである。まさにこの日、人々は香しい夜に乗じて楽しむのであり、時節は暮春の良い気候に当たる。池の水際に映る赤い桃の花の、半分は軽やかに花びらを舞わせ、低い岸辺の若芽の萌え出た翠の柳は、春の風に初めて糸のような長い枝を揺らしている。さて、この山荘に私を訪れた客人たちは、花が咲き乱れる辺りを行き来し、池の四阿に私を楽しませる賓客は、琴と酒を左右に用意している。春のおぼろな月の下は何とも香しく、歌姫の歌を聞きながら扇をあおぎつつ歩むと、春風の前に心地よく、舞台に近づいて心を開放することである。ここでの楽しみはまだまだ尽きないとはいっても、まずは筆を取り立派な詩を作ることとしよう。そこでみなさんはその思いを述べるべきで、それで韻字を探り詩を作ろうではないか。上に述べた通りである。

正三位式部卿藤原朝臣宇合六首　年卌四

五言。暮春曲宴南池。并序。

夫王畿千里之間、誰得勝地。帝京三春之内、幾知行樂。則有沈鏡小池、勢無劣於金谷、染翰良友、數不過於竹林。為弟為兄、酔花酔月、包心中之四海、盡善尽美、對曲裏之長流。是日、也人乗芳夜、時属暮春。映浦紅桃、半落軽錦、低岸翠柳、初払長糸。於是林亭問我之客、去来花辺。池台慰我之賓、左右琴罇。月下芬芳、歴歌処而催扇、風前意気、歩舞場而開衿、雖歓娯未尽、而能事紀筆。盍各言志、探字成篇。云爾。

【校異】○藤原宇合（天和・宝永・寛政）。○年三十四（天和・宝永・寛政）。○誰得勝地〔池〕（底②・天和）。誰得勝池（宝永・寛政）。○酔花酔月。包心中之四海。尽善尽美。対曲裏之長流。是日也人乗芳夜（底）。□□□□□（天和）。天和は大きく欠落あり。「包心中之四時属暮春」（宝永・寛政）。○半落軽錦（底・宝永・寛政）。半落軽旆（天和）。○池台慰我之主賓ィ（底①）。池台慰我之賓（天和・宝永・寛政）。○左右琴樽（天和・宝永・寛政）。○而能叓紀筆（底①）。而能事紀筆（天和・宝永・寛政）。

【注釈】○**正三位**　大宝律令の官位。○**式部卿**　式部省の長官。○**藤原朝臣宇合**　天平九（七三七）年八月没。○**五言**　一句が五字からなる詩体。○**暮春**　春の末の三月。季春。「万葉集」巻十七漢文序に「暮春風景」と見える。○**曲宴**　曲水の宴会。古くは三月最初の巳の日であったが、六朝時代ころから三月三日に定着した。河辺で老若男女が集い禊ぎや歌垣が行われていた。後に詩を詠む行事へと移った。○**南池**　屋敷の南に作られた池。○**并序**　序文を付けたこと。○**夫**　一体に。発語。○**王畿**　王の統治する地域。○**千里之間**　王の統治する地域は千里の範囲を指すこと。○**誰得**　誰が得られるだろうか。反語。○**勝地**　景勝の地。○**帝京**　天皇の都。○**三春之内**　春三ヶ月の内をいう。○**幾知**　幾人が自分のものとしているだろうか。○**行楽**　遊楽。○**則**　そこで。副詞。○**沈鏡**　澄んだ鏡を沈めること。清いことの比喩。○**小池**　小さな池。○**勢**　勢い。勢力。○**無劣**　劣ることが無いこと。○**於**　〜に。場所を指す。○**金谷**　晋の時代に石崇が作った豪華な別荘。金谷園。○**染翰**　筆に墨を浸すこと。詩を書くことをいう。○**良友**　仲の良い友人。○**数不過**　その数は〜を越えない。○**竹林**　七賢の逃れた竹林。○**為弟為兄**　良い弟となり兄となること。良友をいう。○**酔花**　花に酔いしれること。○**酔月**　月に酔いしれること。○**包**　包み込むこと。○**心中之四海**　心の中に広がる大きな海。「四海」は天下国家を指す。○**尽善尽美**　善言や美言を尽くすこと。○**対**　向き合うこと。○**曲裏之長流**　曲池の中の長い川の流れをいう。○**是日也**　まさにこの日をおいてはないの意。○**人**　客人。○**乗**　乗じること。○**芳夜**　香しい春の夜。○**時**　まさにこの時。○**属**　その範囲にあること。○**暮春**　三月をいう。○**映**　映ること。○**浦**　水際。○**紅桃**　紅色の桃の花。「万葉集」巻十七の漢文序に「紅桃灼灼」とある。**○半落**　半ばは舞い散っていること。**○軽錦**　軽やかな錦のような桃の花びら。**○低岸**　池辺の低い堤をいう。**○翠柳**　緑色に芽吹いたばかりの柳。「万葉集」巻十七に「翠柳依依」とある。**○払揺**　揺れること。**○長糸**　長い糸のような柳の枝。**○於是**　ここにあっての意。**○林亭**　林の中の四阿。**○問我之客**　私を訪れた客人。**○去来**　行き来すること。**○花辺**　花の咲く辺り。**○池台**　池の辺のテーブル。**○慰**　喜ばせること。**○我之賓**　私の賓客をいう。**○左右琴罇**　左に琴、右に酒を持つこと。左琴右書のこと。**○月下芬芳**　月下には香りが一杯の意。**○歴**　歩むこと。**○歌処**　歌姫の歌う歌台。**○催扇**　扇で扇ぐこと。**○風前**　風を受けること。**○意気**　心持ち。**○歩**　歩き行くこと。**○舞場**　舞台。**○開衿**　心が解放されること。衿は内側を示し心をいう。**○雖**　～だとは言っても。**○歓娯**　歓び楽しむこと。**○未尽**　まだ尽きないこと。**○能**　不備の無いこと。**○事**　詩作すること。**○紀筆**　筆を執り詩を記すこと。**○盍**　まさに。副詞。**○各**　各自。**○言志**　志を述べること。「毛詩」大序の「詩は志なり」という言葉による。**○探字**　韻字をあらかじめ探し求めること。探韻。韻字を分け合って詩を即興で詠む方法による。**○成篇**　詩篇を作ること。**○云爾**　このように申し上げる意。文末の定型句。

88

五言。暮春曲宴南池。并序。――藤原朝臣宇合

地《ち》を得《え》て芳月《ほうげつ》に乗《の》り、池《いけ》に臨《のぞ》みて落暉《らっき》を送《おく》る。琴罇《きんそん》何《いず》れの日《ひ》にか断《た》たん、酔裏《すいり》皈《かえ》るを忘《わす》れず。

景色の良い場所を得て香しい春の時節に乗じ、池に臨んで山に沈む日の輝きを見送る。琴や酒の楽しみを何時になっても止めることが出来ないのだが、しかし心地良いこの酔いの中にあっても帰ることだけは忘れない。

得地乗芳月。臨池送落暉。琴罇何日断。酔裏不忘皈。

【校異】○琴樽何日断（天和・宝永・寛政）。○酔裏不忘帰（天和・宝永・寛政）。

【注釈】○得地　良い場所を得ること。○乗　乗じること。○芳月　春の美しい月。○臨池　池に向かい合うこと。臨は対象に向き合うこと。曲水のある池であろう。○送　見送ること。○落暉　沈む日の光。○琴罇　琴と酒。琴は音楽、罇は樽に同じく酒。これに詩が加わり琴酒詩となる。文人の遊び。○何日　いつの日にか。○断　止めること。○酔裏　酔いの中。裏はその中。○不忘　忘れないこと。本来は「忘れる」と言うべきだが、紳士的態度を誇る。○皈　帰ること。

【解説】五言絶句体詩。韻は暉・帰。春の暮れに宇合邸で開かれた、南池での曲水の宴の時の詩。序文によると南の池に良友が集まり、暮春の芳夜にこの曲池で韻を求めて詩を詠もうというのが主旨である。長屋王邸の詩宴もそうであったが、この藤原門流の詩宴も交友による詩宴であることが述べられていて、詩宴と交友は詩の理念として成立していることが知られる。この理念は文章経国の思想とともに、魏の曹丕の交友の詩観に基づくものであろう。曹丕は鄴宮で建安七子の仲間たちと良辰・美景・賞心・楽事を元に日夜詩宴を楽しんだという。暮春の風光を善美を尽くして描こうというのは、その背後に君臣の和楽のために良辰・美景・賞心・楽事というスローガンがあり、そのもとに詩を詠もうという詩観があるからである。そうした君臣和楽の理念を皇子文化の中や貴族サロンの中に取り込むことで、大津皇子サロンや長屋王サロンなどが成立し、この藤原門流の詩宴も成立した。宇合宅の詩宴は長屋王事件後のことと考えられ、藤原政権も安定した頃の宴であろう。曲水での作詩は酒杯が流れ着くまでに詠むというゲームであり、さらにここでは探韻という方法が加わり、厳しい条件のもとでの作詩が要求されている。宇合は、この曲水の宴が地を得て行われるのだという。わざわざ地を得たというのは、おそらく宇合邸に立派な曲水庭園が造営され、そこで曲水の宴のためのお披露目があったのであろう。長屋王事件以後、高級貴族のステータスは、外国趣味の庭園を造り、詩人たちを招いて詩宴を開くことにあった。藤原門流の中で本藻に詩の載らない長兄の武智麻呂も、習宜の地に文会というサロンを開き、当時の文人や学者たちは競って参加を願ったといい、そこは龍門点額といったという。宇合も、文人や学者たちの集まる漢詩サロンを開いていたのである。

七言《しちごん》。常陸《ひたち》に在《あ》りて倭《やまと》の判官《はんがん》の留《とど》まりて京《きょう》に在《あ》るに贈《おく》る。一首《いっしゅ》。并《あわ》せて序《じょ》。

僕《われ》と明公《めいこう》と言《げん》を忘《わす》るること歳久《としひさ》し。義《ぎ》は伐木《ばつぼく》に存《そん》し、道《みち》は採葵《さいき》に叶《かな》う。君《きみ》が千里《せんり》の駕《が》を待《ま》つこと、今《いま》に三年《さんねん》。我《わ》が一箇《いっケ》の蹋《とう》を懸《か》けること、此《ここ》に九秋《きゅうしゅう》。如何《いか》にか授官《じゅかん》は同日《どうじつ》にして、乍《たちま》ちに殊郷《しゅきょう》に別《わか》れ、以《もち》て判官《はんがん》と為《な》る。公《こう》は潔《けつ》にして氷壺《ひょうこ》に等《ひと》しく、明《めい》なること水鏡《すいきょう》に逾《こ》ゆ。学《がく》は万巻《ばんかん》に隆《たか》く、智《ち》は五車《ごしゃ》に載《の》す。驥足《きそく》を将《まさ》に展《の》べんとするに留《とど》め、玉条《ぎょくじょう》を琢《みが》くに預《あず》かる。鳬鷁《ふえき》の擬飛《ぎひ》するを廻《めぐ》らし、金科《きんか》を簡《えら》ぶに忝《かたじけ》なくす。何《なん》ぞ宣尼《せんじ》が魯《ろ》に返《かえ》りて詩書《ししょ》を刪定《さくてい》し、叔孫《しゅくそん》が漢《かん》に入《い》りて礼儀《れいぎ》を制設《せいせつ》するに異《こと》ならん。聞《き》く夫《そ》れ天子《てんし》は詔《みことのり》を下《くだ》し、茲《ここ》に三能《さんのう》の逸士《いっし》を択《えら》び、各《おのおの》其《そ》の所《ところ》を得《え》せしむと。明公《めいこう》は独《ひと》り自《おのずか》ら此《こ》の挙《きょ》に遺闕《いけつ》す。理《り》は先進《せんしん》に合《あ》い、還《かえ》りて是《こ》れ後夫《こうふ》なり。譬《たと》えば呉馬《ごば》の塩《しお》に痩《や》せて、人《ひと》の尚識《なおし》ること無《な》く、楚臣《そおう》の玉《ぎょく》に泣《な》きて世《よ》の独《ひと》り悟《さと》らざるが如《ごと》し。然《しか》して歳寒《としさむ》くして後《のち》に松竹《しょうちく》の貞《てい》を験《あらわ》し、風生《かぜしょう》じて廼《すなわ》ち芝蘭《しらん》の馥《かおり》を解《し》る。鄭《てい》の子産《しさん》に非《あら》ずは幾《ほとん》ど然明《ぜんめい》を失《うしな》い、斉《せい》の桓公《かんこう》に非《あら》ずは何《なん》ぞ寧戚《ねいせき》を挙《あ》げん。人《ひと》を知《し》ることの難《かた》きは今日《こんにち》のみに匪《あら》ず。時《とき》に遇《あ》うことの罕《まれ》なるは昔《むかし》より然《しか》り。大器《たいき》の晩《ばん》にして、終《つい》には宝質《ほうしつ》と作《な》る。如《も》し我《わ》が一得《いっとく》の言《げん》有《あ》らば、庶幾《こいねがわ》くは君《きみ》が三思《さんし》の意《こころ》を慰《なぐさ》めん。今一篇《いまいっぺん》の詩《し》を贈《おく》り、輒《すなわ》ち寸心《すんしん》の歎《なげ》きを示《しめ》す。其《そ》の詞《ことば》に曰《いわ》く。

七言。常陸に在って倭判官が留まって京に在るのに贈る一首。序文を併せる。

私と貴殿とは言葉も不要なほどの親しい付き合いで、歳も久しくなった。二人の交友は詩の伐木のようであり、二人の友情は詩の採葵に叶うものである。君が千里の道のりを経て常陸に来られるのを待つこと、今に三年となった。私が一個の椅子を用意して君を待つこと、既に九秋となった。官を授かったのは同日であったのに、たちまち住む処を別にして別れてしまい、君は倭の判官となった。貴殿は潔癖にして氷壺に等しく、明なることは水鏡の輝きを越えている。学問は万巻の書を高く積み上げ、知識は五車に載せるほどである。立派な身分となることなどは止めて、法律家の職に預かるべきで、鴨が干潟を飛ぶことに擬えるような地方役人ではなく、法律家としての道を選ぶべきだ。それは孔子が魯に帰って詩書を冊定し、叔孫が漢に入って礼儀を制定したことにどうして異なろうか。聞くところでは天子は詔を下し、ここに三能の逸材を択び、各々其の所を得さしめたと。貴殿は独り自ら此の時の任用に漏れてしまった。理屈では君は先に進められるはずであるが、還って君は後の人となってしまった。譬えて言えば呉馬が塩に痩せて、人がなお識ること無く、楚臣が玉に泣いて世の中で独り知る者が無いようなものである。しかしながら歳が寒くても後に松竹の貞節を験すのであり、風が生じてこそ芝蘭の馥を解るということである。鄭の子産でなければ優れた然明をほとんど失うところであったし、斉の桓公でなければどうして寧戚を挙げただろうか。人を知ることの難しさは今日ばかりではないし、時宜を得ることも稀であるのは昔からのことである。大器は晩成するというように、最後には宝のような性質となるのである。もし私の言葉に一つでも得るものがあるとすれば、冀うことは君が種々に思われる心を慰めることであるのだ。今一篇の詩を贈り、それでいささかの嘆きを示すのである。それで其の詞に次のように言う。

七言。在常陸贈倭判官留在京。一首。并序。

僕与明公忘言歳久。義存伐木、道叶採葵。待君千里之駕、于今三年。懸我一箇之蹋、於此九秋。如何授官同日、乍別殊郷、以為判官。公潔等氷壺、明逾水鏡。學隆万巻、智載五車。留驥足於將展、預琢玉條。廻鳧舄之擬飛、忝簡金科。何異宣尼返魯刪定詩書、叔孫入漢制設礼儀。聞夫天子下詔、茲擇三能逸士、使各得其所。明公獨自遺闕此擧。理合先進、還是後夫。譬如呉馬瘦塩、人尚無識、楚臣泣玉世獨不悟。然而歳寒後験松竹之貞、風生廼解芝蘭之馥。非鄭子産幾失然明、非齊桓公何擧寧戚。知人之難匪今日耳。遇時之罕自昔然矣。大器之晩、終作宝質。如有我一得之言、庶幾慰君三思之意。今贈一篇之詩、輙示寸心之歎。其詞曰。

【校異】○懸我一筒之蹋（底）。懸我一箇蹋（天・宝永・寛政）。本文を「箇」に正す。○留驥足於将展（底・宝永・寛政）。留驥定於将展（天和）。○預琢玉条（底・宝永・寛政）。預□玉条（天和）。○廻鳧舄（底・宝永・寛政）。天和ナシ。この部分空白。○聞夫天子下詔。〔包列置師。咸審才周〕（底②）。天和版は「下詔」以下「各得」まで欠字。〔　〕内の二句竄入か。聞夫天子下詔。包列置師。咸審才周（宝永・寛政）。○「茲択三能逸士。使」（底）。□□□□□（天和）。○聞夫天子下詔。茲択三能逸士。使各得其所明（底）。聞夫天子下詔。包列置師咸審才周各得其所明公（宝永・寛政）。○楚臣泣玉独不悟（天和・宝永・寛政）。○知人難匪今日耳（天和・宝永・寛政）。○三思之意兮（底）。三思之意今贈（天和・宝永・寛政）。本文を「三思之意。今贈」に正す。

【注釈】○七言　一句が七字からなる詩体。**○在**　在住。**○常陸**　今の茨城県の旧国名。**○贈**　贈ること。**○倭判官**　倭にいる裁判官。倭は人名とも。**○留**　留まること。**○在京**　平城京に居ること。**○首**　詩歌を数える単位。**○并序**　序文を併せた。**○僕**

私。謙遜の言い方。〇与　〜と。〇明公　優れた友人。公は尊敬した呼び方。〇忘言　言葉を忘れても親しい仲。〇歳久　長年をいう。〇義　友情をいう。〇存　有ること。〇伐木　「詩経」の詩篇の名。一族の繁栄を願う詩。〇道　交友の道。〇叶　適合すること。〇採葵　「詩経」詩編の名。朋友の艱難を救うことをいう詩。〇待君　君を待つこと。〇千里之駕　都から常陸までの遠い道のりを来ること。〇于今三年　今に三年となったこと。〇懸　用意すること。〇一箇之榻　一つの椅子。榻は椅子。〇於此　ここにあっての意。〇九秋　三春の三ヶ月を三度繰り返した時間。三年をいう。〇如何　どうして。〇授官　官を授かること。〇同日　同じ日にの意。〇乍　すぐに。〇別　別離すること。〇殊郷　故郷を異にすること。〇以　それで。〇為　着任したこと。〇判官　裁判官。〇公　相手を尊敬して呼ぶ言い方。〇潔　潔癖。〇等　同等の意。〇氷壺　氷の入った壺。〇明　明らかであること。〇逾　いよいよ。〇水鏡　水の鏡。〇学　学問。〇隆　高いこと。〇万巻　多くの書物。〇智　知識。〇載　載せること。〇五車　五つの車。書を満載した車。〇留　留まること。〇驥足　駿馬の脚力。優れた才能を言う。〇将　まさに〜する意。〇展　伸ばすこと。〇預　預かること。〇琢　磨くこと。〇玉条　法律。下の金科と対。金科玉条。〇廻　回ること。〇鳧舄之擬飛　鴨が干潟を飛ぶことに擬す。鳧は鴨、舄は干潟。〇忝　忝ない意。〇簡　選ぶこと。〇金科　法律。上の玉条と対。金科玉条。〇何　どうして。〇異　異なること。〇宣尼　孔子の名。儒教の祖。〇返魯　故郷の魯の国へ帰ること。〇刪定　編纂。〇詩書　詩文。孔子の編纂した詩三百五篇。「詩経」をいう。〇叔孫　漢の人。君臣の儀を作った。〇入漢　漢に仕えたこと。〇制設　制定。〇礼儀　人倫の道をいう。〇聞夫天子下詔　天皇の下された詔を聞くこと。「聞夫天子下詔」の次に〔包列置師。咸審才周〕の句あり、竄入か。〇茲　ここに。〇擇　選択。〇三能　天地人を知る能力。〇逸士　逸材の者。〇使　〜せしむ。使役。〇各　各自。〇得　獲得の意。〇其所　その所。〇独　ただ一人をいう。〇自　自ずと。〇遺闕　漏れること。〇此挙　この度の任用をいう。〇理　理屈。〇合　合致すること。〇先進　先に選ばれること。〇還是　却って〜だ。〇後夫　後に残された人。〇譬如　譬えば〜の如し。〇呉馬　呉の国の山坂を上る馬。〇痩塩　塩を引いて痩せること。〇人尚無識　能力があっても人に知られることが無いこと。〇楚臣　楚の国の臣下。〇泣玉　玉を石だと言われて玉を砕いて泣いたという中国の故事がある。〇世　世間をいう。○**独**　偏にの意。○**不悟**　知られないこと。○**然而**　そうして。○**歳寒**　年末の寒い季節。○**験**　現れること。○**松竹之貞**　寒い季節でも常緑をたたえる貞節な性質。松竹梅は歳寒の三友という。○**風生**　風が吹くこと。○**洒**　すなわち。○**解**　解すること。○**芝蘭之馥**　芝蘭の香り。友情を象徴。○**非**　～でないと。○**鄭子産**　人名。春秋時代の鄭の国の政治家。小国の鄭を太平に治めた。○**幾**　ほとんど。○**失**　失うこと。○**然明**　人名。知恵者。○**斉桓公**　斉の国の桓公。「文選」の注にしばしば引かれている。○**何**　どうして。○**挙**　推挙をいう。○**甯戚**　人名。困窮であるが知恵者。○**知人之難**　人を知ることの困難さをいう。○**匪**　～ではない。○**耳**　～である。断定。○**遇時之罕**　時宜に適うことが稀であること。罕は稀。○**自昔**　昔からの意。○**然矣**　そうである。矣は強め。○**大器之晩**　大器晩成。○**終**　最後。○**作**　～となること。○**宝質**　宝の持つ性質。○**如有**　あるが如し。○**我一得之言**　私が述べた言葉の一つに得るものがあること。○**庶幾**　冀うこと。○**慰君**　君を慰める。○**三思之意**　あれこれと思う心。○**今贈**　今贈ること。○**一篇之詩**　一篇の詩をいう。○**輙**　すなわち。○**寸心之歎**　ささやかな嘆き。○**其詞曰**　その詩に言う。

89

七言。在常陸贈倭判官留在京。一首。并序。　――藤原朝臣宇合

我弱冠《われじゃっかん》より王事《おうじ》に従《したが》い、風塵《ふうじん》の歳月曽《さいげつかつ》て休《やす》まず。帷《とばり》を褰《かか》げて独《ひと》り坐《ざ》す辺亭《へんてい》の夕《ゆうべ》、榻《とう》を懸《か》け長《なが》く悲《かな》しむ揺落《ようらく》の秋《あき》。琴瑟《きんしつ》の交《まじわ》り遠《とお》く相阻《あいへだ》て、芝蘭《しらん》の契接《ちぎりせっ》するに由無《よしな》し。由無《よしな》ければ何《なん》ぞ見《み》る李《り》と鄭《てい》と、別《わか》れ有《あ》れば何《なん》ぞ逢《あ》わん逵《き》と猷《ゆう》と。心《こころ》を馳《は》せて白雲《はくうん》の天《てん》を悵望《ちょうぼう》し、語《ご》を寄《よ》せて明月《めいげつ》の前《まえ》に徘徊《はいかい》す。日下《じっか》の皇都《こうと》に君《きみ》は玉《ぎょく》を抱《だ》き、雲端《うんたん》の辺国《へんこく》に我《われ》は絃《げん》を調《ととの》う。清絃化《せいげんか》に入《い》り三歳《さんさい》を経《へ》、美玉光《びぎょくひかり》を韜《かく》し幾《いく》たびか年《とし》を渡《わた》

る。知己《ちき》の逢《あ》い難《かた》きは今《いま》のみに匪《あら》ず、忘言《ぼうげん》の遇《あ》うことの罕《まれ》なるは従来《じゅうらい》とも然《しか》り。期《き》を為《な》すに風霜《ふうそう》の触《ふ》れるを怕《おそ》れず、猶《なお》巌《がん》心《しん》松《しょう》栢《はく》の堅《かた》きに似《に》たり。

私は弱冠の時から国の仕事に従い、風や塵の中で長い歳月を曽て休むことも無かった。帷を褰げて独り坐して辺亭の夕にあり、椅子に掛けて長く悲しむ揺落の秋にある。琴瑟の交わりは遠く相阻てていて、芝蘭のような友情の約束に接するのに方法も無い。術が無かったことにより李膺と鄭とはどうやって会うことが出来たろうか、別れが有るから載逵と王子猷とどのようにして逢うことが出来たろうか。それだから心を走らせて君のいる都の白雲の天を眺望し、君に言葉を寄せようとして明月の前に彷徨うのである。日の下の皇都にいて君は玉を抱くように希望があり、遠い雲の端の辺国に私は琴の絃を調えている。清らかな琴の絃によって教化に取り組み三年を経て、美しい玉は光を隠し続けて幾年も過ごした。優れた知己に逢うことの困難なことは今のみではなく、言葉も不要な友と遇うことが稀なことは、昔からそのようである。だからその大切な願いを成就するには風霜の寒さに逢うことを怕れず、さらに巌の心で松栢の堅さのような態度を保つべきである。

自我弱冠従王事。風塵歳月不曽休。褰帷独坐邊亭夕。懸榻長悲揺落秋。
琴瑟之交遠相阻。芝蘭之契接無由。無由何見李將鄭。有別何逢逵与猷。
馳心悵望白雲天。寄語徘徊明月前。日下皇都君抱玉。雲端辺国我調絃。
清絃入化経三歳。美玉韜光幾度年。知己難逢匪今耳。忘言罕遇従來然。
為期不怕風霜觸。猶似巖心松栢堅。

【校異】○琴瑟之交〔友〕遠相阻（底②）。○々何見李時鄭（天和・宝永・寛政）。○有列〔別〕何逢道〔逵〕与猷（底②）。有別何逢道与猷（天和）。有別何逢逵与猷（宝永・寛政）。○美玉韜光幾度年〔歳〕（底②）。○匪今年（天和）。

【注釈】○自　～より。○弱冠　成人。二十歳を弱といい、この時に元服して冠をつけた。○従　従事すること。○王事　天皇の事業。○風塵　世間の煩い。○歳月　年月。○不曽休　かつて休むことが無かったこと。○褰　かかげること。○帷　仕切りの垂れ幕。○独坐　独り座ること。○辺亭夕　辺鄙な宿舎で過ごす夕方をいう。○懸榻　椅子を用意すること。○長悲　長く悲しむこと。○揺落秋　木の葉の散る秋。○琴瑟之交　琴と大琴の相和す交友。「芝蘭」と対で深い関係を言う。○遠相阻　遠くそれぞれを隔てていること。○芝蘭之契　厚い友情の約束をいう。芝は霊草。蘭は香草。いずれも友情の譬喩。○接　接近すること。○無由　方法が無いこと。○何　どうして。○見　逢うこと。○李　李膺。八俊の一。李膺は字は元礼。独持の風裁の上であったという。○将　～と。○鄭　誰か未詳。李膺と共に郭泰の伝が載り「善く談論す」とある。○有別　別れること。○何逢　どうして逢えよう。○逵与猷　載逵と王子猷。載逵は晋の人。字は安道。高潔にして武帝に召されたが断った。鼓琴を好んだ。王子猷は晋の人。王羲之の子。王徽之。雪の霽れた月夜に載逵の門前まで行き引き返したという。○馳心　はやる心。○悵望　眺望すること。○白雲天　都の方の白い雲。穆天子伝の白雲謡を示唆。○寄語　言葉を掛けること。○徘徊　ぶらつくこと。逍遙。○明月前　美しい月の前。○日下　太陽の下。○皇都　天皇の住まう所。○君　都にある倭判官の友。○抱玉　将来出世することの示唆。○雲端　故郷を遠く離れた場所。雲の端。○辺国　常陸の田舎をいう。○調絃　音楽を奏でること。○清絃　清らかな楽の音。○入化　教化に携わること。○経　経過。○三歳　三年。○美玉　能力の有る人材をいう。○韜光　輝くのを隠すこと。才能を隠す意。○幾度年　幾年をいう。○知己　知り合い。○難逢　逢いがたいこと。○匪今耳　今のみではないこと。一般に「耳」は文末に来て断定を示す。○忘言　言葉の不要な関係。○罕遇　稀に会うこと。○従来　昔から。○然　そのようであること。○為期　願いを成就すること。○不怕　恐れないこと。○風霜　困難な時期をいう。○触　接触すること。○猶似　～のように。○巌心　岩のような堅い心。〇**松栢**　松と柏。栢は柏と同。冬にも緑を湛えるので、貞節のある植物の代表。〇**堅**　堅固であること。

【解説】七言十八句古体詩。韻は休・秋・由・猷・天・前・絃・年・然・堅。天の韻から換韻。本藻中最も長い詩。それで押韻に変化があり、前六と後四に換韻がある。常陸にあって倭判官が京都に留まっている折に、相手に贈った詩で、序文が付いている。旧友とはそれぞれ離れた処にあり、会えない嘆きを述べて、勝れた学識を持ちながらもその才能を生かすことの出来ないことを惜しみつつも、しかし、法制度の整備の任務に当たることは、孔子の選書作業、叔孫通の礼儀の整備と変わることはないのだと励ますのである。本詩の中心となるテーマは、友情にある。「琴瑟之交」「芝蘭之契」「巌心松柏堅」は、いずれも強い結び付きや変わらない友情を言う譬喩であり、そのような友情も、互いに会うことがなければ意味が無いのだと嘆く。弱冠二十歳の時から休む間も無く国政に努めたが、地方での生活といえば、夕方の景色を眺め、来ることの無い友の席を用意し、目前の落葉を悲しむ許りなのだという。その友と言うのは「由」によるのだというのは、そこにそれだけの理由があるからだと考えるのである。これは、宇合の友情論である。長屋王邸で展開した友情論が、宇合にも継承されていて、しかも、それは集団的な運動体として展開するのでは無く、一対一の友という交友関係の中から友情を論じようとしているのは、注目すべきである。友とは由（縁）によるものであるから、その由により得られた友は心の響き合う関係でありながらも、この友とは常に別れが運命としてあるのだと言う。遠く離れている友への励ましの内容であるが、しかし、この友情論は、漢の李（膺）と鄭（不明）の例、晋の戴（逵）と猷（王子猷）の例を挙げるように、それは現実的なことであり、それゆえに友情というのは別離の悲しみを抱えるのだというのである。この友情論は、「万葉集」（巻十七）では大伴家持と大伴池主とにより展開した。

90

七言。秋日於左僕射長王宅宴。――藤原朝臣宇合

七言《しちごん》。秋日《しゅうじつ》左僕射《さぼくや》長王宅《ちょうおうたく》に宴《うたげ》す。

帝里《ていり》の烟雲《えんうん》季月《きげつ》に乗《の》り、王家《おうけ》の山水《さんすい》秋光《しゅうこう》を送《おく》る。蘭《らん》を霑《ぬ》らす白露《はくろ》は未《いま》だ臭《か》を催《うなが》さず、菊《きく》に泛《う》かぶ丹霞《たんか》は自《おのづか》ら芳有《ほうあ》り。石壁《せきへき》の蘿衣《らい》は猶《なお》自《おのづか》ら短《みじか》く、山扉《さんぴ》の松蓋《しょうがい》は埋《うず》めて然《しか》も長《なが》し。遨遊《ごうゆう》已《すで》に龍鳳《りゅうほう》を攀《よ》じるを得《え》、大隠《たいいん》何《なん》ぞ用《もち》いん仙場《せんじょう》に覓《もと》むるを。

七言。秋の日に左僕射の長王宅に宴会をする。

天皇の住まう都に立ちこめる靄は、秋のこの良い時節に浮かび、左大臣長屋王邸の山水の庭園では秋の輝きが満ちている。蘭を湿らす白露はまだ香りを促してはいないが、菊の花の上に浮かぶ赤色の霞には自然と芳しさがある。石の壁に絡まる蔦はまだ伸びてはいないが、山側に向いた門前の松は笠のようにこんもりと繁り、しかも長く伸びている。この宴会では楽しみを尽くし、龍や鳳に取りすがるように長屋王に接したことを思うと、優れた隠者だとはいっても、どうして仙境を求める必要などあろうか。

七言。秋日於左僕射長王宅宴。

帝里烟雲乗季月。王家山水送秋光。霑蘭白露未催臭。泛菊丹霞自有芳。

石壁蘿衣猶自短。山扉松蓋埋然長。遨遊已得攀龍鳳。大隠何用覓仙場。

【注釈】〇七言　一句が七字からなる詩体。〇秋日　秋の日。漢詩に「秋日」の題がある。〇於　〜で。場所を指す。〇左僕射　左大臣の唐名。〇長王宅　左大臣長屋王の邸宅。平城京二条大路にあった。邸宅跡地から「長屋親王宮」の木簡が出土した。長王は長屋王のペンネーム。天武天皇孫、高市皇子の子。左大臣。神亀六（七二九）年に謀反の罪で自尽。〇宴　詩宴。〇帝里　天皇の住まう都。平城京を指す。〇烟雲　靄。物色としての秋の風物。〇乗　その時に乗じること。〇季月　良い季節の時。〇王家　長屋王の家。平城京北側の佐保に造営された作宝楼か。〇山水　山や池が配された庭園。〇送　発する。満ちること。〇秋光　秋の季節になると感じる風光。〇霑蘭　蘭を濡らすこと。「泛菊」と対で秋の景物を言う。蘭は香り草。君子・友情の比喩。〇白露　真珠のような露。〇催臭　香りを促すこと。露が蘭の香りを催促するのである。〇泛菊　菊を浮かべること。菊は菊科の多年草。栽培菊は奈良時代に中国から渡来。重陽の節を示唆。〇丹霞　仙人の住むところに掛かる赤っぽい霞。〇自　自然との意。〇有芳　良い香りがすること。〇石壁　石造りの壁。山扉と対で王邸が仙界であることを言う。〇蘿衣　蔦が衣のように覆っている様。〇猶　引き続き。〇自短　それ自体がまだ短いこと。〇山扉　山側に向いた門扉。〇松蓋　松の木が笠のようになっている様。蓋は盖に同じ。〇埋　埋めること。〇然長　しかも長いこと。〇遨遊　楽しい遊び。ここでは詩宴の会。〇已得　すでに獲得したこと。〇攀龍鳳　龍や鳳に近づくこと。攀は折取って手元に置くこと。高貴な者に付き従うことをいう。〇大隠　すぐれた隠者。〇何用　どうして必要としようか。反語。〇覓　求めること。〇仙場　仙境。仙人の住む処。

【解説】七言律詩体詩。韻は光・芳・長・場。晩秋の日に長屋王邸で開かれた詩宴の詩。都にかかる薄く棚引く煙は晩秋の風情となり、王邸庭園の山水は秋の光を浴びて美しく、蘭を潤す白露はまだ香りを促していないが、菊に浮かぶ丹の霞は、自然と香りを放っているのだという。菊は重陽の日の景物であるが、この日は天武天皇の忌日に当たることから、重陽の宴を表立って開くことは出来なかった。しかし、この詩宴は重陽の日を意識して行われた可能性がある。詩人たちにとって四節日の上巳・端午・七夕・重陽は、詩を詠むための大切な年中行事の節であり、そのことを楽しみとして一年に一度の節日を待つのである。重陽が忌日であることによりそのための詩宴は憚られたが、晩秋の秋を賞美する詩宴であれば問題はない。そのような詩宴を開くことが可能であったのは、左大臣という高位・高官であったからに他ならない。したがって、この詩宴に参加することが、竜鳳に上ることだと宇合は喜ぶ。竜鳳というのは天子を指すから、そのことを考えるならば、この王邸詩宴において長屋王は天子と等しい称賛を得ているのである。王邸から発掘された「長屋親王」と書かれた木簡から窺えることは、親王という称号が天皇の兄弟か皇子に限られるものであったから、親王号の使用は左大臣長屋王の強大な権力を示すものであったに違いない。左大臣の官職は、藤原不比等が受けなかったので長く空白のままであった。久しぶりの左大臣誕生に対して藤原門流の宇合でさえも、長屋王を龍鳳と呼ぶのである。それは権力への称賛であり、さらに作宝楼に上り詩を詠むことが詩人として高く評価された証でもあったことへの喜びでもある。ここに集う詩人たちは大隠の隠者であるから、仙人の集まる場所へ行かなくとも良いのだというのも、王邸の詩宴が仙人たちの遊びを超えるものであることを褒めて、その喜びを表すのである。いわば、長屋王絶頂期の詩宴の様子を伝える詩である。

91

五言。悲不遇。――藤原朝臣宇合

五言《ごごん》。不遇《ふぐう》を悲《かな》しむ。

賢者《けんじゃ》は年《とし》の暮《く》るるを悽《いた》み、明君《めいくん》は日《ひ》に新《あら》たなるを冀《こいねが》う。周《しゅう》は占《うらな》いて逸老《いつろう》を載《の》せ、殷《いん》は夢《ゆめみ》て伊人《いじん》を得《え》る。搏挙《ばっきょ》するも翼《つばさ》を同《おな》じくするに非《あら》ず、相忘《あいわす》るるも鱗《うろこ》を異《こと》にせず。南冠楚奏《なんかんそそう》に労《ろう》し、北節胡塵《ほくせつこじん》に倦《う》む。

学《がく》は東方朔《とうぼうさく》に類《るい》し、年《とし》は朱買臣《しゅばいしん》に餘《あま》る。二毛《にもう》已《すで》に富《と》むと雖《いえど》も、万巻徒然《ばんかんとぜん》として貧《まず》し。

五言。不遇にあるのを悲しむ。

賢者というのは年の暮れるのを悲しく思い、明君というのは毎日が新しくなることを願うのである。周の文王は卜占で優れた老人である太公望を得て車に載せて帰り、殷の武丁は夢の中で伊人の傅説を得た。羽ばたいて空を飛ぶ鳥も翼を同じくするわけではないが、互いに我を忘れて泳ぎ廻る魚は鱗を異にすることはない。南国の楚の冠を被り楚の国の音楽を聴くこととなった鍾儀の苦労や、北の使節となって捕虜となった蘇武は匈土に倦み果てたが、私もそのようなものだ。学問は東方朔に等しくしてはいるが、年齢はもう朱買臣を越えた。私の白髪はすでに多くなったものの、万巻の書は無駄になるばかりで貧しいままである。

五言。悲不遇。

賢者悽年暮。明君冀日新。周占載逸老。殷夢得伊人。
摶挙非同翼。相忘不異鱗。南冠勞楚奏。北節倦胡塵。
学類東方朔。年餘朱買臣。二毛雖已富。万巻徒然貧。

【校異】○周〔日〕占載逸老（底②）。周日載逸老（天和・宝永・寛政）。

【注釈】**○五言**　一句が五字からなる詩体。**○悲不遇**　能力に相応しい地位や身分が得られないことを悲しむこと。また、賢人が明王に巡り遇えないことが不遇だとされ、楊雄は不遇を命であるとする。**○賢者**　賢人。「明君」と対で優れた政治家を言う。**○悽**　傷むこと。**○年暮**　歳暮。年末。**○明君**　すぐれた君主。**○冀**　こいねがうこと。**○日新**　日々新しくなること。**○周占**　周の文王の占い。**○載**　車に載せること。**○逸老**　野にうち置かれたすぐれた人。逸は逸材。老は尊敬。**○殷夢**　殷の武丁が見た夢。**○得**　獲得。**○伊人**　この人。伊は指示語。**○搏挙**　羽ばたいて上がること。**○非同翼**　翼を同じくしないこと。**○相忘**　互いに我を忘れること。**○不異**　異にしないこと。**○鱗**　魚。鱗は魚の詩語。**○南冠**　南方の楚国の冠。「北節」と対で方角の遊び。**○労**　苦労。**○楚奏**　楚の国の音楽を奏でること。**○北節**　北方へ遣わされる使節。**○倦胡塵**　匈土の生活に飽きること。倦は飽きる。**○学類**　学問の種類や係累。**○東方朔**　前漢武帝時代のすぐれた政治家。**○年餘**　年齢を越えること。**○朱買臣**　漢代の政治家。二宮尊徳のモデル。**○二毛**　黒髪に白髪が交じること。またその年齢。「万巻」と対で数の大小を言う。**○雖**　～だといっても。**○已富**　すでに多いこと。**○万巻**　多くの書物。**○徒然**　無駄であること。**○貧**　貧困。朱買臣を重ねながら朱買臣のようにはならないことの自嘲。

【解説】五言十二句古体詩。韻は新・人・鱗・塵・臣・貧。宇合が不遇にして貧しかったとは思われないから、他人に代わっての作とも考えられているが、この「不遇を悲しむ」という題は中国の文人たちが政治的不幸を背負うことで詠む、一つのスタイルである。董仲舒に「士不遇賦」があり、司馬遷にも「悲士不遇賦」がある。司馬遷伝に「立名者行之極也」というのだが、李陵を弁護したことで罪を得た。陶淵明にも「感士不遇賦」があり、董仲舒・司馬遷・屈原らの不遇に触れて、身を潔く保って士の志を貫いても正しく受け入れられない身を嘆くのであり、これらは不遇を通して志を述べることに特徴がある。宇合の場合もその流れにあろう。賢者が年の暮れるのを惜しむというのは、なすべき仕事が残されているからであり、明君が日の新たなることを願うというのは、理想的な政治を一日も早く実現するためである。このことを宇合が述べるのは、自らが賢者として明君の輔弼としてあることを願うからである。そのことを前提として周の太公望、殷の傅説のことを取り上げて明君のあるべき姿を述べる。その背後には、明君があれば賢者を見出し礼遇するはずだという思いがある。もちろん、楚の囚人鍾儀や漢の囚人蘇武という賢者は、囚人でありながらも異国でその志を守り通したように、その志を守ることが賢者の資質である。しかし、宇合の嘆きは、学問の上では東方朔を越えながらも、年齢的には朱買臣を越えたことにある。前漢の朱買臣は薪売りの貧しい生活であったが、五十になれば豊になると妻を説得したものの離縁された。しかし、独学して五十歳になり丞相長吏に出世して富貴を得た。そうしたことから見ても、自らの不遇は学問を修めたものの、志も遂げられず年齢は五十にもなり、万巻の書物を積みながら無駄に貧の生活に過ごすのみだという。ここでの貧は貧窮の意味ではなく、士としての地位も名誉も栄華も無いことを指すのであろう。名を立てることが行いの極であるという中国の士の態度に身を置いて詠んだ、宇合なりの士としての志を陳べた詩である。なお、「万葉集」の歌人である山上憶良は「士やも空しくあるべき万代に語り継ぐべき名は立てずして」（巻六・九七八）と嘆いている。

92

五言。遊吉野川。――藤原朝臣宇合

五言《ごごん》。吉野川《よしのがわ》に遊《あそ》ぶ。

芝蕙蘭蓀《しけいらんそん》の沢《さわ》、松栢桂椿《しょうはくけいちん》の岑《みね》。野客初《やきゃくはじ》めて薜《よもぎ》を披《かぶ》り、朝隠暫《ちょういんしばら》く簪《かんざし》を投《な》ぐ。筌《せん》を忘《わす》る陸機《りくき》の海《うみ》、繳《しゃく》を飛《と》ばす張衡《ちょうこう》の林《はやし》。清風阮嘯《せいふうげんしょう》に入《い》り、流水嵆琴《りゅうすいけいきん》に韵《ひび》く。天高《てんたか》く槎路《さろ》は遠《とお》く、河廻《かわめぐ》り桃源《とうげん》は深《ふか》し。山《さん》中明月《ちゅうめいげつ》の夜《よる》、自《おのず》から得《え》たり幽居《ゆうきょ》の心《こころ》。

五言。吉野川に遊ぶ。

香草の芝や蕙あるいは蘭や蓀の生えた沢、立派な松や栢あるいは桂や椿の繁る山。ここに身分を捨てた客は初めて蓬の衣服を纏い、朝廷に身を隠す者もここで暫く頭の簪を投げ捨てる。魚取りのザルのことなどは忘れてしまった陸機の海の遊び、矢を放って鳥を獲った張衡の林の遊びのようだ。清風が阮籍の嘯に入ったようであり、流水が嵆康の琴に韵いたようである。この吉野の地は天は高く張騫の槎の路が遠くあったようで、河は廻り陶淵明の桃源境が山深いところであったようだ。山の中で明月の夜を過ごし、自然と幽居の心を得たことである。

五言。遊吉野川。

芝蕙蘭蓀沢。松栢桂椿岑。野客初披薜。朝隠蹔投簪。
忘筌陸機海。飛繳張衡林。清風入阮嘯。流水韵嵆琴。
天高槎路遠。河廻桃源深。山中明月夜。自得幽居心。

【注釈】**○五言**　一句が五字からなる詩体。**○遊**　遊覧。自然の徳に触れて精神の養生をする。逍遙すること。**○吉野川**　奈良県と三重県の境の大台ヶ原に発し、奈良県の中央部を流れる河川。紀伊水道に注ぎ、紀の川となる。宮滝に離宮が置かれた。吉野は詩人たちが詩の風景を得るために求めた異境。**○芝蕙**　霊芝と蕙草。霊芝は茸の一種で瑞祥。蕙草は香り草。いずれも瑞草。邪気を祓い、目出度い象徴。厚い友情の比喩。**○蘭蓀**　蘭と蓀。蘭も蓀も香草。気品ある草。**○沢**　水草などの生えた湿地。**○松栢**　松と柏の木。木の品として上品。信義・長寿の比喩。**○桂**　香木。木犀。友情の比喩。**○椿**　長寿を意味する目出度い木。**○岑**　山の峰。**○野客**　下野の人。世俗を棄てて隠遁した賢者。**○披薜**　蓬で作った衣服を身につけること。披は被に通じる。薜は蓬草。**○朝隠**　朝廷に隠れて生活している隠者。**○蹔**　暫く。**○投簪**　簪を投げ捨てること。俗世界を捨てること。**○忘筌**　魚を捕るザルを忘れること。**○陸機海**　晋の陸機が海で遊んだ故事。陸機（陸士衡）は文章に優れ文選に多く見える。世俗を捨てた者の象徴。万葉集巻十七に「潘江陸海」と見える。**○飛繳**　矢を射ること。**○張衡林**　漢の張衡が林で鳥を捕らえた故事。**○清風**　清らかな風。○**阮嘯**　竹林七賢の阮籍の嘯き。嘯は息を長く吐き出して音を出す。阮籍は嘯を得意とした。○**流水**　流れる水。○**韵**　響き。○**嵇琴**　晋の嵇康の弾琴。嵇康は弾琴を得意とし、「琴の賦」などがある。○**天高**　天上の天の川は高いこと。○**槎路遠**　筏で黄河の上流から天の川へと行く路は遠いこと。漢の冒険家張騫の故事。○**河廻**　河がくねくねと湾曲すること。○**桃源深**　桃源郷は山深いこと。桃源は桃源郷。不老不死の理想郷。○**山中**　吉野の山中。○**明月夜**　清らかに照る月の夜。○**自得**　自然と獲得すること。○**幽居心**　仙人の住居で世俗を離れた心。

【**解説**】五言十二句古体詩。韻は岑・簪・林・琴・深・心。吉野遊覧の詩。吉野に遊ぶことは、神仙世界に触れることであり、吉野の自然に触れて養生することである。さらに詩人にとって吉野の自然は詩心を得る異境でもあった。芝・蕙・蘭・蓀はいずれも香草・薬草を指し、仙人の世界の植物である。そのことから詠み始めるのは、世俗の中で叶わない精神的養生を願うからである。松・栢・桂・椿も葉を落とさない常緑の植物であり、高潔にして不変の心を意味する。吉野はこのような精神的養生を約束する場所であり、それゆえに世俗を棄てた人は蓬の服を身に纏い、宮廷の身分ある者も、ここでは身分の象徴の簪を棄てて自由の身になるのだという。中国古代の賢者である陸機・張衡・阮籍・嵇康たちの例を挙げるのは、そうした自由な精神の持ち主であったからであるが、自由な精神を得たのはこのような自然の中に逍遙したからだと考える。この吉野はそうした賢人たちの自由な生き方を教えるところであり、張騫が黄河の源流を求め筏で天の川へ至ったというのと等しく、また陶淵明のいう桃源郷と等しく、こうして山中の明月を見るにつけて幽居の心を得るのだという。幽居の心というのは、吉野の静謐な仙郷的世界と向き合う心であり、そこから導かれる自己省察の心である。宮廷での日々は俗事に追われ、自己の心を忘れているが、それを吉野の異境の中に見出すのである。詩人たちが吉野に遊ぶことの理由は、ここにある。

93

五言。奉西海道節度使之作。――藤原朝臣宇合

五言《ごごん》。西海道節度使《さいかいどうせつどし》を奉《たてまつ》る作《さく》。
往歳《おうさい》は東山《とうざん》の役《えき》、今年《ことし》は西海行《さいかいこう》。行人一生《こうじんいっしょう》の裏《うち》、幾度《いくたび》か辺兵《へんぺい》に倦《う》む。

五言。西海道節度使を承った時の作。
往年には東山道へと出兵し、今年は西海道へと節度使の任命を受けて出兵する。東奔西走する使者としての私の一生の中で、何度辺境への出兵に飽きたことだろうか。

五言。奉西海道節度使之作。
往歳東山役。今年西海行。行人一生裏。幾度倦邊兵。

【注釈】 **○五言**　一句が五字からなる詩体。**○奉**　上の者からの命令を受けること。任務を承ること。**○西海道**　五畿七道の一。九州全域を指す。**○節度使**　辺境防備の軍団。唐の制度に基づき奈良時代に新羅対策として置いた。宇合は天平四（七三二）年十月に西海道節度使を任じられた。**○往歳**　往年。「今年」と対で時の前後を言う。**○東山役**　東山道への出兵。東山道は五畿七道の一で、畿内から東方の近江・信濃・陸奥・出羽などの諸国とそこに通じる道。「西海」と対。**○西海行**　西海道への出兵。西海は九州。**○行人**　旅人。使者。**○一生裏**　一生の中。裏は中。**○幾度**　何度～したことだろうか。疑問と詠嘆。**○倦**　飽きて疲れ

ること。**○辺兵**　辺境防備のための出兵。

【解説】五言絶句体詩。韻は行・兵。宇合はかつて東山道節度使の任命を受け、今回は西海道節度使を拝命して、東奔西走する人生を過ごし、それに飽きたのだという。養老三（七一九）年に常陸守の折に安房・上総・下総の按察使となった。天平四年八月に東山・山陰・西海の節度使の任命があり、宇合は西海道節度使を承った。長屋王事件以後は藤原四氏体制の政権が成立し、宇合もその権力者の一員となった。その宇合がこのような内容の詩を詠むことは、そこにどのような問題があったのか。少なくとも父の不比等の偉業を継承し、盤石な藤原体制を目指したが、その行く手に長屋王という障害が存在した。その長屋王を排除することから、藤原四氏の政権の出発があったのである。四氏の政治的理想の実現は、長屋王排除という血塗られた事件から出発し、四氏の心に重い負債を抱えながらの出発であった。宇合は長屋王邸詩宴に参加した人物でありながらも、六衛府の全軍を率いて長屋王邸を包囲する役割を果たした人物でもある。藤原政権が誕生し時代を謳歌したとしても、宇合の役割は藤原政権安定のための辺境防備でしかない。節度使の役割が対外国防にありながらも、その実は長屋王事件以後の長屋王派の動向の監視にあったと思われ、その監視の役割を宇合も任されたのである。理想とする政治は遠のき、兵を率いて東奔西走する宇合の日常は、幾度も辺兵に倦むということとなる。それが天皇の命令でありながらも、このように感じ取る宇合の態度には、藤原政権の強大さによる驕りが見られるが、このように詠むことで詩人としての面目が保たれているともいえる。「万葉集」巻六には宇合が西海道へと出発するに当たって、高橋虫麻呂が「千万の軍なりとも言挙せず取りて来ぬべき男とそ思ふ」（九七二）と詠んで、勇壮な宇合の出で立ちを祝福している。いわば、表の政治的権力者としての宇合と、裏の権力者としての孤独が窺える。

【藤原朝臣宇合】天平九（七三七）年八月没。馬養とも。鎌足の孫、不比等の三男。霊亀二年に従五位下、遣唐使。帰国後に常陸守、式部卿、参議を歴任。神亀六年二月の長屋王事件で、六衛府の軍を率いて王宅を囲む。天平四年に正三位、西海道使節使兼大宰府帥。天平九年の疫病で、他の兄弟とともに没。享年五十四とも。「万葉集」の歌人。「経国集」に賦が一篇載る。「常陸国風土記」は、宇合の編ともされる。また、宇合には漢詩集があったとされる。

従《じゅ》三《さん》位《み》兵《ひょう》部《ぶ》卿《きょう》兼《けん》左《さ》右京《ゆうのきょうの》大《だい》夫《ぶ》藤原《ふじわらの》朝臣《あそみ》万里《まろ》五首《ごしゅ》

五言《ごごん》。暮春《ぼしゅん》第《だい》の園池《えんち》に置酒《ちしゅ》す。并《あわ》せて序《じょ》。

僕《ぼく》は聖代《せいだい》の狂生《きょうせい》なり。直《ただ》に風月《ふうげつ》を以《もち》て情《じょう》と為《な》し、魚鳥《ぎょちょう》を翫《がん》と為《な》す。名《な》を貪《むさぼ》り利《り》を狥《もと》むるは、未《いま》だ沖《ちゅう》襟《きん》に適《かな》わず。酒《さけ》に対《たい》して当《まさ》に歌《うた》うべし。是《こ》れ私願《しがん》に諧《かな》う。良節《りょうせつ》の已《すで》に暮《く》るるに乗《の》り、昆弟《こんてい》の芳筵《ほうえん》を尋《たず》ぬ。一曲一盃歓情《いっきょくいっぱいかんじょう》を此《こ》の地《ち》に尽《つ》くし、或《ある》は吟《ぎん》じ或《ある》は詠《えい》じ、逸気《いっき》を高天《こうてん》に縦《ほしいまま》にす。千歳《せんざい》の間《かん》、嵆康《けいこう》は我《わ》が友《とも》、一酔《いっすい》の飲《いん》、伯倫《はくりん》は吾《わ》が師《し》。軒冕《けんべん》の栄身《えいしん》を慮《おもんぱか》らず、徒《いたずら》に泉石《せんせき》の楽性《らくせい》を知《し》る。是《ここ》に絃歌《げんか》迭《たがい》に奏《そう》し、蘭蕙同《らんけいおな》じきを欣《よろこ》ぶ。宇宙荒芒《うちゅうこうぼう》し、烟霞蕩《えんかあが》りて目《め》に満《み》つ。園池照灼《えんちしょうしゃく》として桃李《とうり》咲《さ》きて蹊《みち》を成《な》す。既《すで》にして日落《ひお》ち庭清《にわきよ》く、罇《たる》を傾《かたむ》けて人《ひと》は酔《よ》い、陶然《とうぜん》として老《おい》の将《まさ》に至《いた》らんことを知《し》らず。夫《そ》れ高《たか》きに登《のぼ》りて能《よ》く賦《ふ》すべし。即《すなわ》ち是《こ》れ丈夫《じょうぶ》の才《さい》。物《もの》を体《たい》し情《じょう》に縁《よ》るは、豈《あ》に今日《こんにち》の事《こと》に非《あら》ずや。宜《よろ》しく四韻《しいん》を裁《つく》り、各《おのおの》懐《おも》う所《ところ》を述《の》べるべし。云爾《うんじ》。

五言。暮春に別第の園池に宴会する。序文を併せた。

僕は優れた天皇の時代にあって風狂を楽しむ愚か者である。直ちに風月を以て我が情とし、魚鳥を以て楽しむ相手とするのである。名誉を求めたり利欲を貪るようなことは、いまだかって我が心に叶うものではなかった。酒に対してはまさに歌うべきである。これこそが私の願いに適うものだ。春のこの良節がすでに暮れるのに乗じて、兄弟の楽しそうな宴席を尋ねた。一曲、一盃に込められた歓びの情を此の別荘の地に尽くし、一方には歌を高らかに歌い、一方には詩を詠み、逸る気持ちを高い空に縦にすることである。この千歳の間にあって嵆康は我が友であり、この一酔の飲にあって伯倫は吾が先生である。立派な車や冠で身を飾ることなど考えずに、ただ水や石の楽しみの性質を知るのみである。ここに琴や歌を互いに奏で歌い、蘭と蕙とが同じくあるように兄弟が仲良くあることを喜ぶばかりである。天地は広く輝いて靄や霞が掛かり目に満ちている。別荘の園池では照り映える桃や李の花が咲いて小蹊を成している。既に日は落ちて庭園は清らかであり、酒罇を傾けて人びとは酔い、陶然として老の今にも至るだろうことも知らないことだ。さあ高きに登ってよくよく詩を作ろうではないか。これこそ丈夫の優れた才能である。自然景物が変化することで心を動かし詩が生まれるというのは、どうして今日の事にあるのではないなどと言えようか。宜しく四韵の詩を詠み、おのおの懐う所を述べるべきである。このように申し上げる。

従三位兵部卿兼左右京大夫藤原朝臣万里五首

五言。暮春於第園池置酒。并序。

僕聖代之狂生耳。直以風月為情、魚鳥為翫。貪名狥利、未適冲襟。對酒當歌。是諧私願。乘良節之已暮、尋昆弟之芳筵。一曲一盃尽歓情於此地、或吟或詠、縦逸気於高天。千歳之間、嵆康我友、一酔之飲、伯倫吾師。不慮軒冕之栄身、徒知泉石之樂性。於是絃歌迭奏、蘭蕙同欣。宇宙荒芒、烟霞蕩而満目。園池照灼。桃李咲而成蹊。既而日落庭清、罇傾人酔、陶然不知老之将至也。夫登高能賦。即是丈夫之才。体物縁情、豈非今日之事。宜裁四韵各述所懐。云爾。

【校異】○左右京夫（天和・宝永・寛政）。○朝臣万里麻呂五首（底①）。藤原朝臣万里五首　万里一本作麻呂（天和・宝永・寛政）。○於第園池（底・天和・寛政）。於弟園池（宝永）。○対酒当歌毓真会文イ（底①）。□□□□（天和）。○桃李笑而成蹊（天和・宝永・寛政）。○樽傾人酔（天和・宝永・寛政）。○即是大夫之才（天和・宝永・寛政）。○宜裁四韻（天和・宝永・寛政）。

【注釈】○**従三位**　大宝律令の官位。○**兵部卿兼左右京大夫**　兵部卿は兵部省の長官。左右京大夫は地方官制の京職の官職。二つを兼ねた。○**藤原朝臣万里**　持統九（六九五）年—天平九（七三七）年七月。○**五言**　一句が五字からなる詩体。○**暮春**　春の終わり。三月を指す。季春。○**於**　〜で。場所を指す。○**第**　屋敷。邸第や邸宅に同じ。一本「弟」に作るが、麻呂に弟はいない。○**園池**　庭園の池辺。○**置酒**　酒を用意して楽しむ詩宴。「置醴之遊」をいう。○**并序**　序文を付すこと。○**僕**　自己を卑下する言い方。下僕。○**聖代**　優れた君主の統治する時代。○**狂生**　風狂に生きる者。○**耳**　〜である。断定。○**直以**　直接にもって。手段を指す。○**風月**　風や月。風雅の代表的景物。物色の景。友情の比喩。○**為情**　本当の心とすること。○**魚鳥**　魚や鳥。風雅の代表的景物。友情を比喩。○**為翫**　楽しみ遊ぶ対象とすること。翫は玩に同じく賞翫。自然を賞美する態度。○**貪名**　名を求めること。立身出世を求めることをいう。○**狥利**　利益を求めて裕福であろうとすること。○**未適**　いまだに適切としない意。○**冲襟**　柔らかな心の中。冲は柔らか。○**対酒**　酒を飲むこと。○**当歌**　歌うべきだ。○**諧**　適う。整うこと。○**私願**　私の願いとすること。○**乗**　乗じること。○**良節**　春の良い時節。○**已暮**　すでにその時節も暮れとなったこと。春の三月を指す。○**尋**　訪問。○**昆弟**　兄弟。○**芳筵**　美味・美酒が用意された宴席。○**一曲**　一つの音楽。○**一盃**　一杯の酒。○**尽歓情**　喜びの情を尽くすこと。○**此地**　邸宅の庭園。○**或吟**　一方に歌うこと。○**或詠**　一方に詩を詠むこと。○**縦**　ほしいままにあること。○**逸気**　はやる心持ち。○**高天**　高い空。○**千歳之間**　千年にも及ぶ間。○**嵆康**　魏の竹林七賢の一人。琴に優れ「琴賦」がある。○**我友**　私の友人とすること。○**一酔之飲**　少し酔うほどに酒を飲むこと。○**伯倫**　劉伶。字は伯倫。竹林七賢の一人。○**吾師**　私の先生。○**不慮**　思わないこと。○**軒冕之栄身**　立派な車や冠を得た繁栄の身分。○**徒**　ただに。○**知**　理解すること。○**泉石**　水や石。自然の性質をいう。○**楽性**　孔子が山水を楽しみとした性質。○**於是**　ここに。○**絃歌**　琴と歌。○**迭奏**　こもごもに奏でること。○**蘭蕙**　蘭と蕙。いずれも香草。高節の草。「万葉集」巻五「梅花歌序」に「蘭蕙珮後之香」とあり、同十七漢文序に「蘭蕙隔」とある。○**同欣**　同じであることを喜ぶこと。○**宇宙**　天地四方と古今往来。○**荒芒**　広く照り輝くこと。荒は広い、芒は輝き。○**烟霞**　煙や霞。○**蕩**　揚がること。○**満目**　目に満ちること。○**園池**　庭園の池。山斎をいう。○**照灼**　照り輝くこと。○**桃李**　桃と李。春の美景。○**成蹊**　自然と道を作ること。○**日落**　太陽が山に落ちること。○**庭清**　庭園は清らかであること。○**罇**　酒樽。罇は焼き物の樽。○**傾**　傾けること。○**人酔**　人が酒に酔うこと。○**陶然**　酒に酔った様。○**不知**　知らないこと。○**老之将至也**　老いが目の前に今やって来ること。「論語」に始まり定型句となる。○**夫**　それ。発語。○**登高**　高台に上ること。漢詩に登高詩が多くあり、詩の一つのスタイルとして成立している。九つある大夫の才の一つ。○**能**　十分にの意。○**賦**　賦は詩経六義の一。ここでは詩歌を作ること。○**即是**　とりもなおさず。○**丈夫之才**　才能ある者の能力。詩を賦す能力をいう。○**体物縁情**　自然の移ろいが情により詩となること。○**豈**　どうして。反語。○**非**　～でない。○**今日之事**　今日ばかりの事。○**裁**　詩を作ること。○**四韻**　四つの韻。八句の詩を指す。○**各述**　各々述べること。○**所懐**　心に思うところをいう。○**云爾**　このように申し上げる。文末表現の定型。

94

五言。暮春於第園池置酒。并序。　――　藤原朝臣万里

城市《じょうし》は元《もと》より好《この》むこと無《な》く、林園《りんえん》は賞《しょう》するに餘《あま》り有《あ》り。琴《こと》を弾《ひ》く仲散《ちゅうさん》の地《ち》、筆《ふで》を下《くだ》す伯英《はくえい》の書《しょ》。天霽《てんは》

れて雲衣《うんい》落《ち》り、池明《いけあき》らかにして桃錦《とうきん》舒《ひら》く。言《げん》を礼法《れいほう》の士《し》に寄《よ》す、我《われ》に麁疎《そそ》有《あ》るを知《し》れと。

都会はもともと好きな処ではなく、木々の繁った庭園は賞美するのに余りあるほどだ。琴を弾くのはあの嵆康の地の如きであり、筆を取って文章を書くのはあの伯英の書の如くである。空は晴れ渡って雲は取り払われ、池は照り輝いて桃の花が錦のように開いた。そこで礼儀に厳しい紳士たちに申し上げたいことは、私はいささか粗雑で不躾なところがあることを知っていただきたいことである。

城市元無好。林園賞有餘。彈琴仲散地。下筆伯英書。
天霽雲衣落。池明桃錦舒。寄言礼法士。知我有麁疎。

【校異】○知我有龘疎（天和・宝永・寛政）。

【注釈】○**城市**　都城と市場。都市と同じ。古代の都城は政治と経済が中心なので、城の造営の思想に政治と市場とを一致させた。「林園」と対で俗と脱俗を言う。○**無好**　好みではないこと。好きになれないこと。○**林園**　木々を植えた庭園。園林に同じ。○**賞**　賞美すること。自然を楽しむことをいう。賞心。自然賞美の方法。賞は一般に賞与の意。六朝に自然賞美に用いられる。○**有餘**　余りあること。○**弾琴**　琴を弾くこと。○**仲散地**　仲散（嵆康）が琴を弾いて楽しんだ地。○**下筆**　筆で文章を書くこと。○**伯英書**　伯英の書いた文章。草書にすぐれて草聖と呼ばれた。○**天霽**　空が晴れ渡ること。○**雲衣**　雲を衣に見立てる。○**落**　散って無くなること。○**池明**　池が日に輝いて明るいこと。○**桃錦**　桃を錦の彩りに喩える。花の錦の展開。○**舒**　開くこと。○**寄言**　言葉を相手に贈ること。○**礼法士**　礼儀作法に厳しい人。○**知**　理解すること。○**我有**　私には〜がある。○**麁疎**　荒く粗略なこと。

【解説】五言律詩体詩。韻は餘・書・舒・疎。春の暮れに自邸の庭園で詩酒の宴が開かれた時の詩。序の冒頭に「僕は聖代の狂生」だと言挙げをする。万里は、藤原四氏の四番目であり、時の藤原権力を思えば、自らを聖代の狂生だというところには、屈折した心が読み取れる。聖代とは勝れた天子の治める天下太平の世のことであり、狂生とは狂った男の意味である。聖代と狂生という取合せは、万里のどのような心境の表明であるのか。その狂生の状況について万里は、風月に心を寄せ、魚鳥をわが心の慰めとすることにあるのだという。風月・魚鳥は一対の関係を示し、季節の物色である。いわば、狂生の対象とするのは人間ではなく、自然の風物なのだという。それゆえに立身出世や利益追求というのは、性分に合わないのだという。名や利を求める行為は孝の終わりで儒教的生き方を指し、それを拒否するのが万里である。そこに求められたのは、酒に向って歌うことだという。中国の詩人たちも「対酒当歌」という。それはこの人生が稲光のように、忽ちに過ぎ去るからであり、憂いのみが多いからである。この詩を意識する万里にも、その思いが強くあるのだろう。それゆえに宴席で酒を飲み歌を歌い、世俗の憂を晴らすのである。嵆康を友とし伯倫を師と仰ぎ、官位も栄誉も棄てて、ひたすら庭園の山水の性質に触れ、それを楽しむことで十分なのだという。その序を前提として、詩においては都の中に勝れたものは何一つなく、この庭園には賞美するものが多く、嵆康の琴、伯林の書に習い琴書を楽しみ、雨の晴れた後の澄み切った池に咲く桃の花が照り映えるのを楽しむのだという。万里の狂生も世俗の煩わしさを逃れて、庭園の山池の風光を楽しむということになるが、その限りでは一般の遊覧詩と変わりはない。まして詩宴に参加した人士に、自らの粗略を謝すほどのことでもない。それなのになぜ万里は「狂生」だと言挙げしたのか。この時の万里の理解する世俗は、汚れた政治の世界であろうし、その極まりは、長屋王を排除してまで獲得した藤原政権の露骨な政治権力にあった。そこには、不比等の掲げた理想の政治は失われていた。万里の中には、そのような藤原の歴史への自虐がある。

95

五言。過神納言墟。――藤原朝臣万里

五言《ごごん》。神納言《しんなごん》の墟《きょ》を過《す》ぐ。

一旦栄《いったんえい》を辞《じ》して去《さ》り、千年諫《せんねんかん》を奉《たてまつ》る餘《あまり》。松竹春彩《しょうちくしゅんさい》を含《ふく》み、容暉旧墟《ようききゅうきょ》に寂《さび》し。清夜琴罇《せいやきんそん》罷《や》み、傾門車《けいもんしゃ》馬疎《ばうと》んず。普天《ふてん》は皆帝国《みなていこく》、帰去《ききょ》して遂《つい》に焉《いずく》にか如《し》かん。

五言。大神中納言の廃墟を過ぎる。

ひとたび栄誉ある身分を辞退して去ったのは、千年にも及ぶであろう立派な諫言を申し上げた後のことである。松や竹は春の彩りを含み始めたが、そうした春の輝きも大納言の旧墟には寂しいばかりである。清夜の琴の音も宴会の賑わいも止んで、傾いた門前には賓客を乗せた車馬の往来も無い。あまねく天下は天皇の国であるから、この王土を辞退し去って結局何処に行くことが出来るのか。

五言。過神納言墟。

一旦辞榮去。千年奉諫餘。松竹含春彩。容暉寂旧墟。

清夜琴罇罷。傾門車馬疎。普天皆帝國。帰去遂焉如。

【校異】○吾帰遂焉如（寛政）。以下に次九六番詩との紛れあり、二首目の詩を一首としている。天和本は「普天皆帝国□□□□

□□奉規終不用帰去遂辞官放昿遁遊嵇竹沈吟珮楚蘭天闇若一啓将得水魚歓」とし、宝永・寛政本は「吾帰遂焉如。君道誰云易。臣義本自難。奉規終不用。皈去遂辞官。放昿遁嵇竹。沈吟珮楚蘭。天闇若一啓。将得水魚歓」とする。なお、底本には「帰去遂焉如」の下に「」」の印がある。底本は二首と見たのである。

【注釈】〇**五言**　一句が五字からなる詩体。〇**過**　立ち寄ること。旧跡や名勝の地を詠む時の詩のスタイル。〇**神納言**　大納言の大神高市麻呂。大三輪氏。持統六（六九二）年三月の伊勢行幸を諫止し、受け入れられずに冠位を棄てて野に下った。「日本霊異記」に忠臣の話が載る。〇**墟**　廃墟となった邸宅。〇**辞**　辞退すること。〇**栄去**　高位高官の地位を去ること。〇**千年**　長い年月。〇**奉諫**　諫言を申し上げたこと。〇**餘**　それ以後。〇**松竹**　松や竹。信義の植物。〇**含**　芽吹くこと。〇**春彩**　春の彩り。〇**容暉**　賑やかな様子。〇**寂**　寂しいこと。〇**旧墟**　廃墟となった邸宅。〇**清夜**　月の照る清らかな夜。〇**琴罇**　音楽と酒。琴・酒・詩が揃うのを宴会の理想とした。〇**罷**　終わること。〇**傾門**　朽ちて傾いた門。邸宅の荒廃をいう。〇**車馬**　貴人の乗る車。〇**疎**　疎んじる。物事が行われない様。〇**普天**　天の下。〇**皆**　全部。〇**帝国**　天皇の統治する国。〇**帰去**　辞去。遂　結局。〇**焉如**　どこに行くことが出来るのか。反語。

【解説】五言律詩体詩。韻は餘・墟・疎・如。神納言の廃墟に立ち寄って詠んだ詩。神納言は大神（大三輪）高市麻呂で、持統天皇六年三月に伊勢行幸の中止を訴えたが聞き入れられず、官位を辞して野に下った忠臣。万里がそうした高市麻呂の逸話を取り上げたのは、忠臣としてあることと帝国との関係に矛盾の生ずる問題についてである。天皇へ諫言をして聞き入れられず、一旦高位の身を辞して野に下ると、松や竹は春の彩りを見せてはいるが、高市麻呂の旧居は輝きを失い寂しいばかりだという。栄華の証明は清夜の宴会にあるがそれも無く、傾いた門にはかつての賑やかな車馬の訪れもないという。この天下は天皇の治める所であるから、この王土を辞退しても何処にも行きようが無いのだという万里の思いは、忠臣であってもこのような運命を背負うことへの同情である。世は移り人が変わる習いから見れば、栄華も名声も一時でしかないという感慨であろう。藤原門流といえども、それは変わりはないのだという思いも読み取れる。「酒に対して当に歌うべし。是れ私願に諧う。」と述べたのも、世の無常への感慨である。そのような感慨をもたらしたのは、「過―」を題とする詠詩の方法にある。中国の詩人たちには荒都や旧居に立ち寄り、歴史を懐古し世の空しさを詠むという伝統があり、そのような詩に「過―」という題を付けた。

96

五言。過神納言墟。　――　藤原朝臣万里

君道《くんどう》誰《たれ》か云《い》い易《やす》し、臣義《しんぎ》本《もと》より難《かた》し。規《のり》を奉《たてまつ》り終《つい》に用《もち》いられず、皈《かえ》り去《さ》りて遂《つい》に官《かん》を辞《じ》す。放曠《ほうこう》して嵆竹《けいちく》に遁《のが》れ、沈吟《ちんぎん》して楚蘭《そらん》を珮《お》ぶ。天閽《てんこん》若《も》し一《ひと》たび啓《ひら》けば、将《まさ》に水魚《すいぎょ》の歓《よろこ》びを得《え》ん。

君主の行う政道を誰が簡単だというだろうか、また臣下が信義を尽くすことはもとより困難である。諫言を申し上げて結局用いられることなく、辞去してついには官位を辞退することとなった。自由な生き方を求めて嵆康が竹林に逃れたように、深く嘆き悲しんで屈原が楚国の蘭を帯びたようである。しかし天門がひとたび開かれるならば、まさに水を得た魚のように喜びを得ることであろう。

君道誰云易。臣義本自難。奉規終不用。皈去遂辞官。
放曠遁嵆竹。沈吟珮楚蘭。天閽若一啓。將得水魚歡。

【校異】　○放曠遁〔遊・佩〕嵆竹（底②）。なお、天和・宝永版については前詩九五を参照。

【注釈】○君道　君主の政道。「臣義」と対で君臣の理想を言う。○誰云易　誰が簡単だというのか。反語。○臣義　臣下としての信義。臣下の正しい姿。忠臣の義。○本自　もとより。○難　困難なこと。○奉規　正しくあることを申し上げること。規諫。○終不用　ついに採用されなかった。○皈去　帰り去る。辞去すること。皈は帰に同じ。○辞官　官位を辞退すること。○放眈　放恣。ほしいままにの意。○遁　逃れること。○嵆竹　七賢の一人である嵆康が逃れた竹林。○沈吟　苦しみ嘆くこと。○珮　帯びること。○楚蘭　楚の国の蘭。蘭は貞節の比喩。○天閽　天帝の住む居処の門。天門。政治が正しく行われるならば、天門は開かれて王の声を聞くといわれる。○若　もし～ならば。○一啓　ひとたび開くと。○将　まさに～であろう。○得水魚　水を得た魚。○歓　歓喜。

【解説】五言律詩体詩。韻は難・官・蘭・歓。「過神納言墟」の二首目。先に忠臣と帝国の矛盾する問題を考え、ここでは天皇の政道と臣下の信義との関係を述べる。天皇の政治も容易ではないことはもちろんだが、臣下が信義を尽くすこともまた容易ではないことを取り上げる。むしろ、高市麻呂は信義を尽くすことによって栄華を捨て、官位を辞退するということになったのだが、歴史を振り返ると嵆康の場合は竹林に逃れて自由な生き方を選択し、屈原の場合は讒言を得て追放され入水自殺をした。この二人の例を出したのは、信義を重んじる者に取っては、どのような生き方を選択するのかという問題があり、万里も我が身の上において考えているのである。中国の賢人たちの生き方や過去の高市麻呂の生き方を歴史として顧み、臣下として信義を尽くすということはどのようなことであるのか、それは万里の問題でもあった。もちろん、その答えは容易に導かれるものではないが、ただ、天門が開かれるならば、忠臣は水を得た魚のように喜ぶことだろうという。天門とは天帝の住む居所への入り口の門の角二星であり、徳が行われれば天は門を開いて願いを聞き入れるというのである。結局は君主の政道が正しく、また忠臣の諫言も間違いなければ、やがて正しい道が開かれるのだということに理解が至る。そこには政治は天の命を正しく受けることが求められていること、忠臣も政治に信義を尽くすのだという考えに落着するのである。このような議論は、あたかも対策文の印象を受けよう。

97

五言。仲秋釋奠。　――　藤原朝臣万里

五言《ごごん》。仲秋釈奠《ちゅうしゅうしゅうせきてん》。

運冷《うんつめ》たくして時《とき》に蔡《さい》に窮《きわ》まり、吾衰《われおとろ》えて久《ひさ》しく周《しゅう》を歎《なげ》く。悲《かな》しい哉図《かなとい》出でず、逝《ゆ》けるかな水留《みずとど》まり難《かた》し。玉俎風蘋《ぎょくそふうひん》を薦《すす》め、金罍月桂《きんらいげっけい》浮《う》かぶ。天縦神化《てんしょうしんか》遠《とお》く、万代芳猷《ばんだいほうゆう》を仰《あお》ぐ。

五言。仲秋に孔子を祀る。

孔子の運命というのは実に冷酷なほどに窮まり、ある時に兵に囲まれて蔡の国にあって行き詰まり、「私は衰えてしまい、長く周を夢見ることもなくなり悲しいことだ」と嘆いた。また「悲しいことだ、河図が出ず、逝く水は留まることがない」ともいった。麗しい俎の台には蘋の菜を載せて孔子に薦め、金の盃には月の桂が浮かんでいる。天の与えた孔子の崇高な教えは遠く続き、万代に到ってもその偉大な学問の道を仰ぐことである。

五言。仲秋釋奠。

運冷時窮蔡。吾衰久歎周。悲哉圖不出。逝矣水難留。

玉俎風蘋薦。金罍月桂浮。天縦神化遠。万代仰芳猷。

【校異】○運伶（底①・天和）。運伶〔冷〕時窮蔡（底②）。運冷時窮蔡（宝永・寛政）。「運冷」を取る。

【注釈】○五言　一句が五字からなる詩体。○仲秋　陰暦の秋八月。○釈奠　儒教の祖である孔子を祀る儀式。○運冷　運命が冷酷無惨であること。○時　ある時。○窮蔡　蔡は周の時代の国名。孔子は陳と蔡との兵に包囲され窮した。○吾衰　私は年を取り衰えた。以下孔子の言葉。○久歎　長く嘆き悲しむこと。孔子は周の時代を理想とし周公を夢見ていたが、その夢も見ることがなくなったので悲しいことだと歎いた。○周　中国古代の国名。文王・武王が殷を滅ぼして立てた。殷周革命をいう。○悲哉　悲しいことだ。○図不出　河図が現れない。良い政治が行われると河から瑞祥が現れるという。図は文様。孔子は鳳や図が現れないと歎いた。○逝矣水難留　流れゆく水は留まることが困難である。矣は詠嘆。ここまでが孔子の言葉。○玉俎　美しい料理を載せる台。○風蘋　揺れる川の藻。祭祀に用いる供え物の菜。蘋菜。「金罍」と対で孔子への供物を言う。○薦　献上すること。○金罍　金の酒杯。○月桂　月をいう。桂は月の中に生えているという木。月の縁語。○浮　浮かぶ。酒杯に月を浮かべている。○天縦　天によって与えられた能力。○神化　神のような知恵による教え。○遠　遠く伝わること。○万代　万世に至ること。○仰　仰ぎ見ること。○芳猷　勝れた考え。猷は計画。

【解説】五言律詩体詩。韻は周・留・浮・猷。秋の孔子を祭る時に詠んだ詩。釈奠は春と秋に先聖・先師を祭る儀式のことであるが、漢代に孔子およびその弟子を祭るようになった。大宝元年以降に日本でも孔子を祭ることが行われ、ここでは秋の祭り。「経国集」には慶雲二（七〇五）年の刀利康嗣による釈奠文が載り、「千載之奇姿。値百王之弊運。主昏時乱。霊廃楽崩。帰斉去魯」、「敷洙泗兮忠孝。探唐虞兮徳義。雅頌得所。衣冠従正。豈謂頽山難維。梁歌早吟。逝水不停」のように孔子の苦難を述べる。万里が注目するのも、孔子の不幸な運命についてである。儒教の偉大な聖人でありながらも、孔子には冷酷な運命が与えられ、身を窮するばかりであったという。そして、孔子が理想とする周公を夢に見ることもなく、河図が出ないことや水が早く流れゆくことを嘆いたということを取り上げる。そのような孔子の不幸の嘆きは、万里にとってどのような意味があるのか。藤原という絶大な権力の中で、万里の願うものは権力への欲望ではなかったからだと思われる。むしろ、孔子への思慕は孔子の理想とした国造りにあったのであろう。その国を造るために必要なのは、学問である。万里は孔子の前に供え物をしながら、天の与えた孔子の偉大な学問が今に到るまで続いていることを思い、その道を仰ぎ見るのだという。孔子への憧憬は、権力への欲望よりもその政治哲学を学ぶことにあったからであろう。万里の息子に「歌経標式」を著した浜成がいる。浜成は学問に打ち込み公務を忘れ、大宰府に左遷されたという。浜成の学問好きは、父譲りであったのであろう。なお、晋の「摯虞集」の「釈奠頌」に「如彼泉流。不盈不運。講業既終。礼師釈奠。升觴樽俎。上下惟譜。邕邕其来。粛粛其見。」と詠まれ、本詩の趣に近い。

98

五言。遊吉野川。――藤原朝臣万里

五言《ごごん》。吉野川《よしのがわ》に遊《あそ》ぶ。

友《とも》は禄《ろく》を干《もと》むる友《とも》に非《あら》ず、賓《ひん》は是《こ》れ霞《かすみ》を飡《くら》う賓《ひん》。縦歌《しょうか》して水智《すいち》に臨《のぞ》み、長嘯《ちょうしょう》して山仁《さんじん》を楽《たの》しむ。梁前招吟古《りょうぜんしょうぎんふ》り、峡上簧声新《きょうじょうこうせいあら》たし。琴樽猶未《きんそんなおいま》だ極《きわ》まらず、明月河浜《めいげつかひん》を照《て》らす。

五言。吉野川に遊覧する。

我が友は俸禄を貪るような友ではなく、ここに集った賓客はまさに霞を食べる立派な客人である。ほしいままに歌っては川の智の徳に接し、長く口笛を吹いては山の仁の徳を楽しむ。梁の前で仙女と歌を唱い合ったというのは昔の話であるが、峡上から聞こえる笛の声が鮮やかに聞こえて来る。それにしても琴の音も酒もまだ十分に楽しんでいないのに、もう明月が河浜を照らし始めたことだ。

五言。遊吉野川。

友非干禄友。賓是湌霞賓。縦歌臨水智。長嘯樂山仁。

梁前招吟古。峡上簧声新。琴樽猶未極。明月照河濵。

【校異】○招吟古（底①）。箋註本文は「松吟古」に作る。大野に来歴志本・林家本も「松吟古」に作るとある。註釈は武田祐吉博士説により「柘」に改めるという。○琴樽猶未極〔遊〕（底②）。琴樽猶未遊（天和・宝永・寛政）。

【注釈】○五言　一句が五字からなる詩体。○遊　遊覧。自然の徳に触れ養生するのを目的とする。○吉野川　奈良県大台ヶ原に源を発して、吉野町を通り和歌山県の紀の川に注ぐ。詩人たちが詩の風景を得るために求めた異境。○友　友人。○非　～ではない。○干禄　給与を求める。禄は官吏の給与。○賓　賓客。○是　～である。○湌霞　霞を食べること。湌は食べる意。○縦歌　自由に歌うこと。「長嘯」と対で仙界の自由さを言う。○臨　接する。向き合うこと。○水智　川の持つ徳性を智という。「山仁」の対。「論語」雍也「子曰。知者楽水。仁者楽山。知者動。仁者静。知者楽。仁者寿。」による。○長嘯　口を窄め息を長く放つこと。嘯くこと、あるいは小声で歌を吟じること。七賢の阮籍は嘯を良くしたので阮嘯といわれる。○楽山仁　山の持つ徳性である仁を楽しむ。「論語」の仁者楽山による。○招吟　歌を呼び寄せたこと。昔、美稲という男が魚を捕っている時、川上から桑の枝が流れて来たので拾うと仙媛となったという伝説がある。漁夫と仙媛とが歌を互いに掛け合ったのであろう。この時の歌が「万葉集」に載る。○古　古い世。○峡上　深い谷の上部。○簧声　笛の音。簧は笙の類。○新　新鮮であること。○琴樽　音楽と酒。文人の楽しみ。○未極　まだ楽しみ尽くしていないこと。○明月　明るく照る月。○河浜　吉野川の河辺をいう。

【解説】五言律詩体詩。韻は賓・仁・新・浜。吉野川に遊覧した時の詩。友は禄を求める友ではないということから、友人たちと吉野に遊覧したのであろう。遊覧は世俗を離れて逍遙しながら自然に触れて徳を養い、養生を願うことである。当時の吉野は、その最も適地であった。そこは禄を求めず霞を食べて生きる者たちの世界であり、仙郷である。それのみではなく歌を歌えば水智が得られ、嘯けば山仁が得られるのである。神仙の世界に儒教の徳も添えられるのは、儒と老の一致を説く吉野遊覧詩の基本である。伝説では美稲という男が川で漁をしていると、川上から柘の枝が流れて来て仙媛となったという。その神仙と交わした歌も古い昔のこととなったが、今は谷の上に笛の音が美しく聞こえるという。それもまた仙人の吹く笛の音なのであろう。この吉野の遊びは楽しみが尽きることなく続くのであるが、川辺には明月が照らし始めたという。日常の公務に飽きて吉野の遊覧を通して求めたものは、精神的自由であった。なお、「万葉集」に「あられふる吉志美が岳を険しみと草とりはなち妹が手を取る」（巻三・三八五）があり、注に「吉野の人味稲の柘枝仙媛に与へし歌なり」と記され、味稲と仙媛との歌の交換のあったことが知られ、招吟とはそのようなことを指すのであろう。儒教的自然と老荘的自然の中に身を置くことが、吉野遊覧の態度であった。

【藤原朝臣万里】持統九（六九五）年―天平九（七三七）年七月。麻呂とも。鎌足の孫、不比等の四男。京家の祖。武智麻呂、房前、宇合の弟。浜成は息。養老元（七一七）年十一月、従五位下、美濃守。同五年正月、従四位上。同六月、左京大夫。神亀三（七二六）年正月、正四位上。天平元（七二九）年三月、従三位。同八月、参議、兵部卿。同十一月、山陰道鎮撫使。天平九年正月、陸奥持節大使。同九年に疫病流行により他の兄弟らと共に没した。「万葉集」の歌人。

従三位《じゅさんみ》中納言《ちゅうなごん》丹墀《たじひの》真人《まひと》広成《ひろなり》三首《さんしゅ》

99

五言。遊吉野山。　――　丹墀真人広成

五言《ごごん》。吉野山《よしのやま》に遊《あそ》ぶ。

山水臨《さんすいのぞ》むに随《したが》いて賞《しょう》し、巌谿望《がんけいのぞみ》を逐《お》いて新《あら》たし。朝《あした》に看《み》る峯《みね》を度《わた》る翼《とり》、夕《ゆうべ》に翫《めで》る潭《ふち》に躍《おど》る鱗《うお》。放曠《ほうこう》幽趣多《ゆうしゅおお》く、超然俗塵少《ちょうぜんぞくじんすく》なし。心《こころ》を佳野《よしの》の域《いき》に栖《す》まわせ、尋《たず》ね問《と》う美稲《うましね》の津《つ》。

五言。吉野山に遊覧する。

吉野の山水は臨みに随って景色を賞美し、聳える巌谿は目を移すと初めての風景に出会う。朝方には峰を飛び度る鳥たちが見られ、夕方には川の淵に躍る魚たちを楽しむことだ。自然のままに静かな情趣が多く、自由にして俗世間の雰囲気は少ない処である。心をこの吉野の景勝の地に留め、あの美稲の津を尋ねてみる事としよう。

従三位中納言丹墀真人廣成三首

五言。遊吉野山。

山水随臨賞。巖谿逐望新。朝看度峯翼。夕翫躍潭鱗。

放曠多幽趣。超然少俗塵。栖心佳野域。尋問美稲津。

【校異】○朝著度峯翼（天和・宝永・寛政）。○夕乱（底①）。夕乱〔翫〕躍潭鱗（底②）。夕翫躍潭鱗（天和・宝永・寛政）。「夕翫」を取る。

【注釈】**○従三位**　大宝律令の官位。**○中納言**　太政官の次官。令外の官職。大納言に倣う。**○丹墀真人広成**　天平十一（七三九）年四月没。**○五言**　一句が五字からなる詩体。**○遊**　遊覧。自然の中で逍遙すること。自然の徳に触れ養生するのを目的とする。**○吉野山**　奈良県中部にある山。山紫水明の仙境。宮滝に離宮が置かれた。詩人たちが詩の風景を得るために求めた仙境。**○山水**　吉野の山と川。「論語」「雍也」の「子曰。知者楽水。仁者楽山。知者動。仁者静。知者楽。仁者寿。」の山水仁智を背後に持つ。聖人は山の仁を楽しみ、川の智を楽しむという。**○随臨**　臨むに随って。**○賞**　賞翫。愛でること。自然への賞翫は六朝詩人の謝霊運詩に多く見られる。翫・玩に同じ。**○巌谿**　高い岩山による渓谷。**○逐**　追いかけること。**○望**　望見する。遙望すること。**○新**　初めて。**○朝看**　夜明けに見ること。「夕翫」と対で吉野の楽しみを言う。**○度峯**　山を渡ること。**○翼**　鳥。翼は鳥の詩語。**○夕翫**　夕方に賞美すること。**○躍潭**　川の淵に飛び跳ねること。**○鱗**　魚の詩語。**○放曠**　自然のまま。**○幽趣**　奥深い趣き。自然の静寂な様子をいう。**○超然**　世俗を超越している様。自由な状態。**○俗塵**　世俗の煩わしさ。**○栖心**　心を留めること。**○佳野**　吉野の美称。芳野とも。いずれも好字表記。**○域**　地域。**○尋問**　尋ねて訪うこと。**○美稲**　漁夫の名。味稲とも書く。吉野川で魚を捕っていると、流れて来た桑（柘）の小枝が仙媛となり通じたという伝説がある。**○津**　船着き場。

【解説】五言律詩体詩。韻は新・鱗・塵・津。吉野山に遊覧した時の詩。遊覧は自然に触れて、自然の徳を身に着け、養生すること。この時代に、その好地は吉野であったことから、多くの吉野詩が生まれた。吉野は吉野山と吉野川が一対となり、深山渓谷・奇巌・奇石の地であるとともに、薬草や丹砂の取れることから仙郷とも見られた。それゆえにこの吉野に遊覧することは、山水仁智の徳を身に付けるとともに、朝夕に鳥魚の自由な生き方を楽しむことが出来る異境でもあった。このような自然への志向は、世間が煩わしく自由な生き方が出来ないことにある。世間とは宮廷における官僚としての生活であり、公務に束縛されている所であることから、詩人たちは常に脱俗の世界を求めたのである。まさに吉野は自然のままにあり、そこは「幽趣」の所だという。幽も趣も自然の姿を表現するものであり、大神安麻呂は「欲知閑居趣、来尋山水幽」(三九番詩) といい、大伴王は「山幽仁趣遠」(四八番詩) という。閑居は俗を逃れて住まうことであり、その求める趣とは山水自然のものであり、それを幽趣だという。大伴王が山川の徳を幽趣だというように、幽趣とは儒教の徳の山水仁智と老荘の無為自然とが合致した山水自然の静寂をいうのである。それゆえに吉野は憧れの地となり、しかも、美稲が川から流れて来た桑の枝を拾うと仙媛となり通じたという伝説があり、吉野を尋ねると神仙に逢えるのだという期待があった。

100　七言。吉野之作。——丹墀真人広成

七言《しちごん》。吉野《よしの》の作《さく》。

高嶺嵯峨《こうれいさが》として奇勢多《きせいおお》く、長河渺漫《ちょうがびょうまん》として廻流《かいりゅう》を作《な》す。鐘地《しょうち》の潭《ふち》を超《こ》え凡類《ぼんるい》を異《こと》にし、美稲《うましね》が仙《せん》に逢《あ》うは洛洲《らくしゅう》に同《おな》じくす。

七言。吉野での作。

高い嶺はどこまでも険しく奇巌や奇景が多く見られ、長い河は遙か遠くに巡り流れて行く。あの鐘地の潭を超越して平凡なものとは類を異にし、美稲が仙女に逢ったということからここは洛水の洲に同じである。

七言。吉野之作。

高嶺嵯峨多奇勢。長河渺漫作廻流。

鐘地超潭異凡類。美稲逢仙同洛洲。

【校異】○鐘地超潭豈異ィ凡類（底①）。□地超潭豈凡類（天和）。鍾地超潭豈凡類（宝永・寛政）。本文を「異」に正す。○美稲逢仙同〔月、氷〕洛洲（底②）。美稲逢月冰□（天和）。美稲逢月冰洲（宝永・寛政）。

【注釈】○**七言**　一句が七字からなる詩体。○**吉野之作**　奈良県吉野での作。山紫水明の地。詩人たちが詩の風景を得るために求めた仙境。○**高嶺**　高い嶺。「長河」と対で吉野の山水の素晴らしさを言う。○**嵯峨**　高くて険しいこと。仙境であることをいう。○**奇勢**　奇巌や奇景の様子。中国の詩人たちは奇巌や奇景を楽しんだ。○**長河**　長い河。吉野川をいう。○**渺漫**　遠くへと流れゆく様。○**廻流**　ぐるぐる巡り流れること。○**鐘地**　呉の国の淵の名か。鐘は鍾に通じる。七二番詩では「鐘（鍾）池」と見え、池の名とする。○**超潭**　潭は水の留まるところ。淵。著名な淵を超越している淵。七二番詩に「越潭」とあり、それによれば越の国の淵となる。○**異**　異なること。○**凡類**　平凡な類をいう。○**美稲**　漁夫の名。味稲とも書く。吉野川で漁をしていると、桑の枝が流れてきて仙女となり通じたという伝説がある。「万葉集」巻三・三八五の注に「吉野人味稲与柘枝媛歌也」とある。○**逢**　出逢うこと。○**仙**　仙人。ここは仙女。○**同**　同一。○**洛洲**　洛水の洲。洲は川の中洲。曹植に「洛神賦」がある。

【解説】七言絶句体詩。韻は流・洲。吉野での詩。吉野の深山渓谷を最初に描く。奇巌や奇景を描くのは、異郷への関心である。このような風景は、詩と絵画との関係が深く、詩の中に画があり、画の中に詩があるという考えによる。そのような考えが題画詩に見られる。そうした知識を理解して、吉野が人界を離れた仙郷であることを描く。奇巌や奇景の風景は異境の地のそれであり、詩人たちの詩心を動かすものであった。長河渺漫も、長江の風景を想定させるものである。鐘地は不明であるが、やはり長江の勝れた風景の地であったに違いない。吉野の地を理解するのに鐘地が取り上げられたのは、鐘地に有名な淵があることを何らかの文献を通して得ていたのであろう。それを否定して吉野の淵が平凡なそれではなく、美味が仙女に逢ったというところは、むしろ洛洲に同じだという。洛洲は曹植の洛神賦で知られるように、仙女と出会う長江の巫山の地である。作者の丹墀広成が二首を通してこのような美稲の伝説を詠むのは、吉野への関心が味稲伝説にあり、仙女に会えるかも知れないという期待があったからである。「万葉集」にも「仙柘枝歌」が載り、「この夕柘のさ枝の流れ来ば梁は打たずて取らずかもあらむ」（巻三・三八六）、「古に梁打つ人の無かりせば此処もあらまし柘の枝はも」（同・三八七）とあり、吉野の味稲への憧れを盛り上げていたのである。なお、詩の構想は紀男人の「遊吉野川」と類似する。

101

五言。述懐。――丹墀真人広成

五言《ごごん》。懐《こころ》を述《の》ぶ。

少《おさな》くして蛍雪《けいせつ》の　志《こころざし》無《な》く、長《ちょう》じても錦綺《きんき》の工《たくみ》無《な》し。適《たまたま》文酒《ぶんしゅ》の会《かい》に逢《あ》い、終《つい》に恧《は》ず不才《ふさい》の風《ふう》。

五言。懐を述べる。

幼少の時から学問を志すような気概はなく、成人しても錦のような文章を書く巧みな技も無い。たまたまここで詩宴に出逢い、結局は才能の無い我が身を恥じ入るばかりである。

五言。述懐。

少無螢雪志。長無錦綺工。適逢文酒會。終恧不才風。

【注釈】○五言　一句が五字からなる詩体。○述懐　志を述べる。詩題の一つ。張載・支遁などに「述懐詩」がある。○少無　幼少の時から～が無いこと。「長無」と対で人生の悲しみを言う。○蛍雪　蛍の光や雪の明かり。それにより勉強をすること。苦学の譬え。晋の車胤と孫康に基づく故事。○志　心の向かう処。○長　長じる。成人すること。○錦綺　錦のような綺麗さ。○工巧みな技。○適逢　たまたま出逢うこと。○文酒会　詩文と飲酒の会。詩酒の宴。○終　ついに。○恧　恥じること。○不才　才能が無いこと。○風　風采。風体。

【解説】五言絶句体詩。韻は工・風。詩宴の席で詠んだ自己反省の詩。学問に志す気概もなく、巧みな文章も不得手で、この詩会で我が身の拙さを恥じ入るばかりだという。ただそれだけのことであるが、「述懐」という詩の形態が我が身を反省することだと理解したことによるのであろう。晋の「張載集」の「述懐詩」では「跋渉山川。千里告辞。楊子哭岐。墨氏感糸。雲乖雨絶。心乎愴而」と見える。楊子や墨子の故事を踏まえながら、我が身を嘆くのである。この詩において面白いのは、「蛍雪」という熟語である。良く知られている蛍雪であるが、箋註の指摘するように車胤の聚蛍読書と孫康の映雪読書を合わせて蛍雪としたものである。車胤の話と孫康の話はもともと別物であり、それらは「晋書」、「魏書」、「芸文類聚」、「初学記」、「蒙求」などに見える著名な逸話である。しかし、それが何時の段階で「蛍雪」という熟語を形成したのかは不明である。中国文献に「蛍雪」の熟語が登場するのは、管見では当該詩よりも後の唐代の劉兼詩であるから、広成はこの二つの話をどのように一つにし、さらに蛍雪という二字熟語にしたのか。「魏書」の段階で「聚蛍映雪」の四字熟語が成立しているから、「蛍雪」の語が生まれるとすれば六朝後半から初唐ということになる。その文献は管見にして見出されないが、「聚蛍映雪」を元に一方は中国で、一方は日本で蛍雪の熟語を生み出した可能性があろう。このような熟語は、「鶯梅」もその一つである。梅に鳴く鶯は中国詩に見られるが、それを「鶯梅」というような二字熟語にしたのは、本藻では葛野王の「翫鶯梅」（一〇番詩）である。同じ発想が存在したものと思われる。

【丹墀真人広成】天平十一（七三九）年四月没。多治比とも。島の子。和銅元（七〇八）年正月、従五位下。同三月、下野守。同五年正月、従五位上。同七年十一月、副将軍。養老元（七一七）年正月、正五位下。同三年七月、兼越前守、能登、越中、越後按察使。神亀元（七二四）年二月、従四位下。天平三（七三一）年、従四位上。同四年八月、遣唐大使、同七年三月帰国。天平九年八月、参議。同九月、中納言従三位。天平十年正月、兼式部卿。同年四月、従三位中納言で没した。遣唐大使拝命にあたり、「万葉集」歌人の山上憶良宅を訪れた折に、憶良から好去好来の歌を贈られる。

従五位下《じゅごいのげ》鋳銭長官《ちゅうせんのちょうかん》高向朝臣諸足《たかむくのあそみもろたり》一首《いっしゅ》

102

五言。従駕吉野宮。——高向朝臣諸足

五言《ごごん》。吉野《よしの》の宮《みや》に従駕《じゅうが》す。

昔《むかし》に在《あ》りては魚《うお》を釣《つ》る士《し》、今《いま》に方《あた》りては鳳《ほう》を留《とど》む公《きみ》。琴《こと》を弾《ひ》き仙《せん》と戯《たわ》むれ、江《こう》に投《とどま》り神《しん》と通《つう》じんとす。柘歌《しゃか》は寒渚《かんしょ》に泛《うか》び、霞景《かけい》は秋風《しゅうふう》に飄《ひるがえ》る。誰《たれ》か謂《い》わん姑射《こや》の嶺《みね》、蹕《ひつ》を駐《とど》む望仙宮《ぼうせんきゅう》。

五言。吉野の宮行幸の車に従う。

この吉野に昔は魚を釣る男があり、今は鳳を留める王がいる。琴を弾いて仙女と戯れ、吉野川に留まって神女と通じようとしている。あの柘の歌は涼しさを加えた渚に流れて行き、霞の掛かった景色は秋風に漂っている。今さら姑射の嶺のことなどを誰が言おうか、神仙の天皇は望仙宮に車駕を駐められたことだ。

従五位下鋳銭長官高向朝臣諸足一首

五言。従駕吉野宮。

在昔釣魚士。方今留鳳公。彈琴与仙戯。投江將神通。

柘歌泛寒渚。霞景飄秋風。誰謂姑射嶺。駐蹕望仙宮。

【校異】○方今留鳳〔風〕公（底②）。方今留風公（天和・宝永・寛政）。○拓歌泛寒渚（底①天和・宝永・寛政）。拓〔柘歟〕歌泛寒渚（底②）。

【注釈】○**従五位下**　大宝律令の官位。○**鋳銭長官**　大蔵省に属する鋳銭司の長官。○**高向朝臣諸足**　生没年未詳。○**五言**　一句が五字からなる詩体。○**従駕**　天皇の行幸に従う。駕は車駕。○**吉野宮**　奈良県吉野の宮滝付近に造られた離宮。天皇はここで神仙に変身した。また詩人たちが詩の風景を得るために求め仙境。○**在昔**　昔。「方今」と対で過去と今を言う。○**釣魚士**　魚釣りの男子。漁夫の美稲を指す。網に掛かった桑の枝が仙女に変身して通じたという。○**方今**　今に当たって。当今。方は当に同じ。○**留**　留めていること。○**鳳**　鳳凰の雄鳥。貴人が出ると喜び出現する瑞鳥。吉野は南岳で四神の朱雀の方角による。○**公**　君。天皇を指す。○**弾琴**　琴を弾くこと。○**与仙**　仙人と共に。与は、～と。○**戯**　戯れ遊ぶこと。雄略天皇が吉野で神仙の女子と出会ったことを示唆。○**投**　留まること。逗に同じ。○**江**　吉野川をいう。○**将**　～しようとすること。○**神通**　神女との通交。神通は道家や仏家の文章に見える。○**歌**　柘の歌を唱うこと。柘は桑。吉野の川で漁をしていた美稲が流れて来た柘枝を拾うと仙女となり、二人が通じた時に歌った歌。〇**泛**　浮かび流れること。〇**寒渚**　秋冷の水際。〇**霞景**　霞の掛かった景色。〇**飄**　翻ること。〇**秋風**　立秋から吹く秋の風。〇**誰謂**　誰が言うだろうか。反語。〇**姑射嶺**　「荘子」に見える仙人の住む山。〇**駐蹕**　天皇が行幸の車駕を止めること。蹕は警護の先払い。〇**望仙宮**　仙人の住まいを臨む宮殿。漢の武帝の建てた宮殿の名。

【**解説**】五言律詩体詩。韻は公・通・風・宮。一二・三四・五六対。吉野の離宮に従駕した時の詩。釣魚士は柘枝伝説に登場する味稲という男。漁をしていると柘（桑）の枝が流れて来て、枝が仙媛に化して女子と通じたという神仙譚。吉野はそのような仙郷であることを前提に、今天皇もこの仙郷へと行幸されたという。その天皇は吉野の仙女と琴を弾いて戯れ、仙女と通じようとしているという。「古事記」によると、かつて雄略天皇が吉野川に行幸して童女と出会い婚し、再び吉野を訪れて琴を弾き童女に舞わせたという。その伝説を重ねているのであろう。そこであの柘の枝の歌を吟じると涼しさを増した渚に流れ、霞も秋の風に揺れて美しく、もう姑射の山を思うことなどないのであり、天皇は望仙宮に留まられたという。本詩も吉野遊覧詩の基本形式を踏んだ詩であるが、柘歌は味稲と仙媛とが歌を交わした時の歌を指している。おそらくこの地に歌垣が行われていて、「万葉集」に載る「柘枝の歌」と伝える「あられふる吉志美が岳を険しみと草とりはなち妹が手を取る」は吉野の歌であり、そこに重なるのであろう。これは「肥前風土記」の杵島岳に伝わる「あられ降り杵島が岳を険しみと草取りかねて妹が手を取る」（巻三・三八五）と同類であり、杵島の歌は歌垣で歌われたという。吉野の吉志美が岳で行われていた歌垣の歌が、味稲と仙媛の神仙伝へ取り込まれたものと思われる。

【**高向朝臣諸足**】生没年未詳。天平五（七三三）年、外従五位下。本藻に従五位下鋳銭長官とあり、天平五年以後の事である。

釈道慈《しゃくどうじ》二首《にしゅ》

釈道慈《しゃくどうじ》は、俗姓《ぞくせい》額田氏《ぬかだうじ》。添《そう》の下《しも》の人《ひと》。少《おさな》くして出家《しゅっけ》す。聡敏《そうびん》にして好学《こうがく》、英材《えいざい》にして明悟《めいご》なり。衆《しゅう》の懽《よろこび》とする所《ところ》を為《な》す。大宝元年《たいほうがんねん》、唐国《とうこく》に遣学《けんがく》す。明哲《めいてつ》を歴訪《れきほう》し、講肆《こうし》に留連《りゅうれん》す。三蔵《さんぞう》の玄宗《げんそう》に妙通《みょうつう》し、広《ひろ》く五明《ごみょう》の微旨《びし》を談《だん》ず。時《とき》に唐《とう》は国中《くにじゅう》に義学《ぎがく》の高僧一百人《こうそういっぴゃくにん》を簡《えら》び、宮中《きゅうちゅう》に請《こ》い入《い》れて仁王般若《におうはんにゃ》を講《こう》ぜしむ。法師《ほうし》は学業穎秀《がくぎょうえいしゅう》にして、選中《せんちゅう》に預《あずか》り入《い》る。唐王其《とうおうそ》の遠学《えんがく》を憐《あわれ》み、特《とく》に優賞《ゆうしょう》を加《くわ》えり。西土《せいど》に遊学《ゆうがく》して十有六歳《じゅうゆうろくさい》。養老二年本国《ようろうにねんほんごく》に帰来《きらい》す。帝《みかど》これを嘉《よみ》す。僧綱《そうごう》の律師《りっし》を拝《はい》す。性《せい》は甚《はなは》だ骨鯁《こっこう》、為《ため》に時《とき》に容《い》れられず。任《にん》を解《と》き皈《かえ》りて山野《さんや》に遊《あそ》ぶ。時《とき》に京師《けいし》に出《い》でて、大安寺《だいあんじ》を造《つく》る。時《とき》に年《とし》は七十餘《しちじゅうよ》なり。

釈道慈二首

釈道慈は、俗姓が額田氏である。大和の添の下の人である。少くして出家した。明敏にして学問を好み、優れた才能を持ち何事にも通じていた。大衆の懽とすることを進んで行った。文武朝の大宝元年に、唐国に遣唐留学僧として使わされた。唐の優れた先生を歴訪し、その講義の席に留まり聞いていた。そのようにして経律論の三蔵の玄妙な教えに詳しく通じ、広くインドの五つの学問の細かな所まで論議することが出来た。時に唐では国中の仏教学に通じる高僧一百人を選出して、宮中に請じ入れて仁王般若を講義させた。道慈法師は学業が優秀であったので、百人の中に選ばれた。唐王は道慈が遠い日本から来て学問を身につけたことを褒めて、特別に報賞を加えたのであった。こうして西の国に遊学して十有六年を過ごし、養老二年に本国に帰国した。天皇はこれを誉め称えた。それで僧綱の律師を承った。性格はとても剛直であったので、それでこの時代に受け入れられなかった。任務を辞退して山野に帰り心を慰めた。また都に出て大安寺を造った。没した時に年は七十を過ぎていた。

釋道慈二首

釋道慈者、俗姓額田氏。添下人。少而出家。聡敏好學、英材明悟。為衆所懽。太宝元年、遣学唐國。歴訪明哲、留連講肆。妙通三藏之玄宗、廣談五明之微旨。時唐簡于國中義學高僧一百人、請入宮中令講仁王般若。法師學業穎秀、預入選中。唐王憐其遠學、特加優賞。遊學西土十有六歳。養老二年歸來本國。帝嘉之。拜僧綱律師。性甚骨鯁、為時不容、解任皈遊山野。時出京師、造大安寺。時年七十餘。

【校異】○為衆所懽〔歓〕（底②）。為衆所歓（天和・宝永・寛政）。○解任帰遊山野（天和・宝永・寛政）。

【注釈】○**釈**　仏教に帰依した者の姓。○**道慈**　道慈法師。奈良時代の三論宗の僧。「続日本紀」養老三年十一月に「道慈法師。遠渉蒼波。覈異聞於絶境。遐遊赤県。研妙機於秘記。参跡象龍旅莫秦漢。並以戒珠如懐満月。慧水若写滄溟。儻使天下桑門智行如此者。豈不殖善根之福田。渡苦海之宝筏。朕毎嘉歎不能已也。宜施食封各五十戸。並標楊優賞。用彰有徳。」とある。天平十六（七四四）年没。○**首**　詩歌を数える単位。○**者**　～は。助詞。○**俗姓**　出家前の姓。○**額田氏**　未詳。古代に額田部、額田首などの氏が見える。○**添下人**　奈良県添の下の出身の人。○**少而**　幼くして。○**出家**　仏門に入ること。○**聡敏**　賢く鋭敏なこと。

○好学　学問を好むこと。**○英材**　優れた人材。**○明悟**　すべてに明らかなこと。仏家の用語。**○為衆**　衆人のために。**○所懽**　喜びとする所。**○太宝元年**　大宝。七〇一年。文武天皇の時代。**○遣学**　学問のために派遣されたこと。七〇一年第七次遣唐使が派遣された。ただ、この時に暴風に遭い出発出来ず、翌年の二年に出発。万葉歌人の山上憶良も乗る。**○唐国**　唐の国。**○歴訪**　あちこちを訪問すること。**○明哲**　賢者をいう。**○留連**　いつまでも留まること。**○講肆**　講義科目。**○妙通**　詳しく通じること。**○三蔵之玄宗**　三蔵は経・律・論。玄宗は奥深い趣意。**○広談**　広範囲に論議すること。**○五明**　仏教を学ぶ上でのカリキュラム。声明・工巧明・医方明・因明・内明。**○微旨**　その微妙な主旨。**○簡**　選ぶこと。**○于**　～を。**○国中**　国の中。**○義学**　仏教学。**○高僧**　高い知識を持つ僧侶。**○一百人**　高僧百人をいう。**○請入**　請じ入れること。**○宮中**　宮廷。**○令**　～させる。使役。**○講**　講義すること。**○仁王般若**　教典の名。仁王般若波羅密経。大般若経六百巻の一部。**○法師**　仏弟子の称。**○学業**　学問を修めること。**○穎秀**　殊のほか秀でていること。**○預入**　預かり入る。**○選中**　選別された中をいう。**○唐王**　唐の皇帝。中宗から玄宗の頃。**○憐**　深い情けをかけること。**○遠学**　そのように遠くから来て学問をすること。**○特加**　特別に加えること。**○優賞**　報償をいう。**○遊学**　国を出て学問をすること。**○西土**　西方の国。**○十有六歳**　十六年。**○養老二年**　七一八年。元正天皇の時代。第七次遣唐使の帰国。**○帰来**　帰って来たこと。**○本国**　自国。日本をいう。**○帝**　天皇。この時は元正天皇。**○嘉之**　これを褒めた。**○拝**　拝受。**○僧綱**　律令の僧尼を管轄する役所。僧尼令に見える。**○律師**　仏の教えに通暁した僧侶。**○性**　性格。**○甚**　はなはだ。**○骨鯁**　剛直。固陋。**○為**　その為に。**○時**　その時代に。**○不容**　受け入れないこと。**○解任**　辞退すること。**○皈**　帰ること。**○遊**　無職で生活すること。**○山野**　山や野。俗世間を離れた所をいう。**○時**　ある時。**○出京師**　都に出ること。**○造**　造営。**○大安寺**　奈良にある寺。古く百済大寺・大官大寺と呼ばれ、平城京遷都に伴い大安寺と呼んだ。**○時**　没した時。**○年七十餘**　年は七十才余りであった。

103

五言。在唐奉本国皇太子。　――釈道慈

五言《ごごん》。唐《とう》に在《あ》りて本国《ほんごく》の皇太子《こうたいし》に奉《たてまつ》る。

三宝聖徳《さんぼうせいとく》を持《じ》し、百霊仙寿《ひゃくれいせんじゅ》を扶《たす》く。寿《じゅ》は日月《じつげつ》と共《とも》に長《なが》く、徳《とく》は天地《てんち》と久《ひさ》し。

五言。唐の国に在って本国の皇太子に差し上げる。

仏・法・僧という三宝は皇太子殿下の優れた人徳を護持し、多くの神霊は殿下が仙人のような長寿を得るように助けることでしょう。また殿下の長寿は日月と共に長く、その勢いは天地と共に久しくありましょう。

五言。在唐奉本國皇太子。

三宝持聖徳。百霊扶仙寿。寿共日月長。徳与天地久。

【校異】○々共日月長（天和・宝永・寛政）。

【注釈】**○五言**　一句が五字からなる詩体。**○在唐**　唐の国にあって。**○奉**　献呈すること。**○本国**　自国。日本の国。**○皇太子**　次の天皇に予定されている皇子。道慈の乗船した第七次遣唐使は七〇二年に出発し、道慈の帰国は養老二年の七一八年である。およそ十五年ほど唐に滞在した。出発時の天皇は文武天皇であり、この間の皇太子として阿閉皇女（後の元明天皇）か、氷高内親王（後の元正天皇）が想定される。**○三宝**　衆生が帰依すべき仏・法・僧の三つ。**○持**　護持すること。**○聖徳**　優れた人徳。○

百霊　多くの神霊。百神。〇**扶**　助ける。扶助すること。〇**仙寿**　神仙の寿命。〇**寿共**　寿命は～と共に。徳と対で最も優れている様を言う。〇**日月**　日や月。永遠をいう。〇**長**　長寿。〇**徳与**　理想は～と。〇**与天地久**　天や地と共に長久であること。「老子」の思想。

【解説】五言絶句体詩。韻は寿・久。唐にあって日本の皇太子に奉るために詠んだ詩。この船には道慈と共に釈弁正や山上憶良が乗った。唐で日本人が最初に歌を詠んだのは、遣唐少録の山上憶良である（『万葉集』巻一）。続いて本藻に載る釈弁正の詩であり、これに次ぐのが道慈の詩であろう。憶良も弁正も「憶本郷」を題とし、懐かしい日本を思う。そこから見ると憶良の歌と弁正の詩は、遣唐使らが帰国にあたり行われた送別の宴の同時の作かと思われる。本詩の道慈は仏法僧の三宝が皇太子を護持し、百霊は仙人の寿命を得るように助けるのだという。百霊は天子の神祭りに降りてくる神であり、楽府詩に多く見られ、天子に慶福を与える神である。それが仙人の寿命を保証するというのは、仏と老との融合であり、続く「天地久」も老子の用語である。三宝と老子とを一にするのは、唐においては仏教と道教とが対峙したり融合したりするのを常とし、道慈の時代は則天武后が仏教を優先する時代であった。それでありながら道と仏の融合は、天子の重要な立場であったに違いない。吉野詩が儒と老の一致を求めたのも、このような唐の思想界の状況と一体であったからであろう。日本の皇太子も仏の力と老の力により、日月や天地と等しいほどに長寿であろうというのである。『万葉集』巻二に「天地日月与共満将行」とあるのは、「寿共日月長。徳与天地久」と呼応する表現として興味深い。

五言《ごごん》。初春《しょしゅん》竹渓《つげ》の山寺《やまでら》に在《あ》り長王宅《ちょうおうたく》の宴《うたげ》に追《お》いて辞《じ》を致《いた》す。并《あわ》せて序《じょ》。

沙門道慈啓《しゃもんどうじけい》す。今月廿四日《こんげつにじゅうよっか》を以《もち》て、濫《みだり》に抽引《ちゅういん》を蒙《こうむ》り、追《お》いて嘉会《かかい》に預《あずか》る。旨《むね》を奉《ほう》じて驚惶《きょうこう》し、措《お》く攸《ところ》を知《し》るなし。但《ただ》道慈《どうじ》は少年《しょうねん》にして落餝《らくしょく》し、常《つね》に釈門《しゃくもん》に住《じゅう》す。属詞談吐《ぞくしだんと》に至《いた》りては、元来未《がんらいいま》だ達《たっ》せず。況《いわん》や道慈《どうじ》は、機儀俗情《きぎぞくじょう》全《まった》く異《こと》なること有《あ》り。香盞酒盃又同《こうさんしゅはいまたおな》じからず。此《こ》の庸才《ようさい》の彼《そ》の高会《こうかい》に赴《おもむ》けば、理《り》は事《こと》に背《そむ》き、事《こと》は心《こころ》を追《お》う。若《も》し夫《そ》れ魚《ぎょ》と麻《ま》の処《ところ》を易《か》え、方《ほう》と円《えん》と質《しつ》を改《あらた》むれば、恐《おそ》らくは其《そ》の養性《ようじょう》の宜《よろ》しきを失《うしな》い、任物《にんぶつ》の用《よう》に乖《そむ》かん。躬《み》を撫《な》でて驚惕《きょうてき》し、啓処《けいしょ》するに遑《いとま》あらず。謹《つつし》んで裁《つく》るに韻《いん》を以《もち》てし、以《もち》て高席《こうせき》を辞《じ》す。謹《つつし》んで至《いた》すに以《もち》て左《ひだり》の如《ごと》し。耳目《じもく》を穢《けが》さんことを羞《は》ず。

五言。初春に竹渓の山寺に居て長屋王宅から宴会の招待があり急ぎ辞退の詩を贈った。序文を併せた。

僧である道慈が申し上げます。今月の二十四日に、もったいなくも私のような者が選ばれて、立派な宴会にお招き戴きました。その主旨を拝見して畏れ多く思う次第で、身の置き所もありません。ただし、道慈は少年の時に出家をいたしまして、常に僧門に住んでおります。それゆえ詩を詠むなどということは、もともと未熟でございます。まして道慈にとりましては、仏の教えに従うことと世間の思いとが全く異なることも、僧侶の拝する香盃と世間の酒杯とが同じでないことも弁えております。この凡才の身にして、そのような晴れやかな宴会に出席することは、道理の上で事柄に背くこととなり、事柄は心に迫ることとなります。もし魚と麻とがあるべき場所を代えたり、四角と丸とが性質を変えるようなことがあれば、恐らく性を養う方法を失うことになるでしょう。そのことにより役立つべき用途に違背し、我が身を省みて驚くこととなります。取り急ぎ申し上げる処です。謹んで詩を作り晴れの席への招待をご辞退いたします。謹んで詠んだ詩は次のようなものですが、耳目を汚すものであることに恥じ入るばかりです。

五言。初春在竹渓山寺於長王宅宴追致辞。并序。

沙門道慈啓。以今月廿四日、濫蒙抽引、追預嘉會。奉旨驚惶、罔知攸措。但道慈少年洛餝、常住釈門。至於属詞談吐、元来未達、況乎道慈、機儀俗情全有異。香盞酒盃又不同。此庸才赴彼高會、理乖於事、事迫於心。若夫魚麻易處、方円改質、恐其失養性之宜、乖任物之用。撫躬之驚惕、不遑啓処。謹裁以韻、以辞高席。謹至以左。羞穢耳目。

【校異】○以今月二十四日（天和・宝永・寛政）。○罔〔不〕知攸措（底②）。不知攸措（天和・宝永・寛政）。○至於属詞吐談（天和・宝永・寛政）。○況乎道機（天和・宝永・寛政）。○々迫於心（天和・宝永・寛政）。○謹裁以韵（天和・宝永・寛政）。○謹至以如イ左（底①）。謹至以▨（天和）。

【注釈】○**五言**　一句が五字からなる詩体。○**初春**　春の初め。立春。漢詩に「初春」の詩がある。○**在**　～に在っての意。○**竹渓山寺**　奈良県山辺郡都祁の地にあった寺。○**於**　～で。場所を指す。○**長王宅**　左大臣長屋王の邸宅。平城京二条大路にあった。邸宅跡地から「長屋親王宮」の木簡が出土した。長王は唐風の号。左大臣。神亀六（七二九）年に謀反の罪で自尽。「日本霊異記」にも説話が載る。○**宴**　宴会。○**追**　後を追って。○**致辞**　辞退を申し上げること。○**并序**　序文を併せた。○**沙門**　出家者。桑門。○**道慈啓**　道慈が敬い申し上げる。○**今月廿四日**　今月の二十四日。○**濫**　訳もなく。筋道が明らかではないこと。○**蒙**　被る。○**抽引**　選び出されること。○**追**　追い求めること。○**預**　招待されること。○**嘉会**　すばらしい宴会。○**驚惶**　驚き恐れること。○**罔知**　知らないこと。あるいは知ること無し。罔は否定。○**攸**　所。○**措**　置くこと。○**但**　ただし。○**少年**　未成年。○**洛餝**　剃髪して出家すること。○**常住**　常に住んでいること。○**釈門**　仏門。桑門。○**至**　至る。○**於**　～に。動作を指す。○**属詞**　詩文を作ること。○**談吐**　談論。○**元来**　もともと。○**未達**　まだ上達していないこと。○**況乎**　いわんや。○**機儀**　仏の教えに従うこと。機は仏との機縁。儀は法。○**俗情**　世間の感情。○**全有異**　まったく異なること。○**香盞**　僧侶の拝する盃。○**酒盃**　世間の人の盃。○**又不同**　また同じではないこと。○**庸才**　凡才をいう。凡庸な才能の意。○**赴**　出かけること。○**彼**　そこ。○**高会**　高貴な宴会。○**理乖**　道理に背くこと。○**於**　～に。状況を指す。○**事**　俗事。○**追**　追いかけること。○**於**　～に。場所を指す。○**心**　心中。○**若**　もし。○**夫**　それ。○**魚麻**　魚と麻。性質を異にするものの例。○**易処**　その場所を変更すること。○**方円**　四角と丸。性質の異なるものの例。○**改質**　性質を改めること。○**恐**　恐れること。○**養性之宜**　生命を養う原理。性を養うのに適切な方法。○**乖**　背くこと。○**任物之用**　役立つべき用途をいう。○**撫躬**　我が身を省みること。○**之**　強意の助詞。○**驚惕**　驚き恐れること。○**不遑**　暇が無いこと。○**啓処**　申し上げる処。○**謹裁**　謹んで詩を作ること。○**以韻**　詩を以て。○**以辞**　それで辞退すること。○**高席**　高貴な宴会の席をいう。○**至**　致すに。「至」は致す意。詩を作り贈ること。○**以左**　よって左の如くである。「左」は続いて左に詩が認められる意。○**羞**　恥じ入ること。羞恥。○**穢**　汚すこと。○**耳目**　耳や目。聞くことも見ることもの意。

104

五言。初春在竹渓山寺於長王宅宴追致辞。并序。――釈道慈

素《そ》と緇《し》とは杳然《ようぜん》として別《わか》れ、金《きん》と漆《しつ》とは諒《まこと》に同《おな》じきこと難《かた》し。衲衣寒体《のういかんたい》を蔽《おお》い、綴鉢飢嚨《てっぱつきろう》に足《た》る。蘿《ら》を結《ゆ》い垂幕《すいばく》と為《な》し、石《いし》を枕《まくら》に巌中《がんちゅう》に臥《ふ》す。身《み》を抽《ぬ》いて俗累《ぞくるい》を離《はな》れ、心《こころ》を滌《すす》いで真空《しんくう》を守《まも》る。杖《つえ》を策《つ》いて峻嶺《しゅんれい》を登《のぼ》り、襟《えり》を披《ひら》いて和風《わふう》を稟《う》く。桃花《とうか》の雪冷々《ゆきれいれい》として、竹渓《つげ》の山沖々《やまちゅうちゅう》たり。春《はる》に驚《おどろ》きて柳変《やなぎかわ》ると雖《いえど》も、餘寒単躬《よかんたんきゅう》に在《あ》る。僧《そう》は既《すで》に方外《ほうがい》の士《し》、何《なん》ぞ煩《わずらわ》しく宴宮《えんきゅう》に入《い》らん。

世俗の者の着る白衣と墨染めの衣とは明確に別れているのであり、また金と漆とが同じであることはとても難しいこ

とです。僧侶の衣服は寒い折の身体を覆う程度のものであり、食事は物を戴く托鉢で十分であります。蔦を織っては垂れ幕として風を凌ぎ、石を枕として巌の中に眠りに就きます。我が身を抜き出して俗世間との関係を離れ、心を清らかにして一切を超越することに努めています。そのようにして杖をついて高い山に登り、心を開いて和やかな風を受けるのです。桃の花には雪がはらはらと舞い、竹渓の山は人気もなく静かです。春の気配を感じて柳は若芽を出したとはいっても、まだ残る寒さは我が身に厳しいものです。しかし法師の私はすでに俗世間を離れた身、どうして煩わしく宴会に出入りなど出来ましょうか。

素緇杳然別。金漆諒難同。衲衣蔽寒体。綴鉢足飢嚨。
結蘿為垂幕。枕石臥巖中。抽身離俗累。滌心守真空。
策杖登峻嶺。披襟稟和風。桃花雪冷々。竹渓山沖々。
驚春柳雖変。餘寒在單躬。僧既方外士。何煩入宴宮。

【校異】○素緇杳然別（底①）。素緇〔緇素〕杳然別（底②）。緇素杳然別（天和・宝永・寛政）。「杳然」を取る。○衲衣蔽寒体（天和・宝永・寛政）。○餘寒在単躬（底①・宝永・寛政）。餘寒在艸躬（天和）。

【注釈】○**素緇**　白い服と黒い服。世間の人の衣服と僧侶の衣服。金漆と対で馴染まないものを言う。○**杳然別**　明確に区別されている。杳然は遠くあること。○**金漆**　金と漆。○**諒**　まことに。○**難同**　同じくすることは困難なこと。○**衲衣**　墨染めの服。「綴鉢」と対で出家の様を言う。○**蔽**　覆うこと。○**寒体**　冷えた身体をいう。○**綴鉢**　乞食行の折の鉢。托鉢。○**足**　足りること。○**飢嚨**　飢えを凌ぐこと。嚨は喉。○**結蘿**　蔦を織る。蘿は苔。ただ「広雅」に「女蘿。松蘿也。兔糸也」とある。糸兔は「呂氏春秋」に「或謂兔糸無根也。其根不属地。茯苓是也」とあり、薬草でもある。枕石と対で世を避けた様を言う。○**為**　〜とする。○**垂幕**　カーテン。○**枕石臥巌中**　石を枕として洞窟の中に寝ること。○**抽身**　自らの身を特に抜き出しての意。○**離**　離脱すること。○**俗累**　俗世間との関係。○**滌心**　心を清めること。○**守**　守るべきこと。○**真空**　仏教の無の境地。○**策杖**　杖をつくこと。○**峻嶺**　急峻な山。○**披襟**　心を開く。襟は胸中。○**稟**　受けること。○**和風**　和やかな春風。○**桃花**　桃の花。○**雪冷々**　雪が冷たく舞い散ること。○**竹渓山**　山辺郡都祁の地にあった山寺。○**沖々**　人の居ない様子。○**驚春**　春が来たことを悟る。○**柳**　柳の木。○**雖**　〜だとはいっても。○**変**　変化すること。○**餘寒**　春にいつまでも続く寒さをいう。○**在**　〜に在る。○**単躬**　独り身をいう。単身。○**僧**　僧侶の私。○**既**　すでに。○**方外士**　世俗を離れた者。○**何**　どうして〜しようか。反語。○**煩入**　面倒にも参加すること。○**宴宮**　宴会の行われる宮殿。長屋王邸をいう。

【**解説**】五言十六句古体詩。韻は同・曨・中・空・風・沖・躬・宮。長屋王邸の詩宴に招待されたが、それを辞退することを詠んだ詩。序文によると詩宴に呼ばれたことは感謝するが、ただ詩を詠むという才能が無いこと、それのみではなく僧の身であるので世俗とは相容れないことなので、この招待をお断りするのだという。僧侶の香盃と世間の酒杯とは同じでないことを弁え、魚と麻とがあるべき場所を代えたり、四角と丸とが性質を変えるようなことがあれば、性を養う方法を失うのだともいう。これらは相容れないものであり、それを無理に認めることは困難なのだという。それを受けて詩においては、白衣と墨染めの衣、金と漆は相容れないものであり、僧侶の生活が世間のそれとは違い、粗末・質素にして真空を求めることを説く。その態度は心を清らかにして一切を超越することにあり、初春の竹渓の山は花も咲き始め人気もなく静かであるという。すでに道慈は僧として方外の士であるから、煩わしく宴席に参加することはしないという態度は、方外に身を置くことにより説かれている。僧は方外の士であるというのは、俗世間を逸脱しているからであるが、この「方外之士」という言い方は、一方で道教教典にも多く見られる語であり思想である。中国仏教が道教と近寄りを見せるのも、このようなところに認められる。いずれにしても長屋王邸の詩宴を辞退するという道慈の態度は、聖俗の区別を明示することにあるが、しかし、ここには如何なる王法も仏法とは対等という中国仏法の態度が存在する。僧は王の前に伏すことはないのであり、対等であるがゆえに、その立場を尊重することは僧の戒を固く守ることとなる。道慈はそうした方外の士としての態度を、長屋王に示したのである。「性甚骨鯁」と評される道慈の性格は、ここにも表れている。

【釈道慈】天平十六（七四四）年没。大和添下郡出身。額田氏。大安寺を造営した。大宝二（七〇二）年に第七次遣唐使の船に乗り、養老二（七一八）年十二月に帰国。同三年十一月に学徳を褒められる。天平元（七二九）年十月、律師。同九年四月、大安寺に住む。同十月、大極殿で金光明最勝王経を講じる。同十六年十月没。

外《げ》従《じゅ》五《ご》位《い》下《げ》石見守《いわみのかみ》麻田連陽春《あさだのむらじようしゅん》　一首《いっしゅ》　年《とし》は五十六《ごじゅうろく》

105

五言。和藤江守詠稗叡山先考之旧禅処柳樹之作。――麻田連陽春

五言《ごごん》。藤江守《とうこうしゅ》の稗叡山《ひえいざん》の先考《せんこう》の旧禅処《きゅうぜんしょ》の柳樹《りゅうじゅ》を詠《よ》む作《さく》に和《わ》す。

近江《おうみ》は惟《こ》れ帝里《ていり》、比叡《ひえい》は寔《まこと》に神山《しんざん》。山静《やましず》かにして俗塵寂《ぞくじんしず》かに、谷閑《たにしず》かにして真理《しんり》専《もっぱら》とす。於穆《ああぼく》たり我《わ》が先考《せんこう》、独《ひと》り悟《さと》り芳縁《ほうえん》を闡《ひら》く。宝殿空《ほうでんそら》に臨《のぞ》みて構《かま》え、梵鐘風《ぼんしょうかぜ》に入《い》りて伝《つた》う。烟雲万古《えんうんばんこ》の色《いろ》、松栢九冬《しょうはくきゅうとう》に専《もっぱら》とす。日月《じつげつ》は荏苒《じんぜん》として去《さ》れども、慈範《じはん》は独《ひと》り依々《いい》たり。寂寞《せきばく》たる精禅《せいぜん》の処《ところ》、俄《にわか》に積草《せきそう》の墀《にわ》と為《な》

る。古樹三秋《こじゅさんしゅう》に落《ち》り、寒草九月《かんそうくがつ》に衰《おとろ》う。唯餘《ただあま》す両楊《りょうよう》の樹《き》、孝烏朝夕《こううちょうせき》に悲《かな》しむ。

五言。藤の江守が「稗叡山の亡父の旧禅処の柳樹を詠む」という作に追和した。近江はこれはかつての天智天皇の都であり、稗叡の山は実に神の宿る処である。その神の山は静寂そのもので俗世間から遠く離れていて音もなく、谷間は閑寂であり真理がすべてを支配している。ああ立派な人であった亡き私の父は、この地で独り悟って仏との縁を開いた。旧禅処の本殿は空に向かって建ち、梵鐘の音は風に交じって遠くまで届いた。立ちこめる靄は万年を経た古色を留め、松や栢は冬の時節にあっても色を変えることは無い。日月はいつのまにか過ぎ去ってしまったが、慈しみ深かった父の面影はいつまでも思われる。ひっそりとした禅の修行道場は、たちまちに草の生い茂る庭となってしまった。古い木々の葉はこの秋に散り落ち、寒気の中の草は秋の末になり萎れている。わずか残っているのは二本の楊の樹のみであり、私の心は親を慕う烏が朝に夕に悲しむようである。

外従五位下石見守麻田連陽春一首　年五十六

五言。和藤江守詠稗叡山先考之旧禅處柳樹之作。

近江惟帝里。稗叡寔神山。山静俗塵寂。谷閑真理専。
於穆我先考。獨悟闡芳縁。宝殿臨空構。梵鐘入風傳。
烟雲万古色。松栢九冬専。日月荏苒去。慈範独依々。
寂寞精禅處。俄為積草墀。古樹三秋落。寒草九月衰。
唯餘兩楊樹。孝烏朝夕悲。

【校異】○谷間真理等（天和・宝永・寛政）。○天和・宝永に「松栢九冬専」の次に改行あり。二首と見たか。○俄為積艸墀（天和・宝永・寛政）。

【注釈】○**外従五位下**　外位は特別扱いの官位。従五位下は大宝律令の官位。○**石見守**　今の島根県西部の国守。○**麻田連陽春**　生没年未詳。渡来系人。○**五言**　一句が五字からなる詩体。○**和**　応じる。追和すること。以下の藤原仲麻呂の題の作に応じたことを言う。○**藤**　太政大臣藤原仲麻呂。武智麻呂の子。恵美押勝と号した。孝謙天皇に取り入った道鏡を除こうと挙兵したが近江で殺された。○**江守**　近江の国守。○**詠**　詠むこと。詠物詩の形式。○**稗叡山**　京都と滋賀の境にある比叡山を指す。○**先考**　亡父。藤原武智麻呂をいう。○**旧禅処**　以前に禅修行の道場であった処をいう。○**柳樹**　柳の木。○**之作**　～という作。仲麻呂が詠んだ作を指す。○**近江**　滋賀県の地名。琵琶湖周辺。○**惟**　これ。発語。○**帝里**　天智天皇が都を置いた地。近江大津の宮をいう。○**稗叡**　神の宿る稗叡の山。○**寔**　まことに。○**神山**　神霊の山。○**山静**　山の様子が静寂。「谷閑」と対で山の様子を言う。○**俗塵**　俗世間の騒がしさ。○**寂**　静謐をいう。○**谷閑**　谷間が静閑なこと。○**真理**　不変の真実。仏の教えの真実。○**専**　すべてを覆っていること。○**於穆**　ああ何とも美しい。立派である。「於」は感嘆。○**我先考**　私の亡父。先考は亡き父。武智麻呂をいう。○**独**　自分のみ。○**悟**　仏の真理を知ること。○**闡**　開くこと。○**芳縁**　仏との良縁をいう。○**宝殿**　旧禅処の本殿。○**臨空**　空に向かうこと。○**構**　構えること。○**梵鐘**　寺の鐘。○**入風伝**　風に交じり伝わること。○**烟雲**　靄をいう。○**万古色**　万年も続く古の彩り。○**松栢**　松と柏。変わらないことをいう。○**九冬**　冬の三ヶ月。○**専**　それのみを主とすること。○**日月**　歳月をいう。○**荏苒**　歳月が進み行く様。○**去**　去ること。○**慈範**　慈悲深い面影。○**独**　そのことだけでの意。○**依々**　離れがたい様子。○**寂寞**　静かにして寂しげなこと。世間を超越した所。○**精禅処**　禅の修行に精進する場。○**俄為**　たちまちに～となる。○**積草墀**　草が生い茂った庭。○**古樹**　古木。○**三秋**　秋の三ヶ月。○**落**　木の葉が散ること。揺落。○**寒草**　寒い冬の季節の草。○**九月**　秋の末。○**衰**　萎れること。○**唯餘**　僅かに残っていること。○**両楊樹**　二本の楊の木。○**孝烏**　親を慕う烏をいう。烏は孝鳥であるという伝えによる。○**朝夕悲**　親を慕う烏が朝に夕べに悲しむこと。

【解説】 五言十八句古体詩。韻は山・専・縁・伝・専・依・墀・衰・悲。ただし、依から換韻。藤の江守である藤原仲麻呂の詠んだ「稗叡山先考の旧禅処の柳樹の作」に追和した詩で、仲麻呂の立場で詠んでいる。二首に分離する説もあるが、題に一首とあること、主題の柳樹が末尾にのみ詠まれることから、一首の作であると思われる。仲麻呂の父は不比等の長男の武智麻呂で、その伝には国家を聖教に依拠させたこと、図書長官の折に壬申の乱に散逸した図書を収集したこと、近江の国司の時に善政を行ったことなどが書かれている。父の開いた稗叡山の旧禅処というのは、武智麻呂が近江国守の時に禅道場を開いたことを指すのであろう。稗叡山は古く山岳信仰から出発した山で、霊亀に入り武智麻呂が禅院を興した。ここはかつて天智天皇の都が置かれた近江大津の宮近くの処であり、稗叡は神の宿る山だというのは、古く大山咋神を祀っていたからである。そこに禅院が建てられたことで神仏習合の山となった。特にここは禅院であることにより、俗世間と隔たり静寂そのものであり、梵鐘は風に交じり遠くまで届いたという。しかし、それらはすでに遠い過去となり旧禅処には草が生い茂り、二本の古樹が当時の面影を残すのみで、そのことを思うと、我が身も親を慕う鳥が朝に夕に悲しむようだという。近江の都が壬申の乱で滅亡し、それを「万葉集」の歌人柿本人麻呂は「大宮は　此処と聞けども　大殿は　此処と言へども　春草の　繁く生ひたる　霞立ち　春日の霧れる　ももしきの　大宮処　見れば悲しも」（巻一・二九）と嘆いている。近江はそうした滅亡の歴史を抱えていて、本詩の悲しみも武智麻呂の旧禅処の荒廃を悲しむものでありながら、詩想を同じくしている。これは、中国の詩人たちが都や旧宅の廃墟を悲しむ詩を詠む系譜にあるからであろう。

【麻田連陽春】 生没年未詳。渡来系人。答本陽春。神亀元（七二四）年に賜姓麻田。同三年三月、従六位上。天平十一年正月、外従五位下。本藻の石見守の時期は不明。「万葉集」の歌人。天平二年に大宰大弐となり、大宰府で大伴旅人や山上憶良らと交流を持つ。

外従《げじゅ》五位《ごいの》下《げ》大学頭《だいがくのかみ》塩屋連《しおやのむらじ》古麻呂《こまろ》一首《いっしゅ》

106

五言。春日於左僕射長屋王宅宴。　──　塩屋連古麻呂

五言《ごごん》。春日《しゅんじつ》左僕射《さぼくや》長屋王宅《ながやおうたく》に宴《うたげ》す。

居《きょ》を卜《うらな》い城闕《じょうけつ》を傍《かたわら》にし、輿《こし》に乗《の》り朝冠《ちょうかん》を引《ひ》く。繁絃山水《はんげんさんすい》を弁《べん》じ、妙舞斉紈《みょうぶせいがん》を舒《ひら》く。柳条《りゅうじょう》の風未《かぜいま》だ煖《あたたか》ならず、梅花《ばいか》の雪猶寒《ゆきなおさむ》し。故情《こじょう》は良《まこと》に所《ところ》を得《え》る、願《ねが》わくは言《ここ》に金蘭《きんらん》の如《ごと》きを。

　五言。春の日に左大臣長屋王宅で宴会をする。
長屋王は邸宅の場所を占いで決めて宮城の近くとし、車に乗って来る朝廷の冠を着けた者を宴席に招く。琴の音の急な調べは山水の滝の音と区別される程で、麗しい舞は斉の国の白絹の衣を軽やかに靡かせている。柳の枝に吹く風はまだ暖かくはなく、梅の花に降る雪もまだ冷たい。しかし古い友情は実にこのような宴席で得られるのであるから、この席でお互いに金蘭のような堅い契りを結ぼうではないか。

外従五位下大學頭塩屋連古麻呂一首

五言。春日於左僕射長屋王宅宴。

卜居傍城闕。乗輿引朝冠。繁絃辨山水。妙舞舒齊紈。

柳條風未煖。梅花雪猶寒。放情良得所。願言如金蘭。


【校異】○「五言」天和・宝永・寛政ナシ。○乗輿引朝冠（天和・宝永・寛政）。○放情良得所（天和・宝永・寛政）。

【注釈】○外従五位下　外位は特別扱いの官位。従五位下は大宝律令の官位で貴族の最下級であるが、国司や大学頭クラスの官位。○大学頭　式部省に属する大学寮の長官。○塩屋連古麻呂　生没年未詳。○五言　一句が五字からなる詩体。○春日　早春の日。漢詩に「春日」の詩がある。○於　～に。場所を指す。○左僕射　左大臣の唐名。○長屋王宅　左大臣長屋王の邸宅。平城京二条大路にあった。邸宅跡地から「長屋親王宮」の木簡が出土した。長王は長屋王のペンネーム。天武天皇孫、高市皇子の子。神亀六（七二九）年に謀反の罪で自尽。○宴　詩宴の会。○卜居　占いで住居を決めること。○傍　そば。○城闕　宮城をいう。○乗輿　車駕に乗ること。○引　招くこと。○朝冠　朝廷の冠。身分ある者を指す。○繁絃　急な調べの琴の音。○弁　区別すること。○山水　山水庭園に響く流水の音。池に嶋を立てた異国趣味の庭園。須弥山形式や三山形式がある。○妙舞　美しい舞踊。○舒　開くこと。○斉紈　斉国特産の白絹の薄い衣。紈は白い練り絹。○柳条　柳の枝。「梅花」と対で早春の景を言う。○風未煖　春風はまだ暖かくないこと。○梅花雪　白梅の花に降る白雪。雪と梅花の紛れをいう。○猶寒　まだ寒いこと。○故情　古い友情をいう。○良　実に。○得所　所を得ること。○願言　願うところは。言は助辞。○如　～のような。○金蘭　金の蘭。断ち切れない程に堅い関係。金は堅固、蘭は友情の比喩。

【解説】五言律詩体詩。韻は冠・紈・寒・蘭。春の日に左大臣の長屋王邸での詩宴に詠んだ詩。宮城近くに居を構えた長屋王邸というから、別荘の佐保ではなく本邸である。装いを正した客人たちが車馬で王邸を訪れるというのは、最高権力者となった王の権威を示すものである。王邸で行われる詩会は、当時の文人たちにとって容易に参加し難い風流の会であったから、ここに招待されることは大変な名誉であった。藤原武智麻呂の習宜の文会も龍門点額と呼ばれ、文人たちは競って参加を願ったという。藤原房前が南池曲宴序で「勢無劣於金谷」というのは、庭園が中国晋の文人である石崇の金谷園に勝ることを言うが、長屋王が作宝楼の詩宴で「景麗金谷室」(六九番詩)と詠むのは、庭園の素晴らしさのみではなく、石崇の詩会と等しく多くの客人を招いて豪奢な詩会を開いていたことを示している。その宴会の様子は、琴の調べは滝の音と区別され、麗しい舞は斉の国の白絹の衣を軽やかに靡かせているようだという。あたかも宮中の宴のような華やかさであり、そこは古い友情を暖める処であったともいう。長屋王邸の詩宴のスローガンは、良辰・美景・賞心・楽事にあり、これは魏の曹丕がその時代の勝れた文人七人を集めて詩宴を開いたときのスローガンであり、それは君臣の和楽が意図されていた。長屋王邸ではみなが金蘭の如き固い友情を契ろうというのは、季節の風景を愛でて心を一つにして詩を詠む、詩の友の関係を作ることを指している。交遊の詩の場が、長屋王の目指した詩会の理念であった。

【塩屋連古麻呂】生没年未詳。養老律令の撰定に参加。養老五(七二一)年に東宮に侍す。時に従七位下。同六年二月、律令撰定の功績により褒賞を受ける。天平十一(七三九)年正月、外従五位下。天平十二年九月、藤原広嗣の乱に連座して配流。同十三年正月、帰京。神亀の頃の宿儒。本藻に外従五位下大学頭とあるのは、時期不明。

従五位下《じゅごいのげ》上総守《かみつふさのかみ》伊与連《いよのむらじ》古麻呂《こまろ》一首《いっしゅ》

107　五言。賀五八年宴。——伊与連古麻呂

五言《ごごん》。五八《ごはち》の年《とし》を賀《が》す宴《うたげ》。

万秋《ばんしゅう》貴戚《きせき》に長《なが》らえ、五八遐年《ごはちかねん》を表《あらわ》す。真率前役無《しんそつぜんえきな》く、鳴求愚賢《めいきゅうけんぐ》を一《いつ》にす。令節黄地《れいせつこうち》を調《ととの》え、寒風碧天《かんぷうへきてん》に変《か》わる。已《すで》に螽斯《ちゅうし》の微《び》に応《おう》じ、何《なん》ぞ須《すべか》らく太玄《たいげん》を顧《かえり》みん。

五言。四十の年を祝賀する宴会。

万年にも及ぶ高貴な家柄の身内として長命を保たれ、五八という四十年の長寿を示される。飾らない人柄であるから役人として前職などに関係無く、鳥が鳴いて仲間を求めるように愚人も賢人も一緒にする。この良い時節は王が大地を調節し、寒い風の吹く日々も暖かな青い空に変わった。すでに子孫繁栄の兆候が見られることを思えば、どうして「みんなは太玄経を顧みるべきだ」などと言う必要があろうか。

従五位下上総守伊与連古麻呂一首

五言。賀五八年宴。

万秋長貴戚。五八表遐年。真率無前役。鳴求一愚賢。
令節調黄地。寒風変碧天。已應螽斯徵。何須顧太玄。

【校異】○従五位上（天和・宝永・寛政）。○伊與連古麻呂（底②）。伊支連古麻呂（天和・宝永・寛政）。○真率無前役〔後〕（底②）。真率無前後（天和・宝永・寛政）。

【注釈】○**従五位下**　大宝律令の官位。貴族階級の最下位。○**上総守**　今の千葉県中部の国守。○**伊与連古麻呂**　生没年未詳。○**五言**　一句が五字からなる詩体。○**賀**　祝賀。算賀をいう。○**五八年宴**　四十歳の賀宴。○**万秋**　永遠に続く歳月。秋は歳月。○**長**　長寿をいう。○**貴戚**　貴い所の身内。○**五八**　四十歳をいう。算賀による祝いの歳をいう。○**表**　表示すること。○**遐年**　遥か遠い年月。○**真率**　飾り気の無いこと。○**無前役**　前職などに関係が無いこと。○**鳴求**　鳥が仲間を呼び求めること。○**一緒**の意。○**愚賢**　愚人も賢人も。○**令節**　良い季節。良辰。「万葉集」巻十七に「空過令節」とある。○**調**　調節。○**黄地**　黄土の大地。黄は五行思想の黄色。王の色で中央を示す。○**寒風**　冬の寒い風。○**変**　変化すること。○**碧天**　青空をいう。○**已応**　すでに応じたこと。○**螽斯**　虫の名。卵を多く産むので子孫繁栄の象徴とする。○**徴**　徴候。○**何須**　どうして～しないのか。反語。○**顧**　思うこと。○**太玄**　漢の揚雄の太玄経。易に類し、すべての存在の盛衰の相を説明する。

【解説】五言律詩体詩。韻は年・賢・天・玄。四十歳を祝う慶賀の宴会の時。算賀詩。こうした算賀の詩は本藻に見られるもので、東アジアの漢詩に広く見られるものでないことに注目される。古代では平均寿命が短かったので、四十歳から長寿に属したと考えられるが、そうした四十の祝いが古代に定着していたとは考え難いので、他の要因も考えるべきであろう。貴戚は貴い家柄の身内の意味で、相手は皇族かあるいは高級貴族かであろう。「無前役」は以前の役職を退任したことを指し、前職も現職も関係なくの意味である。いかなる役職にあっても、常に飾らない真率な人柄であり、賢愚の区別もつけない人柄であることを称賛しているのである。そのような人柄により季節も正しく移ろい、寒い冬も暖かな空に変わったという。それゆえに、子孫が繁盛するであろうと言祝ぎをする。四十の賀詩は他に刀利宣令にも見られ、そこでも「何用子雲玄」（六四番詩）のように漢の揚雄の「太玄経」を持ち出し、その「太玄経」は必要ないのだというように、それは否定の意味で使われている。揚雄の「太玄経」は「周易」に依拠しつつ、宇宙の根源である玄（天地万物の作用の根源）の持つ陰陽の理を説き、そこからすべての盛衰の相を説くものである。この論理が当時の哲学・思想界に受け入れられていたことが知られ、盛衰の相はこれにより理解されていたのであろう。だから人の盛衰も生死もこの理解にあるのだが、四十の賀にこの論理は無用だというのは、盛んな状態だけが続くことを願うからであろう。なお、刀理宣令の詩（六四番詩）も韻の年・賢・天・玄が同韻であり、かつ漢の揚雄の「太玄経」を引くことからも、おそらく両詩は同時の作と想われる。

【伊与連古麻呂】生没年未詳。伊吉連古麻呂のことと考えられる。渡来系人。底①の目録に「従五位下上総守雪連古麻呂」とあり、校異に「雪伊支本文連」とある。天和本などの目録には「雪連」とあり、本文には「伊支連」とある。続日本紀には「伊吉連古麻呂」があり、この伊与は伊支の可能性がある。伊吉連古麻呂は、大宝二（七〇二）年に第七次遣唐使として山上憶良らと渡唐。慶雲四（七〇七）年五月に帰国し、褒賞を賜わる。時に従八位下。和銅六（七一三）年従五位下。天平元（七二九）年に下野守。本藻に従五位上上総守とあるが、時期は不明。

隠士《いんし》民黒人《たみのくろひと》二首《にしゅ》

108

五言。幽棲。――民黒人

五言《ごごん》。幽棲《ゆうせい》。

試《こころ》みに囂塵《ごうじん》の処《ところ》を出《い》で、追《お》い尋《たず》ぬ仙桂《せんけい》の叢《くさむら》。巌谿俗事無《がんけいぞくじな》く、山路樵童有《さんろしょうどうあ》り。泉石行々《せんせきこうこう》に異《こと》なり、風《ふう》煙処々《えんしょしょ》に同《おな》じ。山人《さんじん》の楽《たのしみ》を知《し》らんと欲《ほっ》すれば、松下《しょうか》に清風有《せいふうあ》り。

五言。隠れ家に棲む。

試しに俗世間の騒がしい処を抜け出して、追い求めて仙人の住む桂林を尋ねて来た。巌山や谿谷には俗世間の事などは無く、山の路に樵の子どもがいる。谷に沿った水の流れや石の彩りは道を行くに従って変化し、風や靄はあちらこちらに同じく立ち上っている。こうした山人の楽しみをさらに知ろうとして、松の下に佇めば清らかな風の音を聞くことである。

隠士民黒人二首

五言。幽棲。

試出囂塵処。追尋仙桂叢。巌谿無俗事。山路有樵童。
泉石行々異。風煙處々同。欲知山人樂。松下有清風。

【校異】○巖谿無俗叓（底①）。巌谿無俗事（天和・宝永・寛政）。○風烟行々同（天和）。風烟処々同（宝永・寛政）。

【注釈】○**隠士**　世俗を捨てて山中に隠れた人。文選に「招隠士」の詩がある。○**民黒人**　生没年未詳。閲歴未詳。○**五言**　一句が五字からなる詩体。○**幽棲**　隠れて棲むこと。隠遁生活。その人を隠士という。○**試**　試みること。○**出囂塵処**　俗世間の騒がしさを出ること。囂塵は騒がしい世間。○**追尋**　くまなく尋ねること。○**仙桂叢**　仙人の住む桂の林。○**巌谿**　巌の多い渓谷。奇巖・奇景の風景。○**無俗事**　俗事に関わることが無いこと。○**山路**　山の道。○**有樵童**　樵の子どもがいること。○**泉石**　泉や石。○**行々**　行き行くこと。○**異**　変化すること。○**風煙**　風や靄。○**処々同**　あちこち同じ。○**欲知**　知ろうとすること。○**山人**　山に棲む人。仙人をいう。○**楽**　楽しみ。○**松下**　松の木の下。松は仙人が好む。○**有清風**　清らかな風が吹いている。仙人が好む松籟の音を楽しむ意。

【解説】五言律詩体詩。韻は叢・童・同・風。深山に隠遁して独り住むことを詠んだ詩。隠士が登場するのは、都市という喧噪の世界が成立したからである。その騒がしい都市の俗事を逃れて、試みに仙桂の叢を求めたという。「試みに」というのは、黒人は都市生活者であることを示し、隠士となることで詩境を開くことにあった。こうした隠士の存在は知識的なものから、次第に実践者としての態度が見られるようになるのは注目される。古くから桂は香木として珍重され、桂皮は漢方薬に用いられ、百薬の長といわれる。それゆえに仙人の求める樹であり、仙桂ともいわれる。巖のそそり立つ渓谷は俗事と関わりなく、せいぜい樵の子供と出会う程度だという。山を登り行くと泉も石も常に変化するが、風や煙霧は何処も同じで仙郷を思わせるのである。こうした隠棲の楽しみは、松下の清風にあるという。松下の清風は松籟のことであり、あたかも自然の音楽の如きであり、それが山人の最高の楽しみだという。松籟は世俗の音楽とは異なり、天然の音楽であり、孤高の者の聞く音楽である。吉野詩においても「縱知玄圃近。對翫入松風」（三一番詩）と詠まれる松風も松籟のことであり、そこは仙郷に吹く松風であった。このような松風を最も愛したのは陶弘景という人で、彼の庭には松の木のみを植えて松風の響きを聞き、その音を喜び楽しんだという。そうした松風を楽しむことが、仙郷にあることを意味したのである。この知識が本藻の文人たちに受け入れられ、松風を楽しむ詩がいくつも詠まれているのである。

109

五言。独坐山中。――民黒人

五言《ごごん》。独《ひと》り山中《さんちゅう》に坐《ざ》す。
煙霧塵俗《えんむじんぞく》を辞《じ》し、山川処居《さんせんしょきょ》に在《あ》る。此《こ》の時能《ときよ》く賦《ふ》すこと莫《な》くは、風月《ふうげつ》自《おのずか》ら余《よ》を軽《かろ》んぜん。

五言。独り山中に静座する。
靄が立ち込めるこの処は俗世間から遠く離れ、私が棲むのは山川自然の居処である。このような時にあって詩を詠むことが出来なければ、清らかな風月は当然の如く私を軽んじることであろう。

五言。独坐山中。
煙霧辞塵俗。山川扗處居。此時能莫賦。風月自軽余。

【校異】〇烟霧辞塵俗（天和・宝永・寛政）。〇山川扗處居（底①）。山川扗〔壮〕処居（底②）。山川壮処居（天和・宝永・寛政）。〇此時能草賦（底①・天和・宝永・寛政）。此時能草〔莫〕賦（底②）。宝永・寛政頭注に「草或作莫」とある。本文を「莫」に正す。

【注釈】**〇五言**　一句が五字からなる詩体。**〇独坐**　一人静座すること。**〇山中**　俗世間を離れた山の中。**〇煙霧**　靄の類。人界を離れた処をいう。**〇辞**　辞去する。離れること。**〇塵俗**　汚れた俗世間をいう。**〇山川**　山や川の取り巻く自然の地。**〇在**　在る。住むこと。**〇処居**　居処。住まい。**〇此時**　この時。**〇能**　よく。**〇莫**　無いこと。**〇賦**　詩を詠むこと。**〇風月**　自然の美しさ。物色の一。〇自軽　自ずから軽んじる。最も美しい季節の風物を愛でることがない無風流なことによる。「万葉集」巻十七漢文序に「物色軽人乎」とある。〇余　私。

【解説】五言絶句体詩。韻は居・余。独り山中に居て詠んだ詩。初唐に入ると「独坐」の詩が増える。塵俗を捨てて隠遁の生活に入り、煙霧の掛かる山川の処が我が住まいだということの願望である。そうした山川の取り巻く山中にあって詩を詠むことが出来なければ、風月は我を軽んじるだろうという。世俗を離れた無為自然の場所は、公務にある者にとっては憧れの無為の世界であり、そこはまた詩を詠む環境でもあった。ここには隠遁―自然―詠詩という流れが存在し、吉野詩は遊覧によるものであったが、黒人は隠士としてその立場を獲得するのである。そのような隠者の登場は、古代日本に現れた新たな精神生活者の出発を意味する。このような環境を得て詩が詠めなければ、風月が軽んじるだろうというのは、劉勰の「文心雕龍」に見える「物色」を想定した詩のあり方によるからであろう。本藻では下毛野虫麻呂が「物色相召。煙霞有奔命之場。山水助仁。風月無息肩之地」（六五序）とのべていて、その物色の状況は煙霞の棚引く処であり、山水の徳を得る処であり、風月を愛でる処であるという。「常陸国風土記」においても「挙目騁望。山阿海曲。参差委蛇。峰頭浮雲。谿腹擁霧。物色可怜。郷体甚愛」とあり、物色という理解が良く及んでいることが知られる。本詩のように風月が我を軽んじるというのは、物色を詩に表現しなければならない状況を指す言葉であった。詩人は物色と向き合い、自然の風景と勝負をするのである。「万葉集」においても、大伴池主は家持に対して暮春の風景を賞美し、「空過令節物色軽人乎」（巻十七）と述べている。紅桃や翠柳の盛んな良辰・美景のもとで、琴樽の楽しみを尽くし詩を詠まなければ、物色は人を軽んじるだろうというのである。それが詩人の態度であったのであり、隠士ながら黒人が風月を詩に詠むべき立場を述べているのは、黒人は詩を詠むために隠士という精神生活者の立場を取っていることを示している。なお「風月自軽余」は、唐「王勃集」の「林泉独飲」に「物色自軽人」とあり、風月は物色の一つである。

【民黒人】生没年未詳。民忌寸黒人は天平初年に従六位上播磨大掾。姓の忌寸から渡来系人。本藻目録に隠士民忌寸黒人とある。

釈道融《しゃくどうゆう》五首《ごしゅ》

釈道融《しゃくどうゆう》は、俗姓《ぞくせい》波多氏《はたし》。少《わか》くして槐市《かいし》に遊《あそ》ぶ。博学多才《はくがくたさい》にして、特《とく》に善《よ》く文《ぶん》を属《つづ》る。性《せい》は殊《こと》に端直《たんちょく》なり。昔母《むかしはは》の憂《うれ》いに丁《あた》り、山寺《さんじ》に寄住《きじゅう》す。偶《たまたま》法華経《ほけきょう》を見《み》て、慨然《がいぜん》として歎《なげ》きて曰《い》わく、我《われ》は久《ひさ》しく貧《ひん》苦《く》し、未《いま》だ宝珠《ほうしゅ》の衣中《いちゅう》に在《あ》るを見《み》ず。周孔《しゅうこう》の糟粕《そうはく》、安《いずく》んぞ以《もち》て意《い》を留《と》むるに足《た》る。遂《つい》に俗累《ぞくるい》を脱《だつ》し、落鎊《らくしょく》して出家《しゅっけ》し、精進《しょうじん》して苦行《くぎょう》し、心《こころ》に戒律《かいりつ》を留《とど》む。時《とき》に宣律師《せんりっし》の六帖抄《ろくじょうしょう》有《あ》り。辞義隠密《じぎいんみつ》にして、当時《とうじ》の徒《と》絶《た》えて披覧《ひらん》すること無《な》し。法師周観《ほうししゅうかん》して未《いま》だ浹辰《しょうしん》を踰《こ》えずして、敷講《ふこう》の洞達《とうたつ》せざること莫《な》し。世《よ》の此《こ》の書《しょ》を読《よ》むこと、融《ゆう》より始《はじ》まるなり。時《とき》に皇后《こうごう》これを嘉《よみ》し、糸帛三百匹《しはくさんびゃっぴき》を施《ほどこ》す。法師《ほうし》曰《い》わく、我《われ》は菩提《ぼだい》の為《ため》に法施《ほうせ》を修《おさ》むるのみ。茲《こ》れに因《よ》りて報《むくい》を望《のぞ》むは、市井《しせい》の事《こと》のみ。遂《つい》に杖《つえ》を策《つ》いて遁《のが》る。此《こ》れより以下五首詩等《いかごしゅしとう》と有《あ》るべきか。今闕《いまか》けたるか。

釈道融五首

釈道融は、出家前の姓が波多氏である。若い時から槐市に出かけては儒教の学問を学んだ。博学多才で、特に文章を綴るのを得意とした。性格は殊のほか実直であった。かつて母の喪に当たり、山寺に身を寄せることがあった。そこで偶然に法華経を読んで、びっくりし嘆息して言うには、「私は久しく貧苦していたので、いまだ仏の貴い教えがこのような近くにあるとは知らなかった。これから見れば周公や孔子の教えは酒粕のようなものであり、どうして心を留めるのに足りようか」と。遂に世俗との関係を脱して、髪の毛を剃り出家し、精進努力の苦行を行い、日々心に戒律を深く留めたのである。そうした時に唐の高僧である宣律師の「六帖抄」が手に入り、それは言葉の意味が奥深く、当時の学徒は絶えて開き見ることが無かったものである。法師はこれを全部読んで、まだ十二日間も経ていないのに、広く講義をするに当たっては精通していないということが無かった。世間でこの書を読むようになったのは、道融から始まったのである。時に皇后は道融の才能を褒めて、糸帛三百匹を施した。法師が言うには、「私は菩提の為に仏の説法を修めるだけなのです。このことによって報償を望むというのは、巷の人々のことです」と。遂に杖を策いて逃げた。これより以下に「五首の詩」等と有るべきではないか。今は闕けたのであろうか。

釈道融五首

釈道融者、俗姓波多氏。少遊槐市。博學多才、特善属文。性殊端直、昔丁母憂、寄住山寺。偶見法華経、慨然歎曰、我久貧苦、未見宝珠之在衣中。周孔糟粕、安足以留意。遂脱俗累、落餝出家、精進苦行、留心戒律。時有宣律師六帖抄。辞義隠密、當時徒絶無披覧。法師周観未踰浹辰、敷講莫不洞達。世讀此書、従融始也。時皇后嘉之、施絲帛三百匹。法師曰、我為菩提修法施耳。因兹望報、市井之事耳。遂策杖而遁。自此以下可有五首詩等歟。今闕焉。

【校異】○時有宣律師六帖巻ィ抄（底①）。○底本②に二行書きで「自此以下可有五首詩等〔い无〕歟今闕焉」とある。天和・宝永・寛政には「自此以下可有五首詩云爾有疑」とある。

【注釈】○**釈**　仏教に帰依した者の姓。○**道融**　人名。道融法師。閲歴不明。○**首**　詩歌を数える単位。○**釈道融**　道融法師。○**者**　～は。主語を示す。○**俗姓**　出家前の姓。○**波多氏**　道融出家前の氏族名。波多朝臣出身。○**少**　若い時。○**遊**　故郷を離れて学問をすること。遊学。○**槐市**　槐樹が植えられた所に開かれた市場。槐はエンジュの木。初夏に黄色い花をつける。漢の時代に槐樹の木が並んだ所に市が開かれ、そこに書生たちが集まり書の売買や論議をしたという故事があり、学校の意となる。○**博学多才**　博識で才能が豊かなこと。○**特**　特別に。○**善**　良くしたこと。○**属文**　文章を書くこと。○**性**　性格や性質。○**殊**　殊のほか。○**端直**　飾り気無く実直なこと。○**昔丁**　かつて出会うこと。「丁」はそのことに当たること。○**母憂**　母の喪をいう。○**寄住**　身を寄せて留まること。○**法華経**　仏典の名。妙法蓮華経。○**慨然**　深く感動すること。慨は心が揺さぶられること。慨嘆。○**歎曰**　驚き嘆息して言うこと。○**我久**　私は長い間の意。○**貧苦**　貧しさに苦しんだこと。○**未見**　まだ見たことも無いこと。○**宝珠**　値段も付けられない程の宝物。夜光の珠の類。○**衣中**　衣服の中。身の廻りをいう。○**周孔**　周の文王・武王・周公旦と孔子。○**糟粕**　酒粕。つまらないものの譬え。○**安足**　どうして満足出来ようか。反語。○**以**　もって。○**留意**　心を留めること。○**遂脱**　ついに脱出したこと。○**俗累**　世俗との関係をいう。○**落餝**　飾りを取る。頭髪を剃り落として出家をすること。○**出家**　僧侶となること。○**精進**　仏道修行に励むこと。○**苦行**　物質的欲望を去り仏道の修行に励むこと。○**留心**　心を留めること。○**戒律**　戒と律。僧侶の守るべき規律。○**時有**　時に～が有った。○**宣律師**　唐の時代に四分律を開いた僧侶の名。南山大師の道宣律師か。○**六帖抄**　宣律師の著書。一本に六巻とも。○**辞義**　言葉の意味。○**隠密**　奥深くに隠されていること。○**当時**　その頃。○**徒**　仲間。○**絶**　絶えたこと。○**無披覧**　開いて見ることも無いこと。○**法師**　道融法師をいう。○**周観**　全部見ること。○**未踰**　また越えていないこと。○**浹辰**　十二日。十二支の一巡りを言う。○**敷講**　講義を行うこと。○**莫不洞**

達　精通しないことはないこと。○世　世間。○読此書　この書物を読む。○従　～より。○融　道融。○始也　始まりである。○時　この時に。○皇后　光明皇后を指す。○嘉之　これを褒めた。○施　布施として与えたこと。○糸帛　糸や絹。○三百匹　三百に当たる量。匹は二反を単位として数える。○法師曰　道融法師が言った。○菩提　悟りの境地をいう。○修　修行。○法施　仏の説法。○耳　～である。強意の助詞。○因茲　このことによって。○望　希望をいう。○報　報酬。○市井之事　巷の人々のする事。○遂　ついに。○策杖　杖をついて。○而　そのようにして。○遁　逃げること。○自此以下　これより以下。後人の書き入れをいう。○可有五首詩等歟　「五首の詩」などあるべきかの意。○今闕焉　いま欠落したか。焉は疑問。

110

〔無題〕――釈道融

我《わ》が思《おも》う所《ところ》は無漏《むろ》に在《あ》り、往《ゆ》きて従《したが》わんと欲《ほっ》すれば貪嗔難《たんじんかた》し。路《みち》の険易《けんい》は己《すで》に由《よ》るに在《あ》り、壮士《そうしゅ》去きて復《ま》た還《かえ》らず。

私の行こうと思う所は悟りの境地〔楽土〕にあり、そこへ行こうと願うのだが欲望や怒りの性格によって困難であるようだ。悟りの路が険しいか易しいかは自分の行為によるものであり〔行き行きそしていつか老いるにしても、どうして努め励むことをしないでいられよう〕、壮士の年齢〔日月〕はすぐに過ぎ去り、また〔再び〕還ることはない。

我所思兮在無漏。欲往従兮貪嗔難。
路険易兮在由己。壮士去兮不復還。

【校異】○我所思兮在無漏楽土イ（底①）。○欲往従兮貪嗔痴駭イ難（底①）。○路険易子在由己行且老兮盖黽勉イ（底①）。路険易兮（天和・宝永・寛政）。「路険易兮」を取る。○壮士去日月逝イ兮不復再イ還（底①）。

【注釈】**○我所思**　私の思うところ。**○兮**　リズムを取る助詞。古詩の型式。**○在**　在る。**○無漏**　悟りの境地。有漏の反対。漏は穢れ。無漏果・無漏界・無漏地などと使われる。**○欲**　～しょうと思う。**○往従**　行ってそれに従うこと。**○貪嗔**　貪と嗔。仏教の戒める三毒の中の欲望と怒り。貪恚・貪瞋・貪瞋癡・貪瞋恚・貪恚癡といわれ、貪りと怒りと無知を三毒とする。**○難**　困難をいう。**○路**　道路。**○険易**　険阻と簡易。**○由己**　自分の責任によること。**○行且老兮盖黽勉**　校異に見える語句。行きまた行き老いても、どうして努めないことがあろうの意。「盖」は「どうして～せざる」。「黽勉」は努めること。**○壮士去**　若者も年老いて行くこと。**○不復還**　また還ることがないこと。

【解説】七言絶句体詩。韻は難・還。無題の詩。異伝の多い詩である。全体が三兮三で詠まれ、古詩を学んでいる。三句目に兮字無く別伝に兮字が見られ、この本文も注目される。本詩は出家者としての思いを述べていて、「述懐」の詩と考えられる。常に思うことは、無漏にあるのだという。世間は煩悩・穢れの漏れ出ている場所であるから、それの無い世界を求めるのだという。いわば無漏地や無漏果を求めようとするのである。ただ、性格的に貪嗔（欲望の心・怒りの心）があり難しいが、しかし、それは自分次第なのだという。自分の性格を客観化して評価し、その欠点を克服するか否かは自分次第だというところに、本詩が述懐の詩であることを明らかにしている。釈清潭新釈の指摘する張衡の「四愁詩」は、「一思曰、我所思兮在太山。欲往従之梁父難」のように三兮三による詠み方であり、内容も類似している。壮士云々は、箋註が引く「史記」荊軻伝で知られる荊軻の歌である「風蕭々易水寒、壮士一去不復還」にある。「文選」には歌一首として採用され「燕太子丹。使荊軻刺秦王。丹祖送於易水上。高漸離撃筑。荊軻歌。宋如意和之。曰。風蕭蕭兮易水寒。壮士一去兮不復還」とある。荊軻は始皇帝暗殺に失敗して殺されたが、易水での送別に歌ったのが「風蕭蕭」の詩である。この詩を道融が引用したのは、二度と引き返すことの無いという、覚悟が示されたからであろう。三兮三で詠んだのは、歌いものとして古詩により詠んだことが知られる。また、杉本注釈はこの詩が後漢張衡の「四愁詩」に類することを岡田正之（『近江奈良朝の漢文学』）が指摘していることを受けて、「我所思兮在太山。欲往従之梁父艱」の体を模したもので、晋の張載にも「擬四愁詩」に「我所思兮在営州、欲往従之路阻脩」のあることを指摘している。歌い物として広く人口に膾炙されていたもので、道融もまたそれに従ったのである。

111　山中。――釈道融

山中《さんちゅう》。

山中今何《さんちゅういまいずれ》にか在《あ》る、倦禽《けんきん》は日暮《ひぐ》れに還《かえ》る。草廬風湿《そうろふうしつ》の裏《うち》、桂月水石《けいげつすいせき》の間《かん》。残果宜《ざんかよろ》しく老《おい》に遇《あ》うべく、衲衣且《のういま》た寒《かん》を免《まぬが》れしむ。茲《こ》の地伴侶無《ちはんりょな》く、杖《つえ》を携《たずさ》えて峯巒《ほうらん》に上《のぼ》る。

山の中。

この山中で今私は何処にいるのか、飛び疲れた鳥は日が暮れればねぐらに還るものだ。私の住む草の廬は風の吹き込む湿った部屋で、月の光は水と石との間に影を落としている。山の木々に残る果実は程よく老の身に合わせたようで、墨染めの衣もまた寒さを免れさせる。この地には友とする者も無く、杖を頼りに高い峯に登ることである。

山中。

山中今何在。倦禽日暮還。草廬風湿裏。桂月水石間。
殘果宜遇老。衲衣且免寒。茲地無伴侶。携杖上峯巒。

【校異】○天和・宝永・寛政に「山中」の詩なし。大野においても、諸写本にこの詩は無いと記す。

【注釈】**○山中**　隠遁者の行くべき山の中。**○今何在**　今何処にいるのか。自己の所在を問う。**○倦**　倦み疲れること。**○禽**　鳥禽類。**○日暮還**　日が暮れて帰ること。**○草廬**　草の庵。**○風湿**　風の吹き込む湿った所。**○裏**　部屋の中。**○桂月**　月。月に桂が生えているという伝説により、月と桂は縁語。**○水石間**　水と石との間。**○残果**　残った木の実。**○宜**　程よく。**○遇老**　老人に適していること。**○衲衣**　僧服。**○且**　また。**○免寒**　寒さを免れること。**○茲地**　ここの土地。**○無伴侶**　連れ合いがいないこと。**○携杖**　杖を手に携えて。**○上**　山の上に登ること。**○峯巒**　高い山の峰をいう。

【解説】五言律詩体詩。韻は還・間・寒・巒。山中にあって詠んだ詩。「釈道融五首」とあるが諸本は先の一首を収めるのみであるから、多くは欠落したが、底本が本詩を伝えていたことになる。現伝する写本はすべて惟宗孝言本が祖本であり、底本が本詩を収めたのは、別本も存在した可能性を示している。詩の内容から前詩に続いて山中へと修行の場を移し、そこでの思いを述べた「述懐」の詩と取れる。山中へと向かうのは俗を離れることでもあるが、そこは修行の場であったのであろう。当時、山沢に修行の場を求めて出家者が出かけたことは史書の記すところであるが、山中は木の実や粗衣で日々を過ごす過酷な処であり、伴侶となるべき者も無く、さらに杖を頼りに高い峰を目指して登るのだという。もちろん、高い峰は高い志のことであろう。庭園の詩や遊覧の詩では山中の静寂が詠まれていたが、それは理念的な山中の表現であった。本詩が遊覧ではなく修行者として山中を描くのは、その体験から来ているものであり、黒人はそこに詩を詠む環境を求めたが、道融は修行の場を求めたのである。「携杖上峯巒」には、さらに高みを目指す道融の修行者としての覚悟が示されている。

【釈道融】 生没年未詳。閲歴未詳。俗姓は波多氏。本藻に伝があり、天平期の僧と思われる。

従三位《じゅさんみ》中納言《ちゅうなごん》兼《けん》中務卿《ちゅうむきょう》 石上《いそのかみの》朝臣《あそみ》乙麻呂《おとまろ》四首《よんしゅ》

石上中納言《いそのかみのちゅうなごん》は、左大臣《さだいじん》の第三子《だいさんし》なり。地望清華《ちぼうせいが》、人才穎秀《じんざいえいしゅう》。雍容閑雅《ようようかんが》、甚《はなは》だ風儀《ふうぎ》に善《よ》し。志《こころざし》は典《てん》墳《ぷん》に勗《つと》めりと雖《いえど》も、亦頗《またすこぶ》る篇翰《へんかん》を愛《あい》す。嘗《かつ》て朝譴《ちょうけん》有《あ》り、南荒《なんこう》に飄寓《ひょうぐう》し、淵《ふち》に臨《のぞ》み沢《さわ》に吟《ぎん》じ、心《こころ》を文《ぶん》藻《そう》に写《うつ》す。遂《つい》に銜悲藻両巻有《がんぴそうりょうかんあ》り、今世《いまよ》に伝《つた》わる。天平年中《てんぴょうねんちゅう》に、詔《みことのり》して入唐使《にっとうし》に簡《えら》ぶ。元来此《がんらいこ》の挙《きょ》は其《そ》の人《ひと》を得《え》ること難《かた》し。時《とき》に朝堂《ちょうどう》に選《えら》ばれ、公《こう》の右《みぎ》に出《で》るもの無《な》し。遂《つい》に大使《たいし》を拝《はい》す。衆僉悦服《しゅうせんえっぷく》す。時《とき》に推《お》さるる所《ところ》と為《な》るは、皆此《みなこ》の類《たぐい》なり。然《しか》るに遂《つい》に往《ゆ》かず。其《そ》の後従三位中納言《のちじゅうさんみちゅうなごん》を授《さず》かる。台位《だいい》に登《のぼ》るにより、風采日《ふうさいひ》に新《あらた》し。芳猷《ほうゆう》は遠《とお》しと雖《いえど》も、遺列蕩然《いれつとうぜん》たり。時《とき》に年《とし》は。

石上乙麻呂の中納言は、左大臣の石上麻呂の三男である。良い身分や良い家柄に生まれ、才能は実にすぐれていて、性格は温和にして雅やかであり、たいそう行儀作法に通じていた。志は三皇五帝の教えである三典五墳の書物を読むことに勤めたが、その上にとても文章を愛した。かつて朝廷から過失を咎めるお叱りがあって、南の荒蕪の地に流されて住むこととなり、川の淵に向かっては悲しみ沢の水辺で詩を詠み、思いを詩文に書き上げた。そのことから「銜悲藻」という詩集二巻を作り、今の世に伝わっている。天平年中に、詔があり入唐使に選ばれた。もともと遣唐使を選ぶという事業は、さまざまな条件を必要とするので適切な人材を得ることが困難であった。この時に乙麻呂は朝廷に選ばれたのであり、乙麻呂より傑出した者はいなかった。ついには遣唐大使を拝受したのである。みんなは乙麻呂が選ばれたことに大いに感服した。乙麻呂がその時の人たちから推挙される所は、みんなこのような類である。それであるのに、乙麻呂は遣唐使として唐に行くことがなかったのである。その後、従三位中納言を授かった。宰相の位になって乙麻呂の風采は日々に増していった。偉業を完全に成し遂げるにはまだ先のことであったとしても、今に残されている業績は実に大きなものである。時に年は。

従三位中納言兼中務卿石上朝臣乙麻呂四首

石上中納言者、左大臣第三子也。地望清華、人才頴秀。雍容閑雅、甚善風儀。雖勗志典墳、亦頗愛篇翰。嘗有朝譴、飄寓南荒、臨淵吟沢、写心文藻。遂有銜悲藻兩巻、今傳於世。天平年中、詔簡入唐使。元來此擧難得其人。時選朝堂、無出公右。遂拜大使。衆僉悦服。為時所推、皆此類也。然遂不往。其後授従三位中納言。自登台位、風采日新。芳猷雖遠、遺列蕩然。時年。

【校異】○雍容閒雅（天和・宝永・寛政）。○遺ィ无列蕩然（底①）。遠別蕩然（天和）。遠列蕩然（宝永・寛政）。

【注釈】**○従三位**　大宝律令の官位。**○中納言兼中務卿**　中納言は太政官の令外の官職。大納言に倣う。中務卿は中務省の長官。二つを兼ねた。**○石上**　石上乙麻呂。天平勝宝二（七五〇）年九月没。**○中納言**　太政官の大納言に次ぐ令外の官職。国政に直接関与する。**○者**　～は。強調。**○左大臣**　太政官の長官。国政の統括者。石上麻呂を指す。**○第三子**　三男。乙麻呂を指す。**○地望**　地位と名望。**○清華**　すぐれた家柄。清華は華族。**○人才頴秀**　才能が特に優れていること。**○雍容**　穏やかな人柄をいう。

○閑雅　雅で品があること。閑はゆったりしていること。説文に「閑、雅也」とある。雅は都会風。**○甚善**　たいそう宜しいこと。**○風儀**　風采儀容。行儀や礼儀。**○雖**　〜とはいっても。**○勗**　勤めること。**○志**　心の向かうところ。**○典墳**　五典三墳。五帝三皇の教えの書物。**○亦**　その上に。**○頗愛**　たいそう好んだ。**○篇翰**　詩文をいう。**○嘗有**　以前に有ったこと。**○朝譴**　朝廷による譴責。故藤原宇合の妻との不倫騒動が原因。**○飄寓**　配流による侘び住まい。**○南荒**　南国の土佐の荒蕪の地。流された場所をいう。**○臨淵**　川の淵に佇むこと。**○吟沢**　沼沢に向かい詩を詠むこと。**○写**　書き留めること。**○心**　思い。**○文藻**　美しい漢詩。**○遂**　そのことにより。**○銜悲藻**　乙麻呂の漢詩集の名。悲しみを含み持つ集の意。土佐へ配流された時の心情を詠んだ。**○両巻**　二巻。**○今**　現在。**○伝**　伝わっていること。**○於世**　世間に。**○天平年中**　奈良時代の年号。**○詔**　天皇の言葉。**○簡**　選ぶこと。**○入唐使**　唐国への使い。**○元来**　もともと。**○此挙**　遣唐使の派遣。**○難得**　得ることが困難なこと。**○其人**　条件に合う人材。**○時**　この時。**○選**　選ばれたこと。**○朝堂**　天子が群臣と会見する建物。朝廷。**○無出**　出ることが無いこと。**○公右**　乙麻呂より傑出した者。**○拝**　拝命。**○大使**　遣唐使の大使。**○衆僉**　みんなをいう。**○悦服**　感激して喜び服したこと。**○為時**　この時〜となる。**○所推**　推挙される。**○皆**　全部。**○此類也**　このようなたぐいである。**○然**　それなのに。**○遂**　結局。**○不往**　行かないこと。**○其後**　その後。**○授**　授かる。**○従三位**　大宝令の官位。中納言の位。**○自**　〜により。**○登**　上がること。**○台位**　天子を補佐する宰相の位。**○風采**　人品。**○日新**　日々新たになること。**○芳猷**　偉業。猷は大きな計画。**○雖遠**　まだ遠いといってもの意。**○遺列**　遺された業績。**○蕩然**　広く大きいこと。**○時年**　時に年齢は。後文を欠く。没年は知られるが、生年が不明であったのだろう。

112

五言。飄寓南荒贈在京故友。一首。——石上朝臣乙麻呂

五言《ごごん》。南荒《なんこう》に飄寓《ひょうぐう》し京《きょう》にある故友《こゆう》に贈《おく》る。一首《いっしゅ》。

遼敻《りょうけい》千里《せんり》に遊《あそ》び、徘徊《はいかい》寸心《すんしん》を惜《お》しむ。風前《ふうぜん》の蘭《らん》は馥《こう》を送《おく》り、月後《げつご》の桂《かつら》は陰《かげ》を舒《の》ぶ。斜雁雲《しゃがんくも》を凌《しの》いで響《ひび》き、軽蟬樹《けいぜんき》を抱《かか》えて吟《ぎん》ず。相思別慟《そうしべつどう》を知《し》り、徒《いたずら》に白雲《はくうん》の琴《こと》を弄《ろう》す。

五言。南の辺境の地に流され都の旧友に贈る一首。

遥か遠い土佐の地に流されて何もすることも無く暮らし、あちこちと彷徨いながら私の小さな心を愛おしみ嘆くばかり。吹く風の前の蘭は良い香りを漂わせ、月影の下の桂は月の光を受けて明るい。斜に列なり飛び行く雁の声は雲間を越えて響き渡り、軽やかな声の蟬は樹を抱えては歌っている。お互いに遠く離れている思いに別れの悲しみは募り、ただただ別離の調べの白雲の歌を琴の音に寄せるばかりである。

五言。飄寓南荒贈在京故友。一首。
遼敻遊千里。徘徊惜寸心。風前蘭送馥。月後桂舒陰。
斜雁凌雲響。軽蟬抱樹吟。相思知別慟。徒弄白雲琴。

【校異】〇斜鴈凌雲響（天和・宝永・寛政）。

【注釈】〇五言　一句が五字からなる詩体。**〇飄寓**　流されて仮住まいをすること。飄は流離、寓は寓居。**〇南荒**　南の国の土佐のうら寂びた土地。**〇贈**　贈呈。**〇在京**　都に居る。**〇故友**　古き友。都の友。宇合の妻である若女を暗示するか。**〇首**　詩歌を数える単位。**〇遼敻**　遥か遠い処。**〇遊**　流されて無駄に過ごすこと。**〇千里**　都から見て土佐の遠い地。**〇徘徊**　流離。**〇惜**　悲しむこと。**〇寸心**　一寸四方の人の心。ほんの少しの心をいう。**〇風前**　吹く風を前にすること。月後と対で秋の物色を言う。

〇蘭　ラン科の植物。信頼や友を比喩。**〇送**　送り来ること。**〇馥**　蘭の馥郁とした香り。**〇月後**　月影の下。「風前」の対。**〇桂**　月の縁語。友情の比喩。**〇舒**　開くこと。**〇陰**　月影。**〇斜雁**　斜めに列なり空を飛ぶ雁。**〇凌雲**　辛そうに雲を越えること。**〇響**　鳴き声が響くこと。**〇軽蟬**　軽快に鳴く蟬。**〇抱樹**　樹を抱いていること。**〇吟**　歌うこと。**〇相思**　互いに思う。相思は情詩の表現の特徴。**〇知**　理解すること。**〇別慟**　別離による慟哭。慟は嘆き。**〇徒弄**　無駄な慰めとする。徒は徒労。弄は翫び楽しむこと。**〇白雲琴**　白雲の琴の調べ。「穆天子伝」に西王母が穆天子との別れに歌った白雲謡を示唆。

【解説】五言律詩体詩。韻は心・陰・吟・琴。南の土地である土佐に流された時に、都の旧友に贈った時の詩。乙麻呂は、天平十一（七三九）年に亡き宇合の妻久米若女と恋愛事件を起こし、土佐へ流された。「続日本紀」によると「石上朝臣乙麻呂坐姧久米若女、配流土佐国。若女配下総国焉。」とある。久米若女は藤原宇合の妻で、天平九（七三七）年に宇合が没した後に、二人は関係を結んだのであろう。「万葉集」には乙麻呂を主人公とした土佐配流の時の歌が見える（巻六・一〇一九）。「飄寓南荒」というのは土佐の荒蕪の地に流されたことを指し、その思いを都の旧友に伝えたのである。配流の地では何もすることなくあちこちと彷徨するのだが、蘭は香り桂は月の光を受けているという。蘭は固い友情の金蘭を暗示し、月桂は二人の密接な関係を暗示し、そこに都の旧友との別離の悲しみが述べられ、西王母と穆天子との別れの「白雲謡」が示唆されている。もちろん、これは表向きで、乙麻呂の真意は「相思知別慟」にあろう。「相思」の語は「玉台新詠」に多く見られる、男女の関係を示す情詩の言葉である。旧友との別れにより、相手を思うと深い悲しみに襲われるのだというのは、旧友が男友達を思わせながらも、無理矢理に別れさせられた若女への思いであろう。この詩には表の意味（男対男の関係）と裏の意味（男対女の関係）があり、読みようによっては、いずれにも意味が伝わるように出来ている。旧友に託して都へと贈った情詩であろう。

113

五言。贈掾公之遷任入京。一首。 ―― 石上朝臣乙麻呂

五言《ごごん》。掾公《じょうこう》の遷任《せんにん》して京《きょう》に入《い》るに贈《おく》る。一首《いっしゅ》。

余《よ》は南裔《なんえい》の怨《うらみ》を含《ふく》み、君《きみ》は北征《ほくせい》の詩《し》を咏《うた》う。詩興《しきょう》秋節《しゅうせつ》に哀《かな》しく、傷《いた》き哉《かな》槐樹《かいじゅ》の衰《おとろ》えること。琴《こと》を弾《ひ》き落景《らっけい》を顧《かえり》み、月《つき》に歩《あゆ》みて誰《たれ》か逢《あ》うこと稀《まれ》なり。相望《あいのぞ》む天垂《てんすい》の別《わか》れ、分《わか》れの後《のち》長《なが》く違《たが》うこと莫《なか》れ。


五言。掾公の任替わりして都に帰るのに贈る一首。

私は南の国の果てにいて南裔の怨の詩を口ずさみ、君は北の都へと帰る北征の詩を歌う。詩の興趣は秋の季節に殊のほか哀しく思われ、しかも槐樹が葉を落とし衰えて行くのを見るのは何とも傷ましいことだ。私は琴を弾きながら西に沈み行く落日を顧みても、また月影に向かって歩いても恐らく誰にも逢うことが無いだろう。お互いに天の果てを望みながら今は別れるのだが、別離の後も長く心を異にしないで欲しい。


五言。贈掾公之遷任入京。一首。

余含南裔怨。君咏北征詩。詩興哀秋節。傷哉槐樹衰。

彈琴顧落景。歩月誰逢稀。相望天垂別。分後莫長違。

【校異】○君咏〔詠〕北征詩（底②）。君詠北征詩（天和・宝永・寛政）。○秌節（底①）。秋節（天和・宝永・寛政）。○分後草長

違（底①・天和）。分後〔莫〕長違（底②）。分後莫長違（宝永・寛政）。

【注釈】○**五言**　一句が五字からなる詩体。○**贈**　贈呈。○**掾公**　土佐の国の三等官の人。○**遷任**　任務の人事異動。○**入京**　都に帰ること。都は平城京。○**首**　詩歌を数える単位。○**余含**　私は口にする意。余は乙麻呂。「君咏」と対で別離を言う。○**南裔**　南の果てにあることの悲しみ。裔は、辺境の地。○**君咏**　掾の公が詠むこと。○**北征詩**　北へと向かう詩。ここから北は都を指す。○**詩興**　詩の感興。○**哀**　哀切。あわれな様。○**秋節**　秋の季節となっての意。○**傷哉**　悲しいことだ。哉は詠嘆。○**槐樹**　マメ科の落葉樹。夏に黄白色の花が咲く。高貴な樹とされた。○**衰**　槐樹の衰える様。我が身の比喩。○**弾琴**　琴を奏でること。○**顧**　振り返り思うこと。○**落景**　落日の景色。○**歩月**　月に向かい歩くこと。○**誰**　他の人。○**逢稀**　出逢うことがめったに無いこと。○**相望**　お互いに遠くを見ること。○**天垂**　天涯。天の果て。○**別**　別離。○**分後**　別離の後。分は二つを分かつこと。一般には別後。○**莫**　〜するなの意。○**長違**　長く異なること。

【解説】五言律詩体詩。韻は詩・衰・稀・違。土佐に流された乙麻呂が、土佐の国の役人が帰京する時に贈った詩。土佐に残る者は南裔の怨を歌い、都に帰る者は北征の詩を歌うのだという。秋は男の悲しむ季節であるから、木々の葉が散るのを見ると殊のほか悲しく思われるのであり、しかも、琴を弾いても友は得られず、月に向かって歩いても友は得られず、今このように天の果てに別れることとなったが、別後にも心を異にしないで欲しいという。遷任の役人に贈るにしては、少し別離の情が大きく濃いように思われる。もちろん、天平期に至ると男同士の友情を表現する方法が恋愛の情と等しく描かれることとなり、乙麻呂もそのような表現を選んだとも思われる。しかし、この詩も表向きは帰京する土佐の役人に贈ったものであるのだが、「相望天垂別。分後莫長違」から見れば、若女との別離を思い出しての別離の悲しみであろうと受け取れる。それは別離というキーワードにある。今このように天の果てで二人は別々にあるが、二人が分かたれているとはいっても、長く心を異にしないで欲しいというところには、若女への伝言であるようにも見受けられる。表向きは帰京する役人へ贈る詩でありながら、裏には若女への思いが綴られているのである。知人に贈ったように見せかけて、若女に届けて貰うために工夫を凝らした詩だと思われる。この詩もまた表の意味（男対男の別離）と裏の意味（男対女の別離）があり、読みようによっては、いずれにも別離の悲しみが伝わるように出来ている。

114

五言。贈旧識。一首。――石上朝臣乙麻呂

五言《ごごん》。旧識《きゅうしき》に贈《おく》る。一首《いっしゅ》。

万里《ばんり》風塵《ふうじん》別《わ》け、三冬《さんとう》蘭蕙《らんけい》衰《おとろ》う。霜花《そうか》逾《いよいよ》鬢《びん》に入《い》り、寒気《かんき》益《ますます》眉《まゆ》を嚬《ひそ》む。夕《ゆうべ》の鴛《おし》は霧裏《むり》に迷《まよ》い、暁《あかつき》の雁《かり》は雲垂《うんすい》に苦《くる》しむ。衿《えり》を開《ひら》くも期《き》は識《し》らず、恨《うらみ》を呑《の》みて独《ひと》り傷《いた》み悲《かな》しむのみ。

五言。もとからの知り合いに贈る。一首。

この土佐の地は都と万里も離れて風や塵により隔てられ、冬の三ヶ月の寒い気候に蘭や蕙が萎れきっている。霜の花はいよいよ鬢毛に交じって白くなり、寒さはますます勝って眉間をしかめさせる。夕べに鳴く鴛は霧の中に迷い込み、夜明けの雁は雲の果てで苦しんでいる。心を開いて思いを述べるにも逢える時は知られず、ただ満たされない思いを呑み込んでは独り悲しむばかりである。

五言。贈旧識。一首。

万里風塵別。三冬蘭蕙衰。霜花逾入鬢。寒気益嚬眉。

夕鴛迷霧裏。暁雁苦雲垂。開衿期不識。呑恨独傷悲。

【校異】○暁鴈苦雲垂（天和・宝永・寛政）。

【注釈】○**五言**　一句が五字からなる詩体。○**贈**　贈呈。贈答詩の形式。○**旧識**　以前からの知り合い。○**首**　詩歌を数える単位。○**万里**　一万里。遠いことの譬え。「三冬」と対で数の大小を言う。○**風塵**　風と埃。○**別**　別離。○**三冬**　冬の三ヶ月。○**蘭蕙**　蘭と蕙。いずれも香り草。貞節や友情の比喩。○**衰**　衰微をいう。○**霜花**　霜を花と見ること。白鬢を指す。○**逾**　いよいよ。○**入鬢**　鬢毛に交じること。鬢は顔の左右の髪。○**寒気**　寒い気温。○**益**　ますます。○**嚬**　しかめること。○**眉**　眉間をいう。○**夕鴛**　夕方に飛ぶ鴛鴦の鳥。「暁雁」と対で自らの身に寄せる。○**迷霧裏**　霧の中に迷うこと。○**暁雁**　明け方に飛ぶ雁。朝雁。自らの身に寄せる。○**苦**　苦しむこと。○**雲垂**　雲の果て。垂は最果て。○**開衿**　胸を開くこと。心を開くこと。開襟に同じ。○**期**　会期。相逢う時。○**不識**　分からないこと。○**呑恨**　恨みを飲み込むこと。○**独**　孤独をいう。○**傷悲**　傷み悲しむこと。

【解説】五言律詩体詩。韻は衰・眉・垂・悲。以前からの知り合いに贈った詩。二人は万里もの遠い地に隔てられていて、冬の間に蘭蕙は萎み霜は鬢毛を白くしたという。蘭蕙は友情や貞節を譬喩するものであるから、それが萎むのはその関係が不安であることを意味する。寒気は眉を顰めさせるほどであり、夕鴛は霧の中に迷い、暁雁は雲の果てに苦しんでいるという。鴛は鴛鴦の雄鳥で、雌の鴦と対になるのだが、鴦の居ない悲しみを霧に迷う我が身のことに譬喩しているのであろう。雁も月を友とするが、その月も雲に覆われているのである。そのような我が思いを旧識に贈るというのは、「開衿期不識。呑恨独傷悲」から見ると、あまりにも士の嘆きを越えて、情けない男の嘆きとなっているように見える。これは、心を開いて我が思いを述べるのも、満たされない思いを言葉に出来ずに独り悲しむのも、それを伝えるべきは「旧識」という題に隠された若女だからであろう。そのことは口に出すことが出来ないことから、その思いを呑み込むしかないのである。男の旧識を表向きにしながら、女の旧識へ思いを伝えたのが本詩であろう。「呑恨独傷悲」には、男同士の別離の恨みというよりも、男女の別離の恨みが十分に読み取れる。その意味では、先の二首と同工の詩であることが知られる。「玉台新詠」の「閨怨詩」には「竹葉響南窓。月光照東壁。誰知夜独覚。枕前双涙滴。閨閣行人断。房櫳月影斜。誰能北窓下。独対後園花。」とある。林新註が乙麻呂の詩の品は「玉台新詠」に入るべきものだというのも、この詩想が玉台体の傾向にあることを指摘するものである。

115

五言。秋夜閨情。一首。——石上朝臣乙麻呂

五言《ごごん》。秋《しゅう》夜《や》閨情《けいじょう》。一首《いっしゅ》。
他郷《たきょう》頻《しき》りに夜夢《よるゆめ》み、談《だん》ずれば麗人《れいじん》と同《おな》じ。寝裏《しんり》の歓《ひと》は実《まこと》の如《ごと》く、驚前《きょうぜん》恨《うら》みて空《むな》しきに泣《な》く。寒《さむ》くして思《おも》い桂影《けいえい》に向《む》かい、独坐《どくざ》し秋風《しゅうふう》を聴《き》く。山川嶮易《さんせんけんい》の路《みち》、展転《てんてん》として閨中《けいちゅう》に憶《おも》う。

五言。秋の夜の寝室の心。一首。
他国にあっては夜になると何度も夢を見るのだが、語らうのはあの麗人と同じ人。寝室の中でのあの人は現実のようであるが、夢から覚めてみると恨みは深く空しさに泣くばかり。寒々とした思いで月影に向かい、独り坐しては秋風を聴く。二人を隔てる山や川は険しくまた平易な道でもあるが、流された今の身ではただ苦しみに寝返りをしつつ閨の中であの人を憶うばかりである。

五言。秋夜閨情。一首。

他郷頻夜夢。談与麗人同。寝裏歓如實。驚前恨泣空。
寒思向桂影。独坐聴秋風。山川嶮易路。展轉憶閨中。

【校異】○烋夜閨情（底①）。秋夜閨情（天和・宝永・寛政）。○驚前恨泣寒空思向桂影（底①）。驚前恨泣寒空思向桂影（天和・宝永）。驚前恨泣寒空空寒ィ思向桂影（寛政）。大野は尾州・来歴志・林家本に「泣空」とあるとする。寒空が続いたことによる誤写。韻を重んじ寛政本の校合により泣空・寒思を本文とする。○独坐聴烋風（底①）。独坐聴松風（天和・宝永・寛政）。

【注釈】○**五言**　一句が五字からなる詩体。○**秋夜**　秋の夜。漢詩に「秋夜」の詩がある。○**閨情**　寝室で異性のことを思う心。ここでは男の閨の情。異例。○**首**　詩歌を数える単位。○**他郷**　よその国。流されて土佐の国にあることを言う。○**頻**　何度も。○**夜夢**　夜に夢を見ること。○**談**　語り合うこと。○**与**　〜と一緒に。○**麗人**　美しい人。○**同**　同じであること。○**寝裏**　寝室の中。閨房。裏は内側。○**歓**　愛する人。男女に言う。ここは歓ぶ意味ではない。○**如実**　事実のようであること。○**驚前**　夢から覚めること。前は目に付くこと。○**恨泣空**　満たされない思いで恨み空しさに泣くこと。○**寒思**　寒々とする思い。○**向**　向きあうこと。○**桂影**　月影。桂は月中の植物。月の縁語。○**独坐**　独り居ること。○**聴**　聞き取ること。○**秋風**　秋の風。立秋から吹く風。○**山川嶮易**　山や川が険しくまた容易であること。○**路**　都へ至る道路。○**展転**　苦しいので寝返りを打つこと。○**憶**　思うこと。○**閨中**　閨の中。ここは女性の寝室ではなく、乙麻呂の寝室を指す。閨といったのは、彼女と過ごした寝室での生活を振り返っていることによる。

【解説】五言律詩体詩。韻は同・空・風・中。秋の夜の寝室での思いの詩。本藻に唯一見られる閨情詩。中国の知識人は七夕詩などを除いて情詩を詠むことを嫌うので、一般に情詩を見ることはない。ただ、六朝の「玉台新詠」に男が女の気持ちを詠んだ情詩が多く載る。これは亡国の詩として忌避された。乙麻呂が情詩を詠んだのは、若女との恋愛事件を経験したことによるが、もう一方に「万葉集」の世界では情詩にあたる恋歌が多く詠まれ、知識人も恋歌に積極的に参加した。そのような背景から乙麻呂は詩と歌との区別をつけず、恋愛詩を詠んだのである。夢の中の出会いは恋する者の歌に詠まれ、それが覚めて嘆くというのは常のことである。唐の張文成の小説「遊仙窟」にも「少時坐睡夢見十娘。驚覚攬之忽然空手」と見られ、それを大伴家持も「万葉集」に「夢の逢ひは苦しかりけり覚きてかき探れども手にも触れねば」（巻四）と詠んでいる。そうした乙麻呂と若女とを隔てる山川は険しくまた平易な道でもあるが、流された今の身ではただ苦しみに寝返りをしつつ、閨の中であの人を憶うのみだという。閨の中で輾転反側する姿がこのように描かれているのは、実感としての悲しみではあるが、乙麻呂はこれを玉台風としての恋愛詩を意図して詠んだのではないかと思われる。この配流の時に乙麻呂は多くの詩を詠んだらしく、伝によれば個人詩集を編み「銜悲藻」と名付けている。林註釈は銜悲の語は梁沈約「送別友人」の「君東吾亦西。銜悲涕如霰」をあげる。この「銜悲藻」という詩集名は、小島憲之氏が「玉台新詠」に載る蕭子顕の「雑詠」に見える「銜悲攬涕別心知」によることを指摘している（「上代日本文學と中國文學 下」）。乙麻呂は土佐配流に当たって「玉台新詠」を筐底に偲ばせていたのであり、若女との離別の悲しみを玉台風に詠み、「銜悲藻」と名づけて二巻にまとめ都の手土産としたのだと思われる。

【石上朝臣乙麻呂】天平勝宝二（七五〇）年九月没。石上麻呂の子。神亀元（七二四）年二月、従五位下。天平四（七三二）年正月、従五位上。同年九月、丹波守。同八年正月、正五位下。同九年九月、正五位上。同十年正月、従四位下、左大弁。天平十一年三月に故藤原宇合の妻である久米若売と恋愛事件を起こしたという罪で、土佐に配流。赦免の後、天平十五年五月、従四位上。同十六年九月、西海道巡察使。同十八年三月、治部卿。同年四月、正四位下常陸守。同九月、右大弁。同二十年二月、従三位。天平勝宝元（七四九）年四月、中務卿。同年七月、中納言。同二年九月没。本藻に従三位中納言兼中務卿とあるのは、晩年のことと思われる。「万葉集」に乙麻呂に託した配流の時の歌がある。また、乙麻呂に「銜悲藻」という詩集が二巻有ったとされる。

正五位下《しょうごいのげ》中宮少輔《ちゅうぐうのしょうふ》葛井連広成《ふじいのむらじひろなり》二首《にしゅ》

116

五言。奉和藤太政佳野之作。一首。——葛井連広成

五言《ごごん》。藤太政《とうのだいじょう》の佳野《よしの》の作《さく》に和《わ》し奉《たてまつ》る。一首《いっしゅ》。乃《すなわ》ち前韻四字《ぜんいんよじ》を用《もち》う。

物外囂塵《ぶつがいごうじん》に遠《とお》く、山中幽隠《さんちゅうゆういん》に親《した》しむ。笛浦丹鳳棲《てきほたんぼうす》み、琴淵錦鱗躍《きんえんきんりんおど》る。月後楓声落《げつごふうせいお》ち、風前松響陳《ふうぜんしょうきょうの》ぶ。

仁《じん》を開《ひら》きて山路《さんろ》に対《たい》し、智《ち》を猟《か》りて河津《かしん》を賞《しょう》す。

五言。藤原太政大臣の佳野の作に和し献上する。一首。すなわち前韻の四字を用いる。

俗世間を離れたここは騒がしい俗事も遠く、山中の静かな隠遁生活に親しむ。吉野の浦には朱雀が棲み、吉野の淵には錦の魚が飛び跳ねる。月影の下に楓の音が落ち、風の前に松の音が響く。山の徳の楽しみを尽くして山の路に向かい、川の徳の楽しみを尽くして川の渡し場の美しさを愛でるのである。

正五位下中宮少輔葛井連広成二首

五言。奉和藤太政佳野之作。一首。乃用前韻四字。

物外囂塵遠。山中幽隠親。笛浦棲丹鳳。琴淵躍錦鱗。
月後楓聲落。風前松響陳。開仁對山路。獵智賞河津。

【校異】○乃用前韻四字（天和・宝永・寛政）。○月後香聲落（底①）。月後楓香〔番敷〕落（底②）。月後楓声落（天和・宝永・寛政）。本文を「月後楓声落」に正す。

【注釈】○正五位下　大宝律令の官位。○中宮少輔　中務省に属する中宮職の役人。○葛井連広成　生没年未詳。渡来系人。○五言　一句が五字からなる詩体。○奉和　応えて献呈すること。○藤太政　藤原太政大臣。藤原史（不比等）のこと。鎌足の子。養老律令を選定。養老四（七二〇）年没。○佳野之作　吉野での作。佳野は好字。○首　詩歌を数える単位。○乃用　すなわち用いる。○前韵　前作に用いられた韻字をいう。○四字　四つの韻字を指す。○物外　俗世間の外側。○囂塵遠　騒がしさからは遠いこと。○山中　山の中。○幽隠　静かに隠遁生活をすること。○親　親しむこと。○笛浦　吉野川の淵の名。「琴淵」と対。川の音を笛の音と聞いた。俗世間を離れた清浄な自然の音楽を言う。○棲　住むこと。○丹鳳　朱雀。南を表す瑞鳥。吉野は都から南に当たり、五行思想では季節は夏、色は赤を表す。○琴淵　吉野川の淵の名。「笛浦」と対。川の音を琴の音と聞いた。○躍　飛び踊ること。○錦鱗　彩りある魚。○月後　月影の下。「風前」と対で物色を言う。○楓声　楓の木の音。月と対になるので楓は桂樹と理解している。○落　響く。○風前　吹く風の前。○松響　松風の音。松籟。○陳　連なること。○開仁　仁という徳を開くこと。仁は山の双関語。また「獵智」と対で山水仁智を言う。○対　向かうこと。○山路　山の道路。○獵智　智という徳を狩り取ること。「開仁」と対。智は水の双関語。「論語」の「智者楽水」をいう。○賞　賞美。賞翫。自然観賞の態度の一つ。六朝詩人の謝霊運に多く見られる。○河津　川の渡し場。

【解説】五言律詩体詩。韻は親・鱗・陳・津。藤原史の吉野での作に和して奉った詩。史の吉野の詩は「遊吉野」と題した二首がある。史の二首目の詩の韻が新・賓・逡・仁であるので、本詩はこの詩に和したものと思われる。ただ、史の詩が汾后の遊びや仙人が鶴に乗り去ったといった故事・逸話を引き、吉野が仙郷であることを強調するのに対して、本詩は幽隠に適した土地であり、月影の下に楓の音が散り、風の前に松の音が響くこと、山の徳の楽しみを尽くし、川の徳の楽しみを尽くし、川の渡し場の美しさを愛でるのだという。特別な故事・逸話を引くことなく、せいぜい丹鳳・錦鱗が吉野の特性を表現した程度である。吉野が山水仁智の清らかな徳を持つ地であることは十分に理解しながらも、おそらく広成は吉野遊覧の経験がなく、史の詩などを通して吉野を理解し、仙郷という実感が湧かないながらも、聞き及んだ吉野の世界を詠んだものと思われる。ただ、山水仁智の智を「猟智」と表現したのは、今までの表現とは異にする。吉野の山で猟をすることから連想されたものであろう。雄略天皇が吉野で猟をした時に、大きな猪が出て来て驚いた舎人は急いで木に登り、襲い来た猪を天皇は踏み殺して難を逃れた。天皇は舎人を斬り殺そうとしたが、皇后がそれを止めて「天皇が舎人を斬ると狼に変わることはない」のだと諫言する。帰りの車の中で雄略天皇は「万歳」と叫びながら、「楽しいことだ。人は禽獣を狩るが、私は猟で善言を得て帰るのだ」と喜ぶ逸話があり、猟智というのもこの類から発想されたものと思われる。

117

五言。月夜坐河浜。一絶。――葛井連広成

五言《ごごん》。月夜《げつや》河浜《かひん》に坐《ざ》す。一絶《いちぜつ》。

雲《くも》飛《と》び玉柯《ぎょくか》低《た》れ、月上《つきのぼ》り金波《きんぱ》動《うご》く。落照《らくしょう》曹王《そうおう》の苑《その》、流光《りゅうこう》織女《しょくじょ》の河《かわ》。

五言。月夜の河辺で。一絶。

雲は飛んで美しい木の柯は低く垂れ、月は上り黄金の波がさざめく。夕映えの光はあの曹の王植の庭園の宴会のように華やかであり、流れる光は織女の渡る天の河のように照り映えている。

五言。月夜坐河濵。一絶。

雲飛低玉柯。月上動金波。落照曹王苑。流光織女河。

【校異】なし。

【注釈】○**五言**　一句が五字からなる詩体。○**月夜**　月の照る夜。○**坐**　その場に居ること。詩作の精神的態度。○**河浜**　河辺。○**絶**　絶句体の詩。○**雲飛**　雲が流れる様。○**低**　垂れること。○**玉柯**　美しい木の枝。○**月上**　月が上ること。○**動**　さざめくこと。○**金波**　月光に輝く黄色い波。○**落照**　落日の日の光。○**曹王苑**　魏の曹植の庭園。○**流光**　流れる月の光。○**織女**　七夕伝説の女星。○**河**　天漢。天の河。

【解説】五言絶句体詩。韻は波・河。月の夜に河辺で詠んだ詩。独坐詩の系統の詩であり、独り自然と向き合い物思いに耽る詩である。月夜に河辺に坐して詩を詠むという行為は、詩心を得る方法であったのであろう。それにより見える風景は、空に雲が飛び美しい木々の枝は低く垂れ、昇った月は波にさざめいて黄色く輝き、夕映えは曹王の苑庭のようだという。曹王は曹植とされるが、兄の曹丕も曹王と考えられれば、曹丕は弟の曹植などの建安七子の詩人たちを招いて朝夕に詩宴を開いたことが「文選」の公宴詩や謝霊運の詩などから知られる。曹植の詠む公宴詩は公子(曹丕)の宴を詠むものであり、「清夜游西園。飛蓋相追随。明月澄清景」(「文選」)と詠んでいる。謝霊運によれば曹丕が詩を詠む条件としたのは良辰・美景・賞心・楽事にあり、君臣の和楽を実現したとされる。そのことから考えるならば、曹王苑とは曹丕の開いた文苑であり、曹植もそこに参加したことが故事であろう。ただ、ここに織女河が詠まれるのは不審である。天漢や天河ではなくわざわざ織女河としたのは、この詩が七夕に関係するからではないか。本藻に詠まれる七夕詩には「銀河月桂秋」（五三番詩）、「桂月照蘭洲」（五六番詩）など、七夕の夜の風景として月が詠まれることが多い。月夜に河浜に座すというのは、七夕の夜に天河に見立てた河辺にあって、七夕を主題としないで詠んだ詩ということであると思われ、そこには恋人か友を思う心が託されているのかも知れない。

【葛井連広成】生没年未詳。渡来系人。もとは白猪史。養老三（七一九）年閏七月、遣新羅使、大外記従六位。同四年、賜姓葛井。天平三（七三一）年正月、外従五位下。同年六月、備後守。同七月、従五位下。天平二十年二月、従五位上。天平勝宝元（七四九）年八月、中務少輔。本藻に正五位下中務卿とあり、晩年のことと思われる。「万葉集」の歌人。「経国集」に対策文が載る。

亡名氏《ぼうめいし》

118

五言。歎老。——亡名氏

五言《ごごん》。老《おい》を歎《なげ》く。

耋翁双鬢《てつおうそうびん》の霜《しも》、伶俜《れいへい》須《すべから》く自《みずか》ら怜《あわれ》むべし。春日消《しゅんじつけ》すを須《もちい》ず、□。笑《わら》いて梅花《ばいか》を拈《つ》みて坐《ざ》し、戯嬉《ぎき》たるは少年《しょうねん》に似《に》る。山水元《さんすいもと》より主無《しゅな》く、死生亦天有《しせいまたてんあ》り。心《こころ》は錦絅《きんけい》の美《び》を為《な》すも、自《みずか》ら布《ふ》裘《きゅう》の纏《まとい》を要《もと》む。城隍《じょうこう》阻絶《そぜつ》すると雖《いえど》も、寒月《かんげつ》無辺《むへん》を照《て》らす。

五言。老を歎く。

年老いて二つの鬢毛は霜のように白くなり、孤独のままに一人自らを憐れむことである。春の日を楽しく過ごすことも無く、□。笑いながら梅花を折り、遊び戯れることは少年のようではある。山水にはもともと持ち主は無く、死生にはまた天があるのだから運命のままに楽しむのが良いのだ。心の中では錦の衣に薄絹を重ねる雅をするのだが、現実の我が身は山人の着る布の衣を求めるのみである。城と濠とは隔たっているとはいっても、それ以上に凍る月影は遠くて果てしのない世界を皎々と照らしている。

亡名氏

五言。歎老。

耋翁雙鬢霜。伶傳須自怜。春日不須消。□□□□□。
笑拈梅花坐。戯嬉似少年。山水元無主。死生亦有天。
心爲錦絅美。自要布裘纏。城隍雖阻絶。寒月照無邊。

【校異】○天和・宝永・寛政に「歎老」の詩なし。この詩は、底本以外に紀州家本に載る（大野）。

【注釈】**○亡名氏**　名前を逸失した某氏。あるいは、「亡名」を名としたか。「北周詩」に「釈亡名」がいる。「全晋文」や「全梁文」に「無名曰」とある。韜晦を意図した名と思われる。**○五言**　一句が五字からなる詩体。**○歎老**　老いを嘆く。中国詩に嘆老が詠まれる。**○耋翁**　七十の老人。七十を耋という。**○雙鬢**　顔の両側の髪。鬢毛。**○霜**　白髪の比喩。**○伶傳**　孤独であること。

○**須**　～すべし。○**自怜**　自らを憐れむこと。自憐に同じ。○**春日**　春の日。○**不須**　～をしないこと。用いないこと。○**消**　楽しむこと。消費することをいう。○**拈**　捻る。摘むこと。○**梅花**　梅の花。六朝に梅花を愛でる詩が多くなる。○**坐**　そのようにして居ること。○**戯嬉**　楽しみ遊ぶこと。○**似**　似ていること。○**少年**　年齢の若い男子。○**山水**　山と川。自然の景。「論語」の山水仁智をいう。○**元**　もとより。○**無主**　持ち主が無いこと。○**死生**　人の生き死に。○**亦**　同じく。○**有天**　天の与えた運命の中にあること。○**心為**　心は～となる。○**錦絅美**　錦と薄衣の美しさ。○**自**　自分から。○**要**　求めること。○**布裘**　布の衣。裘は皮衣であるが、ここは衣服の意味であろう。○**纏**　身に付けること。○**城隍**　城と濠。○**雖**　～とは言っても、それ以上にの意。○**阻絶**　断絶。○**寒月**　冬の凍るような月。深い孤独の中の風景。○**照**　無情に照らすこと。○**無辺**　遠くて果てしのない世界。仏教の無辺際を示唆。

【解説】五言十二句古体詩。韻は配列を考えると、第四句目が欠落している可能性がある。その欠落を除いて韻を考えると、怜・□・年・天・纏・辺となる。老いを嘆いた詩。嘆きの主意は、老人となり孤独にあること、春の日に梅をかざし少年のように楽しんだこと、山水には主はなく死生は天にあること、心は錦であるが身は山人の衣を纏っていること、城と濠は隔たっているが月影は無辺際を照らしていることにある。老いを嘆くという詩は、中国の古詩に見える寿老と反対の嘆きである。長寿を褒める寿老詩に対して、歎老は孤独や老醜への嘆きである。古代に老いを嘆いたのは「万葉集」の歌人の山上憶良であり、「哀世間難住歌」（巻五）や「老身重病経年辛苦及思児等歌」（同上）などに見える。これらは仏教的な老・病の苦や老醜の姿を描く。本詩は仏教的要素も交えながら、中国詩に見る歎老の系譜にあろう。六朝詩人の簡文帝の「昔類紅蓮草。自玩淥池辺。今如白華樹。還悲明鏡前」（「芸文類聚」）や、陸機の「軟顔収紅蘂。玄鬢吐素華。冉冉逝将老。咄咄奈老何」（同）、あるいは「歎逝賦」に見る「将頤天地之大徳。遺聖人之洪宝。解心累於末跡。聊優遊以娯老」（「文選」）などは老いを嘆くものであるが、結局は自然の道理へと思いを致し、死とは明けることの無い夜に寝るようなものであるという理解に及ぶのである。本詩が「山水元無主。死生亦有天」というのは、そうした理解の及んだ姿であり、「寒月照無辺」は人間の生死を超えたところの、すべての存在が無辺際の中で寒々とした月光に照らされているという姿を詠んだものであろう。そこに到れば、陸機のように「優遊以娯老」ということになろう。なお、林新註はこの作品は平安以後五山の末流まで下るかという。亡名氏というのは、編者が収集した段階ですでに作者の名前が失われていたことも考えられるが、某氏が意図的に名を隠して最後に挿入した可能性も考えられる。なぜなら、本藻に収録された詩は、大津皇子に追和した後人聯句を除いて作者がいずれも明らかであり、作者未詳も亡名の詩もない。作者の明らかな作品の収集が前提である。そのことから見ても、この「亡名氏」というのは異例であり、何らかの意図を考えさせる。それは、この亡名氏が本藻の編纂者ではないかということである。そのことから、大津皇子に追和した後人も、過去に思いを寄せる態度であり、この亡名氏である可能性が考えられるであろう。序文作者の匿名性と本詩の亡名氏の態度も重なるであろうし、何よりも「先哲の旧遊」を思い懐かしむというのは、亡名氏の「嘆老」と心を一つにするように思われる。

【亡名氏】閲歴未詳。本藻の編纂者とも目される。釈亡命氏と考えれば僧坊の人か。

長久二年冬十一月二十八日。灯火にこれを書す。古人三餘あり、今已に二つを得たり。

文章生惟宗孝言

長久二年冬十一月二十八日。灯火書之。古人三餘。今已得二也。

文章生惟宗孝言

懐風藻

此の書は蓮華王院の宝蔵の本なり。久しく塵埃に埋もれり。人これを知らず。康永元年の比これを撰出す。上古の風味、尤も興有り。仍て今これを書写す。

此書蓮華王院宝蔵之本也。久埋塵埃。人不知之。康永元年之比撰出之。上古之風味。尤有興。仍今書写之。

右は奈佐勝皐、屋代弘賢蔵本を以て校合了りぬ。

右以奈佐勝皐屋代弘賢蔵本校合了。

あとがき

本書は、日本古代の最初の漢詩集である『懐風藻』を、出来るだけ簡易に読めるように努めた注釈書である。『懐風藻』は上代文学や日本漢詩文学、あるいは日本の文化史に属する貴重な漢文文献であるが、この漢詩集を扱う研究論文は、他の分野からみると極めて少ないことが知られる。それは『懐風藻』という作品が、漢詩・漢文という文学形式であることによって、純粋な和文学の研究状況から遠ざけられていること、その結果として作品的位置づけが十全になされていないことに原因があると思われる。それゆえに、研究者層も読者層も、極めて少ないという問題になる。これは、じつに惜しまれることである。

この『懐風藻』の意義は、まず最初の日本漢詩であることにある。それは近江朝の天智天皇の時代に始まるが、古代日本人は、なぜ外国の漢詩を学び、また創作する必要があったのか。その答えは、それが東アジアの文学として存在することにある。古代に東アジアは国際的な世界であった。この時代の知識人たちが国際的な知識を得るのは、漢詩・漢文であったことにある。唐や韓半島からの外交使節や、あるいは多くの商人たちと交流をする道具は、中国語であり漢文であり、そして知識を共有する漢詩であった。韓半島の渡来人たちは、すでに漢詩の創作を可能としていたであろう。たとえ国外との交流がなくとも、漢詩は貴族階級の必須の教養でもあった。

そのような中に生まれたのが、『懐風藻』の漢詩群だったのである。すでに近江朝に始まる日本漢詩は、外国文学の習作の時代の文学であり、古代日本が東アジアと教養を共有した最初の作品である。『懐風藻』は、東アジアという国際的な文学として誕生したのである。そのような時代に誕生した『懐風藻』の漢詩を、杜甫や李白と比較して拙いとすることは、漢詩の鑑賞のみからの発言であり、文学史や文化史からの発言ではない。そのような考えを改めるのも、本書の大きな目的である。

そのような思いの中で、『懐風藻』を簡易に読める注釈書を思いたった。すでに『懐風藻全注釈』（笠間書院、二〇一二年刊行）を刊行したこともあり、これをもとに作り上げた。本書を読まれて、さらに詳しい『懐風藻』の内容を知りたい読者は、前掲書によって欲しい。この書が多くの読者に読まれるならば幸甚である。新典社の社主である岡元学実さんが、出版を快諾してくれた。その昔、『懐風藻』の索引が欲しくて、自分で作ってしまった。手書きの一字索引を本にしてくれたのが新典社さんだった。この編集では、小松由紀子氏に大変お世話になった。ここに感謝申し上げる次第である。

二〇一八年十二月三日

著　者

懐風藻漢詩索引

凡例
1．本索引は『懐風藻』の題詞と漢詩とに関する索引である。
2．語彙の後ろの洋数字は、本全注釈に付した詩の番号である。
3．漢語の性質上音読みを主とするが、訓読みも含まれる。その場合に本注釈の訓読と異なる場合がある。
4．本藻序文や詩序あるいは人物伝に関する索引は、辰巳正明編『懐風藻漢字索引（付本文篇）』（新典社）を参考されたい。

【あ】
愛（あい） 42
愛客（あいきゃく） 66
靉靆（あいたい） 22
握素（あくそ） 47
唵曖（あんあい） 4
黯々（あんあん） 22
闇雲（あんうん） 69
安寝（あんしん） 6-2

【い】
依々（いい） 63,105
衣玉（いぎょく） 53
遺響（いきょう） 80
幾日（いくにち） 63
惟山（いざん） 45
惟新（いしん） 29,44
伊人（いじん） 91
惟水（いすい） 45
一園（いちえん） 14
一面（いちめん） 62
一嶺（いちれい） 22,87
一啓（いっけい） 96
一生裏（いっしょうのうち） 93
一千（いっせん） 65
一旦（いったん） 95
一朝（いっちょう） 45
逸老（いつろう） 91
威徳（いとく） 29
威猷（いゆう） 33
異鱗（いりん） 91
隠逸（いんいつ） 30
隠居（いんきょ） 12
殷湯網（いんとうのあみ） 87
殷夢（いんむ） 91
飲和（いんわ） 29

【う】
鶯（うぐいす） 8
雨晴（うせい） 36
嘯（うそぶく） 13,23
美稲（うましね） 72,99,100
梅（うめ） 67
雲衣（うんい） 33,94
雲開（うんかい） 34
雲鶴（うんかく） 6
雲漢（うんかん） 15
雲間（うんかん） 42
雲巻（うんかん） 80
雲岸（うんがん） 13
雲旌（うんしょう） 5
雲垂（うんすい） 114
雲前（うんぜん） 65
雲端（うんたん） 27,89
雲飛（うんぴ） 117
雲浮（うんぷ） 61
雲鬟（うんびん） 53
雲羅（うんら） 17
雲罍（うんらい） 21
雲裡（うんり） 27
運冷（うんれい） 97
雲路（うんろ） 85

【え】
詠月（えいげつ） 15
叡睠（えいけん） 37
栄光（えいこう） 36
英才（えいさい） 40
英声（えいせい） 87
瀛州（えいしゅう） 20
英俊（えいしゅん） 21
叡情（えいじょう） 61
栄辱（えいじょく） 9
英人（えいじん） 38
詠雪（えいせつ） 17
越潭（えったん） 72
宴飲（えんいん） 13
烟雲（えんうん） 39,90,105
烟霞（えんか） 21,44
宴宮（えんきゅう） 104
猿吟（えんぎん） 86
煙光（えんこう） 31
遠国（えんごく） 27
遠使（えんし） 71
遠照（えんしょう） 68
鷰巣（えんそう） 9
援息（えんそく） 33
園池（えんち） 94
苑中（えんちゅう） 61
宴庭（えんてい） 71
塩梅（えんばい） 2,30
烟霧（えんむ） 23
煙霧（えんむ） 109
遠遊（えんゆう） 27
俺友（えんゆう） 49
園裏（えんり） 17
淹留（えんりゅう） 46
園柳月（えんりゅうのつき） 42

【お】

老（おい） 10
王喬（おうきょう） 11
鶯吟（おうぎん） 59
王家（おうけ） 90
往古（おうこ） 16
鶯谷（おうこく） 59
往歳（おうさい） 93
王事（おうじ） 89
応詔（おうしょう） 14,18,19,24,28,29,30,36,37,38,40,42,43,47,61,67
往塵（おうじん） 24
鶯梅（おうばい） 10
近江（おうみ） 105
桜柳（おうりゅう） 69
鶯哢（おうろう） 19
趣（おもむき） 13,20,39
恩詔（おんしょう） 18
恩席（おんせき） 70

【か】

廻岸（かいがん） 21
開衿（かいきん） 4,114
槐樹（かいじゅ） 113
開仁（かいじん） 116
廻雪（かいせつ） 34
階前（かいぜん） 24
階梅（かいばい） 14
海浜（かいひん） 30
懐抱（かいほう） 10
解網（かいもう） 42
廻流（かいりゅう） 100
歌筵（かえん） 20
下宴（かえん） 64
花鶯（かおう） 8
霞開（かかい） 80
華閣（かかく） 56
花気（かき） 35
嘉気（かき） 42
歌響（かきょう） 57
歌曲（かきょく） 67
雅曲（がきょく） 19
夏槿（かきん） 36
鶴蓋（かくがい） 75
岳士（がくし） 64
霞景（かけい） 102
夏景（かけい） 73
河源（かげん） 47
花紅（かこう） 42
花枝（かし） 59
花樹（かじゅ） 87
雅趣（がしょ） 28
花舒（かじょ） 70
花笑（かしょう） 8
夏色（かしょく） 9,32
花色（かしょく） 59
霞色（かしょく） 66
夏身（かしん） 32
嘉辰（かしん） 35,41
河津（かしん） 116
歌塵（かじん） 17
牙水（がすい） 52
歌声（かせい） 40,60
雅声（がせい） 49
歌扇（かせん） 43
花藻（かそう） 14,21
雅藻（がそう） 85
花鳥（かちょう） 46
嶽高（がくこう） 69
豁笑（かっしょう） 5
遐年（かねん） 107
下筆（かひつ） 94
臥病（がびょう） 18
霞浜（かひん） 15
嘉賓（かひん） 60
河浜（かひん） 98,117
雅文（がぶん） 40
河辺（かへん） 76
霞峯（かほう） 4
花李（かり） 17
歌林（かりん） 36
翫（がん） 10,21
寒猨（かんえん） 13
歓宴（かんえん） 83
含霞（がんか） 50
寒気（かんき） 50,114
観魚（かんぎょ） 25
閑居（かんきょ） 39
寒鏡（かんきょう） 78
巖谿（がんけい） 99,108
寒月（かんげつ） 118
含香（がんこう） 8
含毫（がんごう） 70
関山月（かんざんげつ） 26
元日（がんじつ） 29,67
漢主（かんしゅ） 26
巖岫（がんしゅう） 22
寒渚（かんしょ） 102
含書（がんしょ） 6-2
鴈渚（がんしょ） 9
懽情（かんじょう） 74
含笑（がんしょう） 84
巌上（がんじょう） 31
巖心（がんしん） 89
寛政（かんせい） 44
含雪（がんせつ） 75
寒蟬（かんせん） 36
巖前（がんぜん） 66
寒草（かんそう） 105
寒体（かんたい） 104
巌中（がんちゅう） 104
漢帝（かんてい） 34
雁飛（がんひ） 71
監撫（かんぶ） 2
寒風（かんぷう） 107
冠冕（かんべん） 11
鑒流（かんりゅう） 60
漢流（かんりゅう） 85
干禄（かんろく） 98

【き】
嬀（き） 8
機下（きか） 33
戯嬉（ぎき） 118
帰去（ききょ） 95
菊気（きくき） 66
菊酒（きくしゅ） 51,71
菊風（きくふう） 56
菊浦（きくほ） 68
季月（きげつ） 90
曦光（ぎこう） 5
奇勢（きせい） 100
貴戚（きせき） 107
戯鳥（ぎちょう） 25,40
吉賓（きっぴん） 32
喫欒（きつらん） 5
逆折（ぎゃくせつ） 72
九域（きゅういき） 41
休暇（きゅうか） 10
旧墟（きゅうきょ） 95
九垠（きゅうぎん） 87
窮蔡（きゅうさい） 97
旧識（きゅうしき） 114
九秋韶（きゅうしゅうのしょう） 52
旧禅処（きゅうぜんしょ） 105
九冬（きゅうとう） 105
求友（きゅうゆう） 8
球琳（きゅうりん） 22
嬌鴛（きょうえん） 24
嬌鶯（きょうおう） 10
暁雁（ぎょうがん） 114
暁光（ぎょうこう） 74
郷国（きょうこく） 79
驚秋（きょうしゅう） 56
驚春（きょうしゅん） 104
尭舜（ぎょうしゅん） 14
峡上（ぎょうじょう） 98
嬌声（きょうせい） 10
驚前（きょうぜん） 115
驚飈（きょうひょう） 22
驚波（きょうは） 4,36
凝麾（ぎょうび） 43
魚驚（ぎょきょう） 69
曲宴（きょくえん） 88
玉柯（ぎょくか） 117
玉管（ぎょくかん） 19
玉機（ぎょくき） 76
玉沼（ぎょくしょう） 35
髷上（ぎょくじょう） 34
玉燭（ぎょくしょく） 24,63
曲水宴（きょくすいのえん） 54
曲席（きょくせき） 66
玉俎（ぎょくそ） 97
曲中（きょくちゅう） 81
曲中春（きょくちゅうのはる） 26
玉殿（ぎょくでん） 57
曲浦（きょくほ） 24,61
魚鳥（ぎょちょう） 45
去輪（きょりん） 15
窺鷺（きろ） 21
岐路（きろ） 86
飢朧（きろう） 104
金烏（きんう） 7
金苑（きんえん） 4
禁園（きんえん） 19
禁苑（きんえん） 40
琴淵（きんえん） 116
琴歌（きんか） 26
銀河（ぎんが） 53
金閣（きんかく） 85
金漢（きんかん） 53
錦巌（きんがん） 54
錦綺（きんき） 101
錦絅（きんけい） 118
金谷室（きんこくのしつ） 69
金漆（きんしつ） 104
琴酒（きんしゅ） 38
琴書（きんしょ） 82
琴樽（きんそん） 62,84,86,88,95,98
琴罇興（きんそんのきょう） 75
琴台（きんだい） 20
金墀（きんち） 57
金堤（きんてい） 35,37
鈞天（きんてん） 22
金波（きんぱ） 117
琴瑟（きんひつ） 37,89
金風（きんぷう） 63
吟風（ぎんぷう） 49
金罍（きんらい） 97
金蘭（きんらん） 62,106
金襴賞（きんらんのしょう） 68
錦鱗（きんりん） 20,70,83,116

【く】
遇老（ぐうろう） 111
九月（くがつ） 105
虞葵（ぐき） 52
愚賢（ぐけん） 107
虞隣（ぐりん） 42
君侯（くんこう） 66
群公（ぐんこう） 4
群臣（ぐんしん） 37
薫吹（くんすい） 81
群生（ぐんせい） 61
君道（くんどう） 96
薫風（くんぷう） 20,30

【け】
景（けい） 10
禊飲（けいいん） 61
桂影（けいえい） 115
軽烟（けいえん） 24
瓊筵（けいえん） 85
景華（けいか） 75
恵気（けいき） 14
嵆琴（けいきん） 92
桂月（けいげつ） 56,111
谿曠（けいこう） 47
傾盞（けいさん） 5

桂山（けいざん）　68
迎秋（げいしゅう）　80
景春（けいしゅん）　37
珪璋（けいしょう）　66
桂賞（けいしょう）　77
携杖（けいじょう）　111
閨情（けいじょう）　115
螢雪志（けいせつのこころざし）　101
軽蟬（けいぜん）　112
嵆竹（けいちく）　96
閨中（けいちゅう）　115
桂椿（けいちん）　92
桂庭（けいてい）　21
禊庭（けいてい）　61
桂白（けいはく）　80
迎逢（げいほう）　8
傾門（けいもん）　95
瓊瑶（けいよう）　52
軽鱗（けいりん）　35
鶏林（けいりん）　77
景麗（けいれい）　69
瓊楼（けいろう）　85
撃壌（げきじょう）　44
撃壌民（げきじょうのたみ）　78
激泉（げきせん）　69
激流（げきりゅう）　50
月幃（げつい）　63
結宇（けつう）　25
月弓（げっきゅう）　5
月鏡（げっきょう）　33
月桂（げっけい）　53,97
月後（げつご）　116
月後桂（げつごのかつら）　112
月斜（げっしゃ）　74
月舟（げっしゅう）　15
月主（げつじょう）　117
月色（げっしょく）　67
月新（げっしん）　78
月泛（げつはん）　34
月夜（げつや）　117
結蘿（けつら）　104
嶮易（けんい）　115
玄燕（げんえん）　23
言唔（げんご）　8
言語（げんご）　86
乾坤（けんこん）　41
言志（げんし）　9,39
賢者（けんじゃ）　91
懸珠（けんしゅ）　52
元首（げんしゅ）　16,41
阮嘯（げんしょう）　92
喧節（けんせつ）　55
玄造（げんぞう）　29
懸榻（けんとう）　89
玄圃（げんぽ）　31,67
玄覧（げんらん）　28

【こ】

行雨（こうう）　34
孝烏（こうう）　105
広宴（こうえん）　55,82
皇恩（こうおん）　14,55,37,81
光華（こうか）　35
江海（こうかい）　62
高会（こうかい）　70
高閣（こうかく）　37
廣楽（こうがく）　24
広楽天（こうがくてん）　64
崆巖（こうがん）　20
後期（こうき）　56
行行（こうこう）　108
広済（こうさい）　28
皇慈（こうじ）　61
後者賓（こうしゃのひん）　18
交情（こうじょう）　3
後人（こうじん）　6-2
黄塵（こうじん）　18
厚仁（こうじん）　24
行人（こうじん）　93
囂塵（ごうじん）　108,116
簧声（こうせい）　98
交泰（こうたい）　43
皇太子（こうたいし）　103
皇沢（こうたく）　42
厚地（こうち）　12
黄地（こうち）　107
高天（こうてん）　12
昊天（こうてん）　23
皇都（こうと）　89
行年（こうねん）　58
高旻（こうびん）　68
交甫珮（こうほのはい）　34
皇明（こうめい）　1
遨遊（ごうゆう）　8,13,90
黄葉（こうよう）　52
潢流（こうりゅう）　53
濠梁論（ごうりょうろん）　49
降臨（こうりん）　20
高嶺（こうれい）　100
谷閑（こくかん）　105
国親（こくしん）　26
谷裏（こくり）　5
股肱（ここう）　41
五彩（ごさい）　29
古樹（こじゅ）　105
扈従（こしょう）　73
孤松（こしょう）　12
胡塵（こじん）　26,91
吾衰（ごすい）　97
皷声（こせい）　7
皷枻（こせい）　87
五八（ごはち）　107
五八年（ごはちのとし）　64,107
皷腹（こふく）　28
姑射（こや）　20,102
姑射倫（こやのとも）　73
故友（こゆう）　112
恨泣（こんきゅう）　115
崑山（こんざん）　14
今日（こんにち）　19,40,80
今日賞（こんにちのしょう）　50
今年（こんねん）　93

【さ】

西海行（さいかいこう） 93
西海道（さいかいどう） 93
在京（ざいきょう） 89,112
歳月（さいげつ） 89
済光（さいこう） 50
彩舟（さいしゅう） 53
在唐（ざいとう） 27,103
才貧（さいひん） 70
嵯峨（さが） 100
槎客（さきゃく） 81
朔雁（さくがん） 65
策杖（さくじょう） 8,104
削成（さくせい） 72
錯謬（さくびょう） 87
槎州（さしゅう） 72
雑沓（ざっとう） 83
左僕射（さぼくや） 75,82,84,90,106
作宝楼（さほろう） 69
槎路（さろ） 92
山園（さんえん） 77
山桜春（さんおうのはる） 42
飡霞（さんか） 98
山家（さんか） 75
殘果（ざんか） 111
三月三日（さんがつみっか） 28,54
三韓（さんかん） 86
残岸（ざんがん） 44
山機（さんき） 6
三元節（さんげんせつ） 67
山斎（さんさい） 3,13,39
山際（さんさい） 63
三才（さんさい） 1
三歳（さんさい） 89
三舟（さんしゅう） 80
三秋（さんしゅう） 62,105
三春（さんしゅん） 29,41,87
山仁（さんじん） 98
山人楽（さんじんらく） 108
山水（さんすい） 11,21,31,39,78,90,99,106,118
山静（さんせい） 105
三絶（さんぜつ） 16
山川（さんせん） 9,20,36,109,115
山池（さんち） 51
山中（さんちゅう） 86,92,109,111,116
三朝（さんちょう） 52
三冬（さんとう） 114
三徳（さんとく） 44
三能士（さんのうのし） 5
山扉（さんぴ） 90
散風（さんぷう） 52
三宝（さんぽう） 103
山幽（さんゆう） 48
山牖（さんゆう） 71
三餘暇（さんよか） 21
山路（さんろ） 108,116

【し】

子雲玄（しうんのげん） 64
肆筵（しえん） 87
侍宴（じえん） 1,30,35,37,41,42,44,55,57,70,78,87
侍醼（じえん） 81
耋翁（しおう） 118
四海（しかい） 2
紫閣（しかく） 40
辞官（じかん） 96
式宴（しきえん） 14
識魚（しきぎょ） 25
紫宮（しきゅう） 24
糸響（しきょう） 47
詩興（しきょう） 113
芝蕙（しけい） 92
紫宸（ししん） 29,30
詩人（しじん） 14
使人（しじん） 63
死生（しせい） 118
時節（じせつ） 56
滋草（じそう） 75
子池（しち） 74
糸竹（しちく） 20,24
七夕（しちせき） 33,53,56,74,76,85
七歩情（しちほのじょう） 23
日下（じっか） 42,89
漆姫（しっき） 31
日月（じつげつ） 1,103,105
紫庭（してい） 67
紫殿（しでん） 81
至徳（しとく） 41
四望（しぼう） 14
四門（しもん） 44
斜陰（しゃいん） 15
柘媛（しゃえん） 31
斜雁（しゃがん） 112
斜暉（しゃき） 87
鵲影（じゃくえい） 33
弱枝（じゃくし） 12
釈奠（しゃくてん） 97
弱柳（じゃくりゅう） 35
酌醴（しゃくれい） 28
弱冠（じゃっかん） 89
鵲橋（じゃっきょう） 56
車馬（しゃば） 95
寿（じゅ） 35,38,41
秋宴（しゅうえん） 49
柔遠（じゅうえん） 26
樹影（じゅえい） 43
従駕（じゅうが） 18,36,47,80,102
秋気（しゅうき） 32
周魚（しゅうぎょ） 38
秋光（しゅうこう） 15,73,90
重光（じゅうこう） 14
周行士（しゅうこうのし） 29
愁情（しゅうじょう） 10
秋津（しゅうしん） 32

重震（じゅうしん）　23
岫室（しゅうしつ）　20
秋日（しゅうしつ）　9,60,63,65,71,77,79,86,90
秋序（しゅうじょ）　63
愁情（しゅうじょう）　86
縦賞（じゅうしょう）　21,64
愁心（しゅうしん）　76
秋水（しゅうすい）　49
秋声（しゅうせい）　9,23
秋節（しゅうせつ）　113
周占（しゅうせん）　91
秋蟬（しゅうぜん）　36
周池（しゅうち）　87
習池車（しゅうちのくるま）　75
秋天（しゅうてん）　77
戎蕃（じゅうばん）　26
秋風（しゅうふう）　102,115
秋夜（しゅうや）　51,115
繡翼（しゅうよく）　20
珠玉（しゅぎょく）　14
椒花（しゅくか）　78
淑気（しゅくき）　24,29,30,35,37,55,70
夙夜（しゅくや）　16
斜日（しゃじつ）　22
酒処（しゅしょ）　81
樹除（じゅじょ）　15
酒中（しゅちゅう）　15
述懐（じゅっかい）　2,16,58,59,101
淑景（しゅっけい）　42
述志（じゅっし）　6
朱買臣（しゅばいしん）　91
樹茂（じゅも）　61
鶉衣（じゅんい）　75
春彩（しゅんさい）　95
春日（しゅんじつ）　10,14,19,24,30,42,43,55,57,84,106,118
春岫（しゅんしゅう）　54
春觴（しゅんしょう）　10
春色（しゅんしょく）　19,20,57,75
春節（しゅんせつ）　28
春墀（しゅんち）　84
春鳥（しゅんちょう）　30
峻嶺（しゅんれい）　104
舒陰（じょいん）　112
松筠（しょういん）　43
韶音（しょういん）　57
城闉（じょういん）　26
松影（しょうえい）　35
祥烟（しょうえん）　36
松烟（しょうえん）　69
笑花（しょうか）　18,75
松下（しょうか）　22,108
縦歌（しょうか）　98
小雅（しょうが）　60
松盖（しょうがい）　90
翔鶴（しょうかく）　40
松巌（しょうがん）　18
商気（しょうき）　49
勝境（しょうきょう）　28
松響（しょうきょう）　116
招吟（しょうぎん）　98
松桂（しょうけい）　3
韶景（しょうけい）　55,78
城闕（じょうけつ）　106
上月（じょうげつ）　50
鐘鼓（しょうこ）　26
城隍（じょうこう）　118
掾公（じょうこう）　113
嘯谷（しょうこく）　73
乗査（じょうさ）　32
小山基（しょうざんのき）　62
上巳（じょうし）　61
城市（じょうし）　94
上春（じょうしゅん）　67
松心（しょうしん）　24
滌心（じょうしん）　104
勝地（しょうち）　77,80
鐘池（しょうち）　72,100
松竹（しょうちく）　95
霄篆（しょうてん）　17
松殿（しょうでん）　20
樵童（しょうどう）　108
少年（しょうねん）　118
松栢（しょうはく）　89,92,105
蕭瑟（しょうひつ）　22
松風（しょうふう）　19,31,38
乗輿（じょうよ）　106
松林（しょうりん）　71
上林（じょうりん）　75
上林会（じょうりんのかい）　38
上林春（じょうりんのはる）　18
上林篇（じょうりんのへん）　20
疊嶺（じょうれい）　36
咲瞼（しょうれん）　76
燭花（しょくか）　57
燭処（しょくしょ）　76
織女河（しょくじょのかわ）　117
蜀星（しょくせい）　79
初秋（しょしゅう）　62
初春（しょしゅん）　44,69,75,104
処処（しょしょ）　108
渚性（しょせい）　32
職貢（しょっこう）　86
初涼（しょりょう）　85
舒蓮（じょれん）　36
新羅客（しらぎのきゃく）　60,62,63,65,68,71,77,79,86
芝蘭（しらん）　89
糸柳（しりゅう）　70,87
仁狎（じんおう）　19
神化（しんか）　97
宸駕（しんが）　28
神駕（しんが）　56,76
塵外（じんがい）　3
針閣（しんかく）　74
新雁（しんがん）　49

臣義（しんぎ） 1,96
神居（しんきょ） 80
神衿（しんきん） 20,85
真空（しんくう） 104
神功（しんこう） 22,38
真宰（しんさい） 2
神山（しんざん） 105
仁山（じんざん） 46
塵思（じんし） 75
仁趣（じんしゅ） 40,48
搢紳（しんしん） 55
浸石（しんせき） 83
神仙（しんせん） 20,28,48
人前（じんぜん） 63
荏苒（じんぜん） 105
神仙会（しんせんのかい） 85
塵俗（じんぞく） 109
真率（しんそつ） 107
神沢（しんたく） 37
新知（しんち） 63,79
仁智（じんち） 9,14,20,21,36,43
仁智賞（じんちのしょう） 39
神通（じんつう） 102
神納言墟（しんなごんのきょ） 95
新年（しんねん） 50
神明（しんめい） 26
尋問（じんもん） 99
神遊（しんゆう） 74
真理（しんり） 105
寝裏（しんり） 115

【す】

翠烟（すいえん） 20,57
水下（すいか） 15
水魚（すいぎょ） 96
垂拱（すいきょう） 22,87
垂裳（すいしょう） 16
水清（すいせい） 40
水石（すいせき） 111
吹台（すいだい） 21
水智（すいち） 98
垂釣（すいちょう） 25
水庭（すいてい） 66
水動（すいどう） 84
酔徳（すいとく） 19
垂幕（すいばく） 104
随風（ずいふう） 33
水浜（すいひん） 37,38
垂毛（すいもう） 65
酔裏（すいり） 88
崇巌（すうがん） 72
寸陰（すんいん） 22
寸心（すんしん） 112

【せ】

西園（せいえん） 66
清化（せいか） 41
青海（せいかい） 77
斉紈（せいがん） 106
星間鏡（せいかんのかがみ） 15
星客（せいきゃく） 32
聖教（せいきょう） 87
聖衿（せいきん） 40,55,70,78
清絃（せいげん） 89
声香（せいこう） 35
星燦（せいさん） 57
西使（せいし） 79
聖時（せいじ） 65
聖日（せいじつ） 57
西舎（せいしゃ） 7
聖主（せいしゅ） 44
青春（せんしゅん） 64
清淳（せいじゅん） 41
聖情（せいじょう） 38
星織（せいしょく） 76
栖心（せいしん） 99
聖塵（せいじん） 29
静仁（せいじん） 32
済済（せいせい） 29,44
清生（せいせい） 64
清素（せいそ） 64
斉濁（せいだく） 70
正朝（せいちょう） 29
青鳥（せいちょう） 85
西東（せいとう） 47
聖徳（せいとく） 22,103
成眉（せいび） 84
清蹕（せいひつ） 20
清風（せいふう） 22,92,108
歳暮（せいぼ） 22
清夜（せいや） 95
星楡（せいゆ） 53
聖豫（せいよ） 81
青陽（せいよう） 10
青鸞舞（せいらんぶ） 82
清流（せいりゅう） 56
成倫（せいりん） 45
夕鴛（せきえん） 114
夕翫（せきがん） 99
赤雀（せきじゃく） 6-2
寂絶（せきぜつ） 28
積草（せきそう） 69,105
寂寞（せきばく） 105
石壁（せきへき） 90
夕霧（せきむ） 47,56
赤鱗魚（せきりんのうを） 82
雪花（せっか） 17
折花（せっか） 28
拙場（せつじょう） 75
拙心（せっしん） 16
節度使（せつどし） 93
折蘭（せつらん） 30
雪嶺（せつれい） 78
蟬音（せんいん） 86
鮮雲（せんうん） 29
前役（ぜんえき） 107
仙駕（せんが） 53
仙会（せんかい） 74
仙期（せんき） 76
仙戯（せんぎ） 102
仙蓹（せんぎょ） 37,67

仙桂（せんけい）　108
千古（せんこ）　55
先考（せんこう）　105
仙槎（せんさ）　36
千禩（せんし）　87
仙車（せんしゃ）　56
仙寿（せんじゅ）　103
仙舟（せんしゅう）　40
千秋（せんしゅう）　42,85
禅処（ぜんしょ）　105
川浄（せんじょう）　48
仙場（せんじょう）　90
先進（せんしん）　18
千尋（せんじん）　72
蟬声（ぜんせい）　39
泉石（せんせき）　73,108
冉冉（ぜんぜん）　56,66
餞送（せんそう）　79
蟬息（ぜんそく）　71
専対士（せんたいのし）　60
遷任（せんにん）　113
千年（せんねん）　80,95
仙蹕（せんひつ）　36
千里（せんり）　77,112
潜龍（せんりゅう）　6-2
潜鱗（せんりん）　24
仙霊（せんれい）　73
泉路（せんろ）　7

【そ】
曺王苑（そうおうのえん）　117
相嘉（そうか）　56
送夏（そうか）　80
霜花（そうか）　114
造化趣（ぞうかのおもむき）　47
相期（そうき）　64
相思（そうし）　77,112
壮士（そうし）　5,110
壮士篇（そうしのへん）　68
早春（そうしゅん）　44
霜杼（そうじょ）　6
送雪（そうせつ）　50
蒼天（そうてん）　42
滄波（そうは）　68
雙鬢霜（そうびんのしも）　118
送別（そうべつ）　63
贈別（そうべつ）　86
相望（そうぼう）　113
桑門（そうもん）　8
草廬（そうろ）　111
庄老（そうろう）　58
祚運（そうん）　65
楚王（そおう）　34
俗事（ぞくじ）　108
俗塵（ぞくじん）　99,105
束帯（そくたい）　57
俗累（ぞくるい）　104
素緇（そし）　104
素心（そしん）　32
麁疎（そそ）　94
楚奏（そそう）　91
素蝶（そちょう）　14
率舞（そつぶ）　24
素庭（そてい）　40
素濤（そとう）　72
苑（その）　4,10,38,40
素梅（そばい）　10
素靨（そよう）　10
楚蘭（そらん）　96
存意（そんい）　28
孫岳（そんがく）　74
罇五（そんご）　70
孫語（そんご）　73
孫楚（そんそ）　12

【た】
第（だい）　94
大隠（たいいん）　90
大王徳（だいおうのとく）　62
代火（だいか）　17
台下（だいか）　38
対翫（たいがん）　31
太玄（たいげん）　107
対揖（たいしゅう）　52
帯春（たいしゅん）　17
泰昌（たいしょう）　1
台上（だいじょう）　15
帯身（たいしん）　38
苔水（たいすい）　4
大同（だいどう）　60
逵与猷（たいとゆう）　89
太賓（たいひん）　20
帯風（たいふう）　75,78
太平日（たいへいのひ）　28
太平風（たいへいのふう）　28
戴冕（たいべん）　16
対峯（たいほう）　51
苔揺（たいよう）　25
誰家（たがいえ）　7
他郷（たきょう）　115
拓歌（たくか）　102
拓民（たくみん）　45
多幸（たこう）　55
断雲（だんうん）　79
丹霞（たんか）　90
単躬（たんきゅう）　104
弾琴（だんきん）　94,102,113
端坐（たんざ）　22
短章（たんしょう）　16
潭深（たんしん）　25
談叢（だんそう）　60
丹墀（たんち）　81
丹鳳（たんほう）　116
丹墨（たんぼく）　38
短命（たんめい）　7
短楽（たんらく）　33
談倫（だんりん）　21
湛露（たんろ）　43
歎老（たんろう）　118
湛露恩（たんろのおん）　19
湛露仁（たんろのじん）　55
談論（だんろん）　19

【ち】

智懐（ちかい） 48
知己（ちき） 89
逐波（ちくは） 33
逐風（ちくふう） 60
竹浦（ちくほ） 18
竹鳴（ちくめい） 47
竹葉（ちくよう） 50,61
竹林風（ちくりんのかぜ） 8
竹林友（ちくりんのとも） 9
致辞（ちじ） 104
智趣（ちしゅ） 19
置酒（ちしゅ） 55,69,77,94
智水（ちすい） 46
遅遅（ちち） 84
智与仁（ちとじん） 73
仲散（ちゅうさん） 94
螽斯（ちゅうし） 107
仲秋（ちゅうしゅう） 97
駐蹕（ちゅうひつ） 102
長安（ちょうあん） 27
朝隠（ちょういん） 92
朝雲（ちょううん） 47
雕雲（ちょううん） 57
柱栄（ちょうえい） 12
長王宅宴（ちょうおうたくのえん） 66,82,84,90,104,106
長王宅讌（ちょうおうたくのえん） 75
長王宅（ちょうおうのたく） 60,62,63,65,71,77,79,86
長河（ちょうが） 100
朝看（ちょうかん） 99
朝冠（ちょうかん） 106
釣魚（ちょうぎょ） 102
張騫（ちょうけん） 47
調弦（ちょうげん） 89
張衡林（ちょうこうのはやし） 92
長恨（ちょうごん） 27
朝市遊（ちょうしのあそび） 39
長愁（ちょうしゅう） 33
朝主人（ちょうしゅじん） 26
長嘯（ちょうしょう） 98
朝夕（ちょうせき） 105
超潭（ちょうたん） 100
沖沖（ちゅうちゅう） 104
雕虫（ちょうちゅう） 8
澄徹（ちょうてつ） 4
長悲（ちょうひ） 89
悵望（ちょうぼう） 89
兆民（ちょうみん） 29
朝野（ちょうや） 13
聴覧（ちょうらん） 20
沈翫（ちんがん） 46
沈吟（ちんぎん） 96
枕石（ちんせき） 104

【つ】

追従（ついじゅう） 48
追尋（ついじん） 73
竹渓山（つげのやま） 104
竹渓山寺（つげのやまのてら） 104
鶴（つる） 11,31,32

【て】

庭懊（ていいく） 75
帝尭（ていぎょう） 36
梯航（ていこう） 86
帝国（ていこく） 95
梯山（ていざん） 65
貞質（ていしつ） 12
帝者（ていじゃ） 83
堤上（ていじょう） 70
帝徳（ていとく） 1,55
帝道（ていどう） 61
庭梅（ていばい） 84
帝里（ていり） 75,85,90,105
庭林（ていりん） 22
迪古（てきこ） 44
笛浦（てきほ） 116
綴鉢（てつはつ） 104
天下（てんか） 30
天漢（てんかん） 74
天訓（てんくん） 2
天高（てんこう） 92
天閽（てんこん） 96
天霽（てんさい） 94
伝盞（でんさん） 84
天紙（てんし） 6
天上（てんじょう） 81
天垂（てんすい） 113
貞節（ていせつ） 12
天沢（てんたく） 29
天地（てんち） 1
天地久（てんちひさし） 103
囀鳥（てんちょう） 24
天庭（てんてい） 56
展転（てんてん） 115
天徳（てんとく） 14
転入（てんにゅう） 45
転蓬憂（てんぽうのうれい） 71
霑蘭（てんらん） 90
天裏（てんり） 61

【と】

図不出（といでず） 97
桃苑（とうえん） 70
桃花（とうか） 24,61,104
冬花（とうか） 78
東閣（とうかく） 66
桐琴（とうきん） 51
桃錦（とうきん） 94
登軽（とうけい） 12
桃源（とうげん） 45,92
韜光（とうこう） 89
倒載（とうさい） 4
東山（とうざん） 93
倒屣（とうし） 77
冬条（とうじょう） 17
塘上（とうじょう） 24

唐儕（とうさい）　42
陶性（とうせい）　83
投簪（とうせん）　92
陶然（とうぜん）　5
唐帝民（とうていのたみ）　40
道徳（どうとく）　2
藤太政（とうのだいじょう）　116
東方朔（とうぼうさく）　91
東浜（とうひん）　87
唐鳳（とうほう）　38
登望（とうぼう）　20
稲葉（とうよう）　39
同翼（どうよく）　91
塘柳（とうりゅう）　14
徳（とく）　35
独坐（どくざ）　109,115
得性（とくせい）　9
犢鼻（とくび）　74
呑恨（どんこん）　114
貪心（どんしん）　25
貪嗔（とんじん）　110
嫩柳（どんりゅう）　75

【な】
七百（ななひゃく）　65
南裔怨（なんえいのうらみ）　113
南岳（なんがく）　73
南冠（なんかん）　91
南荒（なんこう）　112
南山寿（なんざんのじゅ）　42
南池（なんち）　88
南登（なんと）　79
南浦（なんぽ）　87
南北（なんぼく）　47
南林（なんりん）　25

【に】
日影（にちえい）　31
日暮（にちぼ）　111
日落（にちらく）　35
日華（にっか）　84
日新（にっしん）　91
日辺（にっぺん）　27
日本（にっぽん）　27
二毛（にもう）　91
入京（にゅうきょう）　113

【ね】
年花（ねんか）　29
年開（ねんかい）　69
年光（ねんこう）　3,67
年暮（ねんぼ）　91

【の】
衲衣（のうい）　104,111
能智（のうち）　45
能仁（のうにん）　45

【は】
梅苑（ばいえん）　28
梅花（ばいか）　37,38,50,118
徘徊（はいかい）　89,112
梅花雪（ばいかのゆき）　106
盃酒（はいしゅ）　60
梅雪（ばいせつ）　44
梅芳（ばいほう）　22
白雲（はくうん）　77
白雲琴（はくうんのこと）　112
白雲天（はくうんのてん）　36,89
伯英書（はくえいのしょ）　94
搏挙（ばくきょ）　91
白髪年（はくはつのとし）　64
白鬢（はくびん）　18
柏葉（はくよう）　78
栢梁（はくりょう）　35
白露（はくろ）　52,90
馬上怨（ばじょうのえん）　26
八音（はちいん）　35
波中（はちゅう）　70
波潮（はちょう）　62
八石（はっこく）　80
汎愛（はんあい）　38
晩鶯（ばんえん）　49
盤桓（ばんかん）　20
攀翫（はんがん）　39
万巻（ばんかん）　91
泛菊（はんきく）　90
万騎筵（ばんきのむしろ）　5
攀桂（はんけい）　60
攀桂期（はんけいのき）　13
繁絃（はんげん）　106
万国（ばんこく）　1,29,61,70
万古色（ばんこのいろ）　106
万歳（ばんざい）　35
半山（はんざん）　22
晩秋（ばんしゅう）　65
万秋（ばんしゅう）　107
万丈（ばんじょう）　72
梅蘂（ばいずい）　82
半千賢（はんせんけん）　64
万代（ばんだい）　45,97
万端（ばんたん）　86
攀藤（はんとう）　73
万民（ばんみん）　14,55
万里（ばんり）　79,114
晩流（ばんりゅう）　71
伴侶（はんりょ）　111

【ひ】
披雲（ひうん）　64
稗叡（ひえい）　105
稗叡山（ひえいのやま）　105
飛花（ひか）　76
飛乖（ひかい）　79
飛繳（ひきょう）　92
美玉（びぎょく）　89
披襟（ひきん）　104
披軒（ひけん）　22
傷悲（ひしょう）　114
飛塵（ひじん）　50

美人（びじん） 34
常陸（ひたち） 89
飛蝶（ひちょう） 22
筆海（ひっかい） 60
飛瀑（ひばく） 54
霏霏（ひひ） 22
飛文（ひぶん） 31
披霧（ひむ） 62
百万聖（ひゃくまんせい） 64
百味（ひゃくみ） 35
百霊（ひゃくれい） 103
標竿（ひょうかん） 74
飄寓（ひょうぐう） 112
氷津（ひょうしん） 78
飄飄（ひょうひょう） 66
渺漫（びょうまん） 100
飛鸞曲（ひらんのきょく） 65
賓客（ひんきゃく） 84
賓主（ひんしゅ） 7
品生（ひんせい） 81
繽粉（ひんぷん） 87

【ふ】

舞衣（ぶい） 43
風雲（ふううん） 23
風煙（ふうえん） 83,108
風牛（ふうぎゅう） 79
風響（ふうきょう） 75
風景（ふうけい） 84
風月（ふうげつ） 3,77,109
風月時（ふうげつのとき） 62
風月筵（ふうげつのむしろ） 68
風高（ふうこう） 9
風光（ふうこう） 57
風湿（ふうしつ） 111
楓檝（ふうしゅう） 15
風笙（ふうしょう） 36
風塵（ふうじん） 89,114
楓声（ふうせい） 116
風前（ふうぜん） 116
風前蘭（ふうぜんのらん） 112
風霜（ふうそう） 89
風亭（ふうてい） 74
風波（ふうは） 45
風筆（ふうひつ） 6
風蘋（ふうひん） 97
風涼（ふうりょう） 13
風和（ふうわ） 35
浮雲（ふうん） 22
浮煙（ふえん） 68
撫機（ぶき） 29
布裘（ふきゅう） 118
舞巾（ぶきん） 67
不遇（ふぐう） 91
不工（ふこう） 47
不才風（ふさいのふう） 101
巫山（ふざん） 34
無事（ぶじ） 87
舞袖（ぶしゅう） 40,69
藤原太政（ふじわらのだいじょう） 83
負霜（ふそう） 39
舞蝶（ぶちょう） 21
浮沈（ふちん） 39
物外（ぶつがい） 116
物候（ぶっこう） 3,9,55
仏露（ふつろ） 49
舞庭（ぶてい） 36
普天（ふてん） 24,95
文華（ぶんか） 62
文雅（ぶんが） 23
分後（ぶんご） 113
汾后（ふんこう） 32
文酒（ぶんしゅ） 20,30,37
文酒会（ぶんしゅのかい） 101
文藻（ぶんそう） 58
粉壁（ふんへき） 57
文遊（ぶんゆう） 71

【へ】

碧空（へきくう） 42
碧天（へきてん） 107
薜蘿（へきら） 31
碧瀾（へきらん） 28
別後（べつご） 33
別慟（べつどう） 112
別離憂（べつりのうれい） 53
別離絃（べつりのげん） 65
辺国（へんこく） 89
泛爵（へんしゃく） 59
辺亭（へんてい） 89
辺兵（へんぺい） 93

【ほ】

望雲仁（ぼううんのじん） 67
蓬瀛（ほうえい） 11
芳苑（ほうえん） 38
芳筵（ほうえん） 49
芳縁（ほうえん） 105
望苑（ぼうえん） 49
鳳駕（ほうが） 85
鳳盖（ほうがい） 33,73
方外士（ほうがいし） 104
鳳閣（ほうかく） 46
奉諌（ほうかん） 95
峯巌（ほうがん） 73
奉規（ほうき） 96
忘帰（ぼうき） 34,82
豊宮（ほうきゅう） 35
芳裾（ほうきょ） 82
抱玉（ほうぎょく） 89
芳月（ほうげつ） 88
放曠（ほうこう） 96,99
方今（ほうこん） 102
宝斉（ほうさい） 82
望山（ぼうざん） 19
芳餌（ほうじ） 25
芳舎（ほうしゃ） 75
抱樹（ほうじゅ） 112
芳春（ほうしゅん） 8,21,24,40,59,70,78
芳序（ほうじょ） 81
方丈（ほうじょう） 45

芳辰（ほうしん） 82
芳塵（ほうじん） 14,41,42
忘塵（ぼうじん） 83
望雪（ぼうせつ） 22
逢仙（ほうせん） 100
忘筌（ぼうせん） 92
望仙宮（ぼうせんきゅう） 102
彭澤（ほうたく） 4
宝宅（ほうたく） 68
鳳池（ほうち） 49
宝殿（ほうでん） 105
飽徳（ほうとく） 84
忘徳（ぼうとく） 40
芳梅（ほうばい） 75
芳猷（ほうゆう） 97
峯巒（ほうらん） 111
鳳楼（ほうろう） 77
卜居（ぼくきょ） 106
北塞人（ほくさいのひと） 26
北辰（ほくしん） 42
北征詩（ほくせいし） 113
北節（ほくせつ） 91
北池濤（ほくちのなみ） 25
穆穆（ぼくぼく） 29,44
歩月（ほげつ） 113
暮春（ぼしゅん） 88,94
没賢（ぼっけん） 30
茂葉（ぼよう） 12
本郷（ほんきょう） 27
本国（ほんごく） 103
梵鐘（ぼんしょう） 105
凡類（ぼんるい） 100

【ま】
埋尸（まいし） 42
満酌（まんしゃく） 83
万草（まんそう） 12
満地（まんち） 55
万年春（まんねんのはる） 38

【み】
眉間（みけん） 34
明日（みょうにち） 53
明年（みょうねん） 76
妙舞（みょうぶ） 106

【む】
無埃（むあい） 45
無為（むい） 22,41,87
夢淵（むえん） 80
無窮（むきゅう） 28
無限寿（むげんのじゅ） 37
霧渚（むしょ） 15
無邊（むへん） 118
霧浦（むほ） 13
夢裡（むり） 22
霧裏（むり） 114
無漏（むろう） 110

【め】
命駕（めいが） 11
鳴求（めいきゅう） 107
明鏡（めいきょう） 20
鳴琴（めいきん） 57
明君（めいくん） 91
明月（めいげつ） 51,71,89,92,98
蓂日（めいじつ） 20
命爵（めいしゃく） 31
鳴泉（めいせん） 18
蓂草（めいそう） 81
明離（めいり） 23
鳴鹿爵（めいろくのしゃく） 63
免寒（めんかん） 111
面前（めんぜん） 33

【も】
沐恩（もくおん） 41
沐鳧（もくふ） 21
桃（もも） 67
門柳（もんりゅう） 84

【や】
野花（やか） 39
野客（やきゃく） 92
野坐（やざ） 75
野池（やち） 13
倭判官（やまとのはんがん） 89
夜漏（やろう） 51

【ゆ】
幽（ゆう） 39
有愛（ゆうあい） 68
幽隠（ゆういん） 116
幽居（ゆうきょ） 83,92
遊漁（ゆうぎょ） 49
有月（ゆうげつ） 60
幽谷（ゆうこく） 71
幽趣（ゆうしゅ） 99
幽賞（ゆうしょう） 62
挹声（ゆうせい） 13
有政（ゆうせい） 29
幽棲（ゆうせい） 108
遊席（ゆうせき） 3
幽藪（ゆうそう） 30
遊息（ゆうそく） 21
有道（ゆうどう） 22
遊目（ゆうもく） 4
優遊（ゆうゆう） 14
優優（ゆうゆう） 41
遊覧（ゆうらん） 21
遊猟（ゆうりょう） 5
雪冷冷（ゆきれいれい） 104

【よ】
陽気（ようき） 19
容暉（ようき） 95
葉錦（ようきん） 6
遙岑（ようきん） 22
葉後（ようご） 65
葉黄（ようこう） 80

楊樹（ようじゅ） 105
瑶水（ようすい） 14
杳然（ようぜん） 104
瑶池（ようち） 21,24,36,40
窈窕（ようちょう） 53
曄桃（ようとう） 54
葉落（ようらく） 13
揺落（ようらく） 89
葉裡（ようり） 24
葉裏（ようり） 86
楊柳（ようりゅう） 26
葉緑（ようりょく） 42
遙嶺（ようれい） 68
餘寒（よかん） 104
餘景（よけい） 68
餘恨（よこん） 12
吉野（よしの） 31
佳野（よしの） 99
吉野川（よしのがわ） 72,83,92,98
吉野之作（よしののさく） 100
佳野之作（よしののさく） 116
吉野濤（よしののなみ） 48
吉野宮（よしののみや） 45,47,73,80,102
吉野山（よしのやま） 99
夜夢（よるのゆめ） 115

【ら】

蘿衣（らい） 90
落霞（らくか） 68
落暉（らくき） 88
落景（らくけい） 113
洛洲（らくしゅう） 100
楽緒（らくしょ） 63
落照（らくしょう） 117
落雪（らくせつ） 22
落扇（らくせん） 52
落浜（らくひん） 17
落浦（らくほ） 34
蘭期（らんき） 77
蘭蕙（らんけい） 114
蘭洲（らんしゅう） 56
鸞觴（らんしょう） 66
蘭生（らんせい） 30
乱藻（らんそう） 69
蘭蓀（らんそん） 92
蘭筳（らんてい） 70
濫叨（らんとう） 70
濫陪（らんばい） 18
蘭香（らんこう） 67
蘭麗（らんれい） 87

【り】

離宮（りきゅう） 28
陸機海（りくきのうみ） 92
離思（りし） 62
離愁（りしゅう） 56
李將鄭（りしょうてい） 89
離席（りせき） 71
留怨（りゅうえん） 76
流霞（りゅうか） 43,81
留客（りゅうきゃく） 34
流光（りゅうこう） 117
柳糸（りゅうし） 67
龍車（りゅうしゃ） 85
柳樹（りゅうじゅ） 105
柳絮（りゅうじょ） 17,22
柳条（りゅうじょう） 24,82,106
流水（りゅうすい） 32,54,57,92
流声（りゅうせい） 69
隆腹（りゅうふく） 74
隆平（りゅうへい） 43
龍鳳（りゅうほう） 90
留鳳（りゅうほう） 102
龍門山（りゅうもんざん） 11
流耀（りゅうよう） 15
留連（りゅうれん） 5,20,21,72
龍楼（りゅうろう） 46
凌雲（りょううん） 12,112
良宴（りょうえん） 59
両観（りょうかん） 33
遼敻（りょうけい） 112
梁上（りょうじょう） 17
梁塵（りょうじん） 40,43
良節（りょうせつ） 40
梁前（りょうぜん） 98
猟智（りょうち） 116
涼風（りょうふう） 71
良遊（りょうゆう） 85
寥亮（りょうりょう） 35
緑苹（りょくひん） 25
李陵弓（りりょうのゆみ） 60
鱗（りん） 21,99
林園（りんえん） 94
林間（りんかん） 3
林寒（りんかん） 75
鱗戯（りんぎ） 66
臨終（りんじゅう） 7
臨賞（りんしょう） 99
臨水（りんすい） 19,25,51,59
林泉（りんせん） 20
林池（りんち） 21
臨池（りんち） 88
林中（りんちゅう） 17
林野（りんや） 83

【れ】

霊懐（れいかい） 83
麗景（れいけい） 29
令節（れいせつ） 107
霊仙（れいせん） 32
霊姿（れいし） 53
嶺峻（れいしゅん） 47
曬書（れいしょ） 74
霊沼（れいしょう） 4
麗人（れいじん） 115
霊台（れいだい） 52,82
嶺前（れいぜん） 5
礼法士（れいほうのし） 94
冷々（れいれい） 104

377　懐風藻漢詩索引

玲瓏（れいろう）　53
聯句（れんく）　6-2
連珠（れんじゅ）　81

【ろ】
哢鶯（ろうおう）　21
隴上（ろうじょう）　12
労塵（ろうじん）　87
浪前（ろうぜん）　31
哢鳥（ろうちょう）　4
論道（ろんどう）　42

【わ】
和風（わふう）　87,104

辰巳 正明（たつみ　まさあき）
1945年1月30日　北海道生まれ
1973年3月31日　成城大学大学院博士課程満期退学
現職　國學院大學名誉教授
学位　博士（文学・成城大学）
著書　『万葉集と中国文学』『万葉集と中国文学　第二』『詩の起原　東アジア文化圏の恋愛詩』『万葉集に会いたい。』『短歌学入門　万葉集から始まる〈短歌革新〉の歴史』『詩霊論　人はなぜ詩に感動するのか』『折口信夫　東アジア文化と日本学の成立』『万葉集の歴史　日本人が歌によって築いた原初のヒストリー』『懐風藻全注釈』『王梵志詩集注釈』（以上，笠間書院）『長屋王とその時代』『歌垣　恋歌の奇祭をたずねて』（以上，新典社）『万葉集と比較詩学』（おうふう）『悲劇の宰相長屋王　古代の文学サロンと政治』（講談社）
編著　『懐風藻　漢字文化圏の中の古代漢詩』『懐風藻　日本的自然観はどのように成立したか』（以上，笠間書院）『郷歌　注解と研究』『古事記歌謡注釈　歌謡の理論から読み解く古代歌謡の全貌』（以上，新典社）『万葉集歌人集成』（講談社）『万葉集辞典』（武蔵野書院）

懐風藻《かいふうそう》　古代日本漢詩を読む

2019年1月15日　初刷発行

著　者　辰巳正明
発行者　岡元学実

発行所　株式会社　新典社

〒101－0051　東京都千代田区神田神保町1－44－11
営業部　03－3233－8051　編集部　03－3233－8052
ＦＡＸ　03－3233－8053　振　替　00170－0－26932

印刷所　惠友印刷㈱　製本所　牧製本印刷㈱

ISBN978-4-7879-0646-5 C1095
http://www.shintensha.co.jp/
E-Mail:info@shintensha.co.jp